Ralf Bernhardt & Hans Georg Würsching

Riechen
Schmecken
Sterben

Noch e~~E~~in Whisky Krimi

Deutsche Erstausgabe

Cluaran

Deutsche Originalausgabe

September 2009

Cluaran OHG
Publishers & Distributors
Schillerstraße 9
D-64683 Einhausen
Germany
info@cluaran.de
www.cluaran.de

1. Auflage

Umschlaggestaltung: Cluaran OHG
Druck + Bindung: Seraprint, Einhausen
Printed in Germany

ISBN 978-3-9809344-8-0

Wahres Leben wird nicht daran gemessen,
wie viele Atemzüge wir nehmen,
sondern an den Momenten,
in denen uns der Atem stockt.

Unbekannter Dichter

Too much of anything is bad.
But too much of good Whisky
is barely enough

Mark Twain

Bernhardiner ist das Letzte, was ich sein möchte!
Dauernd die Flasche am Hals,
und niemals trinken dürfen.

Joachim Ringelnatz

Inhalt

Riechen

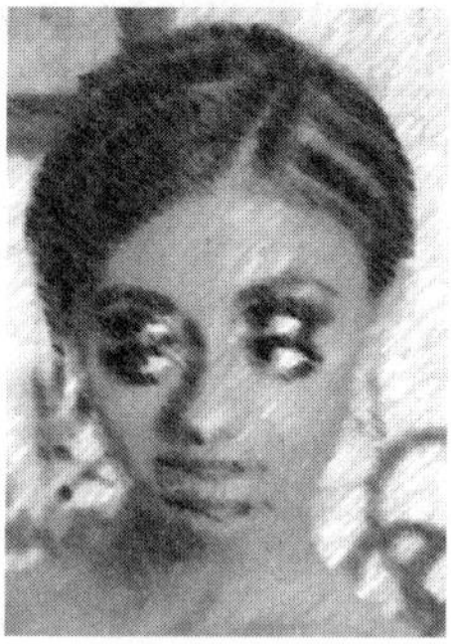

Es war der dreizehnte April. Freitag der Dreizehnte, um genau zu sein. Dass dies für viele ein Unglückstag war, konnte er nicht verstehen. Er gab nichts auf so einen Humbug, dafür war er viel zu realistisch. Während er im Badezimmer vor dem Spiegel stand, dachte er, dass dies heute für ihn sogar wohl eher ein Glückstag werden würde. Ihm war aber nicht im Entferntesten klar, dass dies sein letzter Freitag werden sollte, denn er hatte nur noch knapp fünf Stunden zu leben.

Jedes einzelne seiner 57 Jahre hatte Spuren an seinem Körper hinterlassen. In einer feierlichen Bewegung legte er sein schütteres Haar von einem Ohr zum anderen, um seine Glatze zu kaschieren. Er war sich bewusst, dass er eher wie ein Ritter von der traurigen Gestalt aussah. Aber, was sollte er machen, selbst der beste Schönheitschirurg wäre an ihm verzweifelt. Und Enthauptungen waren schließlich immer noch verboten.

Sein Lebensstandard allerdings lag weit nördlich der Armutsgrenze. Hier war altes Geld im Spiel, das sich über viele Jahrzehnte, eigentlich sogar Jahrhunderte, angesammelt hatte. Natürlich verbunden mit den entsprechenden Kontakten zu allen wichtigen Personen, die irgendwo etwas zu sagen und zu entscheiden hatten. Arthur Fraser, Inhaber und Manager der

Glenallan Distillery, machte sich in seinem geräumigen Bad ausgehfertig. Heute Abend hatte er eine ganz besondere Verabredung. Deshalb hatte er sich auch richtig in Schale geworfen und einen seiner besten Anzüge angezogen. Gut, dass seine Frau für ein paar Tage weg war, um ihre Schwester zu besuchen. Die musste schließlich nicht alles wissen.

Nachdem sein Resthaar endlich so lag, wie er es von ihm erwartete, rückte er seine knallrote Krawatte zurecht. Diese gab danach ihr Bestes, ihn zu erwürgen.

Die 8 mg Aconitin, die er zusammen mit seiner Portion Selleriesalat zu sich genommen hatte, konnte er nicht schmecken. Sie erwiesen sich aber als außerordentlich wirksam.

Das Aconitin, das bereits im Altertum als Mordgift und noch bis in die Neuzeit von einigen Indiostämmen als Pfeilgift benutzt wurde, entfaltete zunächst seine eher erregende Wirkung. Arthur Fraser fühlte sich nahezu aufgeputscht und hatte Mühe seine Arme beim Sprechen ruhig zu halten. Seine Pupillen hatten sich erweitert und die Nervenenden in seinen Fingerkuppen waren viel empfindsamer geworden.

Ungefähr eine halbe Stunde, nachdem er die Hauptspeise zu sich genommen hatte und längst auch schon den doppelten Espresso zum Schluss genossen hatte, änderte sich das erregende Gefühl. Seine ganze Haut kribbelte zunächst und er spürte ein Brennen im Mund. Dem folgte dann ein Ameisenlaufen auf der Haut des ganzen Körpers. Dieser Juckreiz hielt aber nicht lange an, sondern wurde von einer Gefühllosigkeit abgelöst. Es folgte ein Schweißausbruch und dann begann er zu frösteln und hatte ein richtig eisiges Kältegefühl. Er fühlte sich grottenschlecht. *Es war wohl besser, schnellstens nach Hause zu gehen, da war bestimmt eine böse Erkältung im Anmarsch*, dachte er.

Er entschuldigte sich wegen seines Unwohlseins, verabschiedete sich dann von seinem Gast und machte sich auf den Heimweg. Zu Hause angekommen kochte er sich schnell einen Tee und gab eine ordentliche Portion Whisky hinein. *Mit die-*

sem Whisky Toddy sollte er diese Erkältung doch in den Griff bekommen, hoffte er. Er legte sich ins Bett, da es ihn immer noch stark fröstelte.

Kaum lag er unter der Decke, spürte er, wie seine Arme und dann die Beine förmlich abstarben und völlig gefühllos wurden. Er konnte sich nicht mehr bewegen. Auch seine Gesichtsmuskeln waren wie gelähmt und er konnte nur noch schwer atmen. Sein Puls verlangsamte sich und begann unregelmäßig zu werden. Er spürte eine Leere im Kopf, war aber noch bei klarem Bewusstsein und konnte deshalb erkennen, dass diese Symptome nichts mit einer Erkältung mehr zu tun hatten. Da musste irgendetwas Schlimmeres in seinem Körper vor sich gehen.

Sein Sehvermögen war plötzlich gestört und er sah alles doppelt. Seine Augen waren unnatürlich geweitet und er war nicht mehr in der Lage sie zu bewegen. Auch seine Augenlider gehorchten ihm nicht mehr und er konnte nur noch auf einen Punkt an der Zimmerdecke starren. Auch sein Gehör und sein Farbempfinden funktionierten nicht mehr richtig. Er spürte, dass er sich übergeben musste, konnte aber nicht mehr aufstehen. Mit enormer Willensanstrengung gelang es ihm, seinen Kopf auf die Seite zu drehen, und er erbrach sich neben das Bett. Voller Entsetzen sah er dabei, dass er neben dem Abendessen auch größere Mengen Blut aus sich herausspuckte. Inzwischen lief ihm auch Blut aus der Nase, er roch Blut, er schmeckte Blut und er spürte, wie sich in seinem Inneren förmlich alles auflöste.

Schwere Koliken setzten ein und heftige Krämpfe durchzuckten seinen Körper, sie schüttelten ihn und schlagartig war ihm bewusst geworden, dass er jetzt sterben würde. Er hoffte sogar, dass es möglichst bald so weit war und er von den Schmerzen, die ihn peinigten, bald erlöst wäre. Arthur Fraser wusste nicht, woran er starb und vor allem auch nicht, warum er sterben musste und schon gar nicht, was das alles zu bedeuten hatte.

Er wollte schreien vor Schmerzen und panischer Angst, wollte um Hilfe rufen, aber irgendwie war er nicht mehr in der Lage dazu. Lediglich ein rasselndes Krächzen entrang sich seinem Mund.

Dass er ins Bett urinierte, spürte er schon gar nicht mehr, genauso wenig wie die anschließende Blasenlähmung. Schließlich gab sein Körper den Kampf gegen das Gift auf und er wurde bewusstlos, sodass er den kurz darauf erfolgenden Tod durch Atemstillstand nicht mehr bei klarem Verstand miterleben musste. Sein Herz hörte kurz darauf ebenfalls auf zu schlagen. Nach knapp fünfzehn Minuten war Arthur Fraser tot.

Am nächsten Morgen fand ihn seine Haushälterin, als sie gegen zehn Uhr das Schlafzimmer betrat, um die Betten zu machen. An den Begleitumständen, wie sie ihn vorfand, oder besser gesagt, an der Sauerei im und rund ums Bett, konnte sie einem Nervenzusammenbruch nur knapp ausweichen, indem sie schreiend aus dem Haus lief und bei dem Nachbarn gegenüber Sturm klingelte. Dieser öffnete auch gleich relativ unwirsch die Tür. Nachdem er jedoch die gestammelte Geschichte der völlig aufgelösten Frau verstanden und sich selbst ein kurzes Bild in Arthur Frasers Schlafzimmer verschafft hatte, alarmierte er unverzüglich die Polizei.

Nachdem er der Polizei am Telefon die gegenüber vorgefundene Szenerie geschildert hatte, schickte der Beamte aus der Notrufzentrale nicht nur einen Streifenwagen, sondern auch gleich den Leichenbeschauer mit zu der angegebenen Adresse. Außerdem hatte er den Anrufer angewiesen, ja nichts anzufassen, sondern an der Haustüre zu warten, bis die Beamten eintrafen. Der Nachbar befolgte auch artig diesen Befehl.

Zusammen mit den beiden Polizisten und dem Leichenbeschauer gingen die Haushälterin und der Nachbar nach oben, blieben aber außerhalb des Schlafzimmers stehen. Auch die Polizisten warteten vor der Schlafzimmertür und ließen den dritten Mann alleine zur Leiche gehen. Sie wussten, dass die Ursprünglichkeit des Tatortes soweit wie möglich erhalten bleiben muss. Nichts durfte verändert, weggenommen oder berührt werden, alles konnte einen Hinweis auf einen möglicherweise unnatürlichen Tod geben, der sonst unwiederbringlich zerstört würde. Spuren mussten deshalb umgehend gesichert werden. Und bei der Schweinerei, die sich ihrem Anblick bot, wollten sie keinesfalls irgendwelche Fehler begehen.

Als der Leichenbeschauer das Zimmer betreten hatte, blieb er kurz stehen, ließ den Eindruck des Zimmers und vor allem die Lage der Leiche sowie die Begleiterscheinungen auf sich wirken. Das Erbrochene, aber vor allem das viele Blut, überraschte ihn. Er näherte sich vorsichtig dem Bett, um ebenfalls keine Spuren zu verwischen, nahm eine Taschenlampe aus seiner Jackentasche und leuchtete dem Toten in die starr aufstehenden Augen. Danach zog er sich Einweghandschuhe über und fühlte nach dem Puls, der nicht mehr vorhanden war. Schon beim ersten Anblick des Toten, hätte ihn auch alles andere mehr als nur verwundert. Jemand, der so aufgefunden wurde, konnte nur tot sein.

Er drehte sich zu den Beamten um, die ihm durch die Tür hindurch zugesehen hatten. »Ruft die Jungs von der Spurensicherung an und der Fotograf soll auch gleich mitkommen«, sagte er und ging wieder in Richtung Tür. »Das Ganze wirkt sehr verdächtig auf mich und ist mit Sicherheit kein normaler oder gar natürlicher Todesfall. Diese massiven Blutungen sind sehr ungewöhnlich.«

»Geht in Ordnung, Glenn«, sagte einer der Beamten und informierte die Zentrale über sein Sprechfunkgerät.

Zwanzig Minuten später, als das Team der SpuSi und der Fotograf eingetroffen waren, ging der Fotograf erst einmal alleine nach oben ins Schlafzimmer und begann, das gesamte Zimmer aus allen möglichen Blickwinkeln zu fotografieren. In der Zwischenzeit nahm das Team der Spurensicherung Fingerabdrücke von der Haushälterin und untersuchte die Eingangstür sowie alle Fenster im Erdgeschoss. Als der Fotograf fertig war, begannen die Männer oben mit einer ersten Sicherung der

Spuren. Von einem Glas sowie einer Flasche Wasser neben dem Bett wurden erst Fingerabdrücke sichergestellt und diese dann in Tüten für weitere Untersuchungen im Labor eingepackt. Gleiches galt für Proben aus dem erbrochenen Mageninhalt sowie dem reichlich verteilten Blut. Dann gaben sie dem Leichenbeschauer ein Zeichen, dass er die Leiche näher untersuchen könne. Der Rest des Zimmers und auch des Hauses würde später noch in Ruhe untersucht werden, wenn die Leiche abtransportiert worden war.

Als der Coroner die Decke über der Leiche zurückgeschlagen hatte, drehte er den Toten um, schnitt ihm vorsichtig mit einem Skalpell die Schlafanzugjacke und dann auch die Hose auf und klappte die Kleidungsstücke zur Seite. Danach begutachtete er die blassen Stellen auf dem Rücken des Leichnams. Der Nacken, das Kreuz und die Schenkel oberhalb der Knie waren von dem Blut, das, dem unerbittlichen Gesetz der Schwerkraft folgend, dorthin geflossen war, lila gefleckt, ähnlich wie bei einem Bluterguss. Waden, Gesäß und Schulterblätter dagegen waren gespenstisch weiß. Der ganze Körper erinnerte ihn an ein abstraktes Gemälde. Dann presste er einen Daumen gegen die Schulter der Leiche. Als er ihn wieder wegzog, war keine Veränderung festzustellen.

»Hypostase im zweiten Stadium«, stellte er dann laut und an die beiden Polizisten gewandt fest. »Er hat mindestens seit zehn Stunden tot in dieser Position gelegen. Und er ist nach seinem Tod nicht mehr bewegt worden. Außerdem haben sich an einigen Stellen Gewebsnekrosen gebildet.«

Er zeigte auf ein paar unterschiedlich große, fast schwarze Stellen. »Hier ist das Gewebe völlig abgestorben, was meine Theorie unterstützt, dass wir es hier mit Tod durch Vergiftung zu tun haben.«

Er nahm ein normales Fieberthermometer aus seiner Tasche und steckte es dem Toten in den After. Als er es wenig später wieder herauszog und ablas, bestätigte sich seine vorhergehende Annahme vom Todeszeitpunkt. Die Körpertemperatur war um knapp 17 Grad gesunken. Bei 1,5 Grad pro Stunde

Temperaturverlust bei einer Leiche ergab dies 11 Stunden. Der Tod war also am Abend zuvor gegen dreiundzwanzig Uhr eingetreten.

Post

Sechs Wochen zuvor, allerdings an einem Mittwoch Ende Februar, saß Graham Morrice, Manager der ortsansässigen Ben Rhinnes Distillery, mit einer Tasse starkem, selbst gemahlenem Kaffee am Fenster seines Wohnzimmers und genoss die Aussicht. Die sanften Hügel des Moray County, auch Malt Whisky Country genannt, zogen sich auf der gegenüberliegenden Seite des Flusstals bis zur Ebene von Elgin hin. Sie waren, wie der River Spey, stets wie ein Teil seiner Familie gewesen. Ohne diesen Anblick, wenn er beispielsweise auf Reisen war, fühlte er sich morgens immer irgendwie leer oder verlassen. Jetzt aber beobachtete er den Flug der Vögel, die den kalten Februartag im schottischen Norden nicht scheuten und mit ihren Flügeln den Morgennebel wie mit Sensen teilten. Sie erweckten dabei durchaus den Eindruck, dass sie, genauso wie er, dieses Fleckchen Erde, auf dem er vor über 44 Jahren geboren worden war, nicht verlassen wollten.

Heute, am letzten Tag des Februars, wurde seine Freude über den Ausblick auf die Landschaft seiner Heimat jedoch durch eine schon mehrere Wochen anhaltende Unruhe überschattet. Graham sah zum wiederholten Male auf seine Armbanduhr, ein Erbstück seines Vaters. Gleich halb zehn. Eigentlich hätte er schon vor einer halben Stunde im Büro sitzen müssen. Ishbel McTaggert, Managerin des Visitor Centers, versuchte schon gar nicht mehr, ihn morgens anzurufen, um ihn an seine Arbeitszeiten zu erinnern. Die ersten Male, als er zu spät kam und sich selbst die Gleitzeit genehmigte, hatte sie noch Angst, ihm wäre etwas passiert. Nachdem sie einige Zeit später aber heraus bekam, warum er sich so untypisch verhielt, wurden ihre Anrufe immer spärlicher.

Verdammt, schon kurz nach halb und immer noch nichts in Sicht. Graham stand von seinem Stuhl am Esstisch auf und lief nervös durch den Hausflur in die Küche. Von hier aus konnte er ein Stück den Hang und die George Street hinab bis auf die Hauptstraße blicken. *Da ist er ja endlich*, triumphierte Graham und verspritzte dabei voller Aufregung den Rest seines Kaffees über die Fensterbank. Er stellte die Kaffeetasse schnell ins steinerne Spülbecken, rutschte mit seinen neu erworbenen braun-rot karierten Filzpuschen fast auf dem glatten schwarz-weiß karierten Fliesenboden der Küche aus, konnte sich im letzten Moment gerade noch am Griff der Kühlschranktür festhalten und stürmte in Richtung Haustür.

Seine steile Karriere als Hobbydetektiv hatte ihm Ende 2005 nicht nur Ruhm und Ehre eingebracht. Anfänglich wurde er zwar in der Presse und innerhalb des Mutterkonzerns seiner Brennerei, der SWS, als Held gefeiert. Zwei Wochen später aber, als das öffentliche Interesse wie immer schnell nachließ, wurde Druck auf ihn ausgeübt. Die während des damaligen Falls ständig steigenden Besucher- und Absatzzahlen sanken wieder auf Normalmaß und der herausragende Name der Ben Rhinnes Distillery reihte sich wieder in die Masse der knapp achtzig produzierenden Single Malt Whisky Brennereien ein. Sean McCartney, Konzernchef der SWS und hauptberuflicher Widerling, zumindest nach Grahams Meinung, fing an, den nun wieder angenommenen Allerweltsstatus seiner Vorzeigebrennerei zu kritisieren, was im Klartext hieß, er begann, Graham zu kritisieren.

»Mach mal wieder was Aufregendes, Mensch. Schaff dir noch ’ne Leiche an. Oder noch besser: Häng dich selbst auf. Die Leute wollen Action, wollen was ganz Besonderes! Ich habe mittlerweile 14 Brennereien am Laufen zu halten. Da kann man sich nicht auf alten Lorbeeren ausruhen! Ständig hängt mir eine Horde Investoren am Hals, die Rendite sehen wollen. Return on Invest, Return on Capital Employed, wenn du überhaupt kapierst, wovon ich rede! Wenn die Bude nicht läuft, muss ich sie abstoßen, Junge. Das begreifst du doch, oder?« Solche und ähnliche Monologe musste Graham in den letzten Monaten immer häufiger über sich ergehen lassen. Anschließend kam dann immer Sven Sorenson, der Finanzchef der SWS, zu ihm und präsentierte seine Quartalsprognosen, 5-Jahrespläne und die rollierenden Verkäufe der letzten 24 Monate.

Graham hörte schon längst nicht mehr zu. Er wollte einfach nur Malt Whisky produzieren. Etwas, was Genuss verschafft, was in Ruhe gereift, sich zu einer edlen Spirituose entwickelt hat. Und genau da lag der Hase in der Gerste, oder so ähnlich! Die optimale Reifezeit seines Produktes lag bei 10 bis 16 Jahren. Nur das eigene gute Gespür und ein glückliches Händchen halfen einem, heute genau das herzustellen, was der Konsument in zehn Jahren trinken wollte. Wenn der momentane Absatz des Whiskys leicht rückläufig ist, dann hat der Manager oder Brennmeister halt vor zehn oder zwölf oder gar sechzehn Jahren Pech gehabt. Vielleicht war damals ein trockener, schmeichelnder Whisky "in". Heute ist es aber der sehr Sherrylastige, teils fast schon holzige Geschmack, der dem Käufer gefällt. Dann geht’s nur noch mit gigantischem Werbeetat und kreativen Lifestyle-Designern, die selbst dem letzten Volldeppen noch glaubhaft weismachen, dass Alcopops und Mixgetränke aus der Dose das einzig "hippe" sind, was es am Markt zu kaufen gibt.

An diesem Tag klingelte nicht nur das Handy des älteren Schotten auf Mallorca, sondern auch der Postbote an Grahams

Tür. Der Lärm riss ihn aus seinen schwermütigen Gedanken. Die letzten Schallwellen der antiquierten Klingel, noch eine mit richtigem Hämmerchen in der Mitte, waren noch nicht verklungen, als Graham mit einem unangenehm klingenden dumpfen Geräusch durch die massive Haustür in seiner Laufgeschwindigkeit ausgebremst wurde. Bevor der sich anbahnende Schmerz aus seiner rechten Schulter dem Hirn signalisieren konnte, sich schreiend auf den Boden zu werfen, hatte er bereits in einer quasi reflexartigen Bewegung die Haustür aufgerissen.

»Post für Sie, Mister Morrice. Und einen schönen guten Morgen«, begrüßte ihn Robert Wilkins, der Postbote. Grahams gehetzt wirkenden Gesichtsausdruck nahm er mittlerweile kaum noch zur Kenntnis. Der sich ihm nun seit mehreren Wochen bietende, morgendliche Gefühlsreigen von euphorischer Spannung bis zur tiefen Enttäuschung konnte ihn als alten Posthasen nicht aus der Ruhe bringen. Zu oft schon in den letzten 35 Jahren war er der Überbringer von frohen, aber auch traurigen, Botschaften gewesen und damit gleichzeitig auch Zeuge der ersten Gefühlsregungen. Er überreichte Graham einen cremefarbenen Umschlag, den dieser mit zitternden Händen und schmerzender Schulter entgegennahm.

»Danke, Rob. Vielen Dank. Darf ich Ihnen zur Feier des Tages einen Drink anbieten?«, fragte Graham mit leuchtenden, auf den Umschlag gerichteten, Augen.

»Danke, Mister Morrice, sehr freundlich, aber ich wüsste nicht, was ich heute feiern sollte. Lucy kriegt schon wieder ein Kind und Jimmy, unser Ältester, wurde gestern bei 'nem Bruch erwischt. Hat im Pub den Zigarettenautomaten geknackt, der Idiot. Ich weiß überhaupt nicht, wie der Junge auf solche Ideen kommt. Eine echte Katastrophe!«

»Ja, wirklich toll, Rob. Freut mich sehr. Dann noch einen wunderschönen Tag«, wünschte ihm Graham und schloss die Tür.

Irgendwie hatte der verdutzt dreinblickende Rob Wilkins das Gefühl, dass ihm Graham Morrice nicht eine Sekunde lang wirklich zugehört hatte.

Graham stand mitten im Wohnzimmer, nicht fähig, sich irgendwo hinzusetzen. Dieser Augenblick musste stehend zelebriert werden, ganz so, wie es ihm geziemte. Die in ihm brodelnden Glücksendorphine hatten seine Schulter inzwischen wieder völlig schmerzfrei werden lassen. Er nahm den alten Brieföffner mit dem Hirschhorngriff vom Sekretär, führte die angelaufene Spitze vorsichtig in die Lücke zwischen Umschlag und Lasche und ließ die scharfe Klinge das Papier mit einem singenden Geräusch zerteilen. Nachdem er den Brieföffner wieder beiseitegelegt hatte, atmete er tief durch und holte den zweiseitigen Brief aus dem Umschlag. Vorsichtig und ehrfurchtsvoll, gerade so, als wäre der Brief aus altem Pergament und könnte jeden Augenblick zerfallen.

Das dunkelrot gedruckte Wappen am Kopf des ersten Blattes zeigte ein Schild mit einem Löwen, darüber einen Helm und darauf wieder den Löwen. Geziert wurde diese Abbildung von einem Spruchband mit den Worten *Uisgebeatha Gu Brath.*

Da war sie also endlich, seine Nominierung. Nach so langer Zeit. Er sollte zum *"Keeper of the Quaich"* ernannt werden. Er begann zu lesen.

Sehr geehrter Mister Morrice,

im Namen des Management Komitees freue ich mich, Ihnen mitteilen zu können, dass das Ersuchen ob Ihrer Mitgliedschaft bei The Keepers of the Quaich akzeptiert wurde ...

Am gleichen Tag, an dem sich fünf Männer auf Mallorca trafen, erhielt Graham seine lang ersehnte Post. Zunächst fühlte Graham gar nichts, noch nicht einmal mehr seine Schulter. Die Anspannung der letzten Wochen war vorbei. Eine geradezu himmlische Leichtigkeit erreichte ihn. Er hatte das Gefühl, nicht mehr atmen zu müssen. Als könne sein Körper allein mit diesem Glücksgefühl noch Jahrzehnte weiterleben. Dann kehrte langsam die Realität zurück. Zuerst bemerkte er die leisen, hintergründigen Geräusche, die man sonst normalerweise ausblendet. Das Ticken seiner holländischen Standuhr. Das Knarren der Dachsparren, wenn der Wind dagegen drückte. Das Brummen des Kühlschranks in der Küche. Dann irgendwann wurde er sich wieder seiner selbst bewusst. Sein Herzschlag, sein Atmen, seine Schulter, der Brief in der Hand. Endlich stellten sich die Gefühle ein. Es begann bei den Füßen mit einem leichten Vibrieren. Dieses Gefühl verstärkte sich wie eine anlaufende Dampflok mit jedem Zentimeter, den es seinen Körper nach oben kroch. Endlich in Kehlkopfhöhe angekommen, verschaffte sich der Überdruck mit einem Mal Platz.

»Ja!«, schrie Graham laut ins leere Haus. »Ja, ja, ja!«, und ballte dabei seine Fäuste. »Hiiiii-ja!«.

Das war nun etwas, was Sean McCartney nicht mehr verhindern konnte. Als dieser ihn vor über zwei Jahren, als Graham noch "Heldenstatus" besaß, fragte, was er denn Gutes für ihn tun könnte, wagte Graham zu bemerken, dass ein Brennereimanager mit einem Titel vielleicht noch mehr positive Aufmerksamkeit erzeugen würde. Auf diese Idee sprang McCartney natürlich sofort an. Vielleicht auch deswegen, weil er selbst mal wieder an der feierlichen Zeremonie und dem anschließenden Festbankett teilnehmen wollte. Und dass er natürlich beides nicht aus eigener Tasche bezahlen musste, sondern der SWS belasten konnte, war sicherlich auch ein gutes Argument.

Graham sah wieder auf die Einladung. Am Montag, dem 16. April, sollte er sich im Blair Castle in der Nähe von Blair Atholl einfinden, einem kleinen Ort an der A9, nördlich des von Touristen so geliebten kleinen Städtchens Pitlochry.

Jetzt musste er aber schnell in seine Brennerei fahren, Ishbel würde sich bestimmt schon Sorgen machen und sie würde sich sicher auch riesig darüber freuen, dass er bald zum Keeper ernannt werden würde.

Beim Verlassen des Hauses fiel sein prüfender Blick immer noch automatisch auf die Stelle in der Küche, wo früher der Katzentrog gestanden hatte. Er hatte es sich bis heute noch nicht abgewöhnen können, vor dem Verlassen des Hauses zu überprüfen, ob seine Katze auch genügend Futter hatte, bis er abends wieder nach Hause zurückkam. Leider hatte er aber seine Katze vor drei Monaten einschläfern lassen müssen, da sie unheilbar an Krebs erkrankt war. Als er ein völlig verändertes Verhalten bei der Katze entdeckt hatte, das er sich nicht erklären konnte, verbunden mit Appetitlosigkeit und permanenter Müdigkeit, war er mit ihr zum Arzt gefahren. Die Tierärztin hatte mit Ultraschall den Bauch des Tieres untersucht und ihm keinerlei Hoffnung mehr machen können. Immerhin hatte seine Katze fünfzehn schöne Jahre bei seinen Eltern und dann auch bei ihm verlebt, tröstete er sich auch heute wieder, als er den leeren Platz in der Küche anstarrte. Er hatte sie, nachdem die Tierärztin sie eingeschläfert hatte, wieder mit zurück nach Hause genommen und sie im Garten an einem ihrer Lieblingsplätze vergraben. Ein schöner Schieferstein zierte jetzt ihre letzte Ruhestätte.

Auch wenn es schon einige Monate her war, fehlte sie ihm immer noch. Speziell, wenn er morgens das Haus verließ, war sie immer aufs Fenstersims in der Küche gesprungen und hatte sich in angemessener Katzenart von ihm verabschiedet. Kühl, regungslos, fast schon geringschätzig hatte sie ihm nachgesehen, wenn er an ihr vorbei zum Auto ging. Mehr war von einer Katze halt nicht zu erwarten.

Wenn er an die alte Mrs Robinson dachte, die nebenan in ihrer Schnörkelburg wohnte, und was die für eine Schau mit ihren zwei doofen Kläffern von Hund anstellte. Da war ihm seine Katze doch dreimal lieber gewesen. Kein winselnder, schlabbriger, kriecherischer Hundeabschied nach dem Motto: "Ich werde dich ja so was von vermissen, bis du in fünf Minuten wieder zurückkommst". Und dann dieses unterwürfige Verhalten beim Wiedersehen und auch noch die zahlreichen Küsschen, die Mrs Robinson mit ihren Hunden austauschte.

Bäh, einfach widerlich, wie die sich von denen übers Gesicht schlecken ließ. Da fehlte nur noch ein kleines bisschen, und sie würde wohl auch noch Zungenküsse mit ihren Hunden austauschen. Igitt!

Nicht, dass er prinzipiell etwas gegen Hunde hatte. Ein richtiger Hund fing bei ihm halt erst ab einer gewissen Größe an. Und diese überzüchteten Haus- und vor allem Schoßhündchen in Handtaschenformat waren für ihn einfach keine Hunde. Deren Getue nervte ihn tierisch.

Da war der verhaltene Abschied seiner Katze eher unter dem Motto angesiedelt "Falls du wiederkommst, soll es mir recht sein". Lieber einen Stubentiger als so einen Sofawolf. Das war für ihn der Hauptunterschied: Hunde brauchten ein Herrchen, Katzen hatten Personal. Proletariat und Aristokratie im Tierreich eben.

Ach, sie fehlte ihm doch wirklich sehr. Erst nach ihrem Tod war ihm klar geworden, dass er jetzt das einzige noch lebende Familienmitglied war. Vielleicht sollte er ja mal ins Tierheim fahren ...

Als er knapp fünf Minuten später durchs offene Tor der Ben Rhinnes Brennerei fuhr und damit einen neuen persönlichen Streckenrekord aufgestellt hatte, hielt Ishbel schon nach ihm Ausschau. Er fuhr auch nicht, wie üblich, am Visitor Center vorbei bis zu seinem Büro, sondern hielt auf dem Besucherparkplatz an, um zu Ishbel ins Besucherzentrum zu eilen. Der Umstand, dass die Fahrertür seines zwanzig Jahre alten Fords nun schon seit Jahren jeglichen Versuchen und kostspieligen Reparaturen trotzte, sie auch als solche verwenden zu können, fiel diesmal kaum ins Gewicht. Eine scheinbare Schwerelosigkeit katapultierte ihn aus der Beifahrerseite direkt auf das schmale Rasenstück vor dem Visitor Centre. Dabei schwenkte er die beiden Blätter seiner Nominierung wie eine Jagdtrophäe über dem Kopf.

Ishbel musste grinsen, als sie ihn so durchs Fenster in Richtung Besucherzentrum rennen sah, mit seinem leicht zerknitterten grauen Anzug und dem schief sitzenden Wintermantel aus einem Material, welches sich wahrscheinlich zu Weihnachten wünscht, Kaschmir zu sein. Damit erinnerte er sie wieder einmal überdeutlich an den kleinen Jungen, der noch immer in ihm steckte. Und irgendwie war er ihr in solchen Momenten am sympathischsten.

»Ich hab´ sie, ich hab´ sie«, rief Graham Sekunden später, als er zu Ishbel an den Tresen stürmte. Ohne weitere Worte hielt er ihr die beiden cremefarbenen Seiten vor die Nase. Natürlich so nahe, dass sie überhaupt nichts erkennen konnte. Da sie aber wusste, auf was er schon so lange so sehnsüchtig gewartet hatte, war ihr klar, um was es sich dabei nur handeln konnte. Sie nahm Graham die beiden Blätter aus der Hand und legte sie vor sich auf den Tresen des Besucherzentrums, hinter dem sie Graham erwartet hatte.

Nachdem sie ihre Lesebrille aufgesetzt und die Seiten kurz überflogen hatte und damit die Bestätigung für ihre Vermutung fand, umarmte sie Graham über den Tresen hinweg. »Oh, Graeme, ich bin ja so froh, dass es endlich geklappt hat. Das freut mich wirklich riesig für dich.«

Auch Graham erwiderte ihre Umarmung stürmisch und drückte sie dabei so fest, dass ihr fast die Luft wegblieb.

»Jetzt mach´ aber mal halblang«, lachte sie. »Du bringst mich ja um.«

Graham löste sich aus der Umarmung und schaute Ishbel einen Moment lang schuldbewusst an. Dann siegte aber seine Freude wieder und er grinste wie ein kleiner Schuljunge, der gerade vom schönsten Mädchen der Klasse den lang ersehnten ersten Kuss empfangen hat.

»Wann ist es denn soweit?«, fragte Ishbel schmunzelnd, während sie ihre zerdrückte beige Strickjacke wieder glatt strich.

»Der Termin am 16. April ist für mich bestätigt worden«, antwortete Graham. »Genau so, wie ich es erhofft hatte.«

Sean McCartney hatte ihm, allerdings erst nach viermaligem Erinnern und Nachfragen durch Graham, die letzte Ausgabe des Keeper Magazins geschickt, in dem nicht nur die Bilder der letzten Veranstaltung und der dabei ernannten Keeper, sondern auch die Termine für die nächsten Zeremonien auf Blair Castle enthalten waren. Deshalb hatte Graham sich den Termin im April und sicherheitshalber auch alle weiteren genannten Termine schon fest vorgemerkt und in allen seinen Kalendern fett eingetragen.

»Wow, da bleiben dir ja nur noch sechs Wochen Zeit, um deinen Text zu üben«, hatte Ishbel schnell überschlagen. »Hoffentlich reicht das noch«, fügte sie neckisch hinzu.

Graham grinste ebenfalls, denn er wusste genauso gut wie Ishbel, dass er während der feierlichen Ernennung offiziell nur zwei Worte zu sagen hatte, nämlich *"I do!"*.

»Das wird schon klappen, ich übe ja auch schon seit Wochen an meiner Rede«, lachte er jetzt ebenfalls. »Aber, ich mache mir viel mehr Sorgen darüber, ob die Zeit für dich ausreicht, meine Liebe. Schließlich musst du dir ja noch ein neues Kleid zulegen, wenn wir gemeinsam zu "Königs" gehen.«

»Oh, Graeme, heißt das etwa, dass du mich mit zur Ernennungsfeier nehmen willst?«, fragte Ishbel und errötete dabei. Insgeheim hatte sie sich das natürlich gewünscht, aber da Graham und sie noch nicht darüber gesprochen hatten, war sie sich nicht wirklich sicher gewesen.

»Klar, du weißt doch, dass der neugebackene Keeper zusammen mit seiner Ehefrau eingeladen wird. Und auch wenn wir nicht verheiratet sind, wüsste ich niemanden, den ich lieber mitnehmen würde«, proklamierte er forsch und durch die Neuigkeiten wohl mit einer Extraportion Mut ausgestattet.

Seit der Geschichte mit den schrecklichen Morden des Whisky-Mörders vor über zwei Jahren waren Graham und sie immer mal zusammen ausgegangen. Mal zum Essen in den umliegenden Lokalen, mal ins Theater oder ins Kino nach Inverness. Einmal hatten sie sich dabei auch mit Alan und Susan getroffen, die beide einen sehr verliebten Eindruck gemacht hatten. Aber zu mehr war es zwischen ihr und Graham bislang noch nicht gekommen. Ishbel wollte nichts überstürzen und

Graham offensichtlich auch nicht. Dabei war es dann auch geblieben. Eine wunderbare, intensive Freundschaft, in der es einfach an Mut fehlte, die Treppe ein wenig weiter zu erklimmen. Vielleicht aus Angst, es könnte nicht so werden, wie erhofft, vielleicht auch – zumindest bei ihr – es könnte so enden wie in ihrer ersten Ehe. Aber irgendwie hatte sie jetzt gerade das Gefühl, dass ein neues Kapitel in ihrer gemeinsamen Beziehung beginnen könnte. Sie würde sich wohl nicht nur ein neues Kleid kaufen müssen ...

Eine Bootsfahrt ...

Zur selben Zeit fast 2000 Kilometer weiter südlich.

Die beiden Schotten waren der Einladung der drei Franzosen gefolgt und, damit ihr Reiseziel nicht ganz offensichtlich war, von Edinburgh nach Frankfurt geflogen und von dort mit einer anderen Fluglinie nach Palma de Mallorca. Im Ankunftsgebäude des Aeroport de Son Sant Joan hatte sie dann ein Mann abgeholt, der ein Schild mit der vorher vereinbarten Aufschrift "Thistle" hochgehalten hatte. Gemeinsam gingen sie dann mit ihm zu einem Mercedes Vito mit abgedunkelten Heckscheiben. Nachdem sie ihr Gepäck darin verstaut hatten, fuhr der Mann los. Der Mallorquiner sprach offensichtlich nur seine Muttersprache und befolgte die ihm im Vorfeld erteilten Anweisungen. Er zuckte bei allen Gesprächsversuchen nur bedauernd mit den Schultern und sagte immer nur »Tomorrow nice weather« oder antwortete in schnellem Spanisch. Da sich die Schotten aber nicht ganz sicher waren, ob er nicht eventuell doch ihre Sprache verstehen konnte, verlief die Fahrt in angespanntem Schweigen.

Am Stand der schon recht tief stehenden Sonne konnte man erkennen, dass die Fahrt nach Westen ging, in Richtung Palma. Bald hatten sie die Umgehungsautobahn Ma-20 erreicht, die Mallorcas Hauptstadt in großem Bogen umging.

Der ältere der beiden Männer zog einen abgewetzten Reiseführer von Mallorca aus seiner großen, ledernen Reisetasche und blätterte darin herum. »Hier müssten wir jetzt sein, hinter Palma. Du weißt echt nicht, wo wir uns treffen?«

»Nein, verdammt, das sag ich dir jetzt schon zum x-ten Mal. Ich habe auch nicht gefragt, Himmel! Es wird schon nicht der Gulag sein«, antwortete der andere genervt.

»Schau nur, wir sind schon auf der Ma-1 in Richtung Andratx. Das geht hier ja ganz schön weit raus.«

Nach weiteren knapp 20 Kilometern, vorbei an Palmanova und Santa Ponça, weiteren unsicheren Bemerkungen des älteren Schotten und sarkastischen Kommentaren des anderen, erreichten sie endlich die Ausfahrt nach Peguera und fuhren in ein kleines, privat geführtes Hotel in Cala Fornells. Nachdem der Fahrer ihre Koffer ausgeladen hatte, verabschiedete er sich mit einem freundlichen »Adiós« und fuhr wieder davon.

Auch wenn das Hotel lokale vier Sterne aufwies, konnten die beiden Zimmer, die für sie reserviert worden waren, nicht mit den internationalen Standards mithalten, die sie von ihren Geschäftsreisen in die ganze Welt gewohnt waren. Aber sie wussten, dass es in diesem Fall weniger auf Wellness und Verwöhncharakter ankam, als vielmehr auf Abgeschiedenheit und Verschwiegenheit. Das kleine Hotel, fernab von jedem Massentourismus gelegen, konnte das ohne Probleme bieten. Und der Blick aus ihrem, im vierten Stock gelegenen, Superior Zimmer entschädigte die Schotten für fast alles andere, was sie sonst von Hotels gewohnt waren. Die traumhaft schöne Bucht, die sich quasi zu ihren Füßen vor ihnen ausbreitete, war wirklich atemberaubend schön. Nur durch eine schmale Straße getrennt, die noch bis zu einem weiteren Hotel führte und dort endete, lag ein schöner Sandstrand vor ihnen. Einige Pinienbäume und Palmen spendeten nicht nur Schatten, sondern verliehen dem Strand ein exotisches Flair. Aber am faszinierendsten war das grün und blau schimmernde Wasser, das sich bis zum Cap Andritxol erstreckte. Das Wasser war so klar, dass die Schotten sogar noch 50 Meter vom Ufer entfernt bis auf den Grund sehen konnten.

»Na ja, wenn es immer so einen Blick vom Balkon gibt, will ich mich nicht weiter beschweren. Nur die Fahrt hierher war mir nicht geheuer. Da habe ich echt mehr erwartet. Wenn uns nun was passiert? Dann weiß keiner, wo wir sind«, fing der Ältere wieder an.

»Jetzt hör mir mal gut zu, du Held«, reagierte der Jüngere nun restlos aufgebracht, »wenn du dir deine Hose schon vollmachst, wenn dein Butler dir nicht den Weg zum Klo auf den Boden malt, dann bist du auf deinem jetzigen Posten eine Niete, ist das klar? Ich hab dir die einmalige Chance gegeben, deinen schlappen Hintern vor dem Altersheim zu retten, indem du dich noch mal auf ein paar kleine Abenteuer einlässt. Du hast mein großzügiges Angebot angenommen. Ich kann es auch hier und heute wieder zurückziehen und mir jemand anderen suchen. Willst du das?« Herausfordernd blickte er seinen Partner an.

»Nein, nein, fahr doch nicht immer gleich so aus der Haut. Ich habe dir gesagt, dass wir es so machen und ich bin mir sicher, dass ich dich in den letzten zwei Jahren auch immer unterstützt habe, wo es notwendig war«, entgegnete der andere mit fast weinerlicher Stimme.

»Versuch jetzt bloß nicht, mir auf die unterwürfige Tour zu kommen. Du und deine hochherrschaftliche Familie, ihr habt ganze Horden von Untergebenen, ohne mit der Wimper zu zucken, verhungern lassen. Du hast doch den Machtanspruch mit der Muttermilch bekommen. Also zeig endlich, wozu diese Mutter dich unter Schmerzen geboren hat. Und außerdem, Euer Gnaden, wenn ich nicht dieses kleine Faustpfand gegen dich hätte, dann würdest du doch längst auf dem Schoß irgendeines Staatsanwalts hocken und mich im Kerker verrecken lassen. Also noch mal, mach deinen Job und wir beide werden uns in Zukunft auf unseren Landsitzen nur noch begegnen, wenn die Queen uns beide zum Tee einlädt. Und jetzt genieße die Umgebung und den Abend. Schließlich kostete er dich ja keinen Cent.«

Schweigend blickten beide vom Balkon über die Bucht. Auf der gegenüberliegenden Seite konnten sie die Häuser von Santa Ponça erkennen, die eher auf Massentourismus schließen ließen. Die beiden waren sich der vielen Engländer und auch Schotten bewusst, die hier Urlaub machten, selbst zu dieser Jahreszeit schon. Alle Flieger, die zeitgleich mit ihnen am Flughafen ankamen, waren brechend voll gewesen. Zum Glück waren sie nicht in einer dieser Bettenburgen untergebracht worden. Nicht auszudenken, wenn sie dort von jemandem erkannt worden wären.

Weiter rechts lagen die in der untergehenden Abendsonne rot leuchtenden Felsen der Illa Malgrats, die an den Rücken einer großen Wasserschlange erinnerten. *Ob die hier ihr eigenes Nessie haben*, dachte der ältere Schotte und musste bei diesem Gedanken dann doch grinsen. Seine düstere Stimmung besserte sich mittlerweile deutlich. Zudem hatten beide in ihren Zimmern einen Obstkorb und eine Flasche Rotwein José L. Ferrer Crianza 2005 aus Binissalem auf Mallorca als Willkommensgruß vorgefunden, die sie sich, sozusagen als körperliche Einstimmung auf die kommenden Tage, gleich einverleibten. In einem der Obstkörbe steckte eine kurze Mitteilung, dass man sie morgen nach dem Frühstück telefonisch kontaktieren würde.

Da es inzwischen Abend geworden war und man für sie Zimmer mit Halbpension gebucht hatte, begaben sie sich hinunter in den ersten Stock, um an einem reichhaltigen Büffet mit lokalen und internationalen Gerichten ihren Hunger zu stillen.

Da Ende Februar, heute war der Achtundzwanzigste, auf Mallorca abends schon angenehme 14 Grad herrschten und für einen echten Highlander diese Temperatur fast als Hochsommer zu werten war, unternahmen sie nach dem Essen einen kleinen Spaziergang, bei dem sie ihr Vorgehen für den nächsten Tag besprachen. Hinter dem Hotel begann ein Naturpark mit verschiedenen Wanderwegen. Dort mussten sie keinerlei Bedenken haben, dass jemand sie belauschen würde.

»Also, die Zahlen stehen, hast du gesagt. Gut, dann müssen wir daran kein Hirnschmalz mehr verschwenden, richtig?«

»Richtig!«, bestätigte der Ältere.

»Nun gut. Das bedeutet, wenn die Knaben ihre Zusagen einhalten, dann wird der Vorvertrag morgen ein Kinderspiel. Ich habe unsere Anwälte gebrieft. Wenn wir die Papiere bis Ende der Woche bei uns haben, könnte das Ding in zwei Wochen geprüft vorliegen und wäre reif. Dann beginnt deine zweite große Stunde. Du wirst den Deal den anderen schmackhaft machen. Das sollte dir bei den Zahlen wohl gelingen, oder?«

»Da bin ich mir sicher. Deswegen musst du dir keine Sorgen machen.«

»Ich mache mir nie Sorgen, alter Freund«, antwortete der Jüngere selbstsicher. »Ich schaffe Lösungen.«

»Ja, das weiß ich. Wenn alle unterzeichnen, könnte der Transfer bis Ende April perfekt sein. Und dann ist hoffentlich Ruhe.«

»Das hab ich dir doch versprochen. Und du weißt doch, ich halte immer, was ich verspreche.«

»Ja«, antwortete der Ältere, »das weiß ich sehr genau.« Mit hängenden Schultern trottete er seinem Begleiter hinterher.

Vor dem Schlafengehen saßen beide noch auf dem großen Balkon, um gemeinsam die zweite der Rotweinflaschen zu leeren. Der eine trank aus reiner Vorfreude, der andere, um seine Sorgen hinunter zu spülen. Der Wein roch und schmeckte herrlich nach Beeren und Waldfrüchten. Hier könnte man durchaus ein paar Wochen Urlaub verbringen, dachte der Ältere, aber nur, wenn man dabei nicht mit einem derartigen Ekelpaket unterwegs sein müsste.

Morgens, nach einem ausführlichen Frühstück an einem wiederum reichlich gedeckten Frühstücksbüffet, bei dem es auch alles gab, was zu einem Full Scottish Breakfast gehörte, warteten sie auf ihren Zimmern auf den Anruf der Franzosen.

Um kurz vor zehn Uhr klingelte das Handy des älteren der beiden Schotten. Nach einem kurzen Wortwechsel, bei dem beide Parteien sich versicherten, dass am jeweils anderen Ende der Leitung auch wirklich der gewünschte Teilnehmer war, kam der Franzose gleich zur Sache.

»Ich hoffe, Sie hatten eine gute Reise und eine angenehme Nacht«, fragte er auf Englisch. Obwohl er ein ausgezeichnetes Englisch sprach, konnte das geübte Ohr des Schotten einen französischen Akzent durchaus deutlich erkennen.

»Ja danke, alles in Ordnung, und die Aussicht hier ist ja fast noch besser als in Schottland«, antwortete der Schotte um Höflichkeit bemüht, während er durch die geöffnete doppelflügelige Balkontür auf die Bucht hinunter sah.

»Die wird bald noch besser werden. Ich kann sie von hier aus sehen. Schauen Sie doch mal auf die Schiffe, die in der Bucht vor Ihnen liegen. Das große weiße, das ist meines.«

Der Schotte blickte jetzt suchend über die Bucht und konnte in dem kristallklaren Wasser einige Boote unterschiedlicher Größe sehen. Die meisten von ihnen lagen schon seit dem gestrigen Abend hier verankert, konnte er sich erinnern. Aber ein Schiff lenkte sofort seine Aufmerksamkeit auf sich. Nicht nur, dass es über Nacht oder im Laufe des Morgens erst angekommen sein musste, es war auch mit Abstand das größte Schiff, das in der Bucht vor Anker lag.

Er war selbst schon oft auf Jachten mitgefahren und kannte sich zumindest so gut aus, dass er einschätzen konnte, dass hier mehrere Millionen Pfund an Wert vor ihm schwammen. Beim genaueren Hinsehen konnte er einen Mann an Deck der Luxusjacht erkennen, der in seine Richtung winkte.

»Ja, der Mann an Deck, das bin ich«, hörte er jetzt auch die Stimme übers Handy sagen. »Wir machen unser Beiboot gerade startklar, um Sie beide abzuholen. An Bord können wir uns dann ungestörter unterhalten und dabei auch noch eine kleine Tour an der Küste entlang unternehmen. Sie werden staunen.

Es wird Ihnen an Bord auch an nichts fehlen. Ziehen Sie bitte etwas Bequemes an, es soll heute 22 Grad warm werden.«

In der Tat konnte der Schotte erkennen, dass sich von der Jacht ein großes Zodiak Schlauchboot löste, in dem locker sechs bis acht Personen Platz fanden, und langsam auf den Strand vor dem Hotel zusteuerte.

Nachdem er noch ein paar kurze Höflichkeitsfloskeln mit dem Franzosen gewechselt hatte, begab er sich mit seinem Begleiter hinunter zum Strand und bestieg das große Schlauchboot, das bereits auf sie wartete. Den Hinweis des Franzosen auf bequeme Kleidung konnten beide befolgen, ohne sich erst umziehen zu müssen. Sie hatten bereits zum Frühstück schon leichte Leinenhosen und Polohemden angezogen.

An Bord der Jacht wurden sie sogleich von den drei Franzosen begrüßt, mit denen zumindest der Ältere schon seit mehreren Monaten in Gesprächen war, von deren Inhalt niemand etwas erfahren durfte. Und zwar wirklich niemand! Was der Franzose mit "Es wird Ihnen an Bord auch an nichts fehlen" gemeint haben könnte, konnten die beiden Schotten erahnen, als sie sahen, dass neben den drei Franzosen als Bordbesatzung sechs ausgesprochen hübsche junge Frauen anwesend waren. Nach der Art der Kleidung der jungen Damen zu schließen, würde es wohl heute wirklich ein sehr warmer Tag werden. Zumindest waren diese bereits jetzt schon bestens darauf vorbereitet. Bikinioberteile und wirklich heiße Hotpants waren hier wohl die Standardkleidungsstücke für weibliche Bordbesatzungen.

Die Franzosen zeigten den beiden Schotten erst einmal das Schiff und diese mussten nicht erst vorspielen, dass ihnen auch die Einrichtung imponierte. Selbst wenn sie es gewollt hätten, wäre es ihnen unmöglich gewesen, von dem, was sie in den nächsten 45 Minuten zu sehen bekamen, nicht sichtlich beeindruckt zu sein.

Beim Rundgang erklärte der Älteste der Franzosen, dass ihm die Jacht nicht wirklich gehörte, sondern er sie für den

Schnäppchenpreis von 250.000 Euro pro Woche gemietet hatte. »Vorsaison, mein Lieber. In der Hauptsaison ist die nicht unter 300.000 Euro pro Woche zu haben.«

Die knapp 38 Meter lange und gut 8 Meter breite Jacht hatte 6 Schlafkabinen und bot damit 12 Personen Platz. »Wenn es Ihnen unterwegs zu heiß wird oder Sie müde werden, können Sie sich natürlich gerne in Ihre Kabine zurückziehen«, führte er aus, als er den beiden Schotten jeweils eine Kabine zuwies. Augenzwinkernd fügte er noch hinzu »Alle Damen sind hervorragende Massagespezialistinnen. Sie können sich gerne eine aussuchen, die Ihnen in Ihrer Kabine bei der Entspannung hilft.«

Das luxuriöse Bad in jeder Kabine war ausgestattet mit einer großen Badewanne, die Platz genug für zwei Erwachsene bot, einem Doppelwaschbecken, Toilette, Bidet und einer zusätzlichen Dusche. Alles war in weißem und schwarzem Marmor gehalten, ergänzt von lackierten und polierten Hölzern und eleganten, wie Gold schimmernden, Armaturen.

Die schwimmende Luxusvilla bezauberte zumindest den jüngeren Schotten durch höchstmöglichen Luxus und Komfort. Sie betraten den lichtdurchfluteten Salon durch eine Glas-Schiebetür. Die rund geformte Bar am Eingang lud zum Aufenthalt ein und die Franzosen boten ihnen auch gleich einen Single Malt Whisky an. Aus dem reichhaltigen Angebot hinter der Bar wählten sie einen aus ihrem eigenen Portfolio. Nach dem Motto: wenn schon einen Whisky, dann den Besten, also den Eigenen.

»Wollen wir es uns nicht in der Sitzgruppe gemütlich machen?«, fragte der Franzose, der bis jetzt als einziger gesprochen hatte, und zeigte dabei auf eine Sofalandschaft von beachtlicher Größe.

Durch die großzügigen ovalen Fenster an der Seite des Raumes, welche das Gefühl von Größe und Licht vermittelten, als auch durch die große Panoramascheibe am Bug des Schiffes, konnten sie einen grandiosen Blick auf die Bucht mit ihrem Hotel im Hintergrund genießen. Kaum hatten sich alle gesetzt, spürten sie wie das Schiff leicht erbebte und in Richtung Meer abdrehte.

»Das ist echte Power, wie man bei Ihnen sagt, was?«, bemerkte jetzt der andere Franzose stolz.«

»Ja genau, so sagt man das«, bestätigte der jüngere Schotte begeistert. »Was hat denn das Schätzchen unter der Haube, oder besser, dem Deck?«

»Zwei Motoren vom Typ MTU 12 V 4000 M90 mit zusammen 2775 PS«, zitierte der Franzose aus dem Handbuch des Schiffes, »die bringen die 164 Tonnen glatt auf eine Reisegeschwindigkeit von 20 Knoten.«

Gemeinsam genossen sie schweigend das Vibrieren des Rumpfes, während sie an der Punta de na Cerdana vorbeifuhren, auf deren Spitze sie ein einsames schönes Haus sehen konnten.

»Das gehörte mal einer deutschen Schauspielerin, Lilo Pulver«, erklärte einer der Franzosen, »das kann ich Ihnen gerne vermitteln, wenn Sie Interesse haben. Und die drei Häuser da oben gehörten mal dem deutschen Model Claudia Schiffer. Kürzlich hat ein reicher Russe das ganze Anwesen für ca. 16 Millionen Euro gekauft. Wenn Sie lieber das haben wollen, rede ich mal mit ihm«.

Der ältere Schotte konnte seinen Widerwillen gegen dieses ekelerregende Protzgehabe kaum noch verbergen, während der Jüngere begeistert mit dem Kopf nickte und meinte »Da komme ich demnächst gerne auf Sie zurück.«

Immer weiter fuhren sie aufs Meer hinaus und umrundeten die Westspitze Mallorcas. Vorbei an der unter Naturschutz stehenden Insel sa Dragonera, die tatsächlich an den Rücken eines Drachen erinnerte, fuhren sie in Richtung Cap de Formentor.

Die faszinierende Küstenlandschaft mit ihren bis über 1.400 Meter ansteigenden Berge, die immer wieder von tiefen Schluchten unterbrochen wurden und nur gelegentlich kleine Buchten mit Fischerdörfern zeigten, beeindruckte den älteren Schotten mit ihrer rauen Schönheit. Die schroff und steil zum

Meer abfallenden Berghänge erinnerten ihn stark an die Landschaft der schottischen Westküste. Die mallorquinischen Berge standen denen seiner Heimat in nichts nach. Der Jüngere beachtete die Natur um ihn herum überhaupt nicht. Seine Blicke konzentrieren sich auf den Prunk des Schiffes und seinen zukünftigen Reichtum.

Sie waren aber nicht nur zum Genießen hierher gekommen und deshalb wandten sie sich, zusammen mit den Franzosen, auch bald den eigentlichen Themen zu.

Als die gecharterte Jacht an der Bucht von d´Alcúdia vorbeifuhr, hatte sich das Gespräch der Schotten und Franzosen dem Höhepunkt genähert.

Frederique, der älteste der Franzosen, hatte einen vorbereiteten Vertrag vor sich auf dem Tisch liegen, den alle in den letzten Stunden gemeinsam Detail für Detail durchgegangen waren. Alle Änderungswünsche wurden ausführlich besprochen und dann akribisch im Masterdokument in dem Notebook vermerkt, das Bernard, der jüngste der Franzosen, vor sich auf dem Tisch stehen hatte. Da der Tisch inmitten der Sitzgruppe ähnlich gigantische Ausmaße hatte, wie die Sitzgruppe selbst, bot er auf seinen 100x200 cm Fläche genügend Platz für die Vertragsseiten, das Notebook sowie die Getränke für alle Beteiligten.

Wie bei den meisten Verträgen ging es letztendlich auch bei den Diskussionen in dieser Runde hauptsächlich um eines: das Finanzielle. Schließlich konnten sich aber alle einigen und die stolze Summe von 285 Millionen Euro wurde in den Vertrag eingesetzt. Die Schotten wollten zwar ursprünglich erst Pfund als Vertragswährung haben, da das Geld aber zumindest in Teilen nicht nach Schottland transferiert werden sollte, sondern auf ein Nummernkonto in der Schweiz, waren sie auch mit Euro einverstanden.

Nachdem auch noch die Modalitäten für die Übertragung des Vertragsobjektes besprochen und eingetragen waren, druckte Bernard die Vertragsunterlagen zweimal aus. Jede

Partei las sich das Dokument nochmals gewissenhaft durch, und da beide Seiten keine weiteren Änderungswünsche mehr hatten, wurden beide Exemplare verteilt. Sowohl der ältere Schotte als auch der ältere Franzose nahmen ihr jeweiliges Dokument an sich und verstauten es sorgfältig in ihren Aktenmappen. Der Verkauf war besiegelt. Sobald sie wieder in ihren Büros sein würden, könnten die Anwälte die weiteren notwendigen Formalitäten erledigen. Die entsprechenden Eintragungen in das Grundbuch, der Geldtransfer – sowohl der offizielle als auch der andere – die Änderung der Mitarbeiterverträge in der Destillerie, alles das war jetzt Arbeit für das Fußvolk. Wozu bezahlte man schließlich die ganzen Leute?

Frederique öffnete eine Flasche teuersten Champagners und schenkte allen ein.

Danach war es an der Zeit, zum gemütlichen Teil überzugehen. Da war doch noch die Sache mit dem Entspannen …

Die Fahrt entlang der Ostküste Mallorcas und auch die Umrundung der Südspitze beim Cap des ses Salines, als die Jacht zwischen dem Cap und der vorgelagerten Insel Cabrera durchfuhr, bekamen die Schotten und auch die Franzosen nicht mit. Nachdem sie sich zugeprostet hatten, waren die leicht bekleideten Damen wie auf irgendein geheimes Zeichen in der Kabine erschienen und die beiden Schotten hatten sich mit dem Angebot auf eine entspannende Nackenmassage mit zwei der Damen in ihre jeweilige Kabine zurückgezogen. Die Franzosen hatten sich darauf ebenfalls mit je einer Dame zurückgezogen, nur Laurence, der dritte der Franzosen, hatte die beiden verbleibenden Damen mit in seine Kabine genommen. Schließlich wollte er keine von ihnen damit brüskieren, dass sie alleine übrig geblieben wäre. So etwas konnte ein Franzose einer Dame auf gar keinen Fall antun, also opferte er sich.

Die Schotten waren einige Zeit später wirklich völlig entspannt. Es gab da tatsächlich einiges, was die Damen für sie tun konnten, was ihnen zu Hause nicht geboten wurde. Speziell der Ältere war beeindruckt, welches Angebot die Welt außerhalb Schottlands noch zu bieten hatte. Seine ihm anerzogene Treue und Zurückhaltung verbot es ihm einerseits, sich überhaupt mit dieser Art Freizeitgestaltung zu beschäftigen, andererseits hatte der viele Champagner sich als durchaus überzeugender Teufel auf seiner Schulter herausgestellt. Da er zudem das ganze Gehabe der anderen nicht mehr ertragen konnte und nur noch weg wollte, bot diese „Alternativbeschäftigung“ den willkommenen Grund, die Runde zu verlassen.

Der jüngere der beiden hatte da keinerlei moralische Bedenken, denn erstens war er weder verheiratet noch liiert, und zweitens waren moralische Bedenken aus seiner Sicht sowieso nur Zeitverschwendung und unnötige Hindernisse. Das Motto: Die besten Dinge im Leben sind entweder unmoralisch, verboten oder machen dick, führte bei ihm nur dazu, genau nach diesen besten Dingen zu suchen und sie zu nehmen, wo sich ihm eine Gelegenheit dazu bot. Und so eine Gelegenheit, wie sie sich hier auf diesem grandiosen Schiff und mit der bildhübschen Brünetten bot, konnte er sich nun wirklich nicht entgehen lassen. Das wäre aus seiner Sicht mehr als nur dumm gewesen.

Gegen Abend wurden die beiden Schotten wieder mit dem Zodiak Beiboot in der Nähe ihres Hotels an Land gebracht. Da sie an Bord noch eine Kleinigkeit gegessen hatten, um sich nach der anstrengenden Entspannung wieder zu stärken, gingen sie nur noch für zwei Glas Rotwein an die Bar und dann zeitig ins Bett.

Am nächsten Morgen wurden sie nach dem Frühstück vom gleichen Fahrer wie zwei Tage zuvor abgeholt und genauso schweigend wieder an den Flughafen zurückgefahren. Wenige Stunden später landeten sie in Frankfurt und warteten auf ihren Anschlussflug nach Edinburgh. Niemand würde erfahren, dass sie dieses Mal nicht ihren Alleinimporteur in Deutschland besucht hatten, sondern in ganz anderer Angelegenheit weitergeflogen waren. Sie waren sich absolut sicher, dass niemand von ihrem Deal etwas mitbekommen hatte oder jemals erfahren würde, was sie da eingefädelt hatten.

Aber sie irrten sich gewaltig. Sie ahnten nicht, dass schon bald jemand gnadenlos Jagd auf sie machen würde, und dass ihnen ein schreckliches Ende bevorstand.

The Keepers of the Quaich

Die "*The Keepers of the Quaich*" sind eine exklusive, internationale und nicht gewinnorientierte Vereinigung, die von den führenden Scotch Whisky Herstellern 1988 gegründet wurde, um diejenigen zu ehren, die sich weltweit für dieses einzigartige Getränk einsetzen, sei es dadurch, dass sie darüber schreiben, Vorträge halten oder für seine Vermarktung eintreten.

Die höchste Auszeichnung, die die schottische Whiskyindustrie zu vergeben hat, ist deshalb auch der Titel des "The Keeper of the Quaich". Eine illustre Gesellschaft von über 1.800 Männer und Frauen aus 82 Ländern weltweit tragen diesen Titel inzwischen. Alle haben sie eines gemeinsam – die Liebe zu Schottland und seinem Whisky. Neue Keeper müssen von mindestens zwei bereits ernannten Keepern vorgeschlagen und auch vom Management Committee akzeptiert werden. Grundvoraussetzung ist, dass die neuen Kandidaten mindestens 5 Jahre einen positiven Beitrag für die Whisky Industrie geleistet und sich sehr um den Erfolg des Scotch Whisky verdient gemacht haben. Nach weiteren 10 Jahren als Keeper kann eine Ernennung zum "*Master of the Quaich*" erfolgen.

Zu den Patrons der "*The Keepers of the Quaich*" gehören der Earl of Elgin & Kincardine, der Earl of Erroll, der Duke of Atholl, der Earl of Mansfield, Lord Macfarlane of Bearsden,

Viscount Thurso, Lord Napier & Ettrick, der Duke of Argyll, der Earl of Hopetoun und der Earl of Dalhousie.

Die Keeper dürfen auch ihren eigenen Tartan tragen. Auf Basis eines Designs aus dem 18. Jahrhundert wird der Kilt aus reiner Wolle hergestellt und die Farben sowie das *Schottenmuster* repräsentieren die Hauptbestandteile des schottischen Whiskies – Blau für das Wasser, Gold für die Gerste und Braun für den Torf. Das Motto und Wappen der Gesellschaft lautet "Uisgebeatha Gu Brath", das ist gälisch für "Wasser des Lebens für immer". "Uisge" ist gälisch für "Wasser" und der Ursprungsname für "Whisky" ist durch eine Verballhornung der Engländer daraus entstanden. Den Keepern ist es erlaubt, dieses Coat-of-Arms genannte Wappen offiziell zu benutzen.

Der Hauptsitz der "*The Keepers of the Quaich*" ist in Blair Castle[1] in Perthshire, Schottland, und nur dort findet auch zweimal jährlich die Einführungszeremonie für die neuen Keeper sowie das daran anschließende große Keepers Banquet in der Great Hall statt, die aus dem Jahre 1876/77 stammt. Im Smoking bzw. im Highland Evening Dress treffen sich hier bis zu 300 Whiskyenthusiasten, die in vornehmer aber gemütli-

---

[1] Diese ineinander geschachtelte Burg bietet einen guten Überblick über die verschiedenen Bauperioden ihrer 700-jährigen Geschichte. Der Sitz der Dukes and Earls of Atholl, der die letzte legale "Privatarmee", die Atholl Highlanders, befehligt, zeigt in 32 Räumen Sammlungen von Wandteppichen, Porzellan, Waffen und Stilmöbeln aus dem 16. bis 19. Jahrhundert. Der Cumming´s Tower, der älteste Gebäudeteil, stammt von 1269. Er wurde von John Comyn, dem Lord of Badenoch, erbaut und liegt strategisch zwischen Edinburgh und Inverness. Deshalb spielte das Schloss schon immer eine bedeutende Rolle in der Geschichte Schottlands. Mary Queen of Scots übernachtete hier 1562 und ebenfalls Queen Victoria mit ihrem Ehemann, Prinz Albert, verbrachten 1844 zwei Wochen in diesem wunderschönen, schneeweißen Schloss. Heute ist es der Sitz der Familie Murray, Familienoberhaupt ist der Herzog von Atholl. Das schöne Schloss ist Schottlands meistbesuchtes historisches Haus. Blair Castle ist auch der Ort, an dem zweimal jährlich die Keepers of the Quaich zusammenkommen, um, in einem entsprechend festlichen Rahmen, neue Mitglieder zu ernennen. Die Aufnahme in diesen elitären Verein zählt zu den großen Highlights in der Whiskyindustrie. Auch die Autoren sind seit einiger Zeit Keeper.

cher Atmosphäre das Beste genießen, was Schottlands Küche zu bieten hat.

Der Grand Quaich, das Symbol der Keepers of the Quaich, besteht aus Silber und hat eine Länge von 62 cm von Griff zu Griff. Er spielt eine Hauptrolle bei der Aufnahmezeremonie von neuen Keepern, die, mit einer Hand auf diesem bedeutenden Symbol, schwören, dass sie sich immer für den schottischen Whisky einsetzen werden. Der Begriff "Quaich" kommt ebenfalls aus dem Gälischen und stammt vom Wort "cuach" ab, das übersetzt "Tasse" bedeutet. Früher wurden diese aus Holz gefertigt. Erst in den 1660er Jahren wurden die ersten Quaiches aus Silber bekannt.

Graham kannte natürlich die Geschichte der Keeper, so wie er auch die meisten in der Whiskyindustrie persönlich kannte. Um ehrlich zu sein, kannte er eigentlich niemanden, der sich in der Geschichte des Whiskies besser auskannte als er selbst. Er erinnerte sich, dass ihn seine zwei deutschen Freunde erst letztens wieder gefragt hatten, warum er denn noch kein Keeper sei. Und wieder einmal musste er antworten und sich selbst eingestehen, dass umfangreiches Wissen über den Whisky alleine nicht ausreichte, um aufgenommen zu werden. Er musste von zwei Keepern vorgeschlagen werden, und sein Chef, der arrogante Sean, hatte sich beharrlich geweigert, dies zu tun. Meist begründete er dies damit, dass Graham erst einmal die Umsätze seiner Brennerei dramatisch steigern müsse, bevor er nur daran denken würde, ihn vorzuschlagen.

Das war ein Wermutstropfen der Gesellschaft, dachte Graham jetzt erneut, dass leider in den letzten Jahren viele der neuen Keeper, egal ob Männer oder Frauen, nicht wegen ihrer Verdienste um das schottische Kulturgut, sondern aufgrund ihres Amtes und ihrer Position nahezu fast automatisch nominiert und aufgenommen wurden. Graham hatte Keeper gesprochen, die sich völlig erstaunt gezeigt hatten, dass er ihnen tatsächlich das Herstellungsverfahren von Whisky erklären konnte. Vorstandsvorsitzende internationaler Getränkekonzerne, die Whisky und Wodka nur wegen ihrer Schreibweise unterscheiden konnten. Denen der Titel mal eben so zu Weihnachten oder zum Geburtstag geschenkt worden war. So auch Sean McCartney. Er bekam den Titel ein Jahr nach seiner Wahl zum Vorstandsvorsitzenden der SWS. Aiden Singleton und Arthur Fraser, zwei der ehemaligen Whiskybarone und Mitbegründer der SWS Anfang der achtziger Jahre, saßen bereits seit 1988 im Komitee der "The Keepers of the Quaich" und hatten für ihn gebürgt. Graham wäre damals vor Wut fast geplatzt, als ihm dieser Fatzke vorgezogen worden war, der doch keinerlei Ahnung von Whisky hatte.

Aber jetzt sah die Welt ganz anders aus, jetzt würde er zum Keeper ernannt werden. Sean McCartneys Mitgliedschaft war für Graham nun die Fahrkarte ins Glück. Nun hatte er einen Keeper, der wiederum ihn empfehlen und nominieren konnte, ja sogar musste. Ha! Sean McCartney würde zwar auch an der Zeremonie teilnehmen, aber das war ihm völlig egal. Im Gegenteil, er würde den Abend sogar noch mehr genießen, weil er wusste, dass sein Chef ihn nicht ganz freiwillig vorgeschlagen hatte. Sean musste mit ihm am Banquet teilnehmen und sein Zahnpastalächeln nur für ihn erstrahlen lassen. Graham würde einfach den ganzen Abend wissend zurückgrinsen.

Ungefähr zwei Wochen vor dem entscheidenden Termin, Anfang April, erhielt Graham weitere Post von den Keepern. Julia Thorold, die Direktorin des Managements, hatte ihm persönlich geschrieben und weitere Informationen geschickt. Neben einer allgemeinen Informationsbroschüre über die Society erhielt er auch die letzte Ausgabe des Society Magazins "The Keeper". Außerdem einen genauen Ablaufplan, wie die eigentliche Ernennungszeremonie vonstatten gehen solle. Spätestens um siebzehn Uhr dreißig mussten er und Ishbel in Blair Castle sein, um dort vom Grand Master und dem Chairman begrüßt zu werden. Pünktlich um achtzehn Uhr würde dann die Zeremonie beginnen. Ein bunter Plan zeigte jeden Schritt und erklärte alle Einzelheiten des Ablaufs. Graham würde sich alles ganz genau einprägen. Er würde den Ablauf am besten mit Ishbel ein paar Mal üben. *Am besten wären wohl ein paar Hundert Mal*, dachte er.

Schmecken

Einige Tage vor der großen Zeremonie erhielt Graham ungewöhnlicherweise ein weiteres Schreiben. Zunächst geriet Graham in helle Panik, weil er vermutete, dass McCartney es doch gewagt hatte, seine Nominierung wieder zurückzuziehen. Mit zitterigen Fingern riss er deshalb den edlen Umschlag ohne jeden Respekt auf. Dieses Mal, so konnte er ganz zu Anfang lesen, kam der Brief sogar vom Chairman persönlich. Dieser teilte ihm mit, dass es bei der Keepers Ceremony und dem anschließenden Banquet einen ganz besonderen "Guest of Honour" und Sprecher geben würde. Niemand Geringeres als Her Royal Highness The Princess Royal würde am Montag an der Veranstaltung teilnehmen. Graham musste diese Stelle im Text zweimal lesen, bis er wirklich verstand, wer da kommen würde. Mit wackeligen Knien warf er sich rücklings in den nächsten Sessel in seinem Wohnzimmer, was die dort abgelegte Schachtel Walker's Shortbread mit einem gequälten Knistern quittierte.

»Prinzessin Anne kommt auch«, entfuhr es ihm dann. »Ich glaub's nicht! Das muss ich gleich Ishbel sagen. Das wird sie mir nie und nimmer glauben.«

Bevor er losstürmte, um Ishbel zu informieren, überflog er noch die zweite Seite des Schreibens, in der zusätzliche Sicherheitsvorschriften beschrieben wurden, die anlässlich des Besuches eines Mitglieds aus dem Königshaus erforderlich waren.

Und wieder einmal hielt er wenige Minuten später direkt neben dem Besucherzentrum seiner Brennerei und stürmte erneut, mit den Blättern wedelnd, auf Ishbels Refugium zu.

»Ishbel, Ishbel«, rief er, als er rücksichtslos die Eichenholztür mit dem ins Glas geätzten Distillerylogo aufstieß und dabei die beiden Touristen völlig ignorierte, die gerade eine Tour buchen wollten. »Du wirst nie erraten, wer als Ehrengast an der Zeremonie teilnehmen wird!«

Ishbel sah ihn leicht verärgert an, da sie so ein kundenunfreundliches Verhalten nicht tolerieren wollte. Sie erkannte aber sofort, dass er in einem derart euphorischen Zustand war, in dem keinerlei Argumente ihn davon abhalten konnten, sein ganz persönliches Anliegen vorzutragen. Sie sah die beiden Norweger entschuldigend an und wandte sich dann an Graham. »Etwa eine Delegation renommierter schottischer Schuster?«, fragte sie mit einem grinsenden Blick auf die durchnässten Hauspuschen an seinen Füssen. »Im Ernst, was ist denn los? Du vergrämst mir noch die Gäste mit deinem Getue.«

»The Princess Royal kommt«, hielt ihr Graham entgegen, ohne auf seine eher unpassende Kleidung einzugehen.

»Wer?«, fragte jetzt auch Ishbel leicht irritiert. Die beiden Norweger samt Grahams Puschen hatte sie in Millisekunden vergessen.

»Prinzessin Anne!«

»Oh Gott«, konnte Ishbel nur noch antworten. »Wir haben nur noch vier Tage Zeit, uns vorzubereiten. Ich muss unbedingt noch was anderes zum Anziehen kaufen.« Sie registrierte die Norweger wieder und komplimentierte sie herzlich aber energisch aus dem Besucherzentrum hinaus und verwies sie an Jimmy, jüngstes Mitglied der Crew, der bereits andere Touristen auf dem Gelände für die nächste Tour um sich versammelt hatte. Dann hing sie das Schild "Closed" ins Fenster und wandte sich wieder Graham zu.

»Lass mich mal lesen«, sagte sie, mit ihrer Brille wedelnd, und nahm ihm die beiden Blätter aus der Hand. So als würde sie sich auf einen gemütlichen Leseabend vor dem Kamin vorbereiten, machte sie es sich auf ihrem schwarzen Bürostuhl hinter dem Tresen bequem, schlug ihre Beine in ihrem dunkelblauen Tweedrock übereinander und begann in aller Ruhe, Grahams Brief zu lesen. Nachdem sie sich selbst davon überzeugt hatte, dass Graham nicht einer geistigen Umnachtung erlegen war, holte sie nochmals tief Luft und atmete danach ein paar Mal konzentriert ein und aus, um sich selbst wieder zu beruhigen.

»Ich muss mir unbedingt ein anderes Kleid kaufen«, sagte Ishbel dann.

»Du hast dir doch erst ein neues und auch wirklich schönes Kleid gekauft«, erwiderte Graham verwirrt, immer noch ein wenig unschlüssig vor den Regalen voller Touristenartikel der Distillery stehend. »Du kannst doch nicht zwei Kleider auf einmal tragen?!«

»Ach, Graham, das verstehst du nicht. Wenn die Prinzessin kommt, muss ich unbedingt etwas Besonderes anziehen. Ich treffe doch schließlich nicht jeden Tag auf Prinzessin Anne.«

»Mir ist das völlig egal und meinem Kilt auch«, brummelte Graham und nestelte dabei an einem Spielzeugtanklaster mit dem Ben Rhinnes Logo herum.

»Typisch Mann«, entfuhr es Ishbel und sie verdrehte die Augen. »Für einen Mann ist das ja auch nicht so wichtig«

Verstehe einer die Frauen, dachte Graham wie immer bei solchen Gelegenheiten. *Ich bestimmt nicht.*

Die Zeit bis Montag, dem sechzehnten April, verging wie im Fluge. Ishbel konnte sich nicht mehr genau daran erinnern, wie oft Graham mit ihr abends in seinem Wohnzimmer die Ernennungszeremonie geübt hatte. Er hatte dazu extra die Möbel so aufgestellt, dass sie den Zeremonienraum in Blair Castle, so gut es ging, nachstellten. Natürlich in kleinerer Dimension. Zumindest das Alter seiner Möbel konnte mit denen im Schloss konkurrieren.

Obwohl Graham ungefähr hundert Mal das Gepäck kontrolliert hatte, verließen sie zeitig genug Charlestown, um rechtzeitig in ihrem Hotel in Pitlochry einzutreffen. Graham hatte sich – entgegen jeder seiner Gepflogenheiten – genügend Zeit erbeten, um sein Äußeres dem Anlass entsprechend herzurichten. Ohne Ishbels für diese Situationen sprichwörtliche Ruhe hätte Graham trotzdem auf ganzer Linie versagt, da er, bei seiner Nervosität, nicht mal die Fliege alleine binden konnte.

Nachdem die beiden es mit vereinten Kräften schließlich doch geschafft hatten, Graham in seinen Kilt zu bringen, trafen sie noch lange genug vor siebzehn Uhr in Blair Castle ein und wurden von souverän wirkenden und adrett gekleideten Ordnern auf dem Parkplatz eingewiesen. Sie waren mit Ishbels Auto gefahren, denn beide wollten nicht das Risiko eingehen, dass sie mit Grahams Wagen unterwegs mal wieder liegen blieben, weil der mal wieder nicht ansprang. Und natürlich hatte er, trotz mehrfachen Drängens von Ishbel, seine defekte Fahrertür immer noch nicht reparieren lassen. Und wie sah das denn aus, wenn sie beide vor Blair Castle in Abendgarderobe aus dem Wagen klettern würden. Undenkbar!

Sean McCartney würde natürlich mit seiner Jaguar Limousine vorfahren, höchstwahrscheinlich sogar mit Chauffeur, und sich direkt am roten Teppich absetzen lassen. Aber er würde erst später kommen, wenn die Zeremonie schon begonnen hatte. Sie würden ihn erst in der Great Hall treffen, wenn alle an ihrem Tisch Platz nehmen würden.

Um kurz nach siebzehn Uhr gingen sie dann beide vom Parkplatz aus auf den Haupteingang von Blair Castle zu. Dort standen noch einige andere angehende Keeper, von denen ihnen keiner bekannt vorkam. Um siebzehn Uhr fünfzehn gingen sie über den roten Teppich und vorbei an den Atholl Highlandern in ihren prächtigen Uniformen, die links und rechts vom Teppich Spalier standen, auf die Eingangstreppe zu. Es war schon ein berauschendes Gefühl. Ishbel in ihrem, noch in letzter Sekunde fertig gestellten, bordeauxroten, glänzenden Abendkleid, umrahmt von einer Schärpe in den Tartanfarben der Ben Rhinnes Distillery. Dazu der dezente Silberschmuck in Form kleiner Disteln mit Diamanten, den sie in ihrem letzten Urlaub auf der Isle of Skye bei Skye Silver erstanden hatte. Graham in seinem, wie er ihn immer gerne bezeichnete, "Sonntags-Nachmittags-vor-die-Tür-geh-Kilt". Womit er, abgesehen von der Spencer Jacke, dem Sporran, den Ghillie Brogues und natürlich dem noch von seinem Urgroßvater stammenden Sgian Dubh mit dem Hirschhorngriff, hauptsächlich auf den einzigen Kilt anspielte, der noch keine Fäden gezogen hatte. Dennoch war dieses, als Highland Evening Dress bekannte, Outfit in Schottland höher angesehen als Smoking oder Frack. Damit konnte man durchaus angemessen gekleidet bei Königs erscheinen. Und der Schotte war auch der Einzige, der in diesem Outfit bewaffnet vor die Königin treten durfte, denn der Sgian Dubh genannte Dolch, den jeder Schotte im rechten Strumpf stecken hatte, musste nicht abgelegt werden.

Ishbel und Graham hatten dieses leuchtend weiße Schloss schon als normale Touristen besucht, aber heute war es etwas ganz anderes. Das Schloss war mit Leben erfüllt und erinnerte stark daran, wie es früher gewesen sein musste, als man hier tatsächlich noch Hof hielt. Die sonst im Schloss üblichen roten Absperrkordeln waren verschwunden. Die für die Touristen, aber insbesondere zur Schonung des Parketts verlegten roten Teppiche waren in den zahlreichen Abstellkammern verstaut worden. Und die sonst zu Schauzwecken in den öffentlich zugänglichen Räumen zusammengepferchten Möbelstücke waren an ihre eigentlichen Bestimmungsorte gerückt worden. Die Atmosphäre hieß einen willkommen, man fühlte sich für einen kurzen Augenblick dem Hochadel zugehörig.

Sie wurden zur Rezeption der Society in der kleinen Eingangshalle geführt, wo Graham eine Nummer erhielt, die ihm zeigte, als Wievielter er bei der Zeremonie dran kommen würde. Einundzwanzig neue Keeper würden heute ernannt werden, und da das Ganze in alphabetischer Reihenfolge durchgeführt wurde, lag er mit der Nummer 16 im hinteren Mittelfeld. Er wurde danach aufgefordert, in einen im zweiten Stock des Südflügels gelegenen separaten Raum zu gehen, aus dem er dann aufgerufen werden würde. Ishbel musste sich in einen anderen Raum begeben. Sie würden erst im Zeremonienraum wieder zusammentreffen, wobei Graham und die anderen Keeper-Kandidaten hinter den Sitzreihen stehen würden, in denen ihre Begleiterinnen Platz nehmen würden.

Als Graham in dem altehrwürdigen Raum umherging und etwas Small Talk mit den anderen anfing, merkte er gleich, dass alle Anwesenden genauso nervös waren, wie er selbst, und deshalb keiner an einem auch noch so oberflächlichen Gespräch interessiert war. Er hing also seinen eigenen nervösen Gedanken nach, betrachtete eher beiläufig die prächtige Holzvertäfelung und die zahlreichen teils Jahrhunderte alten Bilder, als eine Stimme neben ihm plötzlich sagte: »Hallo, Graeme, schön dich zu sehen. Und klasse, dass es endlich bei dir geklappt hat.«

Graham drehte sich um und stand Gregor Mangold gegenüber, einem der beiden Deutschen, die mehrere Whiskysammler-Bücher geschrieben hatten, eines auch über seine Ben Rhinnes Brennerei. »Greg, was machst du denn hier?«, fragte Graham verdutzt.

»Na, was wohl? Keeper werden«, grinste ihn Gregor an. »Gut siehst du aus in deinem Kilt. Das ist übrigens das erste Mal, dass ich dich im Rock sehe. Steht dir wirklich gut.«

Sie tauschten noch einige Informationen aus, wer wen vorgeschlagen hatte und wofür. Dann war es schon so weit. Sie wurden aufgerufen, um vom Grand Master und dem Chairman sowie deren Frauen begrüßt zu werden. Das obligatorische Foto eines jeden Kandidaten, eingereiht zwischen den beiden illustren Ehepaaren, beendete diesen ersten offiziellen Teil des Abends. Danach wurden sie vom Fear an Tighe genannten Zeremonienmeister in den Raum geleitet, in dem ihre Begleiterinnen schon auf den Stühlen Platz genommen hatten. Graham konnte Ishbel erst nicht finden, während Gregor seiner Frau kurz zuwinkte. Der Raum war ausgefüllt mit sieben Stuhlreihen mit jeweils sechs Plätzen. Graham und Gregor standen nebeneinander hinter den Stühlen in der dritten Reihe der Keeperaspiranten und blickten auf eine festlich erleuchtete Bühne, auf denen die Honoratioren der Keeper Society den Aufnahmeritus der mehr oder weniger nervösen Keeper in spe durchführen würden. Gregor hatte die Nummer 15 und kam demnach direkt vor Graham dran. Als guter Freund versuchte er ständig, den immer nervöser werdenden Graham zu beruhigen. Das gelang ihm allerdings nur bedingt.

Nach den einleitenden Worten des Zeremonienmeisters begann der - zumindest für Graham – schweißtreibendste Teil des Abends. Unauffällig mit einem Taschentuch seine feuchten Handflächen trocknend, lauschte er dem Redner, der in getragenen Worten die Verdienste des ersten Anwärters auf den Keeper-Titel vortrug.

»Philippe Anouet, Mitglied des Vorstands der World Spirit Brands Group, Paris, hat sich in den letzten fünf Jahren verdient gemacht um ...«

Grahams Aufmerksamkeit beschränkte sich zunehmend auf die Basisfunktionen seines Körpers. Herzschlag? Vorhanden. Atmung? Ab und zu. Gleichgewichtssinn? Gerade noch so. Sprechvermögen? Hoffentlich. Schweißabsonderung? Enorm! *Noch sieben Leute vor mir. Noch sechs ...* zählte Graham leise mit, um nicht völlig abzudrehen. Dann kam Gregor Mangold dran, der Graham, bevor er nach vorne trat, noch schnell einen leichten Stups versetzte und ihm aufmunternd zulächelte.

Als Gregor nach seinem Aufnahmezeremoniell zum seitlichen Bühnenausgang herausgeführt wurde, sank Graham vom hohen Berg der Panik sanft gleitend in das tiefe Tal der inneren Ruhe und Gelassenheit. *Entweder ich stolpere und knalle lang auf die Bühne oder meine Stimme versagt und ich quietsche wie ein greiser Eunuch oder ... oder ... Egal, jetzt ist es eh zu spät.* Mit dem Kadavergehorsam eines Soldaten sprang er aus dem Schützengraben und rannte laut schreiend auf die feindliche Stellung zu – zumindest bildlich gesprochen.

Pünktlich um neunzehn Uhr fuhr Sean McCartney vor dem Eingang von Blair Castle vor. Auch wenn es sonst seine Art war, prinzipiell einige Minuten zu spät zu kommen, alleine schon, um seine Bedeutung und die Wichtigkeit seiner Person zu dokumentieren, gab es doch ein paar Termine, bei denen auch er pünktlich erschien. Die heutige Veranstaltung gehörte eindeutig dazu und das nicht nur deswegen, weil königlicher Besuch angekündigt war. Er wusste, dass die Veranstaltungen der *"The Keepers of the Quaich"* minutiös geplant waren und auch entsprechend so durchgezogen wurden. Wer zu spät kam, kam nicht einfach nur zu spät und störte damit den Ablauf, nein, der blieb einfach draußen. Diese Schmach wollte er sich natürlich auf keinen Fall antun.

Der Fahrer der SWS hielt deshalb die British Racing Green-farbige Jaguar Limousine direkt am roten Teppich an, stieg aus, ging ums Auto herum und öffnete seinem Chef die Wagentür. Er hatte so exakt angehalten, dass McCartney beim Aussteigen seine Füße direkt auf den Teppich setzen konnte. Während McCartney sich stolz auf dem roten Teppich einmal um seine eigene Achse drehte, damit ihn auch alle gut sehen konnten, ging der Fahrer wieder zurück und öffnete die vom roten Teppich abgewandte Tür des 12 Zylinder Boliden mit dem dezenten Daimler Double Six Schriftzug auf der Heckklappe. McCartney war natürlich nicht alleine zum Festbankett gekommen. In seiner Begleitung befand sich eine junge, sehr hübsche Frau, deren Figur in ihrem eng anliegenden Kleid hervorragend zur Geltung kam und die Blicke der meisten Männer auf sich zog. McCartney kannte einige Frauen, die gerne mit ihm zu einem Festbankett kamen, um sich mit ihm in der Öffentlichkeit zu zeigen. Und nicht nur das. Geld und Macht, gepaart mit einer ordentlichen Portion Coolness, sorgten dafür, dass er keine Nachschubprobleme an jungen Frauen kannte.

Wenn andere damit Probleme hatten, war das deren Sache, dachte er. *Es konnte halt nicht nur Überflieger geben. Der Luftraum war begrenzt genug, deshalb war es ganz gut, wenn die meisten zu Fuß gingen. Außer ihm natürlich.*

Während die beiden gemessenen Schrittes dann über den roten Teppich auf die Eingangstreppe von Blair Castle zugingen, hatte sein Fahrer die Autotüren wieder geschlossen, war wieder eingestiegen und fuhr die schwere Limousine auf den nahen Parkplatz. Dort würde er zusammen mit den anderen Fahrern auf die Rückkehr seines Chefs warten.

Während McCartney in seinem neuen Smoking über den roten Teppich stolzierte, ärgerte er sich schon etwas darüber, dass die Atholl Highlanders nicht für ihn Spalier standen und ihn auch kein Dudelsackspieler am Eingang in Empfang nehmen und dann durchs Schloss in die Great Hall geleiten würde. Bei Graham, seinem Distillery Manager, hatten die das vor Kurzem noch so gemacht. Dabei war er doch der wesentlich Bedeutendere von ihnen beiden. Die Welt war schon ungerecht. Und dass der Kerl überhaupt zum Keeper ernannt wurde, passte ihm inzwischen auch nicht mehr. Aber die Anmeldung war schon erfolgt, bevor er es sich anders überlegt hatte und eine solche Anmeldung machte man ohne wirklich triftigen Grund nicht einfach so rückgängig, ohne dabei sein Gesicht zu verlieren. Als triftiger Grund wurde dabei nur eine schwere Erkrankung oder gar der Tod des Nominierten gesehen. Beides wären zwar für McCartney wünschenswerte Alternativen gewesen, aber dieser Graham tat ihm einfach nicht den Gefallen, schwer zu erkranken oder gar zu sterben. Letzteres wäre sogar für die SWS die bessere Lösung gewesen, daraus hätte er noch werbetechnisches Kapital schlagen können. *Ich kann manchmal schon ein echtes Ekel sein*, dachte McCartney bei sich und musste bei dem Gedanken grinsen.

In der Great Hall, mit seiner atemberaubenden Holzdecke in über zehn Metern Höhe, angekommen, steuerte er auf seinen Tisch zu und begrüßte auf dem Weg dorthin einige bekannte Personen aus der Whiskyindustrie. Da er sich der Bedeutung der SWS und damit natürlich auch seiner Person für die schottische Whiskyindustrie sehr wohl bewusst war, ließ er natürlich in erster Linie die anderen ihn grüßen. Schließlich war es ja geradezu eine Ehre für die meisten Anwesenden, wenn Sean McCartney sie überhaupt registrierte, geschweige denn ein paar Worte mit ihnen wechselte.

Er hatte heute Abend extra seine Breitling Avenger Seawolf, die er sich 2005 gekauft hatte und die sonst sein Statussymbol war, gegen seine neueste Errungenschaft ausgetauscht, eine Jaeger-LeCoultre AMVOX1 R-Alarm, eine Limited Edition von weltweit nur 500 Stück. Er hatte sich das gute Stück bei Watches of Switzerland in Edinburgh gekauft. Die Uhr sah nicht nur sehr teuer aus, sie war es auch. *Aber was soll's,* dachte er, *zum einen liebte er teure und extravagante Uhren und außerdem konnte er sich bald alles leisten, was er nur wollte.* Bei dem Gedanken musste er unwillkürlich grinsen.

Alle Tische in der Halle trugen den Namen einer Brennerei, und es war Tradition bei den Keepern, dass sie niemals am Tisch der eigenen Brennerei saßen. Natürlich hatte McCartney dafür gesorgt, dass er dieses Mal am Knockando Tisch sitzen würde, der dem großen Highland Park Tisch genau gegenüberstand. Dort würden die Honoratioren des Abends und natürlich auch der Ehrengast Platz nehmen. Leider war es ihm untersagt, am Highland Park Tisch direkt Platz zu nehmen, da er weder zu den Gründern noch zu den Patronen der Society gehörte. Dass die nicht bereit waren, wenigstens für ihn dabei eine Ausnahme zu machen, wurmte ihn sehr. Auch wenn dies für ihn ein unverschämter Zustand war, hatte er zumindest sichergestellt, dass heute Abend niemand näher dran saß als er.

Wenn ihr wüsstet, was ich heute Nachmittag in meiner Wohnung gemacht habe. Und wenn ihr vor allem wüsstet, was sich demnächst so alles ereignen wird, dachte er genüsslich.. *Die werden Augen machen. Aber die werden sich demnächst so oder so mehr als nur wundern, wenn sie erkennen, wozu ich fähig bin und was ich alles leisten kann.*

Seit ein oder zwei Stunden verspürte er allerdings ein undefinierbares Unwohlsein, das langsam anfing, ihn zu nerven. Er spürte ein Kratzen im Hals sowie ein leichtes Brennen in Mund und Rachen. Ob er sich irgendwo erkältet hatte? Es fühlte sich außerdem auch so an, als hätte er sich den Magen verdorben oder zumindest etwas gegessen, was dort jetzt ein gewisses Eigenleben entwickelte. Das konnte aber nicht sein, denn das Restaurant, das er mit Sylvie zum Lunch besucht hatte, war für seine ausgezeichnete Küche und frische Zubereitung der Speisen im ganzen Land bekannt. Und später hatten sie nur noch etwas getrunken. Dann hatten sie schließlich Besseres zu tun.

Krankheit war nur etwas für Schwächlinge, ein Mann wie er wurde nicht krank. Niemals! Und in der Tat konnte er sich nicht erinnern, wann er das letzte Mal krank gewesen war. Dafür hatte er einfach keine Zeit. Selbst die eine oder andere Erkältung hatte er bislang immer über Nacht auskurieren können. Also drängte er auch dieses Mal das Unwohlsein in den Hintergrund, das würde sich schon wieder von alleine legen. Schließlich war es ja auch von alleine gekommen, oder?

Nachdem die frischgebackenen Keeper und ihre Begleitpersonen die große Halle betreten und an ihre Tische gegangen waren, dauerte es noch fast eine Viertelstunde, bis vor dem Eingang Dudelsackmusik erklang. Bis zu diesen ersten Tönen war alles Vorherige seit dem Betreten der Bühne für Graham wie in einer rosaroten Wolke geschehen. In weicher, aus purem Endorphin bestehender, Watte hatte er die letzten offiziellen Schritte der Ernennung – Übergabe der Insignien, insbesondere des Quaichs, Posieren für das offizielle Foto, dabei ein grenzdebiles Lächeln aufsetzend, und anschließendes Warten auf den gemeinsamen Abgang in die Great Hall – hinter sich gebracht.

Nun standen alle Anwesenden von ihren Plätzen auf und richteten ihre Augen auf die Eingangstür. Prinzessin Anne betrat, eskortiert von den Highlander Atholls und begleitet von allen

Patrons der Keeper Society, den Saal. In ihrem taubenblauen Kostüm strahlte sie diese altehrwürdige Eleganz und Erhabenheit aus, die nur einem jahrhundertealten Adelsgeschlecht zueigen war und für die so manche Neureiche und Möchtegern-Herrscher die Hälfte ihres Vermögens gegeben hätten. Selbst Sean McCartney scheiterte an dieser letzten aber entscheidenden Hürde, zum Hochadel aufzusteigen.
Nachdem auch der große Quaich hereingetragen und auf einem kleinen Beistelltisch gegenüber vom Highland Park Tisch abgestellt wurde, setzte sich die Prinzessin. Erst nachdem Princess Anne in der Mitte des Highland Park Tisches Platz genommen hatte, durften sich auch alle anderen setzen. Der Fear an Tighe eröffnete das Festbanquet und stellte den Programmablauf vor.

Die Dumpfbacke von Graham sitzt mit einem völlig verklärten Blick auf seinem Platz und sieht einfach nur glücklich aus, dachte Sean McCartney bei einem Blick in die Runde. *Natürlich hat er diese graue Maus McTaggert als Begleiterin dabei.* Auch wenn McCartney sich bisher als Mann von dieser Person genauso angesprochen fühlte, wie von einem Schnitzel, musste er heute Abend dennoch anerkennen, dass sie für ihr Alter einen recht akzeptablen Eindruck machte. Ihr Kleid stand ihr wirklich gut und betonte ihre weiblichen Rundungen, von denen er bislang keine Ahnung hatte, dass es die überhaupt gab, in zwar dezenter aber dennoch reizvoller Weise. Die Wandlung, die Ishbel in den letzten Monaten anscheinend durchgemacht hatte, glich nahezu einer Schönheitsoperation. Insgeheim musste Sean sich eingestehen, dass Graham wohl auf deutlich mehr einen positiven Einfluss zu haben schien als nur auf Whisky. Ein Gefühl des Neids keimte trotz seines Unwohlseins in ihm auf. Er hatte zwar in allem Erfolg, was irgendwie mit Geld und Macht zu tun hatte, konnte aber nicht gerade behaupten, dass er jemals auf Menschen einen positiven Einfluss gehabt hätte. Da er wusste, dass Graham und Ishbel heute Abend ein gemeinsames Doppelzimmer gebucht hatten, konnte er sich vorstellen, was Graham wohl später am

Abend noch erwartete. *Na ja, auch er würde sicherlich seinen Spaß haben, mit Sylvie, seiner Begleiterin. Morgen nach dem Frühstück würde er sie dann wieder nach Hause bringen lassen und wohl nie mehr wieder sehen. Im Gegensatz zu Graham musste er sich über die Folgen seines Tuns keinerlei Gedanken machen. Oder doch ...?*

Der offizielle Teil des Abends begann mit einem Toast von Lord Macfarlane, gefolgt von einer kurzen Ansprache des Chairmans der Keeper Society. Als danach die Vorspeise serviert wurde, *Beetroot Cured Salmon with Scotch Pancake and Caviar Crème Fraiche*, meldete sich Seans Magen wieder. Dieses Mal deutlich heftiger als beim vorherigen Mal. Es waren richtige Krämpfe, die seinen Körper durchströmten. Als der heftige Schmerz etwas nachließ, schaute er in die Runde. Zum Glück hatte keiner der anderen zehn Festgäste an seinem Tisch etwas davon gemerkt, dass er förmlich zusammengezuckt war. Alle waren gerade mit der Vorspeise beschäftigt, die vor ihnen abgesetzt worden war. Selbst Sylvie war von der faszinierenden Umgebung so gefesselt, dass sie ihren Begleiter kaum wahrnahm. Irgendwie hatte er das Gefühl, dass sich das Unwohlsein nicht nur auf seinen Magen beschränkte, sondern auch in seinen restlichen Oberkörper ausstrahlte. Genauso schnell, wie die Krämpfe gekommen waren, waren sie auch wieder verschwunden, sodass er sich traute, auch von der Vorspeise zu essen. Sie schmeckte wirklich gut, aber es gelang ihm fast nicht, sie herunterzuschlucken. Er hatte förmlich Schluckbeschwerden und sein Hals fühlte sich an, als sei er zugeschnürt. Außerdem blieb ein komisches Gefühl in seinem Körper zurück. *So musste es sich wohl anfühlen*, dachte er, *wenn sich ein Alien bei jemandem eingenistet hat und dann langsam anfängt zu wachsen, um dann die Herrschaft über seinen Wirt zu übernehmen*. Schnell verdrängte er diesen Gedanken wieder. Ein ordentlicher Schluck Whisky würde sicherlich helfen, das Problem zu lösen.

Schließlich aber hielt es Sean nicht mehr länger auf seinem Platz aus. Er spürte, dass sich in seinem Darm etwas entwickelte, ja unter Druck förmlich aufbaute, und dass es wohl vernünftiger war, schnellstens ein gewisses Örtchen aufzusuchen, bevor das Ganze im wahrsten Sinne des Wortes *"in die Hose ging"*. Schnell entschuldigte er sich bei seiner Begleiterin und dem Tischnachbarn auf der anderen Seite, einem amerikanischen General, der gerade versuchte ihm Sinn und Zweck der Navy zu erklären, und verschwand aus dem Saal.

Auf der Herrentoilette entleerte sich sein Darm unter starken und heftig quälenden Koliken. Als es endlich vorbei war, entdeckte Sean, dass er scheinbar blutigen Durchfall hatte. Auch sein Kreislauf spielte verrückt und er musste sich einen Moment am Waschbecken festhalten, um nicht umzufallen. Zum Glück ließ dieser Schwindel schnell wieder nach und auch sein Bauch hatte sich inzwischen wieder soweit beruhigt, dass er sich entschloss, zurück in den Saal zu gehen. Er würde das Fest schon noch durchstehen, dann konnte er sich immer noch hinlegen. Und wenn es morgen immer noch nicht besser sein sollte, könnte er ja eventuell doch zum Arzt gehen.

Graham ärgerte sich tierisch über Sean McCartney. Nicht weil er eine, zwar zugegebenermaßen sehr attraktive, Begleiterin dabei hatte, nein, den ganzen Abend schon turtelte er fast nur mit dieser Schnepfe oder unterhielt sich mit den anderen Personen an ihrem Tisch, überwiegend Amerikaner, von denen Graham noch nie etwas gehört hatte. Ihn und vor allem Ishbel ignorierte er dabei so weit das möglich war. Irgendwie machte ihm diese Arroganz gegenüber Ishbel noch mehr zu schaffen als die gegenüber seiner eigenen Person. Scheinbar bedeutete ihm Ishbel doch mehr, als er sich bis jetzt hatte zugeben wollen. Und das wiederum ließ ihn über angenehmere Dinge nachdenken.

Als er die Vorspeise gegessen hatte, war ihm zum ersten Mal aufgefallen, wie blass Sean aussah. Er erweckte ganz den Anschein, als ging es ihm nicht besonders gut. Natürlich versuchte er, das zu überspielen und sich nach außen nichts anmerken zu lassen. Aber das konnte er vielleicht diesen Amis weismachen, Graham kannte ihn gut genug, um diese Veränderung an ihm zu bemerken. *Möge er doch tot umfallen*, kam ihm zum ersten Mal an diesem Abend der Gedanke. Zuerst erschrak er über sich selbst, dass er so etwas überhaupt auch nur denken konnte. Aber dann rief er sich in den Sinn, dass er das ja nur über dieses Ekelpaket dachte, und schon war für ihn dieser Wunsch durchaus vorstellbarer. Dann verließ Sean fast fluchtartig den Saal. *Na ja*, dachte Graham, *vielleicht hat er ja einfach nur dem reichlich angebotenen Wein oder dem Whisky zu sehr zugesprochen. Zur Vorspeise war ein 15 Jahre alter Dimple ausgeschenkt worden und die Flasche stand auf dem Tisch bereit, um auf Wunsch geleert zu werden.*

Plötzlich erklang Dudelsackmusik und der Fear an Tighe betrat den Saal. Begleitet von einem Dudelsackspieler trug er den Haggis feierlich auf einem silbernen Tablett bis zu einem kleinen Beistelltischchen gegenüber dem Highland Park Tisch und damit genau neben Sean McCartneys Platz. Bei dieser schottischen Spezialität handelt es sich um einen Schafsmagen, der mit den klein gehackten Schafsinnereien wie Herz, Leber und Lunge sowie fein geriebenem Nierenschmalz, geröstetem Hafermehl, Zwiebeln, Salz und Pfeffer gefüllt und vorher gekocht wurde. Der Geschmack erinnert an Hausmacher Leberwurst. Er zelebrierte den Haggis, indem er die witzige Ode an den Haggis von Robert Burns rezitierte und bei der letzten Strophe ein großes Messer aufnahm und damit den Haggis erlegte. Nachdem der Applaus verklungen war, wurde von der Küche der zweite Gang serviert: natürlich Haggis mit Neeps und Tatties. Bei der Beilage handelt es sich um Kartoffel- und Rübenpüree, das immer wieder in verschiedenen Kombinationen und Arrangements mit dem Haggis zusammengestellt wird. Heute wurde es in Form eines Turmes serviert, die untere Schicht der Haggis, darüber das Kartoffelpüree und obendrauf das Rübenpüree. Das Ganze stand in einer braunen Soße, die traditionell Whisky enthielt, und mundete hervorragend, wie Graham nach dem ersten Bissen feststellte. Dazu wurde ein Balvenie Port Wood von 1993 ausgeschenkt.

Auch Sean war inzwischen wieder an den Tisch zurückgekehrt und sah noch blasser aus als vorher.

Graham sah, dass sein Freund Gregor drei Tische weiter direkt neben der Bühne saß. Er hatte ihm vor der Verleihung gesagt, dass er auf Einladung seiner Lieblingsbrennerei da war und von dem Inhaber auch zum Keeper nominiert worden war. Und Graham sah ihn am Knockando Tisch bei Charles, dem Chairman und Senior Chef der Brennerei, und dessen zweiter Frau Fiona sitzen. Sie nickten sich kurz zu, als beide Blickkontakt hatten und beide erhoben, wie abgesprochen, ihr Glas Whisky und prosteten sich zu.

Als der Hauptgang serviert wurde, *Fillet of Scottish Beef, Oxtail Caramelised, Onion and Girolle, Mushroom Pie, Wilted Spinach and Garlic Mash*, verspürte Sean erneut ein Schwindelgefühl. Der ganze Saal begann sich um ihn zu drehen und er musste sich an der Tischkante festhalten, um nicht vom Stuhl zu kippen. Außerdem laberte ihm der General neben ihm langsam sein Ohr blutig. Fast wünschte er sich, doch neben Graham zu sitzen, das wäre vielleicht doch die angenehmere Gesellschaft. Aber nur fast. Vielleicht sollte er aber besser auf den Wein und Whisky ab jetzt verzichten. Er griff nach dem Glas mit Wasser, das ebenfalls vor ihm stand, sah zwar, wie er es berührte, doch er spürte es nicht. Seine Hand war völlig taub, fast wie abgestorben. Allmählich verbreitete sich dieses Gefühl in seinem ganzen Körper und dehnte sich auf alle Gliedmaßen aus. Sein Herz begann wie wild zu schlagen und hämmerte gegen seinen Brustkorb, als wollte es ihn zersprengen. Ihm wurde furchtbar schwindelig und alles drehte sich um ihn.

Irgendwie hatte er das Gefühl, als würde sich sein Rücken versteifen, sogar fast so, als würde sein Rückenmark langsam aber zunehmend gelähmt. Was war nur heute los mit ihm? So schlecht hatte er sich in seinem ganzen Leben noch nicht gefühlt und das ausgerechnet hier und jetzt. Sein Pulsschlag hatte sich spürbar beschleunigt und er konnte seine Arme nicht mehr richtig bewegen. Das war ja fast so als wäre sein Motorikzentrum im Gehirn defekt.

Bei der Nachspeise, *Carpaccio of Pineapple and Ginger Parfait* sowie *Kaffee*, erkannte Graham, dass mit Sean irgendetwas ganz und gar nicht stimmte. Der Mann saß da, als wäre er im Sitzen verstorben. Aber er bewegte sich dann doch noch, allerdings nicht mehr in einer Art und Weise, die Graham an den Sean McCartney erinnerte, den er kannte. Inzwischen tat ihm dieser Widerling wieder richtig leid. Der musste tatsächlich krank sein, vielleicht sogar schwer.

Kaum war die Nachspeise abserviert worden, mussten sich alle Gäste erheben, denn Prinzessin Anne verließ die Gesellschaft, da sie noch eine weitere offizielle Verpflichtung hatte. Anschließend setzte die dezent gespielte Musik wieder ein und die begonnenen Unterhaltungen wurden fortgesetzt.

Ein wenig später, die Veranstaltung neigte sich ihrem Ende entgegen, wurde das Lied *Auld Lang Syne* von Robert Burns angestimmt. Dabei wurde, ebenfalls traditionell, nach jeder Strophe ein Whisky getrunken. Graham wusste aus Erzählungen, dass früher hierbei reichlich Whisky konsumiert wurde, dass es sogar üblich war, sein Glas dabei jedes Mal zu leeren. Je nachdem, wie viel dann wieder nachgeschenkt wurde, konnte man bei den 4 Strophen ganz schön *tanken*. Außerdem war es früher beim Keepers Banquet üblich, dass die letzte Strophe auf dem Tisch stehend gesungen wurde. Da der aber mit Gläsern, Blumenarrangements etc. förmlich überladen war und vermutlich auch weil einige doch tatsächlich zu viel getankt hatten, war schon mal der eine oder andere Gast vom Tisch gefallen. Deshalb war man schon vor einiger Zeit dazu übergegangen, bei der letzten Strophe auf dem Stuhl stehend nur ein Bein auf den Tisch zu stellen.

Sean hatte sich beim Anstimmen des Liedes nochmals richtig aufgerafft. Er wusste, dass mit dem Lied das Ende des Abends eingeläutet wurde. Das gab ihm nochmals Auftrieb, denn jetzt war der Abend gleich vorbei und er konnte endlich nach Hause und in Ruhe und unbeobachtet leiden. Den Abend und vor allem die nachfolgende Nacht hatte er sich anders vorgestellt. Ganz anders! Aber die Nacht mit Sylvie konnte er ja demnächst nachholen, die lief ihm bestimmt nicht davon. Er irrte sich gewaltig, aber auch zum letzten Mal in seinem Leben.

Bei der letzten Strophe war es dann soweit. Sean McCartney bekam plötzlich keine Luft mehr, es wurde ihm schwarz vor Augen, er wurde bewusstlos und fiel von seinem Stuhl. Dass alle anderen um ihn herum lachten, weil sie dachten, er sei betrunken, bekam er schon gar nicht mehr mit. Seine Lungen hatten aufgehört, seinen Körper mit dem unentbehrlichen Sauerstoff zu versorgen. Erst als er sich nicht mehr rührte, verstummten alle Anwesenden. Die Musik brach unter den üblichen Misstönen ab, da einige der Musiker das verzweifelte Winken eines der Ordner wie üblich nicht registrierten. Die verzweifelten Rufe der Umstehenden nach einem Arzt wurden lauter, bis ein in einem Smoking gekleideter Inder sich einen Weg durch die Gesellschaft bahnte und sich über den zusammengekrümmten Körper McCartneys beugte. Schweigen machte sich in der Great Hall breit, während die herbeigeeilten Ordner die entsetzten Frauen und Männer dezent, aber mit Nachdruck, vom Ort des Geschehens zurückdrängten. Zu dem Sicherheitsbeamten gewandt, der sich mittlerweile auch neben McCartneys Körper gekniet hatte, schüttelte der Arzt den Kopf, worauf dieser leise in sein Funkgerät sprach. Die Ambulanz und die Polizei wurden verständigt und das wundervolle Fest war schlagartig beendet.

Graham machte sich heftige Vorwürfe und stellte sich die Frage: *Ist Sean McCartney jetzt tot, weil ich mir das so gewünscht hatte?*

Auftrag

Chief Constable Willie "Bill" Timmins, der Polizeichef des Northern Constabulary und damit Chef der Polizei in Inverness, hatte Alan Derringer am Tage nach dem Banquet zu sich ins Büro bestellt.

»Ich habe Ihre Personalakte hier auf dem Tisch, und ich habe sie auch bereits mehrfach durchgelesen. Wirklich beeindruckend.« Er nahm die Akte zur Hand und blätterte darin herum, so als müsste er bestimmte Stellen suchen, aber Alan war klar, dass er nur so tat. Er war sich sicher, dass Timmins seine Akte inzwischen bestimmt auswendig kannte.

CC Timmins blickte ihn wieder an und fasste laut zusammen und zwar ohne dabei einen weiteren Blick in die Akte werfen zu müssen. »Alan Derringer, geboren 1967, männlich, Sohn eines Ingenieurs. Abschluss in Kriminologie 1991 als Jahrgangsbester. Jüngster Detective Inspector mit 28 Jahren. Drei Jahre später Detective Chief Inspector. Eine Reihe teils aufsehenerregender Fälle gelöst, fantastische Beurteilungen. Und dann, 2005, Leiter der Sonderkommission, die den so genannten "Whisky-Mörder" überführte. Und heute auf dem besten Weg zum Chief Superintendent.« Er machte eine kleine Pause.

»Worauf wollen Sie hinaus, Chief?«, fragte Alan ihn.

Timmins hob kurz die Hand. »Moment noch. Man gab Ihnen freie Hand, als Sie damals Ihr Team zusammenstellten, und Sie haben Personen aus verschiedenen Abteilungen und aus unterschiedlichen Teilen des Landes zu sich geholt. Damals fanden einige Ihre Wahl, na ja, sagen wir mal ungewöhnlich. Doch am Ende hat sich Ihre Wahl als gut erwiesen, oder?«

Das, dachte Alan, *war eine Untertreibung*, aber er nickte nur.

»Tatsächlich hat sich Ihr Team als eines der besten in unserem Lande bewährt, stimmt´s?«

»Es war das beste«, sagte Alan, nun schon etwas ärgerlich. Er konnte einfach nicht anders. Er war stolz auf das Team, das er damals zusammengestellt hatte, und sie hatten wirklich hervorragende Arbeit geleistet. Bescheidenheit war hier völlig fehl am Platz, es war einfach die Wahrheit.

»War da nicht auch dieser Distillery Manager dabei, dieser Graham Morrice? Und hat der nicht auch mit seinem Wissen über die Whisky-Industrie zur Lösung des Falles beigetragen?«

»Ja, das ist richtig, er hat uns als externer Berater sehr geholfen.« Alan war niemand, der versuchte, Erfolge für sich alleine einzuheimsen. Wenn andere maßgeblich mitgeholfen hatten, sollte ihnen auch ein entsprechender Teil der Ehre gebühren. »Es war zwar nicht immer ganz einfach, mit ihm zusammenzuarbeiten, aber letztendlich hat er uns schon sehr geholfen.«

»Gut, gut«, sagte der Chief Constable, der dies natürlich auch schon alles wusste. »Ich denke, es ist mal wieder Zeit für Sie, ein neues Team zusammenzustellen.« Damit ließ er endlich die Katze aus dem Sack.

Alan sah ihn fragend an.

»Sie haben doch sicher von dem Todesfall beim letzten Keeper´s Banquet gehört und auch von dem toten Distillery Manager der Glenallan Distillery?«

Alan nickte nur bestätigend und wartete auf weitere Details. Es fiel ihm zwar schwer zu schweigen, aber er wollte den anderen reden lassen und es ihm nicht zu leicht machen. Dennoch war sein Interesse plötzlich sehr geweckt.

»Nun«, fuhr Willie Timmins fort. »Wir sehen bei diesen beiden Todesfällen durchaus einen Zusammenhang. Auch wenn wir normalerweise erst bei mindestens drei Todesfällen mit gleicher Vorgehensweise von einem Serienmörder ausgehen, drängt sich uns hier der Verdacht jetzt schon auf, dass wir es hier mit einem zu tun haben.«

Alan glaubte, nicht richtig gehört zu haben. »Schon wieder ein Serienmörder in der Whiskyindustrie? Wird das jetzt der neueste Modetrend? Wie kommen Sie darauf? Gibt es entsprechende Indizien?«, fragte er in kurzen, schnellen Sätzen.

»Gemach mein Lieber, nicht so gierig. Sie erfahren die Details noch schnell genug. Ich habe Ihnen hier die Akten der beiden Todesfälle besorgt«, sagte Timmins und wies auf zwei dünne Schnellhefter, die neben ihm auf dem Tisch lagen. »Lesen Sie sich die Akten durch und bilden Sie sich Ihr eigenes Urteil. Wenn Sie dann ebenfalls der Meinung sind, dass hier ein Mörder in Serie geht, melden Sie sich bei mir. Morgen früh reicht!«

Damit verabschiedete der Chief Constable sich von Alan und dieser ging wieder zurück in sein Büro im zweiten Stock, in dem er seit der Aufklärung des Falles "Whisky-Mörder" residierte.

Keine zwei Stunden später hatte Alan sich beide Akten gründlich durchgelesen und immer wieder Notizen gemacht. Es gab nicht viele Gemeinsamkeiten, die er entdecken konnte, aber die wenigen Übereinstimmungen sprachen für ihn eine deutliche Sprache. Sein Bauch kribbelte als hätte er Ameisen verschluckt, die ihm jetzt unter der Haut entlang liefen. Ein untrügliches Zeichen für ihn, dass sich hier ein interessanter Fall auftat. Beide Toten stammten aus der Whiskyindustrie, gehörten sogar beide zur SWS und beide Tote waren durch Gift ums

Leben gekommen. Dass dieser Sean McCartney, den er bei seinem letzten Fall im Whiskymilieu kennen und verachten gelernt hatte, auch vergiftet worden war, war zwar irgendwie ganz okay, aber den Tod hätte ihm Alan doch nicht gewünscht. Und an Gift zu sterben, war sicherlich kein schöner Tod gewesen. Damit hörten die erkennbaren Gemeinsamkeiten auch schon auf, aber Alan reichte das.

Natürlich wartete er nicht bis zum nächsten Tag, um dem Chief seine Meinung zu den Fällen zu sagen. Und natürlich hatte Chief Timmins auch nichts dergleichen von ihm erwartet und seiner Sekretärin bereits entsprechende Anweisungen gegeben. Diese winkte Alan deshalb auch gleich zum Chef durch, als er in ihr Büro kam.

»Nun?«, redete Timmins nicht lange um den heißen Brei herum. »Was denken Sie?«

»Auch wenn wir die magische Zahl Drei noch nicht erreicht haben, bin ich mir inzwischen sicher, dass Sie recht haben, Chief. Das scheint der gleiche Täter zu sein. Es sind zwar verschiedene Gifte, aber beides mal Pflanzengifte und für mich die gleiche Unterschrift.«

Timmins grinste ihn an und antwortete: »Ja, das sehe ich auch so. Gezielte Verabreichung der Gifte, Mord aus der Entfernung ohne persönliche Anwesenheit. Giftmorde sind heutzutage eher selten geworden. Die modernen Täter greifen eher zu Schusswaffen oder Messer und die Friedlicheren zum Scheidungsanwalt. Vergiftungen waren zur Zeit von Königin Victoria in, aber nicht mehr heute. Also dann, auf was warten Sie noch?«

»Heißt das, ich bin wieder der Leiter einer neuen Sonderkommission, die ich nach meinem Gutdünken zusammensetzen darf?«, fragte Alan.

»Ja, fühlen Sie sich entsprechend ernannt, den Schriftkram bereitet meine Sekretärin gerade vor. Halten Sie das Budget einigermaßen ein und versuchen Sie, sich weitestgehend an die Regeln zu halten. Aber vor allem: Schnappen Sie sich den Kerl, bevor er sich richtig in seine Mordserie hineinsteigert.«

»Keine Sorge, den kriegen wir schon. Ich gehe jetzt mal telefonieren und dann richten wir die Räume für die Sonderkommission her. Bis bald, Chief.«

Alan verließ das Büro des Chefs völlig enthusiastisch. Jetzt wusste er, was er die letzten Monate vermisst hatte: eine richtige Aufgabe. Endlich galt es mal wieder, einen ganz üblen Burschen zu schnappen und zu beweisen, dass die Sonderkommission besser ist als der Täter. Im Büro von Hollie, der Sekretärin des Chiefs, hielt ihm diese bereits die entsprechenden Ernennungspapiere und Vollmachten hin. Sie waren alle schon vom Chief unterschrieben. Offensichtlich hatte der keine Sekunde daran gezweifelt, dass Alan den Auftrag annehmen würde. Er war schon ein cleverer Hund und kannte seine Leute.

Wieder in seinem Büro angekommen überlegte Alan nur kurz, wen er in sein Team aufnehmen sollte. Nach Möglichkeit wollte er sein altes Team wieder zusammenbringen, sie waren hervorragend aufeinander eingespielt gewesen und würden deshalb kurzfristig mit der Arbeit beginnen können. Ein paar Telefonate später, von denen das mit Brian am längsten gedauert hatte, wusste er, dass er wieder mit allen fünf Spezialisten rechnen konnte, die auch beim letzten Mal dabei waren.

Das Sonderteam setzte sich wieder zusammen aus den Profis der jeweiligen Disziplinen des Forensic Support Departments, die für die schnelle Vor-Ort-Analyse eines Tatortes unabdingbar waren. Charles "Charly" Pollock aus Nairn war immer noch die unangefochtene Koryphäe der Scene Examination Branch. Zusammen mit seinen Kollegen Ewen "Gilly" Gillies und Andy MacPhee von der Forensik bildeten die drei das Spurensicherungsteam und zugleich die schnelle Eingreiftruppe für eine Leichenbeschau vor Ort. Nicolette "Nicky" McGovern war auch dieses Mal wieder die einzige Frau im Team und die Computerspezialistin.

Und natürlich war auch sein alter Freund Chief Inspector Brian "Bär" Strachan dabei.

Lauter Spezialisten, dachte Alan, *aber vor allem Leute, auf die ich mich voll verlassen kann.*

Lediglich Susan würde dieses Mal nicht im Team dabei sein. Alan wusste, dass er den Chief gar nicht erst darum bitten musste. Auch wenn der ihm vermutlich alles genehmigen würde, dieses ungeschriebene Gesetz würde er nicht außer Kraft setzen: Verheiratete oder sonstige Paare arbeiteten nicht in einer Sonderkommission zusammen. Das war einfach so. Basta! Aber es war ihm ja auch viel lieber, dass sie privat mit ihm "zusammenarbeitete", was sie das letzte Mal, als sie sich kennengelernt und zusammengearbeitet hatten, ja nicht durfte.

Zwei Tage später, am Donnerstag dem neunzehnten April, als für die Spezialisten seiner Sondereinheit in Inverness die Zentrale der Sonderkommission wieder eingerichtet worden war, um von hier aus alle weiteren Einsätze zu koordinieren, traf sich das Team zum ersten Mal. Wie beim letzten Fall, an dem alle zusammengearbeitet hatten, waren wieder die Räume der Drogenfahndung für sie leer geräumt und umgestaltet worden. Das hatte den enormen Vorteil, dass sich dort alle sofort heimisch fühlten und wussten, was wo zu finden war.

Und in der Tat boten die Räume alles, was sich das ermittelnde Herz erträumen konnte. Der erste Raum war groß genug, um einem Dutzend Beamten und ihrem technischen Equipment an Computern, Faxgeräten, Druckern und Telefonen Platz zu bieten. Da dieser Raum in der Mitte des Gebäudes lag und kein Fenster besaß, waren alle Wände mit Magnettafeln und Korkplatten bestückt worden, auf denen die einzelnen Mordfälle und alle zugehörigen Informationen dokumentiert werden konnten. Schon bei ihrem letzten Fall hatten sich diese Tafeln rundum an den Wänden bewährt. Alan mochte es auch einfach nicht, diese weißen Wände mitten im Raum rumstehen zu haben. Das erinnerte ihn immer irgendwie an eine Wagenburg, die sich gegen angreifende Indianer aufgestellt hatte. Auch diesen neumodischen Kram, den man aus dem Fernsehen kannte: Durchsichtige Wände, die mit abwaschbaren Stiften voll gekritzelt wurden, waren ihm suspekt. Da konnte man nie wirklich erkennen, was darauf stand, da alles im Hintergrund befindliche die Sicht störte. Und irgendwie hatte Alan so ein Gefühl, als würden sie dieses Mal recht viel Platz benötigen. Die ersten Fotos und Infos der beiden bisher bekannten Fälle waren auch bereits dort angebracht worden und würden ab jetzt ständig aktualisiert werden. So konnten sich alle einen permanenten Überblick über den aktuellen Stand der Ermittlungen verschaffen.

Neben jedem Fall hing auch eine ausgedruckte Liste mit Maßnahmen, die von den einzelnen Ermittlern noch abzuarbeiten waren. Alan hatte sich in den beiden letzten Tagen bereits die ersten Maßnahmen ausgedacht und die Listen bereits an der Tafel angebracht. Auch diese To-Do-Listen würden täglich aktualisiert werden.

An einer Wand konnte eine Leinwand heruntergefahren werden, um über einen Beamer entsprechende Computerdateien vorzuführen. An dieser Wand hing eine große Landkarte Schottlands, auf der mit bunten Nadeln die Wohnorte und Fundorte der bisherigen Opfer gekennzeichnet waren. Zwei große LCD-Flachbildschirme, die die restliche Wandfläche in Anspruch nahmen, dienten zur Visualisierung von Digitalfotos, Videos, der Übertragung von Fernsehsendungen oder sogar dem Aufbau einer Videokonferenz.

Nebenan war ein Vernehmungszimmer vorbereitet worden und Alan hoffte, dass sie es auch bald benutzen könnten. Das Zimmer hätte jemandem, der regelmäßig Krimis und Polizeiserien im Fernsehen sah, keinerlei Überraschung geboten. Ein großer Tisch, auf dem außer einem Aufzeichnungsgerät und einem Mikrofon nichts weiter stand, und zwei Stühle auf der einen Seite und einem einzelnen auf der gegenüberliegenden Seite. Auch die Spiegelwand fehlte natürlich nicht. Abgerundet wurde das Szenario mit zwei dezenten Digitalkameras in den oberen Ecken des Raumes.

Daneben gab es ein kleineres Büro für Alan und Brian, sogar mit Fensterverbindung zur Außenwelt, und im benachbarten Besprechungszimmer würden künftig jeden Morgen kurze Meetings stattfinden, um alle Beteiligten auf den neuesten Stand der Ermittlungen zu bringen.

Nachdem sich alle herzlich begrüßt hatten, ging Alan voran ins Besprechungszimmer. Gegen die große Wandtafel gelehnt wartete er darauf, bis sich das Team der Sonderkommission rund um den Besprechungstisch zusammengefunden hatte. Nachdem sich alle mit dem bereitgestellten Kaffee versorgt hatten, außer Nicky, die hatte natürlich ihre Tasse mit Tee mitgebracht, trat er vor und setzte sich auf die Kante des großen Besprechungstisches.

»Hallo, ihr Lieben. Schön, dass wir mal wieder gemeinsam antreten können, um die Welt zu retten.«

»Hey, Alan, das ist mein Spruch«, fiel ihm Brian sofort ins Wort und grinste dabei.

Alan grinste zurück und fuhr unbeirrt fort: »Wir scheinen mal wieder auf der Jagd nach einem Serienmörder zu sein. Viel wissen wir allerdings noch nicht und es gibt auch "erst" zwei Tote.«

Jedes Mitglied der Sonderkommission hatte eine kurze Zusammenstellung der bisherigen Daten vor sich liegen und natürlich hatten sich alle diese Unterlagen angesehen, während Alan seine einleitenden Worte gesprochen hatte.

»Giftmorde?«, sagte Charles Pollock. »Frauen töten gerne mit Gift. Eine Vergiftung benötigt keine physische Konfrontation. Auch ein körperlich weit überlegener Mann kann damit mühelos getötet werden. Deshalb ist ein weit überdurchschnittlicher Prozentsatz aller Giftmörder Frauen.«

»Stimmt, Charly«, antwortete Alan. »Vielleicht suchen wir dieses Mal tatsächlich eine Frau, die diese beiden Männer umgebracht hat.«

»Auffallend dabei ist«, sagte Ewen Gillies, »dass es sich hier um zwei verschiedene Giftarten handelt.«

»Stimmt ebenfalls, Gilly«, sagte Alan und freute sich, dass sein Team in altbewährter Weise sofort auf die Knackpunkte zu sprechen kam. »Bei beiden handelt es sich wohl um Pflanzengifte aus der Herbstzeitlosen und dem Blauen Eisenhut.«

»Oh Mann, ihr Streber«, grummelte Brian. »Biologie und speziell Botanik waren schon immer meine Lieblingsfächer in der Schule gewesen. Müssen wir dieses Mal jemanden suchen, der durch Felder und Wiesen streift, um dort seine Mordwaffen zu sammeln?«

»Das glaube ich nicht«, meldete sich jetzt auch Andy MacPhee zu Wort. »Heutzutage bekommt man das alles zu kaufen. Teilweise sogar schon in Apotheken oder im Pharmagroßhandel. Viele dieser Gifte sind in minimalen Dosierungen sogar gesundheitsfördernd.«

»Kann es denn eigentlich nicht auch so gewesen sein, dass sich die beiden Toten versehentlich vergiftet haben?«, fragte Nicky. »Speziell, wenn es diese Gifte auch im Handel zu erwerben gibt.«

»Nein«, antwortete Andy. »Diese Fläschchen mit solch starken Pflanzengiften werden sicherlich nicht an Endkunden verkauft und falls doch, sind sie entsprechend gekennzeichnet.«

»Na ja, kleine Flaschen mit einem Totenkopf und zwei überkreuzten Knochen drauf. Die glaubten vielleicht, dass das bedeutet, dass sie einmal Piraten gehört haben«, warf Brian lachend ein.

»Vielleicht haben wir hier den ersten Ansatzpunkt«, brachte Alan alle wieder auf den Ernst der Angelegenheit zurück. »Nicky, du recherchierst, wie und wo es diese Gifte zu erwerben gibt und ob man für den Erwerb spezielle Voraussetzungen erfüllen muss.«

»Okay«, antwortete Nicky, »ich mache mich gleich an die Arbeit.«

»Lass dir dabei von den Kollegen aus dem Labor und der Drogenabteilung helfen. Vielleicht wird das Zeug ja als Basis für irgendwelche Designer-Pillchen gebraucht. Wer weiß?!«

»Oder noch besser«, ergänzte Brian, »wahrscheinlich sind das alles nur Geschmacksverstärker für ein paar neue Whiskysorten. Hab neulich `ne Flasche von meiner Liebsten bekommen, die heißt "Designer-Cask". Dachte zuerst, das Lebenswässerchen käme aus `nem Fass von Dali oder Hundertwasser oder so. Könnte sich nun aber auch um die Zutaten gehandelt haben. Mir ist schon ganz schwummerig, glaub ich.« Mit einer theatralischen Handbewegung wischte er sich imaginären Schweiß von der Stirn und hielt sich mit der anderen Hand an der Tischkante fest.

»Ich befürchte eher, dass deine überraschende Anhäufung von Kunstverstand deinen Kreislauf zum Kollaps führt«, entgegnete Alan ungerührt. »Woher kennst du überhaupt Hundertwasser? Das ist doch weder etwas zum Trinken oder gar zum Essen?!«

»Meine liebe Jane hat seit ein paar Wochen die geniale Idee, etwas weltmännisches Flair in unser trautes Heim zu bringen und kauft einen Kunstdruck nach dem anderen. Wenn's meine Karriere hier nicht mehr bringt, kann ich bald eine Galerie aufmachen.«

»Na, dann kauf dir schon mal ein Halstüchlein und eine Zigarettenspitze. Bis zu deinem Durchbruch als Kunstmäzen kannst du aber besser deine Kröten mit dem Jagen von künstlerisch angehauchten Mördern verdienen. Also weiter: was ist mit der Tatsache, dass beide Tote der SWS angehörten? Einer davon ist sogar Gründungsmitglied gewesen«, fragte Alan weiter. »Will hier eventuell einer die Jungs von der SWS auslöschen?«

»Wenn die dort alle so sind, wie dieser McCartney, könnte ich das glatt verstehen«, ergänzte Brian.

»Stimmt, der Typ wirkte doch permanent so, als wäre er an einer Überdosis Coolness erkrankt«, warf Ewen ein, der McCartney auch von Anfang an nicht leiden konnte.

»Nein«, sagte Charly, »soweit ich weiß, war der das einzige Ekel in dem Verein. Der zweite Tote, Arthur Fraser, gehörte zu den sogenannten Whisky-Baronen, die schon seit ein paar Hundert Jahren im Whiskygeschäft groß und vor allem reich geworden sind. Ich kenne ihn flüchtig und weiß deshalb, dass der dennoch ein bodenständiger Mensch geblieben war und eigentlich auch ganz nett.«

»Dennoch müssen wir überprüfen, ob es hier ein Motiv geben könnte«, erklärte Alan. »Das machen Brian und ich. Außerdem werden wir die Zeugen beim Keepers Banquet nochmals befragen. Unser Freund Graham war da ja auch von der Partie. Vielleicht hat der noch weiteres Insider-Wissen.«

An Charles Pollock gewandt fügte er hinzu: »Charly, kümmert ihr euch bitte um die Rechtsmediziner, die die beiden Toten untersucht haben. Vielleicht gibt es hier noch Informationen, die nicht im Protokoll stehen.«

Nachdem Charles und seine beiden Assistenten zustimmend genickt hatten, teilte Alan den Rest seines Teams entsprechend auf. Nicky sollte unter anderem übers Internet und alle anderen zugänglichen Polizeiquellen weitere Einzelheiten zu den beiden Giften herausfinden, während er und Brian gemeinsam die Mitarbeiter der SWS befragen wollten, um weitere Hintergrundinformationen über die beiden Toten zu erhalten. Anschließend wollten sie persönlich Graham und Ishbel aufsuchen. Auch wenn sich Alan keine weiterführenden Informationen erwartete, sollten ihnen zugeordnete Polizisten nochmals die Zeugen von der Keeper Veranstaltung befragen, zumindest diejenigen, die schottischer Herkunft waren. Die Polizeibeamten hatten dafür jeder von Nicky eine Liste mit Namen erhalten, die diese schnell nach Wohnorten zusammensortiert hatte, damit jeder von ihnen Zeugen aufsuchen konnte, die räumlich nahe beieinander wohnten. Danach wollten sich alle wieder im Besprechungszimmer treffen, um ihre Ergebnisse zusammenzutragen.

Alan beendete die Sitzung mit den Worten: »Egal, ob der Täter, den wir suchen, ein Mann oder eine Frau ist, wir werden unseren "Blumen-Mörder" schon fassen.«

Alan gab dem Täter immer gerne einen Spitznamen, um ihn zu personalisieren. Wenn der für ihn zu einer konkreten Person geworden war, konnte er ihm auch irgendwann ein menschliches Gesicht geben. Und so kam es auch, dass die SoKo *"Blumen-Mörder"* ihren Namen bekam.

»Ja, ja, die gestörten Einzelgänger. Was würden wir von der Mordkommission nur ohne die machen«, musste Brian natürlich wieder das letzte Wort haben.

Verdacht

Graham und Ishbel hatten die Nacht als Graham zum Keeper ernannt worden war, letztendlich doch ganz anders verbracht, als sie es sich beide vorgestellt und, na ja, auch erhofft hatten.

Nach dem Tod von Sean McCartney war die Feierlichkeit abrupt beendet gewesen. Im Nachhinein konnten die Organisatoren nur froh sein, dass Prinzessin Anne schon nach dem Essen wieder gegangen war und nicht bis zum Schluss teilgenommen hatte. Das hätte enorme politische und organisatorische Probleme verursacht, wenn ein Mitglied des Königshauses Zeuge eines vermutlich unnatürlichen Todes geworden wäre. Nicht auszudenken!

Bis die Polizei und der Rechtsmediziner dann endlich eingetroffen waren, hielten sich alle Gäste in einem großen Nebenraum des Schlosses auf. Die Polizei war mit einem großen Aufgebot erschienen, nachdem sie gehört hatten, wie viele geladene Gäste an dieser Veranstaltung teilgenommen hatten. Die meisten Gäste konnten allerdings zu dem Ereignis nichts an Informationen beitragen, da sie erst aufmerksam wurden, als Sean McCartney schon am Boden lag. Von ihnen wurden nur die Personalien aufgenommen und dann konnten sie endlich gehen.

Alle, die am Knockando Tisch gesessen hatten, und auch die Honoratioren vom Highland Park Tisch mussten allerdings noch bleiben, da sie Augenzeugen des Todes gewesen waren. Von ihren Aussagen wurden handschriftliche Protokolle aufgenommen und sie mussten sich für weitere Fragen der Polizei auch in den nächsten Tagen noch zur Verfügung halten. Lediglich die ausländischen Gäste, deren Rückflüge bereits für den nächsten Tag oder den Folgetag gebucht waren, durften ihre Rückreise antreten. Allerdings wurden bei ihnen die persönlichen Daten genauestens überprüft. Außerdem wurde am nächsten Tag ein offizielles und sehr höfliches Schreiben ans Königshaus geschickt, mit der Anfrage, ob Her Royal Highness, The Princess Royal, etwaige Informationen zu dem tragischen Tod eines Gastes beim Keeper-Banquet beitragen könnte.

Erst gegen drei Uhr waren Ishbel und Graham in ihrem Hotelzimmer eingetroffen und fühlten sich völlig kaputt. Trotz der ganzen Aufregung waren sie hundemüde und nach einem halbleidenschaftlichen Gutenacht-Kuss schliefen sie sogleich tief und fest ein. Dass beide unruhig träumten und immer wieder den Tod von Sean McCartney dabei verarbeiteten, trug nicht gerade dazu bei, dass sie sich am nächsten Morgen ausgeschlafen fühlten.

Nachdem Graham kurz im Bad war und sich die Zähne geputzt hatte, ging Ishbel ebenfalls ins Bad, um sich zu duschen. Als Ishbel wieder ins Zimmer zurückkam, trat sie an die Seite vom Bett, auf der Graham inzwischen wieder lag, und blickte auf ihn herunter. *Das gemeinsame Erleben traumatischer Situationen ist oft Ursache für das Zusammenfinden zweier Menschen*, dachte Ishbel, und musste dieser Wochenzeitungspsychologie ausnahmsweise mal Recht geben. In dieser für sie fremden Umgebung, nach all den gemeinsam durchgestandenen Höhen und Tiefen des Abends und auch den Aufregungen der letzten Wochen, fiel ihr zum ersten Mal auch die ernste und männliche Seite dieses Menschen auf. Bisher waren es eher die kameradschaftlichen, vielleicht sogar mütterlichen

Gefühle, die sie zu Graham hingezogen hatten. Jetzt, so ohne seinen immer ein wenig zu groß wirkenden Anzug, unrasiert und nach Seife riechend und nicht nach Kaffee oder Gerste, eröffnete sich für sie eine völlig neue, aber insgeheim herbeigesehnte, Gefühlsebene. Als sie ihm mit diesen Gedanken in die Augen blickte, war sie sich mit einem Mal sicher, dass er genau das Gleiche empfand. Statt sich, wie sonst jeden Morgen, die Haare zu frisieren, schlüpfte sie wieder zu ihm ins Bett...

Da nur drei Tage vor dem Banquet Arthur Fraser, der Distillery Manager der Glenallan Distillery, tot aufgefunden worden war, machte sich Graham bereits seine Gedanken, ob da nicht ein Zusammenhang bestehen könne. Natürlich wusste er, dass beide zur SWS gehörten, schließlich erhielt er ja mindestens einmal im Jahr Besuch von der ganzen Vorstandsmannschaft, wenn diese ihre Jahresbilanz und Planzahlen mit ihm besprachen. Auch wenn Sean ihm nie sympathisch war, konnte er Arthur immer schon gut leiden. Warum sollte aber jemand die beiden umbringen? *Ob er Alan mal anrufen sollte?*, dachte er mehrmals. Aber Ishbel hatte ihn gebeten, nicht schon wieder Detektiv zu spielen. Die Aufregung vom letzten Mal war ihr immer noch zu gut in Erinnerung.

Was hätte er auch machen sollen? Seine Brennerei gehörte zwar zum gleichen Konzern, und auch wenn Sean ihm immer Vorwürfe machte, wusste Graham, dass sie einen sehr positiven Beitrag zum Erfolg des SWS Konzerns beitrug. Wie er es aber auch drehte und wendete, Graham wusste, dass er nichts weiter als eine kleine Laus war, die permanent Gefahr lief, von den Großen zerquetscht zu werden. *Aber egal* dachte er in einem heroischen Anflug von Mut, *Bequemlichkeit und Sicherheit durch Ignorieren und Weggucken waren etwas für Weicheier und Feiglinge. Er würde sich schlau machen, ob es da irgendwelche internen Machenschaften oder Zusammenhänge gab. Dann konnte er immer noch Alan kontaktieren.*

Nun, einige Tage nach dem so ereignisreichen Banquet, ließ sich Graeme seine Gedanken von diesem denkwürdigen Morgen nochmals durch den Kopf gehen. *Ist schon echt blöd, auf was man alles kommt, wenn die Hormone überkochen. Serienmörder! So ein Quatsch. Wenn man der aktuellen Presse Glauben schenkte, so war Sean an einer* "noch nicht näher zu bestimmenden Substanz" *verschieden.* "Ein Gewaltverbrechen wird noch überprüft, kann aber nicht mit Sicherheit ausgeschlossen werden". *So ein gequirlter Humbug! Wehmütig erinnerte er sich an seine Zeit als großer Detektiv zurück, wie Ishbel es immer nannte. Was musste er sich damals alles für einen Blödsinn für die Presse einfallen lassen, um nur ja nicht die Bevölkerung zu beunruhigen oder den potenziellen Täter zu warnen. Ob es hier und heute genauso ablief? Nein*, sagte er sich nun energisch. *Schluss jetzt mit den internationalen Verschwörungstheorien. Wir sind in Schottland in der Whiskyindustrie und nicht bei der Mafia in Chicago. Ende! Höchstwahrscheinlich ist Sean an irgend so einer neumodischen Designerdroge verreckt. Sähe ihm ja ähnlich.*

Obwohl, irgendetwas juckte unter seiner Schädeldecke und ließ seine Gedanken nicht zur Ruhe kommen. *Selbst wenn es Mord gewesen sein sollte, was bei Sean durchaus verständlich gewesen wäre – ginge es rein nach den Gedanken, so würden sie ihn, Graham, wohl als Hauptverdächtigen verhaften. Wie hieß der Science-Fiction-Film damals noch? Minority Report, oder so. Den wollte er doch immer noch mal gemeinsam mit Ishbel ansehen.*

Er merkte, wie er langsam immer nervöser wurde, was insbesondere am Kribbeln in seinem linken Bein deutlich wurde. Mit einem lauten Klatschen ließ er seine Hand auf den Oberschenkel knallen und erhob sich ruckartig von seinem Esstischstuhl. Wo hatte er nur sein Handy wieder hingelegt? Zunächst durchwühlte er den Stapel Zeitungen, der unordentlich zusammengehäuft neben dem alten Ledersessel am Fernseher lag. Fehlanzeige! Dann konnte es eigentlich nur auf dem Tablett liegen, auf dem er sein Frühstück heute Morgen abgeräumt hatte. Eilig machte er sich auf in die Küche. Die Nummer von Alan Derringer hatte er mit Sicherheit noch gespeichert. Ein kurzes "Hallo" könnte bestimmt nicht schaden. Schließlich waren seit ihrem letzten Treffen nun fast sechs Monate vergangen. Tatsächlich, zwischen den Orangenschalen und der zerknüllten Serviette lag sein etwas kaffeebeflecktes Handy. Genau in diesem Moment begann es zu klingeln und der Name Alan D. erschien auf dem Display.

Zeugen

Als Alan und Brian am Freitagmorgen am Gebäude der Scotch Whisky Society Ltd. in Inverness eingetroffen waren, schauten sie erst einmal bewundernd auf das prächtige graue Backsteingebäude, das ganz offensichtlich aus dem vorletzten Jahrhundert stammte und eine besondere Aura verströmte, wie es nur alten Gebäuden gelang, die schon immer ein Zentrum von Macht und Einfluss waren. Es handelte sich um eines der ältesten Handelshäuser in Inverness und war schon seit seiner Einweihung im Jahre 1877 der Sitz der SWS. Über dem Eingang thronte das Wappen der Society mit den Initialen SWS über und der Abkürzung für Limited unter einer stilisierten dreifachen Distel.

Am Empfang zeigten beide ihre Dienstausweise vor und verlangten, ein Mitglied der Geschäftsleitung zu sprechen. Nachdem die adrette Dame hinter dem Eichenholztresen kurz telefoniert hatte, wurden sie wenige Minuten später von einer weiteren jungen Frau abgeholt und fuhren mit ihr im Aufzug ins oberste Stockwerk, in dem sich die Büros der Vorstände befanden. Die im Gebäude integrierte Technik schien einen völligen Gegensatz zur altehrwürdigen Aura der Grundmauern darzustellen, war aber, wohl durch die handtuchgroßen Schecks für einige der namhaftesten Architekten Schottlands, derart dezent in die Architektur des Gebäudes eingebettet, dass man sich überraschend schnell daran gewöhnte. Mit einem leicht zischenden Geräusch öffneten sich die gläsernen Türen der in dezenten Rottönen gehaltenen Aufzugkabine und gaben den Blick auf die allseits bekannte Atmosphäre einer Vorstandsetage frei. Dicke, schallschluckende Teppiche mit dem Wappen der SWS wiesen zu den, mit Eichenholztüren verschlossenen, Vorzimmern des Allerheiligsten. Ihr weiblicher Begleitschutz dirigierte sie zielstrebig auf eben eine dieser Türen zu, um diese nahezu geräuschlos zu öffnen.

Nach dem Tod von Sean McCartney und Arthur Fraser führte George Latimer die Geschäfte der SWS. Zusammen mit Sven Sorenson, dem Finanzexperten der Society, und Adam "Garry" Sutherland, einem der ehemaligen Whiskybarone und Inhaber der Old Drumburgie Distillery, waren diese drei jetzt der noch verbleibende Vorstand der SWS.

Alan und Brian wurden, das unbesetzte Vorzimmer durchschreitend, direkt zu seinem Büro geführt. Die junge Dame klopfte an und öffnete nach einem kurzen Moment die Tür. Sie ließ beide an sich vorbei eintreten und schloss die Tür wieder hinter ihnen. Latimer stand hinter seinem ausladenden und fast völlig leeren Schreibtisch auf und kam ihnen entgegen, als sie den großen Raum betraten.

Er streckte ihnen die Hand zur Begrüßung entgegen. »Guten Tag meine Herren. Willkommen bei der Scotch Whisky Society«, sagte er routinemäßig. »Bitte nehmen Sie doch Platz«, fügte er hinzu und zeigte auf zwei Ledersessel vor einem Cocktailtisch, der, wie passend, mit einer Auswahl an Whiskykaraffen und Gläsern beladen war. »Was kann ich für Sie tun?«, fragte er, nachdem beide Platz genommen hatten. Er hatte sich auf einem weiteren Sessel niedergelassen, der vor seinem Schreibtisch gestanden und den er ebenfalls zum Cocktailtisch herangezogen hatte.

»Wir ermitteln in den beiden Mordfällen, denen Ihre Vorstandsmitglieder McCartney und Fraser zum Opfer gefallen sind«, antwortete Alan und fügte gleich noch in seiner bekannt diplomatischen Art hinzu: »Warum glauben Sie, möchte jemand den gesamten Vorstand der SWS auslöschen?«

»Moment mal, Herr Kommissar«, antwortete Latimer brüskiert. »Gibt es irgendwelche Hinweise darauf, dass es jemand auf uns alle abgesehen haben könnte?«

»Superintendent, bitte. Mister Latimer, was halten Sie denn davon, zwei Tote in kurzer Zeit, beide durch Gift grausam getötet und beide Mitglieder des SWS Vorstandes. Das kann doch wohl kein Zufall sein, oder?«

»Nun, äh ... Superintendent, ich oder besser gesagt der Rest der Vorstandsmitglieder, also wir haben uns natürlich auch schon unsere Gedanken gemacht, ob und was das bedeuten könnte. Aber uns ist partout nichts eingefallen.«

»Gibt es Feinde der SWS oder Konkurrenten, denen Sie ein solches Vorgehen zutrauen?«

»Feinde? Mein Gott, wer hat keine Feinde? In unserem Geschäft gibt es immer irgendwelche Neider oder Konkurrenten, aber ich kann mir niemanden vorstellen, der zu solch einer grausamen Tat fähig wäre. Nein, ich kann mir absolut nicht vorstellen, dass jemand deswegen zum Mörder werden könnte. Unsere Konkurrenzstreitigkeiten werden auf wesentlich elegantere Art ausgetragen, dabei wird garantiert niemand umgebracht. Das ist überhaupt nicht unser Stil.« Wie um seine Worte zu unterstreichen, griff er dabei fast respektvoll eine der Karaffen und ließ die honiggelbe Flüssigkeit in eines der Nosinggläser fließen. In dieser Bewegung verharrend blickte er kurz auf und meinte: »Ihnen brauche ich ja wohl nichts einzuschenken, oder täusche ich mich da? Ganz im Dienst nehme ich an. Etwas anderes? Kaffee oder ein Wasser?«

»Danke, sehr freundlich, aber Sie haben recht, Whisky glättet die Nerven und macht optimistisch und zufrieden«, antwortete Alan, während Brian mit einem sehnsüchtigen Blick die dargebotene Karaffe betrachtete, »und das ist etwas, was nun gar nicht zu unserer momentanen Aufgabe passt. Daher lieber einen Kaffee.«

George Latimer schloss die Karaffe mit dem Glaskorken und nahm sich sein gut gefülltes Glas, um direkt hinter sich auf dem Schreibtisch eine Taste auf einem schwarzen Telefon zu drücken. »Kaffee für zwei, bitte«, sprach er zu einer unsichtbaren Dame, offensichtlich am anderen Ende der Leitung, und wandte sich wieder den beiden Polizisten zu.

»Na ja, Mister Latimer, es gibt auf dieser Welt nichts, was es nicht gibt. Und viele Mörder haben schon aus wesentlich geringeren Gründen jemanden umgebracht«, antwortete Brian, um einerseits den Faden wieder aufzunehmen und andererseits auch endlich mal etwas zu sagen.

»Nun, da haben Sie sicherlich recht und ich kann mir vorstellen, dass Sie in Ihrem Job wirklich schon alle möglichen Facetten der Menschen kennengelernt haben. Aber dennoch, in unserem Geschäft bringt man keine Menschen um.«

»Gibt es irgendwelche Projekte, an denen die beiden Toten zusammengearbeitet haben, oder gibt es irgendwelche privaten Verbindungen?«, versuchte Alan das Gespräch in eine andere Richtung zu bringen.

»Projekte gibt es derzeit keine. Sean und Arthur sind zwar immer wieder mal zusammen auf Geschäftsreisen gewesen, aber Sean war mit fast jedem von uns immer wieder mal zusammen unterwegs. Und privat, nein, das kann ich mir überhaupt nicht vorstellen. Die beiden waren so verschieden, wie zwei Menschen eigentlich nur sein können. Die hat privat bestimmt nicht viel verbunden.«

»Erzählen Sie mir doch bitte etwas über die beiden. Was waren sie für Menschen?«

»Wie schon gesagt, sie waren grundverschieden. Sean war wohl das, was man einen Workaholic nennt. Knapp vierzig Jahre, mitten im Höhenflug seines Erfolgs. Er schaute weder nach links oder nach rechts, sondern immer nur geradeaus. Er bestimmte den Weg, den alle mit ihm zu gehen hatten, und wehe jemand spurte nicht. Er ließ keine andere Meinung gelten als seine eigene. Weder in der Firma noch privat. Arthur dagegen war ein herzensguter, hilfsbereiter Mensch, den alle sehr gut leiden konnten. Er hatte seine Sturm- und Drangjahre hinter sich. Mit knapp sechzig zwar noch lange kein Rentner, aber dennoch bereits mit seinem Schiff auf dem Weg in ruhigere Gewässer, wie man so sagt. Er war für die meisten Mitarbeiter eher wie eine Vaterfigur.«

»Höre ich da aus Ihren Worten, dass Sean McCartney in der Firma nicht besonders beliebt war?«

»Er war ein Powermensch, und wenn er einmal eine Entscheidung getroffen hatte, dann konnte ihn so schnell niemand mehr davon abbringen. Die musste dann auch umgehend umgesetzt werden, ohne Diskussionen. Das kam natürlich bei einigen Mitarbeitern nicht gut an, speziell bei den Unflexibleren. Man schafft es nicht in solch eine Position, wie er sie innehatte, und schon gar nicht in diesem Alter, ohne sich auf dem Weg dorthin bei dem einen oder anderen unbeliebt zu machen, verstehen Sie? Aber sein Erfolg und was er für die Firma damit erreicht hat, sprechen letztendlich für ihn«, antwortete George Latimer fast diplomatisch und zuckte dabei mit den Schultern.

In diesem Moment öffnete sich leise die schwere Tür und eine adrette Mittvierzigerin in perfektem Businessoutfit balancierte routiniert ein silbernes Tablett mit zwei Tassen, offensichtlich Cappuccino, einer Zuckerschale und einem winzigen Tellerchen mit Gebäck zum Tisch und stellte es dort nahezu artistisch zwischen den Whiskykaraffen ab. Ohne ein weiteres Wort und mit einem dezenten Lächeln verließ sie das Büro wieder. Bis Alan und George Latimer ihren Blick von dem leichten, dahinschwindenden Hüftschwung abwenden konnten, waren die dargebotenen Kekse auf unheimliche Weise verschwunden. Lediglich Brians dezentes Wegwischen einzelner Krümel von seiner Hose ergab erste Hinweise auf die Lösung dieses neuen Falls.

»Okay, er war also nicht wirklich beliebt«, fasste Alan zwischen ein paar Schlucken des Cappuccinos Latimers Worte zusammen. »Ich würde mir gerne ein persönliches Bild davon machen und mich auch mit den Mitarbeitern unterhalten. Hatte er eine persönliche Sekretärin?«

»Ja, Miss Fiona Arkland. Sie ist seit zwei Jahren seine persönliche Assistentin. Und mit den anderen Mitarbeitern können Sie natürlich auch gerne sprechen.«

»Danke, aber dann fangen wir am besten mit Miss Arkland an.«

»Wie Sie möchten, meine Sekretärin wird Sie zu ihr bringen«, sagte Latimer und drückte erneut auf einen Knopf an seiner Telefonanlage. Wenige Sekunden später öffnete die junge Dame, die sie am Empfang abgeholt hatte, die Tür und sah ihren Chef fragend an.

»Charlize, bringen Sie die Herren doch bitte zu Miss Arkland. Danke! Meine Herren …«. George Latimer stand auf und reichte Alan und Brian zum Abschied die Hand.

»Vielen Dank, Mister Latimer, falls noch etwas sein sollte, melden wir uns wieder bei Ihnen.«

Alan und Brian folgten der Charlize genannten Dame aus dem Zimmer. Sie gingen wieder in Richtung Aufzug, daran vorbei und betraten wenig später ein Vorzimmer, in dem eine weitere junge und sehr hübsche Frau an einem Computer arbeitete.

»Jung und schön zu sein, scheint hier Einstellungsvoraussetzung zu sein«, murmelte Brian Alan zu, als beide das Zimmer betraten.

»Fiona, das sind zwei Herren von der Mordkommission. Sie haben ein paar Fragen an dich«, stellte Charlize die Herren vor und verabschiedete sich umgehend, indem sie sich einfach umdrehte und schnell das Büro verließ.

Fiona Arkland stand auf und wandte sich den beiden Ermittlern zu. Sie trug, wie Alan mit der ihm eigenen routinierten Beobachtungsgabe feststellte, keinen BH und eine fast durchsichtige, hellblaue Bluse und einen hautengen, deutlich über dem Knie endenden, Minirock. Sie trat auf Alan und Brian zu und reichte ihnen ihre Hand. Mit unerwartet festem Händedruck, verbunden mit einem kecken Augenaufschlag, sagte sie: »Mein Name ist Fiona Arkland, was kann ich für Sie tun, meine Herren?«

Alan fielen gleich mehrere Dinge ein, die sie hätte für ihn oder mit ihm tun können, und auch Brian wusste offensichtlich nicht so recht, wo er zuerst wegschauen sollte.

»Wir möchten uns gerne mit Ihnen über Ihren verstorbenen Chef unterhalten«, beeilte sich Alan zu sagen, um die Situation noch einigermaßen zu retten.

»Gut. Dann gehen wir am besten in sein Büro, da haben wir etwas mehr Platz als hier.« Sie zeigte dabei auf eine Verbindungstür auf der anderen Seite des Raumes. »Möchten Sie etwas trinken? Kaffee oder Tee oder etwas anderes?«

»Kaffee hatten wir gerade schon, aber ein Wasser wäre nicht schlecht«, antwortete Alan und Brian nickte unisono.

»Gerne, wenn Sie mir bitte folgen wollen.« Mit ebenfalls aufreizendem Hüftschwung – offensichtlich noch ein unerlässliches Einstellungskriterium bei der SWS - ging Fiona Arkland vor den beiden zur Tür und öffnete diese. »Gehen Sie doch bitte schon mal vor und nehmen Sie Platz, ich komme gleich nach und bringe die Getränke mit.«

Während sie am Besprechungstisch Platz nahmen, hörten sie im Vorraum die typischen Geräusche eines sich füllenden Tabletts: Gläserklirren, Kekstütenrascheln, perlendes Mineralwasser. Alan sagte dennoch leise zu Brian: »Du bist glücklich verheiratet. Guck nicht so.« Dabei grinste er ihn genüsslich an.

»Mann oh Mann«, antwortete Brian ebenfalls leise. »So etwas hatte ich hier nicht erwartet.«

Mehr konnten sie nicht dazu sagen, denn Miss Arkland brachte das Tablett herein und stellte alles vor die beiden Kriminalbeamten auf den Tisch. Als sie sich dabei etwas über den Tisch beugte, gewährte sie den beiden Herren, fast wie zufällig, einen kurzen aber beeindruckenden Blick in ihre Bluse. Danach ging sie auf die andere Seite des Besprechungstisches, setzte sich auf einen Stuhl und schlug die gebräunten, schlanken Beine übereinander.

»Also, meine Herren, was möchten Sie wissen?«

»Erzählen Sie mir etwas über Ihren Chef. Was war er für ein Mensch? Wie sind Sie mit ihm zurechtgekommen? Was wissen Sie über sein Privatleben, seine Vorlieben? Ich möchte mir ein Bild von diesem Menschen machen. Und, Miss Arkland, wieso wirken Sie auf mich so völlig unberührt über seinen Tod?«

Die letzte Frage völlig ignorierend, fing sie an zu berichten: »Er war ein richtiger Workaholic. Arbeit war sein Leben. Er brauchte die Arbeit, wie andere Luft zum Atmen. Und wie das bei solchen Menschen oft so ist, konnten es ihm andere selten recht machen. Dann wurde er schon mal laut und reagierte auch mal heftig. Er war weiß Gott nicht einfach. Ich glaube, dass er sich für etwas Besseres hielt, besser zumindest als alle, die mit ihm zu tun hatten. Über sein Privatleben hat er eigentlich nie gesprochen, vermutlich hatte er nicht wirklich eines. Es gab immer wieder Frauen, mit denen er sich in der Öffentlichkeit zeigte, aber das war wohl eher Schmuckwerk für ihn, um seine Bedeutung aufzuwerten. Er hat diese Frauen nicht anders genutzt als eine teure Uhr, die er anzog, um andere zu beeindrucken. Was natürlich nicht ausschließt, dass er mit der einen oder anderen im Anschluss an den gemeinsamen Auftritt nicht auch das Bett teilte. Aber Liebe, ich glaube nicht, dass er dazu wirklich fähig war, für irgendjemanden Liebe zu empfinden, außer vielleicht für sich selbst.«

»Wie ist denn das Betriebsklima im Allgemeinen?«

»Immer dann am besten, wenn der Chef auf einer seiner vielen Reisen war.«

»Gibt es jemanden, der mit McCartney überhaupt nicht auskam?«

»Natürlich gibt es Mitarbeiter, die er immer wieder auf dem Kieker hatte. Speziell neue Mitarbeiter wurden erst einmal gepiesackt, damit sie auch wirklich wussten, wer der Chef war und wer als Einziger hier wirklich etwas zu sagen hatte. Sein Befehlston, wenn etwas noch unbedingt ganz schnell erledigt werden musste und das möglichst kurz vor Feierabend oder auch danach, stieß bei den Wenigsten auf dauerhafte Gegenliebe. Mit ihm zu diskutieren, war praktisch unmöglich. Er ließ keine andere Meinung gelten, außer seiner eigenen. Und rhetorisch war er allen haushoch überlegen und bei strittigen Diskussionen völlig schmerzfrei. Er brachte immer wieder Mitarbeiter zum Weinen, die glaubten, dass sie in einer Diskussion mit ihm eine Chance hätten ... auch Männer. Er war der Urtyp eines Tyrannen!«

»Gab es jemanden, der sich so über ihn geärgert hatte, dass er kürzlich gekündigt hat, oder jemanden, der kürzlich im Streit entlassen wurde?«

»Nein. Doch halt, vor etwa drei bis vier Monaten wurde tatsächlich ein Mitarbeiter entlassen. Das hatte schon einiges an Staub aufgewirbelt, der wollte sogar gegen seine Entlassung klagen.«

»Warum wurde er entlassen?«

»So genau weiß ich das auch nicht, ich war zu der Zeit gerade in Urlaub. Als ich zurückkam, war alles schon gelaufen, aber ich habe gehört, dass es Streit wegen irgendwelcher Unregelmäßigkeiten gegeben hat und er deswegen entlassen wurde.«

»Können Sie mir den Namen und die Adresse des Mannes geben.«

»Ja, bestimmt. Da muss ich nur bei Frau Richardson anrufen, die kann das heraussuchen.« Als sie den fragenden Blick von Alan sah, fügte sie hinzu: »Das ist die Dame, die Sie vorhin zu mir gebracht hat. Sie ist so etwas wie unsere Personalabteilung«

»Gut, danke.«

Fiona Arkland stand auf, strich sich den kurzen Rock über die Beine zurück und ging zum Schreibtisch ihres verstorbenen Chefs. Die bewundernden Blicke beider Männer folgten ihr, als sie den Telefonhörer aufnahm, eine Taste drückte und Charlize Richardson ihr Anliegen vortrug. Sie schrieb etwas auf einen Zettel und kam wiegenden Schrittes wieder an den Besprechungstisch zurück. Sie reichte Alan den Zettel mit dem Namen und der Adresse des entlassenen Mitarbeiters mit den Worten: »Hier, die gewünschten Daten. Frau Richardson hat mir sogar noch einen zweiten Namen genannt. Dem Mann ist ebenfalls gekündigt worden.«

»Vielen Dank Miss Arkland«, erwiderte Alan.

»Fiona. Sagen Sie ruhig Fiona zu mir«, antwortete sie mit neckischem Augenaufschlag.

»Wie war denn Ihr Verhältnis zu Ihrem Chef?«, fragte Brian, der erstens auch mal etwas sagen wollte und zweitens das Gefühl hatte, dass sich das Gespräch gerade in eine völlig falsche Richtung entwickelte. Außerdem hatte er den Verdacht, dass Sean McCartney bei einem solchen Wonneproppen im Vorzimmer bestimmt auch versucht hatte, bei ihr zu landen. Und er traf genau ins Schwarze.

»Sie haben also schon von den Gerüchten gehört, dass mein Chef und ich ein Verhältnis hätten. Also gut, ja, es stimmt. Warum sollte ich jetzt noch lügen, wo er tot ist.«

Alan war von dieser Gesprächsentwicklung so überrascht, dass er gar nicht reagieren konnte, deshalb setzt Brian das Gespräch fort.

»Und wie lange ging das schon?«

»Ich bin seit zwei Jahren seine Assistentin und seit fast zwei Jahren treffen wir uns auch regelmäßig privat.«

»Hat Sie der Altersunterschied zwischen Ihnen nicht gestört?«

»Nein, er war zwar um einiges älter als ich, dreizehn Jahre um genau zu sein, aber das hat mir nichts ausgemacht. Ich glaube er war ein sehr einsamer Mann und deshalb wollte er immer im Mittelpunkt stehen, um das zu kaschieren. Auch wenn er nach außen immer sehr hart und extrem selbstbewusst auftrat, so war er doch in Wirklichkeit ein sehr verletzlicher Mensch. Manchmal hat er mir sogar richtig leidgetan.«

»Aber, so wie Sie ihn uns eingangs geschildert haben, kann doch da, zumindest von seiner Seite, keine Liebe im Spiel gewesen sein, oder?«

»Nein, unsere Beziehung beruhte nicht auf Liebe. Darüber waren wir uns von Anfang an einig. Es gibt Dinge zwischen

Mann und Frau, die auch dann viel Spaß machen, wenn man sich nur körperlich liebt. Dann vielleicht sogar noch mehr.«

»Aha«, konnte jetzt auch Brian nur noch sagen.

Alan, der sich inzwischen wieder an die neue Situation gewöhnt hatte, fuhr fort: »Es war also eine rein sexuelle Beziehung zwischen Ihnen? Ohne Liebe? Das geht bei einer Frau?«

»Ja, auch wenn Sie das nicht glauben können, auch eine Frau kann lediglich an Sex in einer Beziehung interessiert sein. Aber, falls es Sie beruhigt, er hat sich die Beziehung mit mir `ne ganze Menge kosten lassen.«

»Und es hat Ihnen wirklich nichts ausgemacht, dass er neben Ihnen auch noch mit anderen Frauen geschlafen hat?«

»Nein, warum sollte es das? Zu mir ist er immer wieder zurückgekommen, die anderen Frauen waren für ihn nur Eintagsfliegen. Außerdem war genug für alle da.« Sie grinste anzüglich.

»Okay, vielen Dank … äh Fiona. Das war es fürs Erste. Wir wollen noch mit den anderen Mitarbeitern reden. Falls wir noch Fragen an Sie haben, werden wir uns nochmals melden. Hier ist übrigens meine Karte, wenn Ihnen noch irgendetwas einfallen sollte, von dem Sie glauben, dass es für uns wichtig sein könnte, rufen Sie mich einfach an.«

»Gut, das mache ich gerne.«

»Können Sie uns noch sagen, wer mit ihm normalerweise zusammenarbeitete, beziehungsweise, wer uns noch etwas über ihn sagen könnte.«

»Ja, ich schreibe Ihnen die Namen noch auf den Zettel.« Sie ließ sich von Alan nochmals den Zettel mit dem Namen des entlassenen Mitarbeiters geben und ergänzte weitere Namen darauf. Nach wenigen Minuten gab sie Alan das Blatt Papier zurück, auf den sie nicht nur neun weitere Namen geschrieben hatte, sondern auch die dreistelligen Nummern der Zimmer, in denen die beiden Ermittler diejenigen finden konnten sowie die Funktion der jeweiligen Person.

»Wenn Sie die Zimmer suchen, gibt Ihnen die erste Nummer das Stockwerk an. Gerade Nummern sind links vom Aufzug, ungerade Nummern rechts. Also alles ganz einfach zu finden.«

»Herzlichen Dank, das finden wir jetzt schon. Auf Wiedersehen.« Im Gehen drehte sich Alan allerdings noch mal in Inspektor Colombo-Manier um. »Ach ja, bevor ich es vergesse, Fiona, Sie haben mir meine erste Frage noch nicht beantwortet. Wenn Sie ein so inniges Verhältnis zu Ihrem Chef hatten, wieso merkt man Ihnen dann nichts davon an? Sollten Sie nicht aus Pietätgründen wenigstens ein bisschen Schwarz tragen?«

Ohne auch nur einmal mir den Wimpern zu zucken, antwortete Fiona mit einer deutlich beherrschten Stimme: »Lieber Inspector, wenn man mehrere Jahre neben einem Menschen wie McCartney gelebt hat, weiß man entweder sehr genau, den Wert eines Augenblicks zu schätzen und mit der Gewissheit zu leben, dass eine Minute später alles, aber auch wirklich alles ganz anders sein kann ... oder man geht kaputt. Ich habe mich für Ersteres entschieden. Trauern werde ich später einmal, wenn ich alle schönen Augenblicke ungeschminkt für mich ganz alleine betrachten kann. Jetzt nicht!« Mit einem leichten Glanz in den Augen drehte sie sich abrupt um und begann den Tisch aufzuräumen.

Etwas sprachlos verließen die beiden das Büro. »Tschüss.«

Ein Stockwerk tiefer, sie hatten natürlich die Treppe genommen, betraten sie als Erstes das Zimmer, in dem der Auszubildende Tim Beam seiner Arbeit nachging. Es war das erste Zimmer auf ihrem Weg, deshalb wollten sie zumindest ein paar Worte mit ihm wechseln, auch wenn sich beide nicht viel davon versprachen. Tim schaute die beiden Kriminaler fragend an, als sie sein Büro betraten. Er lief so rot an, wie ein Engländer nach 7 Stunden an einem spanischen Strand, als sie ihm ihre Dienstmarken vor die Nase hielten. Eine beeindruckende Kollektion von Pickeln zierte sein Gesicht, die jetzt leuchteten wie Himbeeren im Kuchenteig. Nach wenigen Minuten verließen Alan und Brian wieder das Zimmer, denn außer viel Gestammel, hatten sie von dem jungen Mann nichts Sinnvolles erfahren. Er saß jetzt völlig fertig in seinem Schreibtischstuhl und würde wohl für den Rest des Tages vor lauter Aufregung keinen klaren Gedanken mehr zusammenbringen.

Zwei Zimmer weiter lag das Büro von Alexander "Bruce" Duncan, dem persönlichen Assistenten von Sean McCartney.

»Es gab bestimmt Dinge, bei denen er es mit dem Gesetz nicht so genau genommen hat. Speziell dann nicht, wenn es zu seinem Vorteil war. Und am Finanzamt etwas vorbeizuschleusen, war bestimmt auch eine Art Sport für ihn, zumindest auf privatem Sektor. Bei der Firma war das nicht oder nur sehr schwer möglich, aber privat traue ich ihm da so einiges zu.«

»Auch dass er in kriminelle Machenschaften verstrickt war?«

»Nein, das nun auch wieder nicht. Aber, wenn für ihn etwas herausspringen würde, als Privatperson natürlich, würde er das Recht bestimmt recht großzügig auslegen und beugen. In meiner Position bekommt man einiges mit.« Mit einem herausfordernden Blick ließ sich Bruce in die Lehne seines Bürosessels fallen. »Nicht, dass Sie jetzt glauben, ich wüsste was Konkretes, nein, nein. Nur, man hat halt als rechte Hand des Chefs seine Ohren an allen Türen zu haben. Das ist nun mal Pflicht!« Mit seinen fast dreißig Jahren schien ihm die Aura des Mächtigen und Geheimnisvollen a la Mafia noch ein gewisses Selbstwertgefühl zu geben.

Alan und Brian wollten aber auf das großspurige Gehabe dieses offensichtlichen Emporkömmlings nicht weiter eingehen. »Sean McCartney war wohl offensichtlich der bestgehasste Mann in der Firma.«

»Sein Tod, so hart das auch klingen mag, ist für uns kein Verlust. Weder menschlich noch geschäftlich. Adam Sutherland wird zunächst die Firma als Vorstandsvorsitzender weiterleiten. Vor allem aber wird hier endlich Ruhe einkehren und die Mitarbeiter können freier agieren.«

»Wollen Sie uns damit andeuten, dass einige der hohen Herren ein durchaus persönliches Interesse am Ableben McCartneys gehabt haben könnten? Gibt es – Ihren Andeutungen zufolge – vielleicht zwei konkurrierende Lager in der Führungsspitze, Mister Duncan?« Bei den letzten Worten erhob Alan leicht die Stimme.

»Nein, nein, nicht so direkt, meine Herren«, wiegelte Bruce Duncan ab und wedelte dabei mit den Händen. »Da haben Sie meine Worte etwas überinterpretiert«, fuhr er schwach grinsend fort. »Keine direkten Feindschaften oder Auseinandersetzungen. Lediglich Caesar McCartney auf der einen Seite und einen devoten Rest auf der anderen. Ob es einen Brutus unter ihnen gegeben hat, kann ich nicht sagen, wirklich nicht. Offene Feindschaft gibt es in diesen Etagen nicht, dazu findet alles viel zu sehr in der Öffentlichkeit statt. Eher ein subtiles Intrigenspiel. Wer holt sich noch mehr Macht? Wer scheffelt das meiste Geld mit seinem Insiderwissen? Verstehen Sie?«

»Und?«, entgegnete Brian mit forderndem Blick, »wie viel haben Sie schon gescheffelt? In welcher Mannschaft haben Sie denn gespielt?«

Da Alexander Duncan plötzlich bewusst wurde, dass er mit jeder weiteren lockeren Bemerkung immer weiter in die Mitte der Zielscheibe seiner Gegenüber rutschte, zog er bewusst langsam seine Krawatte gerade, atmete zweimal tief durch und antwortete in deutlich ruhigerem Tonfall: »Liebe Herren, ich bin Assistent des Konzernchefs ... gewesen. Ich spiele in keiner Mannschaft. Ich bin den Zielen meines Chefs verpflichtet und achte darauf, dass niemand von außen Torpedos abfeuert. Glauben Sie mir, falls ich irgendeinen konkreten Verdacht gehabt hätte, hätte ich frühzeitig andere Mittel zur Verfügung gehabt – ich meine kaufmännische, nicht das, was Sie denken!« Nach einer weiteren Gedankenpause fuhr er jedoch fort. »Ich bin mir nicht sicher, aber es gibt in den Reihen des Vorstands Strömungen, ich meine gegensätzliche Strömungen, was die Zukunft der SWS angeht. Expandieren oder fusionieren, versehen Sie? Solche generellen Tendenzen eben. Genaues kann ich Ihnen dazu aber nicht sagen. Das war alles noch nicht spruchreif. Und schon gar kein Grund für Gewalttätigkeiten.«

»Und wie sieht's mit Fraser aus?«, wechselte Brian geschickt die Gesprächsrichtung, da Duncan ihm plötzlich eine kleine Spur zu smart wurde.

»Fraser wird – sorry, wurde von allen Mitarbeitern der SWS als ein herzensguter, liebenswerter Mann gesehen. Ganz anders als Sean. Auf den hat die positive Aura von Fraser überhaupt nicht abgefärbt«, dozierte Duncan. »Aber wie kann ich Ihnen denn nun helfen, meine Herren?«

»Auspacken, mein Lieber, alles auspacken«, herrschte Alan den völlig verschreckten Duncan nun an. Er liebte diese Szenen, wenn diese smarten Mir-kann-ja-rein-gar-nichts-passieren-Typen mit ihrem Mein-Anwalt-verdient-zehnmal-mehr-als-du-Lächeln meinten, sie könnten mit ihm Kasperletheater spielen. Die gute alte Drohgebärde zog doch für einen Moment immer noch. »Mir machen Sie nichts vor, mein lieber Mister Duncan. Ich habe in meiner Karriere – und glauben Sie mir, die ist steil und hat ausschließlich was mit Erfolg zu tun – Typen wie Sie gefrühstückt, bevor ich meine erste Tasse Kaffee hatte. Sie wissen, was hier im Laden läuft, besser als die meisten … Überlebenden. Entweder Sie sind ein Tätertyp und dann kriege ich Sie an den Haken, oder Sie sind ein Opfertyp und dann … tja, dann sind Sie vielleicht ja der Nächste?« Mit einem gut gespielten Runzeln auf seiner Stirn ließ Alan sich wieder in seinen Sessel zurückfallen.

Brian beobachtete die ganze Szene mit einem innerlichen Grinsen. Das war sein Stichwort, jetzt musste er mal wieder den Väterlichen mimen. »Hör zu, mein Junge, wir stehen hier alle unter ziemlicher Spannung. Einer möchte hier gerne Hannibal Lector spielen und wir wissen nicht ganz genau, wessen Leber die nächste auf dem Teller ist«. Bruce Duncans Selbstsicherheit hatte sich nun endgültig ein sicheres Plätzchen gleich unterhalb der Teppichkante gesucht. »Also hilf uns lieber ein bisschen und wir brauchen auch keine dunkle Zelle für einen Verdächtigen wie dich freizuhalten, okay?«

Selbst das vertrauliche "Du" wurde von Bruce mittlerweile nicht mehr mokiert. »Ich glaube, Sie haben mich da ein wenig missverstanden. Ich hatte zu keinem Zeitpunkt vor, Ihnen etwas zu verschweigen. Nur, bitte verstehen Sie mich richtig, hier geht es um Konzernfragen, um teilweise hochbrisante, politische Interessen. Ich muss doch selbstredend erst abwägen, welche Informationen ich Ihnen ohne Bedenken aushändigen oder mitteilen kann. Das verstehen Sie doch sicher.« Mit einem leicht schiefen Grinsen versuchte er, auf seinem Ledersessel eine halbwegs bequeme Sitzposition zu finden.

»Geschenkt!«, entgegnete Alan. »Was haben Sie?«

»Ich könnte Ihnen den Laptop sowie die persönlichen Unterlagen von Sean McCartney besorgen, wenn Ihnen das was nützt. Als Zeichen meiner vollen Kooperationsbereitschaft.«

»Das ist das absolut Mindeste, was Sie tun können, Mister Duncan«, erwiderte Alan mit weiterhin strengem Tonfall. »Wie sind Sie an diese Gegenstände herangekommen? Die Polizei hat bei der Durchsuchung seiner privaten Räumlichkeiten nichts dergleichen finden können. Haben Sie die Sachen etwa bei ihm heimlich rausgeholt?«

»Nein, nein«, wiegelte Bruce sofort ab, »Sean hat seine Klamotten vor der Fahrt zum Blair Castle hier im Büro gelassen. Hatte so eine Schnecke aufgetan, mit der er sich hier getroffen hatte und danach essen gegangen ist. Da wollte er sich nicht mit dem Zeug abschleppen. Soll ich die Sachen holen?«

»Das wäre sehr nett«, antwortete Brian höflich. »Ich werde Sie begleiten und tragen helfen.«

Bruce ließ dies ohne Widerspruch zu. Als sie das Büro verlassen und die Türe geschlossen hatten, schloss Alan für einen Moment die Augen. Er hörte sein Blut in den Schläfen klopfen und durch seine Ohren rauschen. Es ging wieder los. Die Fährte des Fuchses war aufgenommen. Jetzt galt es, ihr zu folgen und möglichst immer ein bisschen schneller zu sein als der Fuchs. *Blödes Beispiel*, dachte Alan sofort und öffnete die

Augen wieder. Er mochte Füchse, aber die Fuchsjagd, seiner Meinung nach die pure Lust am Töten, verabscheute er zutiefst. In dem Moment kamen Brian und Bruce Duncan wieder herein, ein Laptop und eine kleine edle Aktenmappe unter dem Arm. »Ja, dann danke ich Ihnen auch recht schön, Mister Duncan, dass Sie Ihrer obersten Bürgerpflicht doch noch nachgekommen sind. Falls Ihnen noch irgendwelche sachdienlichen Hinweise einfallen sollten, die ein wenig Licht ins Dunkel bringen könnten, so rufen Sie uns doch bitte unverzüglich an.« Mit einem festen, vertrauenerweckenden Händedruck verabschiedeten sich die beiden Polizisten und verließen das Büro.

Wieder vor dem Fahrstuhl angekommen, schaute Brian Alan an. »Und? Knöpfen wir uns den Nächsten vor?«

»Ich denke, für den Moment lassen wir den Rest ein wenig schmoren. Die ganze Bude hier weiß mittlerweile, dass wir da sind. Die haben längst alle Haschplätzchen aus dem Fenster geworfen und ihre Anwälte informiert. Lassen wir ihnen ein wenig Zeit, bis sie sich beruhigt haben. Dies hier«, er klopfte befriedigt auf das Notebook unter seinem Arm, »ist, denke ich, tausendmal mehr wert als das armselige Gestammel von Managern. Insbesondere Nicky wird eine helle Freude daran habe, mal wieder was echt Elektronisches in die Finger zu bekommen.«

Mit einem Grinsen stiegen sie in den Aufzug und fuhren hinunter ins Erdgeschoss. »Ich denke, wir sollten unseren alten Whiskyfreund Graham "Magnum" Morrice besuchen. Wenn einer diesen McCartney ehrlich beurteilen kann und wird, dann Graham. Was meinst du, Bärchen?

"Bärchen", Brian fühlte sich jedes Mal geschmeichelt, wenn sein Freund und Vorgesetzter ihn so titulierte, hatte aber jedes Mal eine Heidenpanik, dass eventuell ein paar Außenstehende mithören und seiner Beziehung zu Alan eine nicht vorhandene erotische Komponente unterstellen könnten. »Schon recht, warum nicht? Aber wieso "Magnum"? Ist der jetzt in der Champagnerbranche oder gibt's das edle Elixier von Ben Rhinnes jetzt in den dicken Pullen?«

Alan wusste nicht ganz genau, ob Brian ihn nun auf den Arm nahm oder nicht. »Magnum, Brian! Hawaii! Higgins! Privatdetektiv! Alles klar?«

»Ah, jetzt weiß ich, was du meinst, Alan. Fernsehen! Da muss ich dich enttäuschen, um diese Zeit habe ich zu Hause gewisse Pflichten zu erfüllen. Da seh ich kein Fernsehen mehr.« Grinsend ließ Brian ihn stehen und eilte voraus zum Wagen.

Kopfschüttelnd blickte Alan ihm nach, zog sein Handy aus der Manteltasche, suchte im Speicher nach Graham Morrice und drückte die Verbindungstaste.

Alte Zeiten

»Na, das ist ja mal ein Zufall oder zumindest Gedankenübertragung! Hallo, Alan. Schön von dir zu hören! Gerade wollte ich dich anrufen.« Graham griff, wie immer beim Telefonieren, zunächst automatisch zu der, auf der Küchenanrichte abgestellten, silberfarbenen Thermoskanne mit seinem heute Vormittag stark gebrühten Bohnenkaffee und goss sich in die noch auf dem Frühstückstablett stehende, leicht angeschlagene, weiße Tasse einen großzügigen Schluck ein.

»Graham. Da vermute ich doch mal, dass uns die gleichen Gedanken treiben, oder?«, entgegnete Alan amüsiert. »Gehe ich denn recht in der Annahme, dass deine Anwesenheit im erlauchten Blair Castle und die mysteriösen Umstände des Ablebens einiger dir nahestehender Menschen dich mal wieder nicht ruhig schlafen lassen?«, fragte Alan bewusst gestelzt. Ihn amüsierte immer schon Grahams leicht antiquiertes Gehabe und sein Hang zum Vergangenen, sodass er es sich nicht verkneifen konnte, ihn zumindest in der Sprechweise ein wenig auf den Arm zu nehmen.

»Trefflich, trefflich, fürwahr!«, konterte Graham geschickt, der dieses Spiel gerne mitmachte. Faszinierte ihn die Hochsprache des untergegangenen Adels doch immer noch. »Aber im Ernst, Alan, kann ich was für dich tun?«

»Das, denke ich, ist wohl selbstredend. Du – und natürlich Ishbel auch – ihr seid zumindest Zeugen eines eher ... sagen wir mal, kuriosen Abganges geworden. Du bist zudem ein direkter Angestellter der beiden Toten und hast wohl doch eine Menge Insiderwissen aus der SWS. Und ich meine mich erinnern zu können, dass besagte Herren nicht zu deinen engsten Freunden zählen. Im Klartext: Brian und ich waren heute Morgen bei euch in der Zentrale und haben uns mit einigen Leuten unterhalten. Ich hätte gerne mal deine Meinung zu den Aussagen gehört und vielleicht ein paar Ergänzungen dazu. Ist das möglich oder unterliegst du hier der Schweigepflicht?«

Die folgende kurze Pause entstand dadurch, dass Graham dachte, sein Kaffee wäre schon leicht erkaltet, aber er hatte die hohe Qualität der Thermoskanne unterschätzt, die seine Mutter auf einem Wohltätigkeitsbasar für das Waisenhaus von Charlestown in den Fünfzigern erstanden hatte. Mit leicht tränenden Augen schluckte er das brühend heiße Getränk herunter, wimmerte kurz und goss einen großen Schluck kalte Milch hinterher, die glücklicherweise noch auf dem Küchentisch stand. Röchelnd ließ er sich auf den Küchenstuhl fallen. Während ihm ein Teil der Milch vom Kinn tropfte, hörte er Alan am Telefon rufen.

»Graham? Hallo, Graeme? Ist was passiert?«

»Nein, Alan, schon okay. Ich hatte mich nur leicht verschluckt. Jetzt bin ich wieder voll da.«

»Verschluckt? Hörte sich eher wie ein Schaf bei der Schlachtung an. Und ich hatte schon befürchtet, dass du gerade dasselbe Schicksal erleidest wie Sean und ich auch noch dabei zuhören muss. Na gut, was hältst du von meinem Vorschlag?«

»Gerne, Alan, jederzeit. Und am besten bei mir privat oder so. Dann kann ich mehr aus dem Nähkästchen plaudern. Und von wegen Schweigepflicht: Ich habe zwar ein Papier für Sean McCartney unterzeichnen müssen – Gott-hab-ihn-selig –, aber der wird wohl auch posthum noch ein Interesse haben, dass man sein Dahinscheiden aufklärt, oder? Also ist das alles in seinem Sinne. Wann wäre es dir oder euch denn recht?«

»Dich möchte ich nicht als gegnerischen Anwalt haben«, scherzte Alan. »Ich werde jetzt mal kurz nach Hause fahren und mit Susan reden. Wenn sie Zeit hat, würden wir zusammen heute Abend kommen und eine arbeitsreiche Nachtschicht in der *Mash Tun* einlegen. Die Zimmer dort find ich einfach genial. Da würde ich dich dann auch zum Essen einladen, okay? Schließlich habe ich mit dir ja jetzt einen Bekannten, der so gut wie zum Adelsstand gehört. Das können wir dann gleich begießen.«

»Ausgesprochen gute Idee, Alan. Das würde mich sehr freuen, mit euch zu feiern. Leider hatten wir ja bis jetzt überhaupt keine Gelegenheit dazu. Ich sage Ishbel Bescheid. Was ist mit Brian? Soll ich schon mal dem Bauern sagen, dass er noch eine weitere Kuh schlachten soll?« Graham war bis heute fasziniert davon, wie viel ein einzelner Mensch essen konnte, ohne dabei die Gezeiten zu verändern oder zumindest die Kontinentalverschiebung aufzuhalten.

»Das kläre ich mit ihm. Er muss hier irgendwo in der Nähe sein. Ich kümmere mich dann auch um die Zimmer. Danke und bis heute Abend.«

Ich hatte Recht! Ich hatte Recht!, ging es Graham immer wieder durch den Kopf. Sein zuckendes Bein hatte es ihm ja schon angedeutet. Es geht wieder los. Hier passiert wieder was ganz Großes und Schlimmes – und ich bin dabei. Eine fast schon morbide Freude machte sich in ihm breit. Die letzten Monate kamen ihm schon ein bisschen eintönig vor. Fast schämte er sich für den Gedanken, dass erst ein Mensch sterben musste, damit wieder etwas Action in sein Leben kam. Aber wenn es denn schon passierte, dann konnte er auch sein Scherflein zur Klärung beitragen. Fröhlich, den brennenden Schmerz im Mund vergessend, ging er nach oben, um sich umzuziehen und zur Distillery zu fahren.

Während Graham sich in seine Alltags-Schale, bestehend aus einem grauen Anzug, weißem Hemd, grauen Socken und schwarzen Schuhen – also Typ stinklangweilig – warf, um Ishbel die Neuigkeiten des Tages zu überbringen, kam Brian mit dem Dienstwagen, einer fast neuen Rover-Mittelklasselimousine, vorgefahren, um Alan einzuladen.

»Und?«, fragte Brian, als Alan eingestiegen war, »hast du Graham Superdetektiv erreicht?«

»Jepp!«, antwortete Alan gut gelaunt. »Wie wär's mit einem Dienstausflug über Nacht ins beschauliche Charlestown?«

Misstrauisch blickte ihn Brian von der Seite an. »Gib's gleich offen zu, du Schlawiner. Du hast vor, Susan mitzunehmen. Das seh' ich dir an. Nee, nee, mein Guter, das machst du mal schön alleine. Jane und ich werden eine schöne ruhige Nacht zu Hause verbringen können und ich werde bis zum späten Morgen von deinen Anrufen verschont. Das lass ich mir nicht entgehen. Wenn ich mitkomme, muss ich wieder alle Anrufe annehmen und Lügenmärchen über Drachen, die du gerade tötest, erzählen. Keine Chance!« Zur Bekräftigung seiner Worte nickte er nochmals heftig.

»Tja, wenn du nicht willst, dann eben nicht. Susan konnte ich gerade telefonisch überzeugen, heute früher Schluss zu machen. Sie war sofort Feuer und Flamme. Bei dir ist das natürlich ganz was anderes. Ich will dich natürlich nicht zwingen, an einem opulenten Abendmahl teilzunehmen. Und alles auf Spesen. Na ja, das ist halt wie immer sehr nobel von dir, dem Steuerzahler seine sauer verdienten Kröten zu sparen.« Alan musste während seiner Worte plötzlich sehr genau seine Fingernägel untersuchen.

»Hake es doch einfach ab, du völlig mieser Psychologe«, entgegnete Brian gespielt ermüdet. »Die Nummer hat bei mir schon zur Schulzeit nicht mehr gezogen. Da hat meine Mutter auch versucht, mich mit Kuchen und Keksen in die Kirche zu kriegen. Keine Chance. Jane ist die weltbeste Köchin und ich bin ihr weltbester Gast. So!«

Inzwischen hatten sie das Zentrum von Inverness, am Schloss vorbei, verlassen und fuhren im schleppenden Verkehr auf der Culcabock Road in Richtung Raigmore Hospital. Kurz hinter dem Krankenhaus befanden sich die Zentrale der Polizei und ihre Diensträume. Das alte Gebäude in der Union Street, mitten in der Innenstadt, war einfach zu klein geworden und die Parkplatzsituation entwickelte sich zu einer Katastrophe.

»Hey, Brian, wenn das so ist, dann fahre mich doch bitte zu Hause vorbei, bevor du unser erbeutetes Hab und Gut den Wölfen vorwirfst, okay?«

»Du möchtest mir damit wohl charmant mitteilen, dass du den angebrochenen Nachmittag mit Körperpflege vertun willst, während ich Überstunden für uns beide zusammen absitzen soll, um diesen dämlichen Computer zu checken, stimmt´s?«

»Brian, du bist einfach genial«, proklamierte Alan laut und klopfte auf Brians Schulter. »Und genau deshalb bist du der allerbeste und einzig richtige für den Job«

»Die Betonung scheint doch eher auf "einzig" oder besser "der Einzige" zu liegen«, antwortete Brian bewusst schmollend. Das schelmische Lächeln wollte ihm trotz aller Bemühungen aber nicht aus den Augen weichen. Mit einer gekonnten Wendung – alte Erfahrungen aus seiner Zeit als Streifenpolizist – lenkte er den Wagen wieder in die Gegenrichtung, um Richtung Leachkin zu fahren, wo Alan sein Häuschen hatte.

Fünfzehn Minuten und eine freundliche Verabschiedung später betrat Alan sein kleines Reich. Das Gehalt eines gehobenen Beamten gestattete ihm, sich ein wenig außerhalb der Stadt mit ein paar Metern Grünstreifen um das Haus herum niederzulassen und seinem etwas verschrobenen Hobby nachzugehen: dem Sammeln von Weinreben. Nicht etwa toten, abgestorbenen Gehölzen, sondern lebenden und – zumindest in Alans Träumen und Gebeten – mit saftigen und vollen Trauben behangenen Exemplaren. In seinem Garten hatte er in den wenigen Stunden seiner Freizeit, und bevor eine Frau wie Susan sein Leben bereicherte, kleine Parzellen von knapp einem Quadratmeter mit dem jeweils typischen Boden der verschiedenen Rebsorten angelegt und einen Stock gepflanzt. Aus ganz Europa, insbesondere Deutschland und Italien, hatte er sich durch seine Freunde Pflanzen schicken oder mitbringen lassen. Einige konnte er sogar selbst in den Weinbauregionen ergattern.

Durch den verglasten Flur konnte er beim Betreten seines Hauses immer einen kurzen Blick auf "seinen Weinberg" werfen und damit einen Teil seiner Sorgen vergessen.

Susan war schon vor ihm in seinem Haus eingetroffen, hatte etwas aufgeräumt und eine Flasche Rotwein sowie zwei Gläser bereitgestellt. Sie saß auf der Couch als Alan hereinkam, sich zu ihr runter beugte und ihr einen Kuss gab.

»Und, Erfolg gehabt?«, fragte sie ihn.

»Und wie! Wir haben den Täter verhaftet, morgen wird er dem Richter vorgeführt und bekommt bestimmt lebenslänglich.«

Er machte eine resignierende Handbewegung. »Nein, wir treten, wie immer ganz am Anfang, auf der Stelle, kein Erfolg und noch nicht einmal ein Schimmer Hoffnung auf einen schnellen Durchbruch erkennbar.«

Alan wandte sich wieder Susan zu »Weißt du was, ich rufe in der Mash Tun an, die sollen schon mal das Badewasser vorheizen. Wenn wir dort ankommen, entspannen wir uns ein wenig in der Wanne bei Musik und noch einem Gläschen Rotwein und …«

»Und was?«, fragte Susan mit diesem kecken Augenaufschlag, den Alan so an ihr liebte.

»Na ja, wir machen halt ein bisschen rum. Das soll bekanntlich die Sorgen vertreiben und richtig schön entspannen.«

»Okay, da habe ich natürlich nichts dagegen.«

Knapp drei Stunden später saßen Alan, Susan, Graham und Ishbel an einem gemütlichen Tisch im hinteren Bereich der Mash Tun, einem B&B mit gutem Restaurant, gleich neben dem alten Bahnhof von Charlestown. Das ehemalige Gleisbett führte direkt hinter dem Haus vorbei und war, nach dem Rückbau der Gleise, zu einem Speyside-Wanderweg ausgebaut worden, auf dem man, nahezu parallel zum River Spey, die gesamte Region des Moray County zu Fuß erkunden konnte. Die Mash Tun selber, mit ihrer originellen halbrunden Fassade, hatte sich zu einem beliebten Treffpunkt für Wanderer und Lachsfischer etabliert. Zudem befand sich hinter dem Tresen eine ganz ansehnliche Sammlung von Malt Whiskies, die die hervorragende Speisekarte ergänzte. Graemes ganzer Stolz waren ein paar Sonderabfüllungen seiner Brennerei, die er dem Wirt zur Verfügung gestellt hatte und von denen er insgeheim hoffte, dass sie die Gäste zu einem Besuch in der kaum 200 Meter entfernten Brennerei verleiten würden. In der Realität jedoch waren Graham und seine Gäste die erfolgreichsten Abnehmer der edlen Getränke, was ihm dann auch jedes Mal einen kritischen Blick von Gregory, dem Wirt, einbrachte.

»Und, musste erst wieder was Scheußliches passieren, bevor ihr mal wieder eure Füße in unser nettes, friedliches Dorf setzen konntet?«, fragte Ishbel gekonnt pikiert.

»Tja, peinlich, aber so sieht es wohl aus«, antwortete Susan mit gesenktem Kopf. »Du weißt, ich habe mich hier in Charlestown mehr als nur wohl gefühlt und wäre für mein Leben gern mit Alan hier sesshaft geworden ... nur leider ist Alans Stammesgebiet in Inverness. Und jeden Morgen die Fahrt dahin in Kauf zu nehmen, nur um seiner Squaw die schöne Landschaft zu gönnen, wollte ich ihm nicht zumuten. Hugh!« Dabei sah sie Alan verschmitzt an und imitierte mit ihren Fingern eine Indianerfeder am Kopf.

»Obwohl, wenn man so die Badezimmer berücksichtigt, die es hier in einigen Etablissements gibt, wäre ein Umzug schon in Erwägung zu ziehen«, sinnierte Alan mit einem Augenzwinkern in Richtung Susan, was bei den beiden anderen zu einem fragenden Blick führte. »Zudem, lieber Graham, wären wir sowieso in diesen Tagen vorbeigekommen. Denn es gibt ja hier etwas Außergewöhnliches zu feiern, oder?«

Da Graham das Thema bis jetzt nicht angeschnitten hatte, durchaus aber gehofft hatte, dass einer der Anwesenden es erwähnen würde, lief er prompt rot an. »Naja, schon, ein bisschen was Tolles ist schon passiert«, murmelte er verlegen.

»Oh, du alter Untertreiber«, ergriff Susan nun das Wort. »Man kann auch an Bescheidenheit sterben. Glaub mir, ich bin Ärztin!« Mit diesen Worten bückte sich Susan und zog eine Flasche französischen Champagner unter dem Tisch hervor. »Gregory, die Gläser bitte!«

Da Gregory von Susan bereits instruiert worden war, kam er unverzüglich mit einem Tablett voller Sektkelche an, welches Ishbel in Empfang nahm. Alan stand auf und übernahm das Öffnen der Flasche, was ihm stilgerecht ohne das Knallen des Korkens gelang. Nachdem alle Gläser gefüllt waren, blieb Alan stehen und erhob sein Glas in Grahams Richtung.

»Graham, wir möchten dir herzlich gratulieren zur Erlangung deines Keeper-Titels. Wir können uns niemanden vorstellen, der es mehr verdient hätte als du. Alles Gute und ein Hoch auf Graham!«

Alle am Tisch stießen mit ihren Gläsern an und von den anderen Anwesenden waren mehrere Hoch-Rufe zu vernehmen. Graham, mittlerweile puterrot, prostete allen einzeln zu und rief nur »Danke! Euch allen, vielen Dank!«

Die nächsten Minuten mussten Graham und Ishbel nochmals detailliert den Ablauf des Keeper-Banquets beschreiben, zu dem ja sonst keine "Uneingeweihten" Zutritt bekommen. Die Erzählung endete natürlich mit dem, was Graham und Ishbel von Sean McCartneys Tod mitbekommen hatten.

»Es tut mir wirklich leid, Graham, dass dein großer Tag mit so etwas enden musste. Behaltet aber bloß die schönen Momente im Gedächtnis. Leider wären wir nun bei dem anderen Thema, weswegen ich dich ja angerufen hatte. Graham, ich hätte gerne deine Meinung zu Sean McCartney im Allgemeinen und zu eventuellen Gründen für sein Ableben auf dem Fest im Speziellen. Wir haben heute Morgen bei der SWS unter anderem Alexander Duncan befragt. Zuerst war er ein bisschen großkotzig, aber dass hat sich dann doch schnell gegeben. Danach hat er angedeutet, dass es Spannungen in der Geschäftsführung gegeben hat. Graham, weißt du was darüber und hatte McCartney Feinde?«

Bevor Graham antworten konnte, brachte Maggie, die Bedienung, ihr bestelltes Essen. »Zweimal Haggis als Starter, einmal Soup of the Day und einmal den Salat mit Linsen. So, die Herrschaften, guten Appetit. Noch mal das Gleiche zu trinken?«

Alle blickten sehr angetan auf ihre hübsch dekorierten Teller und nickten stumm. Graham fühlte sich dann als Sprecher der kulinarischen Gemeinde auserkoren. »Gerne, Maggie, noch mal vier Pints. Danke!«

Nachdem Maggie wieder hinter dem Tresen verschwunden war, griff Graham Alans Frage wieder auf. »Ja und ja. Ja, es gab Spannungen, aber das ist bei einem Ekel wie McCartney eigentlich ein Naturgesetz. Er kann wohl gar nicht ohne Zank leben. Das ist für ihn fast besser als Geld, glaub ich. Und ja, er hat sich durch seine Art sowohl in der Firma als auch in der gesamten Branche ziemlich unbeliebt gemacht mit seiner Geschäftspolitik.«

»Nachdem Alan einen großen Bissen von seinem Haggis mit Kartoffelpüree und Rübengemüse runtergeschluckt hatte, hakte er nach. »Kannst du ein bisschen präziser werden? Wem hat er womit auf die Zehen getreten und könnte hier ein Motiv für einen Mord liegen?«

Jetzt ergriff Ishbel das Wort. »Mord, wieso Mord? Ist das denn sicher?«

»Ishbel, wäre ich sonst hier?«, antwortete Alan. »Beide, Fraser und McCartney, sind an sehr dubiosen Substanzen gestorben und wir bezweifeln sehr stark, dass sich zwei Geschäftsführer innerhalb kürzester Zeit das falsche Grünzeug in den Salat geschnitten haben. Wir gehen hier von Giftmorden aus, die irgendwie in Zusammenhang stehen. Und der offensichtlichste Zusammenhang ist im Moment die SWS.«

»Giftmorde, mein Gott«, rezitierte Graeme schockiert. »Das klingt ja wie bei Agatha Christie. Ich dachte, so etwas gibt's nur im Krimi. Was waren das denn für Gifte, wenn ich fragen darf?«

»Pflanzengifte aus ganz gewöhnlichem Gartengewächs. Also keine besonders raffinierte Auswahl. Nur schwer zu bekommen oder herzustellen. Aber ihr habt doch auch Labore in der Firma, oder?«, fragte Alan mit hochgezogenen Augenbrauen.

»Ja, schon«, antwortete Graham. »Da werden aber nur die verschiedenen Whiskies regelmäßig untersucht. Auf Schadstoffe oder den Phenolgehalt. Und unsere Wassersorten, die wir verwenden, werden dort analysiert. Mehr nicht.«

»Nun gut, also noch mal, wen könnte McCartney derart verärgert haben?«, wiederholte Alan seine Frage.

Mit nachdenklichem Blick aß Graham seinen Teller leer, ohne recht zu schmecken, was er sich da in den Mund stopfte. Als er fertig war, antwortete er: »Zunächst einmal hat er unter den Mitarbeitern ziemlich gewütet. Er hat in den letzten zwei oder drei Jahren mindestens fünf Leute entlassen. Alles gute Kollegen, die echt was drauf hatten. Daher waren sie wohl etwas zu selbstbewusst und haben sich nicht Seans Vorgaben gebeugt. Alle wussten, dass Sean Bockmist baut, nur wenn das einer laut zu sagen wagte – Zack, Füße weg.« Die letzte Bemerkung unterstrich Graeme mit einer schneidenden Handbewegung. »Fachlich konnte er den Leuten nichts nachweisen, man munkelt aber, dass er Drohungen ausgesprochen haben soll und im Privatleben der Kollegen rumgewühlt hat. Zumindest sind alle ohne zu mucken gegangen ... worden. Aber«, und plötzlich schaute Graham Alan mit großen Augen an, »das heißt nicht, dass einer der Männer als Täter infrage kommt. Versteh mich da bloß nicht falsch.«

»Graham, beruhige dich. Ich will bloß ein Bild von dem Menschen McCartney.«

»Wenn er dich so behandelt hätte wie die anderen, mein Lieber, dann hättest du gar nichts zu tun brauchen. Dann hätte ich diesen Mistkäfer nämlich eigenhändig erwürgt!«, warf Ishbel aufgebracht dazwischen.

Glücklicherweise brachte Maggie in diesem Moment die Hauptspeise, was die allgemeine Situation deutlich entspannte. »So, viermal den Lachs und eine große Schüssel Pellkartoffeln mit Butter. Bitteschön!«

»Danke, Maggie«, antwortete Ishbel etwas ruhiger. »Das sieht ja mal wieder köstlich aus. Also, lasst uns das Essen genießen, solange wir noch können.«

Schweigend befolgten sie Ishbels Aufruf und Alan nahm das Gespräch erst wieder auf, als die letzte Kartoffel verzehrt worden war. »Mein Bauch sagt mir, dass Sean McCartney irgendwo einen sehr schwarzen Flecken auf seiner bekannt weißen Geschäftsführerweste hatte. Vermutlich sogar einen so großen rabenschwarzen Fleck, dass jemand es für absolut notwendig hielt, ihn deswegen umzubringen. Ich denke, wir müssen sein gesamtes Leben und speziell die letzten Jahre genauestens durchleuchten, bis wir diesen Fleck gefunden haben. Keiner wird auf solch grausame Art ins Jenseits befördert, wenn er es nicht wirklich verdient hat, zumindest aus Sicht des Mörders. Und diesen Grund müssen wir herausfinden, dann finden wir auch den Mörder.« Nach dieser flammenden Rede, die er eigentlich für die bevorstehende Pressekonferenz erdacht hatte, genehmigte er sich einen üppigen Schluck aus seinem Glas und schwenkte anschließend damit in Richtung Tresen. Nachdem der Wirt seine Geste zur Kenntnis genommen hatte, fuhr er fort: »Ex-Mitarbeiter, immer gut für Drohgebärden und Schmähbriefe, aber selten was Handfesteres, geschweige denn Mord. Aber wir werden sehen. Was ist mit seinen Königskollegen im Vorstand?«

»Er hat's halt geschafft, durch Cleverness und beinhartes Auftreten alle anderen in Bezug auf den Vorstandsposten auszubooten. Seine Ideen sind – waren – ja anfangs auch sehr erfolgreich. Obwohl er meiner Meinung nach nicht die geringste Ahnung von Whisky hat und der für mich amerikanischste aller Schotten ist, hat er es trotzdem geschafft, unsere Destillerien weltweit in die Spitzenpositionen zu fahren. Zugegeben, ich profitiere auch davon, klar, aber manchmal habe ich das Gefühl, für ihn gibt es nur "tot oder Weltmeister". Die SWS entscheidet über Gedeih und Verderb von mittlerweile 14 Brennereien und einigen weiteren Unternehmen. Davon sind einige echte Traditionsfirmen, die schon König Edward mit Getränken für den Hof versorgt haben. Wenn der internationale Markt aber gerade in diesem Moment lieber einen anderen Whisky trinkt, so wäre Sean glatt bereit, nur den Namen der Destillerie für irgendeinen Designer-Schnaps zu verhökern und den Laden kurzerhand dichtzumachen ... und auf dem Gelände ein Internet-Café einzurichten.« Grahams Abscheu über dieses Vorgehen konnte man geradezu am Tisch fühlen; unter anderem deshalb, weil er gerade unbewusst die Tischdecke zusammenknüllte.

»Und wen aus dem Vorstand hat dieses Gebaren am meisten gestört?«, wollte Alan wissen.

»Na ja, George Latimer würde ich sagen, ganz alte Schule. Und eigentlich Arthur Fraser, aber der ist ja jetzt nicht mehr. Und Garry Sutherland ...«

»Der jetzt zudem noch den Vorstandsposten bekommt ...«, ergänzte Alan.

»Tatsächlich?«, fragte Graham erstaunt. »Aber klar, als Ältester hat er ja zumindest vorübergehend die Zügel in der Hand. Na ja, die waren halt schon irgendwie alle Seans erklärte Gegner. Aber nur rein firmentechnisch gesehen, wohlgemerkt. Aber alles feine Kerle, die meucheln nicht einfach jemanden weg, der ihnen nicht passt.«

»Nein, Graham, da bin ich ganz deiner Meinung«, ergänzte Alan mit merkwürdig wohlwollender Stimme. »Solch feine

Herren machen sich niemals die Finger schmutzig, die haben Kanonenfutter und Handlanger und Helfershelfer und was weiß ich nicht alles. Tut mir leid, Graham, aber von dieser Sorte Burschen habe ich schon einige in meinem kurzen Leben getroffen. Und was die Typen immer haben: exzellente Anwälte und wasserdichte Alibis. Zum Kotzen!« Zur Bekräftigung seiner Worte leerte Alan das frisch gelieferte Pint in einem Zug und knallte es eine Spur zu laut auf den Tisch.

»Alan, bitte!«, mischte sich Susan zum ersten Mal direkt in das Gespräch ein. »Lass bitte nicht zu, dass deine Fälle uns auch noch das bisschen Freizeit vermiesen, ja?«

»Sorry, tut mir leid, ja? Ich bin halt ein Kind der Arbeiterklasse und habe ein Geburtsrecht, auf die Haute Volée sauer zu sein. Zum Zeichen meiner sozialistischen Wurzeln spendiere ich einen Wiedergutmacher. Graeme wärst du so freundlich, das Beste vom Besten auszusuchen?« Mit einem breiten Grinsen und einer ausladenden Armbewegung wies er ihm den Weg zur Bar.

»Wir kleinen Arbeiter müssen zusammenhalten!«, dozierte Graham unisono. Alkohol fürs Volk. Ich eile.« Unter dem Grinsen seiner Tischgenossen entschwand er eilends hinter die Bar, um zielsicher eine bestimmte Flasche aus dem Regal zu holen. Gregorys kritischer Blick war ihm auf jeden Fall sicher.

Nachdem man eine gute halbe Stunde mit zwei Tassen doppeltem Espresso und Grahams ausführlicher Beschreibung des dargebotenen Whiskies verbracht hatte, konnte Alan es sich nicht verkneifen und brauchte ein bisschen frische Luft, was so viel heißen sollte wie "Ja, ja, ich höre demnächst auf zu rauchen, ich habe es im letzten Jahr schon viermal gemacht. War ganz einfach, kann ich jederzeit wieder, nur gerade heute ist die Luft besonders gut, um sie mit edlem Tabakrauch zu schwängern, also, lasst mich bloß in Ruhe, quatscht mir nicht die Ohren voll. Ihr habt alle eure Laster und ich beschwere mich trotzdem nicht. Bis gleich."

Graham dozierte währenddessen munter weiter über die aktuelle Sonderabfüllung. »Reines Sherryfass, trotzdem kaum holzig. 28 Jahre alt. Ganz selten. Ein echter Glücksgriff. Schmeckt ihr diese schöne Note von Rosinen und kandierten Früchten, aber trotzdem nicht zu süß? Hmmmh, eine echte Granate!«

Fasziniert über diesen Gefühlsausbruch, der bei Graham sehr selten war und, zu Ishbels Bedauern, auch immer mit Whisky zu tun hatte, konnten die beiden Damen am Tisch nur schweigend nicken. So versenkten sie ihre Nasen in die - nomen est omen – Nosinggläser, bis Alan von seinem kurzen Ausflug wieder hereinkam und sich zufrieden setzte.

»So, Graham, leider muss ich den gemütlichen Teil unseres Abends doch noch mal unterbrechen, sonst wird mir nachgesagt, ich würde die spärlichen Staatsgelder sinnlos verprassen. Kommen wir noch mal auf Sean McCartneys Freundschaftsklub zurück. Ex-Angestellte: okay. Vorstandsetage: okay. Was ist mit Externen? Wem hat er da seinen Ferrari über die Zehen gefahren?«

»Jaguar, Alan, Jaguar. Das einzig Britische an ihm, wie mir scheint. Aber gut, er war in der Whiskybranche der Aggressivste von allen. Nicht, dass es nur gute Freunde und Brüder gäbe, weit gefehlt. Jeder will sein Stück vom großen Kuchen. Jeder Konzern will die größten Marktanteile. Aber es gibt Grenzen. Will sagen, keine ausländischen Käufer oder Investoren, die nicht politisch abgesegnet sind, kein Ausverkauf an dubiose Investoren, keine Mafia, egal aus welchem Land. Und immer das Vorkaufsrecht für schottische Investoren. Wenn es um Lizenzen für bestimmte Länder oder Regionen geht, niemals Dumpingpreise. Wir kalkulieren hart, aber immer fair, schließlich geht es allen um das Gleiche: schottische Arbeitsplätze und schottisches Kulturgut.«

»Eine flammende Rede, Graham«, kommentierte Alan. »Ganz ehrlich, glaubst du wirklich daran, dass sich jemand an diese Spielregeln hält?«

»Die meisten schon«, antwortete Graham etwas verschnupft. »Zumindest die, die noch nicht an Franzosen oder Japaner verkauft wurden. Da haben jetzt halt die neuen Eigentümer das Sagen. Ansonsten aber herrscht Einigkeit über die Fragen der Ethik. Außer bei Sean McCartney natürlich, der kennt das Wort gar nicht.«

»Was hat er sich an ethischen Verstößen geleistet?«

»So ungefähr alle nehme ich mal an«, antwortete Graham, nachdem er sich einen großzügigen Schluck von seinem Whisky genehmigt hatte. »Inklusive der sieben Todsünden. Aber im Ernst, er hatte nicht die geringsten Skrupel, die anderen schottischen Konzerne auszubooten, Absprachen zu brechen und sogar handelseinige Partner mit raffinierten Angeboten und politischen Drohungen auseinander zu treiben und sich den Vertrag selbst zu angeln. Anders wäre der recht ansehnliche Erfolg unserer Destillerien in so kurzer Zeit wohl auch kaum möglich gewesen. Eigentlich schäme ich mich ganz schön, für so einen miesen Typen zu arbeiten.«

»Aber es waren doch nicht alle deine Chefs so fies, Graham«, versuchte Ishbel ihn aufzumuntern.

»Ich nehme dann also an, dass auch Bestechung für McCartney ein probates Mittel gewesen ist?«, fragte Alan ungerührt nach.

»Danke, Ishbel, aber wenn die anderen von Seans Machenschaften gewusst haben und nichts dagegen unternommen haben, sind sie auch nicht besser, und ja, Alan, ich vermute, dass Sean ein ansehnliches Sümmchen für "nützliche Aufwendungen" zurückgelegt hatte. Aber konkret kann ich dir nichts sagen. Das sind alles nur Vermutungen. Tut mir leid.«

»Mach dir mal keine Sorgen, Graham, das werden unsere Wirtschaftsprofis schon ans Licht bringen, wenn wir sie drauf loslassen.« Mit einem nachdenklichen Gesicht und verschränkten Armen betrachtete Alan sein mittlerweile fast leeres Glas Whisky. »Was doch ein so harmloses und leckeres Getränk an Rattenpack und dreckigen Machenschaften mit sich bringt. Wenn ich jetzt noch rauskriege, dass an meinen

Weinstöcken Blut klebt, trinke ich ab sofort nur noch Quellwasser. Slàinte!«

Downtown

Der erste Name, den ihnen Fiona Arkland auf einen Zettel geschrieben hatte, lautete Mark Drury. Eine Überprüfung im Einwohnermeldeamt hatte ergeben, dass er allerdings nicht mehr an der ebenfalls notierten Adresse wohnte, sondern umgezogen war. Er wohnte jetzt im alten Hafengebiet von Inverness, einer Gegend, in die man nicht unbedingt freiwillig zog. Es war eine, vor wenigen Jahren aus dem Boden gestampfte, schlichte Wohnsiedlung, die von der Gemeinde für diejenigen Einwohner errichtet worden war, deren Einkommen nicht mit ihrer Fortpflanzungsfreude mithalten konnte. Eine jener Betonburgen, in denen Menschen wohnten, die man woanders nicht haben wollte. Gegen zehn Uhr am Vormittag erreichten Alan und Brian die Adresse.

»Hier möchte ich nicht einmal tot über dem Zaun hängen!«, sagte Alan mit einem Blick auf die triste Umgebung.

»Hier fehlt nur noch ein Schild "Wohnung frei – abzugeben nur an Loser", dann ist das Bild komplett«, ergänzte Brian. Alan schaute sich um, als würde er tatsächlich nach so einem Schild Ausschau halten.

Vor dem Gebäude, in dem Drury seine Wohnung hatte, sahen sie einen älteren Mann in einer Arbeitshose, der mit Farbe und Pinsel bewaffnet an einem verrosteten Geländer herumwerkelte.

»Arbeiten Sie hier«, fragte ihn Brian, als sie näher getreten waren.

»Nicht mehr als unbedingt notwendig«, antwortete ihnen der Mann, während sie ihm ihre Dienstmarken vor die Nase hielten.

»Okay, noch mal von vorne. Sind Sie der Hausmeister hier? Und können Sie uns sagen, ob ein Mister Drury hier wohnt?«

»Na ja, ich bin wohl eher das "Mädchen für alles" hier. Aber ja, Mark Drury wohnt hier, oben im sechsten Stock. Ich denke, er ist zu Hause, denn ich habe ihn heute noch nicht gesehen.«

Vorbei an einem umfangreichen, aber völlig schmuddeligen Klingelbrett, auf dem kein Name wirklich richtig zu erkennen war, betraten sie das Haus und "Mädchen für alles" zeigte auf die Treppe. »Der Aufzug ist seit gestern defekt, Sie müssen leider laufen«, sagte er. Damit drehte er sich wieder um und ging nach draußen.

Das Treppenhaus war schmal, finster, feucht, dreckig und übel riechend. Je weiter sie nach oben kamen, umso schlimmer wurde der Gestank.

»Ich glaub, ich kriege die Motten!«, sagte Alan zu Brian. »Hoffentlich gibt es hier nichts Ansteckendes!«

Vor der Wohnung im sechsten Stock angekommen, klopfte Alan an die Tür, denn ein Klingelknopf war nirgends zu entdecken. Als daraufhin niemand öffnete, pochte Brian etwas lauter an die Tür. Es hörte sich allerdings eher so an, als wollte er mit seinen Fingerknöcheln die Tür einschlagen. Durch den Lärm, der selbst Tote hätte wecken können, wurden sogar die Nachbarn in den angrenzenden Wohnungen aufmerksam und einer öffnete ganz vorsichtig seine Tür, aber nur einen kleinen Spalt weit. Als er die beiden Männer, und speziell Brians zarte Statur, erblickte, schloss er seine Tür allerdings sofort wieder. Auch hinter der Tür von Mark Drury waren jetzt Geräusche zu hören und wenig später öffnete ein verwahrlost wirkender

Mann die Tür und starrte die beiden Beamten aus einem verschlafenen und unrasierten Gesicht heraus an. Mark Drury war fett, vom Alkohol aufgedunsen und fünfundvierzig.

»Was soll der Lärm?«, fragte er barsch.

Alan und Brian hielten ihm zunächst wortlos ihre Dienstausweise vor die Nase. Als Alan durch ein Aufblitzen in seinen Augen erkannte, dass Drury verstanden hatte, wer vor ihm stand, sagte er: »Wir ermitteln im Todesfall Sean McCartney und haben dazu ein paar Fragen an Sie.«

»Ich weiß nix!«, und nach einer kurzen Pause: »Ich war es nicht!«

»Können wir trotzdem reinkommen oder sollen wir alle Fragen hier im Flur erörtern?«, fragte ihn Alan und schaute auf die geschlossenen Türen der Nachbarwohnungen.

Widerwillig machte Mark Drury den Eingang zu seiner Wohnung frei, drehte sich dann wortlos um und schlurfte in Richtung seines Wohnzimmers davon. Alan und Brian warfen sich einen kurzen Blick zu, dann folgten sie ihm, nachdem Brian die Tür hinter sich geschlossen hatte.

»Was wollen Sie von mir?«, fragte Drury immer noch unfreundlich, als er sich in einen ramponierten Sessel hatte fallen lassen. Es fiel ihm offensichtlich nicht im Traum ein, den beiden Beamten ebenfalls einen Platz anzubieten.

Nachdem Alan und Brian sich in dem versifften Wohnzimmer kurz umgesehen hatten, entschieden sich beide spontan dafür, auch lieber stehen zu bleiben. Brian hatte sogar die Befürchtung, dass er, wenn er sich auf das Sofa setzen würde, wahrscheinlich festkleben und ohne ärztliche Hilfe nie mehr aufstehen könnte.

»Sie wissen, dass Sean McCartney vermutlich ermordet wurde?«, begann Alan die Befragung.

»Ja, ich habe davon gehört. So etwas spricht sich sogar in unserer Gegend herum.«

»Wie standen Sie zu ihm?«

»Ich konnte diesen aufgeblasenen Widerling noch nie ausstehen. Deswegen würde ich diesen Drecksack aber dennoch nicht umbringen. Trotzdem bin ich echt froh, dass jemand anderes dieses Schwein erledigt hat. Geben Sie mir Bescheid, sobald Sie wissen, wer es war, dann schicke ich dem Kerl einen Präsentkorb.«

»Warum wurden Sie entlassen?«, fragte Brian.

»Das geht Sie überhaupt nichts an!«

»Da täuschen Sie sich aber gewaltig. Hier geht es um Mord und da geht uns alles etwas an.« Alan schaute Drury fest in die Augen, bis dieser den Blick senkte.

»Also, noch mal. Warum wurden Sie entlassen?«

»Dieser Dreckskerl hat mich einfach rausgeschmissen. Hat behauptet, ich hätte die Bücher manipuliert und damit Geld unterschlagen.«

»Und haben Sie?«

»Natürlich nicht, wäre ich dann hier?« Verächtlich zeigte Mark Drury auf seine verkommene Wohnung und dann zum Fenster, aus dem man einen wunderbaren Blick auf die nächste Bettenburg hatte, die in fünf Metern Entfernung aufragte und den Ausblick versperrte.

»Dieser verdammte, arrogante Schweinehund. Es gibt nicht viele Leute, denen ich am liebsten eine in die Fresse geben würde, aber der gehört definitiv dazu!«

»Warum sind Sie nicht gegen die Kündigung vorgegangen, wenn doch alles nicht wahr war?«

»Sich freiwillig mit ihm anzulegen, wäre gleichbedeutend mit wirtschaftlichem und gesellschaftlichem Selbstmord gewesen. Und damals hatte ich geglaubt, dass sich noch alles zum Guten wenden würde. Ich Idiot!«

»Wie meinen Sie das?«

»Na, ich hatte halt gehofft, dass ich schnell eine andere Anstellung finden würde. Aber, überall, wo ich mich auch beworben habe, wurde mir, mit fadenscheinigen Argumenten und dezenten Hinweisen auf meine Anstellung bei der SWS, eine Absage erteilt. Schließlich habe ich es aufgegeben.«

»Warum sind Sie ausgerechnet hierher gezogen?«, fragte ihn Alan.

»Sicherlich nicht freiwillig. Was glauben Sie wohl, wie schnell jemand von einem halbwegs geordneten Wohlstand in die Gosse abrutschen kann! Das geht schneller als sich die meisten Leute denken können. Job weg, geregeltes Einkommen weg, Schulden aber noch da, dann Frau weg, sündhaft teure Scheidung, weil dieses Luder einen cleveren Anwalt hat, noch mehr Schulden, keinen Kredit mehr von den Banken und schon sind Sie hier. So schnell können Sie gar nicht gucken.«

»Das alles macht Sie sicherlich nicht zum Fan von McCartney, der ist schließlich an Ihrer gesamten Situation Schuld.«

»Stimmt, aber deswegen bringe ich das Schwein doch nicht gleich um.«

»Wo waren Sie denn am Nachmittag des 16. April?«

Drury sah Alan an und antwortet: »Wieso interessiert Sie das? Brauche ich etwa ein Alibi?«

»Ja«

»Verschwinden Sie, hauen Sie ab! Verlassen Sie sofort meine Wohnung und kommen Sie nie wieder! Hauen Sie ab!«

»Nein, wir gehen erst, wenn Sie uns gesagt haben, wo Sie gestern waren. Ansonsten nehmen wir Sie mit aufs Präsidium. Das sind die Regeln.«

»Ich pfeif auf Ihre blöden Regeln! Aber gut, ich sag es Ihnen. Wo werde ich schon gewesen sein? Hier natürlich. Mir gibt doch keiner mehr Arbeit.«

»Kann das jemand bezeugen?«

Drury lachte auf. »Glauben Sie, dass jemand freiwillig die Wohnung mit mir teilt? Nein, ich war alleine. Ich hatte nur einen meiner drei Freunde bei mir. Dieses Mal war es Jim«, sagte Drury und zeigte auf eine leere Flasche Jim Beam, die neben dem Sessel auf dem Boden lag. Nach einem genaueren Blick auf die imposante Sammlung leerer Whiskeyflaschen, konnten sich die beiden Kommissare schnell vorstellen, wer die beiden anderen Freunde waren. Denn neben "Jim" lagen noch Johnny (Walker) und Jack (Daniels) friedlich vereint.

»Okay, das war es fürs Erste. Wir melden uns wieder, wenn wir noch weitere Fragen haben.«

»Wenn es unbedingt sein muss.«

»Wenn Ihnen noch etwas einfällt, von dem Sie denken, dass es uns weiterhelfen könnte, rufen Sie mich an«, sagte Alan und reichte Drury seine Visitenkarte.

Wenig später verließen Alan und Brian das stinkende Treppenhaus und nickten "Mädchen für alles" kurz zu, der immer noch am gleichen Stück des rostigen Geländers versuchte, Farbe auf dem Rost zu befestigen.

»Was hältst du von diesem Drury?«, fragte Alan, als sie wieder an ihrem Auto angekommen waren.

»Der Kerl gefällt mir nicht«, sagte Brian. »Frag mich aber nicht, warum.«

»Warum?«, fragte Alan mit einem Grinsen.

»Einfach nur ein Bauchgefühl. Ich kann es nicht begründen. Und wie ist es bei dir?«

»Ähnlich. Irgendetwas stimmt nicht mit ihm. Doch was?«

»Keine Ahnung. Aber wir sollten ihn im Auge behalten«

»Willst du ihn etwa überwachen lassen?«, fragte Alan.

»Nein, eigentlich nicht. So verdächtig erscheint er mir nun auch wieder nicht.«

»Was dann?«

»Keine Ahnung, ich habe doch gesagt du sollst mich nicht fragen "Warum".«

»Okay, okay. Wir ermitteln weiter und beim kleinsten Verdacht knöpfen wir uns den Burschen nochmals vor.«

»Das klingt nach einem guten Plan.«

Mit einem prüfenden Blick auf den sich langsam verdunkelnden Himmel stiegen beide ins Auto und fuhren Richtung Einsatzzentrale.

»Sieht aus, als würden wir bald Regen bekommen.«

DC Liam Barley hatte den Auftrag erhalten, Erkundigungen über den zweiten entlassenen Mitarbeiter Donald MacSween einzuholen. Don, wie er von allen genannt wurde, war als Facility Manager tätig gewesen. *Früher hätte man Hausmeister gesagt, aber heutzutage hatten alle ja irgendwelche hochtrabenden Titel*, dachte Barley, während er sich in seinem zivilen Polizeifahrzeug seinem Ziel näherte. Auch die Adresse von diesem MacSween hatten die Kollegen vom Einwohnermeldeamt herausgesucht. Allerdings wohnte der nicht mehr an der gemeldeten Adresse, sondern war unbekannt verzogen. Es ging das Gerücht um, dass er in der Drogenszene aktiv war und auch deswegen entlassen worden war. Angeblich hatte er auch innerhalb der SWS gedealt, war aber nie dabei erwischt worden.

Die Kollegen von der Drogenabteilung hatten ihm den Tipp gegeben, sich mit Billy Lister, ihrem Informanten für die Gegend in der Don MacSween zuletzt gemeldet war, zu treffen. Er hatte der Polizei auch früher schon den einen oder anderen nützlichen Tipp über die Drogenszene gegeben. Pauley Gently, die Leiterin der Abteilung, hatte ihm noch gesagt, dass er nicht vom Äußeren des Informanten auf die Qualität der Informationen schließen solle. Dabei hatte sie ihn süffisant angegrinst. Rückfragen, was sie damit meine, wurden nur mit einem »Lass dich überraschen, du wirst schon sehen« und noch breiterem Grinsen beantwortet.

Nachdem die Kollegen ein Treffen für ihn vereinbart hatten, machte sich DC Barley neugierig, aber auch mit einem etwas mulmigen Gefühl, auf den Weg, um sich mittags mit dem Informanten im Caledonian Pub zu treffen. Langsam fuhr Barley auf der Suche nach dem Pub eine Straße entlang, die er nicht kannte, in der sich der Pub aber befinden musste. Die eng aneinander gepressten Häuser in dieser Straße stammten alle aus den frühen sechziger Jahren und vermittelten unverkennbare Merkmale, dass sie ihre besten Zeiten lange hinter sich gelassen hatten. Es regnete in Strömen, als er den Pub erreichte. *Herrliches Wetter, wenn man eine Ente ist,* dachte Barley, als er direkt vor dem Pub im Halteverbot hielt. *So ein Polizeiwagen hat doch seine Vorteile*, grinste er in sich hinein, als er ausstieg. Barley sprintete um sein Auto herum zum schützenden Eingang des Pubs und stieß erleichtert die Tür auf. Warme, verbrauchte Luft, die nach Bier, altem Rauch und auch nach Männerschweiß roch, schlug ihm sofort als Schwall ins Gesicht und ließ seine Brillengläser anlaufen. Dennoch empfand er diesen Mief fast als Wohltat, schließlich war es ja nicht so, dass er die heimelige Atmosphäre eines Pubs nicht zu schätzen wusste. Nachdem er seine Brillengläser mit seiner Krawatte notdürftig sauber gewischt hatte und damit seine Umwelt wieder einigermaßen erkennen konnte, ging er auf die Theke zu und bestellte sich ein Pint des lokalen Bieres. Mit dem Bier ging er zu einem Tisch in der Ecke des Raumes und setzte sich.

Der Mann, der sich wenige Minuten später Barley gegenüber an den Tisch setzte, strömte einen Geruch aus, den er nicht so recht identifizieren konnte. Irgendeine Mischung aus Katzenpisse, vermodertem Seetang und Torffeuer. Er schob deshalb schnell seinen Stuhl einen halben Meter zurück und bedauerte sehr, dass er sich keine Zigarette anzünden durfte, um den Geruch zu überdecken. Aber das strikte Rauchverbot wurde in allen Pubs konsequent eingehalten und gerade er als Polizist durfte hier keine Ausnahme machen. Eine schmutzige Hand, mit schwarzen Rändern unter den Fingernägeln, stellte ein weiteres Glas Bier auf den Tisch. Braune Zähne, von denen einige fehlten und die meisten anderen dringend renoviert werden müssten, erschienen im Licht der Tischfunzel, als der Mann ihn angrinste. Barley war froh, dass die schummrige Beleuchtung den Rest der Gestalt vor ihm gnädigerweise verbarg.

»Sind Sie Billy Lister?«, fragte DC Barley.

»Schon mein ganzes Leben. Und Sie, sind Sie dieser Barley?«, fragte ihn der Mann und ein Schwall verrottet riechender Mundgeruch näherte sich DC Barleys Nase.

»Ja, der bin ich.« Barley hielt ihm mit einer Hand seine Dienstmarke hin, während er mit der anderen Hand so tat, als würde er seine Nase reiben. In Wirklichkeit hielt er sie allerdings zu und beschloss in nächster Zeit soweit wie möglich durch den Mund zu atmen.

»Also«, sagte der Mann, »was wollen Sie wissen?«

»Don MacSween. Wo kann ich ihn finden?«

»Nirgends. Der ist abgetaucht, verschwunden, weg. Keiner weiß, wo der steckt oder ob er überhaupt noch am Leben ist.«

»Wir ermitteln in einem Mordfall und er hat in der Firma der Opfer gearbeitet.«

»Na und, das ändert nix an der Tatsache, dass er wie vom Erdboden verschwunden ist.«

»Vielleicht ist er ja deswegen verschwunden. Vielleicht versteckt er sich ja, weil er der Mörder ist.«

Als er daraufhin lachte, konnte DC Barley jeden einzelnen seiner halb verfaulten Zähne sehen. Ein Anblick, auf den er gerne verzichtet hätte.

»Blödsinn, das glaub´ ich nicht«, antwortete Billy Lister.

»Und warum nicht?«

»Was springt eigentlich für mich dabei raus, wenn ich weiter mit Ihnen rede?« Mit gierigem Blick sah ihn der Mann an.

Barley schob ihm zwei Zwanzig-Pfund-Noten über den Tisch, die wie von Zauberhand sofort verschwanden.

»Also,« fuhr Barley fort. »Warum glauben Sie nicht, dass er der Mörder ist?«

»Ich hab´ von den beiden Toten gelesen und ich weiß auch, dass man Don aus der SWS rausgeschmissen hat.«

Während sich Barley noch darüber wunderte, dass sein Gegenüber überhaupt lesen konnte, fuhr dieser fort: »Aber Don hatte mit keinem der beiden Toten was zu tun. Er kannte sie zwar, aber sein Rausschmiss erfolgte durch die Personalabteilung, ohne dass einer von den beiden persönlich beteiligt war.«

»Was wissen Sie über die Hintergründe seiner Entlassung?«

Misstrauisch sah ihn der Mann an. »Nix weiß ich davon!«

DC Barley erkannte, dass er zu diesem Thema wohl nichts erfahren würde, auch wenn er dem Mann nicht glaubte, dass der nichts wusste. Um ihn zu besänftigen und zum Weiterreden zu motivieren, schob er ihm einen weiteren Zwanziger über den Tisch, der genauso wie seine beiden Vorgänger mit einer solchen Geschwindigkeit verschwand, auf die jeder Hütchen-Spieler neidisch gewesen wäre.

Bereitwillig fuhr Billy Lister fort: »Man kann über Don sagen, was man will, aber der ist ganz bestimmt kein Mörder!«

»Was macht Sie da so sicher?«

»Ich kenne Don halt ganz gut. Der tut keiner Fliege was. Und der Job bei der Firma war ihm völlig egal.«

»Und warum ist er dann verschwunden?«

Vertraulich beugte sich der Mann über den Tisch und flüsterte, wodurch DC Barley selbst mit seiner Mundatmung Schwierigkeiten bekam, den Kloakenduft zu ignorieren, der ihm jetzt aus der Nähe entgegenbrandete.

»Drogen!« So, als wäre mit diesem einen Wort alles gesagt und erklärt, lehnte sich der Mann wieder zurück. Barley atmete erleichtert und tief ein.

»Was meinen Sie damit?«

»Der ist abgetaucht, weil er vermutlich Probleme mit einer der Drogengangs hat.«

»Wieso das?«

»Keine Ahnung. Wirklich! Vielleicht ist er denen noch Geld schuldig oder hat sonst ´was ausgefressen. Die kennen da echt keinen Spaß. Da ist es wirklich besser, wenn man von jetzt auf gleich nicht mehr auffindbar ist. Sonst sorgen die dafür, dass man für immer verschwindet.«

»Das lässt er Sie vielleicht auch nur glauben und ist doch wegen der Morde abgetaucht«

»Ach Quatsch, die Kerle sind ihm scheißegal. Ob die leben oder tot sind, ist Don völlig schnurz.«

»Also gut, dann belassen wir es dabei. Falls Ihnen noch etwas einfällt, können Sie sich bei mir melden.« DC Barley schob ihm seine Visitenkarte über den Tisch.

»Und wenn sich Don bei Ihnen meldet, sagen Sie ihm, dass wir ihn zu sprechen wünschen. Es ist besser für ihn, wenn er sich bei uns meldet.«

»Ja, ja, wird erledigt.«

Der Mann stand auf und schlurfte davon.

DC Barley wedelte sich mit den Händen Frischluft zu, zahlte die beiden Gläser Bier von ihm und dem Mann an der Theke und verließ die Kneipe. Noch nie war ihm die Luft außerhalb eines Pubs so frisch und köstlich vorgekommen wie heute.

Wieder zurück in der Zentrale traf sich DC Barley mit den anderen Mitgliedern der Sonderkommission. Alan und Brian waren auch schon seit einiger Zeit von ihrem Besuch bei Mark Drury zurück. Als alle zusammen am Besprechungstisch Platz genommen hatten, informierte Alan zunächst über sein Gespräch mit Mark Drury und seine Schlussfolgerungen daraus.

In der für Ermittler typischen Art fasste er ihre Erkenntnisse über den Verdächtigen zusammen.

»Mark Drury – geschieden – kinderlos – übergewichtig – versoffen – desillusioniert. Irgendetwas stimmt mit ihm nicht, Brian und ich hatten beide das Gefühl, dass er uns nicht die Wahrheit gesagt oder zumindest etwas verschwiegen hat«. Brian nickte zustimmend.

»Wir glauben momentan aber nicht, dass er der Täter ist«, beendete Alan seinen Teil der Zusammenfassung.

Liam Barley erhob die Stimme: »Donald MacSween – abgetaucht – unverheiratet – Verstrickung in Drogenhandel – der Informant stinkt so penetrant wie ein ganzes Rudel halbverwester Stinktiere.« Es war ihm immer noch anzusehen, dass er das Gespräch nicht in positiver Erinnerung hatte. »Die Entlassung kam ihm vermutlich gerade recht und es gibt, laut meinem Informanten, keinen Grund für ihn, einen oder gar beide Vorstandsmitglieder der SWS umzubringen. Also vermutlich ebenfalls Fehlanzeige.«

Alan schaute in die Runde. »Was ist bei der Befragung der Nachbarn von Arthur Fraser herausgekommen? Was sagte die Witwe? Was wissen wir über das Opfer? Das Opfer zuerst!«

»Ja, also«, begann Nicky und schaute kurz auf den Computerausdruck, der vor ihr lag. »Arthur Fraser war fast siebenundfünfzig Jahre alt, geboren am 18.09.1950. Geboren und aufgewachsen in Elgin. Ausbildung zunächst an der Schule dort, dann Studium am Eliteinternat in Gordonstoun, übrigens zusammen mit Prince Charles. Seit 1986 Inhaber und Chairman der Glenallan Distillery in Aberfeldy, die sich seit vier Generationen im Familienbesitz befindet. Sein Großvater war Gründungsmitglied der SWS und Arthur Fraser zählt zu den sogenannten Whisky Baronen. Verheiratet mit Frances, geborene McGee, seit 1984, keine Kinder. Außer, dass er ganz dicke im Whiskygeschäft integriert war und wohl zu den reichsten Männern Schottlands gehörte, gibt es ansonsten nichts Ungewöhnliches über ihn zu berichten. Scheint ein eher unauffälliges Leben geführt zu haben. Keine besonderen Hobbys oder Vorlieben. Nach Aussagen aller, war Arthur Fraser nicht suizidgefährdet, er gehörte nicht zu denen, die sich umbringen. Und schon gar nicht auf solch eine brutale Weise. Er war erfolgreich, finanziell ging es ihm mehr als nur blendend, er war angesehen und ein regelmäßiger Kirchgänger. Er hatte ebenfalls keine lebensbedrohliche Krankheit. Und außerdem, wie soll er denn an solch ein ausgefallenes Gift gekommen sein.«

Nicky schaute kurz in die Runde und bemerkte, dass Alan und Brian grinsten. Da sie inzwischen beide gut genug kannte, wusste sie, dass ihr ausführlicher Rapport, der im krassen Gegensatz zu der sonst üblichen abgehackten Zusammenfassung der anderen stand, der Grund dafür war. Deshalb fuhr sie auch unberührt fort: »Auch die Überprüfung seiner Personalien ergab nichts. Sein Name tauchte in keiner der polizeilichen Datenbanken auf. Ein unbeschriebenes Blatt, keine Vorstrafen, einfach nichts«, ergänzte sie noch.

»Ja, das deckt sich mit dem, was wir in der SWS über ihn erfahren haben«, bestätigte Brian nickend.

»Mich interessiert allerdings mehr, ob er eine Liaison hatte, wie sein Lebenswandel generell war. Es muss schließlich irgendetwas geben, was jemanden veranlasst hat, ihn umzubringen. Und vermutlich hat er das nicht an die große Glocke gehängt. Wir müssen weiterhin versuchen, das herauszufinden«, fügte Alan hinzu.

»Eine Liaison? Du meinst eine Geliebte?«, fragte Charles Pollock ungläubig.

»Ja, warum denn nicht? So alt war Fraser nun auch wieder nicht, erst zarte Siebenundfünfzig, und du kennst doch den Spruch "Je oller – je doller!"«

»Trotzdem, das kann ich mir bei Arthur einfach nicht vorstellen, der war glücklich verheiratet und auch sonst, das würde ganz und gar nicht seiner Art entsprechen.«

»Aber warum sollte ihn dann eine Frau mit Gift umbringen? Seine eigene kann es ja nicht gewesen sein, die war wirklich bei ihrer Schwester.«

Darauf wusste Charly auch keine Antwort.

Nachdem alle nochmals die weiteren spärlichen Informationen durchgegangen waren, erstellten sie einen Tagesbericht, den Alan zusammen mit Brian noch zu CC Timmins bringen wollte.

Sie wurden auch sofort zum Chef durchgelassen und Timmins begrüßte sie mit einem Gesichtsausdruck, der dem eines sorgenvollen Bluthundes vergleichbar war.

»Haben Sie schon etwas Konkretes, das uns in diesem Fall weiterhilft?«, fragte er auch gleich.

Alan und Brian berichteten ihm von den bisherigen, dürftigen Ergebnissen.

»Wir stehen also immer noch ganz am Anfang«, fasste Timmins das Berichtete aus seiner Sicht zusammen.

»Irgendwie schon, aber, das ist, nach nur wenigen Tagen Ermittlungsarbeit, in solch einem Fall wohl auch normal.«

»Normal, normal«, wurde Timmins entgegen seiner sonst so ruhigen Art schon fast laut. »In diesem Fall ist nichts normal. Auch ich habe Chefs und die wollen bald eine Lösung sehen. Zwei Tote in der SWS! Das beschäftigt die Presse und wirft ein schlechtes Licht auf die schottische Whiskyindustrie. Das kann sich unser Land nicht leisten. Haben Sie denn noch gar keinen Ansatzpunkt?«

Alan hatte das Gefühl, dass sein Chef mächtig unter Druck stand, ja sogar, dass ihm vermutlich irgendjemand im Ministerium die Hölle heiß gemacht hatte. Sonst würde er sich sicherlich nicht so benehmen.

»Irgendetwas stimmt mit diesem McCartney nicht«, sagte Alan also. »Seiner bornierten, selbstherrlichen Arroganz ist er treu geblieben, bis zum bitteren Ende. Er war unerbittlich – nur was er wollte, zählte auch. Er muss aber etwas angestellt haben, er ist bestimmt nicht aus Versehen umgebracht worden. Vielleicht wurde die Täterin oder der Täter ja so von ihm enttäuscht oder gar dermaßen gedemütigt, dass sie jetzt nur noch Rache im Sinn hat.«

»Dann überprüfen Sie ihn mal noch genauer«, sagte Timmins.

»Bekommen wir einen Durchsuchungsbefehl für sein Haus«, fragte Alan.

Timmins lächelte jetzt wieder und schob ihm das gewünschte Papier über den Schreibtisch zu. »Ich dachte mir schon, dass Sie darum bitten würden«, grinste er ihn dabei an. »Wenn Sie noch weitere Mitarbeiter oder Sachmittel benötigen, melden Sie sich bei mir.«

Die Welt zwischen den drei Beamten war wieder in Ordnung. Alan und Brian grinsten zurück, sie mochten die Art, wie ihr Chef sie unterstützte.

»Also los, auf geht´s«, sagte Alan darauf zu Brian und sie verließen das Büro.

Verhör

Während Alan und Brian sich auf den Weg machten, um das Haus von Sean McCartney zu untersuchen, fuhren Detective Sergeant Dan Cowan und Police Constable Dorothy Bantry zu Sylvie Black, der Begleiterin von McCartney beim Keepers Banquet. PC Bantry wurde von allen nur "Dolly" genannt, nicht etwa, weil sie irgendwelche Ähnlichkeiten oder gar Gemeinsamkeiten mit Dolly dem ersten geklonten Schaf gehabt hätte, sondern weil den meisten Kollegen Dolly als Abkürzung ihres Vornamens einfach besser gefiel als "Doro". Sie hatte sich längst daran gewöhnt.

Dolly fuhr das Polizeiauto durch die Straßen von Inverness. Kleine, geduckte, grausteinerne Häuser säumten die Straße, als sie den Außenbezirk von Inverness erreichten. Kurz hinter der Waterloo Bridge über den River Ness fuhren sie nach links ab und kamen in ein ruhigeres Viertel.

Die Straße, in der Sylvie Black in einer Mietswohnung wohnte, war auf beiden Seiten mit Autos zugeparkt. Als DS Cowan gerade beschloss, den Vorteil eines Polizeiautos zu nutzen und in der zweiten Reihe zu parken, fuhr glücklicherweise jemand, nur 200 Meter von der gesuchten Wohnung entfernt, davon. Während PC Bantry das Auto umständlich rückwärts in die frei gewordene Parklücke zwischen zwei anderen

Autos manövrierte, dachte Dan Cowan bei sich: *Frauen werden nur deswegen im Durchschnitt vier Jahre älter als Männer, weil ihnen der liebe Gott die Zeit zum Einparken nicht anrechnet.* Aber nach nur dreimaligem Vor- und Rückwärtsrangieren war es geschafft, sie standen zwischen den anderen Autos und konnten aussteigen.

Sie gingen die wenigen Meter bis zum Mietshaus und klingelten. Als sie sich Sylvie Black gegenüber ausgewiesen hatten und der Türsummer gedrückt wurde, verzichteten sie auf den Aufzug und gingen die Treppe hinauf in den zweiten Stock. Dort wurden sie bereits von Frau Black in der offenen Wohnungstür erwartet. Nachdem sie ihre Ausweise vorgezeigt hatten, wurden sie ins Wohnzimmer geleitet, wo sie sich auf eine entsprechend einladende Handbewegung hin auf die Couch setzten. Vor ihnen auf dem Tisch lagen etliche Modezeitschriften, in denen Frau Black offensichtlich noch bis kurz vor ihrem Besuch geblättert hatte. Nachdem sie das Angebot auf etwas zu Trinken höflich abgelehnt hatten, setzte sich Sylvie Black ihnen gegenüber auf einen Sessel und schlug die schlanken, braun gebrannten Beine übereinander.

Dan Cowan scannte die junge Frau in wenigen Sekunden von oben nach unten ab und registrierte dabei die langen, hellbraunen Haare, die ihr weit über die Schultern fielen und mit blonden Strähnen durchsetzt waren. Die graugrünen Augen, die vollen Lippen, die prallen Brüste, die in dem ausgeschnittenen Kleid, das sie trug, ansehnlich zur Schau gestellt wurden, die schlanke Taille, die nicht zu breiten Hüften und die langen, schlanken Beine waren tatsächlich ein Augenschmaus, speziell in den Augen eines Mannes. *Ein wirklich heißes Ding*, dachte er noch kurz.

DS Cowan war zwar ebenfalls in den neuen Befragungstechniken geschult worden, hielt persönlich aber nicht viel davon. Er ging lieber weiterhin nach seiner persönlichen und, aus seiner Sicht, bewährten Methode vor, quasi „Pfeile abzuschießen", die Leute also mit direkten Fragen zu konfrontieren und damit aus der Reserve zu locken. Er nutzte dabei das Potenzial, das ihm sein Status als Polizeibeamter bei vielen der Befragten gab, dass sie sich nämlich nicht trauten, ihn ernsthaft zu belügen. Aufgrund seiner langjährigen Erfahrung in diesem Job konnte er bei den Antworten recht gut einschätzen, ob ihm gerade jemand etwas vorschwindelte. Dann wurde einfach der Druck von ihm entsprechend erhöht. Die meisten gaben dann schnell auf und blieben bereitwillig bei der Wahrheit. PC Bantry würde sich bei der Befragung zurückhalten und nur dann eingreifen, wenn es die Situation erfordern würde. Mit anderen Worten, nur dann, wenn die junge Frau einen Zusammenbruch haben würde und von Frau zu Frau betreut werden müsste.

Im Fall der jungen und sehr attraktiven Frau, die ihnen jetzt gegenübersaß, erkannte er allerdings schnell, dass er hier nicht auf großen Widerstand stoßen würde und auch Dolly wohl nicht zum Einsatz kommen würde. Sylvie Black machte trotz ihres Aussehens zwar einen aufgelösten und verzweifelten Eindruck, schien aber stabil genug für ein Verhör. *Na ja*, dachte Dan Cowan, *es passiert einem ja zum Glück auch nicht oft, dass man mit einem vermeintlich Gesunden zum Essen geht und mit einem Toten nach Hause kommt.* Dennoch konnte er nicht ganz auf seine Art der Befragung verzichten und kam deshalb gleich zum Punkt.

»Wie lange kannten Sie Sean McCartney schon?«

»Noch nicht sehr lange.«

»Geht das auch etwas präziser?«

»Wir haben uns circa zwei Wochen vor dem Keeper-Banquet auf einer Vernissage kennengelernt und dort sehr nett unterhalten. Danach hatten wir uns zweimal zum Abendessen verabredet.«

»Hatten Sie ein Verhältnis mit ihm?«

»Wie meinen Sie das?«

»Haben Sie mit ihm geschlafen?«, konkretisierte DS Cowan seine Frage und verdrehte dabei kurz die Augen.

»Noch nicht. Zumindest nicht richtig.«

»Wie meinen Sie das?«, fragte der Sergeant jetzt selbst etwas irritiert.

»Na ja, also eigentlich nein, wir haben nicht miteinander geschlafen. Aber«, fügte sie nach einer kurzen Pause hinzu: »Wir waren am Nachmittag vor dem Banquet gemeinsam zum Essen und anschließend in seiner Wohnung. Da wollte er mit mir schlafen, aber er war dann auch mit der Praktikantinnenstellung mehr als zufrieden.« Sie schien sich diebisch zu freuen, als sie bemerkte, wie DS Cowan leicht errötete. »Es war geplant, dass ich die Nacht nach dem Banquet bei Sean in der Wohnung verbringe und dann …«, sie schluckte plötzlich wieder heftig. Weinend schlug sie dann ihre Hände vors Gesicht.

Sergeant Cowan stand auf, trat zu ihr hinüber und tätschelte ihr die Schulter, wie bei einem Hund. Sylvie Black schniefte einmal tief, rieb sich kurz die Augen und schaute fast schon dankbar zu Cowan auf. Und PC Bantry fragte sich, warum es für einen Mann völlig in Ordnung war, so schlecht im Trösten zu sein. Einer Frau würde man so etwas nie verzeihen. Und dass diese Black das auch noch dankbar aufnahm, verstand sie schon gar nicht.

DS Cowan hatte sich wieder auf die Couch gesetzt und, nachdem Sylvie Black noch einmal feste geschnieft hatte, fuhr er mit seiner alten Holzhammermethode fort: »Was hat Sie an McCartney fasziniert?«

»Er war nett zu mir.« Ihre Stimme war jetzt etwas zittrig.

»Toll. Was noch?«

»Keine Ahnung. Er war halt nett und wollte nicht gleich mit mir ins Bett.« Nach einer kurzen Pause fügte sie noch hinzu: »So wie die meisten Männer.« Dabei schaute sie den Sergeant herausfordernd an.

Dan Cowan ließ sich allerdings davon nicht provozieren und fuhr in seiner Befragung fort, so als wäre der letzte Satz nicht gefallen.

»Nur weil er nett ist und nicht gleich mit ihr ins Bett gehen will, bleibt eine Frau doch nicht bei einem Mann. Da muss zwischen Ihnen noch etwas anderes gewesen sein. Also was haben Sie sich von der Beziehung mit ihm erhofft?«

»Er wollte mich ein paar anderen, wichtigen Leuten vorstellen«, sagte sie zögerlich. »Das hätte bestimmt meiner Karriere als Model weitergeholfen.«

»Aha, und dafür waren Sie dann letztendlich doch bereit, mit ihm zu schlafen«, entfuhr es Dolly mit einem vorwurfsvollen Unterton.

»Na und, das ist doch nichts Schlimmes. Das macht doch Spaß. Zumindest mir!«

Bevor die beiden Frauen dieses Thema weiter vertiefen konnten und vor allem aber, weil er befürchtete, dass es für die Stimmung des Verhöres nicht hilfreich wäre, schaltete sich Sergeant Cowan schnell wieder ein.

»Hat er etwas von seinen Plänen erzählt, die er in den nächsten Tagen oder Wochen hatte?«

Nach kurzem, sichtlich angestrengtem Nachdenken antwortete Frau Black: »Er hat mal irgendetwas von einem Treffen mit Franzosen erwähnt. Das war ihm aber scheinbar ungewollt rausgerutscht und er ist nicht weiter darauf eingegangen.«

»Haben Sie nicht gefragt, was er damit gemeint hat?«

»Nein, das hatte mich nicht interessiert. Außerdem hatte das wohl etwas mit seinem Job zu tun und davon verstehe ich nichts.«

»Hatten Sie den Eindruck, dass er sich erst noch mit dem oder den Franzosen treffen wollte oder gar schon getroffen hatte?«

Irritiert schaute ihn Sylvie Black an. Sie hatte einige Sekunden sichtlich Mühe, diese Frage richtig zu verstehen. »Keine Ahnung, da habe ich nicht darauf geachtet. Ich glaube aber, dass er sich schon mit denen getroffen hatte.«

»Was fällt Ihnen zu den Franzosen sonst noch ein?«

»Sean hatte mir mal von einem gemeinsamen Urlaub an der Côte d'Azur auf seiner eigenen Jacht vorgeschwärmt. Und das liegt doch in Frankreich, oder?«, fragte sie etwas unsicher.

»Ja, das stimmt. Hatten Sie die Reise schon gebucht?«

»Nein, nein. Das hatte er nur einmal beim Essen gehen kurz erwähnt, aber danach nie wieder.«

Dan Cowan erkannte, dass er hier mit ihr nicht weiter käme, und schoss seinen nächsten Pfeil ab: »Kannten Sie Arthur Fraser?«

»Nein. Sean hatte den Namen mal erwähnt, aber das war schon alles. Ich habe ihn nie persönlich kennengelernt.«

Mist, dachte DS Cowan, *das führt zu nichts. Also weiter im Text.* »Wer hätte Ihrer Meinung nach Sean umbringen wollen? Wer hasste ihn so sehr, dass er ihn sogar vergiftet hat?«

»Ich habe keine Ahnung! Er war so ein netter Mensch, zumindest zu mir.«

»Hatte er nie jemanden erwähnt, den er nicht leiden konnte?«

»Nein, nie.«

»Vielleicht eine ehemalige Geliebte, die er wegen Ihnen verlassen hat?«

»Nein, als er mich kennenlernte, war er schon eine Weile solo. Das hat er mir zumindest gesagt.«

»Sind Sie sich da sicher?«

»Ich glaube, Sie sollten jetzt besser gehen. Mir fällt nichts mehr ein und ich möchte jetzt lieber alleine sein. Mir geht es nicht gut.«

»Also gut, wenn Ihnen noch etwas einfallen sollte, melden Sie sich bitte umgehend bei uns.«

Nach einem kurzen Abschied verließen die beiden Beamten die Wohnung.

Als die beiden Polizeibeamten wieder an ihrem Auto zurück waren, konnte Dolly Bantry problemlos losfahren, da das Auto vor ihr weggefahren und die Parklücke noch nicht durch ein anderes besetzt worden war. Während sie sich wieder der Hauptstraße näherten, bemerkte DS Cowan: »Die würde ich zwar auch nicht von der Bettkante schubsen, die ist aber ansonsten ziemlich intelligenzresistent. Übrigens, was war denn das vorhin für eine Reaktion von dir? «

»Ihr Männer seid so einfach zu manipulieren, ihr seid so naiv. Wenn eine einigermaßen attraktive Frau, mit schönem Busen und strammem Hintern, an euch vorbeiläuft und entsprechend mit dem Knackarsch wackelt, schon ist es um euch geschehen, schon spielt euer Unterleib verrückt und übernimmt das Kommando. Die Frau muss dann nur noch lächeln, euch einen entsprechenden Augenaufschlag zuwerfen, etwas schnurren und jeder Kerl ist Wachs in ihren Händen. Keinen Mann interessiert zu diesem Zeitpunkt, ob die Frau intelligent ist. Hauptsache ist, sie erscheint euch willig, dann seid ihr hoffnungslos verloren.«

»Ah ja.« Dan Cowan war so beeindruckt von diesem Gefühlsausbruch, dass er nichts weiter darauf erwidern konnte.

»Ich verstehe diese jungen Dinger einfach nicht mehr. Du musst dir nur mal im Fernsehen diese ganzen Casting Shows ansehen. Die haben doch keinerlei Hemmungen mehr. Denen ist jedes Mittel recht, nur um einmal ins Fernsehen zu kommen und vermeintliche Berühmtheit zu erlangen. Da muss man doch annehmen, dass die vielen Jahre der Frauenemanzipation völlig für die Katz waren.«

»Na, zum Glück sind die meisten Frauen nicht so«, versuchte Dan sie zu beruhigen.

»Da bin ich mir leider nicht so sicher, zumindest nicht bei den jungen Mädchen.«

Schweigend fuhren sie zurück in die Zentrale, während jeder seinen Gedanken nachhing. Wobei die Gedanken von DS Cowan sich in angenehmer Weise mit Sylvie Black beschäftigten.

Als Alan und Brian die Wohnung von Sean McCartney betraten, waren die Männer von der Spurensicherung mit ihrem Chef Detective Chief Inspector Harry Timney schon vor Ort. DCI Timney hatte die Wohnung schon öffnen lassen und bereits mit der Durchsuchung angefangen. Das Zuhause von Sean McCartney war eine Penthousewohnung mit Dachterrasse und Swimmingpool am Rande der Stadt. Der Wohnbereich war ein heller, durch große Fenster großzügig mit Tageslicht versorgter, Raum. Wie um den Neidfaktor auf die anwesenden Beamten noch weiter zu erhöhen, flutete gerade, als Alan und Brian zu den Kollegen der SpuSi traten, das Sonnenlicht in das Zimmer und tauchte alles in ein goldgelbes Licht.

»Hi Alan, Brian«, begrüßte Timney die Kollegen, die er schon seit Jahren gut kannte. Er war gerade dabei, den Schreibtisch zu durchsuchen. »Bis jetzt haben wir noch nichts Interessantes oder Auffälliges gefunden. Die Überprüfung des Computers haben wir ausgespart, ich denke, dass sich Nicky darüber freuen wird, wenn wir ihr das überlassen.«

»Da bin ich mir absolut sicher, dass sie sich freuen wird«, antwortete Alan grinsend. Nachdem sich Alan und Brian die Füßlinge übergezogen und Einweghandschuhe angezogen hatten, sahen sie sich in der Wohnung um.

Die Designermöbel in Seans Wohnung waren alle erlesen und teuer. Die beiden 3-Sitzer Sofas und der Sessel stammten von Le Corbusier aus Frankreich, der quadratische Holztisch und das schwarz lackierte Sideboard aus Eschenholz von Charles Mackintosh, ebenso die dazu passenden Esszimmerstühle. Eine Stereoanlage von Bang & Olufsen, ein LCD Flachbildschirm von Sony mit 117 cm Bildschirmdiagonale und Heimkinoausstattung sowie Blu-ray Disc bestätigten, dass er neben der SWS auch noch andere Hobbys hatte. Mehrere Regale mit ordentlich nach Musikrichtungen gestapelten CDs sowie einer umfangreichen DVD-Sammlung vervollständigten dieses Bild.

Die DVDs waren nach Themen sortiert, viele aktuelle Krimis, Action, ein paar Horrorfilme und auch ein paar Pornos. Keine Comedy. Nichts Ungewöhnliches. Auch die Pornos ließen keine ungewöhnlichen Vorlieben erkennen, sodass Sean wohl nicht aufgrund irgendwelcher abartigen sexuellen Neigungen umgebracht worden war. Auch im Schlafzimmer ergab sich ein ähnlicher Anblick, mit einem riesigen Kingsize Bett mit Seidenbezügen, einem großen Spiegel hinter dem Bett und einem weiteren Flachbildschirm sowie einer kleineren Stereoanlage mit bereitgelegten Kuschelsong CDs. Neben dem Bett standen ein leerer Sektkühler und zwei frische Gläser. Beim Überprüfen des Kühlschrankes fanden sie eine kühl gestellte Flasche Champagner. Sean hatte wohl das Ende des Keeper-Banquets in seiner Wohnung vorbereitet und dabei eindeutig zweideutige Pläne gehabt. Im Nachttisch fanden sie Kondome, Gleitcreme sowie Papiertücher. Auch der Kleiderschrank war voll mit Anzügen und Freizeitsachen, ebenfalls alles Markenartikel. Im Badezimmer gab es nichts Interessantes zu entdecken.

Harry rief sie ins Wohnzimmer zurück, in dem auch der Schreibtisch stand. Er hielt eine Rechnung hoch. »An seinem neuen Auto wird er wohl keinen Spaß mehr haben. Ein Aston Martin DBS. Wird im Oktober geliefert.«

Brian pfiff anerkennend durch die Zähne. »Mein lieber Mann, davon müssen die meisten Männer ihr ganzes Leben erfolglos träumen. Der kostet doch bestimmt so um die 150.000 Pfund, oder?«

»Laut dieser Rechnung sogar genau 168.000, hat halt noch ein paar weitere Extras haben wollen. Die Rechnung ist zahlbar bei Lieferung, in einem Betrag, ohne Abzug«

»Wahnsinn! 517 PS, 12 Zylinder und 5,9 Liter Hubraum. Allein für den Spritverbrauch würde mein Jahresgehalt draufgehen«, meinte Brian.

»Der basiert auf dem DB9 und ist fast 50.000 Pfund teurer als sein Vorgänger der V12 Vanquish S«, ergänzte Harry.

»Erstaunlich, was ihr beiden so alles wisst«, bemerkte Alan verblüfft.

»Das ist doch das neue Einsatzfahrzeug von James Bond in "Casino Royale", oder?«, fuhr Brian unbeirrt fort.

»Stimmt, den Film habe ich letztes Jahr vor Weihnachten im Kino gesehen. Das Teil sah schon stark aus. Im Film hatte der DBS sogar als Zusatzausstattung einen Helmhalter hinter dem Fahrersitz«, antwortete Harry und nach einem kurzen Blick auf die Rechnung fügte er noch grinsend hinzu: »Den wollte McCartney aber scheinbar nicht haben.«

»Wenn er den im Oktober schon bekommen soll, ist es diesem McCartney wohl gelungen, eines der ersten Exemplare für sich zu ergattern. Vielleicht sogar das Allererste. Soweit ich gehört habe, läuft die Produktion doch erst im Oktober an und die ersten Exemplare sollen nächstes Jahr im Frühjahr ausgeliefert werden.«

»Tja, mit Geld kann man scheinbar vieles regeln.«

Als alle wieder zurück in der Zentrale waren, trafen sie sich im Besprechungsraum.

»Dieses Starlet, die mit Sean beim Keeper-Banquet war, ist ganz sicher nicht die Mörderin. Dafür ist die viel zu naiv, um solch eine Tat geplant und durchgeführt zu haben. Die hat einen IQ von 90-60-90 und eine eher zurückhaltende Intelligenz. Alles, was die hat, ist keine Ahnung. Aber davon viel. Und außerdem, welches Motiv hätte sie haben sollen, erst Arthur Fraser und dann Sean McCartney umzubringen. Nach ihrer Aussage, und die klingt für mich absolut glaubhaft, kannte sie Fraser überhaupt nicht«, informierte Dan Cowan die Kollegen.

»Sie sagte aber etwas von einem Treffen mit Franzosen und dass Sean McCartney von einem Urlaub an der Côte d'Azur auf einer eigenen Jacht geschwärmt hatte. Weitere Details wusste sie aber nicht«, ergänzte Dolly Bantry.

»Soweit wir wissen, hat er sich zwar einen neuen Aston Martin bestellt, aber über eine eigene Jacht ist uns nichts bekannt. Und darüber war auch in seinen Unterlagen nichts zu finden. Die wollte er sich wohl erst noch kaufen«, wunderte sich Alan.

»Wo nimmt der Kerl eigentlich das ganze Geld dafür her?«, fragte Brian.

»Ein neues Auto und eine neue Jacht. Soviel Geld hatte der nicht auf dem Konto und auch nicht verdient. Da stimmt doch etwas nicht!«, erwiderte Alan und fügte noch, an Nicky gewandt, hinzu: »Wir müssen seine finanzielle Situation genauestens überprüfen. Vielleicht hatte er neben seinem Gehalt noch andere Einnahmequellen, die er gut getarnt hat. Kümmerst du dich bitte darum. Wo will er sonst die 170.000 Pfund hernehmen, die er im Oktober braucht. Und wenn das mit der Jacht wirklich stimmt, kommt da noch eine deutlich höhere Summe auf ihn zu. Wie ich McCartney einschätze, hat der sich bestimmt kein Ruderboot ausgesucht, sondern wollte sich etwas sündhaft Teures zum Protzen kaufen.«

»Okay«, sagte Nicky. »Ich kümmere mich darum. Außerdem schaue ich mir auch noch seinen Computer genauestens an, vielleicht findet sich ja darin ein Hinweis auf seine Nebeneinkünfte.«

Erste Ergebnisse

Montag morgen. Acht Uhr. Einsatzzentrale. Nicky stand mit ihrer etwas überdimensionierten Teetasse vor dem kleinen grauen Tisch, der in den morgendlichen Besprechungen als eine Art Rednerpult diente, und sortierte einen Stapel DIN A4-Blätter.

»Alle da? Ich meine auch geistig, Brian. Jetzt wird's nämlich wissenschaftlich.« Mit einem Grinsen blickte sie in die Runde ihrer Teammitglieder, die sich um den großen Besprechungstisch platziert hatten. Nach allgemeinem, zustimmendem Gemurmel fuhr sie fort. »Also, als erstes mal alles, was ich über die beiden Pflanzengifte herausgefunden habe.

»Zunächst zum Colchicin. Das Gift der Herbstzeitlosen – Colchicin – kannten schon die Menschen der Antike. Deshalb heißt es übrigens auch so. Nach Kolchis, einer Gegend in Kleinasien. Es wurde schon früher zur Behandlung von Gicht, einer Stoffwechselerkrankung, eingesetzt. Das Gift hemmt die Zellteilung und somit auch die Vermehrung der entzündungsfördernden Stoffe. Außerdem lösen sich durch seine Wirkung die in den Gelenken sitzenden Kristalle.

Heute kommt es nur noch bei akuten Gichtanfällen oder bei Unverträglichkeit von Alternativen zum Einsatz. Bei manchen Patienten lässt sich der akute Gichtanfall nur durch die Gabe von Colchicin beherrschen. In diesem Fall müssen Patienten strenge Dosierungsvorschriften befolgen. Sie bekommen mehrmals täglich jeweils 0,5 Milligramm Colchicin verabreicht, bis die Schmerzen abklingen oder leichtere Nebenwirkungen auftreten. Bei der Einnahme von Colchicum-Arzneien darf eine Tages-Höchstdosis von 8 mg nicht überschritten werden. Obwohl das Mittel pflanzlicher Herkunft ist, fällt es unter die rezeptpflichtigen Medikamente und sollte nie ohne Kontrolle durch einen Arzt eingenommen werden, da gerade Kinder, ältere Menschen und Schwangere gefährdet sein können. Colchicin kann in Tablettenform gekauft werden und beseitigt die oft extremen Gelenkschmerzen bei Gicht sehr zuverlässig. Dies kann auch als Test benutzt werden, ob es sich überhaupt um Gicht handelt. Aufgrund der geringen therapeutischen Breite soll eine Einzeldosis von 2 mg und, wie schon gesagt, eine Tagesdosis von 8 mg nicht überschritten werden. Bei 12 mg und mehr wirkt das Mittel tödlich.

Die Nebenwirkungen sind enorm. Eine Vergiftung führt beim Menschen zu Blutbildveränderungen, Schädigung von Nervenzellen und Lähmungserscheinungen. Das Spektrum reicht von Durstgefühl über Übelkeit zu heftigem Erbrechen, von Schluckbeschwerden und massiven Magen-Darm-Problemen bis hin zu Herzrhythmusstörungen oder Herzversagen. Normalerweise verordnen Ärzte deshalb lieber hohe Dosierungen der nicht steroidalen Antirheumatika.«

»Damit alleine steht schon fest, dass Sean sich das Mittel nicht selbst verabreicht hat. Man kann zwar alles Mögliche über ihn behaupten, aber Gicht hatte er ganz bestimmt keine«, stellte Alan fest.

»Kann es sein«, fragte Ewen, »dass der Tote durch eine Überdosis an Tabletten getötet wurde?«

»Nein«, antwortete Nicky. »Die Dosierung einer Tablette beträgt 500 µg Colchicin pro überzogene Tablette. Dem Toten hätten also mindestens 24 Tabletten verabreicht werden müssen, um die tödliche Dosis zu erreichen. Und laut Obduktionsbericht wurden keine sonstigen Tablettenbestandteile in entsprechender Menge in seinem Körper gefunden.«

»Der Mörder muss ihm das Gift also in Reinform verabreicht haben? Wie kommt man denn an so etwas heran? Hat der etwa Herbstzeitlose gesammelt und ausgekocht?«, fragte Brian.

»So ähnlich muss es wohl gewesen sein … und auch wieder nicht«, antwortete Nicky. Auf den fragenden Blick von Brian fuhr sie weiter fort. »Das, was du mit auskochen bezeichnest, nennt man im Fachjargon extrahieren. Und das muss jemand tatsächlich mit der Pflanze gemacht haben. Ob das der Mörder selbst war oder jemand den er kennt, ist noch offen, denn Extrahieren ist nicht ganz einfach und das macht keiner bei sich zu Hause in der Küche auf dem Herd oder so.

Das Gleiche gilt auch für das zweite Pflanzengift«, fuhr Nicky in ihrem Vortrag fort. »Der Blaue Eisenhut steht unter Naturschutz und wird vielfach auch als giftigste Pflanze Europas bezeichnet. In allen Pflanzenteilen sind während des gesamten Vegetationszyklus Diterpenalkaloide nachweisbar. Der wichtigste toxische Inhaltsstoff ist das Alkaloid Aconitin. Den höchsten Gehalt an Aconitin hat, mit bis zu 3 %, die Wurzel. In den Blättern befinden sich bis zu 1,3 % des Alkaloids. Es gilt als eines der stärksten Pflanzengifte überhaupt, es ist sogar noch wirksamer als Strychnin. Dennoch kommen Vergiftungen äußerst selten vor, obwohl die Pflanze Einzug in unsere Gärten gehalten hat. Aconitin und verwandte Alkaloide werden sehr schnell, auch über die Haut und Schleimhäute, resorbiert. Die tödliche Dosis Aconitin liegt für einen Erwachsenen zwischen 1 und 10 mg/kg Körpergewicht.

Die Giftigkeit des Blauen Eisenhutes war schon im Altertum bekannt. Deshalb wurde es früher für Pfeil- und Ködergift für die Jagd sowie Hexensalben verwendet und erlangte auch als Mordgift einen zweifelhaften Ruhm. Aconitin ist verschreibungspflichtig. Es wird immer noch in homöopathischen Dosen gegen Rheuma und Erkältungskrankheiten eingesetzt.

Erst ab der Potenz D4, was einer Verdünnung von 1:10.000 entspricht, ist Aconitin rezeptfrei erhältlich.

Seit der Empfehlung Hahnemanns, das Aconitum besonders bei dem so genannten rein inflammatorischen Fieber anzuwenden, "wo die kleinste Gabe Sturmhut alle bisherigen antipathischen Behandlungen entbehrlich macht und schnell und ohne Nachwehe hilft," ist es zu einem der wichtigsten Mittel bei akuten fieberhaften und entzündlichen Erkrankungen in der homöopathischen Schule geworden. Besonders geschätzt wird es bei Fiebern katarrhalischer und rheumatischer Natur. Auch bei Rheumatismus der Muskeln und Gelenke und Arthritis zählt der Eisenhut zu den wichtigsten Mitteln.«

Nicky sah von ihren Unterlagen auf und blickte in die Runde. »Wie schon Paracelsus sagte: "Dosis venenum facit - die Dosis macht das Gift".«

Alan grinste, während die anderen am Tisch versuchten, einen gequälten und gleichzeitig gelangweilten Gesichtsausdruck zur Schau zu stellen.

Da Nicky ihre Kollegen der Sonderkommission noch recht gut von ihrem letzten gemeinsamen Fall kannte, fiel sie nicht darauf herein, sondern wusste, dass ihr alle konzentriert und aufmerksam zugehört hatten.

Auch das von Brian leise, aber dennoch laut genug, dass sie es hören konnte, gemurmelte »Streber« wusste sie korrekt als Kompliment einzuschätzen. Sie grinste deshalb ebenfalls in die Runde und schaute jeden nacheinander an, bis alle anderen auch grinsen mussten. Andy und Ewan applaudierten sogar.

»Idioten«, sagte sie daraufhin freundlich und stolz.

»Also noch mal kurz zusammengefasst, beide Pflanzengifte sind in den tödlichen Dosierungen nicht käuflich zu erwerben. Von einem Schwarzmarkt mit Pflanzengiften ist nichts bekannt, auch die Drogenabteilung hat noch nie etwas davon gehört.«

»Dann war es also eindeutig Mord!«, bemerkte Charly. »Ich kann mir nicht vorstellen, dass sich jemand freiwillig auf solch brutale Art das Leben nimmt.«

»Okay, vermutlich schon«, antwortete Alan. »Aber dann stellt sich nicht nur die Frage, wer der Mörder sein könnte, sondern auch, wie der Mörder an das Gift gekommen ist.«

»Du meinst, wenn ich zur Apotheke gehe und dieses Pflanzengift kaufen will, bekomme ich es nicht? Auch dann nicht, wenn ich denen ein Bild meiner Schwiegermutter zeige?«, fragte Brian.

Alle grinsten, aber Alan fuhr unbeirrt fort: »Wir müssen klären, was Fraser und McCartney gemeinsam haben. Nur dass beide zur SWS gehören, kann nicht der Grund sein. Irgendetwas müssen die beiden gemeinsam verbrochen haben, zumindest aus Sicht des Täters. Da steckt etwas ganz anderes dahinter, etwas, das wir momentan noch nicht durchschauen können. McCartney scheint mir der Schlüssel zu sein, um in diesem Fall endlich weiterzukommen. Wir müssen ihn und sein Leben komplett durchleuchten. Wenn es sich bei dem Mörder wirklich um eine Frau handelt, muss vermutlich im Laufe dieses Jahres irgendetwas passiert sein, was sie veranlasst hat, ihn zu töten. Ich kann mir nicht vorstellen, dass die Ursache für die Tat länger in der Vergangenheit liegt. Wir müssen deshalb prüfen, was er dieses Jahr alles gemacht hat und wo er war. Eventuell müssen wir auch die Kollegen von Interpol einschalten, um die Auslandsaktivitäten während seiner Geschäftsreisen zu überprüfen.«

An dieser Stelle sah Nicky ihre Chance gekommen, in ihrem Bericht fortzufahren. »Kommen wir nun zu genau diesem Thema, Alan. Die beiden Computer und seine Unterlagen, beziehungsweise seinem Smartphones. Wir haben uns über das Wochenende« – ein alles sagender Blick traf Alan an dieser Stelle und wies ihn auf seine Verantwortung für die Genehmigung von Überstunden, Spesen und sonstigen Zuwendungen hin - »den ganzen Klimbim genauestens angesehen. Danke an der Stelle nochmals für die Unterstützung der Kollegen von der Wirtschaftskriminalität und unseren IT-Profis; ohne die wär's wohl so leicht nicht gewesen. Die Passwörter waren schon eine kleine Hürde und das ganze Kaufmanns-

Kauderwelsch ist auch nicht jedermanns Sache.« Geistesabwesend kratzte sie sich mit ihrem Kugelschreiber am Kopf, während sie die Blätter in ihrer Hand betrachtete. »Zusammengefasst ergibt sich folgendes Bild. Wir haben so gut wie keine persönlichen Informationen gefunden. Zumindest keine, die wir verwerten könnten. Keine E-Mails, die irgendwie verdächtig wären. Er wollte morgen der Fachzeitung "Whisky Magazine" ein Interview geben. Auch seine zuletzt besuchten Webseiten sind eher normal. Websites zum Thema Whisky, Musik und auch ein paar mit pornografischem Inhalt, aber auch nichts Ungewöhnliches. Allerdings hat er sich auch ein paar Seiten angesehen, in denen über Motorjachten berichtet wird und auch welche zum Verkauf angeboten werden. Es scheint also zu stimmen, dass er sich für den Kauf einer Jacht interessierte. Was er sich da so angesehen hat, lag alles bei etwa einer Million Pfund. Aufwärts!«

Alan pfiff bei dieser Info leise durch die Zähne. »Irgendwie muss der Kerl ans große Geld gekommen sein oder zumindest davon überzeugt gewesen sein, dass er es bald haben würde. Ich kann mir allerdings nicht vorstellen, dass er an der Staatslotterie teilgenommen hat. Mein Bauch sagt mir, da muss irgendeine Sauerei gelaufen sein, bei der er beteiligt war und kräftig absahnen wollte.«

»Wenn etwas darüber in seinem Computer gespeichert ist, werde ich es ganz sicher finden«, fügte Nicky zunächst selbstsicher an. Mit einem enttäuschten Zucken ihrer Mundwinkel blickte sie dann in die Runde. »Sonst gibt es aber keine auffindbaren Schwarzkonten, keine dubiosen Immobilien oder sonst was. Dank Onlinebanking konnten wir auch seine Kontobewegungen überprüfen. Die sind mehr oder weniger regelmäßig ... hoch. Passen aber zu seinen regulären Einnahmen. Die laufenden Kredite für sein Penthouse sind ordnungsgemäß abgeschlossen worden. Nichts, was auf dubiose Machenschaften oder Freundschaftsdienste hinweisen würde. Die Termine aus seinem Kalender passen alle zu den Angaben aus der SWS-Zentrale, die wir bekommen haben. Die Spesenabrechnungen entsprechen zwar meinem Jahresgehalt,« - wieder ein Blick zu Alan - »sind aber alle korrekt verbucht. Ein geradezu vorbildlicher Mitarbeiter, nicht wahr, Brian?«

»Was soll denn dieser blöde Hinweis?«, schreckte Brian aus seiner entspannten Sitzhaltung auf. »Glaubst du etwa, ich schummele mit Spesen herum?«

»Niemals! Gott bewahre!«, entgegnete Nicky belustigt. »Nur, dass Carol aus der Buchhaltung deine, regelmäßig um ein halbes Jahr zu spät eingereichten, Spesenbelege mittlerweile ohne Prüfung genehmigt, da sie den mit Mayonnaise zusammengepappten Haufen aus Altpapierschnipseln, den du wohl offiziell als Belegmappe titulierst, nicht ohne Forensiker, Kammerjäger und Grafologen verwerten könnte.«

»Ich ... ich ... ach, was!« Schnaubend warf sich Brian wieder in seinen Stuhl, der ihm diese Behandlung mit einem bedenklichen Knirschen dankte, und verschränkte schmollend die Arme vor der Brust, während alle anderen, in Kenntnis dieser Geschichte, grinsend auf ihre Kaffeebecher starrten.

»Also weiter im Text«, dozierte Nicky wieder ernst. »Der Rest besteht aus einer Fülle von Ordnern und Dateien über die SWS-Destillerien und andere Firmen. Hier haben unsere Wirtschaftsprofis erst angefangen zu stochern. Dabei haben sie sich zunächst auf die Destillerien und die aktuellen Daten beschränkt. Der Rest kommt dann später. Und ich werde mich natürlich auch noch speziell um diejenigen Dateien kümmern, von denen McCartney glaubte, dass er sie sicher versteckt oder gar wirklich gelöscht hat. Ich habe so ein kleines Programm entwickelt, mit dem ich auch fast alle gelöschten Dateien wieder zurückholen kann«, grinste sie in die Runde.

Erstes Ergebnis unserer Wirtschaftsdetektive: Die meisten der Brennereien laufen ganz hervorragend, nur zwei oder drei entsprechen keineswegs den Erwartungen, beziehungsweise dem Forecast, der SWS. Größere Transaktionen waren der Kauf der Glen Turffield Distillery und der Glowdon-Brauerei in den letzten Jahren. Aber auch hier anscheinend keine Unregelmäßigkeiten. Zu diesen Zeitpunkten sind zwar Provisionen an ihn geflossen, die aber nach Meinung der Kollegen im üblichen Rahmen lagen und wohl auch voll versteuert wurden.«

Nun meldete sich Alan wieder zu Wort. »Alles ganz gut und schön. Danke, Nicky, für die tolle Arbeit. Aber wie sieht's denn im privaten Bereich mit Namen und Adressen aus? Irgendwas Interessantes?«

»Sorry, Alan«, entgegnete Nicky, »alles bekannte Leute, nichts Dubioses, keine uns bekannten Meuchelmörder oder Mafiabosse gefunden. Alle eingetragenen Kontakte sind als, na ja, Freunde oder zumindest Bekannte oder Geschäftspartner von Sean McCartney bekannt und bestätigt.«

»Gut, Nicky, dann nochmals danke und nun ihr, Herrschaften. Ich will Geistesblitze sprühen sehen«, forderte Alan die versammelte Runde auf.

»Nett, dass du uns das auch mal fragst«, sagte Andy grinsend. »Ich hatte schon gedacht, ihr beiden wolltet den Fall ganz alleine lösen. Wir waren nämlich auch nicht faul. Und es wird dich interessieren, was wir herausgefunden haben. Als wir seinen privaten Terminkalender durchgeblättert haben, fanden wir einen Eintrag, dass er Ende Februar einen Flug von Edinburgh nach Frankfurt gebucht hatte. Wir haben das anschließend mit British Airways überprüft. Und jetzt halt dich fest, er ist damals nicht alleine geflogen.«

Als Andy eine künstliche Pause machte, fuhr ihn Alan ungeduldig an: »Jetzt sag schon, wer noch dabei war, mach's nicht so spannend!«

»Sean McCartney ist zusammen mit Alan Fraser nach Frankfurt geflogen und sie sind auch drei Tage später wieder gemeinsam von dort zurückgeflogen.« Mit leicht vorgerecktem Kinn blickte er stolz in die Runde.

»Okay, die beiden sind also zusammen nach Frankfurt geflogen. Das ist interessant, aber ist das auch ungewöhnlich? Dass zwei Mitglieder der SWS eine gemeinsame Geschäftsreise unternehmen, wird vermutlich öfter vorkommen, oder?«

»Wir haben uns natürlich schon in der Firma erkundigt und Seans Sekretärin, diese Miss Arkland, du kennst sie ja bestens, oder«, konnte sich Andy den kleinen Seitenhieb nicht verkneifen, »hat uns bestätigt, dass Sean und Fraser so gut wie nie zusammen geflogen sind und wenn, dann direkt nach Bremen, wo der Alleinimporteur für die meisten Brennereien innerhalb der SWS seinen Firmensitz hat. Nach Frankfurt ging es nur, um auf eine Messe zu gehen oder von dort aus weiterzufliegen. Sie hat extra in der Reiseabrechnung nachgesehen, es war damals aber kein Weiterflug gebucht oder abgerechnet worden.«

»Na, da verdichtet sich doch die Geschichte, meint ihr nicht?«, fragte Alan in die Runde.

»Aber 100-prozentig«, bestätigte Brian und klopfte sich auf die Schenkel. »Die hatten ein gemeinsames Ding laufen. Ich spür es in meiner Nase.« Dabei rieb sich Brian wie Wicky, der Wikinger, seinen Nasenflügel und blickte wissend in die Runde.

»Na, dann lass deine Nase mal nach Frankfurt schnuppern«, antwortete Alan. »Ich will wissen, was die da gemacht haben. Brian, nimm dir ein paar Leute und häng dich dran. Nicky, du nimmst dir noch mal die privaten Kreditkarten und Konten vor. Finde raus, ob er in der fraglichen Zeit irgendwo Geld ausgegeben hat. Es muss doch herauszufinden sein, was die damals in Frankfurt gemacht haben«, fragte Alan mit erwachtem Interesse. *Könnte dies eine erste wichtige Spur sein?*

»Fiona hat uns noch etwas Wichtiges gesagt«, grinste Andy.

»Oh Mann, jetzt rück schon raus damit, du machst mich ganz kirre«, fügte jetzt auch Brian an.

»Die sind damals nach Frankfurt und von dort auch wieder zurückgeflogen, es gibt aber keine Hotelabrechnung für den Zeitraum in Frankfurt. Und die beiden haben bestimmt nicht zwei Nächte unter einer Brücke geschlafen. Alle sonstigen Reisen – und von denen gab es in McCartneys Leben eine ganze Menge – sind verbunden gewesen mit Hotelbuchungen, Tischreservierungen, Vorträgen und so weiter. Nur diese komischerweise nicht. Allerdings, meinte Fiona, wäre dies nicht so fürchterlich ungewöhnlich, weil die Tagesabläufe sich auf diesen Reisen eh laufend ändern würden. Einzige Besonderheit war, dass McCartney, zumindest in ihrer Zeit, noch nie mit Fraser allein gereist wäre, sondern immer mit Alexander Duncan oder halt in der ganz großen Gruppe. Fiona konnte sich noch daran erinnern, dass ihr das damals bei der Abrechnung auch aufgefallen war und sie Sean gefragt hatte, ob er eventuell versäumt habe, die Rechnung einzureichen. Er hätte ihr darauf ziemlich brüsk erwidert, dass es keine Rechnung gab, weil sie beide eingeladen gewesen seien. Mehr hatte er nicht dazu sagen wollen, in ihren Augen sei es aber recht seltsam gewesen.«

»Okay, da müssen wir wohl unsere Kollegen von Interpol zurate ziehen, damit die mit den deutschen Behörden klären, was in diesen Tagen in Frankfurt los war. Wenn die irgendwo übernachtet haben, sollten in den Hotelunterlagen der Stadt ihre Namen auftauchen. Dann finden wir vielleicht auch heraus, mit wem die sich getroffen haben.« Nach einer kurzen Pause grinste Alan Andy an und fügte noch hinzu: »Sehr gute Arbeit!«

»Glaubt ihr wirklich, der Typ würde Unregelmäßigkeiten in seinem Notizbuch vermerken?«, warf Nicky in die Runde.

»Aber klar«, antwortete Brian. »Die meisten Typen sind so dämlich. Die halten sich für unantastbar und zudem verschlüsseln sie ihre Informationen so dermaßen geschickt, dass jeder Sonderschüler merkt, dass hier was nicht stimmt. Die sind zwar alle unheimlich oberschlau und können ganze Banken und Ministerien bescheißen; aber immer nur entweder mit Zahlen oder mit Worten. Beides passt nicht in ein einziges Hirn. Auf dem jeweils anderen Gebiet benehmen sie sich dann wie kleine Kinder und verstecken den geklauten Apfel in einer Orangenkiste, anstatt unter anderen Äpfeln.«

»Seit wann kennst du dich mit Obst aus?« fragte Charles Pollock fasziniert. »Das kann man doch gar nicht braten, oder?«

»Noch so einen blöden Spruch und ich zeig‘ euch, wie man einen Hintern braten kann, ohne ihn vorher zu marinieren! Bin ich etwa heute eure Zielscheibe, oder was?« Angriffslustig blickte er in die Runde grinsender Gesichter. Aus alter Tradition musste immer wieder ein anderer für die Rolle des dummen August hinhalten. Das verschaffte der Gruppe die Möglichkeit, mit Humor den Kopf frei zu halten, um auch völlig spinnerte Ideen verfolgen zu können. Diesmal war er wohl dran; was ihm aber auch durchaus Spaß machte, da er dann häufiger seine Lieblingsrolle als beleidigter Muffel spielen konnte.

»Mal im Ernst. Was mich ein klein wenig irritiert, ist die Tatsache, das McCartney angeblich ein paar faule Äpfel – um beim Obst zu bleiben – unter seinem Imperium beherbergt«, bemerkte Alan nachdenklich. »Ich dachte, und das hat uns auch Graham Morrice bestätigt, dass alle seine Destillerien beispiellos gut laufen würden. Nicht, dass ich in der Richtung was Wegweisendes vermuten würde, aber hat uns der SWS-Vorstand da vielleicht etwas geschönte Firmenaussichten präsentiert? Vielleicht war unser Mustermanager ja gar nicht so erfolgreich bei allem, was er angefasst hat? Sollen wir hier weiter bohren? Was meint ihr?«

»Tun wir auf jeden Fall«, antwortete Nicky, die zwischenzeitlich wieder auf ihrem Stuhl Platz genommen hatte. »Wenn da was sein sollte, kriegen es die Kollegen in den nächsten Tagen raus. Wenn nötig, könnten wir auch noch die Einsicht in die Firmenbücher erwirken.«

»Okay, dann behalten wir das also im Auge. Was kommt als Nächstes? Seine privaten Dates abklopfen? Ich will wissen, was er die letzten 24 Stunden vor seinem Tod getrieben hat. Minutiös. In dieser Zeit ist ihm ja wohl der Blumenstrauß verabreicht worden, der ihn dann umgebracht hat. Also los. Was habt ihr?«, forderte Alan sein Team heraus.

»Dann fang ich mal an«, presste Brian etwas angestrengt hervor, während er sich aus seiner bequemen Liegehaltung aufrichtete und die Kladde vor sich auf dem Tisch öffnete.

»Also, was haben denn die Jungs zusammen getragen? Folgendes ist bestätigt durch Zeugenaussagen. Morgens, um viertel vor acht, hat ihn der Chauffeur Michael Cox von zu Hause abgeholt. Da war er wohl, wie immer. Fröhlich, sah gut aus, telefonierte mit drei Handys gleichzeitig und schnauzte seinen Fahrer wie immer, grundlos an. Keine Besonderheiten also. Der hat ihn um siebzehn Minuten nach acht am SWS-Nebeneingang abgesetzt. Das weiß er deshalb noch so genau, weil jede Minute nach viertel nach acht Uhr angeblich seinen Jahresbonus drastisch reduziert.«

Brian blickte in die schnaubenden Gesichter. »Das war jetzt kein Scherz! Danach bestätigte Ankunft in der Chefetage und Vorstandssitzung von halb neun bis um elf Uhr. Kleiner Imbiss mit Salaten und zuckerfreien Keksen. Davon haben alle gegessen. Sonst Mineralwasser und Saft. Inklusive dem üblichen Anschiss war also alles Normal. Alle den Umständen entsprechend gesund und munter. Um halb zwölf Uhr ist er wie immer zum Men's Health Club auf die andere Straßenseite, gemeinsam mit Alexander Duncan und Sven Sorenson. Vom Trainer bestätigt, sind die drei auch angekommen, haben an den Foltermaschinen rumhantiert, mit diversen Mädels geflirtet, sich allgemein aufgeplustert und produziert, und sind, nach dem Duschen, gegen dreizehn Uhr wieder im Büro aufgeschlagen. Auch so, wie immer. Um halb zwölf ist diese Sylvie Black aufgetaucht. Sie sind zusammen zum Essen gefahren und dann zu ihm nach Hause. Und um viertel nach vier hat er in voller Montur, sprich Smoking, das Haus mit ihr verlassen und Michael Cox hat die beiden nach Pitlochry beziehungsweise Blair Castle gefahren. Ende der Geschichte.« Theatralisch klappte Brian die Mappe zu und blickte fragend in die Runde.

»Tja«, kommentierte Andy als Erster. »Dann war es entweder die Black, die dann wohl eigentlich Mata Hari heißt, oder der Chauffeur. Ein Gärtner kam ja in der Geschichte leider nicht vor. Beide waren zumindest eine Zeit lang mit Mc-

Cartney alleine. Oder, sie sind ein heimliches Liebespaar und haben's zusammen gemacht.«

»Wie viel Zeit bleibt einem denn, wenn man das Zeug in der Menge eingenommen hat?«, wollte Brian noch wissen. »Möglichst genau, wenn's geht.«

»Gute Frage«, antwortete Ewen Gillies. »Kommt ganz auf die Art der Einnahme an. Wenn er es schlicht und ergreifend unverdünnt und pur runterschluckt, dauert es mindestens zwei, in der Regel aber so um die fünf Stunden, bis die ersten Beschwerden einsetzten. Das liegt daran, dass das Colchicin im Körper erst durch Wärme in das noch viel giftigere Oxydicolchicin umgewandelt wird. Wenn es denn aber mal losgeht, ist dann meist nach noch mal drei bis fünf Stunden Schicht. Ziemlich ekelige Sache. Hat der die Substanz aber in einer Kapsel geschluckt, kommt natürlich noch die Verdauungszeit eben dieser Kapsel dazu. Die ist aber dann eben im Mageninhalt nach Exitus nicht mehr nachzuweisen. Dauert in der Regel aber auch so ein bis drei Stunden.«

»Okay«, fasste Alan zusammen. »Das heißt, irgendwann zwischen Mittag und seiner Abfahrt zum Banquet hat er das Zeug genommen. Nach erster Betrachtung scheidet also der Chauffeur mal aus. Bleiben die Black und sein Fitnessklub. Die Black würde ich mal ausschließen. Sie hatte bestätigt keinerlei Kontakt zum ersten Opfer Arthur Fraser und ich halte sie nach den Schilderungen nicht für so abgebrüht, sich das langsame Krepieren ihres Rosenkavaliers genüsslich anzusehen. Also seine Fitnesskumpane oder – noch schlechter für uns – eine oder ein Unbekannter im Club.«

»Sehe ich leider auch so, Chef«, bestätigte Andy MacPhee. »Lass uns doch da mal weiter graben.«

»Da gebe ich euch Recht«, meldete sich nochmals Nicky zu Wort. »Ich möchte aber die betriebswirtschaftlichen Ergebnisse nochmals ins Rennen werfen. Warum kauft ein Konzern, wie die SWS, eine offensichtlich unrentable Destillerie, nämlich die Glen Turffield Distillery? Der andere Wackelkandidat, die Glenallan Distillery, gehörte übrigens unserem ersten Opfer, Arthur Fraser. Merkwürdig, oder?!«

»Das ist allerdings merkwürdig, Nicky«, gab Alan ihr Recht. »Aber immer noch kein Grund zu sterben. Wenn die beiden sich untereinander bekämpft hätten, wäre dies sicherlich für ein Motiv interessant. Da aber beide tot sind, brauchen wir wohl oder übel noch ein bisschen mehr Futter. Deshalb werde ich noch mal mit Graham Morrice reden. Da erhoffe ich mir die konkretesten Informationen über die Destillerien. Stell mir doch bitte alles, was du bisher hast, zusammen. Ich werde Graham bitten, hierher zu kommen, um sich die Zahlen anzusehen. Aber weiter: Wie sah es in den letzten Stunden von Arthur Fraser aus?«

Da Nicky die Informationen über die verwendeten Gifte gesammelt hatte, fühlte sie sich nun angesprochen, um zunächst die infrage kommende Reaktionszeit zu beschreiben. »Die Vergiftungserscheinungen bei Aconitinen treten deutlich schneller ein als bei Colchicin. Schon innerhalb der ersten Stunde geht's los und dann recht zügig, je nach Konstitution des Opfers.«

»Stimmt genau«, bestätigte Ewen Nickys Ausführungen. »Leider kann das Gift auch über den Verzehr der Pflanze, im Wesentlichen der Wurzelknolle, eingenommen werden. Die ist nämlich dem Sellerie oder dem Meerrettich sehr ähnlich.«

»Na, da hätten wir doch schon einen ersten Treffer!«, warf Brian mit einem Blick in seine Unterlagen ein. »Der gute Arthur hat sich nämlich im VIP-Room seiner Destillerie - tatsächlich, da steht's, Glenallan – ein Dinner kommen lassen. Und zwar von einer unserer besten, Betsy Rhodes, Craggan Mill Restaurant, Grantown on Spey. Zwei Küchensterne oder wie die Dinger heißen. Jane drängt mich schon seit Jahren, da mal einen Tisch zu reservieren«, gab er als Erklärung seines fulminanten Gourmetwissens ab. »Laut Aussage der drei Angestellten, die die ganze Hummerschwänzchen-Chose dahin geschafft hatten, war aber kein anderer Gast zugegen ... *zugegen*, was für ein blödes Wort. Schatz, ich bin dann *aushäusig* und *zu Tisch.* Lernen die Kellner das auf der Schule oder kriegt man das vom Austernschlürfen?«, echauffierte sich Brian über die gestelzte Ausdrucksweise, was allgemeines Gelächter hervorrief. »Er wollte alles selber auftischen, deshalb hat er die Burschenschaft auch nach Hause geschickt. Von den Destillerie-Angestellten war eh keiner mehr da. Dann muss es sich ja wohl um einen sehr blonden Gast gehandelt haben, was?«

»Deine lüsternen Blicke sind unangebracht, mein Lieber«, wies Alan ihn scherzhaft zurecht. »Wir beide waren auch schon gemeinsam essen und haben uns die Mayo und den Senf selber auf den Burger geschmiert. Und ich bin nicht blond!«

Nachdem die Lachsalven verklungen waren, fuhr Alan fort. »Also gut, auch hier, Terminkalender und PC sichern. Der geheime Gast ist ab jetzt unsere Nummer Eins. Alles was die Kollegen, die vor uns den Fall bereits bearbeitet haben, rausgefunden haben, nochmals überprüfen. Die Witwe nochmals vorsichtig in die Zange nehmen. Die Telefonrechnungen nochmals checken. Alles was die Kollegen schon vor uns gemacht haben, noch mal, nur noch gründlicher und mit mehr Nachdruck. Andy und ich fahren jetzt nach Inverness in die Pathologie. Mal sehen, ob die uns über die Obduktion noch mehr sagen können, als in den Berichten steht. Brian und Charly besuchen Jonathan Craigbank, unseren Profiler, in Glasgow.«

Nach einem Blick in die Runde und in die feixenden Gesichter der Anwesenden fügte er hinzu: »Ja, ihr müsst gar nicht so blöd grinsen. Brian und ich waren uns einig, dass es besser ist, wenn ich nicht mit nach Glasgow fahre. Ich habe halt immer noch ein gespaltenes Verhältnis zu dem Psychofritzen. Der hat uns letztes Mal bei unserem "Whisky-Mörder" auch nicht geholfen. Und außerdem, wenn so ein Mörder seine grausam hingemetzelte Leiche im Wald vergräbt, meint der Psychologe doch nur, dass das für seinen ausgeprägten Sinn nach Ordnung und Sauberkeit spricht. Darauf kann ich verzichten«

Bei sich dachte er allerdings: *Wer konnte auch schon ahnen, dass der Mörder seine Opfer deswegen umbringt, weil ... aber das war eine andere Geschichte.* Und was er den anderen Anwesenden auch verschwieg, schließlich waren sie ja gute Freunde, war, dass Brian ihn darum gebeten hatte, nicht "ins Schlachthaus" mitfahren zu müssen, wie er es ausgedrückt hatte. *Diese stinkende, tropfende Masse Fleisch, die früher einmal ein Mensch war. Mir wird schlecht, wenn ich nur an den Anblick denke,* hatte er noch hinzugefügt. *Wenn doch nur dieser Gestank nicht wäre. Urin, Kot, Blut, Schweiß, Speichel und was nicht noch alles. Es kommt mir jedes Mal so vor, als würde dieser Todesgeruch überall in mich eindringen, durch jede Pore meines Körpers.*

»Auf geht's!«, schloss er deshalb das Meeting. »Wir sehen uns heute Abend wieder hier und zwar pünktlich um achtzehn Uhr.«

Mit dieser Aufforderung sprang Alan schwungvoll aus seinem Stuhl auf und klatschte in die Hände. »Heute Abend will ich Ergebnisse sehen!«

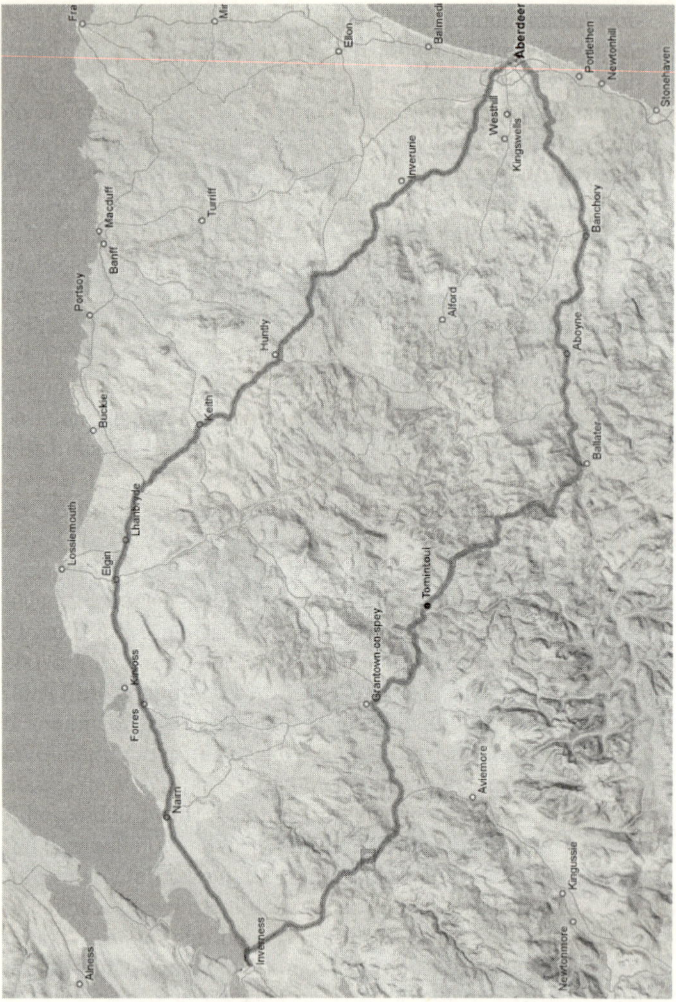
Ellon
Portlethen
Newtonhill
Stonehaven
Westhill
Kingswells
Inverurie
Turriff
Macduff
Banff
Portsoy
Banchory
Alford
Huntly
Aboyne
Buckie
Keith
Ballater
Lossiemouth
Lhanbryde
Elgin
Tomintoul
Grantown-on-spey
Kinloss
Forres
Aviemore
Nairn
Kingussie
Newtonmore
Inverness
Alness

Pathologie

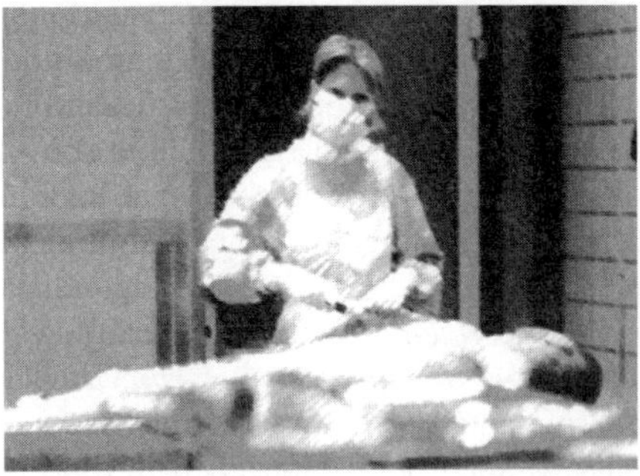

Nachdem die Morgenbesprechung zu Ende war und die Ermittlungen anliefen, machten sich Alan Derringer und Andy MacPhee, der Forensiker und Coroner im Team, auf den Weg nach Aberdeen in die Rechtsmedizin. Vorher hatte Alan noch schnell Graham Morrice angerufen und sich mit ihm für den nächsten Tag verabredet.

In Alans Rover verließen beide Inverness und nahmen die A96 nach Osten. In den letzten Jahren war diese Strecke mehr und mehr zu einer echten Touristenroute ausgebaut worden. Keine acht Kilometer östlich von Inverness sahen sie schon das erste Hinweisschild des "National Trust of Scotland" nach Culloden,[2] immer noch ein beliebtes Stichwort für nationalbewusste Schotten, ein paar gehässige Bemerkungen über ihre englischen Nachbarn zu machen. Schließlich hatten die Schotten nach Culloden lange unter den Restriktionen der siegreichen Engländer zu leiden. Kaum ein paar Kilometer weiter kam schon ein weiterer Hinweis, diesmal zum Cawdor

2 Auf dem **Culloden** Schlachtfeld, im unwirtlichen Drummossie Moor, wurde Bonnie Prinz Charlie mit seinen 4.500 Highlandern am 16.04.1746 in weniger als 40 Minuten von den 9.000 Mann starken Truppen unter dem Herzog von Cumberland vernichtend geschlagen. Dies war die letzte Schlacht der Schotten gegen die Engländer.

Castle.[3] Über Nairn ging es dann am Brodie Castle[4] vorbei, Richtung Forres. Den ganzen Weg von Inverness bis nach Elgin, mit seiner ebenfalls sehenswerten Ruine der Elgin Cathedral,[5] fuhren sie nahezu parallel zur Küste der Nordsee. Bei Fochabers überquerten sie den River Spey und bogen ins Landesinnere in Richtung Keith und Huntly ab. Rund um Keith gab es etliche Whiskybrennereien, die über den, für Whiskyliebhaber geschaffenen, Malt Whisky Trail verbunden waren, während Huntly[6] wiederum mit einem schönen Schloss aufwarten konnte.

Wenn Amerikaner nach Schottland kamen und die Speyside besuchten, musste es ihnen fast wie Disneyland vorkommen, dachte Alan. Vor lauter Sehenswürdigkeiten konnte man fast vergessen, dass es auch noch Menschen in diesem Land gab. Schotten, die seit Beginn der Unterdrückung durch die Engländer, nach der Schlacht von Culloden, bis heute um ihre Kultur, ihre eigene Sprache und ihre eigenen Bräuche kämpfen mussten. Wenigstens ihr eigenes Parlament hatten sie wieder. Und die gälische Sprache wurde nördlich des Great Glen auch wieder verstärkt gesprochen. Sogar die Ortsschilder und sonstigen öffentlichen Hinweise wurden mittlerweile wieder zweisprachig aufgestellt: Gälisch und Schottisch. Englisch

---

3 **Cawdor Castle** ist eine der romantischsten Burgen des Hochlands und liegt an der B9090. Es hat einen mittelalterlichen Turm aus dem Jahre 1372 und liegt auf einem ca. 60.000 acre großen Grundstück. Cawdor Castle ist seit 1370 das Stammschloss der Thanes of Cawdor und die einzige schottische Befestigungsanlage, die noch eine funktionstüchtige, schöne Zugbrücke besitzt.

4 **Brodie Castle**: Der heutige Sitz der Brodies in Morayshire stammt aus dem 16. Jahrhundert und ist ein klassisches Tower House, mit ausgedehnten Gärten sowie einem Teich. Die Brodies leben schon seit 1160 auf diesem Grund, jedoch wurde ihr altes Schloss 1645 zerstört.

5 **Elgin Cathedral**, auch "Lantern of the North = Licht des Nordens" genannt, wurde 1224 erbaut und 1390 nahezu völlig zerstört durch Alexander Stewart, dem "Wolf of Badenoch". Sie hat das beste achteckige Domkapitel und ist eine der schönsten Kirchenruinen Schottlands.

6.**Huntly**, mit den beeindruckenden Ruinen von Huntly Castle, berühmt für seine gemeißelten Wappen und exquisiten heraldischen Skulpturen sowie Steinfriese, ist Sitz einer der ältesten schottischen Familien, des Gordon Clans.

würde ein Schotte die offizielle Landessprache nur in Notwehr nennen, auch wenn nur der lokale Dialekt der einzige Unterschied war. Das alles erfüllte Alan als bekennenden Schotten mit ein wenig Zuversicht. Wenn jetzt auch noch die schottische Fußballnationalmannschaft, als eine der ältesten offiziellen Mannschaften überhaupt, es wenigstens einmal bis in die Finalrunden schaffen würde, könnte er seinen Stolz kaum noch bremsen. Leise begann er *Don't come home too soon* zu summen, das Lied mit dem die Mannschaft 1998 zur WM nach Frankreich geschickt wurde.

»Bist du jetzt inoffizielles Mitglied der Tartan Army oder hab′ ich irgendwas verpasst?«, fragte Andy überrascht. Als *Tartan Army Boys* bezeichneten sich die eingeschworenen Fans der Nationalmannschaft, die 1998 sogar zu den freundlichsten Fans der Welt gekürt wurden.

»Sorry, Andy«, lachte Alan ihn an. »Ich wollte dir durch die musikalische Darbietung nicht die Freude an unserer Fahrt verderben, aber die Gedankenkette von Huntly Castle über Disneyland bis zur Tartan Army kann ich dir jetzt nicht erklären.«

»Kein Problem. Sag einfach Bescheid, wenn ich den Erste-Hilfe-Kasten rausholen soll.«

Nach fast zweieinhalb Stunden Fahrt erreichten sie endlich die Ausläufer von Aberdeen, der Hauptstadt der Region Grampian. Die "Granite City" genannte Hafen- und Industriestadt Aberdeen liegt an der Flussmündung von Dee und Don und ist berühmt für ihre silbern glitzernden Granitbauten und ihre vielen Blumen. Daher wird sie auch oft "The Flower of Scotland" genannt. Sie ist die drittgrößte Stadt Schottlands sowie die Hauptstadt der überwiegend flachen und bewaldeten Grampian Highlands. Leider gilt sie auch als das Regenloch Schottlands, womit Alan wieder genau wusste, warum er trotz der Schönheit dieser Stadt doch Inverness als Wohnort vorzog.

Nachdem sie am Airport vorbeigefahren waren, bogen sie nach rechts in die Ring Road ab, um nach weiteren zwei Abzweigungen zur Foresterhill Site, und damit der Medical School, zu kommen. Neben dem Marischal College und dem Old Aberdeen Campus mit 43 Gebäuden, war Foresterhill eines von drei unterschiedlich großen Geländen, auf denen sich die Universität verteilte. Hinzu kamen noch die Hillhead Halls of Residence, quasi das Studentenwohnheim der University of Aberdeen.[7] Allerdings bestand das Wohnareal aus insgesamt zehn Wohnblöcken mit zusammen knapp 1800 Wohnungen. Daher waren Richtungsangaben wie "fahren Sie ganz einfach an der Mensa vorbei und dann gleich links zum Gebäude 43" etwa so hilfreich, wie ein Kompass am Südpol. Nur eine Menge Erfahrung ersparte einem hier das permanente Fragen.

Nachdem sie ihr Auto vor dem Gebäude geparkt hatten, in dem sich das Rechtsmedizinische Institut befand, nahm Alan die Mappe mit den Obduktionsberichten vom Rücksitz und sie gingen hinein. Da beide nicht zum ersten Mal hier waren, kannten sie den Weg zum Büro von Chris Butcher, genauer gesagt zu Professor Butcher. Chris war Professor of Pathology und leitete das Department of Pathology in Aberdeen. Hier wurden nahezu alle ungeklärten Todesfälle aus ganz Schottland obduziert und Chris galt als Meister seines Fachs. Mit einem Skalpell, einer kleinen Säge, einer Rippenschere, einem Rippenspreizer, einer langen Pinzette und einem Nähset, konnte er praktisch überall eine Obduktion vornehmen. Seine drei Jahre bei der Army, als Arzt im ersten Golfkrieg, hatten

---

[7] Die University of Aberdeen ist eine staatliche Universität mit knapp 14.000 Studenten und 3.000 Mitarbeitern. Als Gründungsjahr der University of Aberdeen gilt das Jahr 1495. Damit ist die heutige Universität Aberdeen die drittälteste (nach St Andrews 1413 und Glasgow 1451) in Schottland und die fünftälteste im Vereinigten Königreich. Im Jahr 1495 wurde King´s College durch den Bischof von Aberdeen William Elphinstone auf Geheiß von König Jakob (James) IV. gegründet. Die Universitätsgründung wurde kurz darauf durch eine päpstliche Bulle von Papst Alexander VI. bestätigt. Das ursprüngliche Universitätsgebäude lag nahe der St. Machar's Kathedrale und trug zunächst die Bezeichnung St. Mary´s College.

ihm zudem einen unschätzbaren Vorrat an Pragmatismus und Abgebrühtheit mitgegeben.

Zusammen mit seinem Team von acht weiteren Ärzten hatten sie genügend zu tun, denn, neben den wenigen Morden, gab es genügend Selbstmorde und unklare Todesursachen. Andy und Chris kannten sich gut und jeder respektierte das Fachwissen und Können des anderen. Auch Alan hatte schon mehrfach mit Chris zu tun gehabt, sodass ihr Gespräch in ungezwungener Atmosphäre ablief.

Nachdem sie das Büro des Chef-Gerichtsmediziners betreten und sich herzlich begrüßt hatten, kamen sie auch gleich zur Sache. Andy hatte Chris im Vorfeld des Besuches angerufen und deshalb hatte dieser die Unterlagen von der Untersuchung der beiden Toten bereits vor sich auf dem Tisch liegen. Da es sich in beiden Fällen eindeutig nicht um natürliche Todesursachen gehandelt hatte und beide Tote ein gewisses Ansehen genossen, waren die Obduktionen bereits abgeschlossen worden. Beide Tote lagen aber noch in ihren Fächern im Institut und waren noch nicht zur Beerdigung freigegeben worden.

»Wären die beiden Toten nicht so bekannt gewesen und hätte der Täter bei Arthur Fraser ein Gift gewählt, das nicht eine solche Sauerei verursacht hätte, wäre vermutlich der Giftmord als solcher nicht erkannt worden. Die meisten Ärzte bekommen eine Vergiftung nur dann zu sehen, wenn absichtlich oder auch versehentlich eine Überdosis genommen wurde. Sie werden nicht ausgebildet, darauf zu achten, wenn keine äußerlichen Anzeichen erkennbar sind«, informierte Chris Butcher die Beamten.

Alan und Andy ließen sich die Digitalaufnahme vorspielen, die der Rechtsmediziner bei der Obduktion von Arthur Fraser und Sean McCartney angefertigt hatte. Die Anfertigung einer solchen Aufnahme war Vorschrift, da diese ja eines Tages vor Gericht als Beweismittel vorgelegt werden würde. Alan verglich das Gehörte mit dem ihm vorliegenden Obduktionsbericht. Er konnte aber nichts auf der Aufnahme hören, was sich nicht auch im Bericht wieder gefunden hätte.

»Haben Sie die Obduktion alleine durchgeführt?«, fragte Alan, als die Aufnahme geendet hatte.

»Sie kennen doch die Regeln: Es müssen immer mindestens zwei Ärzte bei der Obduktion anwesend sein. Das ist inzwischen gesetzlich vorgeschrieben. Dadurch können wir natürlich unser, ohnehin kaum zu bewältigendes, Pensum erst recht nicht schneller erledigen. Erst wenn zwei Ärzte anwesend sind, dürfen wir Schädel, Brust und Bauch öffnen. Danach den Schädelknochen freilegen, das Schädeldach aufsägen und das Gehirn entnehmen. Danach folgt der Y-Schnitt vom Hals bis zum Schambein, die Rippen durchtrennen, aufklappen und dann die inneren Organe entnehmen. Das ganze Spielchen kennen Sie doch schon. Dem Obduktionsbericht können Sie entnehmen, dass mir Dr. Adrian Middleton assistiert hat. Er hat den Bericht auch gegengezeichnet.«

»Ja, das habe ich gesehen, aber ich muss das dennoch fragen. Ich habe kein Interesse daran, dass mir ein geklärter Fall dann doch noch wegen eines Formfehlers vermasselt wird. Was können Sie uns zu den beiden Toten sonst noch sagen? Gibt es etwas, was eventuell nicht im Bericht erscheint, weil es Ihnen vielleicht nicht wichtig genug erschien?«

»Nein, nein«, lachte Chris Butcher. »Viele glauben zwar, dass wir nichts anderes als das Handwerk eines gewöhnlichen Fleischers ausführen: Männer mit Schürzen und in Gummistiefeln zerlegen und filetieren ein totes Lebewesen. Am Ende bleibt nichts weiter übrig als ein Klumpen Fleisch auf einer Stahlplatte. Crossing Jordan oder den allseits bekannten Vorzeige-Leichenexperten Quincy gibt es nur im Fernsehen. Unsere Arbeit sieht völlig anders aus. Natürlich haben wir alles, was nur in irgendeiner Form von Interesse sein könnte, diktiert und in dem Bericht erwähnt.«

Er hatte ihn auch, diesen typischen seltsamen Humor der Rechtsmediziner, die wohl ohne ihn ihren Beruf auf Dauer nicht durchstehen würden.

»Gibt es irgendwelche Gemeinsamkeiten bei den beiden Toten?«, ließ Alan dennoch nicht locker.

»Multiples Organversagen aufgrund einer Pflanzenvergiftung liegt in beiden Fällen vor. Auch wenn die Gifte in beiden Fällen unterschiedlich waren, hat die toxikologische Untersuchung ergeben, dass die Giftmenge jeweils so dosiert war, dass der Tod nicht sofort eintrat, aber dennoch unvermeidbar war. Ein atemberaubender Feind! Die Gefahr aus der Pflanze wird meist total unterschätzt.«

»Wir wissen noch nicht, ob der Mörder seinen Opfern beim Todeskampf zugesehen hat, vermuten aber, dass er nach dem Verabreichen des Giftes seines Weges gegangen ist«, sagte Andy.

»Er wollte auf jeden Fall sicherstellen, dass sein Opfer ums Leben kommt und dabei richtig leidet. Der Todeskampf des ersten Opfers, diesem Arthur Fraser, dauerte vermutlich fünfzehn Minuten, in denen er qualvoll verreckt ist. Das muss man sich mal vorstellen. Fünfzehn Minuten! In dieser Zeit zieht sich jede Sekunde wie eine Ewigkeit, das müssen Höllenqualen gewesen sein. Und das Opfer war bis zum Schluss bei klarem Bewusstsein. Unglaublich! Was für eine Schweinerei!«, echauffierte sich Chris Butcher.

»Die Details des Todeskampfes wollte er oder sie sich wohl tatsächlich ersparen. Auch das spricht dafür, dass es sich vermutlich eher um eine Frau handelte«, mutmaßte Andy.

»Egal, ob es ein Mann oder eine Frau war, jedenfalls hat der Täter dafür gesorgt, dass seine Opfer keinen leichten und schnellen Tod hatten«, fügte Chris jetzt wieder etwas ruhiger hinzu.

»Zwischen der Tat und dem Tod selbst besteht eine zeitliche Lücke, die wir nicht genau beziffern können. Normalerweise begeht ein Mörder seine Tat und der Tod tritt umgehend ein, aber hier wissen wir nicht genau, wann, wo, wie und, vor allem, von wem diese tödliche Handlung vollzogen wurde. Können Sie uns etwas Genaueres über den Zeitpunkt sagen, wann die Opfer das Gift zu sich genommen haben müssen?«, fragte Alan.

»Es gibt Unterschiede in den Symptomen, abhängig davon, ob das Gift eingeatmet, geschluckt oder über die Schleimhäute aufgenommen wurde. In beiden Fällen kann ich bestätigen, dass das Gift geschluckt worden war. Über die Mundschleimhäute, aber vor allem über den Magen, hat das Gift seine Wirkung verbreitet. Ich gehe davon aus, dass beide Opfer das Gift ein paar Stunden vor ihrem Tod, zusammen mit ihrem letzten Essen, zu sich genommen haben. Halt, stimmt im Falle von McCartney nicht, dort muss es das vorletzte Essen gewesen sein. Der fiel ja quasi tot in den Nachtisch.«

»Gut, das bestätigt auch unsere Vermutungen. Damit können wir die Zeit, in der das Gift verabreicht wurde, ziemlich genau eingrenzen. Könnten Sie im Bedarfsfall dazu nochmals eine Kontrolluntersuchung durchführen?«

Da wir, wie immer bei Obduktionen, Körperflüssigkeiten, wie Mageninhalt, Blut, Urin und auch Gewebeproben, sichergestellt haben, ist das kein Problem. Aber auch die Haare und die Haut dienen uns als Untersuchungsmaterial und verlässlicher Indikator für zeitabhängige, toxische Einwirkungen von Stoffen, auch wenn diese in Schüben oder geringer Konzentration verabreicht wurden. Also, wenn's erforderlich wird, grundsätzlich kein Problem für uns. Geben Sie uns etwas Zeit und wir bestimmen Ihnen die Zeit der Gifteinnahme auf plus/minus fünfzehn Minuten.«

»Wow, wirklich beeindruckend«, musste selbst Alan zugeben.

»Das ist sogar noch besser als Sie vermuten. Da ja die Untersuchungsergebnisse vor Gericht verwendet werden und die Anwälte einem sowieso alles zerreden, gelten in der forensischen Analytik nur beweisende Verfahren. Meist werden deshalb sogar zwei unterschiedliche Analysenmethoden parallel eingesetzt, um so Kreuzempfindlichkeiten auszuschließen – und kreuzclevere Verteidiger auszubooten«, fügte er noch mit hämischem Grinsen hinzu. »Zur Messung des Blutalkoholgehaltes beispielsweise wird mittels Gaschromatografie die Dampfkonzentration einer Probe bestimmt. Gleichzeitig wird die Konzentration enzymatisch mit einem Verfahren gemessen, das dem Abbau des Alkohols in der Leber nachempfunden ist. Die Ergebnisse beider Verfahren müssen übereinstimmen. Für den Alkotest bei der Verkehrskontrolle etwas aufwendig, das gebe ich zu. Bei Kapitalverbrechen aber durchaus sinnvoll. Ähnlich machen wir das auch bei toxikologischen Gutachten. In der Rechtsmedizin arbeiten wir hier deshalb mit Chemikern, Medizinern und Toxikologen eng zusammen. Und hier in Aberdeen haben wir die besten ihrer Zunft versammelt.« Dabei schlug er sich augenzwinkernd auf die Brust. »Die Ergebnisse, die Sie von uns erhalten, sind deshalb immer hieb- und stichfest. Garantiert!«

Alan und auch Andy waren sichtlich beeindruckt von den Ausführungen des Pathologen. Seine Darstellungen klangen nicht einmal überheblich, sondern einfach so, als würde er schlichtweg bekannte und unumstößliche Tatsachen aufzählen.

»Möchten Sie die beiden Toten mal persönlich sehen?«, fragte Chris Butcher die beiden Beamten.

Wenn Alan die toten Körper in der Pathologie sah, wurde sein Wunsch, den oder die Täter, die für diese Taten verantwortlich waren, zu fassen, stets noch viel intensiver. Für ihn war es die beste Motivation, alles zu geben, um die Tat zu sühnen und den Täter zur Verantwortung zu ziehen.

Auch wenn ihm ein wieder zugenähter Toter in der Rechtsmedizin nicht so stark zusetzte wie Brian, konnte sich natürlich auch Alan wesentlich erfreulichere Anblicke vorstellen. Allein wegen seiner persönlichen Eigenmotivation bejahte er jedoch die Frage von Professor Butcher.

Als die drei Männer den gefliesten und in grelles, kaltes Neonlicht getauchten, großen Raum betraten, bemerkten sie sofort vier weitere Männer in grünen Arztkitteln, die, mit Mundschutz versehen, paarweise zusammenstanden und ihrem Tagewerk nachgingen. Zum Glück befanden sich diese am entgegengesetzten Ende des Raumes und nicht dort, wo sie gerade hereingekommen waren und sich auch die Kühlfächer der

Rechtsmedizin befanden. Trotzdem erhaschte Alan mehr als nur einen Blick und eigentlich auch viel mehr, als ihm persönlich lieb war. *Ich glaube ich sollte mir das mit meiner Eigenmotivation doch noch mal überlegen*, dachte er bei sich, als er sah, wie einer der Ärzte eine kleine Handkreissäge ansetzte und diese virtuos durch den Körper einer vor ihm liegenden Frau gleiten ließ.

Andy MacPhee hatte sich inzwischen mehr für den am nächsten stehenden Seziertisch interessiert und dort für die, unter einem durchsichtigen Steriltuch liegenden, Gegenstände. Er erkannte gute alte Bekannte dort und auch den einen oder anderen verbesserten Neuzugang: das Seziermesser mit den einen Zentimeter langen einsetzbaren Klingen für Einschnitte und das Entfernen von Organen. Das 12er-Skalpell mit seiner langen, dünnen Klinge für feine Einschnitte in empfindliches Gewebe. Scheren, Messer und Zangen für Dinge, an die seine Kollegen lieber nicht denken wollten, speziell Brian. Die Stryker-Säge, mit ihrer vibrierenden Klinge, zum Zersägen von Knochen, wenn das umliegende Gewebe nicht zerstört werden sollte. Ein T-förmiger Meißel mit extra starker Hebelkraft, um die Knochen des Schädels aufzubrechen. *Einfach toll!*, dachte er begeistert.

Alan dagegen fiel der unverwechselbare Geruch der Pathologie auf, eine Mischung aus Desinfektionsmitteln, Laugen und vor allem unzähliger aufgeschnittener Körper hatte sich in jeder Ritze des Raumes eingenistet. Dankbar griffen Alan und auch Andy deshalb nach der Dose Eukalyptuscreme, die ihnen Chris Butcher hinhielt.

Nach einem kurzen Blick auf eine an der Wand hängende Liste, die irgendjemand mit Belegungsplan überschrieben hatte, ging der Professor gezielt auf eine Klappe in der Wand des Kühlraumes zu, öffnete diese und ließ die Bahre mit einem kurzen Ruck herausgleiten. Die Leiche war nach der Obduktion gewaschen und wieder zugenäht worden und noch zugedeckt.

Mit einem kurzen, eleganten Schwung warf Chris Butcher die leuchtend weiße Decke über dem Toten zurück. Ein hervorragend ausgebildeter Ober in einem 5-Sterne Restaurant hätte die Silberglocke über einem lukullischen Gericht nicht effektvoller hochnehmen können.

Und schon lag Arthur Fraser in all seiner vergangenen Pracht vor ihnen. Wahrlich kein schöner Anblick. Alan stellte sich die philosophische Frage. *Ist das, was von einem Menschen übrig bleibt, noch als Mensch zu bezeichnen? Oder ist es nichts anderes, als ein stinkender Haufen Fleisch, Fett und Haare?*

Das gleiche Prozedere wiederholte sich dann wenige Minuten später auch beim Leichnam von Sean McCartney. *Dieser widerlich stinkende Haufen Fleisch ist alles, was von diesem arroganten Widerling übrig geblieben ist. Und bald wird nicht einmal mehr das übrig sein. Wenn er endlich unter der Erde ist und sich die Maden und Würmer an seinem Fleisch satt gefressen haben, werden nur noch die Knochen übrig bleiben. Und auch die werden irgendwann zu Staub zerfallen*, dachte Alan, irgendwie unangenehm berührt.

»Und Sie haben tatsächlich keinerlei Fingerabdrücke oder Spuren fremder Personen an den Toten gefunden?«, fragte Andy MacPhee.

»Sie kennen doch sicherlich das Locard´sche Prinzip«, wandte sich der Professor an ihn. »Locard gilt als Begründer der modernen Forensik. Sein Prinzip lautet: "Wenn zwei Objekte miteinander in Berührung kommen, dann erfolgt immer eine Übertragung von Materie von einem zum anderen. Auch wenn die Menge klein und schwierig zu finden sein mag, so ist sie doch vorhanden." Aber in unseren Fällen fand wohl kein direkter Kontakt mit dem Mörder statt, sondern nur ein indirekter, nämlich über die Gabe des Giftes zusammen mit dem Essen. Deshalb haben wir wohl auch nichts gefunden.«

»Also keine verwertbaren DNA-Spuren?«, fragte Alan und brachte das Gespräch auf ihm vertrautere Ebenen zurück.

»Ah, unser lieber Kommissar DNA«, kam Butcher ins Schwärmen. »Kaum ein Kriminalfall wird heute allein durch polizeiliche Routine und Schreibtischarbeit gelöst. Im Gegenteil! Immer wieder kommt es auf die Arbeit von uns Gerichtsmedizinern an. Die schärfste Waffe unserer Forensiker ist dabei der so genannte genetische Fingerabdruck. Mit ihm können wir aus kleinsten, am Tatort zurückgelassenen, Geweberesten, wie Haut, Haaren, Sperma und Blut, einen Verdächtigen eindeutig als Täter identifizieren. Die benötigte DNA-Menge für eine entsprechende Untersuchung liegt dabei im Mikrogrammbereich. Ein Vergleich mit Gewebe- oder Speichelproben einer verdächtigen Person liefert dann den eindeutigen Beweis, ob die Proben von ein und derselben Person stammen oder auch nicht. Wir haben natürlich auch einige Spuren an und rund um die Toten gefunden, aber keine, die nicht auf die Frau oder die Haushälterin von Arthur Fraser, beziehungsweise eine der Begleiterinnen von Sean McCartney, zurückzuführen waren. Aber das müssten Sie doch selbst am besten wissen, schließlich haben Sie doch den Abgleich mit den genommenen Fingerabdrücken und Ihrer Datenbank durchgeführt, oder?« Mit diesen letzten Worten schaute Chris Butcher Alan vorwurfsvoll an.

Alan wäre fast errötet, allerdings nicht vor Scham, sondern eher vor Wut, dass er vergessen hatte, seinem Team anzuordnen, dass sie diesen Spurenvergleich nochmals selbst durchführen sollten.

Er wusste ganz genau, dass die DNA-Analyse ein wichtiger Sachbeweis bei der Aufklärung von Straftaten geworden war. Mit ihrer Hilfe konnten Verbrechen aufgeklärt, Täter überführt, Unschuldige entlastet und potenzielle Opfer vor Wiederholungstätern geschützt werden. In der DNA-Analyse-Datei der Polizei sind DNA-Muster bekannter Straftäter und anonymer Tatortspuren gespeichert. Inzwischen kann über die Datei fast jede vierte Spur dem entsprechenden Verursacher zugeordnet werden. Mehr als 28.000 Treffer wurden seit der Errichtung der Datei erzielt und damit wesentliche Ermittlungserfolge, insbesondere bei Diebstahlsdelikten, Raub, Erpressung, Sexual- und Tötungsdelikten, erbracht. Heute können durch den genetischen Fingerabdruck auch Verbrechen aus der Vergangenheit aufgeklärt werden, auch wenn diese Jahre oder Jahrzehnte zurückliegen. Sind aus dieser Zeit genetisch verwertbare Proben erhalten, können sie auch heute noch, unter Verwendung der modernen DNA-Analyse, einem Täter zugeordnet werden.

Er musste gleich nachher vom Auto aus anrufen und seinem Team entsprechende Anweisungen geben. In Richtung des Professors nickte er nur und versuchte dabei, in dieses Nicken die Bedeutung hineinzulegen, dass er dies sehr wohl wusste, aber einfach noch mal fragen musste.

»Bringen Sie mir einen Tatverdächtigen und ich sage Ihnen definitiv, ob dieser am Fundort der Leiche war. Unsere Molekularbiologen untersuchen die Spuren so schnell wie möglich. Die Hochfrequenzlabore der Universität liefern inzwischen sehr rasch Ergebnisse, sie ermöglichen eine vollautomatische Analyse von Spuren innerhalb von 24 Stunden.«

»Gut, sobald wir jemanden haben, komme ich gerne auf das Angebot zurück«, bedankte sich Alan. Dann fiel ihm noch etwas ein. »Im Bericht der Kollegen über den Tod von McCartney steht drin, dass der zufällig anwesende Arzt beim Keepers Banquet bestätigt habe, dass Sean an einer Atemlähmung gestorben sei, obwohl sein Herz noch immer weiterschlage. Wie geht denn so was?«

Professor Butchers Augen blitzten förmlich. Das war offensichtlich eine Frage, wie er sie liebte. »Was ist "Sterben"?«, antwortete er mit einer Gegenfrage. »Per Definition das zunehmende Erlöschen von Lebenszeichen, die den Sterbeprozess anzeigen. Dabei handelt es sich um einen phasenhaften Verlauf: angefangen vom Nachlassen von Kraft, Beweglichkeit, Wahrnehmung, Wachheit, Kommunikation und Atmung, bis hin zum Stillstand von Atmung und Herzschlag. Wenn die Atmung zum Stillstand kommt und der Betroffene nicht mehr reanimiert werden kann, ist der Mensch tot. Der berühmte "letzte Atemhauch". Aber erst, wenn sein Herz ebenfalls aufgehört hat zu schlagen, ist er "klinisch tot". Diese klassischen Todeszeichen werden nach kurzer Zeit durch Leichenflecke, Totenstarre und andere Todeszeichen, die übrigens niemals zusammen mit Lebenszeichen auftreten, ergänzt und gelten als "sichere" Todeszeichen. Erst, wenn alle Lebensfunktionen eines Organismus endgültig stillstehen, ist der Tod eingetreten. Atemstillstand bei gleichzeitig existenten Lebenszeichen wie Herzschlag, Blutdruck, warme Haut, Hormonausschüttung, Schwangerschaftstätigkeit, Ausscheidung et cetera sind durchaus normal. "Hirntote" schwangere Frauen können sogar noch Kinder gebären, "hirntote" Männer können Erektionen haben. "Hirntote" können sich sogar aufrichten und gurgelnde Laute ausstoßen. Das ist jedes Mal ein Erlebnis, wenn wir hier eine frische Leiche hereinbekommen und so etwas passiert. Das können Sie mir glauben.«

»Herzlichen Dank, jetzt ist mir das verständlicher geworden. Ach, noch etwas, mir ist aufgefallen, dass keine Frauen hier in der Rechtsmedizin arbeiten. Hat das einen Grund?«, fragte Alan.

»Eine Frau gehört nicht an die Leiche, sondern in die Küche!«, antwortete der Professor trocken. »Oder möchten Sie abends von einer Frau das Essen zubereitet haben, von der Sie wissen, dass sie den ganzen Tag bis zu den Ellenbogen in anderen Leuten herumgewühlt hat?«

Darauf fiel Alan so schnell nichts Passendes ein, was er hätte erwidern können.

»Oder stellen Sie sich vor, Ihre Frau kommt nach Hause und Sie fragen sie: "Na, Schatz, wie war dein Tag?" Und sie fängt dann wirklich an, alles detailliert zu beschreiben. Das sind doch wohl keine Gespräche, die den Zusammenhalt einer Ehe fördern, oder?«, setzte er noch eins obendrauf.

Andy war die ganze Zeit schon fürchterlich am Grinsen und Alan warf ihm einen gespielt bösen Blick zu.

An Chris Butcher gewandt fuhr er fort: »Gutes Argument. Aber zumindest Ihnen scheint der Job wirklich Spaß zu machen. Dann werden wir mal wieder gemeinsam unsere Zeugen befragen und hoffen, dass wir Ihnen bald einen Tatverdächtigen für die DNA-Analyse liefern können.«

»Was wir wirklich nie machen, ist Zeugen zu befragen oder selbstständig zu ermitteln. Unser einziger Zeuge ist die Leiche, die wir untersuchen. Und von wegen Spaß: Langfristig steht uns Fachärzten für Rechtsmedizin nach mindestens elf Jahren Medizinstudium und Facharztausbildung nur der Weg in die universitären Institute offen. Niederlassen dürfen wir uns nicht. Da ist man bei der Polizei als Kriminaltechniker meist besser aufgehoben. Aber die meisten von uns sind unverbesserliche Enthusiasten, denen die Arbeit am Seziertisch wichtiger ist als eine attraktivere Bezahlung.«

»Sehen Sie, genau das ist der Unterschied zwischen Ihnen und uns. Unser Job verlangt von uns, dass wir uns den Rest des Tages die Hacken wund rennen, während Sie in aller Ruhe hier in Ihrem kühlen Raum einer angenehmeren Tätigkeit nachgehen können«, konnte sich Alan nicht verkneifen.

»Sie haben mein vollstes Mitgefühl. Und ich freue mich schon richtig darauf, mal wieder jemanden aufzuschneiden, der so herrlich schön verfault stinkt. Bis dann!«, verabschiedete Chris Butcher die beiden Beamten grinsend.

Inzwischen war es fast vierzehn Uhr und Alan und Andy fuhren zu einem nahe gelegenen Tesco Supermarkt und versorgten sich mit Mineralwasser und Sandwiches, die sie dann im Auto schnell verzehrten. Sie frönten damit den Essgewohnheiten der meisten Außendienstmitarbeiter und auch der meisten Streifenpolizisten, die entweder Stullen von Zuhause dabei hatten oder die diversen Fast Food Ketten am Leben erhielten.

Da sie noch gut in der Zeit waren, um dennoch rechtzeitig zur Abendbesprechung wieder in der Zentrale zu sein, entschieden sie sich, den zeitlich aufwendigeren, aber landschaftlich schöneren, Rückweg durch die Grampian Mountains anzutreten. Sie verließen Aberdeen auf der A93 und fuhren zunächst bis Banchory. Dabei kamen sie unterwegs am Drum

Castle[8] vorbei. Bereits jetzt bereuten sie ihren Entschluss, dass sie die Touristenroute gewählt hatten. Noch vor wenigen Jahren wäre die Route, außer in den Sommermonaten, zügig zu befahren gewesen. Durch den Hype, den Schottland in letzter Zeit erfahren hatte, waren gerade in den Frühlingsmonaten die Speyside und ihre umliegenden Regionen zu einem beliebten Reiseziel für Festland-Europäer geworden, die dem Pauschaltourismus der Mittelmeerländer entfliehen wollten. Über Banchory zockelten sie daher im Schneckentempo bis Ballater, in dessen Nähe Balmoral Castle lag, der Sommersitz von Queen Elisabeth und ihrer Familie. Dies war auch das Ziel der meisten vor ihnen fahrenden Camper und Mietwagen, die das weltberühmte Schloss und seinen Garten zu dieser Jahreszeit noch besichtigen konnten. Sobald die Queen zu ihrer alljährlichen "Sommerfrische" hier eintreffen würde, war das Gelände für den öffentlichen Verkehr gesperrt. Alan und Andy mussten dem Touristenstrom aber nicht bis dorthin folgen, sondern bogen vorher ab auf die A939 und fuhren weiter in Richtung Tomintoul.

Unterwegs überquerten sie Andys Lieblingsbrücke, eine sehr steile, aber dennoch auch für Busse befahrbare, alte Brücke über den River Don. Beim Überqueren der Brücke hatte man jedes Mal das Gefühl, direkt in den Himmel zu fahren, um dann auf der Brückenspitze mit dem Auto förmlich nach vorne zu kippen, um den Weg steil nach unten fortzusetzen. Ein Spaß, den man am liebsten gleich noch mal wiederholen wollte.

Etwa später kamen sie am Corgarff Castle[9] vorbei und fuhren dann die steile Straße zum Lecht Ski Centre[10] hinauf. Hier

---

[8] **Drum Castle** ist das drittälteste Tower House Schottlands. Der Turm von 1286, mit einem fast 4 Meter dicken Granitmauerwerk, und ein Herrenhaus von 1619 sind zu besichtigen. In den Gärten werden historische Rosen aus 4 Jahrhunderten präsentiert.

[9] **Corgarff Castle** ist ein Turmhaus von 1537, das damals als Jagdschloss erbaut wurde. Es war später Sitz der Familie Forbes. 1571 belagerte Adam Gordon of Auchindoun das Schloss und brannte es mitsamt seinen Verteidigern

war zum Glück zu dieser Jahreszeit noch niemand unterwegs. Erst in den schneereichen Monaten verlagerte sich das touristische Zentrum in diese Region. Oben angekommen regnete es und es war ganz schön neblig, da die Wolken fast auf der Straßendecke auflagen. Auf der anderen Seite ging es hinunter nach Tomintoul,[11] dem höchstgelegenen Ort in den Grampian Mountains. Im "Whisky Castle" Geschäft tranken beide einen Cappuccino, bevor sie weiterfuhren nach Grantown-on-Spey. Die restliche Fahrt über spekulierten beide über die wachsende Bedeutung Schottlands als europäisches Reiseziel. Andy war sich sicher, dass, durch die steigende Klimaerwärmung, die südlichen Mittelmeerländer immer unattraktiver werden würden. Die jetzt schon heißen Temperaturen und unberechenbaren Trockenzeiten dort würden die Urlauber bald schon in die nordeuropäischen Länder treiben.

»Bloß nicht!«, regte sich Alan sofort auf. »Wenn die hier dann anfangen, meine geliebten Single Track Roads vierspurig auszubauen und in jede schöne Bucht einen Hotelkasten zu stellen, dann werde ich von mir aus wieder Police Constable, aber dann auf den Shetlands, das sag ich dir!«

»Dann komm ich mit dir und obduziere Schafe und gestrandete Wale.«

»Genau!«, stimmte ihm Alan zu. »Und Brian wird Hafenpolizist und kontrolliert morgens um fünf die Fischerboote auf illegal eingewanderte Krabben.«

---

nieder. Margaret Forbes, die Frau des Chief, und 26 andere starben dabei. 1738 wurde es mit einer sternförmigen Einfriedungsmauer umgeben. 1748 wurde es zur Kaserne für Hannoveraner-Truppen umgebaut, die hier Munitionsvorräte bewachten. Ihnen folgten später die englischen Rotröcke, die von hier Jagd auf Whisky-Schmuggler aus dem Glen Livet machten. Die Rekonstruktion einer illegalen Whiskybrennerei ist heute hier zu besichtigen.

[10] Das **Lecht Skigebiet** ist mit 9 Liften eines der größten Schottlands. Der Lecht-Pass ist mit seinen 20% Steigung, bis hinauf auf 600 Höhenmeter, eine "wahre Freude" für alle Radfahrer.

[11] **Tomintoul** wurde 1754 auf Geheiß des Duke of Gordon, im Anschluss an die Schlacht von Culloden, gegründet und liegt an einer alten Heeresstraße, die Fort George mit Edinburgh verbindet, auf 480 Meter Höhe.

»Jouh! Und Nicky strickt unsere Uniform-Pullover aus Shetlandwolle!«

Brüllend setzten sie den Rest ihrer Fahrt über Carrbridge[12] auf der A9 fort, die sie dann in weniger als einer halben Stunde nach Inverness brachte. Trotz der nun doch verlorenen Zeit kamen sie, immer noch breit grinsend, in der Zentrale an, was ihnen die irritierten Blicke der Kollegen in der Eingangshalle bescherte.

»Na, ihr habt ja einen spaßigen Job«, wurden sie vom Wachhabenden am Empfang begrüßt. »Können wir mal tauschen?«

»Sicher«, antwortete Andy. »Wenn du gut Pullover stricken kannst.«

Das wiehernde Lachen konnte man selbst durch die geschlossene Aufzugtür hören. Der verdutzte Kollege am Empfang tippte sich nur noch an die Stirn. »Kaum tragen die keine Uniform mehr und nennen sich Detectives, lassen sie ihr Hirn beim Pinkeln liegen.«

Zum Glück für alle anderen Kollegen hatten die beiden immer noch genügend Zeit bis zum Meeting, um sich wieder zu beruhigen.

---

[12] Bei **Carrbridge** gibt es eine schöne und pittoreske Brücke aus dem Jahre 1717.

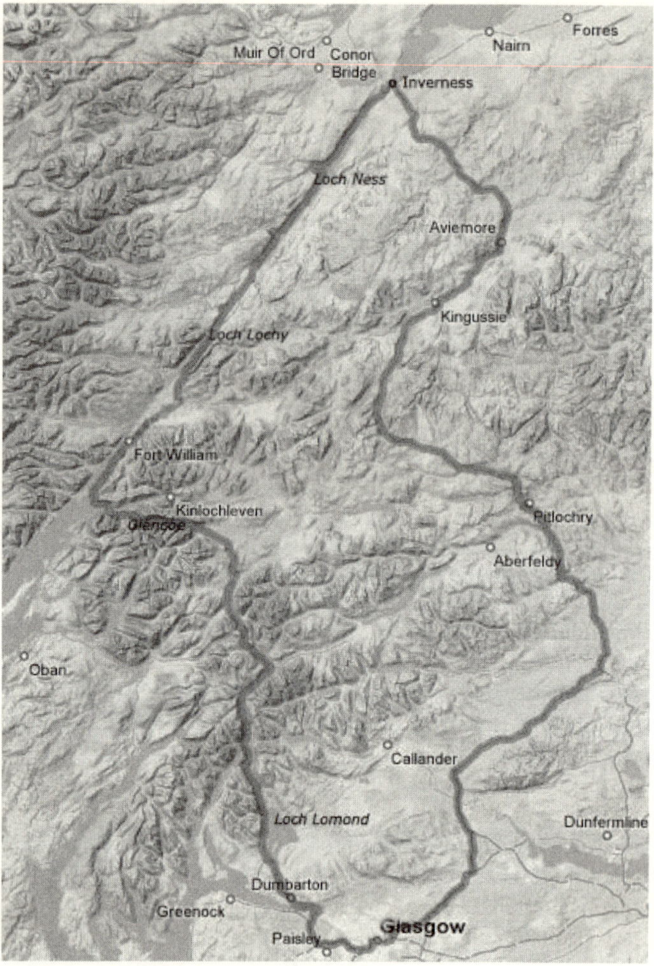
Forres
Nairn
Muir Of Ord
Conon
Bridge
Inverness
Loch Ness
Aviemore
Kingussie
Loch Lochy
Fort William
Kinlochleven
Glencoe
Pitlochry
Aberfeldy
Oban
Callander
Loch Lomond
Dunfermline
Dumbarton
Greenock
Paisley
Glasgow

Profiler

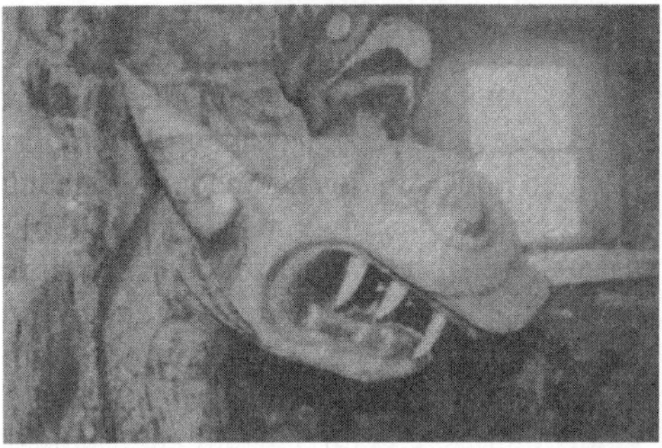

Brian Strachan und Charles Pollock waren auf ihrem Weg nach Glasgow. Sie hatten kurz nach zehn Uhr Inverness über die A9 verlassen und sich für den Weg über Aviemore, Pitlochry, Perth und Stirling entschieden, der sie am schnellsten nach Glasgow bringen würde. Je nachdem, wie lange das Gespräch mit John Craigbank dauern würde, würden sie entweder den gleichen Weg wieder zurückfahren, oder die etwas längere, aber landschaftlich attraktivere, Route am Loch Lomond vorbei, über Fort William und entlang am Loch Ness. Zwar würden sie eine gute, vom Steuerzahler bezahlte, Stunde vergeuden, wobei zumindest Brian der Ansicht war, dass eine Stunde geistiges Durchlüften nach einem Besuch beim Psychofritzen noch als dienstlich notwendig durchgehen würde. Zudem kannte er in Fort William einen Pub mit Bar Meals, der von einem entfernten Verwandten seiner Frau geführt wurde. Einen familiären Besuch, verbunden mit ein paar Pints Bitter auf Kosten des Hauses, wäre also Grund genug für einen Umweg.

Jonathan Craigbank war Professor der Psychologie. Er genoss eine weltweite Reputation, verfasste regelmäßig Artikel und sogar ganze Abhandlungen in renommierten Fachzeitungen und wissenschaftlichen Magazinen, hielt Seminare und

Vorträge an nahezu allen namhaften Universitäten der Welt und war für viele so etwas wie ein Psychologie-Guru. Für viele, aber natürlich nicht für Alan.

Auch Brian fragte sich bei der Aufzählung an wissenschaftlichen Veröffentlichungen, wann der Kerl eigentlich noch die Zeit für die hierfür notwendigen Patienten - wörtlich sagte er Verrückten und Psychoclowns – fand, um diese zu untersuchen und heilen zu können. Aber so waren nun mal die "Oberschlauen". Verdienten ihr Geld mit PR, also "Plöd Reden"! Daher war es auch für Brian ein besonderes Vergnügen, diesen externen und freien Mitarbeitern der Polizei mal auf den Zahn zu fühlen.

Die Sonderkommission hatte Craigbank die aktuellen Berichte und Tatortfotos bereits im Vorfeld zugeschickt, damit er sich ein Bild machen konnte. Brian hatte ihren Besuch natürlich telefonisch angekündigt, sodass John Craigbank sie erwarten würde.

Nach 30 Meilen erreichten sie Aviemore. Das früher fast ausschließlich dem Wintersport verschriebene Dorf, am Oberlauf des Spey, war inzwischen ein ganzjähriger Ferienort geworden. Brian erinnerte sich noch gut daran, wie er letztes Jahr von hier aus, zusammen mit seiner Jane, zum Cairngorm Chairlift, Schottlands einziger Drahtseilbahn, gefahren war und sie damit die 1,8 Kilometer lange Strecke hinauf auf 1098 Meter Höhe genommen hatten. Nach der landschaftlich wunderschönen Fahrt konnten sie von der Ptarmigan Lodge, der Wetterstation und höchstgelegenen Snackbar Großbritanniens, einen atemberaubenden Blick auf das Strathspey Gebiet, mit Loch Morlich und Glenmore, genießen. Im Jahr zuvor waren sie sogar vom oberen Parkplatz aus hinaufgelaufen und hatten dann auch den noch einmal 146 Meter höheren Gipfel des Cairn Gorm, des fünfthöchsten Gipfels Großbritanniens, besteigen können. Leider war das Wetter damals schlechter geworden, sodass sie nicht den überwältigenden Ausblick vollends genießen konnten, sondern oben mit dem Kopf in den Wolken standen.

Anschließend begaben sie sich im leichten Nieselregen auf den Abstieg zurück zu ihrem Wagen. Die Benutzung der Seilbahn war ihnen verwehrt geblieben, da die Naturschutzbehörde eine stringente Wiederaufforstungspolitik betrieb. Nur wer den kompletten Anstieg zu Fuß bewältigte, konnte sich auch zum Cairn Gorm und dem Hochplateau begeben – und musste auch so wieder runter. Zwar konnte man das Ptarmigan Lodge betreten, runterfahren aber nicht. Wer mit der Seilbahn hoch fuhr, schaute den Munroisten zu, wie ein Fisch aus einem Aquarium. Zum ersten Mal war Brian so richtig stolz gewesen, eine sportliche Höchstleistung vollbracht zu haben. Monatelang hatte er mit dieser Großtat angegeben und konnte sogar von Graham Morrice, als verkannte Gebirgsziege, anerkennende Worte ernten.

In alter Erinnerung an diese schöne Zeit und vor allem, weil seit seinem Frühstück schon mehr als zwei Stunden vergangen waren, überredete Brian Charly zu einem kurzen Boxenstopp, um "seine persönliche Batterie" wieder aufzuladen. Sie kehrten deshalb in ein kleines Lokal ein, dass Brian von früher her kannte und in dem es Sandwiches und belegte Brote unterschiedlicher Art und Größe gab.

Nachdem sie sich versorgt hatten, gingen sie an einen der kleinen Stehtische und Brian verschlang ein belegtes Baguette von der Größe eines Neugeborenen. Obwohl Charles Pollock mit Brian schon lange befreundet war und ihn daher recht gut kannte, war er über den Appetit von Brian nur noch am Staunen. Außerdem war er auch recht neidisch, da der Kerl, trotz dieser Unmengen an Essen, einfach nicht dick wurde. Als Brian den entgeisterten Blick seines Kollegen und Freundes bemerkte, meinte er zwischen zwei Bissen nur trocken: »Ich habe entweder Hunger oder mir ist schlecht vom vielen Essen.«

Nach dieser, zumindest nach Brians Meinung, "kleinen Stärkung", setzten sie ihren Weg fort und fuhren vor Kingussie an den Ruthven Barracks[13] vorbei in Richtung Newtonmore. Nach 10 Meilen kamen sie an der Dalwhinnie Distillery[14] vorbei. Durchs Glen Garry führte ihre Fahrt weiter in Richtung Pitlochry. Knapp 6 Meilen vor Pitlochry sahen sie auf der linken Seite Blair Castle liegen. Schlagartig wurden ihre Blicke und Gedanken wieder auf das Tagesgeschäft und, zwangsläufig, auf den Tod von Sean McCartney gelenkt. Wie konnte so etwas Schlimmes hier geschehen sein, in dieser Landschaft, deren Schönheit einem den Atem verschlug? Ein Schauer durchlief sie, und selbst Brian, als selbst ernannter Polarbär, drehte fröstelnd die Heizung im Auto auf.

Nachdem sie den Abzweig zum Loch Tummel[15] und wenig später Pitlochry[16] passiert hatten, lag der Rest der Strecke als eine voll ausgebaute und, für schottische Verhältnisse, übertrieben breite Autobahn vor ihnen. Über Perth[17] erreichten sie, nach einer fast langweiligen Fahrt, die Autobahn M80 und fuhren auf ihr bis zu den ersten Häusern von Glasgow. Einziges optisches Highlight auf der letzten Stunde Fahrt war das

---

[13] Viele Orte in dieser Region haben eine enge Beziehung zu Culloden und der Jakobitenrevolution unter Bonnie Prince Charlie und seinen Folgen So auch die **Ruthven Barracks**, auch der "red place" genannt, in der Nähe von Kingussie. Die Festungsanlage aus dem 13. Jahrhundert zeigt heute noch die Ruinen der Militärbaracken.

[14] Die **Dalwhinnie Distillery** liegt nördlich vom Drummochter Pass auf 1188 Fuß Höhe und ist Schottlands höchstgelegene Distillery.

[15] Am **Loch Tummel** lohnt die Aussicht vom **Queen´s View** über den Loch Tummel und auf den Schiehallion. Den Namen verdankt dieser Platz dem Besuch von Königin Victoria, die 1866 hier mit ihrem Gatten Picknick machte und den Ausblick über den Glen Avon genoss.

[16] **Pitlochry** war in der viktorianischen Ära die "Sommerfrische" für Bürger aus der Großstadt, nachdem es 1863 an das Eisenbahnnetz angeschlossen wurde, und ist auch heute noch ein viel besuchter Erholungsort. Pitlochry ist der geographische Mittelpunkt Schottlands.

[17] **Perth**, auch "Fair City" genannt, ist die ehemalige Hauptstadt Schottlands (vom 9. Jahrhundert bis 1452) und verdient auch heute noch diesen Namen mit ihrer schönen Altstadt. Lohnenswert ist eine Besichtigung von **Scone Palace** (1802-1812 errichtet), der Krönungsstätte der schottischen Könige und damit das Herzstück der schottischen Geschichte.

auf seinem Felsen thronende Stirling Castle sowie das 67 Meter hohe Wallace Monument, das an den Freiheitskämpfer Sir William Wallace, besser bekannt als "Braveheart", erinnerte. Dafür hatten sowohl Brian als auch Charlie Pollock aber keinen Sinn mehr, da sie sich, seit dem emotionalen Kälteeinbruch in Höhe von Blair Castle, mit den anstehenden Themen ihres Falls beschäftigten. Craigbank wohnte in Milngavie im Nordwesten der Stadt und nicht weit weg von der A809, die zum Loch Lomond führte. Sie hatten sich mit ihm in seinem Privathaus verabredet und nicht in seinem Büro in der Innenstadt. Beiden war das sehr recht, dadurch konnten sie den berüchtigten Glasgower Stadtverkehr vermeiden. John Craigbank hatte sie schon erwartet und öffnete ihnen die Tür zu seinem Haus, als die beiden Beamten gerade aus ihrem Wagen ausgestiegen waren. Nach einer kurzen, aber freundlichen Begrüßung, führte er Brian und Charly in sein Arbeitszimmer und ließ sie in zwei bereitgestellten Sesseln Platz nehmen. Nachdem er beide mit Getränken versorgt hatte, nahm er ihnen gegenüber in einem dritten Sessel Platz.

»Ich habe mir die Unterlagen zu Ihrem Fall angesehen«, eröffnete er dann das Gespräch. »Und ich muss Ihnen sagen, ich bin überrascht.«

Nachdem John Craigbank eine kleine Kunstpause folgen ließ, fühlte sich Brian genötigt zu fragen: »Überrascht? Worüber denn?«

»Jeder gute Psychopath möchte natürlich dabei sein, wenn sein Opfer stirbt. Dieser hier will das allerdings nicht, er verpasst dem Opfer eine tödliche Zeitbombe und sucht das Weite, bevor die Bombe das Finale einläutet. Scheut er sich vor dem Anblick des grausamen Todes?«

»Wir vermuten, dass es sich bei dem Täter um eine Frau handeln könnte. Giftmorde werden doch im Allgemeinen auch von Frauen verübt, oder?«, fragte Charly nach.

»Die Fälle, in denen Ehefrauen mit Gift gemordet haben, waren fast alle sehr subtil angelegt. Hier ein bisschen Arsen ins Essen, dort ein bisschen Rattengift, immer in so kleinen

Dosen, dass man nicht gleich etwas gespürt hat, und das alles über einen längeren Zeitraum von Wochen oder gar Monaten. Erst klagt das Opfer über anhaltende Kopfschmerzen, dann über permanentes Unwohlsein, dann über Kreislaufprobleme und dann ist es zu spät. So morden Ehefrauen mit Gift. Weibliche Täter pflegen im Allgemeinen raffinierter und mit deutlich geringerem Blutvergießen zu morden. Das liegt natürlich auch an ungleich verteilten Körperkräften, die von vornherein zu einem subtileren Vorgehen zwingen. Die Geschichte der Giftmorde reicht bis in die Antike. So genossen Messalina und Agrippina unter ihren Zeitgenossen einen äußerst zweifelhaften Ruf. "Salonfähig" war die Giftmischerei vor allem während der Familienkriege der Renaissance, wofür Namen wie Lucrezia Borgia und Caterina Sforza stehen. Auch Caterina und Maria Medici - die einflussreichen Gattinnen französischer Könige - standen diesbezüglich unter beinahe ständigem Verdacht. Von Italien aus ging die verhängnisvolle "Kunst" bald auf ganz Mitteleuropa über. Arsen als "Erbschaftspulver" erfreute sich großer Beliebtheit. Das hier aber, meine Herren, ist eine völlig andere Art des Giftmordes. Hier hat jemand Wut gehabt, hier wollte jemand das Opfer leiden lassen und wollte auch ganz sicher gehen, dass sein Opfer sterben würde. Es könnte sich aber dennoch um eine Frau handeln.«

»Bringt man wirklich jemanden gezielt aus Wut um?«, fragte Charly. »Oder ist das in dem Fall nicht eher Totschlag oder Mord im Affekt? Zu einem echten Mord gehört doch eine Taktik, ein Plan. Vorbereitung halt, oder?«

»Das ist juristische Auslegungssache. Wenn zwischen der auftretenden Tötungsabsicht und dem Ausführen der Tat mehr als, sagen wir, zwei Minuten vergehen, haben wir es dann nicht mehr mir einem Affekt zu tun? Jeder Mensch ist in bestimmten Ausnahmesituationen zu einem Mord fähig. In jedem von uns schlummert ein Mörder, der zum Glück aber bei den wenigsten von uns zum Ausbruch kommt. Stellen Sie sich einfach vor, jemand versucht, einen von Ihnen geliebten Menschen zu töten oder gar eines Ihrer Kinder. Würden Sie wirklich zögern, denjenigen umzubringen? Und würde sich Ihr Tötungswunsch nach ein paar Stunden Bettruhe wieder verflüchtigen, wenn Sie ihn nicht gleich erwischen?«

Brian nickte verständnisvoll und war sicher, wie er in so einem Fall reagieren würde, wenn jemand seiner geliebten Jane oder seiner Tochter ein Leid antun wollte. Ein gereizter Bär wäre sicherlich ein Kuscheltier im Vergleich zu seiner Reaktion gewesen. Und der Begriff "nachtragend" würde in seinem Fall wahrscheinlich epochale Ausmaße erreichen und müsste neu definiert werden. »Meine pubertierende Tochter hat auch manchmal ganz schöne Wutanfälle, aber dennoch bringt sie niemanden um«, erwiderte er dennoch.

»Wenn Ihr Kind aus dem Kuscheltier das Futter rausreißt, das muss nicht unbedingt ein Zeichen von Aggression sein: Es kann sich auch um ganz normalen Drogenschmuggel handeln.«

Irgendwie begann Brian, seinen Freund Alan langsam aber sicher zu verstehen. »Was können Sie uns sonst noch über den Täter sagen?«, fragte er dann, bemüht ruhig.

»Ein guter Profiler benötigt die mentale Stärke und die analytische Schärfe, um in die Gedanken, die Seele des Täters, zu schauen. Nur damit ist er in der Lage, die Motivation und die Absichten, aber auch die Schwächen und Ängste des Täters zu erkennen.«

Brian konnte sich sehr gut vorstellen, wie sein Freund Alan auf diesen Satz reagiert hätte, und war erneut recht froh, dass Alan zum "Metzger" und er zum "Psycho" gefahren waren.

Diese, für Craigbank alles erklärende, Feststellung, veranlasste Brian, seine gesamte Eloquenz in einer präzise ausformulierten Frage zu bündeln: »Häh?«

»Jeder Mörder handelt nach seiner eigenen, inneren Logik. Auch wenn kein Außenstehender sein Tun verstehen kann, für ihn ist es absolut logisch. Wenn man diese Logik findet und versteht, kann man den Mörder aufspüren. Und das schafft nur ein guter Profiler«, übersetzte John Craigbank das vorher gesagte gnädig. »Er muss die Tat schon lange im Voraus geplant haben, da die Opfer nicht zufällig ausgewählt wurden. Hier war etliche Recherchearbeit notwendig. Er hat alles durchdacht und genauestens geplant. Er hat das Risiko für sich abgeschätzt und sich bei der Tat so verhalten, dass keine Spur zu ihm zu erkennen ist. Er ist also nicht leichtsinnig, ganz im Gegenteil. Vielleicht aber ist es auch ein Insider, der die Opfer alle persönlich kannte und deshalb einen Wissensvorsprung hat. Jedenfalls muss er eine Liste an Opfern haben, die er abarbeitet«, fuhr Craigbank fort, als er bemerkte, dass die beiden Beamten mit seinen allgemeinen fachlichen Ausführungen nichts anzufangen wussten.

»Ist die Art und Weise, wie die beiden Toten ermordet wurden, für Sie bezeichnend?«, fragte Charly.

»Normalerweise fangen Serienmörder erst einmal klein an. Sie müssen sich und ihre Vorgehensweise erst ausprobieren, lernen und sich weiterentwickeln. Sie benötigen entsprechendes Selbstvertrauen für ihre Tat. Erst dann gehen sie in Serie. Der Mord an Arthur Fraser sieht aber schon so aus, wie der eines Profis. Es gehört sehr viel Kaltblütigkeit, aber auch Planung dazu, eine solche Tat durchzuführen. Ich bin mir sicher, dass die erstklassige Durchführung der Tat nicht mit Anfängerglück zu erklären ist oder der Tatsache, dass der Mörder einfach nur gut ist. Es könnte also wirklich sein, dass er vorher schon einmal getötet hat, dass diese Tat aber vielleicht nicht als Mord erkannt wurde. Ich glaube nicht, dass er diese Art von Mord bei den beiden Toten zum ersten Mal begangen hat. Für einen Anfänger geht er viel zu selbstsicher vor. Er muss irgendwo schon einmal geübt und den Giftmord perfektioniert haben.«

»Das ist ein interessanter Aspekt«, meinte Brian und machte sich eine entsprechende Notiz. *Endlich einmal was Interessantes,* fügte er in Gedanken hinzu.

»Außerdem hat er nicht das Bedürfnis, sich am Leid seiner Opfer zu ergötzen. Er will noch nicht einmal dabei sein, wenn sein Opfer stirbt, sondern ist zufrieden damit, dass er weiß, dass der Tod unvermeidlich ist. Er muss sich mit Chemie und Pharmakologie auskennen, vermutlich extrahiert er das Pflanzengift nämlich selbst und besorgt es sich nicht irgendwo.«

Brian machte sich weiter fleißig Notizen. *Hatten wir auch schon rausgefunden, Klugscheißer,* notierte sich Brian im Anschluss.

»Können Sie anhand der bis jetzt vorliegenden Informationen schon ein Täterprofil erstellen«, fragte Brian bewusst betont als nächstes.

»Profile erstellen basiert auf Vermutungen, die sich auf Erfahrungen, Auswertungen von früheren, vergleichbaren Taten und Instinkt stützen. Hier fehlen aber noch zu viele Informationen, um ein halbwegs verlässliches Profil zu erstellen. Das können Sie von mir zu diesem Zeitpunkt noch nicht erwarten, meine Herren.«

»Okay, das kann ich verstehen«, besänftigte Brian ihn. *Ich habe eigentlich gar nichts von dir erwartet.* »Aber können Sie zumindest eine erste Vermutung abgeben, ob es sich bei dem Täter um eine Frau handelt?«

»Frauen töten gerne mit Gift. Eine Vergiftung benötigt keine physische Konfrontation. Auch ein körperlich weit überlegener Mann kann damit mühelos getötet werden. Deshalb sind ein weit überdurchschnittlicher Prozentsatz aller Giftmörder Frauen«, antwortete Craigbank, ohne zu ahnen, dass Charles Pollock genau das Gleiche vor einiger Zeit auch schon gesagt hatte.

»Alles das lässt in der Tat überwiegend auf eine Frau schließen. Aber mit Sicherheit kann ich das nicht sagen, denn es sprechen auch einige Indizien der Vorgehensweise eher dagegen, wie ich bereits eingangs erläuterte«, fuhr Craigbank fort.

»Na, jedenfalls schönen Dank für Ihre Zeit«, beendete Brian das Gespräch.

»Pflanzengifte und die Toten, wo ist da die Verbindung? Das müssen Sie herausfinden«, sagte Craigbank und stand aus seinem Sessel auf.

Wenn wir das wüssten, könnten wir alle nach Hause gehen!, dachte Brian.

Sie verabschiedeten sich von dem Profiler und gingen zurück zu ihrem Wagen.

Wie sie es sich schon auf der Herfahrt überlegt hatten, entschieden sie sich für die Rückfahrt für die landschaftlich schönere Strecke. Deswegen lenkte Brian den Dienstwagen über Duntocher auf die A82 in Richtung Dumbarton und Loch Lomond. Von Dumbarton aus, mit seinem Schloss, dessen Bau schon im 5. Jahrhundert begonnen wurde, waren es dann nur noch gut 4 Meilen, bis sie rechter Hand den ersten Blick auf das Wasser des Loch Lomond[18] werfen konnten. Acht Meilen weiter erreichten sie die Abfahrt nach Luss,[19] und da Brians Magen schon wieder heftig nach Nachschub schrie, bog er ab und parkte wenig später vor dem Colquhoun Arms Hotel.

Als Mittagessen bestellte er sich Haggis als Vorspeise, gefolgt von einer riesigen Portion Fish&Chips. Da er nicht zum ersten Mal hier war, wusste Brian um die "bescheidenen" Portionen. Charly war froh, dass er für sich nur die "Soup of the Day" bestellt hatte und nicht der Empfehlung von Brian gefolgt war, es ihm gleichzutun. Beim Essen unterhielten sich beide über ihren Besuch bei Professor Craigbank und waren sich schnell einig, dass er zwar recht interessant, aber nicht wirklich hilfreich gewesen war.

»Serienmörder sind ein bisschen wie mein Opa, sie wiederholen sich«, meinte Brian als Fazit.

»Und sie sind auch ein bisschen wie Psychologen, habe ich jetzt gelernt«, stimmte ihm Charly zu. »Haben beide einen

---

[18] Der **Loch Lomond** ist Großbritanniens größter Süßwassersee, mit hübschen, bewaldeten Inseln. Er erstreckt sich von Norden nach Süden über eine Länge von rund 37 km. Sir Walter Scott bezeichnete ihn als "The Queen of the Lakes".

[19] **Luss** mit seinen schmucken Reihenhäuschen, am Westrand des Lochs gelegen, ist ein wirklich schöner, kleiner Ort. Von hier sind die bewaldeten Inseln auf dem See sehr schön zu sehen.

gewaltigen Sockenschuss und denken dennoch, sie handeln logisch und vernünftig.

Zeitgleich zum Heiterkeitsausbruch von Alan und Andy, gut 150 Meilen entfernt, konnte man Brians und Charlys brüllendes Lachen noch eine ganze Weile hören. Die Sterne schienen heute gut zu stehen für Frohsinn und Heiterkeit im Polizeidienst.

Nachdem Brian auch den letzten Krümel von seinem Teller gegessen und sie anschließend bezahlt hatten, ging es zurück auf die A82. Sie fuhren über Tarbet und Ardlui, dem Ende des Loch Lomond, weiter durchs Glen Falloch und erreichten nach zehn Meilen den Abzweig zum Glen Orchy. Brian dachte gerne an dieses malerische Tal. Hier waren er und Jane schon oft gewesen. Auf den, vom Schmelzwasser des Frühjahrs ausgewaschenen und ausgehöhlten, Steinen, in der Nähe einer kleinen Brücke, konnte man, sofern entweder gutes Klettervermögen oder unterentwickelter Selbsterhaltungstrieb vorhanden waren, auf den bizarren Gesteinsformationen umher klettern und die vielen Formen, Farben, Löcher und Tunnel bewundern, die hier alleine durch die Kraft des Wassers entstanden waren.

Kurz darauf erreichten sie das Rannoch Moor[20] und fuhren an mehreren kleinen Seen vorbei. Am Lochan na h-Achlaise hielten sie kurz an, um den atemberaubenden Blick über den See hinweg auf die Berge im Hintergrund zu bewundern. Da der See völlig ruhig vor ihnen lag, war das Wasser spiegelglatt und so konnten sie den Himmel und die Berge auch darin nochmals deutlich sehen. Zudem konnte man Brian bewundern, wie er ein Sandwich verspeiste, welches er "durch Zu-

---

[20] Im **Rannoch Moor** können Sie in einer Höhe von ca. 300 Metern auf dem ca. 20 Kilometer langen Wanderpfad durch das Great Moor of Rannoch spazieren: in den Fußstapfen von Clansmen, Viehtreibern und den Helden von Robert L. Stevensons Buch "Kidnapped". Früher war dieses 250 Quadratkilometer große Moor mit Kiefernwäldern bedeckt, dann wurden die Bäume für den Schiffbau gefällt. Der Black Forest of Caledon liegt begraben in den Torfflächen. Sie kommen unterwegs an kleinen Lochs, Morasttümpeln und Torfmooren vorbei.

fall" noch auf dem Rücksitz gefunden hatte. Beide ärgerten sich, dass sie – entgegen den aktuellen Dienstvorschriften – mal wieder keinen Fotoapparat dabei hatten, das wären traumhaft schöne Postkartenmotive geworden.

»Sieht du«, ermahnte Brian Charly scherzhaft, »das kommt davon, wenn du die Tatortfotos immer von der SpuSi machen lässt. Hat man endlich einmal keine ekelige Leiche oder so was vor sich und kann das Herz so richtig aufgehen lassen, da stehst du da wie ein Friseur. Nur ein Kamm in der Tasche.«

»Ich weiß gar nicht, was du willst«, entgegnete Charly indigniert. »Mir geht das Herz auch beim Anblick von interessanten Tatortfotos auf.«

»Perverslinge, alles Perverslinge«, maulte Brian kopfschüttelnd und stieg wieder in den Wagen ein.

Am Ende des Rannoch Moor, vorbei am Glencoe Skilift und der Einfahrt zum schönen Glen Etive, erreichten sie das Glen Coe,[21] mit seinen "Three Sisters", dem imposantesten Bergmassiv in dieser Gegend.

Drei Meilen später bogen sie nach Norden ab in Richtung Fort William. Von hier zweigte die A830, auch als "Road to the Isles" bekannt, nach Mallaig ab.

Charly hatte seinem kleinen Sohn Tom, einem ausgesprochenen Harry Potter Fan, versprochen, dass er mit ihm Ende Mai hierher kommen würde, um mit ihm eine Fahrt mit der Dampflok "The Jacobite" zu machen, die seit den Filmen um

---

[21] **Glen Coe** ist eines der schönsten Wander- und Klettergebiete des Hochlands, dessen gälischer Name übersetzt "Tal der Hunde" bedeutet. Die Berggruppe der "**Three Sisters**", des Bidean nam Bian, die Pyramidenspitze des "Buchaille Etive Mhor". der 1.022 Meter hohe "große Hirte von Etive" sowie die White Corries im Osten, mit dem Glencoe Sessellift, der bis auf eine Höhe von 730 Metern Höhe fährt, sind besonders sehenswert. Der Pass von Glen Coe, auch "Glen of Weeping = das Tal der Tränen" genannt. Der Ursprung dieser dramatischen Bezeichnung liegt in dem Massaker vom 13.02.1692, als 128 Soldaten von König William III., unter Führung von Robert Campbell of Glenlyon, 38 Mitglieder der Familie von Alasdair MacIain MacDonald of Glencoe ermordeten, die ihnen 12 Tage lang Gastfreundschaft gewährt hatten. Wer von den Männern, Frauen und Kindern dem Gemetzel entkam, starb in dem Schneesturm, der an diesem Tage wütete.

den Zauberlehrling auch als "Hogwarts Express" bekannt war und von Fort William nach Mallaig und wieder zurückfuhr. Sie waren letztes Jahr schon auf dem Aussichtspunkt beim Glenfinnan Monument gewesen und hatten den Zug bestaunt, wie er über das, aus den Potter Filmen bekannte, Glenfinnan Viadukt gefahren war. Tom war besonders beeindruckt gewesen, als der Zug auf der Brücke eine lange weiße Rauchfahne ausstieß.

Da Brian schon wieder "so ein flaues Gefühl" im Magen hatte, fuhren sie nach Fort William hinein, um ein Pub Meal zu sich zu nehmen. Und um, laut Brian, auch seiner "buckligen Verwandtschaft" einen Besuch abzustatten. Der Pub war aber geschlossen, was Brian zu der Bemerkung "faules Pack" veranlasste. Deshalb gingen sie ein paar Häuser weiter in ein Café, um einen Cappuccino zu trinken. Brian aß natürlich zwei Scones mit "Clotted Cream" dazu.

Über Spean Bridge ging es am Loch Lochy entlang und über Invergarry bis zur ehemaligen englischen Militärfestung Fort Augustus. Von hier aus konnten sie bereits Loch Ness[22] erkennen. Die Straße folgte dem See über seine gesamte Länge, wobei sie unterwegs Urquhart Castle[23] und kurz danach

---

[22] **Loch Ness** füllt die nördliche Hälfte des Great Glen, einer gewaltigen, diagonal durch Schottland laufenden, geologischen Bruchspalte, die die südlichen Grampians von den Northwestern Highlands trennt. Loch Ness ist der wohl bekannteste und geheimnisvollste, bis zu 325 Meter tiefe und 36 Kilometer lange, aber nur 1,5 Kilometer breite See. Er wird niemals wärmer als 7 ° C und gefriert dennoch, anders als die anderen Lochs, nie zu, trotz seiner Lage im hohen Norden. Keine Leiche eines Ertrunkenen ist je wieder an der Oberfläche aufgetaucht. Er hat ein ungewöhnliches, grabenförmiges Profil und könnte die gesamte Weltbevölkerung in sich aufnehmen. Vor etwa 12.000 Jahren war das Loch wahrscheinlich noch eine Meeresbucht und der See wurde in der zweiten Eiszeit vom Meer abgetrennt. Es könnte dabei also durchaus etwas darin eingesperrt worden sein ...

[23] Die romantische Ruine des **Urquhart Castle**, einem der größten in Schottland errichteten Schlösser, liegt auf einer, seit der Eisenzeit bewohnten, Sandsteinklippe und stammt aus dem 13. Jahrhundert. Das Schloss wurde 1692 durch ein Feuer zerstört. Es bietet einen herrlichen Blick auf Loch Ness, in beide Richtungen.

das Loch Ness Monster Exhibition Centre passierten. Horden von Touristen von USA bis Japan wurden aus großen Reisebussen vor die Eingangstüren des, laut Brian, "größten Kitschkaufhauses Schottlands" gespült, sodass die beiden nur noch im Schneckentempo vorankamen. Unzählige Besucher mit Plüsch-Nessie-Mützen und *I did the Monster Tour*-T-Shirts liefen umher, was Brian zu gehässigen Bemerkungen über den Geisteszustand mancher Ausländer – inklusive Engländern - hinreißen ließ.

»Kein Wunder, dass Nessie sich nicht mehr blicken lässt«, ergänzte Charly. »Bei der überlegenen Konkurrenz hier am Ufer hat sie wahrscheinlich Minderwertigkeitskomplexe!«

Die urtümlichen Laute, die anschließend aus einem vorbeifahrenden Wagen zu hören waren, wurden später von eingefleischten Nessie-Forschern als weiterer klarer Beweis für die Existenz des Monsters angeführt.

Bis Loch End und dann weiter über die A82 führte sie das letzte Stückchen Weg direkt nach Inverness hinein.

Als sie wieder in der Zentrale angekommen waren, meinte Brian rückblickend zu Charly: »Es ist doch wirklich toll, wozu Dienstreisen so alles gut sind! Da lebt man nun ein Leben lang in der schönsten Gegend der Welt und braucht erst einen bekloppten Psychiater in Glasgow, um das alles wieder schätzen zu können. Und wir waren die ganze Rückfahrt über fast nur auf der A82 unterwegs. Wie wird's uns erst gehen, wenn wir die anderen Straßen auch mal ausprobieren würden?!«

Pünktlich um achtzehn Uhr am Montagabend trafen sich alle wie verabredet zur zweiten Besprechung an diesem Tag, um die Ergebnisse ihrer heutigen Termine zusammen zu führen. In der letzten halben Stunde hatten alle ihre obligatorischen Berichte geschrieben, per Mail verschickt und zudem ausgedruckt. Diese würden nach der Besprechung auf die Wände zu den anderen Informationen geheftet werden, um, für jedermann ersichtlich, die bisherigen Ergebnisse zu dokumentieren. Selbst in einem derartig aufregenden Mordfall konnte und durfte die lästige Buchhaltung nicht zu kurz kommen. Jederzeit musste es möglich sein, einem Vorgesetzten oder sogar der Staatsanwaltschaft, lückenlos den bisherigen Ermittlungsverlauf vorlegen zu können. Zudem beschäftigten sich nicht wenige der Sonderkommission nur damit, aus allen vorliegenden Informationen eventuelle Querverbindungen herzustellen. Langsam füllten sich die Wände im großen Besprechungszimmer mit immer mehr Berichten, Fotos und handschriftlichen Bemerkungen und Pfeilen. Trotzdem hatten alle immer noch das Gefühl, dass sie keinen richtigen Schritt weitergekommen waren.

Als Erstes berichtete Alan von seiner gemeinsamen Fahrt mit Andy MacPhee zur Pathologie nach Aberdeen.

»Dieser Doc Butcher macht seinem Namen wirklich alle Ehre. Der ist so kalt wie eine Hundeschnauze und hat nicht mehr Gefühl für seine "Kunden" als ein Metzger für sein Schlachtvieh. Aber vermutlich muss man das haben, wenn man in diesem Job psychisch überleben will.«

»Aber er ist wirklich gut in seinem Job und extrem gründlich. Ich glaube, dem entgeht nicht der kleinste Pickel bei seiner Untersuchung«, ergänzte Andy.

Alan nickte zustimmend und fuhr fort: »Er hat uns natürlich bestätigt, dass die beiden Toten an den uns schon bekannten Giften verstorben sind. Es steht wirklich alles in seinen Berichten. Dank der hervorragenden Recherchen von Nicky konnte er uns aber zu den Giften nichts sagen, was wir nicht von ihr schon gehört hatten. Respekt!« Alan blickte anerkennend in Nickys Richtung. »Selbstmord können wir wohl definitiv ausschließen. Bei Suiziden wird in der Regel ein Gift gewählt, das entweder rasch und sicher wirkt, wie zum Beispiel Zyankali, oder aber schmerzlos zum Tode führt, wie etwa Schlaftabletten. Da muss jemand schon einen mächtigen psychischen Knall haben, um sich selbst auf diese Weise umzubringen. Das trifft auf beide Tote sicherlich nicht zu. Bei einem Giftmord müssen dagegen Stoffe verwendet werden, die bereits in geringer Menge tödlich sind und nicht durch Aussehen, Geruch oder Geschmack auffallen. Das Gift muss also mit dem letzten Essen eingenommen worden sein. Eine andere Art der Giftaufnahme schließt Chris Butcher, aufgrund der Untersuchungsergebnisse, völlig aus. Wenn wir also von Mord ausgehen, muss den beiden Toten jemand etwas ins Essen oder in ein Getränk geschmuggelt haben. Entweder er war persönlich dabei anwesend, quasi als Gast, oder aber er hat dafür gesorgt, dass die mit Gift versetzte Nahrung serviert wurde. Letzteres dürfte wohl deutlich schwieriger gewesen sein, speziell dann, wenn die Toten ihre Henkersmahlzeit in einem Restaurant oder sonst wo zu sich genommen haben. Also wieder und wie immer unsere großen W-Fragen. *Was,* haben wir schon beisammen. *Wie,* haben wir weitestgehend klären können. *Wo,* können wir zumindest bei Arthur Fraser exakt bestimmen, bei Sean McCartney können wir es weitestgehend eingrenzen. *Wann,* ist meines Erachtens für den Moment hinlänglich geklärt. Wenn wir als Superteam jetzt auch noch das *Warum* klären, dann ist es zu der Frage, mit wem die beiden ihr letztes Mahl verspeist haben, sprich dem *Wer*, nicht mehr allzu weit. Dann haben wir den Mörder.«

»Oder die Mörderin«, hakte Brian ein. Alan, der mit seiner Zusammenfassung fertig war, nickte ihm aufmunternd zu, seinen Bericht zu erstatten.

»Der Psychofritze ist sich sicher, dass es eine Frau war.« Nach einer kurzen dramaturgischen Pause fügte Brian hinzu: »Er ist sich aber auch sicher, dass es ein Mann gewesen sein könnte.«

»Toll, das hilft uns jetzt natürlich wirklich weiter«, meinte Alan sarkastisch.

»Merkwürdig findet er«, fuhr Brian fort, »dass der Täter nicht dabei sein wollte, als seine Opfer starben. Das spricht für eine Frau, meint er. Sie hat vermutlich keinen Spaß am Töten, findet den Tod ihrer Opfer aber als unbedingt erforderlich. Aber die brutale Art und Weise, wie die beiden verreckt sind, spricht wiederum entweder für einen Mann oder eine Frau mit extrem viel Wut. Jedenfalls wollen beide bei der Drecksarbeit am Ende nicht anwesend sein. Also ich interpretiere ihn so: 80 % sprechen für eine Frau und 20 % für einen Mann.«

»Oder umgekehrt«, ergänzte diesmal Charly sarkastisch. »Er meint aber auch, egal ob Mann oder Frau, dass es sich nicht um einen Anfänger handelt. Entweder sei es ein Naturtalent oder er habe schon vorher entsprechende Morde begangen.«

Mit einem Blick auf seine Notizen, nickte Brian und ergänzte: »Craigbank vermutet auch, dass der Mörder sich die Gifte selbst herstellt, also Ahnung von Chemie und Pharmazie haben muss. Und natürlich entsprechenden Zugang zu den Rohstoffen, damit er das Zeugs …«, er blickte kurz auf seinen Zettel, »extra-hieren kann.«

»Okay, das sind zumindest zwei interessante Ansatzpunkte. Nicky kannst du da mal bitte deinen Computer entsprechend melken und prüfen, ob du etwas über ähnliche Taten findest.«

»Ich bin jedenfalls froh, dass du nicht mit bei dem Psycho warst«, ergänzte Brian. »Es könnte sein, dass der sonst vielleicht nicht mehr leben würde.«

»So schlimm?«, fragte Alan bemüht mitfühlend.

»Mmmmh.«

»Weißt du eigentlich was extrahieren bedeutet?«, fragte ihn Alan dann.

»Ja, sicher!«

»Wenn du "ja, sicher" sagst, bedeutet das normalerweise, dass du von etwas keine Ahnung hast.«

»Ja, sicher!«

Nachdem die anderen auch nichts wesentlich Neues beitragen konnten, beendete Alan offiziell das Meeting.

Zahlen, Daten, Fakten

Da Graham einige Minuten zu früh im Polizeipräsidium angekommen war, steckte er ein paar Münzen in den Kaffeeautomaten und wählte schwarzen Kaffee. Nachdem der Becher unter den Auslauf gefallen war, lief die heiße Flüssigkeit hinein. Als er jedoch vorsichtig an dem Gebräu nippte, wusste er, wie der Tod schmecken musste, denn mit Kaffee hatte diese Brühe nichts gemein, zumindest nicht nach seiner Vorstellung. Er trank den Becher aber trotzdem leer, denn er hatte in der letzten Nacht nur wenige Stunden geschlafen und brauchte das Koffein, um zumindest halbwegs wach zu bleiben. Die ganze Aufregung um die beiden Morde ließen ihn nicht zur Ruhe kommen. Den ganzen Morgen schon hatte er ein weiteres Mal das Gefühl, irgendetwas Besonderes zu den Fällen beitragen zu können.

Bereits als Alan ihn am gestrigen Vormittag angerufen hatte und ihn bat, heute um vierzehn Uhr vorbeizukommen, um die ihm vorliegenden Zahlen und Daten der Destillerien zu kommentieren, hatte sich sein Gefühl schlagartig bestätigt. Was, wenn er hier und heute den entscheidenden Hinweis liefern konnte? Würde dann ein weiterer Mörder mit seiner Hilfe gefasst? War es seine Bestimmung, die Welt ein bisschen besser zu machen? Das erneute Nippen an seinem Kaffeebecher beendete seine Träume, eine zweite Miss Marple zu werden, schlagartig. Der krümelige Bodensatz des Kaffees geriet ihm in die Luftröhre, was einen Husten- und Röchelanfall auslöste, was manche vorbeigehenden Polizisten vermuten ließ, ein weiteres Giftopfer vor sich zu sehen. Nachdem er mit hochrotem Kopf und tränenerfüllten Augen wieder seine Umwelt wahrnehmen konnte, sah er Alan Derringer vor sich stehen.

»Oh, hallo Alan, habe dich gar nicht kommen sehen. Entschuldige, aber euer ... na ja, Kaffee ist mir irgendwie nicht bekommen.« Mit einem entschuldigenden Lächeln blickte er Alan an und versuchte dabei, sein altes Stofftaschentuch aus seiner Jacketttasche zu ziehen, ohne dabei, wie schon öfter, die Tasche aufzureißen.

»Kein Problem, Graham«, entgegnete Alan, wie immer belustigt, wenn er Graham traf. Dieser Mann hatte eine derart entwaffnend komische und doch zugleich seriöse Art an sich, dass man zwangsläufig schmunzeln musste, ohne jedoch verletzende Gedanken zu hegen. Zudem besaß Grahams Jackett genau das gleiche Farbmuster, ein dunkles beige mit schmalen dunkelgrünen Streifen, wie der Teppichboden, auf dem er gerade stand. Einem zufälligen Beobachter wäre der Gedanke an einen Teppichgeist oder zumindest einen einfallslosen Raumausstatter gekommen, was Alan ein weiteres Lächeln entlockte.

Da Graham dies mittlerweile auch bemerkte, lief er leicht rot an und murmelte etwas von »Sehr geschmackvoll, hier alles ...«

»Na komm, lass uns in meine heiligen Hallen gehen, bevor die Putzfrau anfängt, auch dich zu reinigen«, entgegnete Alan amüsiert, griff Graham um die Schulter und führte ihn zu einer der letzten Türen am Ende des Flurs. »Hier hinein, bitte.«

Das Büro, in welches beide nun traten, sah aus, wie fast jedes Büro im öffentlichen Dienst. Schreibtisch, Drehstuhl, ein zweiter Stuhl für Besucher, ein Sideboard mit Akten. Auf dem Fensterbrett zwei staubige Kakteen und an der Wand der übliche Jahresplaner, gesponsert von einer Gebäudereinigungsfirma, sowie die übliche Tafel mit Notrufnummern und Verhaltenshinweisen im Brandfall. Ein Büro, ohne speziellen Bewohner und ohne jegliche persönliche Note.

»Hier sind wir ungestört. Wir nennen es das "kleine Verhörzimmer", weil es so richtig schön gemütlich ist«, erklärte Alan. »Hier habe ich dir die Unterlagen zusammengestellt, die wir in McCartneys Computern gefunden haben.« Mit einem Finger schob er die dunkelrote Kladde Graham entgegen, der einen sehr zögerlichen Eindruck erweckte.

»Alan, das ist sehr schmeichelhaft, dass du mich hier mit einbindest. Aber, ich weiß nicht, ob ich dazu wirklich befugt bin, und ob meine Bosse damit so glücklich sind, wenn ich hier die internen Daten ...«, Graham blickte etwas betreten zwischen Alan und den Papieren hin und her.

»Keine Sorge, Graham, dass habe ich schon abgecheckt. Du bist offiziell vom Präsidium geladen und um eine Aussage gebeten worden«, beruhigt Alan ihn. »Wenn du hier deine erste Bürgerpflicht nicht erfüllen willst, so kommt dies klar einem Widerstand gegen die Staatsgewalt gleich«, zog Alan ihn auf. »Aber, mal ehrlich, du bist offiziell hier, um die Daten zu deiner Ben Rhinnes Distillery zu kommentieren. Wenn dir zufällig auch was zu den anderen Brennereien einfällt, muss es nicht ins Protokoll. Da werden wir uns dann schon Mittel und Wege suchen, okay? Dann leg' mal los. Und ich versuche in der Zwischenzeit, dir ein genießbareres Gebräu aufzutreiben als das aus dem Automaten.« Freundschaftlich klopfte Alan Graham nochmals auf die Schulter und verließ den Raum.

Graham stopfte sein Taschentuch wieder in die, glücklicherweise noch heile, Jacketttasche, nahm auf dem Besucherstuhl Platz und öffnete die Kladde.

Nur ein paar Räume weiter arbeitete die SoKo "Blumenmörder" auf Hochtouren. Dem Team um Alan waren inzwischen weitere fünfzehn Beamte zugeteilt worden, darunter fünf Männer und drei Frauen von der Spurensicherung, die bereits gestern mit der Auswertung der gefundenen Gegenstände begonnen hatten. Flaschen, Gläser und sogar der Müll wurden akribisch untersucht. Weitere vier Männer und drei Frauen führten weitergehende, kriminaltechnische Untersuchungen in den Wohnungen und an den Fundorten der Opfer durch oder verhörten die beteiligten Personen. *Wahrlich eine Sisyphusarbeit*, dachte Alan, der die Kollegen nicht um ihren Job beneidete. Aber er wusste auch, dass nicht selten ein winziges Detail, das dabei gefunden worden war und dem ein Normalsterblicher keine Aufmerksamkeit geschenkt hätte, letztendlich zur Ermittlung und Verhaftung des Täters geführt hatte. Es fanden sich immer Spuren.

Seit der Lagebesprechung gestern Morgen und ihrem zweiten gemeinsamen Termin gestern Abend, wurde das Umfeld der beiden Opfer durchleuchtet. Alle eventuellen Zeugen wurden befragt, ebenso alle Frauen, mit denen Sean McCartney in den letzten Jahren ein Verhältnis hatte oder sich zumindest mehr als einmal mit ihnen zusammen in der Öffentlichkeit gezeigt hatte. Und das waren eine ganze Menge. Auch die Öffentlichkeit wurde um Mithilfe gebeten. Seine Vergangenheit würde bis ins kleinste Detail durchleuchtet werden.

Im Falle von Arthur Fraser ließ man etwas mehr Vorsicht walten, da dessen Ruf bis ins Königshaus hinein bekannt war und dieser sich bisher als absolut integer gezeigt hatte. Die Witwe wurde mit aller zur Verfügung stehenden Rücksicht auf ihrem Landsitz erneut befragt. Die Frage, ob er eventuell ein Verhältnis gehabt hätte, stellte man daher auch den diversen Angestellten der Frasers und nicht der Witwe.

Gegen halb sieben abends traf sich der Kern des SoKo-Teams erneut in ihrem Besprechungsraum, um die Ergebnisse des heutigen Tages zusammen zu führen. »So, meine Lieben, die Zeit des Müßiggangs ist beendet«, eröffnete Alan die Runde. »Was gibt es seit gestern Abend Neues? Wer fasst die Highlights zusammen? Brian?«

»Okey-dokey, Chef, immer die Hübschesten auf die Bühne, hab schon verstanden.« Mit leisem Ächzen erhob sich Brian von seinem Stuhl und ging zu dem großen Wandbord, auf dem die Porträtfotos der beiden Opfer am oberen Rand befestigt waren.

»Also, was haben wir denn da? Zunächst mal unseren Arthur Fraser.« Etwas umständlich sortierte Brian die diversen Protokolle und seine bereits erstellten Kommentare, bevor er einen gelben Zettel hervorzog. »So, hier habe ich mir alles notiert, was wichtig für uns ist. Die Witwe. Ihre erneute Befragung heute Mittag durch Dolly und Maggie hat nichts Neues mehr ergeben. Sie ist sich absolut sicher, dass es ihrem Gatten gut ging. Er hatte keinerlei Beschwerden. Keine Feinde. Keine dubiosen Besucher oder sonst was in letzter Zeit. Na, war ja auch nicht anders zu erwarten. In diesen Kreisen ist ja immer alles perfekt.« Das Augenrollen unterstrich seine Abneigung gegen den schottischen Adel. »Die beiden Mädels haben aber noch die Dienerbagage befragt. Sehr gut. Aber auch hier: keine Liebschaften bekannt, keine komischen Ereignisse. Sein kleines und tödliches Stelldichein war keinem aufgefallen. Nur der Butler oder Sekretär, oder wie das Faktotum jetzt heißt, also dieser Edward Coull, sagte aus, dass sein Chef in den letzten Monaten bedrückt gewesen wäre, weil seine kleine Distillery wohl gar nicht gut laufen würde.«

»Das passt ja genau zu den Daten aus der SWS«, warf Nicky ein.

»Stimmt!«, bestätigte Alan. »Graham Morrice sitzt übrigens immer noch nebenan und prüft die Unterlagen. Wenn er fertig ist, sollten wir ihn dann auch noch hören. Aber mal weiter, Brian.«

»Alles klar, Alan. Das Merkwürdige dabei, zumindest nach Meinung des Sekretärs, wäre aber, dass die Mitarbeiter und auch die ihm bekannten Profis in der Branche eine ganz andere Meinung über den aktuellen Status der Brennerei haben. Etwas Genaueres hat er aber nicht gehabt.« Brian legte sein gelbes Blatt beiseite und fischte ein anderes aus seinem Stapel. »So, jetzt mal zu kulinarischen Themen. Da bleiben wir leider weiterhin auf der Strecke. Das Cateringteam hatte am Morgen des 14. April gegen sieben Uhr, wie vereinbart, die Reste der Orgie abgeholt. Die Sekretärin, die kurz vor sieben eingetroffen war, hatte den VIP-Raum aufgeschlossen - wohlgemerkt: Der Raum war ordentlich verschlossen und einen Schlüssel hatte, außer ihr natürlich, nur noch ihr Boss – und die Kochbande eingelassen. Die haben natürlich prompt alle Essensreste entsorgt und das Geschirr auf Hochglanz poliert. Der SpuSi ist es damals nicht mehr gelungen, die Speisereste aus dem Müllcontainer zu fischen, da der schon abgeholt worden war. Einfach Pech! Der dubiose Gast war auch keinem der Angestellten in der Destillerie aufgefallen. Niemand hat ein fremdes Auto gesehen. Die Fingerabdrücke im VIP-Raum bringen uns im Moment auch nicht weiter. Da der Raum mehrmals die Woche von X verschiedenen Leuten betreten wird, haben unsere Jungs zwar eine gigantische Menge an Abdrücken gefunden, aber bisher hat der Abgleich mit den Datenbanken nichts Verwertbares gebracht. So! Das war's erst mal zu Nummer eins. Nicky machst du weiter mit Nummer Zwei?« Mit einem Nicken in Richtung Nicky McGovern ging Brian wieder zu seinem Platz zurück, während die anderen Anwesenden die Pause nutzten, um sich Wasser oder Saft nachzuschenken.

»Danke, Brian«, begann Nicky ihren Vortrag, während sie ebenfalls zum Wandbord ging. »Die Befragung aller Personen in Sean McCartneys Umfeld hat bis jetzt leider auch nicht viel ergeben. Allgemeiner Tenor: Riesenarschloch, aber in seiner Nähe wächst Geld schneller als Disteln auf einem Misthaufen. Daher für die meisten Befragten ein begehrter Bekannter. Seinen Partnern Duncan und Sorenson ist im Fitnessklub oder auf dem Weg hin und zurück nichts aufgefallen. Im Klub drinnen haben die beiden allerdings nicht mehr auf ihn geachtet, da jeder zu sehr mit seinen eigenen Muskeln beschäftigt gewesen war.«

Allgemeines Grinsen machte sich breit. »Autoerotisches Verhalten ist in Vorstandsetagen scheinbar ein wichtiges Einstellungskriterium«, warf Charly Pollock gehässig ein.

»Lass das bloß nicht Chief Timmins hören, sonst merkt er am Ende noch, dass er mich gar nicht hätte befördern dürfen«, entgegnete Alan schmunzelnd. »Aber weiter, bitte.«

»Auch die Angestellten dort können sich an nichts erinnern, dafür wäre es um die Mittagszeit immer viel zu voll. Da scheinen wohl alle Führungskräfte aus Inverness gleichzeitig reinzuschneien«, berichtete Nicky weiter. »Fingerabdrücke können wir sowieso vergessen und die Überwachungskameras am Eingang zeigen uns nur Horden von schönen Körpern, aber keine verwertbaren Gesichter. In seinem Computer haben wir, außer ein paar ganz eindeutigen Fotos von ein paar seiner "Freundinnen", nichts Neues gefunden, was uns einen weiteren Hinweis gegeben hätte. Die Überprüfung seiner Mails läuft noch und auch die Konten müssen wir uns noch genauer ansehen. Aber auf den ersten Blick erscheint bislang alles unverdächtig. Auch in seinem Schreibtisch oder sonstigen Unterlagen in seinem Büro sind wir nicht fündig geworden.«

»Jetzt schauen wir mal nach unserem Lieblingsmanager Graham, was der uns noch zu den Destillerien sagen kann. Ich bin mir fast schon sicher, dass da das nächste Puzzleteilchen versteckt liegt.« Schwungvoll erhob er sich, um zur Tür zu gehen. »Ewen, als Forensiker bist du doch per se prädestiniert, einen richtig guten Kaffee zu organisieren, oder? Zeig unserem Gast mal, was du drauf hast, ja?« Mit diesen Worten verließ Alan den Raum, um einen völlig verdutzten Ewen Gillies zurückzulassen.

»Was in aller Welt hab ich mit gutem Kaffee zu schaffen? Ach Mist, hat er wieder einen Laufburschen gefunden.« Halb grinsend und halb schmollend machte sich auch Ewen auf den Weg.

Nach gut fünfzehn Minuten trafen sich alle wieder im Besprechungsraum. Alan und Graham sahen sich gerade die vorliegenden Bilder der beiden Tatorte an, wobei Graham schon merklich blass wirkte. »So, dann kann's ja weitergehen, Leute.« Alan geleitete Graham zu einem Stuhl am Kopf des Tisches. »Setz dich doch ruhig schon mal. Wir warten noch auf Ewen, der hatte noch was Besonderes vor, hoffe ich zumindest.«

Genau in diesem Moment öffnete sich die Tür und Ewen trat, etwas gehetzt, herein. In der Hand eine Pappschachtel mit sieben Pappbechern. »Das Beste, was ich zu dieser Zeit in dieser Gegend auftreiben konnte«, schnaufte er und stellte die Starbucks-Becher einzeln auf den Tisch. »So, wehe es gibt Gemecker: einmal Kaffee klassisch aus Sumatrabohnen für unseren Gast, dreimal Cappuccino, zweimal Caramel Macchiato und einmal White Caffè Mocha für mich. Und hier der Zucker für unsere Extrasüßen.« Dabei zog er eine Handvoll Zuckertütchen aus seiner Brusttasche und verteilte sie auf dem Tisch.

»Absolute Spitzenklasse«, kommentierte Andy MacPhee begeistert. »Genau das Leckerchen, was mich auf Trab hält.«

Selbst Graham war begeistert. »Da merkt man die Polizeiarbeit. Haben Sie sich das etwa gemerkt, dass ich der Kaffeeverrückte bin?«

»Das haben wir alles in unseren Datenbanken!«, antwortete Ewen, und als er das erschrockene Gesicht von Graham bemerkte, fügte er grinsend hinzu: »Keine Sorge, Sie sind nicht in unserer Datenbank. Aber manche netten Eigenschaften kann man sich doch noch merken. Können Sie denn jetzt mit dem Kaffee die gleiche Riech- und Schmeckschau abziehen wie mit Whisky?«

»Das, was Sie so als "Schau abziehen" bezeichnen«, antwortete Graham etwas beleidigt, »ist lediglich die uns allen natürlich gegebene Fähigkeit, unsere fünf Sinne einzusetzen.«

»Ha!«, schrie Brian auf, »jetzt hat er es dir altem Analysefuzzi aber gegeben, was, Ewen? Sauber, Graham, immer drauf auf die Laborgestalten. Aber, im Ernst, geht das mit dem Kaffee auch?«

»Natürlich«, antwortete Graham, nun wieder besänftigt. »Lassen wir uns mal auf das Getränk ein.« Vorsichtig entfernte er den weißen Plastikdeckel von seinem Becher und atmete den Duft tief ein. Dann nahm er vorsichtig ein paar kleine Schlucke und ließ die Flüssigkeit im Mund rotieren, bevor er sie langsam hinunterschluckte.

»Kräftig und intensiv, mit einem ungewöhnlich konzentrierten Geschmack. Ein schwerer, voller Körper und ein tiefes, erdiges Aroma. Für einen Fast-Food-Kaffee absolut überzeugend. Danke!«

Beeindrucktes Schweigen erfüllte den Raum, begleitet von ein paar verstohlenen Blicken in die jeweiligen Kaffeebecher. »Alles klar, Leute«, brach Alan das Schweigen. »Jetzt wisst ihr, wer euer Herr und Meister ist. Also wieder an die Arbeit. Graham, was kannst du uns nach mehreren Stunden Tabellen lesen mitteilen?«

Graham wischte sich mit seinem braun-rot karierten Stofftaschentuch, einem Erbstück seines Großvaters, den Schweiß von der Stirn. Der Kaffee schien seine Wirkung zu entfalten. Dann setzte er sich auf die Tischkante, da der Stuhl mit seinen Edelstahlarmlehnen ihn zu sehr einzwängte und er so obendrein die Anwesenden auch alle sehen konnte. Dies erinnerte ihn ein wenig an die zahlreichen Seminare, Vorträge und Quartalsrapporte, die er schon gehalten hatte. Seine erlernte Sicherheit, vor zahlreichen Menschen zu sprechen, kehrte zurück. »Also gut. Zunächst einmal möchte ich betonen, dass ich kein gelernter Betriebswirtschaftler bin und im Lesen solcher Zahlenwerke nur meine Erfahrung aus meiner Destillerie mitbringe.«

»Kein Problem, Graham, wir wollen nur einen persönlichen Eindruck eines Insiders und keine Aktienanalyse. Mache bitte einfach weiter«, bestärkte ihn Alan.

»Okay, also, zunächst habe ich meine eigenen Zahlen überprüft, also die der Ben Rhinnes Distillery. Die scheinen alle korrekt. Sie entsprechen nach meiner Erinnerung exakt meinen Vorgaben an die SWS. Die Zahlen der meisten anderen scheinen mir auch dem zu entsprechen, was auf den Quartalsmeetings vorgestellt wurde. Ihr müsst bedenken, dass ich die Produktionsmengen bewerten kann und auch die ungefähren Lagerkapazitäten. Ich kann zudem relativ präzise abschätzen, wie viele Fässer monatlich wieder aus den Lagern rausgehen. Was ich nur sehr schwer kontrollieren kann, ist, zu welchem Preis der Whisky dann im Bulk, sprich als Tanklagerware, an die Abfüller, insbesondere die ausländischen Abfüller, geht.

Ihr müsst wissen, dass knapp 80 Prozent unseres Whiskies an die großen Blendingfirmen geht, also in die Standardblends wie Ballantines, Chivas Regal oder Johnny Walker, um nur einige zu nennen. Die kaufen teilweise zu Tagespreisen ein. Knapp zehn Prozent wandert dann in unsere eigenen Blends, den Glen Kilbreck und den Scottish Regiment. Nur die verbleibenden wenigen Prozent gehen als Single Malt auf den Markt. Hierfür kenne ich von all unseren Destillerien ungefähr die Absatzzahlen. Die habe ich dann auch zunächst überprüft und sie scheinen mir zu stimmen.

Was mich irritiert, sind die Mengen und Preise, die bei Glen Turffield und bei Glenallan stehen. Hier werden, so wie mir auch bekannt war, knapp zwei Millionen Liter reinen Alkohols gebrannt. Die Absatzpreise sacken aber seit gut zwei Jahren, angeblich im Blendingbereich, ins Bodenlose. Daraus lässt sich ableiten, dass die beiden Sorten nicht den Erwartungen der Masterblender entsprechen und nur schwer in das Sortengemisch zur Herstellung der typischen Blends passen.

Dies ist wiederum auch nicht ungewöhnlich. Das ist leider schon zahlreichen Destillerien in den letzten dreißig Jahren passiert. Von Port Ellen auf Islay bis Caperdonich in Keith hat's deshalb schon eine Menge Brennereien dahingerafft.« Eine kurze Pause von ihm, schien in diesem Moment wie eine Gedenkminute zu wirken.

Nach einem Räuspern und einem Schluck Kaffee fuhr Graeme fort. »Nur, normalerweise erfährt der Manager der betreffenden Destillerie dies sofort, um eventuell gegenzusteuern. Es werden dann neue Absatzmärkte gesucht, die Fässer werden anders verheiratet, also mal mehr Sherry statt Bourbon oder ein paar ältere dazugemischt oder umgekehrt, mal ein paar ganz junge Fässer. Das ergibt dann schnell ein anderes

Gemisch und damit eine den Ansprüchen der Käufer adäquatere Geschmacksnote. In diesen beiden Fällen ist mir davon aber überhaupt nichts bekannt. Man hat anscheinend die beiden Firmen leer laufen lassen, sprich, den Whisky zu Dumpingpreisen verschleudert. Dies führt in der Regel nach ein paar Jahren zum Aus. Mann, Mann! Das passt so überhaupt nicht zu der Firmenstrategie der SWS.« Mit einem resignierten Blick auf die Unterlagen schien sein Vortrag nun beendet zu sein.

Alan stellte sich hin und blickte aufmunternd in die Runde. »Danke, Graham, das war sehr aufschlussreich. Nun, Kollegen, noch irgendwelche Fragen?«

»Klar doch«, meldete sich Andy als Erstes. »Was haben die beiden Destillerien gemein und welches Ziel verfolgt man normalerweise mit einem so forcierten Konkurs?«

»Gemein haben die beiden Firmen eigentlich, außer dem Produkt, gar nichts«, antwortete Graham und zog sein Jackett aus. »Entschuldigung, langsam wird es etwas warm hier drin. Glen Turffield ist vor zwei Jahren aus dem Familienbesitz der Permits an die SWS verkauft worden, gehört der SWS also direkt.

Glenallan befindet sich immer noch in Privatbesitz des Fraser-Clans, also Arthur Fraser als Letztem seiner Familie, beziehungsweise seiner Frau. Sie, also die Destillerie, nicht die Frau, sind lediglich der SWS-Group angeschlossen, fungieren sozusagen in einer Kooperation. Die SWS kontrolliert die gesamte Produktion und den Absatz, dafür hatte Arthur einen Vorstandsposten.

Der Zusammenschluss mehrerer privater Destillerien zu einer schlagkräftigen Gruppe war übrigens die Idee von Arthur Frasers Vorfahren und führte damals zur Gründung der SWS. Gut, jetzt zur zweiten Frage. Was soll ein kontrollierter Konkurs? Eigentlich ist es normalerweise umgekehrt. Ich ziehe die Absatzzahlen kurzfristig nach oben, um sozusagen die Braut zu schmücken, sprich, wenn ich die Destillerie gut verkaufen möchte. Den Erlös nach unten zu ziehen, führt lediglich zu einem Wertverfall der Firma. Das schadet dem ganzen Konzern. Da sehe ich überhaupt keinen Sinn drin. Selbst Sean McCartneys Reputation als Alleskönner hätte darunter gelitten, wenn das bekannt geworden wäre.«

»Könnten die beiden Opfer irgendwie versucht haben, die Verluste zu vertuschen?«, fragte nun Brian.

»Wozu? Ich hatte doch eben schon erläutert, dass es relativ einfach ist, Gegenmaßnahmen zu ergreifen. Dafür war selbst McCartney Profi genug. Nein, laut der Bücher hier ist der Vorstand wissentlich in die Misere gelaufen. Mir völlig unverständlich. Vor allem deshalb, weil anscheinend darüber keiner Bescheid wusste. Aber all dies ist doch noch lange kein Grund zu töten, oder?«, fragte Graham etwas verzweifelt.

»Na ja, wer weiß?«, antwortete Brian. »Vielleicht hat ja der eine Besitzer, unser Arthur Fraser, doch aus Verzweiflung Selbstmord begangen und der andere Besitzer, nee, Ex-Besitzer ... wie hieß der doch gleich ... ach ja, Permit, hat dann aus Wut den McCartney wegen Unfähigkeit und Tatenlosigkeit abgemurkst. Ganz logisch.« Begeistert über seinen Geistesblitz lehnte sich Brian lächelnd zurück.

»Sonst noch irgendwelche grandiosen Theorien? Nein? Gut. Wir haben mittlerweile kurz nach neun Uhr. Es reicht für heute. Graham, dir nochmals vielen Dank. Du hast uns hier ganz neue Fährten gezeigt. Schlachtplan für morgen wie gehabt. Brian, du bleibst an der Frankfurt-Story. Nicky, du durchleuchtest die Konten und Karten. Ich werde mich beim restlichen Vorstand nochmals blicken lassen und denen wegen der Zahlen auf den Zahn fühlen. Ewen und Andy, ihr versucht mir noch mehr über die Pflanzen und Gifte rauszukriegen. Wo werden die verwendet? Wachsen die hier überall? Und so weiter, ihr wisst schon. Da muss man doch ein immenses Vorwissen haben, um so ein Giftzeugs anwenden zu können. Schaut mal, was die Überprüfung der SWS-Mitarbeiter mittlerweile gebracht hat. Vielleicht sind ja ein paar Kräuterhexen dabei. Und Charly, du kannst momentan hier die Stellung halten. Herzlichen Glückwunsch. Also, gute Nacht zusammen. Morgen Abend um sechs will ich zwei Verdächtige im Verhörzimmer sehen.« Grinsend winkte Alan den anderen, die ebenfalls langsam aufbrachen, noch zu und verließ mit Graham und Brian den Raum.

»Was meinst du, Alan, sollte ich mal meinen Kollegen Iain MacDermont ansprechen? Der ist Manager, wie ich, in der Turffield Distillery«, fragte Graham zögerlich.

»Keine Alleingänge mehr, du erinnerst dich, oder?«, ermahnte ihn Alan. »Aber ein kurzes Gespräch kann sicher nicht schaden. Nur wie immer: keinerlei Informationen preisgeben, klar?«

»Alles klar. Keine Sorge. Wenn ich was Neues erfahre, rufe ich an, okay?«

»Okay, Graham, so machen wir's. Ich wünsch dir noch einen schönen Abend und fahr vorsichtig. Grüße Ishbel bitte.«

»Werde ich machen. Grüßt auch ihr eure Lieben. Bis bald.«

Gemeinsam verließen die drei das Hauptquartier der Polizei in Inverness und gingen getrennten Weges zu ihren Autos, um durch die frische Aprilnacht nach Hause zu fahren.

Graeme recherchiert

Und schon war es wieder Mittwoch. Wie so oft in Grahams Leben, ein Mittwoch, der den Namen Montag besser verdient hätte. Das Gefühl, noch ganz am Anfang zu stehen. Noch keinen einzigen Millimeter in dieser Woche vorangekommen zu sein. Seit seiner Ernennung zum Keeper, hatte er sich doch tatsächlich noch nicht einen Moment so wirklich freuen können, obwohl er doch seit Jahren genau diesen Tag herbeigesehnt hatte. Natürlich war der Abend mit Alan und Susan toll gewesen. Er hatte sich auch maßlos über den Champagner und die vielen Glückwünsche gefreut. Nur leider wurde ja auch diese gemütliche Runde dann irgendwann "dienstlich". Seine Gedanken kreisten fast ausschließlich um die Morde an seinen Vorgesetzten und die möglichen Motive dafür. Dabei wollte er doch die Wochen nach dem Banquet, ohne Unterbrechung, in einer nicht-Enden-wollenden Party, auf einer dunkelgrünen Wolke verbringen – die Farbe Rosa erschien ihm an dieser Stelle doch etwas zweifelhaft. In seinen Träumen flossen Ströme von Whisky (von ihm aus für andere Gäste auch Champagner), unbändige Wogen von Jubelrufen und Applaus seiner Gäste überfluteten ihn und die Tageszeitungen übertrafen sich täglich mit Leitartikeln über ihn. Das Telefon stand nicht still. Begeisterte Fans und aufdringliche Reporter rissen sich um eine Minute seiner Zeit.

Das Telefon klingelte.

Generös hob er den Hörer seines alten Wählscheibenapparates ab. »Graham Morrice hier. Keeper of the Quaich.«

»Guten Morgen, mein Lieber. Ishbel hier. Ich finde es ja fantastisch, dass du Keeper geworden bist, ob du es aber jedem am Telefon mitteilen musst, weiß ich nun nicht ...«

»Ach, du bist es«, erfolgte Grahams unverhohlen enttäuschter Kommentar. Nach einer kaum messbar kurzen Zeitspanne schaltete sein Gehirn allerdings wieder von Traum zu Wirklichkeit um. Eine der Fähigkeiten, die das Überleben der männlichen Spezies überhaupt erst möglich gemacht haben. »Oh, verdammt, entschuldige. Hallo, Ishbel, ich war gerade ganz woanders. Schön, dass du dich meldest.«

»Das habe ich gemerkt«, entgegnete Ishbel, halb belustigt, halb pikiert. »Ich möchte dich keineswegs von irgendwelchen wichtigen Aktivitäten abhalten. Nur, da du dich gestern Abend nicht mehr gemeldet hattest, sah ich es als meine Pflicht an, mal nachzuhorchen, ob du noch unter den Hiesigen weilst.«

»Verdammt, ja, du hast ja recht. Gestern Abend ist es in Inverness sehr spät geworden. Ich war fast bis zehn Uhr bei Alan und danach wollte die verdammte Karre wieder nicht anspringen. Und mein Handy hatte ich zu Hause gelassen. Bis dann der Tankwart mir Starthilfe gegeben hatte, war's dann schon nach Zwölf. Und dann wollte der Halsabschneider auch noch zwanzig Pfund von mir haben. Das mal zum Thema Dienstleistung. Und frech geworden ist er dann auch noch. Sagte mir, die Altwagenverwertung hätte um diese Zeit schon geschlossen und so ...«

»Na, also alles beim Alten, da bin ich aber beruhigt«, antwortete Ishbel scherzhaft. »Wie ist deine Rolle als Meisterdetektiv und Chefbuchhalter der SWS angekommen? Oder ist alles wieder mordsgeheim? Entschuldige das Wortspiel.«

»Schon okay. Ich konnte tatsächlich die ganzen internen Dateien einsehen. Mann, da gab es einiges, was mich stutzig gemacht hat. Bei Ben Rhinnes sieht alles gut aus. Nur bei zweien scheint eine Mordssauerei – hm, wieder ein unpassendes Wort – im Gange zu sein. Ich bin drauf und dran, da doch mal nachzuhaken.«

»Graeme, mein großer Held«, begann Ishbel nun sehr liebevoll. »Fang doch bitte nicht schon wieder an, dich in die Polizeiarbeit einzumischen. Das kann nicht immer gut gehen, weißt du? Ich möchte hier nicht die Oberlehrerin spielen, aber ich bekomme ein wenig Angst. Du weißt überhaupt nicht, was für fiese Sachen da im Spiel sind. Ohne Übertreibung, du könntest dich unvorsichtigerweise in den Weg eines Menschen stellen ... ich mag es mir gar nicht ausmalen!« Bei den letzten Worten erhob sie deutlich die Stimme.

»Bitte, Liebes, mach dir keine Sorgen.« Bei seinen Worten nestelte er verlegen an seinem alten Bademantel herum, den er allmorgendlich zu tragen pflegte. Dabei öffnete sich prompt der etwas verschlissene Gürtel und fiel zu Boden. Prompt öffnete sich der bereits etwas labberige Mantel und präsentierte den vollen Glanz seines Alabasterkörpers allen Zuschauern, die momentan in sein Wohnzimmerfenster blicken konnten. Wohlgemerkt, Alabaster beschreibt hier eindeutig die Farbe und nicht die Festigkeit. Sonnenlicht kam für Grahams Hauttyp und bei seinen rotblonden Haaren eher einer Röntgenbestrahlung gleich. Daher waren für ihn gebräunte Körper auch eher ein Zeichen von zu viel Freizeit und einer nichtschottischen Abstammung.

Als ihm diese Szenerie bewusst wurde, wechselte zumindest seine Gesichtsfarbe, ganz ohne UV-Bestrahlung, zu einem Tiefrot und er setze sich ruckartig auf den Boden, was ihm wiederum eine weitere Farbveränderung – diesmal eine blaue – an rückseitigen Körperteilen bescherte.

»Was ist denn jetzt passiert, um Himmels willen?«, hörte er Ishbel aus dem Hörer rufen. »Bist du überfallen worden?«

»Nein, nein, alles okay«, antwortete er schmerzverzerrt. »Ich habe mich nur gestoßen. Geht schon.«

»Zudem möchte ich bemerken, dass du, seit deiner Vorbereitung zum Keeper, keinen konstruktiven Gedanken mehr in die Leitung unserer Destillerie gesteckt hast.«

»Ja, du hast ja recht. Aber du musst zugeben, dass das alles ein bisschen viel war in letzter Zeit. Ich komme gleich vorbei und werde mich ans Tageswerk machen«, proklamierte er gestelzt. »Nur schnell anziehen, dann bin ich da. Bis gleich.« Ohne eine Erwiderung abzuwarten, legte er auf, um sich schnellstmöglich aus seiner peinlichen, aber auch schmerzhaften, Position zu befreien. Danach ging er der, ebenfalls allmorgendlich wiederkehrenden, Frage nach dem passenden Outfit nach: schwarzer Anzug oder grauer?

Eine knappe halbe Stunde später versuchte Graham im Personalwaschraum der Destillerie, den Schmutz von seinen Händen zu waschen. Nachdem sein Wagen den Stromnachschub der letzten Nacht anscheinend schon wieder verdaut hatte, musste er ihn aus seiner Einfahrt bis zum Beginn der abschüssigen Straße schieben. Als der Wagen anrollte, setzte er zu einem beherzten Sprung durch die Beifahrertür an, um die Pedale und das Lenkrad noch rechtzeitig zu erreichen, bevor sein Auto das Ende der Hauptstraße erreichte, und er sowohl den Motor in Gang als auch das Fahrzeug noch rechtzeitig zum Stehen bringen konnte. Jeder Stuntman wäre beeindruckt gewesen von dieser Leistung. Dass dabei eine weitere Anzughose reif für die Altkleidersammlung wurde, nahm er schon gar nicht mehr wahr.

Als er nach seinem halbherzigen Versuch, sich in einen vorzeigbaren Zustand zu versetzen, in sein Büro kam, erwartete ihn dort bereits Ishbel. Nach einer herzlichen Umarmung, einem Kuss und der gestrengen Musterung seines Äußeren, ließ er sich in seinen "Chefsessel" fallen. Warum ausgerechnet ein Möbelstück einen gebeutelten Angestellten wie ihn zum Chef machen sollte, wollte ihm nie so ganz eingehen. »Ishbel, Ishbel«, begann er theatralisch. »Du brauchst mir gar nicht die ganzen Papiere vorlegen, die du da so dezent hinter deinem reizenden Rücken versteckt hältst. Ich bin, ganz ehrlich, nicht in der Lage, mich darauf zu konzentrieren. Mir geht die ganze Sache mit unseren Destillerien nicht aus dem Kopf. Da will uns doch jemand im Vorstand – in unserem eigenen Vorstand! – verschaukeln!« Bei den letzten Worten schlug er heftig mit der Hand auf seinen, mit ungeöffneten Briefen übersäten, Schreibtisch.

»Na, dann erzähl' doch mal von Anfang an«, bat ihn Ishbel mit ruhiger Stimme, legte ihre Unterlagen zu den anderen Papieren auf den Schreibtisch und machte es sich in dem Besuchersessel bequem.

Nachdem Graham ihr in aller Ausführlichkeit die Informationen des gestrigen Besuchs in Inverness, samt seiner Gedanken dazu, berichtet hatte, sah sie ihn mit leicht resigniertem Blick an. »Ich seh' schon, ich habe mich in den neuen Hercule Poirot von Schottland verliebt. Wie hätte es auch anders sein können. Wahrscheinlich sind all die liebenswerten Männer genau deshalb so liebenswert, weil es auch gleichzeitig so einfach ist, sie auch mal nach Herzenslust zu hassen. So!«

Dabei sprang sie vom Sessel auf, warf die Arme verzweifelt in die Luft, raffte die gesamten Papiere zusammen und lief zur Tür. »Tu, was ein Mann tun muss, oder wie der Käse heißt, den ihr euch am Tresen immer um die Ohren haut. Ich spiele derweil die starke Frau, die ja angeblich hinter jedem starken Mann steht.« Mit einem schelmischen Blick über die Schulter verließ sie sein Büro. »Ich kümmere mich ja schon um den Bürokram ...«, hörte er sie noch auf dem Flur sagen.

Mit einem sehr zufriedenen Lächeln auf den Lippen ließ Graham das Geräusch des Wasserkochers auf sich wirken, während er das frisch gemahlene Kaffeepulver in die Kanne füllte. Anschließend griff er sich sein altes Adressbüchlein und suchte die Nummer von Burt Hayman, dem Distillery Manager der Glenallan Brennerei, heraus. An das elektronische Telefonbuch seines hypermodernen Kommunikationsterminals, er nannte es schlicht immer noch Telefon, konnte und wollte er sich einfach nicht gewöhnen. Er wählte die Nummer mit dem Hörer an die Schulter geklemmt, während er mit der anderen Hand das sprudelnd kochende Wasser in die Kanne gleiten ließ.

»Glenallan Distillery. Madeleine Stoves am Apparat. Was kann ich für Sie tun?«, hörte er es am anderen Ende flöten.

»Ja, hallo, hier spricht Graham Morrice, Ben Rhinnes Distillery. Ich hätte gerne Burt Hayman gesprochen«, antwortete er.

»Oh, das tut mir leid, Mister Morrice. Mister Hayman ist, aufgrund des Trauerfalls, nicht anwesend. Sie können ihn in Grampian Hall erreichen, wenn es sehr eilig ist.«

Graham wusste, dass es sich bei Grampian Hall um den Wohnsitz der Frasers handelte, wo Burt wohl der Witwe Trost spenden wollte oder die Firmenpapiere regeln musste. »Nein, vielen Dank, so eilig ist es nicht. Ist denn vielleicht Still Man Angus McNeill zu sprechen?«

»Ja, natürlich, Mister Morrice. Ich verbinde Sie rüber.« Nach einem kurzen Knacken und einer piepsenden Version von *Scotland the Brave*, meldete sich eine rauchige Stimme. »Hallo, Graham, Angus hier.«

Graham kannte Angus noch aus seiner Ausbildungszeit bei Knockdhu, wo sie gemeinsam ein Jahr gearbeitet hatten. »Hi, Angus, wie geht es dir? Traurig, dass wir uns erst durch so schlimme Umstände wieder sprechen. Sonst alles in Ordnung bei euch?«

»Wie man's nimmt. Der Laden läuft weiter. Burt soll wohl das Ruder im Moment übernehmen. Mann, wie kann denn so was nur passieren? Der arme Fraser war doch ein derart feiner Kerl. Da stecken doch garantiert Terroristen dahinter!«

Hier zeigte sich doch wieder das Naturgesetz, dass nicht am Geschehen Beteiligte grundsätzlich am besten wissen, warum irgendetwas schief gegangen ist. Millionen von ausgewiesenen Fußballexperten vor den Fernsehern und in den Kneipen lieferten hierfür den besten Beweis. »Na, da werden die Ermittlungsbehörden bestimmt auch dran denken«, antwortete Graham diplomatisch. »Was ich von dir wissen wollte, Angus, habt ihr in letzter Zeit irgendwelche Änderungen in eurem Hausstil vornehmen müssen?« Mit Hausstil bezeichnete man den typischen Whiskygeschmack einer Destillerie.

»Nee, überhaupt nicht«, reagierte Angus völlig überrascht. »Wie kommst du denn jetzt darauf? Wir versuchen seit über fünf Jahren, die Qualität gleich zu halten. Ist doch schließlich ein Hauptbestandteil vom Glen Kilbreck. Was hat das denn mit dem armen Fraser zu tun? Oder bist du jetzt als Keeper auch so einem Geheimbund beigetreten, der uns alle überwacht? Übrigens Glückwunsch meinerseits. Hast ja lange genug darauf gewartet. Kostet dich natürlich ′ne Flasche, ist doch klar, was?«

»Oh, klar, Angus, ist doch Ehrensache und danke. Und zu deinen Fragen, ich bin keiner Geheimorganisation beigetreten und mit Arthurs Tod hat das gar nichts zu tun. Du weißt doch, die Geschäfte müssen weiterlaufen. Ich muss mir nur einen aktuellen Überblick verschaffen. Schließlich hat es ja auch noch unseren Vorsitzenden erwischt.« Inständig hoffte er, mit dieser Notlüge durchzukommen.

»Um den soll's ja nicht schade sein, munkelt man. Na gut, willst du sonst noch was wissen oder kommst du auch mal wieder vorbei?«

»Danke, Angus, das war's für den Augenblick. Und klar, wir sehen uns bald mal. Halt die Ohren steif, mach's gut.«

Nachdem er den Hörer aufgelegt und sich eine zweite Tasse Kaffee genehmigt hatte, spürte er, wie sein Gehirn einen weiteren Gang hochschaltete. *Na gut, der Anfang wäre gemacht. Dann auf zum Nächsten.* Während erneut eine weitere Touristengruppe vor seinem Fenster, von Jimmy seinem jüngsten Mitarbeiter geführt, zum Produktionsgebäude vorbeizog, wählte er die nächste Nummer aus seinem Büchlein.

Puzzle

Am nächsten Morgen, zur gleichen Zeit, als Graham sich aufmachte, seine Recherchen fortzusetzen, trafen sich die Mitglieder der Sonderkommission, um den am gestrigen Abend noch festgelegten Schlachtplan zu erfüllen. Lediglich Charles Pollock begab sich in die Zentrale, um dort die Stellung zu halten, wie es Alan formuliert hatte.

In der Praxis bedeutete dies, dass er in erster Linie Telefondienst machte und alle eingehenden Anrufe notierte. Da die SoKo auch die Öffentlichkeit aufgerufen und um Mithilfe gebeten hatte, kamen etliche Anrufe von hilfsbereiten Menschen.

Auch die sieben zusätzlichen Beamten für die Feldarbeit, die nach und nach die zahlreichen Frauen befragten, mit denen zusammen sich Sean McCartney in den letzten Jahren mehr als einmal in der Öffentlichkeit gezeigt hatte, riefen immer wieder an und gaben ihre Informationen durch oder ließen Einzelheiten prüfen. Es war also alles in allem soviel zu tun, dass sich Charly in keinster Weise langweilte oder gar ausruhen konnte.

Am meisten nervten ihn allerdings die Wichtigtuer am Telefon, die unbedingt ganz entscheidende Hinweise geben wollten, mit denen die Polizei aber letztendlich nicht das Geringste anfangen konnte. Dennoch mussten auch diese Anrufe akribisch festgehalten werden, denn zu einem späteren Zeitpunkt der Ermittlungen konnten diese vermeintlich unsinnigen Informationen durchaus an Bedeutung gewinnen.

"Kommissar Jedermann" war wieder aktiv geworden. Von Charly wurden die Anrufe nach den von Alan vorgegebenen Kategorien "bescheuert", "total bescheuert" und "eventuell interessant" einsortiert. Leider blieb dabei die Liste mit der Überschrift "interessant" extrem übersichtlich.

Unter anderem listete er auch folgende inhaltsschweren Aussagen auf: Nachbar über Fraser: »Ein netter Kerl, eher zurückhaltend, sehr anständig, aber eigentlich kannte ich ihn kaum.« Nachbar über McCartney: »Die Kirche sagt, du sollst deinen Nachbarn lieben. Ich bin überzeugt, dass sie meinen Nachbarn nicht kennt.«

»Heute ist wohl Tag der offenen Tür in der Irrenanstalt«, fasste Charly die gesammelten Werke gegen Mittag für sich zusammen.

Während Graham recherchierte und Charly mehr und mehr verzweifelte, fuhr Alan erneut zum Gebäude der SWS. Am Abend zuvor hatten Susan und er sich über den längst fälligen gemeinsamen Urlaub unterhalten. Eigentlich hatten sie diese Woche zusammen wegfahren wollen.

»Du arbeitest bis spät in die Nacht, rauchst eine Zigarette nach der anderen, gehst kaum noch an die frische Luft: Du machst dich kaputt, mein Lieber!«, hatte sie ihm vorgeworfen und, wie Alan zugeben musste, damit auch leider völlig recht.

»Ich kann jetzt nicht dienstfrei machen und in Urlaub fahren. Vielleicht nächste Woche«, antwortete er.

»Hör auf, den Dummen zu spielen, Alan. Ich weiß genau, wie es bei euch läuft. Wenn ihr einen großen Fall habt, arbeitet ihr rund um die Uhr. Ihr schlaft erst wieder, wenn der Fall geklärt ist. Und von Urlaub wird gar nicht erst gesprochen. Ich fahre morgen Nachmittag los und bleibe bis übers Wochenende am Meer. Dann kannst du in Ruhe ermitteln, ohne dir ein schlechtes Gewissen machen zu müssen.«

Alan wusste, dass sie nicht aus Trotz alleine fahren wollte, sondern weil sie ihm wirklich helfen wollte. »Du bist ein Schatz!«, sagte er deshalb dankbar.

Am Empfang der SWS angekommen, zeigte er der gleichen jungen Dame hinter dem Eichenholztresen, wie beim letzten Besuch, seinen Dienstausweis, und als diese zum Telefonhörer greifen wollte, stoppte er sie mit den Worten: »Danke, aber ich finde meinen Weg schon alleine.«

Ohne weitere Worte ging er zum Aufzug und fuhr ins oberste Stockwerk. Dort angekommen, ging er aber nicht zu den Büros der Vorstandmitglieder, sondern direkt zum Vorzimmer, in dem er Fiona Arkland das letzte Mal getroffen hatte. Er klopfte kurz und trat ein.

»Hallo Inspektor«, begrüßte ihn die junge Frau, nachdem sie aufgesehen und ihn erkannt hatte.

»Hallo Fiona«, erwiderte Alan, dem dieses Mal ihr Vorname ganz leicht über die Lippen kam.

Sie trug, wie Alan mit der für Männer typischen Scan-Funktion feststellte, auch heute keinen BH und unter ihrem eng anliegenden T-Shirt kamen ihre Brüste noch besser zur Geltung als beim letzten Mal. Zusammen mit der hautengen Jeans, wirkte sie überaus appetitlich. *Wow*, dachte Alan bei sich und überlegte, ob er künftig nicht noch öfter bei der SWS Befragungen durchführen sollte. Knapp eine Nanosekunde später traf ihn allerdings schon die äußerst spitze Harfe seines guten Engels auf der anderen Schulter ins Genick und führte ihm in einem Film, der mit extremem Zeitraffer abgespielt wurde, alle Vorzüge Susans vor. Daraufhin konnte er Fiona getrost wieder auf die Reservebank verbannen.

Fiona grinste ihn an, denn sie hatte natürlich registriert, dass Alan sie von oben bis unten gemustert hatte. »Schön, Sie so schnell wiederzusehen. Was kann ich heute für Sie tun?«

Auch dieses Mal zwang Alan seine Gedanken zurück auf den eigentlich Grund seines Besuches. »Ich habe noch ein paar Fragen im Rahmen unserer Ermittlungen. Und ich wollte erst einmal Sie fragen, bevor ich zu den Jungs vom Vorstand gehe.«

»Schön, freut mich, dass Sie zuerst zu mir gekommen sind. Kaffee?«

»Oh ja, gerne«, erwiderte Alan und sah ihr dann zu, wie sie aufstand, zur Kaffeemaschine ging und die entsprechenden Knöpfe drückte, damit der Kaffee in die bereitgestellten Tassen lief. Er bewunderte dabei ihren strammen Hintern in der engen Jeans. Nachdem sie ihm und auch sich selbst eine Tasse Kaffee auf einen kleinen Besprechungstisch hingestellt hatte, setzten sie sich gegenüber und genossen beide schweigend den ersten Schluck des kräftigen und würzigen Kaffees.

»Lecker«, sagte Alan dann. »Überhaupt kein Vergleich zu dem Gebräu, das es bei uns in der Zentrale gibt.«

»Na, wenn Sie einen guten Kaffee trinken wollen, können Sie gerne bei mir vorbeikommen«. Nach einer kurzen Pause fügte sie noch hinzu: »Hier in der SWS-Zentrale natürlich. Und auch nur noch, solange wie ich noch da bin.«

»Wollen Sie die SWS etwa verlassen?«, fragte Alan und ignorierte den ersten Teil ihrer Bemerkung.

»Ja. Seit dem Tod von Sean ist für mich hier kein Platz mehr. Das ist wie die Witwenverbrennung im alten Indien. Ist der Pascha tot, muss auch seine Witwe gehen. Zum Glück sind die Sitten in Schottland inzwischen doch deutlich zivilisierter geworden und Sati hat bei uns keine Tradition.«

»Was werden Sie tun?«

»Ich bin schon in Kontakt mit einigen anderen Firmen aus der Branche. Chefsekretärin bei Sean McCartney gewesen zu sein, ist zumindest eine hervorragende Referenz. Da werde ich schnell etwas für mich finden.«

»Dann viel Erfolg für Ihre weitere Zukunft. Ach ja, und rufen Sie mich bitte an, wenn Sie etwas Neues gefunden haben, damit ich Ihre neue Adresse habe, falls es noch Fragen gibt.«

»Ja, mache ich gerne. Ach übrigens, haben Ihnen die beiden Namen weitergeholfen, die ich Ihnen gegeben hatte?«

»Wir haben den einen besucht, der andere ist wie vom Erdboden verschwunden. Aber wir sind uns inzwischen sicher, dass es keiner der beiden gewesen ist. Dennoch, vielen Dank für die Info.«

»Schade. Und was führt Sie heute zur SWS?«

»Nun, ich muss noch mal mit dem Vorstand reden. Irgendetwas kommt uns an den Daten der einzelnen Brennereien merkwürdig vor.«

»Da reden Sie am besten mit Sven Sorenson. Unser Schwede ist schließlich der kaufmännische Vorstand der SWS. Wenn Ihnen einer die Zahlen erklären kann, dann er.«

»Ist Ihnen etwas zu Manipulationen der Geschäftszahlen innerhalb der SWS bekannt? Jetzt, wo Sie doch sowieso bald nicht mehr dazugehören, können Sie es mir doch sagen.«

»Mein lieber Inspektor, selbst wenn ich etwas wüsste, würde ich es Ihnen nicht sagen. Ich bin eine loyale Mitarbeiterin und bleibe es auch, auch wenn ich die SWS verlassen habe. Alles andere wäre tödlich für mein berufliches Weiterkommen. Aber ich kann Sie beruhigen, ich weiß nichts von irgendwelchen Manipulationen. Fragen Sie Sven.«

»Okay, danke, das werde ich tun. Vielen Dank für den Kaffee«, mit diesen Worten stand Alan auf und schickte sich an zu gehen.

»Gerne. Und viel Erfolg bei der Klärung des Falles. Finden Sie den Mörder von Sean. Bitte!«. Fiona stand ebenfalls auf und reichte Alan die Hand. »Vielleicht sehen wir uns ja mal wieder. Ich würde mich freuen«, ergänzte sie noch.

»Ja, vielleicht«, sagte Alan und verließ das Büro.

Alan ging direkt zum Büro von Sven Sorenson. Er klopfte nur pro forma an die Tür und wartete gar nicht erst auf ein "Herein", sondern trat direkt ein. Sorenson schreckte hinter seinem Computer hoch, als hätte Alan ihn bei etwas Verbotenem erwischt.

»Ah, Sie sind es«, stammelte er dann verlegen.

Ohne auf eine entsprechende Aufforderung zu warten, setzte sich Alan ihm gegenüber an den Schreibtisch. »Hallo! Ich muss mit Ihnen reden. Uns sind bei der Überprüfung der Bilanzzahlen etliche Ungereimtheiten aufgefallen. Hier wurde schwer manipuliert«, kam Alan gleich zur Sache. Er wollte dem Schweden gegenüber so tun, als hätten sie wirklich etwas Handfestes gefunden. Mal sehen, was dabei herauskam.

»Davon weiß ich nichts«, erwiderte Sven Sorenson und errötete dabei.

»Das glaube ich Ihnen nicht!«

»Das müssen Sie mir aber glauben«, stammelte der Schwede jetzt wieder.

»Quatsch, Sie lügen!«, erhöhte Alan den Druck weiter auf ihn und starrte ihn dabei böse an.

»Aber dafür haben Sie keine Beweise«, flüchtete Sorenson jetzt, ohne zu bemerken, dass er damit Alan die Bestätigung lieferte, dass er wirklich etwas über die dubiosen Zahlen der SWS wusste.

Jetzt würde Alan natürlich nicht mehr aufhören, ihm weiter auf den Zahn zu fühlen und setzte gleich noch einen obendrauf. »Sie können mir hier und jetzt sagen, was Sie da gemacht haben, oder ich nehme Sie mit aufs Präsidium und lasse Sie dort mindestens vierundzwanzig Stunden lang schmoren.«

Sorenson hätte inzwischen jeder Tomate Konkurrenz machen können, so rot war er inzwischen geworden. »Ich habe doch nichts Schlimmes gemacht«, versuchte er nochmals, sich zu retten.

»Möchten Sie etwa, dass ich Sie als Verdächtigen im Mordfall McCartney und Fraser festnehme? Das wäre für Ihren Ruf sicherlich nicht besonders förderlich.«

»Ich habe die beiden nicht umgebracht«, versicherte ihm Sorenson.

Auch wenn Alan das so nicht gesagt oder gemeint hatte, schließlich hatte er nicht vom Tatverdächtigen gesprochen. Aber er ließ ihn erst einmal in dem Glauben. »Also los, dann packen Sie endlich aus oder ich nehme Sie mit.«

»Okay, okay. Ich sage es Ihnen ja schon.«

Alan hielt die Luft an, während Sorenson fortfuhr. »Sean hatte mich in den letzten zwei Jahren gezwungen, die Zahlen der Brennereien Turffield und Glenallan, nun, seinen Vorstellungen gemäß anzupassen. Warum, hat er mir allerdings nicht gesagt und ich habe nicht gefragt.«

»So, so. Und das soll ich Ihnen glauben. Womit hat er Sie denn gezwungen? Mit Geld?« *Treffer*, dachte er, als er sah, wie Sorenson erneut rot anlief. *Das war wirklich einfach mit dem Kerl. Jedes Mal, wenn er sich erwischt fühlte, schaltete seine Gesichtsampel auf Rot.*

»Äh, ja«, gab dieser dann auch zögerlich zu.

»Na also, geht doch«, ermunterte ihn Alan fortzufahren.

»Mehr weiß ich wirklich nicht.« Da er dieses Mal nicht erneut errötete, glaubte Alan ihm.

»Dann noch mal genauer, was haben Sie für ihn gemacht?«

»Er hat mir genau vorgegeben, welche Zahlen er bei den beiden Brennerein in den Statistiken und Büchern haben wollte, und ich habe dies so ins System eingepflegt. Dafür hat er mich entschädigt. Sonst nichts.«

»McCartney hat Sie also nur gekauft, um die Zahlen zu türken?«

»Ja, nein, ich meine so ähnlich, ich schwöre, mehr war wirklich nicht. Wobei türken nicht das richtige Wort ist. Er hat die Verhandlungen mit unseren Abnehmern selbst geführt und meines Erachtens viel zu niedrige Preise angesetzt. Ich bin kein Whisky-Profi, wissen sie? Ich verstehe was von Buch- und Geschäftsführung und habe mich bei den anderen Themen rausgehalten. Aber Sean hat mir immer wieder gesagt, dass die von ihm geführten Verhandlungen und Ergebnisse zum Wohle der SWS wären. Ich würde das schon eines Tages sehen. Und bis dahin sollte ich seine Vorgaben nicht hinterfragen.«

»Das fiel Ihnen mit einer ordentlichen Finanzspritze in die eigene Brieftasche natürlich nicht besonders schwer, was?«, provozierte ihn Alan weiter.

»Ich geb's ja zu. Ich hätte das Geld nicht nehmen sollen. Aber er war so erfolgreich und wusste immer im Voraus, wo das Goldene Kalb zu finden war. Ich hab ihm da einfach blind vertraut. Er hat ja niemandem direkt geschadet. Und außerdem, wie ich schon sagte, er hat immer gesagt, dass dies für uns, die Firma, eines Tages das einzig Richtige wäre.« Bei den letzten Worten wurde Sven Sorenson immer leiser und sackte auf seinem Stuhl zusammen. »Ich hab doch nicht ahnen können, dass deswegen Morde geschehen. Warum wurden denn die beiden nun umgebracht? Weil ich die Zahlen von Sean übernommen habe?«

»Könnte schon möglich sein. Vielleicht auch nicht«, lenkte Alan nun ein, weil er sich mittlerweile ein wenig Sorge machte, dass dieser Sorenson sich am Ende aus falschem Schuldgefühl mit seinem Tastaturkabel aufhängen würde. »Aber okay, ich will Ihnen mal glauben. Aber Sie müssen morgen trotzdem aufs Präsidium kommen und Ihre Aussage zu Protokoll geben.« Alan gab ihm seine Karte, mit der Adresse der Zentrale, verabschiedete sich und ließ einen am Boden zerstörten Mann zurück.

Während Graham recherchierte, Charly mehr und mehr verzweifelte und Alan mit Fiona und dann mit Sorenson redete, machte sich Brian an die Nachforschungen zum Thema Frankfurt.

Sie hatten am Montag die Kollegen von Interpol kontaktiert, damit diese mit den deutschen Behörden klärten, was in den Tagen Ende Februar in Frankfurt los war. Die deutschen Kollegen sollten prüfen, ob in den Hotelunterlagen der Stadt die Namen der beiden Toten auftauchten. Auch heute, nach zwei Tagen, lagen noch keine Informationen von Interpol oder den Kollegen aus Frankfurt vor.

Brian klemmte sich deshalb ans Telefon und telefonierte mit einem Kollegen des schottischen Nationalen Zentralbüros von Interpol, den er von einem gemeinsamen Seminar her kannte. Im Gegensatz zu vielen Darstellungen in Kriminalromanen, gibt es keine eigenen Interpol-Agenten, die Verbrecher in fremde Länder verfolgen und selbsttätig ermitteln. Interpol verfügt über keine eigenen Fahnder, sondern koordiniert nur die Zusammenarbeit nationaler Ermittler.

»Archibald Grant, National Central Bureau«, meldete sich eine Stimme am anderen Ende der Leitung.

»Hallo Archie, Brian Strachan hier. Du erinnerst dich noch an mich?«

»Brian? Hallo, natürlich erinnere ich mich noch. Wie geht es dir?«

»Danke, ich kann nicht besser klagen. Wir stecken mal wieder in einem schwierigen Fall. Vermutlich ein Serienmörder. Es ist deshalb mal wieder ziemlich stressig hier.«

»Ja, das kenne ich. Aber du weißt doch, Brian: Jetzt sind die guten alten Zeiten, nach denen wir uns in zehn Jahren zurücksehnen werden.«

»Ja, vermutlich hast du recht. Eine Spur, der wir momentan nachgehen, führt nach Deutschland. Meine Kollegen hatten schon eine Mail an euch geschickt und um Amtshilfe gebeten.«

»Ach ja, ich erinnere mich, der Giftmord an den beiden SWS-Vorstandsmitgliedern. Alex hat aufgrund eurer Anfrage gleich eine Mail an die Kollegen vom Bundeskriminalamt geschickt. Warte mal einen Moment, ich frage sie mal, ob sie schon etwas gehört hat.« Brian hörte eine dezente Hintergrundmusik, während Archie intern weitertelefonierte. Nach wenigen Sekunden knackte es und Archies Stimme war wieder zu hören. »Tut mir leid, Brian. Es liegt noch keine Antwort vom BKA vor. Die werden wohl noch in Kontakt mit den Frankfurter Beamten stehen. Du, da fällt mir ein, ich kenne einen aus Frankfurt, Hauptkommissar Udo Vogler, der war mal hier zu einem gemeinsamen Fortbildungskurs. Netter Kerl und spricht auch sehr gut unsere Sprache. Und Single Malt Whisky mag er auch sehr. Wenn du willst, gebe ich dir seine Telefonnummer, dann kannst du ihn auch direkt anrufen.«

»Gute Idee, das mache ich gerne. Danke für den Tipp, Archie.«

»Gern, mein Lieber. Sag Udo einen schönen Gruß von mir. Seine Nummer lautet 004969 …«

»Danke Archie, ich grüße ihn von dir.«

»Also dann, viel Erfolg.«

Brian wählte die Nummer des deutschen Kollegen und nach dem zweiten Klingeln meldete sich eine tiefe Bassstimme: »Vogler, Kripo Frankfurt.«

»Hallo, Mister Vogler. Ich anrufe von Schottland«, versuchte es Brian in seinem besten Deutsch. »Mein Name ist Strachan, Brian Strachan.«

Udo Vogler, der irgendwie an einen Bond Film erinnert wurde, unterbrach ihn in perfektem Englisch. »Hallo Mister Strä…, sorry, ich habe den Namen leider nicht ganz verstanden, aber wir können gerne Englisch miteinander reden.«

»Prima, das macht es wirklich leichter für mich. Nennen Sie mich einfach Brian. Ich soll Ihnen einen schönen Gruß von Archibald Grant ausrichten, der hat mir auch Ihre Telefonnummer gegeben.«

»Ah, Archie. Ich habe lange nichts mehr von ihm gehört. Ich hoffe, es geht ihm gut. Was kann ich für Sie tun, Brian. Ach und nennen Sie mich ruhig Udo.«

»Okay, danke Udo. Also, es ist so, dass wir hier einen Doppelmord haben, bei dem eine Spur nach Frankfurt führt. Die Kollegen von Interpol haben euer BKA kontaktiert und um Amtshilfe gebeten.«

»Nun, die Schlipsträger haben sich noch nicht mit uns in Verbindung gesetzt. Das dauert bei denen immer etwas länger. Die sind ja auch so beschäftigt.« Das so von ihm klang, als hätte es mindestens fünf O.

Brian grinste. Das Verhältnis zwischen den Beamten, die an der Front Dienst taten, zu den Beamten, die in irgendwelchen Ministerien oder Zentralen saßen und koordinierten, war überall auf der Welt gleich … schlecht. »Verstehe. Deshalb fand ich es auch als gute Idee, dass mir Archie Ihre Nummer gegeben hat.«

»Okay, dann geben Sie mir mal die Details. Mal sehen, was ich für Sie tun kann.«

»Es handelt sich um einen gewissen Sean McCartney sowie einen Arthur Fraser.« Brian buchstabierte die beiden Namen. »Sie sind am Mittwoch, dem 28. Februar, von Edinburgh nach Frankfurt geflogen und drei Tage später wieder zurück. Wir würden gerne wissen, was sie in dieser Zeit in Frankfurt oder Deutschland gemacht haben, mit wem sie sich getroffen haben, wo sie übernachtet haben und so weiter.« Brian nannte ihm noch die Flugdaten der British Airways Flüge.

»Gut, ich werde die Hotels überprüfen lassen, ob die beiden in einem eingecheckt haben, und ich werde auch an den Bahnhöfen und am Flughafen prüfen, ob dort unter diesen Namen Tickets gekauft wurden. Zudem werde ich alle Mietwagenfirmen am Flughafen checken. Das kann aber leider eine Weile dauern.«

»Ja, klar, das verstehe ich.«

»Ich rufe zurück, sobald ich etwas in Erfahrung gebracht habe. Haben Sie zufälligerweise auch die Kreditkartendaten von den beiden? Das würde auch noch helfen.«

»Klar doch, Moment, hier sind sie.« Brian diktierte die entsprechenden Nummern und Daten.

»Alles klar. Also, ich melde mich dann.«

»Super, vielen Dank.« Brian gab ihm seine Telefonnummer, verabschiedete sich und legte auf. So, jetzt konnte er zu dieser Spur nichts weiter unternehmen, als abwarten. Am besten also, er würde jetzt eine "Kleinigkeit" essen gehen.

Während Graham recherchierte, Charly mehr und mehr verzweifelte, Alan mit Fiona und dann mit Sorenson redete und Brian zum Thema Frankfurt nachforschte, verbrachte Nicky den Tag mit dem Checken der Konten und Kreditkarten von Sean McCartney.

Hinter ihrem Hochleistungscomputer mit den beiden Bildschirmen verschanzt, an den sie auch noch den privaten und den geschäftlichen PC von Sean McCartney angedockt hatte, war sie voll in ihrem Element und wühlte sich durch sämtliche Dateien, die sie finden konnte.

Nicky verfeinerte die Suchkriterien ein weiteres Mal. Wirre Zahlenreihen huschten über den Bildschirm, darin versteckte Algorithmen wirkten auf die Daten ein und suchten Übereinstimmungen zwischen ihrem Suchprogramm und den Informationen, die auf den Festplatten von Sean McCartneys Computern versteckt waren. Sie lehnte sich zurück und dehnte ihre Arme über den Kopf.

Was alle ihre Kollegen über sie wussten, war, dass sie sich mit Computern extrem gut auskannte. Was aber keiner über sie wusste, war, dass sie eigentlich nur deswegen ihre Dienste der Polizei angeboten hatte, um auf völlig legale Art die Datenbanken anderer Leute zu durchforsten und dabei deren am besten gehüteten Geheimnisse ans Tageslicht zu fördern. Dazu hatte sie selbst eigene kleine Programme entwickelt, die ihr halfen, noch so gut versteckte Daten ausfindig zu machen und selbst vermeintlich endgültig gelöschte Dateien wiederherzustellen. Mit einem anderen Programm konnte sie den Weg bestimmter Personen durchs Internet nachvollziehen und sich ansehen, was diese sich selbst alles angesehen hatten. Passwort geschützte Dateien waren dabei kein Problem für sie. Hätte sie diese kleinen Programme verkauft, hätte sie vermutlich Millionen dafür bekommen können. Aber es ging ihr nicht ums Geld, sie wollte einzig und allein ungestraft in fremden Dateien stöbern und in die Geheimnisse fremder Leute eindringen. Dass sie dies nicht nur straffrei ausführen durfte, sondern damit auch noch bei der Klärung von Straftaten helfen konnte und manches Lob dafür bekam, waren ihr Ansporn genug.

Aber, es war zum Mäusemelken. So sehr sie auch suchte, es waren keine auffindbaren Schwarzkonten vorhanden, keine dubiosen Immobilien oder sonst etwas in dieser Art. Entweder hatte der Kerl wirklich eine weiße Weste, oder aber er war wesentlich cleverer, als sie alle bisher angenommen hatten.

Dank seines Online-Bankings, dessen Zugangscode sie längst geknackt hatte, konnte sie alle seine Kontobewegungen nachvollziehen und überprüfen. Nichts! Es gab keine dubiosen Zahlungseingänge und auch keine Transaktionen von ihm, die merkwürdig erschienen. Alles passte zu seinen regulären und regelmäßigen Einnahmen und Ausgaben. Auch die Abrechnungen seiner Kreditkarte erbrachten keine Neuigkeiten. Selbst in dem fraglichen Zeitraum, Ende Februar, waren keine Transaktionen durchgeführt worden. Wenn Sean und Arthur unterwegs übernachtet, eingekauft oder gegessen hatten, so mussten sie alles bar bezahlt haben.

Sogar ihr eigenes Programm, mit dem sie speziell die Dateien überprüfte, von denen McCartney glaubte, dass er sie sicher versteckt oder gar wirklich gelöscht hatte, konnte keine Treffer landen. Einfach Fehlanzeige!

Auch die eingeschalteten Kollegen der Abteilung Wirtschaftskriminalität, die sich durch die zahlreichen Ordner und Dateien arbeiteten, hatten bislang nichts zutage gefördert. Außer den Auffälligkeiten bei den Umsatzzahlen der beiden Brennereien, schien alles andere in Ordnung zu sein.

Deshalb verbrachte sie den Rest des Tages mit der Überprüfung seiner E-Mails und las eine nach der anderen durch.

Während Graham recherchierte, Charly mehr und mehr verzweifelte, Alan mit Fiona und dann mit Sorenson redete und Brian zum Thema Frankfurt nachforschte und Nicky den Tag mit dem Überprüfen von Sean McCartneys Computern verbrachte, versuchten Ewen und Andy noch mehr über die Pflanzen und Gifte herauszubekommen.

Nicky hatte allerdings schon hervorragende Arbeit geleistet bei ihren Recherchen über die beiden Pflanzengifte. Deshalb konzentrierten sich beide darauf, herauszufinden, wo die Pflanzen überall wuchsen, wozu sie verwendet wurden und, vor allem, welches Vorwissen man haben musste, um aus den

Pflanzen das tödliche Gift herzustellen und auch anwenden zu können.

Sie durchforsteten alle möglichen Dateien im Internet, inklusive der umfangreichen Wikipedia Datenbank, konnten aber nur Informationen finden, die das von Nicky bereits zusammengestellte Material bestätigten. Weitergehende Informationen waren nur sehr spärlich vorhanden.

Immerhin aber stellten sie fest, dass sich die Herbstzeitlose heute verbreitet auch in Süd-, Mittel- und Westeuropa findet. Das Hauptverbreitungsgebiet reichte dabei von Südengland und der Iberischen Halbinsel bis nach Russland. Auch in einigen Regionen Schottlands wuchs diese Giftpflanze.

Anders sah es allerdings aus mit dem Blauen Eisenhut, der mittlerweile in mehreren Sorten als Zierpflanze in Gärten weit verbreitet war. Aber nicht in Schottland! Bei dem Umgang mit der Pflanze und deren Wurzelknollen war große Vorsicht geboten, denn der Blaue Eisenhut ist die giftigste Pflanze Mitteleuropas.

Die Gifte waren auch recht einfach zu produzieren. Man musste keine besonderen Kenntnisse als Chemiker haben, um sie herstellen zu können. Die Pflanzenteile, zusammen mit etwas Aceton, einer Lauge und einigen einfachen, ganz normalen Küchengeräten, wie z. B. einem Kaffeefilter, und schon konnte das, nach entsprechender Übung und Routine, fast jeder.

Pünktlich um achtzehn Uhr trafen sich die Mitglieder der Sonderkommission zur täglichen Lagebesprechung.

Alan blickte in die Runde und eröffnete die Sitzung mit den Fragen: »Wer hat etwas Neues? Und warum sitzt noch kein Verdächtiger im Verhörzimmer?«

Nur betretenes Schweigen antwortete ihm.

»Was ist los. Soll das etwa wirklich heißen, dass wir heute keinen Schritt weitergekommen sind?«, fragte er ungläubig.

Als alle mehr oder weniger betroffen nickten, fuhr er fort: »Also, dann lasst mal hören, was wir haben. Irgendetwas muss sich doch heute ergeben haben. Ich zumindest habe eine Neuigkeit.« Als ihm auffiel, dass durch seine Bemerkung mehr als nur ein Funken Hoffnung in seine Kollegen kam, fügte er schnell hinzu: »Die ist zwar auch noch keine heiße Spur, aber zumindest eine Bestätigung für unsere bisherigen Erkenntnisse. Dieser Sorenson hat mir gegenüber bestätigt, dass er die Bilanzen der SWS auf Anordnung von McCartney gefälscht hat. Er hat von diesem dafür Geld bekommen. Ich habe ihn für morgen einbestellt, damit er seine Aussage noch schriftlich bestätigen kann.«

»Da hatte unser Superdetektiv Graeme also recht«, meinte Brian anerkennend.

»Ja, sieht in der Tat so aus«, bestätigte Alan. »Und, wie war es bei dir?«

»Na ja, ich habe einen alten Bekannten bei Interpol angerufen, und der hat mir die Telefonnummer von einem netten Kommissar aus Frankfurt gegeben. Der recherchiert jetzt für uns vor Ort. Das kann aber noch etwas dauern.«

»Nicky, wie sieht es bei dir aus?«, fragte Alan dann.

»Nichts, nada, rien. Einfach Fehlanzeige. Die Konten und die Kreditkartenabrechnungen sind völlig sauber. Ich habe heute stundenlang seine privaten und geschäftlichen E-Mails gelesen. Die wären aber höchstens für einen Psychiater interessant, in unserem Fall helfen sie uns aber leider auch nicht weiter«, antwortete sie, mit sich und ihren Ergebnissen sichtlich unzufrieden.

»Und ihr beiden, was gibt es Neues in Sachen Botanik?«

Ewen grinste und sagte: »Im Prinzip auch nichts, was wir von Nicky nicht schon gehört hatten. Außer, dass der Blaue Eisenhut in Schottland nicht wächst. Den muss der Mörder entweder importiert haben, oder aber, das Gift wurde außerhalb Schottlands hergestellt.«

»Interessanter Aspekt«, meinte Alan. Aber bis jetzt haben wir noch keinen Hinweis darauf, dass der Mörder nicht aus Schottland stammt. Obwohl ...«, fügte er nach einer kleinen Pause hinzu, »Sean und Arthur waren in Deutschland, eine irgendwie mysteriöse Reise. Was ist, wenn der Mörder ein Deutscher ist? Das müssen wir im Auge behalten. Brian, nimm den Gedanken doch bitte mit deinem Kontaktmann in Frankfurt auf, ja.« Brian nickte.

»Und du, Charly? Hast du heute eine ruhige Kugel geschoben?«, fragte Alan ironisch, denn er konnte sich recht gut vorstellen, welchem Telefonterror Charly ausgesetzt war.

»Ich wusste gar nicht, dass es so viele Bekloppte rund um Inverness gibt«, regte dieser sich auch sofort auf. »Lauter Banausen und Intelligenzallergiker.« Auf einer Ärger-Skala von 1 bis 10 war er eindeutig immer noch bei 23. »Der menschliche Verstand ist schon eine tolle Sache. Technisch gesehen hat ihn jeder und er steht uns allen sogar ohne Kosten zur Verfügung. Ein Teil der Menschheit schafft es aber einfach nicht, ihn auch vernünftig zu benutzen. Warum nur? Vielleicht aus Angst, es könnte wehtun, er könnte kaputtgehen, vielleicht auch nur aus Faulheit oder weil einige die Gebrauchsanweisung vermissen. Manche benehmen sich, als hätten sie ihr Hirn für einen Euro bei Ebay verhökert oder im Bus liegen gelassen«, fügte Charly dann noch hinzu.

Nachdem alle ihre wesentlichen Punkte vorgetragen hatten, machten sie sich gemeinsam an die Auswertung der restlichen Informationen. Diese waren von überall her eingetroffen, quasi wie Puzzlesteine, die irgendwann ein komplettes Bild ergeben würden. Die Frage war aber, ob es die richtigen Puzzlestücke waren, ob es am Ende ein Bild, einen Sinn ergab. Ermittelten sie in die richtige Richtung? Und falls ja, woran konnten sie erkennen, dass dies der Fall war? Sie brauchten unbedingt etwas, das ihnen in diesem Fall einen Durchbruch bringen würde. Alan wusste aus Erfahrung, dass es bei Ermittlungen, speziell in Mordfällen, mehr falsche Spuren und trügerische Hinweise gab, als schlechte Mahlzeiten in der Polizeikantine. Aber, solange nichts Konkretes vorlag, dem sie nachgehen konnten, würden sie sich weiterhin auf jeden einzelnen Hinweis stürzen.

»Die SWS scheint die entscheidende Verbindung zu sein. Was ist dort geschehen oder was haben die angestellt, das für unseren Mörder so wichtig ist? Der- oder diejenige scheint einem ganz bestimmten Plan zu folgen, einem Plan, der sich uns bis jetzt aber noch verschließt. Den müssen wir herausfinden, dann finden wir auch den Mörder«, munterte er sein Team auf. »Kein Geld der Welt garantiert das ewige Leben. Gesundheit kann man nicht kaufen. Deshalb müssen sogar Millionäre irgendwann sterben. Aber, dass es auf derart brutale Weise geschieht, ist nicht normal. Und so einen grausamen Tod hat keiner verdient, auch dann nicht, wenn er wirklich Dreck am Stecken hätte. Also weiter, wir müssen vorankommen. Jetzt wird erst einmal der Fall gelöst. Geschlafen wird nächsten Monat wieder!«, sagte Alan.

Aber, nach weiteren zwei Stunden, trafen sie das traurige Resümee des Abends: Sie hatten nur unwesentliche, neue Erkenntnisse gewonnen. Brian hatte in der letzten halben Stunde versucht, sich auf seinem Bürostuhl gemütlich auszustrecken und zu entspannen. Doch seine kunstvollen Verrenkungen führten nur dazu, dass ihm der Rücken wehtat. »Lass uns heimgehen«, sagte er zu Alan, der ihm gegenüber seinen Kopf schwer auf beide Arme stützte. »Es geht das Gerücht um, dass eigentlich schon längst Feierabend ist. Wollen wir deshalb nicht lieber mal wieder nach Hause gehen? Meine Jane weiß vermutlich schon gar nicht mehr, wie ich aussehe. Und deine Susan wird auch nicht böse sein, wenn sie dich wiedersieht.«

Einige Beamte würden noch bleiben, um die restlichen Mitteilungen weiter auszuwerten, aber Alan und der engere Kreis des SoKo Teams gingen nach Hause. Kurz vor zweiundzwanzig Uhr war das aus ihrer Sicht auch durchaus vertretbar.

Als Alan am Donnerstagmorgen in der Zentrale eintraf, war er einer der Ersten. Als er das Zimmer betrat, in dem einige der zusätzlichen Beamten Dienst taten, schreckte ein junger Polizist aus seinem Sessel hoch.

»Du bist aber heute schon früh da. Oder warst du gar nicht erst zu Hause?«, fragte ihn Alan.

»Ich bin noch einmal alle Protokolle durchgegangen und dabei wohl eingenickt«, antwortete dieser verlegen. Als Alan genauer hinsah, konnte er sogar den Abdruck mehrerer Büroklammern auf der rechten Wange des Polizisten erkennen.

Nach und nach trafen die anderen Mitglieder der Sonderkommission ein. Alle sahen abgekämpft aus, mit jenem nicht ausgeschlafenen Ausdruck im Gesicht, der ihre Übernächtigung dokumentierte. Alle wirkten unrasiert und fern der Heimat, obwohl die Männer sich alle Mühe gegeben hatten, sich ordentlich zu rasieren bzw. die Haare zu frisieren. Sie sahen dennoch irgendwie zerzaust aus – bis auf Nicky natürlich. Sie war schön, adrett und makellos, wie immer.

Sie schlürften den bereitgestellten bitteren Kaffee wie einen Zaubertrank, der wieder Leben in ihre verschlafenen und übernächtigten Körper bringen sollte. Ein dezenter Hauch von Schuhcreme lag in der Luft und einige hatten offensichtlich das richtige Maß für ihr Aftershave nicht gefunden.

Alan und Brian saßen zusammen in Alans Büro und rätselten gemeinsam, welche Schritte als Nächstes unternommen werden sollten. Dabei ließen sie ihren Gedanken freien Lauf, denn es hatte sich schon in der Vergangenheit als sinnvoll erwiesen, alle sinnigen und unsinnigen Äußerungen gegenseitig abzuwägen. Für Alan war Sean McCartney mehr und mehr zur Schlüsselfigur geworden.

»Wann in seinem Leben hat der eigentlich die Arschloch-Tablette eingeworfen?«, fragte Brian.

»Der war schon immer so ein Arschloch! Oh ja, das Wort ist sogar extra für ihn erfunden worden!«, antwortete Alan.

»Beide Toten waren Männer. Hatten sie etwa etwas mit der gleichen Frau. Hat vielleicht eine enttäuschte Geliebte die beiden umgebracht?«, mutmaßte Brian.

»Unverheiratete Männer leben wirklich gefährlicher als verheiratete«, grinste Alan.

»Und verheiratete leben auch länger. Nein, halt, das kommt denen nur länger vor«, grinste Brian zurück.

»Jedenfalls, dieser Fall stinkt mir gewaltig. Ich will den Scheißkerl endlich haben, damit ich endlich wieder ruhig schlafen kann. Ich hasse diesen Job«, meinte Alan.

»Lüg nicht, das sagst du immer, wenn wir einen kniffligen Fall haben, und ich weiß genau, dass dir gerade die kniffligsten Fälle am meisten Spaß machen. Du liebst doch die Herausforderung, einen solchen scheinbar unlösbaren Fall letztendlich doch mit Bravour zu klären«, versetzte Brian, der seinen Freund sehr gut kannte.

Kurz nach neun Uhr klingelte das Telefon und eine Frauenstimme verlangte, Alan Derringer zu sprechen. Als sie zu ihm durchgestellt worden war und er sich mit seinem Namen gemeldet hatte, sagte sie: »Inspektor, mein Name ist Cathy Coltrane, von der Anwaltskanzlei McRupert&Burke. Ich vertrete Mister Sorenson. Mein Mandant sollte heute zu Ihnen kommen. Das wird er aber nicht. Ich muss mich erst mit ihm beraten, bevor wir beide uns mit Ihnen treffen können. Ich schlage daher vor, dass wir uns am nächsten Montag um zehn Uhr in Ihrem Büro treffen. Einverstanden?«

Alan kannte diese Anwaltskanzlei, die auf Strafrecht spezialisiert war und eigentlich nur berühmte oder reiche Menschen vertrat, oder auch solche, die beides waren. Hier steckte also mit Sicherheit die SWS dahinter, Sorenson hätte sich diese Kanzlei niemals privat leisten können. Da Alan auch wusste, dass er froh sein konnte, wenn Sorenson mit seiner Anwältin schon am nächsten Montag auftauchen würde und bei ihrer Frage, ob er damit einverstanden sei, keine Alternative in Betracht kam, stimmte er zu. Und schon war das Gespräch beendet.

»Sorenson kommt heute nicht«, meinte er zu Brian. »Das war gerade seine Anwältin von dieser Nobelkanzlei McRupert&Burke. Die kommen erst am Montag vorbei.«

»Na, nimm das einfach als Zeichen, dass wir auf der richtigen Spur bei ihm sind. Wenn die jemanden so teures einschalten, ist das für mich wie ein Schuldeingeständnis.«

»Ja, das denke ich auch.«

Die Zeit schleppte sich dahin, wie ein gelähmtes Faultier auf spitzen Steinen. Alan starrte alle paar Minuten auf seine Uhr und hatte schon den Verdacht, dass sie vielleicht gar nicht mehr funktionierte. Das war aber leider nicht der Fall.

»Brian, wenn du ein Täterprofil erstellen müsstest, wie sähe das denn aus?«

»Puh, schwer zu sagen. Auf jeden Fall eine Frau, sehr gebildet, vermutlich Universitätsabschluss, fundiertes Wissen über Pflanzengifte und ihre Wirkungsweise, sehr vertraut mit den Lebensgewohnheiten der Opfer, konnte sich offensichtlich ohne Probleme an die Opfer heranmachen und deren Vertrauen gewinnen, wirkte also wohl auch äußerlich sehr anziehend auf diese Männer, also nicht zu jung und nicht zu alt und wohl recht attraktiv.«

»Wow«, sagte Alan, »ich bin echt beeindruckt.«

»Die wohl am schwierigsten zu beantwortende Frage bleibt aber die, nach dem Motiv. Warum hat sie diese Männer umgebracht? Was haben sie ihr getan? Haben sie zusammen etwas getan, das schwerwiegend genug war, zumindest aus ihrer Sicht, dass sie förmlich durchgedreht ist und diese Männer meuchelt? Wir wissen ja, dass Frauen echt nachtragend sein können und, im Gegensatz zu uns Männern, nichts so schnell vergessen. Speziell, wenn sie gekränkt worden sind, ist ein Elefant wohl richtig vergesslich im Vergleich zu einer Frau. Wenn eine Frau hasst, dann hasst sie richtig, mit Leib und Seele, das haben wir in der Vergangenheit doch schon oft erlebt. Und diese Frau hasst, da bin ich mir absolut sicher. Ich glaube auch nicht, dass wir es mit einer Psychopathin zu tun haben, dafür sind die Taten zu gut geplant. Wir haben es mit einer sehr cleveren Frau zu tun, die sich auf einem Rachefeldzug befindet. Da ist ein Indianer auf Kriegspfad nichts dagegen. Die hat jeden ihrer Schritte genauestens geplant und ist uns immer einen Schritt voraus.«

Alan war wirklich beeindruckt von Brians Gedankengang und der prägnanten Zusammenfassung.

»Du meinst also wirklich, dass es sich um eine Frau handelt?«

»Warum nicht, vieles spricht dafür. Ich bin mir sogar ziemlich sicher, dass da eine Frau im Spiel ist.«

Gegen Abend fasste Alan einen Entschluss. Der ganze Tag, eigentlich sogar die letzten beiden Tage, waren ohne irgendeinen Fortschritt vergangen. Die SoKo steckte in einer Sackgasse fest. Sie hatten sich verrannt und kamen nicht weiter. Sie mussten unbedingt einen Schritt zurücktreten, etwas Abstand zu dem Fall gewinnen, um dann wieder mit neuer Kraft loslegen zu können. Deshalb verkündete er in der Abendsitzung: »Morgen machen wir frei. Ein Tag Auszeit und das ganze Wochenende auch. Kümmert euch um eure Familien oder wen auch immer. Macht euch den Kopf frei von dem Fall, damit wir am Montag in alter Frische weitermachen können.«

»Oh ja, gerne«, meinte Brian sofort. »Jane wird sich sicher freuen, mich mal wieder bei Tageslicht zu sehen.«

Auch die anderen Mitglieder des Teams hatten keinerlei Einwände gegen einen kleinen Ausgleich zu den vielen bisher geleisteten Überstunden. Wenn etwas sein sollte, waren sie sowieso alle über Handy erreichbar.

»Ich bleibe morgen da und halte die Stellung«, meinte Nicky. »Falls etwas Wichtiges sein sollte, informiere ich euch. Ich will noch ein paar Sachen im Computer überprüfen.«

Als alle sie ansahen, als hätte sie etwas völlig Verrücktes gesagt, fügte sie noch schnell hinzu: »Ich hatte morgen und am Wochenende eh nichts vor und ihr wisst ja, als Single hat man viel zu viel Freizeit. Ich gehe im Internet noch etwas auf die Jagd nach unserem Mörder.«

»Und immer schön daran denken: Jage nichts, was du nicht auch töten kannst!«, meinte Brian, als alle aufstanden, um nach Hause zu gehen.

Lossiemouth
Elgin
Charlestown
Kinloss
Forres
Grantown-on-spey
Brora
Golspie
Nairn
Aviemore
Tain
Alness
Black Isle
Inverness
Conon Bridge
Milton
Ben Wyvis
Garve
Beinn Dearg
Ardmair
Ullapool
An Teallach
Distillery

Im hohen Norden

Die Fahrt an diesem Morgen Richtung Ullapool im Nordwesten Schottlands stellte sich als eine der angenehmsten Fahrten heraus, die Graham seit langem angetreten hatte. Seine natürliche Abneigung gegen Autofahrten wurde in Schach gehalten durch den von Ishbel zur Verfügung gestellten Volvo V50. Diesen hatte sie sich im letzten Herbst überraschend gekauft, um sich auch mal "was Gutes zu tun". Graham dachte zwar immer, dass dies ein Männerspruch sei, war aber im Moment recht froh, ein passables Fahrzeug benutzen zu können. Die laut Fahrzeugpapieren vorhandenen 140 PS würde er zwar niemals nutzen können, das Drehmoment erlaubte ihm aber auch mal, entgegen seiner sonstigen Art, ein flottes Überholmanöver.

Sein gestriges Telefonat mit Iain MacDermont, dem Manager der Glen Turffield Distillery in Aultbea am Loch Ewe, verlief nahezu gleichlautend zum Gespräch mit Angus McNeill von Glenallan. Nur das Iain ihn unverzüglich in seine Destillerie beziehungsweise zu sich nach Hause eingeladen hatte, um alles Weitere ganz persönlich zu besprechen.

Da sowohl Iain MacDermont als auch Graham bei Glenfiddich gearbeitet und ihre Sturm- und Drangjahre verbracht hatten, waren sie sich ans Herz gewachsen und bezeichneten sich auch als Freunde. Während ihrer gemeinsamen Arbeitszeit wurden sie oft miteinander verwechselt, da sie sich damals aus der Entfernung sehr ähnlich sahen. Leider hatte Graham sich auch hier schon viel zu lange nicht mehr blicken lassen und so blieb ihm nichts anderes übrig, als für den nächsten Tag zuzusagen.

Also bereitete er gemeinsam mit Ishbel die "große Reise" vor und machte sich gegen neun Uhr auf den Weg. Da sich die Fahrt einmal quer von Osten nach Westen durch Schottland zog, das heißt, von der Nordsee zum Atlantik, hatte er sich sicherheitshalber für jede Wettersituation die entsprechende Kleidung eingepackt.

Momentan entsprach seine Kleidung den angenehmen 15 Grad und dem nur leicht bewölkten Himmel über der Black Isle[24] nördlich von Inverness.

Die erste Stunde der Fahrt auf der A9 verging wie im Flug und er versuchte wagemutig, auf der Brücke über den Beauly Firth, die für diese Gegend berühmten Delfinschwärme zu sichten. Sie wurden immer wieder im rechts der Brücke angrenzenden Moray Firth gesichtet. Aber heute: natürlich Fehlanzeige. Trotz des hier in North Kessock ansässigen Dolphin and Seal Centres ließen sich die Tiere nicht dazu hinreißen, ihm einen Blick auf ihre anmutige Schönheit zu gewähren.

---

[24] Die **Black Isle** (Gälisch: *an t-Eilean Dubh*) ist ein Landstrich in den östlichen schottischen Highlands, innerhalb der ehemaligen Grafschaft Ross and Cromarty. Trotz des Namens ist The Black Isle eine Halbinsel und an drei Seiten von Wasser umgeben. Auf Black Isle standen einst das Schloss Chanonry of Ross und die Festung Ormond Castle. **Chanonry of Ross** wurde im 18. Jahrhundert vollständig zerstört, es finden sich heute keine Überreste mehr. **Ormond Castle** existiert heute nur noch als eine kleine Ruine, es wurde bereits Mitte des 17. Jahrhunderts auf Anordnung Oliver Cromwells eingerissen, da dieser sich seine eigene Festung im wenige Kilometer südlich gelegenen Inverness errichten ließ.

Ein paar Kilometer weiter nördlich, auf der A835, erblickte er den Hinweis zur Glen Ord Distillery. Deren neues Visitor Centre hatte er auch noch nicht besucht. Da ihm die Zeit aber zu knapp erschien, verzichtete er darauf, seinen alten Kumpel Michael zu besuchen, der in dieser Destillerie sein Auskommen gefunden hatte.

Nach einer weiteren Viertelstunde, vorbei am Loch Garve, machte sich bei Graham ein unangenehmer Druck in der Blasengegend bemerkbar. Da er grundsätzlich nicht der Typ war, der einfach mal eben am Straßenrand ins Gebüsch pinkelte, blieb ihm nichts anderes übrig, als das nächste Bistro anzufahren.

Da es sich hierbei um das "Inchbae Lodge Guesthouse" in der Nähe von Garve handelte, war er gar nicht so undankbar, weil es für seinen guten Kaffee und die gemütliche Atmosphäre seiner Bar bekannt war. Kurzerhand verließ er die Straße, um auf dem Schotterparkplatz, genau in einer Horde gackernder Hühner, zum Stehen zu kommen.

Die verfolgten ihn dann auch bis in den Coffee-Room, was ihm das schallende Gelächter der anwesenden Gäste bescherte. Glücklicherweise gelang es Paul, dem Barkeeper und Sohn des Besitzers, das Federvieh in die Schranken zu weisen und ihm – nach dem Besuch der Toilette – einen dampfenden Kaffee und einen Scone mit Butter zu servieren.

Diese kleinen am Wegrand befindlichen Gasthäuser mit ihren urigen Bars und Coffee-Rooms waren für ihn ein Herzstück Schottlands. Auch wenn die meisten Einheimischen auf dieses Kulturgut verzichten wollten, er hielt es da lieber mit den Touristen. Diese herrlich altmodische Sammlung von Porzellantellern an den Wänden, mit Abbildern Lady Dis, diversen Hunderassen und berühmten Schlössern, die farbenfrohen Tapeten und der dicke Teppichboden, das war für ihn ein Teil der Seele Schottlands. Punkt.

Nach dieser Stärkung machte sich Graham wieder auf den Weg. Eigentlich war er ja gar nicht der Typ, der sich gerne auf

Reisen begab. Sein Haus sowie seine kleine Welt in Charlestown waren eigentlich alles, was er in seiner Freizeit brauchte, um glücklich zu sein. Seine gewohnte Umgebung, inklusive Toilette, Kaffeemaschine und Sockenschublade, verliehen ihm ein Gefühl von Sicherheit in seiner ansonsten chaotischen Welt.

Hier jedoch, in den Highlands, kam ein anderes Gefühl des Geborgenseins dazu. Die urwüchsige Landschaft, mit ihrem Wechselspiel an sanften, mit Heide bewachsenen Hügeln und schroffen, kahlen Felsen. Der intensive Farbwechsel der Vegetation, vom Sonnengelb des Stechginsters jetzt im Frühling, über die Farbenpracht der Rhododendren im Frühsommer, bis hin zum, schon unwirklich anmutenden, Lila der blühenden Heide im Spätsommer. All das zusammen war für ihn seine Heimat, sein ganz persönlicher Garten. Schottland eben.

Wenn dann noch das Lichtspiel des manchmal stündlich wechselnden Wetters dazukam, hatte man das Gefühl, in ein Kaleidoskop zu blicken. Dafür nahm Graham gerne die sonst ungeliebten Autofahrten in Kauf.

Ein weiterer Punkt kam in Grahams Leben allerdings noch hinzu, der seinen Horizont deutlich erweiterte und ihn etwas offener und neugieriger in die Welt blicken ließ. Seit gut einer Woche, also seit der Nacht des Keepers Banquet hatte sich seine Beziehung zu Ishbel, und damit sein Leben an sich, in einem Quantensprung geändert.

Die letzten zwei Jahre waren in völliger Harmonie und inniger Zuneigung zueinander verlaufen. Ein zarter Kuss hier, eine Umarmung dort, waren aber schon das Limit gewesen. Daran, so schien es, würde sich auch so bald nichts ändern. Sie verbrachten einen Gutteil ihrer Freizeit miteinander, unternahmen kleine Ausflüge und etablierten einige Gemeinsamkeiten in ihren Alltag.

Es schien tatsächlich in ihrem Leben immer eines einschneidenden Erlebnisses von außen zu bedürfen, um auch im Privaten etwas zu verändern. Ob es jetzt das Fest auf Blair Castle war oder der schreckliche Mord an McCartney, den sie miterleben mussten, wusste er nicht. Fakt war, seit diesem Abend waren sie ein frischgebackenes, na ja, älteres Paar.

Er hatte in seinem Leben nie eine wirklich intensive Beziehung zu einer Frau aufbauen können. All seine Bekanntschaften zum weiblichen Geschlecht waren eher oberflächlich gewesen oder zu kompliziert; also hatte er es irgendwann gelassen und begonnen, sich beziehungstechnisch nur noch treiben zu lassen. Ob Ishbel in den vielen Jahren, in denen sie sich seit ihrer gemeinsamen Ausbildungszeit aus den Augen verloren hatten, viele Partnerschaften gepflegt hatte, wusste er nicht.

Als sie Mitte der Neunziger Jahre zur Ben Rhinnes Distillery stieß, war sie verheiratet gewesen, hatte sich aber 2001 scheiden lassen. In dieser Zeit war sie die Chefsekretärin seines Vorgängers Iain McKenzie gewesen. Er hatte als so genannter "operativer Mitarbeiter" nur begrenzten Kontakt zur Verwaltung und dementsprechend hatte er sie auch gar nicht wirklich wahrgenommen.

Nach ihrer Scheidung und seiner Beförderung zum Manager war sie Männern gegenüber etwa so offen wie ein muslimischer Fundamentalist gegenüber einem katholischen Missionar. Erst die Serienmorde vor zwei Jahren hatten auch wieder eine ruckartige Änderung bewirkt.

Dies alles ging ihm durch den Kopf, während er im Osten den Ben Wyvis erblickte. Er erinnerte sich noch gut daran, dass die Ben Wyvis Destillerie in Invergordon, am Cromarty Firth, nach diesem Berg benannt worden war. Sie wurde 1965 eröffnet, aber leider 1976 wieder geschlossen. Er selbst hatte diesen 1046 Meter hohen Munro vor knapp einem Jahr mit ein paar Freunden bestiegen.

Damit erhöhte sich die Zahl seiner "gesammelten" Munros bereits auf 35, worauf er mächtig stolz war. Nicht, dass er sich in die Riege der Hochalpinisten einreihen wollte – dazu waren die Berge dann doch etwas zu niedrig. Für ihn war die Tatsache, dass man sich auf den meisten Munros[25] seinen Weg zum Gipfel entweder selbst suchen musste oder nur eine vage Andeutung eines Pfades zur Verfügung hatte, um sein Ziel zu erreichen, das, was diese Berge so interessant machte. Komplett vorbereitete Wege beschreiten, war für Graham ein Gräuel.

Zumindest auf Bergen, schränkte er seinen forschen Gedanken wieder ein. In seiner Beziehung zu Ishbel wäre ihm ein Tourenbuch schon Recht gewesen. Auf einer Bergwanderung konnte man einfach zurückgehen, wenn man sich etwa verlaufen hatte oder das Wetter plötzlich umkippte. In einer Beziehung ... na, wohl eher nicht.

Für heute Abend hatte sie ihn zum Dinner eingeladen. Nicht, dass sie nicht schon zusammen gegessen oder gemeinsam gekocht hätten; die heutige Einladung hatte irgendwie etwas Besonderes. Sie wollte mit ihm seine Keeper-Ernennung feiern. Ihre ganz persönliche Gratulation und, so vermutete er, die frisch erlangte neue Ebene ihrer Beziehung nicht wieder im Alltag untergehen lassen. Eigentlich hatten sie dieses Abendessen schon für das letzte Wochenende geplant, hatten es aber wegen der aktuellen Ereignisse dann doch verschoben.

---

[25] Genau 284 Berge in Schottland tragen den Titel **Munro**, das bedeutet, ihre Gipfel sind mehr als 3.000 Fuß (914,4 Meter) hoch und weisen eine *gewisse Eigenständigkeit* auf. Die Eigenständigkeit eines Gipfels ist dabei nicht exakt definiert. Lediglich 8 Munros sind über 4.000 Fuß (1.219 Meter) hoch. Der Begriff Munro ist nach Sir Hugh Munro benannt, der diese Berge 1891 als erster katalogisierte, aber bis zu seinem Tod 1919 fehlten ihm 2 Gipfel, die er noch nicht bestiegen hatte. Das Munro-Bagging ist inzwischen ein richtiger Volkssport geworden. Aber erst, wer alle 284 Gipfel erklommen hat, darf sich Munroist nennen. Meldet man dies dem Scottish Mountaineering Club, wird man in eine Liste eingetragen. Gab es seit dem ersten Munroist Reverend Archibald E. Robertson von 1901 bis 1981 nur 250 eingetragene Munroisten, so ist diese Zahl inzwischen auf über 3000 angewachsen. Es gibt die unterschiedlichsten Rekordversuche, etwa, die meisten Munros an einem Tag, in einer Woche, schnellster Munroist etc. Den Rekord hält derzeit Mark Elsegood, der alle Munros in nur 66 Tagen bestieg. Der Scottish Mountaineering Club (SMC) gibt jährlich den "Guide to the Munros" heraus.

Er wusste, dass sie bereits seit Anfang der Woche die Speisen vorbereitete, daher hatte er momentan auch einen irren Respekt davor, bloß nicht zu spät zu kommen. Sein Besuch bei Iain MacDermont dürfte aber nicht länger als zwei oder drei Stunden dauern. Und mit Staus durch trödelnde Wohnmobilkolonnen war um diese Jahreszeit auch nicht zu rechnen. Also ließ er sich nach Klärung dieser gedanklichen Probleme wieder ganz auf die Eindrücke der an ihm vorbeigleitenden Landschaft ein.

Vorbei am Loch Glascarnoch und dem Beinn Dearg, mit 1084 Meter einer der höchsten Gipfel der Ullapool Hills (Grahams Nr. 26), erreichte er nach einer weiteren Stunde Loch Broom, an dessen Ende Ullapool das Tor zu den Äußeren Hebriden bildet. Auch von hier hatte er eine atemberaubende Sicht auf zwei weitere Munros, den 1059 Meter hohen An Teallach Sgurr und direkt rechts daneben den 1062 Meter hohen Bidein a´ Ghlas Thuill, im Westen. Angeblich bieten diese beiden Gipfel eine der schönsten Gipfelgratwanderungen aller Munros. Für Graham war es zumindest eine der religiösesten Wanderungen seines Lebens gewesen. Niemals zuvor hatte er in so kurzer Zeit so viele Gebete gesprochen.

Iain MacDermont hatte Graham gebeten, ihn in seinem Elternhaus nördlich von Ullapool in Ardmair zu treffen. Da er heute freigenommen hatte, um dort die Zäune der Schafsweiden seiner Eltern auszubessern, stellte Graham wohl den idealen Gehilfen für Iain dar. Ardmair war ein winzig kleines Nest, welches aus nicht mal fünfzehn Häusern und einem Campingplatz bestand, dafür aber eine wunderbare Aussicht auf die, vor der Küste gelegene, Insel Isle Martin und, bei gutem Wetter, sogar, über die Summer Isles hinweg, bis auf die Äußeren Hebriden bot. Insbesondere bei Sonnenuntergang war der Ausblick nicht mal durch die Karibik zu toppen - zumindest nach Iains Meinung. Auf dem gut einen Kilometer langen Kiesstrand liegen, den sachten Wellen lauschen, ein kühles

Bier in der Hand und die Fischerboote beobachten ... was will man mehr?

Als Graham Iains Elternhaus und Iain selbst davor von der Straße aus sehen konnte, musste er schmunzeln. Sie hatten sich anscheinend dieselbe Kleidung ausgesucht. Eine beigefarbene Cordhose und ein beige-rot kariertes Flanellhemd. Da beide auch nahezu die gleichen festen Lederschuhe anhatten, konnten sie immer noch glatt als Zwillinge durchgehen. Lediglich Iains muskulöse Statur und der rote Vollbart unterschieden ihn mittlerweile von Graham.

»Hi, Graeme, schicker neuer Stadtflitzer. Genau das Richtige für einen Schreibtischtäter und frischgebackenen Keeper wie dich. Glückwunsch!«, frotzelte Iain sofort los. Neben Iains rotem Toyota 4-Door 4x4 kam Graham sich wirklich etwas "städtisch" vor. »Aber gut, dass du gerade kommst. Damit dein Highland Evening Dress nicht zur Standardbekleidung wird, kannst du dir gleich die Drahtrolle von der Ladefläche nehmen und mit mir kommen.« Ohne ein weiteres Wort warf sich Iain sechs hölzerne Zaunpfosten über die Schulter und stapfte pfeifend den Weidezaun entlang.

»Danke für die Blumen, aber soll ich nicht erst mal deine Eltern begrüßen?«, rief Graham Iain hinterher. »Außerdem ist das nicht mein Auto!«

»Schon gut«, brüllte Iain, mittlerweile aus einiger Entfernung. »Mum und Dad sind nach Glasgow gefahren in die Klinik. Mum hat dort eine Untersuchung. Und der Wagen steht dir trotzdem!«

»Irgendwas Ernstes mit deiner Mutter?«, brüllte Graham zurück, während er die gut 25 Kilo schwere Drahttrommel vom Pick-Up wuchtete und sich aufmachte, schnaufend zu Iain durch das hohe Heidekraut zu gelangen.

»Keine Sorge, nur so eine Regeluntersuchung. Dad ist sogar froh darüber. Dann kann er endlich mal wieder seine alte Karre ausfahren. Pass auf, du stehst mitten in Schafscheiße.«

Zu spät! Na, da wird dann Ishbel aber glücklich sein, wenn ich so ihre gepflegten Fußmatten versaue. Da musste er wohl oder übel auf Socken nach Hause fahren oder vorher die Schuhe gründlich reinigen.

Während Iain den Draht mit einer Kombizange von einem gebrochenen Zaunpfosten entfernte und ihn anschließend aus dem Boden zog, kam Graham gleich zum Grund seines Besuchs. »Iain, ich habe dich gestern schon am Telefon gefragt. Ist bei euch irgendwas in den letzten Monaten in der Destillerie passiert? Habt ihr eure Lieferungen umstellen müssen oder irgendwas am Hausstil verändert?«

Schwitzend blickte ihn Iain an. »Was soll die Frage, Graham? Komm zur Sache. Du weißt genau, dass Turffield seit dem Verkauf an die SWS konstant läuft. Du kennst den guten Ruf, den wir haben. Wir sind eine der Top-Marken für alle großen Blends. Also jetzt raus damit! Was ist los?«

»Nun gut«, antwortete Graham zögerlich. »Weißt du, dass ihr kurz vor der Pleite steht? Dass eure Bulkware die schlechtesten Erlöse überhaupt einbringt?«

Wütend warf Iain den Pfosten ins Gebüsch und lief rot an. »Scheiße, Graham. Schafscheiße! Was erzählst du da für einen Mist? Wir sind Top! Ich habe mit den Blendern in Edinburgh geredet. Die sind begeistert von unseren neuen Samples. Woher hast du diesen Bockmist?«

»Komm, beruhige dich wieder. Ich erzähl dir ja alles. Mir wäre allerdings lieber, das könnten wir im Sitzen bei einem Kaffee machen, okay?« Zwischenzeitlich hatte sich eine Wolke heimtückisch genähert und es begann zu nieseln. Iain, offensichtlich ein Naturbursche, schien dies gar nicht zu bemerken. Graham dagegen musste sehnsüchtig an seine Regenjacke denken, die aber gut 100 Meter entfernt im Wagen lag.

»Na gut«, antwortete Iain leicht genervt. »Für den Zaun wird der Boden jetzt eh zu weich. Kann ich auch am Wochenende machen. Lass uns nach Ullapool fahren. Mum hat garantiert keinen Kaffee im Haus. Außerdem habe ich Hunger.« Graham vor sich hertreibend, stapften sie durch das Feld zurück zu den Wagen. »Ich fahre«, forderte Iain, was Graham angesichts seines Schuhwerks sehr gelegen kam.

Ullapool ist, historisch gesehen, ein gewachsenes Fischerdorf, sodass sich die meisten Pubs, Cafés und Geschäfte auf der schnurgeraden Uferpromenade, entlang des gut ausgebauten Hafens, befanden. Seit die Fährverbindung zwischen dem Festland und Stornoway, auf der nördlichen Hebrideninsel Isle of Lewis, durch die großen Autofähren der Caledonian MacBrayne-Linie bedient werden, wurden während der Hauptsaison die kleinen Zufahrtsstraßen zum Hafen regelmäßig von wartenden oder abreisenden Touristenfahrzeugen zugeparkt. Um diese Jahreszeit hatte Iain aber kein Problem direkt an der Kaimauer eine Parklücke zu finden, gegenüber von seinem Lieblingsbistro "The Fregate". »Hier gibt's leckere Sandwiches. Die könnte ich den ganzen Tag essen. Außerdem haben die so ein italienisches Kaffeedingsbums-Monstrum. Da stehst du doch drauf, oder?«, kommentierte Iain seine Wahl.

Mit einem Klingeln der Türglocke betraten die beiden das Bistro und setzten sich an einen der begehrten Tische direkt an der Panoramascheibe. Nachdem die Bedienung, der Iain ein paar zweideutige Blicke zuwarf, ihre Bestellung aufgenommen hatte, begann Graham zu erzählen, was ihm bei der Durchsicht der Papiere alles aufgefallen war. Natürlich vermied er jeden Hinweis auf die möglichen Verdachtsmomente und begründete seine Aktivitäten ausschließlich mit der Bitte seitens Alan Derringers, die vorgelegten Informationen auf Vollständigkeit zu überprüfen. Da Iain ebenfalls ein alter Hase im Whiskygeschäft war und den Posten des Managers auch schon ein paar Jahre innehatte, versuchte Graham erst gar nicht, den Informationsgehalt der Daten und Zahlen zu beschönigen. Nachdem er geendet hatte, sah er einen sehr nachdenklichen, aber auch wütenden Iain MacDermont vor sich.

»Ich hab's gewusst. Ich hab's die ganzen Jahre gewusst! Das Ganze ist eine Riesenschweinerei. Da brauchst du gar nicht die Zahlen schön zu reden. Wer die ganze Geschichte dahinter kennt, sieht das auch nachts im Tunnel«, erzählte Iain kopfschüttelnd und goss den letzten Rest seines Pints hinunter.

»Kannst du bitte konkreter werden, Iain? Ich versteh‘ kein Wort. Welche Geschichte? Oder ist das was Geheimes?«

»Quatsch, geheim. In der Gegend kennt die jeder. Die Permits sind ja hier die Allmacht. Denen gehört doch die halbe Gegend um Loch Maree und Loch Ewe. Die haben doch ihr großes Geld mit der Navy gemacht, die dort heute noch ihre Atom-U-Boote und Schiffe auftanken lässt.«

»Was hat das mit der Destillerie zu tun?«, hakte Graham nach.

»Der Whisky und das Bier waren für die Permits wohl immer nur Prestigesache. Seit Achtzehnhundertirgendwas ist Glen Turffield in deren Familienbesitz gewesen. Sogar durchgängig erfolgreich. Damit haben die hohen Herren auch immer angegeben.«

»Warum wurde sie dann vor zwei Jahren an die SWS verkauft?«, wollte Graham wissen.

»Soviel ich weiß, war das so«, begann Iain und signalisierte der Kellnerin, die gleichen Getränke noch einmal zu bringen. »Die Permits haben den Laden immer an den ältesten Sohn vererbt. Tradition halt. Bis auf eine Ausnahme. Die Mutter vom alten Peter Permit war ein Einzelkind und so musste halt notgedrungen eine Frau ans Steuer. Ging aber wohl ziemlich gut und war in den Fünfzigern und Sechzigern wohl auch ziemlich schick, so mit Emanzipation und so. Der Sohn, also der Peter, hat die Geschäfte aber dann schnell wieder traditionell geführt, als er Mitte der Siebziger die Führung von seiner Mutter übernommen hatte.« Dankend nahm er das neue Pint Lager von der Kellnerin entgegen und trank einen großen Schluck, während Graham an seinem doppelten Espresso nippte und gebannt zuhörte. »Gut, also der Peter hatte dann zwei Kinder bekommen, die Jacky, also eigentlich Jacqueline. Ganz vornehm französisch, pff! Und dann den John, den kennst du ja auch.«

»Stimmt«, bestätigte Graham, »euren Sales Director. Aber wo liegt jetzt eigentlich das Problem?«

»Kommt ja jetzt. Nicht so ungeduldig. Also, die Jacky, das war schon immer eine ganz Aufgeweckte. Supergut in der Schule, natürlich Internat in der Schweiz. Studium an irgendeiner tollen Uni. Hat wohl immer davon geträumt, die Destillerie zu übernehmen und, wie ihre Großmutter, die Big Lady der Branche zu werden. Als sie 25 geworden ist, also 2001 war das, da bin ich gerade ein Jahr hier Manager gewesen, da taucht sie wohl frischgebacken von der Uni bei ihrem Vater auf und sagt *Papi, da bin ich, hab alles gelernt, was nötig ist. Wann kriege ich Turffield?* Da schaut der sie bloß blöd an und sagt wohl: *gar nicht, mein Herz! Du weißt doch, die Tradition verlangt es, die Destillerie nur an den männlichen Nachkommen weiterzugeben* und so weiter. Da hat's dann aber mächtig gescheppert, sag' ich dir!«

»Ja und weiter?«, drängte Graham mit einer Tasse mittlerweile erkaltetem Espresso in seiner Hand.

»Bin doch dabei. Also, der Vater hat nichts Eiligeres zu tun, als dem Sohn, also dem John, den Laden zu vermachen. Und was ist der? Ein Versager sag' ich dir. Eine Pfeife! Null Ahnung vom Whiskygeschäft, kein Gespür für die ganze Branche. Anfang 2002, zu seinem 24. Geburtstag, überschreibt Peter diesem Idioten ein Millionenunternehmen. Der blöde Hund konnte doch nicht mal seinen Jaguar einparken, geschweige denn ein Unternehmen führen. Außer `ner Uni von innen, hatte der doch noch nie was im Leben gesehen. Tennisplätze vielleicht oder Diskotheken auf Ibiza!« Sean erhob seine Stimme immer weiter, sodass sie die wenigen Gäste bereits verstohlen anschauten.

»Habe ich soweit verstanden«, bestätigte Graham. »Der hat dann also den Laden an die Wand gefahren?«

»Nein, nein. Keineswegs. Der hatte einfach ein Schweineglück. Ohne mich und die anderen Jungs wär's mit Sicherheit abwärts gegangen. Aber man ist ja der Firma verpflichtet, also haben wir die Geschäfte geschmissen und unseren "Chef" nur noch unterschreiben lassen. Das hat dann auch ein paar Jahre gut funktioniert ...«

»Und die Tochter?«, wollte Graham noch wissen.

»Die? Die hat das einzig Richtige gemacht! Hat, nach der Firmenübernahme durch ihren Bruder, einen Riesenkrach angezettelt und ist abgehauen nach Frankreich. Oder rausgeschmissen worden. Weiß man nicht so genau. Habe sie seitdem auch nicht mehr gesehen.«

»Oh, Mann. Klingt alles nach Dallas oder Denver oder so.«

»Besser, Graham, viel besser! Weil es die Realität ist. Aber jetzt wird's spannend. Vor knapp zwei Jahren kommt John Permit plötzlich zu uns und teilt uns mit, dass wir von der SWS übernommen würden. Einfach so. Für uns würde sich zwar nichts ändern, aber das wäre notwendig, weil die Zeiten schlechter würden, und unter dem Dach einer solchen Gesellschaft wäre die Zukunft gesichert und all so was. Bullshit, mein Lieber. Absoluter Bullshit!« Einen weiteren Schluck Bier später fuhr er fort. »Versteh' mich nicht falsch, Graham. Die SWS ist schon ganz okay, du bist schon länger bei dem Haufen. Klar ist der Vertrieb in einem Konzern einfacher, keine Frage! Nur sind die Gründe, die Johnny Permit angeführt hatte, einfach Mist. Er hatte behauptet, die Absätze würden sinken und die Preise auch und nur die stützende Hand eines Großkonzerns könnte uns retten. Senf! Uns ging es richtig prächtig. Genauso wie heute auch noch. Da hat die SWS gar nichts dran geändert. Das war eine ganz miese Verschiebenummer. Da hat sich jemand richtig die Taschen vollgemacht, sag ich dir!« Die letzten Worte sprach er etwas gedämpfter aus.

»Konnte man das irgendwie erkennen? Und was hat der alte Permit dazu gesagt?«

»Du weißt es doch! John Permit wurde zum Sales Director gemacht! Zum Verkaufsleiter! Der! Der war doch selbst zu blöd, einem Ertrinkenden einen Rettungsring zu verkaufen. Das war ganz oberfaul. Und der Vater? Ich glaube, der feine Herr wollte nicht hingucken. Der hat alle Gründe seines Sohns geschluckt. Schließlich hat er ja bei dem Deal einen lebenslangen und vererbbaren Posten als Brand Ambassador bekommen. Da kann er sich weiter mit dem Namen der Destillerie schmücken und muss nichts dafür tun. Als ich versucht habe, ihm die Augen zu öffnen, hat er mich fast rausgeschmissen. Er war John sogar dankbar, dass er angeblich die "Zeichen der Zeit" erkannt hätte, um alles für die Zukunft zu richten und den Erhalt der Brennerei zu garantieren. Ich wäre der Familie nicht loyal gegenüber! So ein Bockmist! Und jetzt kommst du und machst mir weiß, wir wären fast pleite. Kerle, Kerle!« Mit grimmigem Blick stierte Iain nach draußen auf die vielen Fischerboote, die an der Kaimauer vor Anker lagen.

»Das ist alles nicht meine Schuld, Iain«, verteidigte sich Graham. »Ich soll nur die Zahlen überprüfen.«

»Ist schon gut, Graeme, ich maul ja nicht dich an. Was hat das Ganze denn mit den beiden Toten zu tun? Waren die da drin verwickelt?«

»Nein, das glaube ich nicht. Nur, Frasers Glenallan Distillery scheint auch schlecht zu laufen, und da er jetzt tot ist, überprüft man halt alle Zusammenhänge.«

»Was?«, fuhr Iain hoch. »Die auch? Willst du damit sagen, der Fraser ist tot, weil sein Laden nicht lief? Denkt man nun, Permit ist der nächste?«

»Ach Quatsch, Iain. Blödsinn«, entgegnete Graham und wollte sich vor Wut auf die Zehen treten. Da hatte er jetzt doch zu viel ausgeplaudert. »Das hat wohl gar nichts damit zu tun. Du weißt doch, die überprüfen immer alles Mögliche. Nein, nein, eure Geschichte hier interessiert mich viel mehr aus beruflichen Gründen. Ich möchte ja auch nicht das Gefühl haben, dass wir in einem Betrügerkonzern arbeiten. Da ziehen wir doch alle an einem Strick.«

»Da hast du wohl recht«, ließ sich Iain besänftigen. »Wie geht's jetzt weiter?«

»Weiß ich auch noch nicht so richtig. Ich werde wohl zunächst mal unsere anderen Kollegen kontaktieren und deren

Situation abfragen. Ich denke, danach wird's Zeit, dass wir uns alle zusammensetzen und die Fakten auf den Tisch legen.«

»Das klingt gut. Mach das!«, bestätigte Iain.

»Zurück zu euch. Hat denn bei dem Verkauf damals niemand, außer dir, den Mund aufgemacht? Auch nicht die Tochter? Diese Jacky, oder so?«

»Von denen hier garantiert keiner. Gegen einen Permit sagt man nichts. Das ist doch immer noch Gesetz. Du hast aber recht. Ich glaube, die Jacky hatte wohl noch einen Versuch gestartet, ihrem Vater die linke Tour ihres Bruders klarzumachen. Seitdem reden die beiden wohl überhaupt nicht mehr miteinander. Jetzt hassen die sich wohl nur noch.«

»Was passiert denn mit den Permits, wenn Turffield Pleite geht?«, wollte Graham wissen.

»Gute Frage. So wie ich vermute, ist dann Schluss mit der Familientradition. Sobald der Laden entweder weiter veräußert wird oder halt Bankrott geht, erlischt das Recht auf die Posten. Dann ist's aus mit Turffield und Permit. Aber soweit wird's wohl nicht kommen, da haben die Permits glaube ich ein Veto oder so.«

»Na, Mann, das war ja mal ein heißer Nachmittag.« Graham sah auf die Uhr. Es war mittlerweile schon nach drei Uhr. »Ich sollte mich besser mal langsam Richtung Heimat aufmachen. Sonst bekomme ich eine deutliche Ansage, aus der ich so leicht nicht wieder rauskomme«, sagte Graham grinsend. »Heute Abend bin ich Ehrengast bei einem privaten Dinner.«

»Jouh, habe die freudige Nachricht schon gehört. Du und Ishbel McTaggert. Kaum zu fassen. Der ewige Junggeselle und die eiserne Lady ... oh, sorry, war nicht so gemeint. Ich hab euch doch Weihnachten auf der Feier der SWS gesehen. Ihr seid wirklich ein schönes Paar! Und lass mich raten: Du bist heute Abend der einzige Gast und Ishbel ist die Gastgeberin, stimmt´s?«

»Na, dann danke, du Frauenkenner«, revanchierte sich Graham. »Genau ins Schwarze getroffen. Lass uns mal aufbrechen und meinen tollen Sportflitzer holen.« Mit einem Quietschen schoben sie ihre Stühle zurück und gingen zum Tresen. »Lass stecken, ich bin dran«, drängte Graham sich vor und legte eine Zwanzigpfundnote auf die Kasse.

Nachdenklich traten beide aus dem Bistro auf die mittlerweile von der Sonne beschienene Straße und traten die Fahrt zurück zu Iains Elternhaus an. Dort angekommen, schaffte es Graham, den zwischenzeitlich angetrockneten Schmutz an seinen Schuhen abzustreifen, und konnte ruhigen Gewissens, aber mit dem Kopf voller neuer Ideen und Gedanken, die Heimfahrt antreten.

Spieglein, Spieglein ...

Jetzt, mit einunddreißig Jahren, hatte sie es geschafft. Sie war am Ziel ihrer Träume angelangt. Sie hatte alles, was eine junge Frau sich nur erträumen konnte. So behauptete man jedenfalls.

Langsam zog sie die weiche Bürste durch ihr strohblondes Haar. Brachte die leichten Locken in eine Form, die ihr jugendliches Gesicht noch besser zum Ausdruck brachten. Lange betrachtete sie ihr Spiegelbild und versuchte, die Leute zu verstehen, die der festen Meinung waren, sie hätte starke Ähnlichkeit mit Grace Kelly. Ihre Nase war zu groß, ganz eindeutig. Und ihr Kinn war etwas zu markant. Das sieht doch ein Blinder. Und die traurigen, so sehnsüchtig blickenden Augen, die sie aus dem Spiegel ansahen, hatten aber auch nichts gemein mit der fröhlichen Fürstengattin, die sie in ihrer Kindheit stets so bewundert hatte.

Ein kurzes Flackern, wahrscheinlich ein Blitz, der ein Gewitter ankündigte, riss ihren Blick von ihrem Spiegelbild los und präsentierte ihr, in unwirklich grelles Licht getaucht, ein luxuriös eingerichtetes Schlafzimmer. Sie konnte nicht behaupten, dass sie diesen Raum nicht mochte, so wie sie eigentlich alle Zimmer dieses Schlosses gern hatte. Es erinnerte sie an das Herrenhaus ihrer Eltern, in dem sie die ersten achtzehn Jahre ihres Lebens verbracht hatte. Zumindest in ihrer kindlichen Erinnerung fand sich eine Vielzahl von Gemeinsamkeiten, obwohl natürlich dieses Schloss um ein Vielfaches größer war als Torridon Hall. Die Möbel hinter ihr, dieser mit rotgold gestreifter Seide bespannte Stuhl, auf dem sie saß, dies alles, war ... nett. Ja, nett, ein anderes Wort fiel ihr einfach nicht ein. Sie hatte Geld, nein, falsch, ihr Mann hatte Geld. Seine Familie hatte Geld. Aber sie konnte uneingeschränkt darüber verfügen. Zumindest in einem Rahmen, den die meisten Bekannten aus ihrer Kindheit als Ziel aller Träume bezeichnet hätten. Sie war sozusagen unendlich reich.

Dass sie Pascal vor fast fünf Jahren getroffen hatte, war ein echter Zufall gewesen und derart komisch, dass sie heute noch lächeln musste, wenn sie daran zurückdachte. Als sie vor sechs Jahren in Frankreich, genauer in Paris, ankam, wusste sie zunächst nicht, was sie tun sollte.

Bei ihren Streifzügen zu den Personalbüros der großen Parfümkonzerne lernte sie ihren ersten Freund kennen, Frederique, kurz Frik genannt. Sie wohnten in einer gemieteten Etagenwohnung im Quartier Latin zusammen. Er war arbeitsloser Hochschulabsolvent und sie auch. Das schweißte sie zusammen. Nach ein paar Monaten fand er allerdings eine Anstellung bei einem Energiekonzern und war kaum noch zu Hause.

Als Frik von einer seiner vielen Dienstreisen heimkehrte, sollte sie ihn vom Bahnhof abholen. Da aber ihr Auto nicht ansprang, versuchte sie ein Taxi zu bekommen. Tatsächlich hielt auch ein Wagen fast neben ihr, aus dem eine Frau, mit einer riesigen Hochzeitstorte auf dem Arm, ausstieg. Da sie die Dame zu spät bemerkte, konnte sie einen Zusammenstoß nicht mehr verhindern. Dabei versuchten sie beide, die Torte zu retten. Sie bekam sie auch tatsächlich zu fassen, konnte in ihrem Schwung jedoch nicht zum Stehen kommen. Sie drehte sich um ihre eigene Achse, stolperte über den Gehsteig und prallte frontal mit einem vorbeigehenden Passanten zusammen. Gut drei Kilogramm Sahne und Biskuit verteilten sich auf ihren Oberkörpern. Als sie beide wieder die Augen öffneten, hatten sie jeweils die Hälfte des Marzipanbrautpaares, das auf dem Kuchen platziert gewesen war, im Gesicht kleben. Schallendes Gelächter ... und ein halbes Jahr später die Märchenhochzeit.

Ganz Pithiviers stand Kopf. Fast alle der knapp 60.000 Einwohner waren, ihrer Meinung nach, bei der Hochzeit anwesend. Außer ihrem Vater und ihrem Bruder. Sie hatte ihnen trotz des massiven Streits immer wieder mal eine Karte geschickt, sie eingeladen, aber nie kam irgendeine Reaktion. Ihr Bruder gab sich die zweifelhafte Ehre, wenigstens eine Absage zu schicken.

Ihre Heirat hatte den angenehmen Nebeneffekt, dass sie sich um ihre berufliche Lage keine Gedanken mehr machen musste. Ganz nebenbei heiratete sie in eine der größten Parfüm- und Pharmadynastien Frankreichs ein. Unverzüglich verschaffte ihr Schwiegervater, ebenfalls mit Vornamen Frederique, - sie hatte den Eindruck, dass die Franzosen bei der Wahl eines Vornamens eben nicht sehr wählerisch waren – ihr direkt den Posten, den sie immer schon haben wollte. Seine Beweggründe hierfür lagen auf der Hand. Einerseits wollte er der Vermählung den Beigeschmack nehmen, eine erbschleichende, schottische Arbeitslose hätte sich in die Familie geschlichen. Andererseits wollte er sie dadurch unter Kontrolle behalten.

Ein kleiner goldener Käfig halt, aber das störte sie nicht im Geringsten. Sie wurde zur Leiterin des gesamten Labor- und Analysebereiches der Firma "Huber & Fils", einer der bekanntesten Markennamen Frankreichs. Ihre Ausbildung als diplomierte Lebensmittelchemikerin passte zudem in das Anforderungsprofil. Also waren auch alle politischen Unken besänftigt und sie begann ein Leben, wie sie es nur im Film für möglich gehalten hatte.

Ihr Mann, Pascal Santé, ebenfalls Diplomchemiker, war offiziell ihr Vorgesetzter und Mitglied des Vorstands. Gemeinsam fuhren sie morgens in seinem Sportwagen zur Arbeit. Mehrmals am Tag besuchte er sie in ihrem Büro oder einem der vielen Labors. Sie aßen zusammen in der Kantine und fuhren am Abend gemeinsam wieder nach Hause. Er liebte sie wirklich über alles.

Ihre Leidenschaft für Parfüms, Gerüche, Inhaltsstoffe, Kompositionen, all das hatte sie von zu Hause mitgebracht. Sie wollte diese Leidenschaft ursprünglich in ihrem Familienbetrieb einsetzten, aber das wurde ihr ja durch ihren eigenen Vater untersagt. Hier konnte sie wenigsten einen Teil ihres Lebenstraums verwirklichen. Diese Leidenschaft bescherte ihr nach kurzer Zeit einen Erfolg nach dem anderen. Die Krönung erlebte sie vor drei Jahren, als ihre erste eigene Duftkreation auf den Markt gebracht wurde. *Angels Share*. Das Parfüm wurde ein voller Erfolg.

Danach wurden die Zügel der Familie gelockert und man ließ ihr ab sofort völlig freie Hand. Ihr Mann konzentrierte sich vermehrt auf die Entwicklung neuer Medikamente auf der Basis von Gentechnik, dem zweiten Standbein von Huber & Fils. Da sie auch dieses Thema hochinteressant fand, saßen sie abends oft stundenlang vor dem Kamin, eine Flasche Rotwein auf dem Boden, und fachsimpelten über chemische Verbindungen und welche bahnbrechenden Medikamente sie bald erfinden würden, um die Menschheit zu retten. Sein neuestes Steckenpferd, die synthetische Biologie, führte sie beide auf die abstrusesten Fantasiereisen. Sie kreierten im Geiste die wirkungsvollsten Substanzen, bastelten aus den hervorstechendsten Eigenschaften der Tier- und Pflanzenwelt neue Lebewesen, Mikroben und Bakterien zusammen, die bald schon, Nano-Ärzten gleich, durch die menschlichen Blutbahnen rauschen würden.

Um dieser hochgeistigen Arbeit einen Gegenpol zu setzen, war Pascal leidenschaftlicher Flieger geworden. Schon in jungen Jahren hatte er sich dem Hobby der Luftfahrt verschrieben. Sobald es sein Alter zuließ, machte er den Pilotenschein und flog bald den familieneigenen Jet, mehr aus Spaß als aus Pflicht, bei all seinen Reisen grundsätzlich selbst. Auch hiervon hatte sich Jacqueline anstecken lassen. Kaum ein paar Jahre nach ihrer Hochzeit saß sie bereits neben einem der besten

Fluglehrer Frankreichs und übte auf ihre Jet-Lizenz. Den Weg über den europäischen Privatpilotenschein, den kontrollierten Sichtflug bis zum Sprechfunkzeugnis, legte sie ohne irgendwelche Mühe zurück. Die folgenden Differenzschulungen waren für sie eher eine sportliche Herausforderung als wirkliche Arbeit. Bald konnte sie sich mit den Flugkünsten Pascals messen und sie überlegten sich ernsthaft, ein zweites Flugzeug anzuschaffen. Diese Idee wurde, wie zu erwarten, vom Familienoberhaupt Frederique Santé als völliger Blödsinn vom Tisch gewischt.

In den folgenden Jahren verbrachte sie einen Großteil ihrer Freizeit damit, die Instrumentenflugberechtigung zu erwerben. Da sie für Technik dasselbe Händchen hatte wie für die Naturwissenschaften, gelang es ihr auch spielend, diese Hürde zu meistern. Seitdem ließen sie keinen Monat verstreichen, in dem sie nicht irgendeinen Vorwand produzierten, um mit dem Flugzeug über Europa oder zumindest Frankreich zu gleiten. Aber all dies machte sie nicht wirklich glücklich. Natürlich spürte Pascal ihre immer präsente Melancholie und bohrte nach. Doch sie verschwieg ihm ihre wahren Gründe. Bis zu dem Tag, als sie die Nachricht in ihrem Labor durch eine alte Freundin aus Schottland bekam, dass ihr Bruder den Familienbetrieb an einen Konzern verkauft hatte.

Sie explodierte. Ihre anerzogene Zurückhaltung war mit einem Moment dahin. Sie schrie, bis sie keine Luft mehr bekam. Für einen Moment wollte sie alle Phiolen, derer sie habhaft werden konnte, austrinken, um ja nichts mehr von diesem inneren Schmerz zu spüren. Zum Glück kam Pascal, durch ihre Schreie alarmiert, ins Labor gestürmt und schlug ihr die Glasröhrchen mit den diversen chemischen Substanzen aus der Hand. Danach musste sie ihm natürlich alles erzählen.

Er fuhr sofort mit ihr nach Hause. Flößte ihr zuerst einen heißen Pastis und dann einen beruhigenden Kräutertee ein. Er bugsierte sie sanft auf ihren Lieblingsplatz vor den Kamin, auf dem alten Bärenfell, legte eine Wolldecke über ihre Schulter und setzte sich ihr schweigend gegenüber.

Dann begann sie zu reden. Über ihre Träume. Über ihre Enttäuschung. Über ihre Wut. Über ihre Traurigkeit. Über ihren Hass. Sie wollte die Glen Turffield Distillery leiten. Genau wie ihre Großmutter. Darauf hatte sie sich akribisch vorbereitet, mit ihrem Studium der Chemie und entsprechenden Praktika. Sie wollte den perfekten Whisky kreieren. Dafür war sie geboren worden. Dafür hatte sie gelebt, gelernt, studiert und immer darauf gehofft. Es war ihre Bestimmung gewesen, die unzähligen Geschmackskomponenten zusammenzuführen, in einer nie da gewesenen Harmonie. Die richtige Gerste auswählen, den optimalen Reifungsgrad erreichen. Den Gärprozess perfektionieren. Am Spirit Safe stehen und im richtigen Moment das Herzstück des Destillats vom Vorlauf trennen. Auf der ganzen Welt die besten Fässer auswählen und in ihnen den Whisky reifen lassen, bis er die Qualitäten ausgebildet hatte, die sie sich vorgestellt hatte. Alles aus!

Obwohl sie die Erstgeborene war, wollte ihr Vater keine Frau an der Spitze der Destillerie sehen. In dieser Beziehung war er immer noch stockkonservativ. Er erwählte ihren unfähigen Bruder. Ihren kleinen, dummen, gefühllosen Bruder, der zu dumm war, einen Supermarkt-Wodka von einem Prosecco zu unterscheiden. Sie tobte, sie schrie, sie drohte, nichts half. Am Ende hatte sie ihrem Vater so viele Vorwürfe gemacht, dass er es für besser hielt, sie würde ihr Elternhaus verlassen. Na ja, eigentlich hatte sie von ihrem Vater sogar Hausverbot erhalten. Sie ging nach Frankreich, nur um es ihm zu zeigen. Sie wollte ihm beweisen, dass sie die Bessere in der Familie ist, die Beste für den Job. Sie würde ihre eigene Karriere aufbauen, sie würde sich im Markt durchsetzen und dann würde er voller Stolz auf sie blicken. Alles würde wieder ins Lot kommen und ihr Vater würde sie mit offenen Armen wieder bei sich aufnehmen.

Und jetzt? Jetzt hatte ihr missratener Bruder seine Stellung ausgenutzt, ihren Lebenstraum zu verkaufen. Dabei wollte er sich in Wahrheit bestimmt nur über die Hintertür von dem lästigen Familienerbe freimachen und das dabei erlangte Vermögen in vollen Zügen genießen. Nun war unwiederbringlich alles vorbei. Keine Chance mehr, ihren Vater von seiner Fehlentscheidung zu überzeugen. Vorbei. Ihr hintertriebener Bruder hatte der Familie das Herz herausgerissen, und ihres gleich mit. In der Hölle sollte er brennen.

Liebevoll versuchte Pascal, sie zu trösten, ihr die Welt zu Füßen zu legen, überredete sie sogar, nochmals mit ihrem Vater Kontakt aufzunehmen. Vielleicht könnte sie ihn ja wenigstens jetzt von den falschen Zielen ihres Bruders überzeugen und dann mit ihm Frieden schließen. Sie hörte auf ihn und flog nach Schottland. Der Privatjet der Familie Santé stand ihr schließlich auch für Privatflüge Tag und Nacht zur Verfügung.

Das Wiedersehen mit ihrem Vater verlief kühl, geradezu abweisend. Mit ihren neuerlichen Vorwürfen würde sie nur ein weiteres Mal zeigen, wie wenig Ahnung sie doch wirklich vom Whiskygeschäft hätte, meinte er. Ein erfolgreiches Unternehmen zu führen, wäre ein wenig mehr, als nur an Gläsern zu schnuppern und Proben zu verkosten. Ihr Bruder hätte genau den Sinn für Geld und Geschäft, der ihr abgehen würde. Sie ging, wortlos. Flog zurück zu ihrem Mann, in ihr warmes Nest und legte sich ihm in die Arme.

Zwei Jahre war dies nun her, als die Traurigkeit in ihr Leben kam und nicht mehr fortging. Die Traurigkeit, die sie immer in den Augen ihres Spiegelbildes sehen konnte. Sie hob die Hand mit der schweren silbernen Bürste und warf sie ...

Kopfsalat

Am Donnerstagabend hatte er es doch tatsächlich geschafft, pünktlich zur zuvor mit Ishbel ausgemachten Zeit wieder in Charlestown einzutreffen. Nicht, dass Ishbel irgendwelche Bedingungen an Graham gestellt hätte, nur wollte er einfach nicht den Gedanken aufkommen lassen, dass es in ihrer frischen Beziehung bereits am Anfang zu Nachlässigkeiten kam. Zwar war Ishbel mit dem Thema Nachlässigkeiten in Bezug auf Graham bestens vertraut, dabei ging es aber nur um Äußerlichkeiten, wie schief sitzende Anzüge, offene Schuhe, vergessene Flugtickets oder nicht betankte Autos. Nach Grahams Meinung also alles Dinge, die das Schiff der Beziehung nicht aus dem sicheren Fahrwasser drängen konnten. Zudem hatte Ishbel angedeutet, dass sie sich am Abend mal auf die gewagte Rolle der treu sorgenden Partnerin einlassen wolle, was soviel bedeutete wie: *Komm um sieben Uhr zu mir, sieh' zu, dass deine Schuhe sauber sind, und freue dich lautstark über alles, was ich dir koche!* Genau so wollte er es auch machen. Er war sich im Klaren darüber, dass es für Ishbel die größere Hürde bedeutete. Schließlich war sie diejenige, die sich in ihrem Leben bereits einmal auf eine Ehe eingelassen hatte und gescheitert war. Es noch einmal in diese Richtung laufen zu lassen, so konnte er sich vorstellen, erforderte mehr als nur Mut. Sie hatte sich die letzten zwei Jahre niemals negativ über Beziehungen geäußert, hatte aber auch keinen aktiven Schritt in diese Richtung unternommen. Daher sah er sich in der prekären Lage, all diese Schritte von sich aus einleiten zu müssen, und damit in der Verantwortung, etwas Wundervolles zu kreieren oder totalen Bockmist zu bauen.

Nachdem er sich zu Hause schnell umgezogen und gewaschen hatte, stand er dann auch pünktlich ... nun, fast pünktlich, bei Ishbel vor der Tür. Da sie nur knapp drei Meilen entfernt in Craigellachie wohnte, war der Weg für Graham gut kalkulierbar – nach seinen Maßstäben. Fast wäre er zu Fuß losgelaufen, da Ishbel bis vor gut eineinhalb Jahren keine 800 Meter entfernt in einer kleinen Wohnung zur Miete gewohnt hatte. Da sie durch ihren fulminanten Karrieresprung - zumindest nach Maßstäben ihres damaligen Managers – vom Chefsekretariat ins Visitor Center, tatsächlich eine ganz ansehnliche Gehaltserhöhung herausgeschunden hatte, konnte sie den Sprung von der Miete zum Eigenheim wagen. Rechtzeitig vor Verlassen seines Grundstücks fiel es ihm allerdings wieder ein, hauptsächlich dadurch, dass er ja immer noch im Besitz von Ishbels neuem Wagen war.

Das kurze Stück die A95 rauf stellte kein Problem dar. Da er aber regelmäßig an der Edward Avenue vorbeifuhr und erst am Craigellachie Hotel bemerkte, dass Ishbel ja im oberen Teil des Ortes wohnte, parkte er halt kurzerhand vor dem Highlander Inn und stieg die lange Treppe hinauf, um zur Fife Street zu gelangen. Hätte er noch ein wenig Zeit gehabt oder wäre Ishbel wie üblich sein Gast gewesen, so wäre er mit ihr eben ins Highlander Inn gegangen. Sein Freund Duncan Elphick, ehemaliger Manager des Craigellachie Hotels, und sein Bar-Manager Tatsuya Minagawa hatten sich hier vor zwei Jahren einen Traum erfüllt und ihr eigenes B&B mit einer gemütlichen Whiskybar geschaffen. Die Atmosphäre der Bar, mit seiner sonnigen Terrasse auf der Rückseite des Gebäudes, die köstlichen Bar Meals und natürlich die großartige Sammlung erlesenster Whiskies machten einen Besuch für Graham und seine Gäste immer wieder zu einem Erlebnis. Und wenn es mal etwas feiner sein sollte, hatte Duncan im ersten Stock ein zwar kleines, aber erstklassiges Restaurant zu bieten.

Gut, diesmal sollte es etwas ganz Besonderes werden, eine private Dinner-Einladung. Mein Gott, war er aufgeregt! Kurz nachdem er den messingfarbenen Klingelknopf betätigt hatte, schlug er sich mit der flachen Hand auf die Stirn. *Ich Dämlack! Ich Volltrottel! Dinner-Einladung! Himmelnoch-eins!* Natürlich hatte er die Blumen vergessen und auch sonst kein Mitbringsel dabei.

Doch in diesem Moment öffnete sich die Tür und eine strahlende Ishbel bat ihn herein. »Graeme, mein Schatz! Pünktlich und adrett. Ganz Kavalier! Das ist das schönste Geschenk, was du mir machen konntest.«

»Jaaa, Geschenk, genau«, stammelte Graham verlegen, »das war so, eigentlich hatte ich vor, in Ullapool durch die Läden zu streifen und dir ...«

»Lass es gut sein«, unterbrach sie ihn. »Ich möchte dich genau so, wie ich dich kenne. Also fang bitte jetzt nicht an, einen anderen aus dir zu machen.« Sie beugte sich vor und drückte ihm einen dicken Kuss auf seine rot angelaufene Wange. »Mache es dir im Esszimmer gemütlich, ich bin in zehn Minuten fertig«, schlug sie ihm vor, während sie sich umdrehte und zum Herd ging. »Ich denke, ich werde dir noch weitere Gelegenheiten gewähren, in denen du diesen Fauxpas wieder ausmerzen kannst.«

Da ihre Küche aus rustikaler Eiche zum Esszimmer hin offen war, konnte er in einem der samtbespannten Klubsessel neben dem geräumigen Esstisch Platz nehmen, ohne sie aus den Augen zu verlieren. Das mochte er so an ihrem gut 100 Jahre alten Cottage. Man war, egal wo man sich befand, nie wirklich allein. Sie hatte bei der Wahl ihres Eigenheims auch genau seinen Geschmack getroffen. Er nahm die Flasche Manager's Choice aus ihrer Brennerei von der Anrichte und schenkte in zwei bereitstehende Gläser einen Fingerbreit als Aperitif ein. Dabei beobachtete er, wie sie mit geübten Fingern ihre weiße Küchenschürze auf dem Rücken zuband und mit einem Holzlöffel irgendetwas Leckeres umrührte. Dieses einzigartige Gefühl des Geborgenseins hatte er seit seiner frühen Kindheit nicht mehr wahrgenommen und genoss es in vollen Zügen. »Kann ich dir irgendwie zur Hand gehen?«, rief er ihr zu, während er die Flasche wieder sorgfältig verkorkte.

»Danke, lieb von dir«, rief sie über die Schulter zurück, um das Brutzeln der Pfanne zu übertönen. »Du könntest das Mineralwasser schon auf den Tisch stellen und für dich sind ein paar Bier im Kühlschrank.«

»Mach ich«, sagte er und sprang auf, um ihrem Wunsch Folge zu leisten.

Einige Minuten später saßen sie über Eck an dem dezent gedeckten Eichentisch und sie versuchte, ihm die heutige Menüfolge zu präsentieren, während er sich allerdings seinen wohligen Gefühlen hingab. »Zunächst habe ich mich an einer *Venison and Pork Terrine* versucht und anschließend gibt's *Leg of Lamb with Mince Sauce*. Als Beilage ein lecker angemachter Kopfsalat. Wenn es dich aber nicht interessiert, kann ich dir auch ein Wurstbrot schmieren.«

»Oh, entschuldige bitte«, schreckte Graham aus seinen Träumen hoch. »Natürlich bin ich interessiert. Du weißt doch, dass ich alles, was du anfängst, für perfekt halte. Also, warum sollte es jetzt anders sein. Und außerdem, wenn es so gut schmeckt, wie es duftet, kriegst du mich hier sowieso nicht mehr weg.«

»Genau das hoffe ich, du alter Charmeur. Lass es dir schmecken.«

Nach den ersten beiden Gängen, einer ganzen Arie von Lobgesängen auf ihre Kochkunst, zwei Flaschen Bier und vielen tiefgründigen Blicken, half er ihr, das Geschirr in die Spülmaschine zu stellen. »Graeme, mein Goldstück, sieh dir diesen fantastischen Aprilabend an. Es ist richtig warm für diese Jahreszeit. Lass uns den Nachtisch im Wintergarten essen und dabei den Sternenhimmel betrachten.«

Sie stellte zwei Teller mit großen Stücken *Ginger Plum Puddings* auf ein Tablett, während er ihr die Tür zum, gleich neben der Küche liegenden, Wintergarten öffnete. Da ihr Haus am Hang lag, hatte man von hier oben einen herrlichen Blick über den River Spey und die gegenüberliegenden Hügel des Moray County. Eine weiß gekalkte Korbgarnitur mit rosenbedruckten Kissen lud zum Faulenzen ein. »Setz dich doch bitte schon, ich hole uns nur die beiden Espresso und ein wenig Sahne.«

Als sie ein paar Minuten später wiederkam, hatte sie sich eine graue Strickjacke über ihren marineblauen Pullover gezogen. »Sicher ist sicher. Falls es später doch noch kühl werden sollte«, und reichte ihm den dampfenden Espresso.

»Dafür bin ich doch da«, erwiderte er forsch.

»Nichts anderes habe ich auch erwartet«, kommentierte sie neckisch. »So, aber jetzt erzähl doch mal, was du mir den ganzen Abend so ungeschickt zu verheimlichen versuchtest.«

»Was meinst du?«, fragte er erschrocken. »Ich verheimliche dir doch nichts.«

»Nicht direkt, aber dir geht die ganze Zeit was im Kopf herum. Das merke ich doch. Was hast du heute bei Iain MacDermont erfahren? Hat dein detektivisches Auge wieder irgendwas gesehen, was die ganze Polizei Schottlands nicht mitbekommen hat?«, zog sie ihn auf.

»Ich weiß es nicht, ich weiß es nicht«, begann er zögerlich und nippte an seinem Espresso. »Wenn man nicht ganz gehörig aufpasst, wird plötzlich jeder verdächtig. Nach den Geschichten, die ich heute zu hören bekommen habe, könnte jeder ein Mörder sein ... aber auch jeder ein Opfer. Je mehr man von einem Menschen erfährt und je tiefer man in sein oder ihr Leben eindringt, umso schlimmere Details kriegt man zu hören. Ganz ehrlich, ein echter Polizist möchte ich nicht sein. Jeden Tag in den Geheimnissen anderer Menschen rumwühlen müssen ... ich weiß nicht.«

»Na komm, schlimmer als Macbeth oder Hamlet wird's ja schon nicht sein«, spielte sie auf ihre heimliche Leidenschaft für das große Theater an. »Erzähl schon.«

Also erzählte er ihr die ganze Geschichte seiner Recherche über die verschiedenen Destillerien der SWS. Dass zwei davon angeblich aus dem Ruder liefen. Dass es nach seinen Informationen alles nicht stimmen könne und hier wohl eine große Sauerei in den obersten Etagen der SWS stattfinden würde. Und dann erzählte er ihr die Geschichte der Permits. Die erfolgreiche Großmutter, der ignorante Vater, die früh verstorbene Mutter, der missratene Sohn und die verstoßene Tochter.

»Mein Gott, Shakespeare live. Jetzt weiß ich endlich, wo er für seine Tragödien die Vorlagen hergenommen hatte.«

»Na ja, "Die lustigen Weiber von Windsor" wären mir lieber gewesen«, versuchte er im Thema mitzuhalten und plötzlich mussten beide lauthals lachen.

»Tut mir leid, im Moment kann ich nur mit einem lustigen Weib aus Craigellachie dienen.«

Graham strahlte Ishbel über beide Wangen an. »Die reicht mir auch völlig aus!«

Nach einer Minute des Schweigens, in der beide ihren warmen Gedanken nachhingen und den sternenübersäten Himmel betrachteten, griff er das Thema wieder auf. »Kannst du dir vorstellen, dass dies irgendwie mit den schrecklichen Morden an Sean und Arthur zu tun haben könnte? Oder konstruieren wir hier nur irgendwas zusammen?«

»Keine Ahnung«, antwortete sie. »Hängt nicht alles mit allem zusammen? Vielleicht ist das eine nicht die direkte Ursache für das andere, aber, wenn man lange genug die Verbindungen sucht, bildet sich doch immer eine Kette. Wie war das noch mit dem Schmetterling und dem Hurrikan?« Auffordernd blickte sie ihn an, während sie hinter ihrem Rücken die Flasche Whisky herbeizauberte und ihnen noch einen guten Schluck einschenkte.

Bewundernd blickte er sie an. »Wer ist jetzt hier der Detektiv, hm? Kannst du dir vorstellen, dass zum Beispiel Johnny Permit, du kennst ihn ja flüchtig, Sean McCartney aus Habgier ermordet hat?«

»Das wohl kaum. Wenn er mit einem Porsche überfahren worden wäre, dann vielleicht ja. Aber mit Gift? Das klingt mehr nach einer Frau. Einer gebildeten und verzweifelten Frau.«

»Den Gedanken hatte ich auch schon. Auch Alan und seine Leute vermuten, dass es eher eine Frau sein könnte. Aber ist das nicht fürchterlich klischeehaft?«, fragte Alan skeptisch.

»Sicherlich, aber auch Klischees brauchen ja irgendwoher ihre Grundlage, oder?«

»Stimmt auch wieder«, gab er zu. »Aber, wenn wir uns dann der einzigen Frau zuwenden, auf die diese Beschreibung passt, nämlich Jacqueline Permit, oder wie sie jetzt heißen mag, wäre es dann nicht viel eher zu erwarten, dass sie ihre Familie hinmetzelt? Dann tippe ich doch eher auf den alten Permit, der zu guter Letzt doch noch verhindern wollte, dass die SWS seine Brennerei ruiniert. Das klingt mir plausibler.«

»Da muss ich dir nun auch beipflichten. Und was machst du jetzt? Es alles Alan erzählen?«

»Das glaube ich kaum. Der hält mich doch sonst für völlig verrückt. Nein, nein, ich werde ihm eine kurze Zusammenfassung der Informationen geben, die ich gestern und heute über die Destillerien bekommen habe, und Schluss. Eventuell werde ich noch die momentanen Familienverhältnisse kurz erwähnen, aber mehr auch nicht.« Er erhob sein Glas und schaute ihr in die Augen. »Slàinte, mein Schatz«.

Etwas später, eigentlich sogar viel später, gab Ishbel Graham einen Gutenachtkuss, mit den Worten: »Gute Nacht, schlaf gut und träum schön von Herbstzeitlosen.«

Am nächsten Morgen saß Graham zwar körperlich in seinem Büro, geistig befand er sich allerdings auf einem schottischen Herrensitz. Die drei Generationen einer hochherrschaftlichen

Familie um den großen Tisch versammelt, blickte der Hausherr strafend über seine Zöglinge und Altvorderen. »Mutter, meine Gute, da hast du meinem Töchterlein aber einen argen Vogel in den Kopf gesetzt. Zur Geschäftsführerin hast du sie erzogen. Das kann ich nicht dulden.« Der Sohn, natürlich auf dem Stuhl rekelnd und an einer Blume riechend, grinste seine Schwester – adrett in einem weißen Kleid mit hochgesteckten Zöpfen – schelmisch an. »Und du mein Sohn, welch arges Bubenstück hast du mir beschert? Veräußert hast du meine Lieblingsbrennerei. Doch will ich dir nicht zürnen. Recht hast du getan. Wohlan, gehe und vermehre mein Vermögen.« Daraufhin ergriff die schmollende Tochter die Kaffeekanne und warf sie mit einem spitzen Schrei durch die geschlossene Glastür in den Garten. Der Vater blickte seine Tochter wütend an. »Hinaus, du ungezogene Brut, du undankbare Tochter. Am Herd solltest du stehen und den Stammbaum erhalten. Doch du willst ein Mann sein. So verlasse nun mein Haus.« Woraufhin die Tochter aus dem Zimmer rannte und die Tür hinter sich zuschlug ... und zuschlug ... und zuschlug ...

»Graham, Herrgott, Gra-ham! Bist du taub?«

»Vor lauter Schreck rutschte Graham aus seinem Sessel und schlug sich die Knie an der Schreibtischkante an. »Aua! Verdammt! Was ist denn?« Erst jetzt bemerkte er, dass Percy Henderson, sein Still Man, im Türrahmen stand. »Oh, entschuldige, Percy, ich war in Gedanken. Was gibt's denn?«

»Klopfen allein reicht wohl nicht mehr? Muss ich erst die Tür einschlagen, bevor du mich noch bemerkst?«, fragte Percy ungehalten.

Percy war das also und nicht die ungezogene Tochter, dachte Graham erstaunt.

»Du wolltest seit einer halben Stunde zu mir kommen. Ich sollte dir die Fässer zusammenmischen, die du für die neue *Distillery Selection*-Abfüllung ausgesucht hast. Aber wenn du da keine Lust mehr zu hast, kann ich auch einen *Stillman's Dram* draus machen«, ergänzte er grinsend.

Langsam kehrte Graham aus seiner Gedankenwelt in die Realität seines Jobs zurück. »Oh nein, mein Lieber, so weit sind wir noch nicht. Den musst du dir noch verdienen. Ich komme.« Woraufhin sich Graham aus seinem Sessel schwang, sein obligatorisches hellgraues Jackett überzog und gemeinsam mit Percy vom Bürogebäude zur Halle ging, in denen die Fässer abgefüllt wurden.

In dieser knapp fünf Meter hohen Halle, die direkt gegenüber dem Veranstaltungsraum für besondere Anlässe oder Feierlichkeiten lag, befand sich, auf Stelzen stehend, der große Spirit Collector. Ein rechteckiger, hellblauer Stahltank, in dem die New Make-Produktionen der letzten Tage gesammelt wurden, um sie direkt darunter, mit einer stark an eine Tankstellenzapfsäule erinnernden Anlage, in die leeren Fässer abzufüllen.

Daneben standen drei Stahltanks von etwas kleinerer Bauart, die zum Mischen von Whisky aus verschiedenen Fässern benutzt wurden. Hierhin hatte Greg "Percy" Henderson die drei Fässer aus dem Warehouse No. 1 rollen lassen, damit Graham der "Vermählung" dieser Whiskies beiwohnen konnte. Graham hatte aus dem Bestand an Sherry Casks aus sehr alten Jahrgängen zwei sehr süße Whiskies aus dem Jahre 1972 und eine etwas trockenere, nach starken Röstaromen schmeckende Variante, aus dem Jahre 1970 ausgewählt, um durch das Mischen einen vollmundigen, leicht süßen, aber doch nicht zu dominant sherrytönigen Single Malt zu produzieren. Dies sollte sein Highlight zum diesjährigen Speyside Whisky Festival werden. »Also los, Percy, dann entlasse das gute Zeug mal aus seinem hölzernen Gefängnis«, bat Graham.

Dieser rollte daraufhin die Fässer so, dass sie mit dem bereits geöffneten Spundloch über einer im Boden eingelassenen Edelstahlrinne zum Liegen kamen und sich die goldbraune Flüssigkeit in diese Rinne ergoss. Sofort verbreitete sich ein intensiver Geruch nach köstlichem Whisky in der ganzen Halle. Im Hintergrund hörte man, wie eine Pumpe ansprang und das edle Getränk in einen der Stahltanks beförderte. Nachdem alle drei Fässer entleert waren, ging Graham mit einer Probenflasche zur Revisionsöffnung des Tanks und füllte sich gut einen Drittelliter ab. »Na, dann wollen wir mal ...«, sagte er und ging, von Percy begleitet, in den Veranstaltungsraum.

Dieser befand sich in einem sechseckigen Neubau, mit einem an eine Pagode erinnernden Dach. Dieses rundum verglaste Gebäude war mit langen Tischreihen und einem Tresen bestückt und wurde häufig von Firmendelegationen oder auch mal ausländischen Whiskyklubs benutzt, um hier Vorträge zu hören oder mal ein komplettes Whisky-Dinner zu erleben. Graham setzte sich mit Percy an einen der Tische, auf dem bereits gut zehn Nosinggläser und diverse gefüllte Fläschchen standen. »Na, dann wollen wir doch mal schauen, ob wir richtig lagen.« Graham schenkte aus der Probenflasche zwei Gläser ein und reichte eines davon an Percy. »Slàinte«.

»Slàinte, Chef«, antwortete er und roch tief an seinem Glas. Dann ließ er die Flüssigkeit im Glas rotieren und hielt es vor das Fenster. »Schöne Farbe, leichte rotgoldene Spitzen. Pures Öl. Dann los!« Zunächst nahm Percy einen kleinen Schluck auf die Zunge, um den Mund vorzubereiten. Erst danach gönnte er sich den eigentlichen Schluck, mit dem er zunächst den Mund spülte, um ihn anschließend ganz langsam den Gaumen herunterrinnen zu lassen. »Der isses, sag ich dir! Lass den noch mal eine Woche im Tank, dann hast du dein *Masterpiece*!«

»Danke«, sagte Graham, der es Percy beim Degustieren nachgemacht hatte. »Da bin ich der gleichen Meinung. Nächste Woche um die gleiche Zeit probieren wir ihn noch mal in größerer Runde. Da will ich auch mal Jimmys und Ishbels Meinung haben. So bin jetzt wieder im Büro. Danke dir und bis später.« Mit diesen Worten verließ Graham den Raum wieder, fand jedoch keinen Antrieb, sich wieder an die Büroarbeit zu machen, die er eigentlich heute hatte erledigen wollen und müssen. Er konnte ja nicht ewig die arme Ishbel als Sekretärin missbrauchen. Auch wenn sie sich nicht beschwerte, er fühlte sich trotzdem mies, seinen sonst so geliebten Job nicht 100%ig erfüllen zu können. Aber es half alles nichts.

Auf halbem Weg zum Bürogebäude bog er ab und ging zum kleinen Bach neben dem Destilleriegelände, den sie zur Kühlung der Kondensatoren an den Brennblasen benutzten. Das leichte Plätschern des Wassers beruhigte ihn ein wenig. Doch seine Gedanken kreisten unaufhörlich um die Geschichten, die er in den letzten Tagen gehört und erlebt hatte. Kopfsalat eben. Heute Morgen hatte er nochmals versucht, seinen Kollegen aus der Glenallan Distillery zu erreichen. Burt Hayman war diesmal auch da und bestätigte ihm, was sein Still-Man schon gesagt hatte. Auch hier war man von der angeblich prekären Situation völlig überrascht. Da Burt, wie schon richtig vermutet, von der Witwe des ermordeten Arthur Fraser interimsweise zum Generalbevollmächtigten eingesetzt worden war, hatte dieser sich in den letzten Tagen intensiv mit den Geschäftsbüchern beschäftigen können. Doch auch hier keinerlei Hinweise auf irgendeinen sinkenden Absatz.

Das hängt doch alles irgendwie zusammen und ein zentraler Punkt für ihn war, aus noch unerfindlichen Gründen, die Familie Permit. Nur warum? Was hatte Sean McCartney mit den beiden Destillerien getrieben? Und warum musste er sterben? Und warum musste zunächst Arthur Fraser sterben? Hatte bei dem ersten Mord vielleicht Sean die Finger drin und deshalb musste er dran glauben? Grahams Kopf wurde immer schwerer. Er musste mit jemandem darüber reden. Nur mit wem? Ishbel kannte seine Gedanken und Befürchtungen schon. Sie hatte ihn liebevoll angeschaut und zugehört. Sie gab ihm kluge Antworten auf seine vielen Fragen, aber setzte sich nicht mit ihm auseinander. Er brauchte einen Sparringspartner. Jemand, der ihm die Schwächen in seinen Argumentationsketten aufzeigte, der ihm die Haken und Ösen an seinen Schlussfolgerungen vorhielt. Ein echter Kriminalist eben.

Ruckartig drehte er sich um und stapfte mit großen Schritten in Richtung Büro. Und wenn er sich hundertmal lächerlich machen sollte, das war ihm jetzt egal. An seinem Schreibtisch angekommen, griff er nach seinem Handy und wählte aus dem Kontakte-Verzeichnis den Namen Alan D. aus.

Nach dreimaligem Tuten meldete sich eine Stimme. »Als ob ich es geahnt hätte! Hallo Graham. Wie geht's?«

»Danke der Nachfrage, Alan. So la la. Hast du Zeit? Ich würde dir gerne erzählen, was ich in den letzten Tagen alles über die beiden Destillerien herausgefunden habe, von denen mir die Zahlen spanisch vorkamen?«

»Ich habe es doch gewusst! Gestern Abend habe ich noch zu Brian gesagt, dass unser lieber Freund Graham garantiert nicht ruhig seinen Whisky gebraut hat, sondern als großer Ermittler durchs Land gezogen ist. Was hast du denn erfahren?«

»Destilliert, Alan, destilliert!«

»Was? Was meinst du?«, fragte Alan irritiert.

»Whisky wird destilliert, nicht gebraut«, antwortete Graham.

»Geschenkt, mein Lieber, geschenkt. Du kennst doch meine Meinung. Ich finde das Zeug echt lecker. Und das war's auch schon. Mehr muss ich gar nicht wissen, stimmt's? Ich gehe ja schließlich nicht so weit wie unser MacPhee. Wie sagt der noch immer? *Whisky ist der jahrhundertealte, vergebliche Versuch, das gute schottische Hochlandwasser haltbar zu machen*. Also, dann schieß mal los.«

»MacPhee ist ein fürchterlicher Banause und eine Schande für die schottische Kultur. So! Sag ihm das. Und ich befürchte, es wird eine etwas längere Geschichte. Könnten wir uns vielleicht persönlich sehen?«

»Ich mag Geschichten, Graham, besonders deine. Die sind immer so unerwartet«, feixte Alan. »Leider bin ich heute aber nicht mehr im Dienst. Wir sind, im Gegensatz zu dir, seit Dienstag keinen entscheidenden Schritt weitergekommen. Daher habe ich der Mannschaft heute und übers Wochenende Erholungspause verordnet. Susan hat sich ein paar Tage aus dem Staub gemacht. Ist ans Meer gefahren. Jetzt wollte ich zu ihr fahren und sie überraschen. Ich denke auch, dass ich, wenn ich mir ein bisschen Meeresbrise durchs Gehirn habe wehen lasse, wieder klarer denken kann. Tut mir leid. Hat das noch bis Montag Zeit?«

»Ja klar, Alan. Natürlich«, entgegnete Graham enttäuscht. »Kein Problem.«

»Wobei ... ich kann ja mal Susan fragen, ob sie was dagegen hätte, wenn ihr morgen zu uns kommt. Wenn sie nicht auf ein komplettes Wochenende traute Zweisamkeit besteht, könntest du ja dann mit Ishbel zu uns stoßen. Ich könnte ja schauen, ob noch ein kleines Kämmerchen für euch frei wäre. Wie wär's?«, fragte Alan, der genau Grahams Enttäuschung spürte und zudem neugierig auf die Informationen war.

»Das wäre natürlich super!«, freute sich Graham. »Wenn Susan unsere Anwesenheit ertragen kann, kommen wir sehr gerne. Ishbel wird bestimmt begeistert sein.«

»Na, dann halte mal deine Telefonleitungen offen. Ich bin in einer Viertelstunde wieder zurück. Dann rufe ich dich an und sage Bescheid. Bis nachher.«

»Danke, Alan, bis später.« Graham war ganz aus dem Häuschen. Nicht nur, dass er jetzt vielleicht doch seinen Gesprächspartner fand; auch die Aussicht auf ein Wochenende mit Ishbel am Meer katapultierte seine Laune gewaltig nach oben.

Gut zwanzig Minuten und zwei Tassen Kaffee später klingelte sein Handy. »Graham hier, hallo Alan. Und? Wie sieht's aus?«, konnte er seine Vorfreude kaum im Zaum halten.

»Gut und gut«, antwortete Alan. »Gut, weil Susan sich wirklich freut, euch morgen zu sehen und gut, weil tatsächlich noch ein Zimmer in unserer Pension frei ist.«

»Klasse, Alan. Da danke ich dir. Ishbel wird sich riesig freuen. Also, bis morgen dann. Einen schönen Abend wünsche ich euch.« Mit diesen Worten unterbrach Graham die Verbindung und eilte sofort los, um Ishbel die freudige Nachricht zu überbringen. Schließlich hatte er mit dieser Wochenendeinladung die Gelegenheit, seinen verpatzten Auftritt als perfekter Gast gestern Abend wieder gut zu machen. Auf halbem Weg zum Visitor Center blieb er jedoch abrupt stehen. *Vielleicht hätte er Alan doch fragen sollen, wo sie sich eigentlich treffen wollten und wo die Reise hingehen sollte*, dachte er ärgerlich über sich selbst.

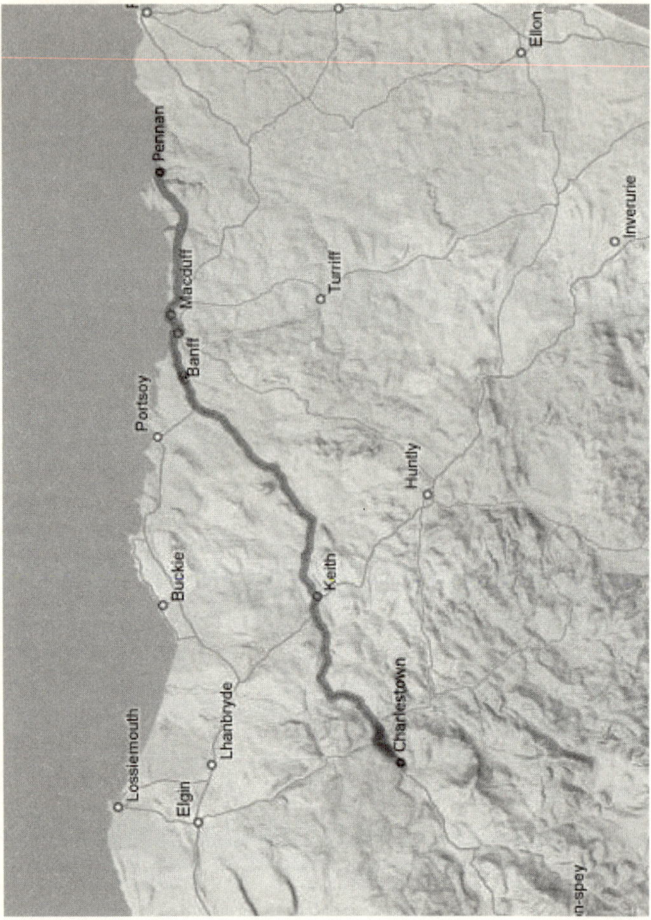
Pennan
Ellon
Macduff
Turriff
Banff
Inverurie
Portsoy
Huntly
Keith
Buckie
Charlestown
Lhanbryde
Lossiemouth
Elgin

Sommerfrische

Der Samstagmorgen versprach ein wunderbares Wochenende. Die Sonne wurde nur selten verdeckt von schnell vorbeiziehenden, einzelnen Wolken. Eine wunderbare lauwarme Brise brachte frische Luft, die Lust darauf machte, einfach tief durchzuatmen. Nachdem Graham gestern wieder in sein Büro zurückgerannt war und noch einmal mit Alan telefoniert hatte, wusste er nun auch, dass es nach Pennan gehen würde. Und zwar genau ins Pennan Inn. Dieses zauberhafte kleine Dorf, direkt unterhalb einer Steilküste an der Nordsee gelegen, wurde 1983 berühmt durch den Film *Local Hero*, insbesondere die rote Telefonzelle. Das Pennan Inn, einziges Restaurant, Bar und Hotel in diesem nur gut 500 Meter langen Dorf, beherbergte nicht nur eine fantastische Gastronomie, sondern obendrein die freundlichste und sympathischste Wirtin in ganz Schottland. Zumindest für Graham.

Schon oft hatten Ishbel und Graham darüber gesprochen, einmal dort zu übernachten und sich ein ganzes Wochenende dem Wellenrauschen zu widmen; nur, wie so oft, war es bei einem kurzen Tagesausflug und ehernen Absichten geblieben. Deswegen kam ihnen beiden diese unverhoffte Einladung durch Alan und Susan wie ein Wunder vor und Ishbel war gestern Abend schier vor Freude in die Luft gesprungen, als Graham ihr die Neuigkeit im Visitor Center eröffnete – sehr zur Belustigung der anwesenden Besucher und Touristen.

Am Abend hatten sie bereits ihre Reisetaschen gepackt, um möglichst zeitig losfahren zu können. Graeme schlug, wie immer, euphorisch sieben Uhr vor, was er aber aus rein physischen Gründen schon nicht einhalten konnte. Zwar konnte man ihn nicht als einen Morgenmuffel bezeichnen, wenn der Kalender jedoch einen Samstag oder gar Sonntag ankündigte, schien sich sein Schlafbedürfnis unerklärlicherweise bis zum frühen Mittag hin auszudehnen. Zählte man die anderen Gründe, wie stehen gelassene Reisetasche, nicht ausgeschalteter Wasserkocher und vergessenes Handy dazu, so waren die gut 40 Minuten Wartezeit, die Ishbel vor Grahams Haus verbrachte, geradezu als Leistung zu betrachten. Da Ishbel dies seit Jahren kannte, hatte sie sich auch darauf eingestellt und die Zeit mit einem ausgiebigen Morgenspaziergang auf den Feldern hinter Charlestown und Graemes Haus verbracht.

Als er endlich abgehetzt und zerzaust in ihren Volvo stieg, wirkte sie dagegen wie aus einem Jungbrunnen, mit ihrer von der Wanderung rosigen Haut und nach Korn und Gras duftend. »Sorry, mein Schatz, aber irgendwie hat sich wohl eine Horde Kobolde in mein Haus geschlichen, die mir alles durcheinander machen«, entschuldigte er sich.

»Wir sind nicht in Irland, mein Herz«, entgegnete sie fröhlich. »Und außerdem könnten Kobolde höchstens ein bisschen mehr Ordnung in dein Leben bringen. Chaos produzierst du schon wie ein ganzes Bataillon selbst. Deshalb hast du ja auch mich. Damit wir wenigstens heute noch in Pennan ankommen. Schnall dich bitte an.« Mit einem fröhlichen Lächeln startete sie den Motor und fuhr aus Grahams Kieseinfahrt heraus.

Gut eine dreiviertel Stunde Fahrt verging in einträchtigem Schweigen. Die klare, sonnendurchflutete Luft gestattete ihnen einen geradezu bilderbuchartigen Blick auf die Landschaft des Moray County, Banffshire und Aberdeenshire. Acht Meilen hinter Keith, mit seiner pittoresken Strathisla Distillery, auf der A95 Richtung Banff, drehte sich Graham plötzlich zu Ishbel um. »Hey, schau doch mal, da vorne rechts geht's nach Knock. Sollen wir ganz kurz bei George Forsyth reinschauen? Den haben wir doch schon mindestens zwei Jahre nicht mehr gesehen, was?«

»George? Mein Gott, du hast recht. Das wäre wirklich eine Überraschung. Aber kostet uns das nicht zu viel Zeit? Wir haben doch Susan und Alan gesagt, dass wir am Vormittag eintrudeln«, gab Ishbel zu bedenken.

George Forsyth war pensionierter Distillery Manager einer wunderschönen kleinen Destillerie in Knock gewesen. Seit er vor gut vier Jahren in den Ruhestand gegangen war, widmete er sich dem Farmleben auf einem kleinen Gehöft direkt hinter der Destillerie. George war für Graham und auch für Ishbel nicht nur eine Zeit lang Arbeitgeber gewesen, sondern immer auch so etwas wie ein zweiter Vater. Gegenseitig waren sie sich ans Herz gewachsen. Wie immer im Leben bescherte einem der Arbeitsalltag viel zu wenig Zeit, um solche Freundschaften pflegen zu können.

»Kein Problem! Wir sind in nicht mal einer Stunde in Pennan. Da können wir uns eine halbe Stunde locker leisten«, meinte Graham ganz aufgeregt. »Also los, der wird Augen machen!«

Kurz entschlossen bog Ishbel an der nächsten Abzweigung rechts rein und folgte der schmalen Straße ein paar Meilen, bis links hinter einigen alten Bäumen die Destilleriegebäude auftauchten. Der Namenszug stand, mit hellgrün lackierten Eisenbuchstaben auf einer Natursteinmauer befestigt, direkt neben der Einfahrt. Kurz dahinter bog eine Single Track Road von der Straße ab.

»Da jetzt rein. Ich erinnere mich. Als ich hier noch gearbeitet habe, war das noch ein matschiger Feldweg«, erzählte Graham.

»Ich kann mich auch noch erinnern«, kommentierte Ishbel schnippisch. »Noch leide ich nicht an Altersdemenz.«

»Entschuldige, so war das nicht gemeint. Als wir beide hier gearbeitet hatten, habe ich dich nie richtig wahrgenommen. Du warst eines der schicken Mädels aus dem Büro, in das wir ja nie hinein durften.«

»Dafür habe ich dich sehr wohl wahrgenommen«, erzählte Ishbel. »Du warst das schlaksige lange Elend, dem immer die Füße unter die rollenden Fässer gekommen sind.«

»Sehr witzig!«

Gut eine halbe Meile später tauchte, unter Bäume geduckt, ein schön renoviertes altes Cottage auf, welches früher einmal eine Schäferfamilie beherbergt hatte. Als George noch ein junger Manager war, hatte er es gekauft und über die Jahre hinweg instand gesetzt.

Kurz nachdem sie an der Eingangstür geklopft hatten, hörten sie auch schon eine Stimme hinter der Tür. »Komme ja. Wer stört denn am frühen Morgen meine Ruhe?« Die Tür öffnete sich und ein weißhaariger Mann mit brauner, wettergegerbter Haut sah sie angriffslustig an. Mit einem Mal jedoch veränderten sich seine Gesichtszüge, und er begann lauthals zu lachen. »Mensch, Graeme, Ishy, mein Mädchen. Das kann ja wohl nicht wahr sein. Dass ich euch noch mal sehe, hätte ich beim besten Willen nicht gedacht. Was treibt euch denn hierher? Kommt rein.« Er machte ihnen den Eingang frei, um sie vorbei zu lassen.

Nach weiteren herzlichen Begrüßungsformeln, allerlei Entschuldigungen und Bemerkungen über das schöne Haus sowie Grahams ausführlicher Geschichte der letzten Ereignisse, saßen sie bei einer Tasse Kaffee um den rustikalen Esstisch herum. »Na, da ist dann aber ein Detektiv an dir verloren gegangen, Junge. Ich habe doch deine rasante Geschichte von vor zwei Jahren gehört. Tolles Ding! Und jetzt schon wieder so eine Sache? Wahnsinn! Nur mit Glen Turffield und Glenallan, das ist schon eine merkwürdige Sache.«

»Wieso?«, hakte Graham nach. »Weißt du was darüber?«

»Also, erst einmal«, begann George, »haben beide Firmen einen ausgezeichneten Ruf. Und das weiß ich aus erster Hand.

Schließlich treffe ich mich ja noch ab und zu mit den Bossen mancher Läden. Dass die keiner mehr haben will, ist ausgemachter Unfug. Was aber noch dazukommt, ist, dass einige Leute an Glen Turffield und Glenallan hochgradig interessiert sind. Baker und Johnson, die beiden Haupteigner von *Distillers&Brewers of Britain*, haben durchblicken lassen, dass einige Ausländer richtig auf Einkaufstour gehen. Und die beiden müssen es ja wohl wissen, schließlich besitzen sie ja den Löwenanteil aller Destillerien in Schottland. Und die beiden Namen Turffield und Glenallen standen garantiert auch auf der Wunschliste. Da bin ich mir sogar ziemlich sicher. Aber, bitte, ihr beiden, das alles hier ist streng vertraulich! Ich möchte nicht meinen guten Ruf den Bach runtergehen sehen, weil du dich plötzlich als Plaudertasche entpuppst, klar, Graeme?«

Erschrocken hob Graham die Arme. »Gott bewahre, George. Ich bin doch nicht wahnsinnig. Deinen Namen kenne ich nicht. Ich war nie hier. Ehrenwort!« Dabei legte er seine Hand aufs Herz.

»Genau das wollte ich hören«, sagte George amüsiert und goss noch einmal Kaffee nach. »Und noch eines kann ich dir sagen. Arthur Fraser kenne ich seit Kindheitsbeinen an. Der ist genau wie sein Vater ... gewesen. Der war stolz auf seine Firma. Der wäre eher Fish `n` Chips verkaufen gegangen als seine Destillerie zu verkaufen. Niemals!«

»Ist er vielleicht deswegen umgebracht worden?« warf Ishbel ein.

»Deswegen jemanden töten? Ishbel, wir sind doch nicht in Amerika. Außerdem hätte man das irgendwie schon mitbekommen, wenn es konkrete Angebote oder Gespräche gegeben hätte. Und da war nichts. Und du, Graham, hättest doch auch was in eurem Laden gehört, oder?«, fragte George.

»Da bin ich mir nicht mehr so sicher. Seit Sean McCartney und Duncan und Sorenson bei uns am Ruder stehen, kriegen wir an der Basis eigentlich gar nichts mehr mit. Für die sind wir nur noch die fetten Kühe, die die Milch geben. Und wenn die Kuh nicht mehr kann, dann gibt's halt Steaks und Wurst.«

»Na, jetzt übertreibe aber mal nicht«, bremste Ishbel ihn. »So schlimm ist es nun auch wieder nicht. Die Zeiten werden halt härter. Auch wir müssen uns deshalb der Weltwirtschaft anpassen. Und außerdem haben wir noch eine Verabredung. Entschuldige George, ich freue mich riesig, dass wir uns mal wieder gesehen haben. Nur möchte ich unseren anderen Freunden gegenüber nicht unhöflich sein. Lass uns einfach einen neuen Termin ausmachen, damit es nicht wieder so lange dauert, bis wir uns wieder sehen. Du bist hiermit herzlich eingeladen.«

»Kinder, nein. Ich bin doch glücklich, dass ihr für mich mal wieder eine Stunde entbehren konntet. Und Ishbel, ich komme garantiert. Versprochen.«

Nach einer herzlichen Verabschiedung und dem Vereinbaren eines neuen Termins setzten die beiden ihre Fahrt nach Pennan fort. Der Himmel hatte mittlerweile vollends aufgeklart und versprach ein traumhaftes Wochenende. Nur in Grahams Kopf zogen immer mehr dunkle Wolken auf.

»Graham, hallo Graham!«, rief Ishbel und klopfte dabei auf sein Knie. »Komm zurück. Wir haben ein tolles Wochenende vor uns. Das wirst du uns doch jetzt nicht durch permanente geistige Abwesenheit verderben, oder?«

»Nein, Ishbel. Natürlich nicht«, antwortete Graham erschrocken. »Ich bin schon wieder ganz bei dir.«

»Das will ich auch hoffen. Du kannst dich gerne ein paar Stunden mit Alan auf den Pier verziehen und Kriminalist spielen. Ansonsten werden Susan und ich schon um ein wenig Aufmerksamkeit bitten.«

»Keine Frage. Versprochen!«, antwortete er und lächelte sie dabei von der Seite an.

In Banff angekommen, konnten sie erstmals auf ihrer Fahrt die blaue Weite der Nordsee genießen. Der Wind bescherte ihnen einen postkartengleichen Blick auf ein tiefblaues Meer und einen herrlichen Wellengang mit weißen Gischtkronen.

Sofort klarten Grahams Gedanken auf und sie genossen in vollen Zügen die salzige Meerluft.

Nach ein paar Meilen auf der Küstenstraße, weiter in Richtung Westen, bog Ishbel links ab, die schmale kurvenreiche und steile Zufahrtsstraße nach Pennan. [26] hinunter. Wie immer in diesen Situationen beteten beide, dass ihnen nicht genau in diesem Moment ein Bus oder LKW entgegenkam. Ein Ausweichen wäre unmöglich gewesen und rückwärts die Straße wieder hoch zu müssen, mochten sich beide erst gar nicht ausmalen. Unten angekommen bogen sie auf der Uferstraße – auch gleichzeitig einzige Straße des Ortes - links ab und fanden glücklicherweise sofort einen Parkplatz. Das Pennan Inn befand sich keine dreißig Meter entfernt in einem weiß getünchten Eckhaus. »Schau nur, wie herrlich«, rief Ishbel beim Aussteigen. Die Wellen der Brandung schlugen direkt zu ihren Füßen gegen die wuchtige Kaimauer und der Wind blies die Gischt in einem feinen Sprühnebel in ihre Gesichter.

»Atemberaubend«, pflichtete er ihr bei und war bei diesem Anblick jedes Mal überwältigt von der Schönheit der Naturgewalten. »Und schau nur hier, die Telefonzelle. Wie im Film.« Tatsächlich stand gleich neben ihnen an der Kaimauer, an ein niedriges Gebäude gedrängt, die berühmte rote Telefonzelle. Wehmütig dachte Graham an den Film: *Das waren*

---

[26] Local Hero ist ein Film des schottischen Regisseurs Bill Forsyth aus dem Jahr 1983 mit Burt Lancaster und Peter Riegert, begleitet von der Filmmusik von Mark Knopfler. Der Film spielt in dem fiktiven Dorf Ferness und insbesondere die rote Telefonzelle, die eine wichtige Rolle in dem Film spielt, gelangte zu Weltruhm. In Wirklichkeit war die Telefonzelle im Film nur eine Attrappe, aber auf Druck der Öffentlichkeit wurde 1989 eine echte, nur ein paar Meter vom Schauplatz im Film entfernt, installiert. Die Handlung: Der texanische Ölbaron Happer (Lancaster) möchte in dem kleinen Fischernest einen Raffineriestandort errichten und dafür das Dorf platt machen. Sein junger Mitarbeiter MacIntyre (Riegert) reist in das Dorf, um es aufzukaufen, und muss feststellen, dass der entscheidende Strandabschnitt im Besitz eines alten Einsiedlers ist. Die Ferngespräche mit seinem Chef führt MacIntyre von der Telefonzelle aus. Landschaft und lebenskluge Bewohner läutern ihn zum Öko-Fan. Der Film endet damit, dass Happer das Dorf aufsucht und nach einer langen Unterhaltung mit dem Einsiedler das ganze Projekt beendet.

noch Zeiten, wo Filme noch Tiefgang hatten. Das gab es schon lange nicht mehr. Heute mussten Filme aus wilden Verfolgungsjagden oder Schießereien bestehen und möglichst grausame oder gruselige Szenen enthalten. Am besten gleich alles zusammen. Das war nicht seine Welt.

»Und schau mal, da draußen auf dem Pier. Ist das nicht Alan?«, brachte ihn Ishbel wieder auf den Boden der Realität zurück. Ein kleiner Teil der Bucht wurde von einer festungsartigen Mauer abgegrenzt, um den wenigen Booten einen sicheren Hafen zu bieten. Am Ende dieser Kaimauer konnte man die typische Statur Alans erkennen, in eine leuchtend gelbe Regenjacke gehüllt. Seine Haltung und der von ihm aufsteigende Rauch deuteten darauf hin, dass er seinem alten Laster frönte und dabei gedankenverloren aufs Meer hinaus blickte.

»Stimmt!«, gab Graham ihr Recht. »Ganz eindeutig am Rauch zu erkennen!«

»Nimm dir trotzdem ein Beispiel an ihm und genieß das hier alles. Lass uns schnell das Gepäck reintragen und Susan suchen. Dann können wir uns zu ihm gesellen.«

Gemeinsam nahmen sie ihre Taschen, verschlossen das Auto und gingen zum Eingang des Pennan Inn, einer tief in die dicke Mauer geduckten, dunkelrot lackierten Eichentür. Gleich rechts hinter der Tür ging es in den Pub, das Bistro oder, am Morgen, den Frühstücksraum für die wenigen Übernachtungsgäste, denen hier ein Zimmer im ersten Stock zur Verfügung stand. Mittlerweile war es halb zwölf und die ersten Mittagsgäste hatten sich eingefunden. Sie stellten ihre Taschen im Eingangsflur ab und gingen zu dem winzigen Tresen im hinteren Teil des Pubs.

Plötzlich rief ihnen jemand von einem Ecktisch zu. »Hallo, ihr beiden. So verliebt, dass ihr nichts und niemanden mehr seht?«

Während Graham noch hochrot anlief, da die drei anderen Gäste nichts Wichtigeres zu tun hatten, als ihn anzustarren, stürmte Ishbel bereits auf die ominöse Ruferin zu. »Susan, wie schön. Wir hatten dich gar nicht gesehen.«

Tatsächlich saß Susan in einer dunklen Ecke des Pubs, der sein schummriges Licht nur durch zwei winzige Fenster erhielt. Zudem hatte sie sich hinter der Samstagsausgabe des Daily Record versteckt. »Hallo Ishbel. Schön euch zu sehen. Hallo Graham«, rief sie ihm zu, während sie Ishbel herzlich umarmte. Ihr weizenblondes Haar war wohl durch einen Strandspaziergang zerzaust, ihr Gesicht wettergebräunt und um die Augen mit zahlreichen Lachfältchen geziert, was sie aber mit ihren 38 Jahren noch attraktiver machte.

»Du siehst ja blendend aus«, sagte ihr Ishbel bewundernd, als sie einen Schritt zurückgetreten war. »Das sehe ich selbst bei dieser Schummerbeleuchtung. Wie lange genießt du denn schon dieses kleine Paradies hier?«

»Ich bin seit Mittwochabend hier. Dachte mir, wenn Alan wieder einen dieser besonderen Fälle hat – wobei sie das Wort "besonderen" extrem dehnte und dabei mit den Augen rollte – und ich ihn sowieso nicht zu Gesicht bekomme, kann ich genauso gut ein paar Tage Ferien machen und ihm nicht auf den Füßen stehen. Mitmischen darf ich in seinem Team ja auch nicht mehr.«

»Da hast du schön recht«, antwortete Ishbel. »Und dann taucht er doch ganz unverhofft auf. Und bringt uns zwei Störenfriede auch noch mit.«

»Ach was, hör doch auf«, winkte Susan ab. »Das war schon eine tolle Überraschung gestern, aber wir haben die Zeit ja nicht ungenutzt verstreichen lassen. Deshalb seid ihr heute ehrlich willkommen!«

»Na, da bin ich dann aber beruhigt«, mischte sich Graham nun ein. »Dann lass uns mal Corinna suchen, dass sie uns unsere Suite zeigen kann.« In dem Moment hörte er auch schon ein "Herzlich Willkommen!" hinter sich und eine rundliche, kleine Frau mit dem strahlendsten Lächeln der Nordküste kam auf sie zu.

»Da seid ihr ja. Schön euch diesmal als richtige Gäste wiederzusehen.« Sie kannten sich noch von den mittlerweile drei Ausflügen, die sie in den letzten zwei Jahren hierhin unternommen hatte. »Kommt! Ich zeig euch euer Zimmer, dann könnt ihr anschließend eine kleine Stärkung zu euch nehmen.«

»Bis gleich«, riefen Graham und Ishbel Susan zu und folgten Corinna zurück in den Flur, nahmen ihr Gepäck und gingen gemeinsam die schmale Holztreppe mit dem dicken Läufer hinauf ins Obergeschoss.

Gut eine halbe Stunde später saßen alle vier an dem kleinen Ecktisch am Fenster zusammen und genossen die von Corinna versprochene Stärkung. Diese bestand aus, mit frischen Krabben belegtem, Weißbrot und einem kleinen Salat. Dazu genehmigten sich alle ein Pint Lager. »Traumhaft«, bemerkte Ishbel und blickte dabei versonnen aus dem kleinen Fenster auf die hochspritzende Gischt an der Kaimauer. »Schaut euch nur dieses Postkartenwetter an. Besser könnte ich mir den schönsten Urlaub nicht wünschen.«

»Stimmt«, antwortete Susan und blickte, wie die übrigen, auch zum Fenster hinaus. »Fast könnte man meinen, ihr beide hättet den Wettergott bestochen.«

»Tja«, warf Graham ein, »wenn Engel reisen ...«

»Ich möchte ja nicht die Urlaubsatmosphäre stören«, ergriff nun auch Alan das Wort, »nur bin ich mir sicher, Graham, dass du nicht wegen der schönen Aussicht hierher gekommen bist. Und ich weiß ebenso, wenn die Damen heute mit beruflichen Themen belästigt werden, dass wir beide das gute Wetter dann aus einem Krankenhauszimmer betrachten dürfen. Sollten wir Herren dann nicht besser mal einen kleinen Verdauungsspaziergang machen, während die Damen die Küste nach schönen Muscheln oder so absuchen?«

Mit einem peinlich berührten Blick zu Ishbel, antwortete Graham: »Es waren auch schon noch andere Gründe, warum wir hierher gekommen sind. Aber ich gebe dir Recht, lass uns mal die Fernsicht von der Klippe oben begutachten.«

Die beiden Frauen verfolgten die mäßig vorgebrachten Ausflüchte der Männer sichtlich amüsiert. »Recht so, geht nur eurer Wege. Lasst uns arme Frauen an Herd und Haus gefesselt alleine. Tuet Großes und rettet die Welt. Wir vergnügen uns derweil.« Mit diesen Worten erhoben sich Ishbel und Susan und zogen sich ihre Jacken an. »Und vielen Dank für die Einladung zum Mittagsmahl, Alan«, ergänzte Susan noch frech. »Der Mann hat ja schließlich das Geld nach Hause zu bringen und die Frau zu verwöhnen.« Mit stolz erhobenen Köpfen verließen sie den Gastraum nach draußen.

Graham schmunzelte den beiden hinterher und Alan bekam einen verträumten Gesichtsausdruck. Susan war für Alan die erste Frau, die er wirklich liebte und von der er hoffte, sie würde eines Tages den Entschluss fassen, ihn zu heiraten, sich entscheiden, endgültig an seiner Seite zu leben, in seinem Haus, in seinem Bett, abends mit ihm einschlafen und morgens mit ihm aufwachen. Sie war eine Frau, mit der er sich über Dinge unterhalten konnte, für die alle seine Partnerinnen vor ihr entweder kein Verständnis hatten oder, in ihrer Oberflächlichkeit, keine Lust verspürten, sich über Themen zu unterhalten, die ihnen nur lästig waren. Einmal hatte er sogar eine Partnerin, die sich und ihr bisheriges Leben nahezu völlig aufgab und sich nur noch für Dinge interessierte, für die er sich auch interessierte. Sie hatte sogar plötzlich keine eigenen Hobbys mehr, sondern hatte die von Alan hundertprozentig kopiert. Ihm aber waren selbstständige Frauen, mit eigenen Interessen, und vor allem auch einem eigenen Willen, viel lieber, und deshalb hatte er diese Beziehung auch schnell wieder beendet. Mit Susan dagegen konnte er herrlich diskutieren. Auch mal mit ihr streiten, ohne die Angst haben zu müssen, dies für alle Zeiten vorgehalten zu bekommen. Sie äußerte ihre Meinung und ihre Wünsche und kam damit zurecht, auch mal ein Nein zu hören. Es gab zudem nie eine Diskussion über Geld. Sie war herrlich unabhängig und doch mit ihm zutiefst verbunden.

»Hast du jetzt geistig die Kneipe mit den beiden verlassen oder muss ich bei dir irgendwo eine Münze einwerfen?«, wagte Graham Alan in seinen Gedanken zu unterbrechen.

»Oh, nein, da bin ich wieder«, grinste Alan ihn an. »Also, dann sollten wir die uns gewährte Zeit nutzen. Sollen wir uns tatsächlich die Füße vertreten oder der Frau Wirtin und ihrer Zapfanlage die Treue halten?«

»Zweiteres zuerst und Ersteres danach«, bestimmte Graham und gab Corinna ein Zeichen, indem er mit den leeren Gläsern wedelte.

»Auch gut. Na, dann leg mal los und berichte über deine Geheimdiensttätigkeit der letzten Tage.«

Graham ließ sich durch Alans scherzhafte Bemerkung nicht aus der Ruhe bringen. Jetzt war die Gelegenheit gekommen, ernsthaft die Dinge zu besprechen, die ihm auf dem Herzen lagen. Er berichtete in der nächsten halben Stunde über die Aussagen seiner Gesprächspartner der beiden Destillerien. Wie, ihrer Meinung nach, die Zahlen und Daten über den finanziellen Zustand nicht zu dem passten, was ihnen bekannt war und auch Dritte bestätigten. Alan lauschte die ganze Zeit über konzentriert, ohne ihn zu unterbrechen. Graham erzählte auch von den Informationen, die ihnen George Forsyth heute Morgen gegeben hatte, ohne natürlich seinen Namen preiszugeben. »Und damit bin ich felsenfest der Meinung, dass hier zumindest ein riesengroßer Deal abläuft. Wenn man all die Informationen zusammenzählt, so komme zumindest ich zu dem Ergebnis, dass hier ein paar Bräute geschmückt werden sollten, wie man so sagt. Das Schmücken bezieht sich in dem Fall auf eine langfristig betriebene Wertminderung, um den Käufern die Läden schmackhafter zu machen.«

Mit einem Schnaufen lehnte sich Alan auf der Holzbank zurück. »Da ich kein Wirtschaftskriminalist bin, kann ich dir bei all dem, was du erzählt hast, natürlich nicht widersprechen, Graham. Für meine Ohren klingt das sehr plausibel, was du da kombinierst. Vermutungen in diese Richtung hatten wir ja schon Anfang der Woche. Sorenson aus eurem Verein hat bereits inoffiziell in einem Gespräch mit mir zugegeben, dass er nach Seans Vorgaben an den Daten rumgespielt hat. Diese Info ist übrigens vertraulich.«

»Keine Frage! Hast du ihn in deinem "inoffiziellen" Gespräch mit deinem üblichen Charme bezirzt? Da bist du ja geradezu ein Naturtalent, was?«, scherzte Graham.

»Das ist dir aufgefallen, ja?«, sagte Alan. »Ja, dem Sorenson habe ich mal so richtig gezeigt, wie die Staatsmacht mit ihm umgehen könnte. Hat ihn total beeindruckt. Ich habe halt einen sechsten Sinn für die Schwächen der Menschen. Gerade das macht mich ja so sympathisch, findest du nicht?«, kokettierte Alan grinsend.

»Auf jeden Fall! Wenn du auftrittst, zittern die härtesten Typen wie Espenlaub.«

»Ich kann aber auch nett sein. Ich war es auch schon einmal, warte mal, wann war das eigentlich gewesen?«

»Aber jetzt mal ohne Flachs, was hat Sven Sorenson denn zugegeben?«

»Dass er seit gut zwei Jahren nach McCartneys Pfeife tanzt, unkommentiert vorgekaute Bilanzen einarbeitet und dafür Geld einsteckt. Wenn er am Montag mit seinem Anwalt bei uns auftaucht, wird er von meinen Kollegen von der Wirtschaftskriminalität ziemlich unter die Lupe genommen. Die verfrühstücken solche Finanzheinis ohne Butter und Belag. Ich glaube aber auch, dass er der Einzige in eurem Verein ist, der weiß, wo der Geldhase langläuft. Ich sehe da keine internen Mittäter. Oder du vielleicht?«

»Nein, eher nicht«, pflichtete Graham ihm bei. »Er wird der Einzige sein, der konkret dazu was sagen kann. Er hat die Hand über allen finanziellen Informationen, die die SWS erreichen oder verlassen.« Nach einer kurzen Pause fuhr er fort. »Ob und was das alles allerdings mit den beiden Toten zu tun hat, weiß ich nicht. Hältst du es für möglich, dass wegen solcher Geschichten gemordet wird? Oder glaubst du sogar, dass Sorenson der Mörder war?«

»Sorenson ganz sicher nicht. Da verlasse ich mich auf meine Nase. Der ist kein eiskalter Mörder, der ist nur geldgeil und dämlich. Aber Graham, ohne dein Weltbild zerstören zu wollen; es werden Menschen wegen eines Paars Turnschuhen ermordet. Denk doch mal an unseren Whisky-Mörder damals. War das Grund genug, eine ganze Gruppe hinzuschlachten? Also, möglich ist alles. Das Einzige, – und jetzt wird es wieder vertraulich, du verstehst? – was bei unseren Ermittlungen gar nicht zu der Finanzmanipulationsgeschichte passt, ist die Art der Tötung. Wenn wir alle Infos, die wir bisher haben, zusammenpacken, haben wir Morde, die von mehr oder weniger langer Hand geplant und präzise vorbereitet wurden. Es ist eine Tötungsmethode angewendet worden, die auf einen starken emotionalen Hintergrund schließen lässt. Zu der man zudem ein fundiertes Fachwissen und gegebenenfalls auch Erfahrung braucht. Das passt nicht zu einer Wirtschaftssache, bei der lediglich ein Konkurrent oder so aus dem Weg geräumt werden soll.«

»Und wenn man damit, sagen wir mal, ein Signal setzen wollte? Eine Art Warnung an andere?«, spekulierte Graham.

»Daran arbeiten wir natürlich auch. Das würde bedeuten, Frasers Tod war eine Warnung und McCartney hat sie nicht verstanden. Dafür sind aber die Zeitabstände zu kurz. Arthur Fraser wurde am Freitag ermordet und McCartney direkt am Montag darauf. Zunächst einmal war bis Sonntag gar nicht klar, dass Fraser wirklich ermordet wurde. Also hätte McCartney die Warnung gar nicht verstehen können. Und selbst wenn er es durch die Kenntnis von Dingen, die wir noch gar nicht wissen, verstanden hätte, was hätte er an diesem Wochenende Großes tun oder lassen können, was seinen Tod hätte verhindern können? Wann hast du genau vom Tod Arthur Frasers erfahren?«

»Ich? Lass mich überlegen«, bat Graham. »Am Montag, als wir zum Keepers Banquet fuhren, wusste ich es noch nicht. Ich hatte allerdings an dem Tag auch keine Zeitung gelesen. Stimmt, das habe ich abends erfahren, aber erst nach Seans Tod. Wer hat mir das denn erzählt? Einer der Gäste. Aber richtig erfahren habe ich es erst am Dienstag danach aus der Zeitung. Das war ja dann auch noch ein Riesenschock für uns.«

»Genau«, bestätigte Alan. »Die offizielle Mitteilung von Arthur Frasers Tod kam am Montag in einigen wenigen Tageszeitungen. Da ist man aber noch von einer natürlichen Todesursache ausgegangen. Zumindest nach außen hin. Erst als McCartney ebenfalls tot war, ist die Sache in der Presse rundgegangen. Nach unseren Recherchen wurde die SWS erst Montag Nachmittag offiziell informiert. Da war McCartney aber schon unterwegs nach Blair Castle. Das heißt, er wusste von seinem toten Vorstandskollegen wohl gar nichts, als er selbst sterben musste. Unabhängig davon, versuchen wir herauszufinden, was McCartney an diesem besagten Wochenende getrieben hat.«

»Hm«, überlegte Graham, während er noch zwei Pints bei Corinna orderte, »von wegen emotionalem Hintergrund. Ich will jetzt nicht irgendwelche spinnerten Zusammenhänge konstruieren ...«

»Lass deiner Fantasie freien Lauf, bitte. Nichts ist so verrückt wie die Realität. Außerdem sind die großen Erkenntnisse der Weltgeschichte auch nicht durch Nachrechnen getroffen worden. Newton hat die Gravitation auch beim Rumfaulenzen entdeckt, während ihm dabei ein Apfel auf den Schädel knallte. Also ...«

Also berichtete Graham zögerlich von den Zusammenhängen der Glen Turffield Distillery und den Verbindungen der Permits nach Frankreich und über seinen Verdacht bezüglich der Tochter Jacqueline. »Ich weiß, das klingt fürchterlich nach Romankitsch und Fernsehen und so. Aber Ishbel meinte, dass selbst die Romanautoren ja auch meistens nur vom wahren Leben abschreiben würden.«

»Ganz ehrlich, Graham, du bist schon ein echter Querdenker! Aber perfekt, was du dir da zusammenreimst. Egal, ob es im Moment kitschig klingt, es ist eine mögliche Spur. Und der werden wir garantiert nachgehen. Da würde zumindest ein Motiv für eine Tat dahinter stecken. Wenn nur endlich mal die Kollegen von Interpol aus dem Quark kommen würden. Irgendwie habe ich das Gefühl, dass die Spur tatsächlich nach

Frankreich führt. Warum ausgerechnet Arthur Fraser und McCartney die Opfer waren, ist mir zwar nicht klar, aber wenn man mal eine Möglichkeit im Kopf hat, dann entwickelt sich auch bald ein Weg. Da kenne ich mein Team gut genug. Die können sich an so was festbeißen.« Daraufhin erhob Alan sein Glas, um Graham zuzuprosten. »Und siehe da, unsere Damen sind auch schon wieder daheim.« Ishbel und Susan liefen in diesem Moment am Fenster vorbei. »Na dann, Cheers!«

»Na, ihr lasst's euch ja wirklich gut gehen«, war Susans erster Kommentar beim Betreten des Gastraums. »Wir dachten, ihr würdet mal was für eure unterforderten Körper tun. Hattet ihr nicht angekündigt, dass ihr irgendwelche Klippen besteigen wolltet?«

»Tun wir ja«, antwortete Alan verlegen. »Wir meistern eine Klippe nach der anderen ... geistig wenigstens.«

»Und dazu schmiert ihr eure Gelenke mit frisch gezapftem Schmieröl ... ja, ja«, ergänzte Ishbel und setzte sich, wie Susan, zu den Männern an den Tisch, nachdem sie ihre Jacke an die Garderobe gehängt hatte.

»Corinna? Bringst du uns bitte auch zwei Pints?«, rief Susan in Richtung Tresen und sagte dann zu Alan gewandt: »Im Gegensatz zu euch beiden, haben wir nämlich unseren Schmierstoff verdient. Wir haben schon ein paar Kilometer Küste hinter uns.«

»Ihr habt ja recht«, gab Graham zu, während er das frische Aussehen der beiden Frauen bewunderte und den Geruch nach Meer und Salz roch, den die beiden mitgebracht hatten. »Aber, ich habe Alan halt alles berichten wollen, was bei mir in den letzten Tagen zusammengekommen ist. Absolut meine Schuld.«

»Versuche jetzt gar nicht erst, den Märtyrer zu spielen, Graham«, antwortete Susan, nachdem Corinna die frischen Biere auf dem Tisch platziert hatte. Ich kenne meinen Super Inspector. Der ist doch nur aus Langeweile hierher gekommen.«

»Jetzt mach aber mal halblang«, mischte sich nun Alan wieder ein. »Das ist nun wirklich eine fiese Unterstellung. Ich bin hierher gekommen, weil ... weil ...«. Drei Personen grinsten Alan breit an, während er verzweifelt nach Worten rang. »Ach, ihr seid doch alle blöd! Ihr verkennt alle total meine wahren Gefühle und ...«

»Lass es gut sein, mein großer Schatz!«, unterbrach ihn Susan. »Ich bin absolut glücklich, dass du in der ersten freien Minute deines Falls direkt an mich gedacht hast. Zwanzig Punkte für Gryffindor! Und jetzt mal ehrlich: Seid ihr ein Stück weiter gekommen?«

»Hast du ihm die Geschichte mit dem französischen Mädchen erzählt?«, hakte Ishbel nach.

»Was für ein französisches Mädchen?«, wollte Susan natürlich sofort wissen.

Nachdem Graham Alan angesehen und dieser genickt hatte, erzählte Graham also seine Geschichte noch einmal. Und Alan ergänzte diese mit seinen Gedanken.

»Tja, das ist ja mal eine wirklich filmreife Handlung«, kommentierte Susan als Erste. Aber warum bist du eigentlich so auf diesen McCartney fixiert? Ist er dir unsympathisch?«

»Quatsch!«, antwortete Alan spontan. »Ich habe keine persönlichen Gefühle zu den Beteiligten.«

»Er ist dir also unsympathisch. Und warum ist er es?«

»Keine Ahnung«, sagte Alan mürrisch. »Der ist halt so ein Typ, wie ich ihn überhaupt nicht leiden kann. Aalglatt, undurchsichtig und … Sag mal, woher weißt du eigentlich immer so genau, was ich fühle und gerade denke?«

»Weibliche Intuition, die richtige Antenne, der sechste Sinn, such dir einfach was aus«. Sie lächelte ihn verschmitzt an. »Nachdem ihr nun eure Gedanken ausgetauscht habt, könnten wir armen, allein gelassenen Frauen vielleicht mit ein bisschen Anwesenheit unserer Göttergatten rechnen?«

»Aber klar!«, antworteten Alan und Graham unisono.

»Was liegt an, Baby?«, fragte Alan noch und schaute Susan in Humphrey-Bogart-Manier an.

Den Nachmittag verbrachten die vier mit einem langen Ausflug in die nächste, auch sehr pittoreske, Bucht, mit ihren beiden kleinen Ortschaften Gardenstown und Crovie. Das Wetter hielt sich und gegen Abend beklagte Graham einen beginnenden Sonnenbrand.

Als sie sich nach einer kleinen Ruhepause gegen halb acht Uhr abends wieder in der Gaststube einfanden, gab Alan Corinna eine Musik-CD. Bei Susan hatte er diese CD zum ersten Mal gehört: Hollie Smith. Es war an dem Abend gewesen, an dem er zum ersten Mal über Nacht bei ihr geblieben war. Sie hatten auf dem Sofa gesessen, Rotwein getrunken, sich unterhalten, bis sie ihn gefragte hatte, ob er nicht die Nacht bei ihr bleiben wolle. Erst waren es nur zärtliche Annäherungsversuche gewesen, dann hatte sie sich in seine Arme gekuschelt, und er war geblieben. Danach folgten viele Nächte bei ihr und auch bei ihm, und er war froh, dass sie sich so gut verstanden. Und er hoffte, dass sich daran auch nichts ändern würde. Jedes Mal, wenn er eine schöne Zeit mit Susan verbrachte, wollte er deshalb ein paar dieser Lieder wieder hören. Alan und Susan grinsten sich verschwörerisch an, als die ersten Klänge der Musik ertönten.

Corinna und ihre Köchin servierten ihnen ein fantastisches Abendessen, bestehend aus einer leckeren selbst gemachten Erbsensuppe und einer Seafood-Platter, auf der so ungefähr alles vorhanden war, was die Fischer in den letzten Stunden und Tagen frisch an Land geholt hatten. Von "schäferhundgroßen" Jacobsmuscheln, wie Susan sie bezeichnete, über frischen Hummer bis zu Hering und Makrele, fehlte es an nichts. Dazu bestellten sie eine Flasche Weißwein.

Graham bat schon zu Beginn des Essens um alkoholische Zurückhaltung, da er "noch etwas vorhätte". Nach dem Essen und einer Tasse Espresso rückte er endlich mit seiner Überraschung heraus. Er hatte eine Flasche Whisky dabei, die allerdings nicht das Etikett der Ben Rhinnes Distillery trug, sondern lediglich ein weißes Klebeetikett, auf dem per Hand einige Daten geschrieben waren.

»Das ist ein Single Cask Whisky«, erklärte er auf die fragenden Blicke von Susan und Alan. Dabei reichte er ebenfalls mitgebrachte Gläser rum und füllte dann einen Fingerbreit der bernsteinfarbenen Flüssigkeit in jedes Glas.

»Ist das nicht das Gleiche wie ein Single Malt?«, fragte Susan.

»Ja und nein. Ein Single Malt stammt aus einer einzigen Brennerei, ist aber meistens eine Mischung verschiedener Fässer dieser Brennerei, oft auch unterschiedlichen Alters. Dabei soll aus den vielen verschieden Fässern ein einheitlicher Stil erreicht werden, der dann auch meist typisch ist für die Brennerei. Ein Single Cask dagegen ist genau das, was der Name sagt. Ein Whisky, der aus einem einzigen Fass abgefüllt wird, oft auch, so wie dieser hier, in Fassstärke. Jedes Fass gibt dem Whisky seinen einmaligen Charakter, der verloren geht, wenn man mehrere Fässer mischt, und der unwiederbringlich verloren ist, wenn das Fass einmal leer ist. Denn selbst wenn man dieses Fass wieder füllen würde, wäre das Endergebnis anders.«

»Aha!«, kommentierte Alan. »Und dies hier ist jetzt so ein Wunderwhisky aus deiner Privatschatulle?«

»Genau«, bestätigte Graham, der mittlerweile sehr gut mit Alans Sarkasmus umgehen konnte. »Ich habe gestern unseren Beitrag zum diesjährigen Speyside Whisky Festival kreiert. Der besteht aus der Vermählung von drei Fässern von 1972 und 1970. Aus dem einen Fass von 72 habe ich eine Flasche abgefüllt. Der ist was Außergewöhnliches, aber auch nicht für jedermann erhältlich.« Geheimnisvoll blickte er sich um und flüsterte »Der ist natürlich schwarz abgefüllt, da sind keine Steuern drauf bezahlt. Also, Alan, wenn du als Staatsbediensteter lieber mal draußen spazieren gehen möchtest ...«

»Blödmann! Danke für die Einladung und auf ein tolles und gelungenes Wochenende«, prostete Alan den anderen zu.

Als Alan nach der viel zu kurzen Nacht wieder aufstehen musste, dachte er erst, dass der Schlafmangel schuld an seinem schlechten Befinden sei. Er hatte einen Geschmack im Mund, als habe er Kreide gegessen. Aber beim Duschen wurde ihm schnell klar, dass es eher ein Kater war, der ihm das Gefühl vermittelte, als würde sein Kopf nicht mehr zu ihm gehören. Irgendwie kam es ihm auch so vor, als hätte jemand während der Nacht die Glühbirnen im Badezimmer gegen Halogenstrahler ausgetauscht, und zwar welche mit mindestens 1000 Watt. Nachdem er sich mühsam geduscht und angezogen hatte, kam ihm zu Bewusstsein, dass die andere Hälfte seines Bettes leer war. Susan musste wohl schon früher aufgestanden sein. Erst jetzt schaute er auf den Radiowecker und stellte mit großer Überraschung fest, dass es schon fast halb elf war. Mit einem leicht schlechten Gewissen ging er in den Frühstücksraum hinunter.

Dort holte er sich ein Glas Orangensaft und bestellte bei Corinna, die wie immer aussah, als wären Fröhlichkeit und Gesundheit unumstößliche Naturgesetze in dieser Gegend, eine Kanne Kaffee und ein Full Scottish Breakfast. »Viel, extrem stark und schnell«. Als er sich gerade an einem Tisch niedergelassen hatte, ging die Tür zum Frühstücksraum erneut auf. Geduscht und frisch rasiert kam Graham herein. Er verströmte die Aura von Gesundheit und Lebensfreude. Alan warf ihm einen immer noch übernächtigten Blick zu und seufzte. »Oh Gott, Graeme, der Landbursche. Wie zum Teufel kannst du, nach so viel Whisky und so wenig Schlaf, schon so munter und ordentlich aussehen?«, knurrte er Graham an, als sich dieser zu ihm setzte.

»Du warst ja gestern Abend ganz schön betrunken«, begrüßte er Alan lächelnd, aber auch mitfühlend.

»Tolle Beobachtungsgabe, du solltest zur Polizei gehen«, antwortete Alan übel gelaunt.

Alan fühlte sich so leblos und platt wie ein Wiener Schnitzel und schlürfte den heißen Kaffee, der inzwischen gebracht worden war, in kleinen Schlucken.

Graham dagegen bediente sich gut gelaunt ein weiteres Mal reichlich am Frühstücksbuffet. »Ich hab dir das doch schon gestern zum hundertsten Mal erklärt. Wenn es guten Single Malt Whisky gibt, beschränke dich ansonsten auf Mineralwasser. Du musstest natürlich unbedingt mit den Damen auch noch deren Rotwein austrinken. Als wäre der Weißwein zum Essen nicht schon genug gewesen. Kein Wunder, dass du jetzt einen dicken Kopf hast. Nur mit Whisky wäre dir das nicht passiert!«

»Wie viel von deinem Teufelszeug haben wir denn eigentlich vernichtet?«

»Na, lass mich mal überlegen«, antwortete Graham zwischen zwei Bissen Toast mit Marmelade. »Die ersten beiden Runden haben wir zu viert getrunken. Danach sind die Damen auf Wein umgestiegen.«

»Ja und?«, nörgelte Alan. »Wie viele waren‘s dann noch?«

»Lass es mich so sagen. Die 0,7-Liter-Flasche war am Anfang voll. Heute Morgen habe ich sie als Flaschenpost verwendet. Und die Rotweinflasche auch.«

»Au weia!«

Nach einem ausgiebigen Frühstück, begleitet von Grahams teils bedauernden, teils hämischen Bemerkungen, gesellten die beiden sich zu Susan und Ishbel, die es sich auf einer Bank direkt an der Kaimauer bequem gemacht hatten.

»Hallo, Trunkenbold«, wurde er von Susan samt einem Kuss begrüßt.

»Mein lieber Alan«, begrüßte ihn Ishbel, »mein Weltbild gerät ins Wanken. Ich dachte immer, harte Kerle wie ihr, könnten ganze Fässer reinen Alkohols leer trinken, ohne mit der Wimper zu zucken. Dass so ein sensibler und feiner Mann wie Graham dich Cowboy aufs Zimmer schleppen muss, war zumindest für mich eine Augenweide. Wie Susan das sieht, weiß ich allerdings nicht.«

Mit dem breitesten Lächeln der Welt nahmen ihn die beiden Frauen in die Mitte und marschierten in Richtung Strand. »Ein wenig Seebrise wird dir deinen Kopf schon wieder frei pusten«, schlug Susan vor, während Graham ihnen mit stolzgeschwellter Brust folgte.

Nachmittags, zehn Minuten vor dreizehn Uhr, klingelte Alans Handy und der schöne, sommerliche Tag am Meer ging abrupt zu Ende.

Trau, schau, wem?

Nicky war am Freitagmorgen in der Zentrale eingetroffen, die allerdings nicht völlig verwaist war. Einige der Kollegen, die der Sonderkommission zur Unterstützung zugeteilt worden waren, waren ebenfalls anwesend, um mit der Sichtung der einzelnen Informationen fortzufahren. Eine wirkliche Sisyphusarbeit.

Da sie sich ihr Single-Dasein nicht allzu deutlich vor Augen führen wollte, kompensierte sie, insbesondere die einsamen morgendlichen Stunden, damit, dass sie möglichst früh aufstand und ins Büro flüchtete. So konnte sie sich damit trösten, dass sie in einer Beziehung ja auch nichts von ihrem Liebsten gehabt hätte. Da sie zudem nicht auf die bewundernden Blicke ihrer Kollegen angewiesen war – ein potenzieller Partner war nicht darunter, das hatte sie schon abgecheckt – kleidete sie sich zwar geschmackvoll aber doch leger in gemütliche Jeans und Pullover.

So am Arbeitsplatz angekommen, mit einem Becher Automatenkaffee und einem Sandwich von der Tankstelle, schaltete sie ihre Gedanken und volle Konzentration auf Arbeit. Freundlich rief sie ihren Kollegen ein "Guten Morgen" zu und kommentierte die teils genervten und müden Blicke mit einem mitleidigen Lächeln. Ihr selbst erging es ja auch nicht wesentlich besser.

Nachdem sie ihren Computer hochgefahren hatte, machte sie sich erneut daran, die restlichen E-Mails auf Sean McCartneys Computer zu sichten. Nicht, dass sie sich davon noch neue Erkenntnisse erhoffte, sie war einfach nur gründlich und wollte sich hinterher keine Vorwürfe machen müssen, falls doch noch ein entscheidender Hinweis darin versteckt war.

Den ganzen Freitag verbrachte sie damit, alle seine Mails durchzulesen und in verschiedenen, von ihr erstellten Ordnern, abzulegen, um später schneller darauf zugreifen zu können. Beim Durchlesen seiner privaten Mails, speziell der vermeintlich gelöschten, verfestigte sich nun auch bei ihr mehr und mehr der Eindruck, dass es sich bei Sean McCartney wirklich um ein arrogantes Arschloch gehandelt hatte.

Sie fasste ihre Erkenntnisse für sich zusammen: extrem machohaft, betont unfreundlich, übertrieben arrogant, ein wahrer Großkotz. Sie konnte absolut nicht nachvollziehen, wie sich so viele Frauen mit ihm einlassen konnten. Die waren entweder so hell wie Schwarzbrot, mit einem IQ wie drei Meter Waldweg, oder hatten wirklich gehofft, dass ihnen McCartney bei ihrer Karriere oder erträumten Zukunft weiterhelfen würde.

Wie diverse Mails zeigten, hatte er aber nahezu alle wie eine heiße Kartoffel fallen lassen, nachdem er ihrer überdrüssig geworden war. Und das war manchmal schon nach wenigen Tagen, oder besser gesagt Nächten, der Fall gewesen. Insgeheim freute sie sich über die enttäuschten Gesichter dieser Frauen, nachdem sie feststellen mussten, dass McCartney sie nur zum Spaß benutzt hatte. So tief würde sie sich niemals herablassen. Dann lieber alleine ... obwohl ...

Mit dem Computer von Arthur Fraser hatte sie leichtes Spiel gehabt - es gab nämlich keinen. Fraser gehörte wohl noch zu der Generation, denen Arbeit mit Computern stets suspekt war und die deshalb ihre Finger lieber ganz von diesen "Teufelsdingern" ließen. Eine Vorstellung, die überhaupt nicht in Nickys Welt passte. Ein Leben ohne Computer … undenkbar! Nicky hatte mit Arthurs Sekretärin gesprochen, die alle anfallenden Aufgaben, für die heutzutage ein Computer unverzichtbar war, für ihn erledigt hatte. Diese hatte ihr mehr als glaubhaft versichert, dass sie für ihn nie etwas erstellt, verschickt oder gespeichert hatte, das nicht rein beruflich war und in die normale Arbeitswelt der SWS gepasst hätte. Nach Rücksprache mit Alan war auch er der Meinung gewesen, dass Arthur Fraser in irgendwelche dubiosen Geschäfte niemanden eingeweiht hätte, auch nicht seine persönliche Assistentin.

Die einzige interessante Nachricht, die Nicky, neben den ganzen langweiligen aber notwendigen Informationen, am Freitag ereilte, war der Anruf von Udo Vogler aus Frankfurt. Er hatte ihr gesagt, dass beim Überprüfen des Flughafens festgestellt wurde, dass die Herren Fraser und McCartney am Mittwoch, dem 28. Februar, mit der Lufthansa nach Palma de Mallorca weitergeflogen waren und auch erst am Freitag, dem 02. März, von dort wieder zurückgekommen seien. Sie waren etwa zwei Stunden vor ihrem Rückflug nach Edinburgh wieder in Frankfurt eingetroffen und hatten vermutlich den Frankfurter Flughafen weder beim Hinflug noch beim Rückflug verlassen. Die Reise nach Palma wäre, laut Auskunft der Fluggesellschaft, von einer dritten Person von Paris aus gebucht und dort direkt und bar bezahlt worden. Da müsse man dann nochmals weiterforschen.

Udo, der einen sehr netten und professionellen Eindruck auf Nicky machte, hatte ihr die Flugdaten genannt und noch hinzugefügt, dass er bereits eine Eilmeldung an seine Kollegen auf "der Deutschen liebsten Ferieninsel" abgesetzt hatte, um zu klären, wo die beiden dort übernachtet hatten. Wie hatte er noch gesagt? »Immerhin sprechen dort mehr Leute Deutsch als Spanisch und außerdem kenne ich da einen cleveren Kollegen bei der Polizei in Palma, der uns sicherlich gerne weiterhilft. Das geht so wesentlich schneller als über den offiziellen Weg. Ich melde mich wieder, sobald ich von dort etwas höre.«

Nicky hatte ihm gedankt und alles ordentlich notiert, hielt es aber nicht für notwendig, bereits im jetzigen Stadium die Kollegen der SoKo zu informieren. Dafür wäre am Montag immer noch Zeit.

Meine ganze Zeit und Mühe heute am Freitag war dennoch, alles in allem, für die Katz gewesen, dachte sie, als sie am späten Nachmittag nach Hause fuhr.

Komischerweise ging ihr die Stimme von dem deutschen Kommissar nicht mehr aus dem Kopf, was ihr irgendwie ein fröhliches und beschwingtes Gefühl vermittelte. Da sie aus beruflichen Gründen häufig mit fremden Personen telefonischen Kontakt hatte, kannte sie dieses ernüchternde Gefühl nur zu gut, diesen Stimmen irgendwann mal persönlich zu begegnen. Ob es dieses eine Mal vielleicht anders wäre und der Mann das halten würde, was seine Stimme versprach? Obwohl, gestand sie sich zu guter Letzt ein, die tauglichen Typen waren doch immer schon vergeben oder lebten in irgendwelchen weit entfernten, exotischen Gegenden. Vielleicht wäre Deutschland ja doch mal eine Reise wert ...

Den Samstag verbrachte sie mit Ausschlafen, Einkaufen, Wäsche waschen und allem, was sonst noch so anfällt, wenn man die ganze Woche arbeitet und erst spät abends nach Hause kommt und ein kuscheliges Power-Relaxen nur im Fernsehen stattfindet. Es war doch etliches liegen geblieben.

Also setzte sie sich am Sonntag aus den bekannten Gründen in der Zentrale doch wieder hinter ihren Computer. Tags zuvor, beim Wäsche bügeln, war ihr nämlich eingefallen, dass Brian nach seinem Besuch beim Profiler davon gesprochen hatte, dass der Mörder eventuell schon früher eine ähnliche Tat begangen hatte, quasi schon anderswo geübt hatte. Dieser Spur war die Sonderkommission bislang noch nicht über die übliche Vergleichsrecherche hinaus nachgegangen. Das wollte sie heute tun.

Momentan benutzte sie deshalb ein anderes kleines Programm - natürlich war dies auch von ihr persönlich programmiert worden. Es handelte sich dabei um eine spezielle Suchmaschine, die wesentlich feiner und genauer, aufgrund von eingegebenen Suchkriterien, das weltweite Netz durchsuchte als alle anderen gängigen Suchmaschinen. Auch für dieses Programm hätte ihr Google sicherlich eine horrende Summe geboten. Zudem griff dieses Suchprogramm auf alle, sonst nur beschränkt zugänglichen, Datenbanken zurück und verschaffte ihr durch Kombination anderer kleiner Hacker-Tools direkten Zugang.

Sie war aktuell auf der Suche nach ähnlichen Todesfällen in Großbritannien. Sie wollte sichergehen, dass der Täter nicht eventuell schon früher an einem anderen Ort zugeschlagen hatte. Das war zwar unwahrscheinlich, aber auch nicht völlig ausgeschlossen.

Natürlich fand dieser Datenabgleich automatisch bei jedem Mordfall mit ungeklärtem Hintergrund statt. Allein über das britische HOLMES 2 Datenbanksystem, dem *Home Office Large Major Enquiry System*, und dessen betreuende Abteilungen konnten innerhalb kürzester Zeit Verknüpfungen und Querinformationen zu allen britischen Strafdelikten herausgefiltert werden, vorausgesetzt natürlich, dass auch in allen Fällen das System konsequent mit allen verfügbaren Informationen versorgt worden war. Nur leider waren die in den Zentralcomputern der Polizei einzugebenden Fakten in vielen Fällen begrenzt und zudem, durch entweder eingeschränkte Eingabemöglichkeiten oder eine individuelle Wortwahl, undeutlich. So konnte ein Giftmord niemals mit dem Suchbegriff "Giftmord" gefunden werden, da es diesen Begriff in der Datenbank schlicht und ergreifend nicht gab. Es gab Hinweise auf "verdächtige, chemische Substanzen" oder "toxische, natürliche Inhaltsstoffe". Häufig tauchten auch Namen auf, aber entweder war es irgendwelches lateinische Fachchinesisch oder nur der normale Verkehrsname oder manchmal auch eine Produktbezeichnung. Beispielsweise wurde sie bei der Suche zum Thema "Pflanzengifte" bei unterschiedlichen Fällen, aber ein und derselben Todesursache, mit unterschiedlichen Stichworten in die Irre geführt. Einmal tauchte als Wirkstoff "Digitalis" auf, bei einem anderen stand "Digitoxin", bei einem Dritten sogar "herzwirksames Glykosid". Aber alle meinten das Gleiche. *Wer sollte sich da denn zurechtfinden, wenn man kein Chemiker war!*

Da die Gesamtzahl der Morde in Großbritannien selbst in "guten" Jahren 1000 Fälle noch nie überschritten hatte, sollte es doch, ihrer Meinung nach, durchaus möglich sein, entsprechend ähnlich gelagerte Fälle herauszufiltern. Aber auch mit ihrer erneuten Suche und der Kombination nahezu aller möglichen Suchkriterien, in Abgleich mit Zeitungsartikeln, Internetforen und Chatrooms, wurde sie nicht fündig. Es gab in den letzten zwei Jahren keine weiteren Morde, bei denen Pflanzengift eingesetzt worden war. Lediglich zwei Selbstmorde mit E605 wurden angezeigt. Aber so schnell gab sie nicht auf. Vielleicht handelte es sich ja um einen reiselustigen Täter. Deshalb würde sie als Nächstes die Suche auf die Nachbarländer ausdehnen.

Sie versuchte es zunächst mit Irland – Fehlanzeige. Wegen der vermeintlichen Spur der beiden Schotten nach Mallorca, überprüfte sie als nächstes Spanien, inklusive aller Inseln – wieder Fehlanzeige. Danach kam Deutschland dran – ebenfalls nichts. Als sie dann aber die Suchroutine auf Frankreich anwandte: "Ein Treffer" blinkte ganz groß auf ihrem Bildschirm auf. Elektrisiert fuhr sie in ihrem Stuhl hoch, um die Angaben genauer zu prüfen.

Ein gewisser Bernard Gautier war in seiner Wohnung aufgefunden worden, offensichtlich vergiftet. In der Nachricht stand noch, dass er Vertreter einer großen Investmentfirma war, die sich auf Firmenaufkäufe und -verkäufe spezialisiert hatte.

Da sich Nicky mit ihrem kleinen Programm auch in den Polizeicomputer der französischen Kollegen einloggen konnte - wovon die natürlich keine Ahnung hatten - konnte sie auch dort einen entsprechenden Bericht finden. Da dieser allerdings in Französisch war und sie diese Sprache nicht beherrschte, kopierte sie den Text und ließ ein Übersetzungsprogramm darüber laufen.

Als sie dann den ausführlichen Bericht in ihrer Sprache – oder besser gesagt in dem, was das Programm für ihre Sprache hielt - durchlas, erfuhr sie, dass Gautier am Pflanzengift Cytisin gestorben war. Seine Putzfrau hatte ihn in der Wohnung gefunden und den Notarzt verständigt. Die französische Polizei ging potenziell von Mord aus, ein Täter war bislang noch nicht ermittelt worden. Selbstmord wurde aber auch hier nahezu ausgeschlossen.

Im Rahmen der Ermittlungen hatten die Kollegen noch herausgefunden, dass Bernard Gautier wohl zuletzt angeblich an irgendeinem Deal beteiligt war, der vermutlich mit der Firma VOP zu tun hatte. Auch die Firma Huber & Fils schien darin verwickelt zu sein, aber sowohl Pierre Cabriole, Vorstandsmitglied von VOP, als auch der Inhaber von Huber & Fils hatten versichert, dass dem nicht so sei. Es waren auch keine Beweise gefunden worden, die diesen Verdacht unterstützten. Aber die Untersuchungen liefen noch.

Das war jetzt allerdings eine bedeutende Nachricht, von der zumindest Alan umgehend erfahren musste. Er konnte dann entscheiden, ob er sein Team kurzfristig zusammenrufen würde.

Als sie gerade zum Hörer greifen wollte, um Alan anzurufen, klingelte ihr Telefon und die Zentrale meldete sich. »Hallo, Nicky, Adrian aus der Zentrale hier, wir haben einen merkwürdigen Notfall gemeldet bekommen. Ein gewisser Sven Sorenson ist bewusstlos in seiner Wohnung gefunden worden und dem alarmierten Notarzt kam die ganze Sache verdächtig vor. Ist das nicht der Mann, der am Donnerstag zu euch kommen sollte?« Der Mann aus der Zentrale informierte noch über den Fundort, wer informiert hatte, in welches Krankenhaus er gebracht worden war und verabschiedete sich.

Nicky war etwas irritiert. Erst passierte tagelang nichts und jetzt: gleich zwei wichtige Dinge auf einmal! Na, Alan würde staunen. Aber zuerst musste sie das Spurensicherungsteam und auch einige ihrer SoKo-Kollegen vor Ort schicken. Nachdem sie die SpuSi und auch ihre eigenen Spezialisten aus ihrer Sonntagsruhe aufgeschreckt hatte, wählte sie die Handynummer von Alan.

»Hier Nicky. Sorry, Alan, dass ich dich störe, aber wir haben hier die Meldung, dass man unseren Sorenson gefunden hat, bewusstlos. Könnte möglicherweise ein weiteres Opfer unseres Giftmischers geworden sein. Aber, gute Nachricht: er lebt noch. Die Spurenleser sind schon unterwegs und auch unseren Haus- und Hoffotografen habe ich bereits aufgescheucht. Auch Brian und Co. sind bereits unterwegs dorthin. Und noch etwas, ich habe einen Giftmord in Frankreich entdeckt, der in unser Schema passen könnte!«

»Oh mein Gott«, war Alans erste Reaktion. »Ich mach mich sofort auf den Weg. Muss das denn immer am Sonntag sein?«

»Wieso?«, fragte sie, etwas über seine Stimme amüsiert. »Liegst du noch mit Bermudashorts am Strand oder was? Keine Sorge, das kann ich gerade noch ertragen. Und außerdem hast du dir vom Nordseewind eine Halsentzündung zugezogen oder hat deine rauchige Stimme etwa flüssige Ursachen?«

»Keine Frechheiten von Untergebenen bitte!«, antwortete Alan etwas gequält. »Ich habe die halbe Nacht mit Graham Morrice ermittelt! Im Gegensatz zu euch, mit vollem geistigen und körperlichen Einsatz.«

»Mit Graham? Aha! Na dann kenn ich das "Corpus Delicti" schon. Also, pass auf, hier die Daten ...«

Nachdem Nicky ihm die Adresse des Fundortes und des Krankenhauses genannt hatte, fragte er sie noch: »Ich komme anschließend in die Zentrale. Bist du dann noch da, damit du mir die Details über den Toten in Frankreich geben kannst?«

»Ja, klar. Ich warte hier, bis du kommst, und versuche inzwischen schon mal etwas über das Gift herauszubekommen, mit dem der Franzose ermordet wurde.«

»Super, vielen Dank!«

»Ach, und Aspirin liegt hier ebenfalls bereit.«

Ohne auf die letzte gehässige Bemerkung einzugehen, unterbrach Alan die Verbindung.

Sterben

Brian und Andy erreichten das Haus, in dem Sorenson zur Miete wohnte, knapp zwanzig Minuten, nachdem sie von Nicky informiert worden waren. Am Ende der Sackgasse drängten sich bereits ein Streifenwagen sowie der Kombi der Spurensicherung. Auf der gegenüberliegenden Straßenseite von Sorensons Haus standen Nachbarn verschreckt in kleinen Grüppchen zusammen.

Ein junger Polizist mit braunem Haar, blaugrauen Augen und eindeutig zu viel Aqua von Bulgari hielt ihm das Absperrband hoch, damit Brian drunter durchschlüpfen konnte. *Entweder ist dessen Nase schon halb tot oder er hat noch nie etwas von dem Spruch* "Weniger ist mehr" *gehört*, dachte Brian, als er sich an ihm vorbeidrängte.

Die Leute von der Spurensicherung waren schon an der Arbeit und an ihren obligatorischen weißen Tyvek-Anzügen leicht zu erkennen. Auch der Fotograf lief, mit seiner Kamera bewaffnet, umher und schoss Fotos aus allen Blickwinkeln, anschließend videografierte er die Wohnung.

Alan hatte sich inzwischen telefonisch mit Brian in Verbindung gesetzt und ihn informiert, dass er auf dem Weg sei. Brian und Andy sollten in der Wohnung auf ihn warten, da er sich persönlich einen Überblick vor Ort verschaffen wollte. Erst danach wollte er ins Krankenhaus fahren.

»Sorgt bitte dafür, dass dieser Sorenson im Krankenhaus permanent bewacht wird. Ein Polizist soll vor seiner Tür warten, bis wir da sind. Und wehe, der geht zum Pinkeln, bevor wir kommen. Vielleicht kann uns dieser Sorenson ja sagen, wer ihn vergiftet hat. Ich möchte nicht, dass uns der Mörder zuvorkommt und bei Sorenson nochmals zuschlägt. Vielleicht hat er ja hier einen entscheidenden Fehler gemacht«, gab er seine Instruktionen. Nachdem Brian dies an die Zentrale weitergegeben hatte, blieb ihm und Andy nichts anderes übrig, als der Spurensicherung bei der Arbeit zuzusehen und zu versuchen, ihnen dabei möglichst wenig im Wege zu sein.

Gegen vierzehn Uhr traf Alan in Sorensons Wohnung ein. »Und hat die SpuSi was gefunden?«, fragte er seine Kollegen zur Begrüßung.

»Nichts augenscheinlich Auffälliges. Die Fingerabdrücke müssen aber noch ausgewertet werden«, informierte ihn Brian.

»Wer hat denn Sorenson gefunden?«

»Ein Nachbar. Er hatte sich mit ihm zum Sonntagsbrunch im Garten verabredet. Als Sorenson nicht auftauchte, ist er kurzerhand durch den Garten zum Haus gegangen, um an der Terrassentür zu klopfen. Da hat er ihn dann im Wohnzimmer liegen sehen und sofort die Ambulanz angerufen.«

»Gute Nachbarschaft geht doch über alles! Vielleicht schnappen wir ja jetzt unseren Mörder. Möglicherweise hat er sich in der Dosis vertan und der Sorenson überlebt das Ganze. Dann kriegen wir ihn.«

Für Alan schien es klar zu sein, dass es sich auch dieses Mal um Gift handelte.

»Du scheinst dir ja ganz sicher zu sein, dass sich unser Pflanzen-Mörder den Schweden geschnappt hat«, meinte Andy.

»Du hättest den mal am Mittwoch sehen sollen, der sah aus wie das blühende Leben. Und er war, genau wie unsere anderen beiden Toten, in irgendein schmutziges Geschäft der SWS verstrickt. Das wäre mehr als ein Zufall, wenn der jetzt keine Vergiftung hätte«, erwiderte Alan.

»Tja, da hat ihm seine Staranwältin auch nicht helfen können. Der wäre wohl besser am Donnerstag bei uns vorbeigekommen, dann würde er jetzt vielleicht nicht im Krankenhaus liegen«, fügte Brian an.

»Vielleicht hat er ja nur die Rechnung seiner Anwältin bekommen und es hat ihn dann der Schlag getroffen?«, spekulierte Andy weiter, der es gelernt hatte, seinen teilweise unerträglichen Beruf mit Sarkasmus erträglicher zu machen.

»Genau, Andy, das wird's sein! Apropos Krankenhaus, lasst uns da jetzt mal gemeinsam hinfahren. Vielleicht wissen die ja schon was Näheres.«

Als sie kurze Zeit später im Raigmore Hospital eintrafen und sich ausgewiesen hatten, wurden sie zur Intensivstation geschickt. An der Glastür klingelten sie und warteten, bis ihnen eine Schwester öffnete. Da sie bereits von der Pforte informiert worden war, brachte sie die beiden direkt zum Zimmer, in dem Sorenson lag.

Alan nickte dem davor sitzenden Polizisten anerkennend zu und betrat den Raum. Es war einer der typischen Krankenhaus-Intensivbehandlungsräume: hellgrüne Fliesen bis in Kopfhöhe und darüber weiß gestrichen. Der Boden ausgelegt mit einem undefinierbar grün-grauen PVC-Belag. An den Wänden Kunststoffkanäle, in denen die lebenserhaltenden Medien, wie medizinische Druckluft, Kohlendioxid, Lachgas und Sauerstoff, zu den diversen Anschlussdosen führten. Eine große Anzahl von Steckdosen und EDV-Buchsen wurden belegt durch die zahlreichen Geräte des Patientenmonitorings.

Sven Sorenson lag im Bett und war wiederum mit zahlreichen Schläuchen und Kabeln an das ganze Arsenal von Monitoren, automatischen Spritzen und weiteren Geräten angeschlossen. Fast fühlten sie sich bei der Betrachtung des Gesamtbildes, welches sich ihnen bot, als sie das Zimmer zum ersten Mal betraten, an "Die Borg" erinnert, diese Mensch-Maschinen-Wesen, die es der Besatzung des Raumschiffes Enterprise so schwer gemacht hatten. Aber nur fast, weil das Elend und das Entsetzen, das man sofort empfand, wenn man den geschundenen Körper Sven Sorensons sah, jeden nicht völlig abgebrühten Menschen sofort übermannte.

Wenig später betrat Dr. Morgan Quinn, der behandelnde Arzt, das Zimmer und informierte die beiden, dass er Sven Sorenson ins künstliche Koma versetzt hatte, um seine Vitalfunktionen künstlich aufrechterhalten zu können.

»Wir wissen noch nicht, woran er leidet. Die Symptome sind recht merkwürdig und mir momentan nicht erklärbar. Sein Zustand scheint immer schlechter zu werden«, ergänzte der Arzt.

»Könnte es ein Pflanzengift sein?«, fragte Alan.

»Sie meinen E605 oder so etwas?«, schmunzelte der Arzt.

»Nein, ich meine etwas viel Ausgefalleneres. So etwas wie Colchicin oder Aconitin zum Beispiel«, erwiderte Alan leicht gereizt.

»Wow«, entfuhr es dem Arzt, »das ist natürlich etwas ganz anderes. Da fällt mir ein, dass ich in der Zeitung etwas darüber gelesen habe. Sind Sie von dieser Sonderkommission?«

»Ja, das sind wir. Höchstpersönlich. Und was ist jetzt mit meiner Frage, kann es ein Pflanzengift sein?«

»Eine Vergiftung ist prinzipiell denkbar und würde auch den Zustand des Patienten erklären. Aber ob es eines der von Ihnen genannten Pflanzengifte oder ein völlig anderes Gift ist, müssen wir erst noch untersuchen. Es ist zumindest ein interessanter Ansatz. Aber es könnte natürlich auch etwas völlig anderes sein.«

»Besteht die Chance, dass wir mit ihm sprechen können?«, fragte Alan.

»Nein, auf keinen Fall. Er war schon ohnmächtig, als er gefunden wurde, und hat auch zu keiner Zeit das Bewusstsein erlangt. Er hat immer mehr Flüssigkeit in der Lunge und dadurch wird seine Atemnot permanent schlimmer. Wir müssen ihn im Koma und am Beatmungsgerät belassen, damit er überhaupt eine Chance hat zu überleben.«

»Können Sie wirklich nichts tun, damit er schnell wieder zu sich kommt?«

»Wenn wir wissen, ob es sich um ein Gift handelt und, wenn ja, um welches, können wir vermutlich Gegenmaßnahmen ergreifen. Aber auch dann kann es noch ein paar Tage dauern, bis er ansprechbar ist. Solange müssen Sie sich gedulden, meine Herren.«

Alan gab ihm seine Karte. »Rufen Sie mich bitte sofort an, sobald es etwas Neues gibt oder er zu sich kommt. Es ist sehr wichtig für uns.«

»Okay, mach ich«, antwortete der Arzt und verabschiedete sich.

Beim Verlassen des Zimmers wandte sich Alan an den Polizisten, um ihn nochmals persönlich auf die Dringlichkeit einer guten Bewachung hinzuweisen. »Ich sorge dafür, dass Sie bald abgelöst werden. Sie können sich jetzt noch mal erleichtern und sich einen Kaffee holen, solange wir da sind. Aber dann lassen Sie mir ja niemanden ins Zimmer. Es besteht die Gefahr, dass jemand, auch hier im Krankenhaus, versucht, ihn umzubringen.«

»Keine Sorge, Sie können sich voll und ganz auf mich verlassen«, antwortete der Mann.

»Tja, mehr können wir hier wohl momentan nicht tun«, meinte Alan dann zu Brian und Andy. »Lasst uns in die Zentrale zu Nicky fahren, die hat noch eine interessante Neuigkeit für uns. Und ich dann auch für euch.«

»So, was denn?«, fragte Brian neugierig.

»Nicky hat einen weiteren Toten in Frankreich ausfindig gemacht. Ebenfalls ein Mord mit Pflanzengift. Und unser Superdetektiv Graham hat eine Spur gefunden, die ebenfalls in dieses Land führt. Lass dich überraschen, ich möchte es nicht zweimal erzählen«, tat Alan weiterhin geheimnisvoll.

In der Zentrale angekommen, setzten sich alle mit Nicky am Besprechungstisch zusammen und ließen sich von ihr informieren, was sie heute herausgefunden hatte.

»Also«, begann sie mit einem Seufzer, »jetzt wird's wieder schwer wissenschaftlich. Deshalb genau zuhören, ich kann diese irrwitzigen Begriffe bestimmt nur einmal fehlerfrei aussprechen. Bei dem Gift des französischen Toten handelt es sich um Cytisin. Das ist das Hauptalkaloid des Goldregens. Das sind die hübschen Büsche, die so schön gelb blühen. Alle Pflanzenteile sind giftig. In allen Teilen der Pflanze werden Alkaloide gefunden. Dies sind hauptsächlich Cytisin, N-Methyl-cy-ti-sin sowie Pyr-ro-li-zi-din-alkaloide wie Laburnin und Laburnamin. Jetzt habe ich einen Zungenkrampf.«

Sie trank einen großen Schluck Mineralwasser und fuhr dann fort. »Die Giftkonzentration ist in den reifen Samen am höchsten. Als tödliche Dosis für einen Erwachsenen gelten drei bis vier Schoten, entsprechend fünfzehn bis zwanzig Samen.« Nicky schaute in die Runde, um zu sehen, ob ihr wirklich auch alle bei diesem Fachexkurs folgen konnten. Da keiner mit Heftklammern spielte oder das Innenleben seines Kugelschreibers erforschte, fuhr sie befriedigt fort. »Es wirkt, ähnlich wie Nikotin, zunächst erregend, später lähmend auf die sympathischen Ganglien, indem es auf dieselben Rezeptoren zugreift. Zu den Vergiftungserscheinungen, die der Goldregen verursachen kann, gehören Übelkeit, Erbrechen - teilweise blutig und mitunter stundenlang, bäh! - Brennen in Mund und Rachen sowie Magenbeschwerden. Schüttelfrost, Schweißausbrüche, Schwindelgefühle und Kopfschmerzen.

Eine stärkere Vergiftung führt zu erhöhtem Herzschlag, Halluzinationszuständen, Muskelzucken, Bewusstlosigkeit und Krämpfen. Bei entsprechender Giftaufnahme tritt Tod durch Atemlähmung nach 1 - 9 Stunden, mitunter auch erst nach einigen Tagen ein. Der Giftstoff Cytisin wirkt somit zuerst erregend und danach lähmend auf den Organismus.«

»Der hatte also auch keinen Spaß, als er das Zeitliche gesegnet hat«, fasste Brian zusammen.

»Nein, ganz sicher nicht. Die französischen Kollegen haben am Fundort der Leiche bestimmt genauso eine Sauerei vorgefunden, wie wir bei Arthur Fraser«, sagte Andy.

»Da Cytisin als direkt eingenommenes Gift zu nahezu sofortigem Erbrechen führt, ist die vorherige Einnahme von Reisetabletten, die den Kotzreiz unterdrücken, "sinnvoll"«, ergänzte Nicky noch. »Ob das bei dem Franzosen so war, weiß ich jetzt aber noch nicht.«

»Alles Gifte von Pflanzen, die in den meisten Gärten vorkommen können. Und von Pflanzen, bei denen die meisten Menschen deren Giftigkeit völlig unterschätzen. Will uns der Täter damit etwas sagen?«, fragte Alan.

»Vielleicht hat er ja nur selbst einen großen Garten und möchte uns das hiermit wissen lassen?« Das kam natürlich wieder von Brian.

»Was haben wir noch«, wandte sich Alan wieder Nicky zu.

»Bei dem Toten handelt es sich um Bernard Gautier, Investmentberater bei Touchez Invest, einer großen Investmentfirma, die sich auf Firmenaufkäufe und -verkäufe spezialisiert hat. Angeblich war er an irgendeinem Deal beteiligt, der mit der Firma VOP zu tun hatte. Auch die Firma Huber & Fils scheint darin verwickelt zu sein, aber die Vorstandsmitglieder beider Konzerne haben das natürlich geleugnet. Ich habe mal die beiden Firmen überprüft: VOP ist ein international operierender Spirituosenkonzern, mit Zentrale in Nogent-sur-Marne, das ist ein Außenbezirk von Paris. Die andere Firma, Huber & Fils, mit Hauptsitz in Pithiviers, ist eine der größten Parfüm- und Pharmadynastien Frankreichs.«

»Unglaublich, was diese Frau mit ihrem Computer so alles in drei Stunden herausfinden kann. Das macht mir beinahe Angst«, meinte Brian anerkennend.

»Und es wird noch besser«, fügte Alan hinzu. »Ich hatte ja schon angedeutet, dass unser Graham ebenfalls eine Spur gefunden hat. Und, aufgepasst, die führt ebenfalls nach Frankreich!«

Als ihn alle neugierig ansahen, fuhr er fort. »Ihr erinnert euch ja bestimmt noch, dass zwei der Destillerien der SWS schlechte Zahlen abliefern. Eine ist Glenallan, mit Arthur Fraser als Inhaber, und der ist jetzt tot. Die andere ist Glen Turffield, mit John Permit als Inhaber, und der lebt noch. Aber seine Tochter, die eigentlich die Distillery übernehmen wollte, hat der eigene Vater zugunsten ihres, nach Meinung von Graham, unfähigen Bruders ausgebootet und sie ist daraufhin nach Frankreich ausgewandert. Also noch eine Spur, die nach Frankreich führt. Das kann kein Zufall sein.«

»Meinst du, dass John Permit das nächste Opfer sein könnte?«, fragte Brian.

»Möglich wäre es. Er ist zumindest jemand, mit dem wir unbedingt persönlich reden müssen. Auch über den Verbleib seiner Tochter muss er uns Auskunft geben.«

»Glaubst du, dass sie unsere Mörderin ist?«

»Keine Ahnung, aber irgendwie könnte sie in den Fall verstrickt sein.«

Als Alan am späten Abend nach Hause kam, war Susan ebenfalls aus Pennan zurückgekehrt und erwartete ihn schon. Nachdem sie sich herzlich begrüßt hatten und Susan von ihren letzten Stunden in Pennan berichtet hatte, setzten sich beide in seinen "Wein-Wintergarten" und Alan erzählte ihr von Sorenson und seinem Verdacht, dass auch dieser vergiftet worden sei.

»Kann es sein, dass unser Mörder die Dosis falsch gewählt hat und das Gift deshalb zu schwach ist, um Sorenson zu töten?«, mutmaßte Alan dann.

»Vielleicht ist es aber auch ein Gift, das einfach nur wesentlich langsamer wirkt als die anderen vorher.«

»Na ja, ich weiß nicht. Das kommt mir aber ein bisschen weit hergeholt vor.« Alan stand auf und begutachtete seine langsam jetzt im Frühling erwachenden Weinstöcke. Gedankenverloren zupfte er mal hier mal da an den braunen und knorrigen Pflanzen herum. Es war für ihn nicht leicht, die Diskrepanz zwischen seinen geliebten und Trauben spendenden Gehölzen und den tödliches Gift spendenden Pflanzen des Mörders in seinem Kopf zu eliminieren. Entweder verlor er bald den Spaß an seinem Hobby oder ... Schließlich tröstete er sich mit der alten pharmakologischen Erkenntnis, dass alles giftig ist, es kommt nur auf die Dosierung an. Als er dabei an seinen Wein und die durchzechte Nacht in Pennan dachte, wurde ihm klar, dass er nur knapp der tödlichen Menge entkommen sein musste - zumindest seinen Kopfschmerzen am nächsten Morgen nach zu urteilen.

»Es gibt durchaus einige Gifte im Tier- und Pflanzenreich, die erst nach Tagen zum Tode führen. Mein Schatz, du hast wohl ganz vergessen, dass ich ausgebildete Notärztin bin und dass ich deshalb schon über einige Kenntnisse zum Thema Vergiftungen verfüge.«

»Stimmt, da habe ich momentan wirklich nicht dran gedacht.«

»Das giftigste Tier der Erde zum Beispiel, ist die Seewespe, die zur Gattung der Würfelquallen gehört«, brillierte Susan mit ihrem Fachwissen. »Die fußballgroße Seewespe hat auf ihren, bis zu zwei Meter langen, Tentakeln etwa 200 Millionen Nesselzellen. Die Nesselkapseln treiben mit dem 40.000-fachen der Erdbeschleunigung winzige Harpunen durch die Haut ihres Opfers. Dann entladen sich die Nesselkapseln mit einem Druck von 150 bar. Zwischen dem Zeitpunkt der Reizauslösung und dem Abschießen der Harpunen liegt nur eine millionstel Sekunde und dies ist die schnellste Reaktion auf der Erde überhaupt. Eine Berührung würde eine Kettenreaktion von Abschüssen auslösen. Eine einzige Seewespe hat genug Gift, um mindestens 250 Menschen zu töten.«

»Wow, jetzt bin ich aber echt beeindruckt. Was du so alles weißt.«

»Tja, du bist halt nicht der einzige Schlaumeier in unserer Beziehung«, grinste Susan ihn neckisch an. »Außerdem kann ich über unsere Ärzte-Datenbank auch die eine oder andere Information zu Giften und ihren Symptomen abrufen. Und – ich gebe es zu – mich hat Toxikologie im Pflanzen- und Tierreich immer schon fasziniert. Hätte ich etwas betuchtere Eltern gehabt, die mir ein weiteres Studium ermöglicht hätten, das wäre mein erklärtes Lieblingsfach geworden.«

»Na ja, wenn ich denn mal im Lotto gewinne, kaufe ich dir einen Platz an der Uni. Versprochen! Aber apropos Schlaumeier«, wurde Alan wieder ernst. »Dieser Dr. Quinn, der behandelnde Arzt von Sorenson, schien mir nicht wirklich überzeugt zu sein, dass es sich um Pflanzengift handelt. Glaubst du, du kannst mal mit ihm reden, quasi so von Arzt zu Arzt, und dir die Krankheitssymptome erklären lassen. Vielleicht kannst du ja in deiner Datenbank ein passendes Gift dazu finden.«

»Ja, warum eigentlich nicht. Einen Versuch ist es sicherlich wert und ich helfe euch doch gerne. Vielleicht komme ich ja irgendwann doch noch mal wieder zu euch ins Team.«

»In meinem ganz privaten Team bist du mir wesentlich lieber.«

Wenig später telefonierte Susan mit Dr. Quinn. Sie hatte vorher mit Alan abgesprochen, dass sie sich als externe Mitarbeiterin der Sonderkommission ausweisen sollte und durfte, die der Polizei half. Dr. Quinn erklärte sich auch nach kurzem Zögern, und nachdem er einige Fragen gestellte hatte, die Susan wirklich nur mit der Qualifikation einer Ärztin beantworten konnte, bereit, ihr die Symptome von Sven Sorenson zu schildern. Sein Zustand hatte sich seit nachmittags noch weiter verschlechtert und keines der verabreichten Medikamente schien eine positive Wirkung zu entfalten. Susan notierte fleißig mit und stellte immer wieder Fragen, von deren Inhalt Alan nur die Hälfte verstand. Nach fast einer halben Stunde bedankte sie sich bei Morgan Quinn und legte auf.

»Mein lieber Mann. Was der mir gerade alles an Symptomen genannt hat, klingt nicht danach, als würde euer Schwede irgendeine Überlebenschance haben«, wandte sie sich an Alan, der mittlerweile den Abendbrottisch gedeckt hatte und nun mit einem Glas Rotwein in der Hand am Esszimmertisch saß. Er wedelte mit einem zweiten Glas, worauf sie zu ihm kam und sie sich dann zuprosteten.

»Du hattest übrigens Recht mit deiner Einschätzung von Dr. Quinn. Der ist auch jetzt noch nicht davon überzeugt, dass es sich überhaupt um eine Vergiftung handelt. Egal, dann werde ich mich mal an meinen Computer setzen und alles mit unserer Datenbank abgleichen.«

»Du bist wirklich ein Schatz«, meinte Alan, »aber erst wird für das leibliche Wohl gesorgt. Schau mal«, sagte er und machte eine einladende Geste über den Esstisch, »ich habe auf dem Rückweg beim Sonntagsmarkt angehalten. Bevor uns Frankreich als das Land der Giftmischer vergällt wird, sollten wir noch einmal alle Spezialitäten probieren. Schafskäse, Camembert, Blauschimmel, alles dabei.«

Eine knappe Stunde und ein ganzes Baguette später räumte Alan den Tisch ab, während sich Susan an ihr Notebook setzte und das entsprechende Programm hochfuhr. Nach fast zwei weiteren Stunden, in denen Alan ihr immer wieder mal vom Rotwein nachschenkte und auch einmal die Nackenmuskeln massierte, war es endlich soweit. Susan hatte etwas gefunden und wandte sich mit leuchtenden Augen zu Alan um.

»Ich habe alle Symptome von Sorenson in der Datenbank überprüft: allgemeine Schwäche, Schwitzen, hohes Fieber, Erbrechen, blutiger Durchfall, Atemnot, Lungenödem, brodelnde Atemgeräusche, Herzrhythmusstörungen und Blutdruckabfall. Die einzige Vergiftung mit Pflanzengift, die alle diese Symptome aufweist, ist eine Rizinvergiftung.«

Am nächsten Morgen traf sich die SoKo zur üblichen Morgenbesprechung, und als alle rund um den Besprechungstisch Platz genommen hatten, eröffnete Alan die Sitzung gleich mit der wichtigen Neuigkeit.

»Wie ihr ja alle wisst, habe ich seit einiger Zeit meinen Leibarzt immer dabei, wenn ich in Urlaub fahre«, sagte Alan und spielte damit auf Susan an. »Und diese Ärztin hat jetzt herausgefunden, dass die Symptome, die unser Schwede zeigt, am ehesten mit einer Rizinvergiftung zu erklären sind. Susan ist heute Morgen schon ganz früh ins Krankenhaus gefahren, um die Spezialisten über ihre Erkenntnisse zu informieren, damit diese entsprechende Tests durchführen können. Ich habe sie, mit eurer Erlaubnis, zur temporären Mitarbeiterin ernannt.«

»Meine Erlaubnis hast du. Aber Rizin? Hat das etwas mit Rizinusöl zu tun?«, fragte Brian. »Und das soll giftig sein? Das hat mir meine Mutter früher oft gegeben und ich glaube nicht, dass die mich umbringen wollte.«

»Zumindest scheint es ihr nicht gelungen zu sein«, flachste Andy. »Aber wir können ja jetzt Gott sei Dank Susan fragen, wie wir das nachholen können.«

»Bitte erst nach unserem Fall. Ich brauche im Moment jeden Mitarbeiter«, erwiderte Alan. »Aber, Brian, du hast Recht und auch wieder nicht. Genau das Gleiche hatte ich Susan auch gefragt, und deshalb weiß ich jetzt, dass Rizinusöl durch Kaltpressung aus dem Samen gewonnen wird. Dabei verbleiben die Giftstoffe während des Herstellungsprozesses im Presskuchen und sind dann im Rizinusöl nicht mehr enthalten. Ich kann dich also beruhigen, mein Lieber.«

»Na Gott sei Dank, ich habe schon fast an meiner Mutter gezweifelt«, grinste dieser zurück.

Nicky hatte in der Zwischenzeit auf der Tastatur ihres Notebooks gespielt und blickte jetzt wieder auf. »Ich habe einiges über Rizin gefunden«, las sie von ihrem Bildschirm ab. »Rizin ist einer der giftigsten Eiweißstoffe, die in der Natur vorkommen und damit eines der stärksten Gifte im Pflanzenreich. Gelangt das Gift in den menschlichen Organismus, so dringt es in die Zellen ein und hindert sie daran, Proteine zu bilden. Damit bringt es die kontaminierten Zellen zum Absterben. Für eine tödliche Vergiftung eines Erwachsenen soll die Einnahme von

0,25 Milligramm isoliertem Rizin oder das Schlucken von 2–4 der ornamentierten Samenkörner genügen. Eine Vergiftung mit Rizin führt auch zu einer Zerstörung der roten Blutkörperchen. Nach der Aufnahme einer tödlichen Dosis tritt der Tod nach 36 bis 72 Stunden ein.«

Mit einem Blick auf die Uhr antwortete der pragmatische Brian: »Wenn das stimmt, dann hat unser Sorenson schon drei der vier Ornamentkörner verdaut und nur noch bis maximal morgen zu leben!«

»Ornamentierte Körner, du Leuchte, du! Also weiter: Nach einer Latenzzeit von mehreren Stunden bis Tagen können folgende Symptome auftreten: allgemeine Schwäche, Unwohlsein, Engegefühl um die Brust, Schwitzen, hohes Fieber, Gelenkschmerzen, Übelkeit, Erbrechen bis blutiges Erbrechen, blutiger Durchfall, Atemnot, brodelnde Atemgeräusche und ein schaumiger Auswurf, Kreislaufkollaps, Lungenödem durch Austreten von Blutflüssigkeit aus den Kapillargefäßen in die Lunge. Dadurch kann die betroffene Person nicht mehr ausreichend Sauerstoff in den Blutkreislauf aufnehmen. Herzrhythmusstörungen, Blutdruckabfall, eine charakteristische Vermehrung der weißen Blutkörperchen, Herzrasen, krampfartige Bauchschmerzen und akuter Flüssigkeitsverlust. In schweren Fällen kommen Mydriasis, Krämpfe an Händen und Beinen, Fieber sowie die Symptome einer Lebernekrose und eines akuten Nierenversagens dazu. Der Tod erfolgt durch Lähmung medullärer Zentren, besonders des Atemzentrums. Das Atemwegssystem versagt und das Herz bleibt stehen«, beendete Nicky schwer atmend ihren Vortrag über die Wirkung des Pflanzengiftes.

»Wahnsinn!«, sagte Andy. »Das ist wirklich ein Teufelszeug! Wenn der Fall rum ist, gehe ich nie wieder in den Garten!«

»Das Schlimmste kommt noch«, ergänzte Nicky. »Es gibt keinerlei Gegenmittel. Ist die Dosis hoch genug, ist es nur noch eine Frage der Zeit, bis der Exitus eintritt.«

»Der arme Sorenson«, meinte Brian. »Das hat er dann doch nicht verdient. Wer macht denn so was.«

»Genau das herauszufinden, ist unsere Aufgabe«, erinnerte Alan.

»Hier steht noch etwas«, meldete sich Nicky wieder zu Wort. »Das hatte ich schon fast vergessen. Traurige Berühmtheit erlangte der Mordanschlag mit Rizin als "Regenschirmattentat" auf den bulgarischen Schriftsteller und Dissidenten Georgi Markow in London 1978. Der Täter, vermutlich ein Agent des damaligen bulgarischen Geheimdienstes, verletzte das Opfer scheinbar zufällig mit einer präparierten Regenschirmspitze. Dabei wurde ein winziges Platinkügelchen von ca. 1 mm Durchmesser in den Unterschenkel des Opfers injiziert. In der Platinkugel fanden sich zwei, mit Zuckermasse verschlossene, dünne Kanäle, die mit 40 µg Rizin gefüllt waren und daraufhin kontinuierlich dieses Gift freisetzten. Zunächst als harmloser Zwischenfall abgetan, wurde die Ursache der spät einsetzenden Symptome der Vergiftung erst spät erkannt. Markow starb drei Tage nach dem Attentat. Das Platinkügelchen wurde durch Zufall entdeckt, da nach Markows Tod auch von der verfärbten Injektionsstelle eine Probe entnommen wurde.«

»Ich glaube, du hast zu viele Krimis gelesen. Sven Sorenson ist Finanzprofi bei der SWS und kein Spion oder russischer Überläufer«, meinte Brian.

»Ich weiß, es klingt verrückt, aber Rizin ist das einzige Gift, auf das die Symptome zutreffen«, erinnerte Alan.

»Es ist verrückt! Terroristen verwenden Rizin, James Bond und Doktor No vermutlich auch. Aber wie zum Teufel gelangt Rizin in den Körper eines SWS Mitarbeiters?«, regte sich Brian erneut auf.

»Warten wir ab, bis die im Krankenhaus die entsprechenden Tests durchgeführt haben, damit wir Gewissheit haben, ob es sich um Rizin handelt. Wie es in seinen Körper gelangt ist, müssen wir dann klären«, beendete Alan die Diskussion zu diesem Thema.

Gemeinsam schauten sie sich noch an, was seit Donnerstagabend sonst noch alles an Informationen eingetroffen war. Speziell die von Charly unter "völlig bescheuert" einsortierten Meldungen erheiterten alle immer wieder aufs Neue und lenkten sie wenigsten ein bisschen von der grauenerregenden Realität ihrer Fälle ab.

Während der Rest der Sonderkommission in der Zentrale blieb, um die verbliebenen Informationen zu ordnen und in Berichte zu fassen, fuhren Alan und Brian ins Krankenhaus.

Als sie wieder auf der Intensivstation eintrafen, auf der Sven Sorenson behandelt wurde, kam ihnen gleich ein aufgeregter Dr. Quinn entgegen. »Sie wissen ja vermutlich von der Ärztin, die mit Ihnen zusammenarbeitet, dass ein Giftnachweis meist sehr schwierig ist. Viele Giftstoffe sind überhaupt nur bei gezielter Suche nach gerade diesem Stoff nachweisbar. Ohne konkreten Verdacht ist eine Suche nach allen denkbaren Giftstoffen praktisch unmöglich. Bei einem Lebenden sogar auf gar keinen Fall denkbar, denn wir müssten so viele Asservate von ihm nehmen, dass er alleine das schon nicht überleben würde. Nach dem Tipp von Frau Edkins haben wir alle erforderlichen Tests durchgeführt und es ist jetzt leider nahezu sicher, Sven Sorenson wird an Rizinvergiftung sterben, denn es gibt kein Gegenmittel!«, verkündete er sofort.

»Scheiße! Sind Sie wirklich ganz sicher?«, fragte Alan dennoch.

»Mit dem ELISA-Verfahren, immer noch einem der am besten technisierten Untersuchungsverfahren, das wir zurzeit haben, können wir die Tests sehr genau auf die jeweilige Fragestellung ausrichten. Mit ELISA sind wir in der Lage, Proteine, Hormone, Antikörper, Tumormarker, Viren und Pharmaka im Serum festzustellen. Man kann Frühantikörper genauso exakt bestimmen, wie spezifische Antikörper. Man kann es zur Allergieuntersuchung einsetzen oder auch die Gesamtmenge eines bestimmten Antikörpers feststellen. Mit anderen Worten, ja, ich bin mir sehr sicher!«

»Also, noch ein Mord. Allerdings einer, der noch nicht passiert ist?«, meinte Brian.

»Ja, es sieht ganz danach aus.«

»Haben Sie sonst noch etwas herausgefunden?«, fragte Alan.

»Er muss es eingeatmet oder geschluckt haben, denn wir haben ihn inzwischen gründlich untersucht und keine Einstichstelle finden können.«

»Wie hat er es denn unbemerkt zu sich nehmen können?«, fragte Brian.

»500 Mikrogramm Rizin sind nicht größer als ein Stecknadelkopf. Es ist also nicht schwer, diese Menge in ein Getränk oder ins Essen zu mischen, ohne dass das Opfer etwas davon merkt. In dieser Konzentration ist es noch geschmacklos.«

Wer tut so etwas, fragte sich Alan erneut. *Wer löscht das Leben eines anderen auf so grausame Art und Weise aus, indem er ihn in einen lebenden Toten verwandelt. Welche Art von Befriedigung hatte der Mörder durch diese Tat? Wenn er darauf eine Antwort gefunden hatte, wäre er einen riesigen Schritt weiter, diesem Mörder ein Gesicht zu geben.*

»Was glauben Sie, wie lange wird er noch leben?«, fragte Alan dann.

»Keiner weiß das. Ohne das Equipment, an das wir ihn angeschlossen haben, wäre er vermutlich schon längst tot. Aber auch so: Es kann jeden Moment zu Ende gehen, sein Zustand verschlechtert sich rapide.«

So, als wäre dies das entscheidende Signal gewesen, ertönte eine Lautsprecherstimme über den Gang: »Doktor Quinn, bitte sofort ins Zimmer 318 kommen. Doktor Quinn, bitte!«

»Das ist er. Kommen Sie mit? Es scheint soweit zu sein.« Gemeinsam eilten sie zu dem Raum, in dem der Schwede lag.

Sie standen an seinem Krankenbett und beobachteten den zum Sterben Verurteilten. Nicht einmal die moderne Gerätemedizin konnte ihn jetzt noch am Leben halten. Der Blutdruck war inzwischen so weit abgefallen, dass nicht mehr genügend Sauerstoff transportiert werden konnte. Der Körper hatte begonnen, seine Systeme nach und nach abzuschalten, und das Ende war unausbleiblich.

Er konnte zwar keine Schmerzen mehr empfinden, dafür hatte man ihm genügend Morphium gegeben und ein weiteres Mittel, damit er schlief und von seinem eigenen Tod nichts mehr mitbekam. Sein Kopf war auf die doppelte Größe angeschwollen und sein gesamter Körper war aufgeschwemmt und förmlich aufgebläht.

Als sein Ende gekommen war, fielen die Zahlen auf den Anzeigemonitoren abrupt ins Bodenlose und erreichten in wenigen Sekunden den Nullpunkt. Sven Sorensons Leben war vorbei. Die herbeigeeilten Schwestern und Dr. Quinn machten ihre letzten, abschließenden Untersuchungen, dann diktierte er: »Schwester Monica, schreiben Sie in die Akte: Patient verstorben an multiplem Organversagen um …«, er blickte auf die große Analoguhr, die an der Wand hing, »genau viertel vor zwölf.«

Als Alan und Brian gemeinsam mit Dr. Quinn den Raum verließen, erkannten sie am Verstummen des monotonen Piepsens, dass die Schwestern die Apparate abgeschaltet hatten.

»Mist!«, meinte Alan. »Der kann uns leider nicht mehr sagen, wer ihm das Gift verabreicht hat. Armer Kerl!«

Als Alan und Brian am späten Nachmittag wieder in der Zentrale zurück waren, riefen sie sofort die Sonderkommission zusammen und informierten alle über die Bestätigung, dass Sorenson mit Rizin vergiftet worden und heute Mittag daran verstorben war, ohne vorher das Bewusstsein wiedererlangt zu haben.

Nicky, die in dieser Richtung bereits weiterrecherchiert hatte, ergänzte noch: »Es ist leicht zu beschaffen, preisgünstig, extrem wirksam und schwer nachzuweisen. Es ist außerdem recht einfach zu produzieren. Der Rizinussamen ist problemlos übers Internet zu beziehen. Ich habe mal recherchiert: Zwanzig von den bohnenähnlichen Samenkörnern kosten weniger als zwei Pfund. Das würde, wie bereits gesagt, ausreichen, um fünf Menschen todsicher aus dem Weg zu räumen.«

Alan fasste anschließend ihre bisherigen Erkenntnisse zusammen. »Arthur Fraser, Sean McCartney und Sven Sorenson waren zusammen in ein krummes Ding bei der SWS verwickelt. Sie hatten zwei Brennereien vorsätzlich schlecht gerechnet, vermutlich um sie zu verkaufen. Frage: an wen?

Die beiden Ersten waren über Frankfurt nach Mallorca geflogen und zwei Tage später erst zurückgekommen. Frage: Was hatten sie in dieser Zeit dort gemacht?«

»Am Ballermann waren sie bestimmt nicht gewesen und einen Urlaub zu zweit haben sie wohl auch nicht gemacht. Also, stellt sich eine weitere Frage: Mit wem hatten sie sich dort getroffen?«, ergänzte Brian.

Alan nickte anerkennend und fuhr fort: »Was regt unseren Mörder an den Managern der SWS so auf? Hasst er sie oder das Produkt, das sie herstellen? Ist es eine persönliche Sache oder sieht er sich als Retter der Menschheit?« Fragend schaute er Brian an, aber der zuckte nur mit den Schultern.

»Eine weitere Spur führt nach Frankreich. Dort gab es einen weiteren Toten und zwei Konzerne, die eventuell in den Fall verwickelt sind. Konzerne!«, sagte er laut und richtete sich auf.

»In Schottland haben wir den SWS-Konzern und in Frankreich zwei weitere. Wenn die alle zusammen in ein großes Ding verwickelt sind? Der Spur in Frankreich müssen wir unbedingt nachgehen. Mein Bauch sagt mir, dort liegt die Lösung unseres Falles!«

Sie hatten jetzt mehrere Richtungen, in die sie ermitteln konnten. Endlich würde Schwung in den Fall kommen und sie würden dem Täter immer näher rücken. Die Schlinge um seinen Hals würde sich von jetzt an enger und enger ziehen und bald hätten sie ihn gefasst.

»Brian, wir müssen mit Chief Timmins reden, am besten wir fahren zusammen nach Frankreich und recherchieren vor Ort.«

»Zu den Froschfressern? Muss das sein?«, fragte Brian sichtlich angewidert. »Dort gibt es keinen Haggis, sondern nur so widerliches Zeug. Die haben doch keine Esskultur.«

»Na, die zwei Tage wirst du auch ohne dein geliebtes schottisches Essen auskommen. Und ich habe gehört, dass die französische Küche gar nicht so schlecht sein soll«, grinste Alan zurück. »Außerdem, du Gourmet, deine Lieblingsspeise kommt auch nicht aus Schottland. Pommes frites haben nämlich die Belgier erfunden. Also los, heim mit dir und Koffer packen.«

»Frag doch erst einmal den Chief. Vielleicht dürfen wir ja nicht dorthin«, meinte Brian noch hoffnungsvoll.

Aber, wenn er so darüber nachdachte, hatte sich Alan eigentlich jemals von etwas abbringen lassen?, überlegte er. Brian konnte sich zumindest nicht an ein einziges Mal erinnern. Alan machte immer genau das, was Alan wollte. Und am Ende hatte Alan bisher auch immer genau das Richtige getan.

Alan löste die Besprechung auf und machte sich auf den Weg ins Büro von Chief Constable Willie Timmins.

Murphys Gesetz

Er hatte es wirklich versucht. Er hatte es die ganze Zeit über wirklich versucht. Er hatte versucht, stark zu sein, der Stärkere zu sein. Die ersten Jahre über war es kaum ein Problem gewesen. Im Gegenteil: Er hatte sogar das Gefühl, dass es besser werden würde. Nur dann, plötzlich, die Nachricht. Und ab da war es nicht nur ein Gefühl. Ab da war es Schmerz, der pure Schmerz.

Er hatte sich eingeredet, dass er damit fertig werden würde. Dass seine Gefühle sich auf ein erträglicheres Niveau reduzieren würden. Doch das war nicht eingetreten. Und eigentlich war es auch gut so. Denn, warum sollte man sich wünschen, weniger zu lieben? Als er sie zum ersten Mal traf, war es diese kitschige, von unzähligen Filmen ins Lächerliche gezogene Liebe auf den ersten Blick. In dem Moment, als sie ihn mit ihren offenen und damals so erschrocken blickenden Augen ansah, da wusste er es. Sie würde sein Leben bestimmen. Sie würde seinem Leben einen Sinn geben. Sie würde sein Leben erst lebenswert machen. Sie wäre sein Leben.

Er wusste auch, dass im Leben nichts kostenlos ist, dass es eine große Waage gibt, die alles ausgleicht, was passiert. Wenn etwas auf die eine Waagschale gelegt würde, so würde etwas anderes die Waage wieder ins Lot bringen. Nur was, dass konnte man nicht selbst bestimmen. Dafür, dass er die größte Liebe seines Lebens getroffen hatte, die größte im Universum überhaupt mögliche Liebe, musste er zum Ausgleich in Kauf nehmen, dass diese Frau ihn zwar liebte, aber nie wirklich bei ihm sein würde. Nicht, dass sie sich ihm nicht ganz hingegeben hätte oder sie sich nicht mit all ihrer Kraft und ihrem Mut gegen ihre Dämonen gewehrt hätte. Nein, es war diese Melancholie, diese immerwährende Traurigkeit, diese Sehnsucht, ein fernes Land zu sehen und doch niemals dort anzukommen, was sie begleitete.

Sie war die beste Ehefrau von allen, sie war stets bemüht, ihm den Himmel auf Erden zu bieten. Wenn Sympathie wirklich die Summe der Gemeinsamkeiten ist, dann war ihre Summe so groß, dass selbst die Großrechner in ihrer Firma sie nicht hätten ausrechnen können. Aber eben nicht unendlich groß. Ein Teil von ihr war für ihn unerreichbar. Weder mit seiner Hand noch mit seinem Herzen konnte er diesen Teil von ihr erreichen. Und so, wie das Pareto-Prinzip es beschreibt, dass 20 Prozent der Fehler für 80 Prozent der Probleme sorgen, war es auch in ihrem Fall. Dieser kleine schwarze Bereich in ihrer Seele war so präsent, als würde sie ihn permanent auf ihrer Stirn tragen. Wenn sie lachte, dann lachte sie nie aus vollem Halse. Und wenn sie sich freute, dann nie vollkommen. Und wenn er still war und sie sich unbeobachtet glaubte, so sah man ihre Traurigkeit in den Augen und um den Mund. Dann wurden ihre sonst so regen Hände schwer und fielen ihr in den Schoß.

Doch vor zwei Jahren wurde alles anders. Da war es dann vorbei mit der stillen Traurigkeit. Als diese Nachricht kam und er sie aufforderte, ihm endlich reinen Wein einzuschenken, da hatte er sie gezwungen, die Pforten zu öffnen. Die ganzen so sorgsam gehüteten Gefühle freizulassen. Ihn als Auffangschale zu benutzen für alle aufgestauten Ängste, Gedanken und Sorgen. Und sie hatte es getan. Ihm diesen letzten, wohlbehüteten Teil ihrer Seele gegeben. Und dafür war er ihr noch dankbarer als zuvor. Er hatte ihre verzweifelte Liebe gespürt, ihn die ganzen Jahre zuvor nicht verletzen zu wollen. Ihn nicht spüren zu lassen, dass sie niemals ganz die seine werden könnte. Jetzt ließ sie es heraus. Und gab ihm damit ungewollt noch so viel Liebe mehr. Und er versuchte ihr zu helfen, gab ihr gute Ratschläge und sie befolgte sie und reiste zu ihrem Vater. Aber es wurde damit nur noch schlimmer. Durch seinen Ansporn, sich nochmals mit ihrer Familie auseinanderzusetzen, ihnen ihre Träume und Wünsche nochmals deutlich zu machen, kamen die Dämonen alle wieder hervor. Alle über die Jahre so sorgsam verborgenen Geister brachen aus. Sie hatte insgeheim Recht gehabt. Man würde ihr wieder die Tür vor der Nase zuschlagen. Sie zurückstoßen. Und die Pforte in ihrer Seele, die er vor nun zwei Jahren aufgestoßen hatte, wollte sich nicht mehr schließen. Der kleine Fleck auf ihrer Seele wurde allgegenwärtig. Ihre Traurigkeit war nun stets ihr Begleiter. Ihr Lachen verkümmerte zu einem gezwungenen Lächeln.

Und als er dachte, das Ende wäre erreicht, ihnen könne nicht noch Schlimmeres widerfahren, griffen automatisch wieder Murphys Gesetze. Wenn etwas schiefgehen kann, dann geht es schief und früher oder später wird die schlimmstmögliche Verkettung von Umständen eintreten. *Wie hatte er immer über diese Sprüche gelächelt und sie, insbesondere im Beruf, gerne zitiert. Aber sie waren wahr. Jetzt wusste er es.*

Nicht, dass man ihr den Lebenstraum verweigerte und ihr die Destillerie ihrer Familie versagte, das war schlimm, dafür hatte sie doch ihr junges Leben gelebt. Aber ein Rest von Hoffnung war geblieben. Ihr Vater musste doch eines Tages erkennen, dass ihr Versager von einem Bruder der Falsche war. Nein, es musste schlimmer kommen. Diese Ausgeburt aus der Hölle – anders konnte er seinen Schwager nicht mehr sehen – verkaufte ihren Lebenstraum. Verhökerte ihre Seele für Geld, für Autos, für Frauen. Mit der Billigung ihres Vaters! Doch er wusste, selbst da blieb noch ein dünner Faden an Hoffnung übrig. Dass eines Tages, wenn ihr Vater mal sterben sollte, ihr Bruder freiwillig seinen missliebigen Posten aufgeben würde und sie den Erbtitel des Brand Ambassadors ein-

nehmen könnte. Und dann würde sie versuchen, die Firma wieder zu ihrer eigenen zu machen. So unendlich klein diese Möglichkeit erschien, so erhielt sie sie doch am Leben. Und damit auch ihn und ihre Liebe.

Doch dann, vor gut drei Monaten, es war Mitte Februar, kam der Teufel auf die Erde zurück. Der Teufel in Gestalt dreier Männer, die im großen Salon ihres Schlosses saßen. Zwei von ihnen kannte er schon. Bernard Gautier war Vertreter einer großen Investmentfirma, die sich hauptsächlich im Bereich der Firmenan- und -verkäufe tummelten. Mit ihm hatte sein Vater viele Übernahmen, freundliche und feindliche, von Chemie- und Parfümherstellern geplant und durchgezogen. Für seinen Vater waren es alles Ratten in diesem Geschäft. Liquidatoren, die Konkurrenten zerstören konnten, bevor diese es überhaupt merkten. Scheinkäufe und Briefkastenfirmen steuerten, die die wahren Absichten verschleierten. Aber ohne diese Menschen wäre das Imperium seiner Familie niemals zu dem geworden, was es heute war. Also duldete er sie. Der andere war Pierre Cabriole, Vorstandsvorsitzender von VOP, einem der großen französischen Spirituosenkonzerne. Mittlerweile hatten sie ihr Produktspektrum allerdings auf alle Bereiche der Luxusgüter ausgedehnt. Von der Handtasche bis zum Seidenschal wurde alles bereits unter ihrem Namen verkauft. VOP war einer der bedeutendsten Partner von Huber & Fils. Alle für die gesamte Getränkepalette benötigten Farb-, Geschmacks- und sonstigen Inhaltsstoffe erwarben sie aus dem Portfolio von Huber & Fils Chemicals International.

Der dritte anwesende Gast war ihm unbekannt, wurde ihm aber von seinem Vater, der gerade mit einer Karaffe Cognac aus seinem Privatbüro kam, vorgestellt.

»Ah, Pascal, du bist im Haus. Ich hatte dich noch im Werk vermutet. Darf ich dir unseren neuen Gast vorstellen? Dies ist Mister Fraser. Ich denke, wir werden ein paar interessante Gespräche führen.«

»Bonjour, Mister Fraser. Mein Name ist Pascal Santé. Schön, Sie in unserem Haus begrüßen zu dürfen.« Die beiden

tauschten einen festen Händedruck aus. »Bonjour, Bernard. Pierre.« Er nickte den beiden anderen zu und verabschiedete sich in aller Höflichkeit, da es in ihrem Hause Gepflogenheit war, dass an diesen Gesprächen kein anderer anwesend sein sollte.

Er hatte die Regeln seines Vaters stets befolgt, hatte jedoch schon in Jugendjahren gelernt, dass man mit reiner Folgsamkeit nicht besonders weit kam. Also schlich er sich von der anderen Seite in das Büro seines Vaters und konnte so, durch die angelehnte Verbindungstür zum Salon, den Gesprächen lauschen. Glücklicherweise war sein Englisch verhandlungssicher, sodass er ohne große Mühe der Unterhaltung folgen konnte.

Zuerst dachte Pascal, es wären die üblichen Vorgespräche zu einem potenziellen Geschäftsabschluss, wie sie schon des Öfteren hier im privaten Salon stattgefunden hatten. Irgendein Deal über langfristige Lieferverträge oder so etwas Ähnliches. Nur die Anwesenheit von Bernard Gautier machte ihn stutzig und ließ ihn nicht schon nach ein paar Minuten voller Höflichkeitsfloskeln gelangweilt den Raum verlassen. Und so, nach den ersten Cognacs, kam Pierre Cabriole endlich zum Wesentlichen.

»Also, Mister Fraser, wir wissen Ihre Unterstützung zu schätzen. Monsieur Gautier hier ist unser ausgewiesener Experte für große Transaktionen, nicht wahr, Bernard?«

»Danke für das Kompliment, Pierre. Aber zunächst einmal nennen Sie mich Bernard, Monsieur Fraser, bitte ...«

»Gerne, also, Bernard, ich heiße Arthur.« Und so nahm Arthur Fraser die von Bernard dargebotene Hand und schüttelte sie lang und kräftig.

»Nun, da wir uns jetzt näher gekommen sind«, griff Pierre Cabriole den Faden wieder auf, »Bernard hier wird das Ganze aus unabhängiger Sicht verfolgen. Er hat zunächst alle Handlungsvollmachten, die ihm einen genügenden Spielraum lassen, um uns nicht ins Rampenlicht zu ziehen. Weder der Name Santé noch VOP werden irgendwo auftauchen. Wenn

der Deal perfekt ist, wird es anschließend einen Transfer geben und ohne viel Aufhebens ein Eigentümerwechsel zur VOP vollzogen. In der Zwischenzeit werden Sie sich bitte ausschließlich über Bernard an uns wenden. Monsieur Santé, Frederique, wird überhaupt nicht in Erscheinung treten. Er ist lediglich hier der gute Freund, der uns bekannt gemacht hat. Können wir uns auf diese Details verständigen, Arthur?«

»Selbstverständlich, Pierre, mein Wort darauf«, versicherte Arthur Fraser und erhob seinen Cognacschwenker.

Nachdem sich alle zugeprostet hatten, zog Bernard Gautier eine Aktenmappe aus seiner Ledertasche, öffnete seinen Füllfederhalter und blickte Arthur tief in die Augen. »Arthur, mein Lieber, lassen Sie uns doch jetzt bitte zu ein paar notwendigen Details kommen. Sie haben uns gesagt, dass Sie die Rückendeckung Ihrer Vorstandskollegen haben. Ist das garantiert?«

»Das ist es«, antwortete Arthur, »unser Vorsitzender persönlich hat alles Nötige vorbereitet. Es wird auf dieser Seite keine Schwierigkeiten geben.«

»Und was ist mit dem Vetorecht der ehemaligen Eigentümer?«

»Das ist auch kein Problem. Beim Kauf vor zwei Jahren haben wir, wie immer, die Klauseln in den Vertrag mit aufgenommen, dass, bei dauerhafter Unwirtschaftlichkeit, eine Veräußerung auch ohne Zustimmung vorgenommen werden kann.«

»Sie wissen genau, dass es nur eines winzigen Details bedarf, um die Kartellbehörden auf den Plan zu rufen. Wenn auch nur eine Silbe davon durchdringt, platzt der Plan und Sie stehen ganz vorne auf der Titelseite. Also weiter, 350 Millionen Pfund sind, aus meiner jetzigen Einschätzung, definitiv nicht durchsetzbar. Jeder Wirtschaftsprüfer eines Provinzamtes lacht uns aus. Die Destillerie hat einen maximalen Verkehrswert samt Lagerbeständen ...«

»50 Prozent der Lagerbestände, bitte«, unterbrach Arthur, »der Rest ist als festes Kontingent für unsere Blends reserviert.«

»Ja, ich weiß, Arthur, und deshalb mache ich Ihnen einen attraktiven Vorschlag. Wir übernehmen den gesamten Lagerbestand laut Ihrer Inventarliste und garantieren Ihnen für die Zukunft einen attraktiven Preis, zu dem Sie den Whisky wieder von uns zurückkaufen können. Damit kommen wir Ihren preislichen Wunschvorstellungen schon etwas näher. Also, noch mal, der Verkehrswert samt Lager liegt, nach Prüfung, bei circa 250 Millionen Euro. Wohlgemerkt Euro, nicht Pfund. Wir setzen genau diesen Preis ein und veranschlagen die nützlichen Aufwendungen und Geschäftsanbahnungskosten auf 25 Millionen Euro. Da können Sie wirklich nicht Nein sagen.«

Langsam wurde nicht nur Arthur Fraser immer nervöser, sondern auch Pascal auf seinem Horchposten. Was sollte denn das für ein Geschäft werden? Der VOP-Konzern hatte, nach seiner Kenntnis, zwar noch keine schottische Malt Whisky Destillerie, aber warum wurde so etwas nicht offiziell verhandelt? Und dann diese enorme Menge an Schmiergeldern? Er wurde immer neugieriger.

Arthur Fraser wurde die Krawatte ein wenig zu eng. Er wusste nicht, ob vom Cognac oder den Verhandlungen. Dezent zog er sie ein wenig lockerer. »Das möchte ich nicht hier entscheiden, das verstehen Sie ja sicher. Zudem ist einzelnen Vorstandsmitgliedern bereits eine gewisse Zahl genannt worden, unter der sie der Transaktion zustimmen würden. Wenn wir die jetzt deutlich unterschreiten, könnte es Diskussionen geben.«

»Da sind Sie doch ein ganz alter Fuchs, Arthur, das sehe ich«, meinte Bernard jovial und klopfte ihm auf die Schulter. »Schließlich haben Sie uns ja die Tore zu Glen Turffield geöffnet, also werden Sie sie auch bestimmt aufhalten können. Da zähl' ich ganz auf Sie.«

Pascal glaubte, sein Verstand hätte ihm einen Streich gespielt, als er den Namen der Familien Destillerie seiner Frau hörte. Die vielen Jahre, in denen er diesen Namen immer nur in Verbindung mit Trauer und Leid vernommen hatte, schienen sich in sein Gehör gebrannt zu haben.

»Meine Herren«, begann Arthur erneut. »Wir dürfen und müssen uns auf verabredetem Boden bewegen. Sie wissen ganz genau«, und jetzt wandte er sich zum ersten Mal an Frederique Santé direkt, »dass wir den Wert von Glen Turffield, von langer Hand geplant, drastisch nach unten gesenkt haben. Als wir uns vor eineinhalb Jahren zum ersten Mal getroffen haben, hatten wir einen Deal. Wir haben von unserer Seite alle Zugeständnisse eingehalten. Ihr Vorschlag, Bernard, entspricht nicht dem, was ich erwartete habe.«

Pascal stockte der Atem. Da war er wieder, der Name. Das konnte doch nicht wahr sein. Wieso standen im Büro seines Vaters Männer, die über Gedeih und Verderb von Jacquelines Traum verhandelten, wie über eine Schlachtkuh? Schon wollte er blind vor Wut in den Salon stürzen, als ihn sein Verstand zurückhielt. Zuerst wollte er alles erfahren, was hier lief.

Jetzt schaltete sich Pierre Cabriole wieder ein. »Schon in Ordnung, Arthur, regen Sie sich bitte nicht auf. Bernard ist nun mal ein Verhandlungsprofi und denkt in der Regel für unsere Sache. Diesmal ziehen wir doch alle an einem Strang. Sie haben Recht. Der Wert der Destillerie samt Beständen war vor zwei Jahren noch auf gut 350 Millionen Euro geschätzt worden. Durch Ihre geschickten Transaktionen hat sich der momentane Wert auf knapp 250 Millionen Euro verringert. Will man den Verkauf nach außen hin sauber halten, so können wir natürlich eine marode Firma nicht über Wert kaufen. Zumindest nicht offiziell! Das lockt jeden Hobbyprüfer auf der ganzen Welt auf den Plan. Wie Sie wissen, sind die Russen und die Chinesen mittlerweile auf Einkaufstour. Wenn die mitkriegen, dass sie durch Absprachen aus dem Wettbewerb geworfen werden, haben wir den ganzen G8 am Hals. Daher mein Vorschlag an Sie und Ihre Kollegen, Arthur, wir kaufen offiziell für 230 Millionen Euro Glen Turffield, die besprochenen 45 Millionen auf ein Schweizer Konto und nochmals 10 Millionen als Bonus für ihren gesamten Vorstand zur Deckung der Betriebsausgaben. Von den Beständen behalten Sie 20 Prozent. Ist das nicht attraktiv?«

Pascal wurde schwarz vor Augen. Die Destillerie seiner Frau eine Goldgrube. Von Finanzhaien künstlich auf marode getrimmt, um sie günstig an Freunde zu verhökern. Wenn das passieren würde, wäre auch das letzte bisschen Hoffnung für Jacqueline zerstört. Was sollte er nur tun?

»Okay, Pierre, ich werde Ihren Vorschlag mit nach Schottland nehmen. Geben Sie mir bis Ende der Woche Zeit. Dann werde ich mich wieder melden.«

»Dann haben wir ja unser Tagesziel erreicht«, verkündete Frederique Santé, um die allgemeine Laune aufzubessern. Und nun, meine Herren, lassen Sie uns ins Jardin *gehen. Dort habe ich uns einen kleinen, diskreten Tisch bestellt. Sie werden sehen, Arthur, die Küche dort ist mit das Beste, was Frankreich kulinarisch zu bieten hat.«*

Daraufhin hörte Pascal allgemeines Geraschel, was auf einen Aufbruch hindeutete. Kurz darauf breitete sich eine unheimliche Stille im Salon und in seinem Kopf aus.

Als sein Vater gegen Abend wieder nach Hause kam, erwartete Pascal ihn in seinem Büro.

»Oh, hallo Pascal, so spät noch bei der Arbeit. Was machst du gerade?«

»Hallo, Papa, ich hab nur ein paar Unterlagen gesucht. Um was ging es denn bei eurem Stelldichein vorhin?«

»Nichts, was uns betrifft«, antwortete Frederique zögerlich. »Warum fragst du?«

»Ach, nur so. Ich habe noch nie einen Schotten hier gesehen. Machen wir jetzt auch Verträge dahin?«

»Woher weiß du, dass der Mann ein Schotte ist?«, fragte sein Vater misstrauisch.

»Aber Papa, das hört doch jeder an seinem Akzent. Außerdem ist Jacqueline Schottin und ich kenne mittlerweile diese Sprache, wie meine eigene, nicht wahr?«

»Da hast du natürlich Recht. Wie dumm von mir. Aber nein, ich hab lediglich die drei miteinander bekannt gemacht. Das

war nur eine kleine Gefälligkeit von mir. Um was es im Detail geht, weiß ich gar nicht. Und du, wie geht es dir?«

»Danke, Papa, alles beim Alten. Na, da werde ich mal zu Jacqueline gehen. Wir sehen uns morgen.«

»Fein Pascal, dann wünsche ich euch einen schönen Abend.«

Pascal verließ das Büro seines Vaters und ging durch den Westflügel des Schlosses in seinen und Jacquelines Bereich. Bitte lass nicht auch noch Papa mit darin verwickelt sein, *wünschte er sich sehnlichst. Das könnte ich nicht auch noch ertragen. Und wie sollte er dies alles nur Jacqueline beibringen? Von der eigenen Familie hintergangen. Um ihr Glück betrogen. Zitternd betrat er ihr gemeinsames Schlafzimmer.*

Währenddessen wischte sich Frederique Santé in seinem Büro die Schweißperlen von der Stirn.

Paris

Chief Timmins hatte nur kurz gezögert, als ihm Alan die Idee unterbreitet hatte, dass er zusammen mit Brian nach Paris fliegen wollte, um sich vor Ort persönlich mit den französischen Kollegen auszutauschen. Die Sinnhaftigkeit der Reise leuchtete ihm ein, aber dass ausgerechnet dieser Brian mitfahren sollte.

»Wollen Sie nicht lieber Andy MacPhee mitnehmen oder Charles Pollock?«, hatte er gefragt, aber Alan hatte auf Brian bestanden.

»Auf ihn ist absolut Verlass und ich fühle mich einfach sicherer, wenn er dabei ist«, argumentierte er und schließlich hatte Timmins zugestimmt.

»Sehen Sie zu, dass wir den Kerl bald schnappen, die Presse sitzt uns bereits ganz schön im Genick.«

»Das tut sie doch immer. Außerdem haben wir doch über den toten Sven Sorenson noch gar nichts an die Zeitungsfritzen gegeben.«

»Sie nicht, aber andere offensichtlich schon!«

»Wie meinen Sie das?«, fragte Alan überrascht

»Lesen Sie denn keine Zeitung?« Mit diesen Worten warf ihm Chief Timmins das Abendblatt über den Tisch.

Scotland Evening News, 30th April 2007

Serienmörder schlägt wieder zu!

Der Botaniker hat wieder zugeschlagen. Er wird im Volksmund so genannt, weil er, unter Verwendung seltener Pflanzengifte, seine Opfer qualvoll tötet. Von den Ermittlern waren auch dieses Mal wieder keine Einzelheiten über die Umstände von Sven Sorensons Tod zu erfahren – es wird aber vermutet, dass er ebenso grausam getötet wurde wie die anderen Opfer des Botanikers. Dies ist mittlerweile der dritte Fall, in dem ein Mann aus der schottischen Whiskyindustrie der grausigen Selbstjustiz eines Serienmörders zum Opfer fiel, und noch immer tappt die Sonderkommission unter der Leitung von Detective Superintendent Alan Derringer völlig im Dunkeln. Werden nach und nach alle Vorstandsmitglieder der SWS gemeuchelt? Und die Polizei schaut dabei tatenlos zu? Aus gut informierten Kreisen hat unsere Zeitung erfahren, dass es in diesem Falle noch immer keinerlei Hinweise auf den Täter gibt.

»Botaniker, dass ich nicht lache«, meinte Alan. »Und die gut informierten Kreise werden doch auch immer nur dann zitiert, wenn es eigentlich keinerlei Informationen gibt und der Schreiberling seine eigenen Mutmaßungen als Insiderwissen verkaufen will. Es ist doch immer wieder dasselbe mit diesen Pressefuzzis. Manche von diesen Kerlen sind doch die eigentlichen Berufsmörder!« Langsam wurde er jetzt doch wütend.

»Sehen Sie, das ist es, was ich meine. Diese Schmierfinken von der Boulevardpresse machen permanent Druck auf uns und unsere Vorgesetzten, indem sie die Stimmung in der Öffentlichkeit anheizen, mit immer neuen Meldungen. Wir müssen so schnell wie möglich Ergebnisse liefern.«

»Ja, wir sind ja dran«, erwiderte Alan genervt. »Aber wir können nun mal leider nicht zaubern. Aber wir haben jetzt endlich eine heiße Spur. Deshalb wollen wir ja auch nach Paris.«

»Gut, dann fahren Sie mal schön zu den Franzosen und viel Erfolg«, verabschiedete ihn CC Timmins.

Als Alan wieder in seinem Büro zurück war, informierte er gleich Brian. »Ich muss dir leider mitteilen, dass Chief Timmins unserer gemeinsamen Reise zugestimmt hat.« Dass er Timmins etwas überreden musste, dass Brian mitdurfte, sagte er seinem Freund lieber nicht.

»Oh Mann! Mir bleibt auch nichts erspart!«, antwortete Brian grinsend, denn eigentlich freute er sich auf die Reise.

»Ich werde mal mit den Kollegen in Paris reden und unseren Besuch ankündigen und dann Nicky bitten, für uns zwei Tickets zu besorgen.«

»Okay, und ich rufe Jane an, damit sie mir meine Hemden bereitlegt und vor allem ein großes Carepaket vorbereitet. Ich verlasse mich lieber nicht darauf, dass es dort etwas zu essen gibt, was mein empfindlicher Magen auch verträgt.«

»Ha, ha! Empfindlicher Magen, dass ich nicht lache. Du lebst doch nach dem Motto: Der Hunger treibt es rein und der Geiz hält es drinnen!«

»Na ja, trotzdem. Sicher ist sicher«, lachte Brian.

Als Alan wieder an seinem Schreibtisch saß, fand er eine Notiz von Nicky vor, natürlich keine handgeschriebene sondern einen Computerausdruck, die ihm in der Zwischenzeit den Namen des Kollegen herausgesucht hatte, der das für den Mordfall in Frankreich zuständige Kommissariat leitete. Und auch seine Durchwahlnummer. *Die kommt auch an alle Informationen ran*, dachte Alan beim Durchlesen des Ausdrucks. Außerdem hatte sie ihm eine kleine Skizze ausgedruckt, auf der er erkennen konnte, wie sie letztendlich nach Pithiviers fahren mussten. Und natürlich hatte sie auch ein paar Kurzinfos über die französische Kleinstadt ergänzt: Pithiviers ist eine französische Gemeinde im Département du Loiret in der Region Centre. Der Ort liegt etwa 80 km südlich von Paris, am Ufer des Flusses Essonne. Pithiviers ist der Sitz des Arrondissements Pithiviers, in dem knapp 60.000 Einwohner leben. Das Dorf ist gallischen Ursprungs, worauf der Name hinweist.

Alan musste grinsen. *Das gefällt mir so an ihr*, dachte er noch, *immer gründlich, immer vorausschauend.*

Er griff zum Telefon und ließ sich über die Zentrale mit dem Kollegen in Pithiviers verbinden. *Hoffentlich versteht der Englisch, sonst wird es gleich furchtbar schwierig*, dachte Alan noch, als die Verbindung auch schon hergestellt war.

»Chabraque«, meldete sich eine sonore Männerstimme.

»Ah, Miisjöh Schabrack, äh, moh nohm eh Derringer, Alan Derringer.« Irgendwie kam er sich gerade wie James Bond vor, aber vor allem auch ziemlich hilflos, mit seinen Französischkenntnissen. Deshalb versuchte er es lieber auf Englisch weiter, in der Hoffnung, dass der andere ihn verstand.

»Ich rufe aus Schottland an. Verstehen Sie unsere Sprache?«

»Äh, non, nou, äh, moument«, fing jetzt der Franzose an zu stottern.

Nach einem kurzen Moment der Stille, meldete sich eine weibliche Stimme und das auch noch auf Englisch: »Mein Name ist Laëtitia Toulotte, ich bin die Assistentin von Commissaire Chabraque. Was können wir für Sie tun?«

»Ah, Sie sprechen unsere Sprache, sehr gut«, freute sich Alan. »Ich bin Superintendent Alan Derringer und hier in Schottland, genauer gesagt in Inverness, der Leiter einer Sonderkommission, die mehrere Giftmorde aufzuklären hat. Und wir haben herausgefunden, dass es bei Ihnen ebenfalls einen Giftmord gab. Wir vermuten da einen Zusammenhang.«

»Kleinen Moment bitte, ich übersetze kurz.« Alan hörte im Hintergrund, wie einige Sätze zwischen den beiden in schnellem Französisch gewechselt wurden, von denen er kein einziges Wort verstand.

»Es ist richtig, wir haben hier einen Mordfall, der mit Pflanzengift begangen wurde.«

»Bei unseren Ermittlungen haben wir eine Spur gefunden, die nach Frankreich führt. Deshalb würde ich gerne mit einem meiner Kollegen bei Ihnen vorbeikommen, um gemeinsam mit Ihnen die Hinweise zu überprüfen.«

Nachdem die Assistentin wieder übersetzt hatte, antwortete sie: »Wollen Sie uns nicht die Informationen schicken, die Sie haben, dann können wir das gerne für Sie überprüfen? Und wir geben Ihnen natürlich auch gerne alle Informationen zu unserem Mordfall.«

Wenn du wüsstest, dass wir die, dank Nicky, schon längst haben, grinste Alan. »Ich würde wirklich gerne persönlich mit Ihnen darüber reden und mir auch ein Bild vor Ort verschaffen. Meine Erfahrung hat mir gezeigt, dass dabei meist mehr herauskommt, als durch ellenlangen Schriftwechsel. Und es ist effektiver.«

»Okay, das sieht Jacques, mein Chef, genauso. Sie können gerne bei uns vorbeikommen. Bitte schicken Sie uns vorab Ihre Legitimation. Ich gebe Ihnen eine Faxnummer. Ist dies ein Fall, in den Interpol eingeschaltet werden sollte?«

»Ist schon erledigt. Ich schicke Ihnen auch gleich die Interpol-Kennnummer mit. Wir stehen mit denen schon in Verbindung, weil es auch eine Spur nach Deutschland gibt«, antwortete Alan. »Aber Sie wissen ja, da versickert die Hälfte wieder im Bürokraten-Dschungel. Deshalb auch meine Bitte, dass wir uns auf dem kleinen Dienstweg vorab austauschen können.« Eine Zeit lang hörte Alan wieder französische Wortfetzen.

»Also, kein Problem. Commissaire Chabraque erwartet sie. Bitte notieren Sie die Nummer.« Nachdem Laëtitia Toulotte die Ziffern diktiert und sich von Alan hat bestätigen lassen, fragte sie noch: »Haben Sie schon Flugdaten?«

»Ja, meine Assistentin hat schon etwas herausgesucht.« Mit einem Blick auf Nickys Ausdruck ergänzte er: »Wir könnten morgen früh mit der Air France Maschine in Paris Charles de Gaulle um zwanzig nach zwölf ankommen.«

Wieder kurze, schnelle Sätze im Hintergrund, dann: »Ja, das geht in Ordnung. Wir werden Sie am Flughafen abholen.

Wie lange möchten Sie denn bleiben? Wir könnten auch ein Hotel für Sie buchen.«

»Prima, das ist wirklich sehr nett. Wenn es Ihnen nicht zu viele Umstände macht, würden wir am Donnerstagmorgen wieder zurückfliegen.«

»Ja, gerne. Also dann, bis morgen. Guten Flug.«

Nachdem das geklärt war, ging Alan kurz bei Nicky vorbei, bedankte sich für die Unterlagen und bat sie, für Brian und ihn die Flüge für den nächsten Morgen mit Rückflug am Donnerstag zu buchen.

Wieder zurück an seinem Schreibtisch, machte sich Alan eine kurze To-Do Liste, was er heute noch alles erledigen wollte.

- Susan anrufen
- Peter Permit von Glen Turffield anrufen
- Chris Butcher anrufen
- Unterlagen für Reise zusammenstellen

Dann machte er sich ans Abarbeiten der kurzen Liste. Susan, die auch seit heute wieder arbeitete, rief er in der Notruf-Zentrale an und informierte sie über die anstehende Reise. Sie würden heute Abend gemeinsam essen gehen. Alan versprach, nicht zu spät nach Hause zu kommen.

Der Anruf bei Peter Permit von der Glen Turffield Distillery gestaltete sich schwieriger als erwartet. Er fühlte sich offensichtlich durch den Anruf mehr als nur gestört, und als Alan ihm auch noch eröffnete, dass er mit ihm über seine Tochter sprechen wollte, wurde sein Ton noch barscher.

»Ich habe keine Tochter mehr!«

»Ich habe schon davon gehört, dass Sie sich mit Ihrer Tochter nicht mehr gut verstehen, aber ich muss Sie dennoch bitten, mir zu einigen Fragen Auskunft zu geben.«

»Das geht Sie gar nichts an, was zwischen mir und ihr ist.«

»Oh, doch. Da täuschen Sie sich gewaltig. Das geht mich sehr wohl etwas an. Wir ermitteln in einem Mordfall und da gibt es für uns keine Geheimnisse.«

»Mordfall? Ach, Sie meinen die Morde an dem SWS-Fatzke und dem armen Arthur?«, fragte Peter Permit jetzt doch etwas interessiert.

»Genau. Und eine Spur bei unseren Ermittlungen führt nach Frankreich. Und eine andere zu Ihrer Brennerei.«

»Und weiter? Ich verstehe immer noch nicht, was Sie deswegen von mir wollen.«

»Ihre Tochter ist doch nach Frankreich ausgewandert, oder?«

»Abgehauen wäre wohl der bessere Ausdruck. Aber ja, das stimmt«, gab Permit immer noch widerwillig zu.

»Können Sie mir sagen, ob Sie den momentanen Aufenthaltsort Ihrer Tochter kennen?«

»Nein, die ist irgendwo in Paris, soweit ich weiß. Hat in irgendeinen Parfumladen eingeheiratet. Keine Ahnung, wie der heißt. Für Parfum habe ich mich noch nie interessiert. Das kann man schließlich nicht trinken.«

»Verheiratet. Und Sie wissen nicht, wie sie jetzt heißt?«

»Doch, ja, Santé nennt sie sich jetzt. Aber, jetzt sagen Sie mir endlich, was Sie von mir oder Jacky wollen. Sonst beende ich das Gespräch und Sie hören von meinem Anwalt«, drohte Peter Permit.

»Also gut, es besteht der Verdacht, dass Ihre Tochter etwas mit den Mordfällen zu tun hat.«

»Jacky? Eine Mörderin? Sie sind verrückt!«

»Ich habe nicht gesagt, dass sie die Mörderin ist, sondern nur, dass sie eventuell darin verwickelt ist. Deshalb würden wir gerne mit ihr sprechen.«

»Tut mir leid, aber da kann ich Ihnen nicht helfen. Ich habe keine Ahnung, wo sie wohnt … und will es auch gar nicht wissen.«

»Was ist mit Ihrem Sohn, könnte der noch Kontakt zu seiner Schwester haben?«

»John?«, lachte Peter Permit. »Das glaube ich nicht, die beiden sind sich spinnefeind. Jacky gibt nicht nur mir, sondern vor allem ihm die Schuld daran, dass sie nicht mit der Leitung der Distillery beauftragt wurde. Aber sagen Sie selbst, einer Frau die Leitung einer Distillery anzubieten, das geht doch wohl gar nicht. Das Wohl meiner Brennerei geht mir über alles, da kann ich die doch nicht in die Hände einer Frau geben. Und ob John mit ihr Kontakt hatte, da müssen Sie ihn schon selbst fragen, aber er kommt erst morgen Abend wieder zurück.«

»Okay, dann werde ich mich später bei ihm melden. Können Sie mir bitte seine Telefonnummer geben.« Alan notierte die Nummer. »Kommt es Ihnen eigentlich nicht merkwürdig vor, dass McCartney und Fraser ermordet wurden und jetzt auch noch Sorenson. Alle von der SWS. Und auch Ihre Brennerei scheint darin verwickelt zu sein. Haben Sie denn keine Angst?«, fragte Alan dann.

»Angst? Wovor denn? Ach, Sie meinen, dass ich der Nächste sein könnte.«

»Ja, warum eigentlich nicht«, provozierte ihn Alan.

»Warum sollte mich Jacky oder jemand anderes umbringen? Obwohl … Grund genug hätte sie wahrscheinlich aus ihrer Sicht schon.«

»Sie sollten also in nächster Zeit besser vorsichtig sein«, meinte Alan.

»Vorsichtig sein? Ich verlange, dass die Polizei alle ihr zur Verfügung stehenden Mittel einsetzt, um mein Leben zu beschützen. Sie sollten wissen, dass der Polizeipräsident ein sehr guter Bekannter von mir ist, genauso wie einige andere sehr einflussreiche Personen aus der Politik.«

»Der Polizeipräsident hat viele gute Bekannte«, antwortete Alan mit eisiger Stimme. »Wollen Sie mir damit etwa drohen?«

»Ich drohe nicht, aber ich verlange, dass Sie mir Polizeischutz geben.«

Alan, der die ganze Zeit schon daran gedacht hatte, dass das momentan wohl eine gute Maßnahme wäre, stimmte ohne Zögern zu. Da die restlichen Mitglieder des SWS-Vorstands seit Montag früh bereits unter Polizeischutz standen, war es kein Problem, den Schutzschirm der Polizei auf die Permits auszudehnen. Nachdem er das Gespräch beendet hatte, veranlasste er auch gleich, dass ein Streifenwagen sich auf den Weg zu Permits Landsitz machte und die Überwachung übernahm.

Nächster Punkt auf der Liste: der Anruf beim Pathologen in Aberdeen. Er erreichte Chris Butcher sofort.

»Ihre Leiche ist gerade bei mir eingetroffen. Mann, der sieht gar nicht gut aus. Eher so, wie ich nach mindestens zehn Pints.«

»Was schätzen Sie, wie lange Sie brauchen werden, bis ich mit Ihrem Bericht rechnen kann.«

»Ich beeile mich, aber gegen Abend wird es schon werden. Aber was erwarten Sie von dem Bericht. Wir wissen doch schon, dass er an Rizin gestorben ist.«

»Bitte überprüfen Sie den Toten auch daraufhin, ob er vor seinem Tod Geschlechtsverkehr hatte. Und wenn, ob Speichelspuren oder Scheidensekret an ihm zu finden sind.«

»Aha, Sie denken also, dass er eventuell vor seinem Tod noch etwas Spaß mit seiner Mörderin hatte.«

»Eigentlich nicht, aber ich möchte auch diese Möglichkeit nicht außer Acht lassen.«

»Okay, ich mache, was ich kann, und melde mich bei Ihnen, sobald ich Sorenson wieder zugenäht habe.«

»Gut, danke Doc.«

So, jetzt fehlten nur noch die Unterlagen, die er morgen mit nach Paris nehmen wollte. Alan ging wieder zu Nicky, um sie um die Zusammenstellung eines Dossiers zu bitten, in dem alle wichtigen Unterlagen enthalten waren, speziell die Hinweise, die nach Frankreich führten.

Wortlos griff Nicky nach einer Mappe auf ihrem Schreibtisch und reichte sie Alan mit einem Grinsen.

»Ich dachte mir schon, dass du nach so was fragen würdest. Hier sind alle wichtigen Ausdrucke drin. Ach übrigens, der nette deutsche Kommissar, dieser Udo Vogler, hat angerufen. Du warst ja ständig besetzt, deshalb hat er mit mir gesprochen. Sein spanischer Kontaktmann hat herausgefunden, dass unsere Herren Fraser und McCartney zwei Nächte in einem Hotel in Paguera eingemietet waren. Und das Hotel war von Frankreich aus gebucht worden. Sie waren aber alleine dort. Einer der Hotelangestellten konnte sich aber erinnern, dass sie zu einer Luxusjacht abgeholt worden waren und erst abends wieder zurückkehrten. Scheinbar liegen dort unten immer wieder mal Luxusjachten vor Anker, aber, um die Jahreszeit und vor allem in der Größe, fand er das offensichtlich sehr beeindruckend. Deshalb hat er sich die Jacht auch genauer angesehen und erkannt, dass sie unter französischer Flagge fuhr. Den Namen konnte er leider nicht erkennen, aber er konnte sie sehr gut beschreiben. Eine Notiz mit allen Details ist ebenfalls in der Mappe. Da ich mir dachte, dass vielleicht deine neuen französischen Freunde da noch etwas herausfinden können, habe ich denen bereits eine Anfrage geschickt. «

»Mann, Nicky, du bist echt ein Schatz. Super Arbeit! Herzlichen Dank!«. Alan war mehr als beeindruckt.

»Gerne, Alan«, freute sich Nicky über das Lob ihres Chefs. Knapp zwei Stunden später klingelte Alans Telefon und Doktor Butcher meldete sich bei ihm. »Er ist tatsächlich an einer Rizinvergiftung gestorben und, so wie es aussieht, hat er auch eine konzentrierte Menge des Giftes mit dem Essen verabreicht bekommen.«

»Was meinen Sie mit konzentrierter Menge?«, fragte Alan nach.

»Damit meine ich, dass er keine Samenkörner gegessen hat. Wir hätten sonst Spuren davon gefunden. Das Gift muss also aus den Samenkörnern extrahiert und ihm als reines Gift untergemischt worden sein.«

»Haben Sie sonst noch etwas Interessantes gefunden?«

»Nein. Der Mann war ansonsten kerngesund und hätte sicherlich noch viele Jahre zu leben gehabt. Aber ein solcher Tod … mein lieber Mann, so etwas habe ich in all den Jahren meiner Laufbahn noch nicht annähernd erlebt.«

»Ich meinte auch eher, ob Sie irgendwelche Spuren einer anderen Person an oder in ihm gefunden haben.«

»Nein, tut mir leid, Fehlanzeige. Außer den Spuren, die das Gift an ihm hinterlassen hat, und davon gibt es reichlich, ist die Leiche völlig sauber.«

»Schade! Dennoch vielen Dank für die Auskunft und die schnelle Untersuchung.«

Alan legte auf und rief die Sonderkommission etwas früher als sonst zusammen. Schließlich hatte er ja Susan versprochen, heute zeitiger nach Hause zu kommen.

Er informierte alle Anwesenden über die Ergebnisse seiner Telefonate. Als er bei seinem Gespräch mit Peter Permit angekommen war und informierte, dass dieser das Wohl seiner Brennerei sogar über das Wohl seiner Tochter gestellt hatte, meinte Brian nur trocken: »Bei dem steht doch bestimmt schon in seinem Impfpass: "Blutgruppe: Glen Turffield"!«

Außerdem informierte Alan sein Team darüber, dass Brian und er morgen nach Frankreich fliegen würden, um vor Ort zu recherchieren. Sie würden am Donnerstag gegen Mittag wieder in der Zentrale sein.

»Bleibt anständig und ermittelt schön, auch wenn wir nicht da sind und auf euch aufpassen«, meinte Brian zum Abschied.

Zugriff

Nachdem Alan am Dienstagmorgen zu nachtschlafender Zeit - zumindest aus Sicht von Brian - diesen abgeholt hatte, fuhren sie gemeinsam zum Flughafen von Edinburgh und parkten Alans Rover auf dem Langzeitparkplatz. Die Tickets waren für sie am Schalter hinterlegt worden. Beide reisten nur mit Handgepäck, wobei Brians Handgepäck fast die doppelte Größe von Alans Trolley hatte. Dank ihrer Polizeiausweise, konnten sie die obligatorischen Sicherheitskontrollen ein wenig abkürzen und beide Gepäckstücke problemlos mit ins Flugzeug nehmen.

Pünktlich um zehn Minuten nach neun Uhr erfolgte der Abflug und die Air France Maschine stieg hinauf in den azurblauen Himmel.

»Ich fliege nicht gerne«, meinte Brian, als die Maschine ihre Reiseflughöhe erreicht hatte. »Wenn der Mensch zum Fliegen bestimmt worden wäre, hätten wir Flügel und keine Arme. Und dann auch noch zu den Franzmännern. Mann oh Mann. Mir bleibt auch nichts erspart!«

»Was willst du denn? Schließlich haben die uns doch vor vielen Jahrhunderten beim Kampf gegen die Engländer geholfen. Die sind traditionell doch also unsere Freunde.«

»Ja, und damals haben die ja auch bei uns kochen gelernt. Aber leider haben sie das meiste wohl inzwischen wieder vergessen. Wenn ich mir überlege, was die so alles essen: Frösche und Schnecken. Igitt!«

»Na komm, lass gut sein. Es gibt dort auch wirklich gutes Essen und sogar Steaks. Außerdem haben die beiden am Telefon einen wirklich netten Eindruck gemacht.«

»Na ja, ich lass mich mal überraschen«, brummelte Brian vor sich hin, während er vergeblich versuchte, mit seiner Bärenstatur eine bequeme Sitzhaltung in einem Sessel hinzukriegen, der offensichtlich eher für Teddybären gemacht worden war. »Aber trotzdem: Schotte ist das Beste, was aus einem Menschen werden kann. Da kommt kein Franzmann mit.«

Die geplante Ankunft um zwanzig Minuten nach zwölf Uhr mitteleuropäischer Zeit am Flughafen Paris Charles de Gaulle hatte sich um fünfzehn Minuten verzögert. Da ihnen aber keine weitere Zeit mit Warten an einem Gepäckband verloren ging, waren sie wenigstens schnell draußen in der Ankunftshalle. Dort kamen ein Mann und eine Frau auf sie zu. Der Mann war groß gewachsen und wirkte schlaksig, mit seinem etwas zu groß wirkenden, grauen Anzug. Die Frau machte dagegen einen eher pummeligen Eindruck. Ihr auberginefarbenes Kostüm unterstrich allerdings ihre tiefgründigen, dunklen Augen und ihre schwarzen, ein wenig violett glänzenden Haare. Beide lächelten freundlich, als sie vor die Schotten traten.

»Monsieur Derringer?«, fragte die Dame.

»Enchanté Madame«, sagte Alan in seinem besten Französisch und nickte.

»Was für ein Tee?«, fragte Brian verblüfft.

»Bienvenue, willkommen in Frankreich, meine Herren. Das ist Commissaire Chabraque und mein Name ist Toulotte. Ich werde für Sie übersetzen.«

»Sehr erfreut«, begrüßte Alan die beiden. »Und das ist Chief Inspector Strachan.« Alle schüttelten sich die Hände, und sowohl der Kommissar als auch seine Assistentin zuckten zusammen, als ihre Hand in Brians Pranke verschwand, aber nach kürzester Zeit zum Glück wieder unversehrt zum Vorschein kam.

»Vielen Dank, dass Sie sich für uns Zeit nehmen konnten«, sagte Alan dann.

»Kein Problem, Commissaire Chabraque ist der Meinung, dass wir durch den Informationsaustausch mit Ihnen eventuell auch in unserem Mordfall weiterkommen könnten.«

»Ja, das ist durchaus möglich. Wenn sich unser Verdacht bestätigt, handelt es sich zumindest mit großer Sicherheit um den gleichen Täter.«

»Es ist schon etwas spät und ich vermute, dass Sie außer dem Frühstück und einem Snack im Flugzeug noch nichts gegessen haben. Wir möchten Ihnen deshalb den Vorschlag machen, dass wir erst eine Kleinigkeit essen gehen und danach in unsere Zentrale fahren. Einverstanden?«

»Aber gerne«, meldete sich Brian zu Wort, dessen Magen sich schon seit Stunden bei ihm beschwerte. Die Dame wurde ihm mehr und mehr sympathisch - trotz französischer Herkunft. Die hatte einen Sinn für die wesentlichen Dinge des Lebens.

»Zu einem späten Mittagessen gehen wir ins Aux Saveurs Lointaines, eines unserer Vier-Sterne-Restaurants in Pithiviers. Dort gibt es durchgehende Küche. Übrigens hervorragende vietnamesische Küche und ich habe bereits einen Tisch für uns reserviert.«

Jetzt verzog Brian doch leicht das Gesicht. *Oh Gott, diese Franzosen. Kamen jetzt auch noch Affen, Schlangen, Insekten oder ähnliches Getier auf den Tisch?*, dachte er. *Sollte er sich etwa doch in dieser Madame Toulotte getäuscht haben?*

Als sie gegen fünfzehn Uhr am Place Martroi ankamen, hatte sich Brians Hunger allerdings soweit verstärkt, dass es ihm inzwischen egal war, ob es jetzt Affe oder was auch immer gab.

Nachdem sie in dem Restaurant Platz genommen hatten, bestellte der Kommissar bei der Bedienung für alle zusammen, ohne vorher einen Blick in die hingehaltene Karte geworfen zu haben.

»Wir Franzosen gehen meist erst am Abend richtig essen. Pünktlich um zwölf Uhr Mittagessen, das ist nur etwas für unsere Nachbarn, die Deutschen. Aber wenn wir mittags essen, dann meist nur eine Kleinigkeit. Abendessen ist für uns die wichtigere Mahlzeit. Da kann man sich mehr Zeit lassen und auch mehrere Stunden gemütlich beisammensitzen und reden.«

»Bei mir sind Mittagessen und Abendessen ungefähr gleichwertig«, antwortete Brian. »Und ich esse eigentlich immer nur eine Kleinigkeit.«

»Übrigens wird die vietnamesische Küche von Kennern allgemein als eine der besten Küchen Asiens bezeichnet, wenn nicht gar der ganzen Welt«, führte Laëtitia Toulotte aus, als sie Brians skeptischen Blick über die Einrichtung und die Speisekarte wandern sah. Sie ist weltweit sehr beliebt, vereint sie in sich doch die Einflüsse der chinesischen, indischen und natürlich der französischen Küche. Lassen Sie sich überraschen.«

Was immer auch Brian unter dem Begriff "Kleinigkeit" verstanden haben mochte, passte definitiv nicht zu der Vorstellung, die sich die Franzosen zum Thema Mittagessen ausgemalt hatten. Das wahre Ausmaß der Brianschen "Mengenlehre" erfuhren die beiden französischen Kollegen wenig später, als das Essen serviert wurde. Angefangen von Frühlingsrollen, gefüllten Tintenfischen, gegrilltem Seeteufel und mariniertem Hühnerfleisch in Kokosmilch mit Zitronengras, wurde eine Vielzahl an Gängen und kleinen Häppchen gleichzeitig aufgetischt. Alles sah, wie versprochen, schmackhaft aus und die vier bedienten sich aus den zahlreichen Töpfchen, die rund um die beiden größeren Schüsseln mit Reis und Nudeln herumstanden. Selbst Brian griff, nach anfänglichem Zögern und unter den schmunzelnden Blicken Alans, in die diversen Schälchen und steckte sich kleine Häppchen in den Mund. Zunächst konnte man den Eindruck gewinnen, dass er mindestens mit Ausschlag, wenn nicht Schlimmerem rechnen würde.

Bald schon zeigte sich aber, dass Brian Geschmack an den Gerichten gefunden hatte und seine Portionen fast doppelt so schnell wie die anderen aß, ohne dass er dabei den Eindruck erweckte, er würde alles runterschlingen. Er genoss vielmehr das Essen sichtlich. »Hey, dass alles ist aber ganz schön raffiniert gewürzt und verfeinert, dabei aber nicht zu scharf. Die meisten von den Kräutern und Gewürzen kenn ich nicht, was sich aber in nächster Zukunft ändern könnte. Wenn ich das meiner Frau erzähle«, meinte er zu den beiden französischen Kollegen, »dass ich demnächst doch mal mit ihr asiatisch essen gehen werde, wird sie wahrscheinlich sofort die französische Nationalhymne auswendig lernen.«

»Sind Sie sicher, dass Sie nicht mit Obelix verwandt sind?«, konnte sich Laëtitia Toulotte die Frage dennoch nicht verkneifen.

Der Inhaber namens Tan, der sie persönlich bedient hatte, lächelte glücklich, als er Brian beim Essen zusah. Es dauerte nicht lange und die Schüsseln und Töpfchen waren nahezu leer. Brian lehnte sich zufrieden zurück und Alan konnte sich die Frage nicht verkneifen: »Na, mein Lieber, dir hat es aber richtig geschmeckt, was?«

»Ich wusste schon immer, dass die Franzosen eine Menge vom Essen verstehen. Das war wirklich großartig.« Alan konnte dem nur zustimmen.

Laëtitia lächelte erfreut, dass die Wahl des Restaurants dem Geschmack ihrer Gäste entsprochen hatte. *Man weiß ja nie, was die da drüben auf der Insel normalerweise so essen. Wenn die schottische Küche nicht besser ist als die Englische, mon dieu*, dachte sie und schüttelte sich innerlich.

Jacques Chabraque mischte sich jetzt zum ersten Mal aktiv in das Gespräch ein und redete eine Weile mit Laëtitia.

»Mein Chef meint«, übersetzte sie dann, »dass wir jetzt zur Polizeistation fahren sollten. Er hat auf die Anfrage Ihrer Kollegin eine Antwort vorliegen.«

»Wow, das ging aber schnell«, staunte Alan.

Nachdem Jacques die Rechnung beglichen und sich alle bei Tan mit Worten und Gesten fürs gute Essen bedankt hatten, brachen sie auf und fuhren weiter zur Zentrale der Police Municipale in der Avenue de la République. Im Vergleich zur Zentrale der Polizei in Inverness, machte das Gebäude einen bescheideneren Eindruck, aber die Einrichtung und auch die technische Ausrüstung waren auf hohem Niveau.

Im Büro von Jacques Chabraque angekommen, nahmen sie rund um einen Besprechungstisch Platz, auf dem bereits Kaltgetränke, Gläser, Tassen sowie eine Kanne Kaffee bereitstanden. Nachdem sich alle versorgt hatten, forderte der französische Kommissar seine schottischen Kollegen auf, die Karten auf den Tisch zu legen. Natürlich geschah dies in höflicher und freundlicher Formulierung, aber für Alan war trotzdem klar, dass er im sprichwörtlichen Sinne als Erster "die Hosen runterlassen" musste. Das war für ihn aber ganz okay, denn schließlich hatte er ja auch um das Gespräch gebeten.

Mit Hilfe der Unterlagen, die ihm Nicky zusammengestellt hatte, und auch immer wieder unterstützt durch Informationen von Brian, informierte Alan über die drei Todesfälle in Schottland und die Spuren, die sowohl nach Deutschland und Mallorca als auch nach Frankreich führten.

Jacques nickte immer wieder zu den Übersetzungen von Laëtitia, stellte die eine oder andere Zwischenfrage und bedankte sich am Ende für die Offenheit, mit der Alan seine französischen Kollegen informiert hatte. Er wirkte plötzlich viel freundlicher und zugänglicher, das Eis schien gebrochen.

»Ich heiße Jacques«, fing er seine Zusammenfassung auf Englisch an und reichte Alan die Hand.

»Angenehm, Alan«, grinste dieser zurück.

»Brian.«

»Laëtitia.«

Nachdem sich alle die Hände geschüttelt hatten, wurde die Gesprächsatmosphäre noch lockerer. Jacques sprach wieder in Französisch weiter und ließ sich von Laëtitia entschuldigen, dass er selbst zwar ein wenig Englisch verstand, es ihm aber lieber sei, in seiner Sprache zu antworten. Da Laëtitia einen hervorragenden Job als Dolmetscherin leistete, war es für Alan und Brian kein Problem.

»Mon dieu, wir dachten unser Mord wäre schon eine schlimme Sache«, übersetzte sie dann, »aber die drei Toten bei euch sind eine ganz schöne Schweinerei.«

Genau wie Alan, wusste auch Jacques Chabraque, dass Serienmörder oft systematisch vorgingen. Sie waren sich einig darüber, dass sie sich dabei ihrer eigenen Logik bedienten, die für die Außenwelt meist nicht nachvollziehbar war und sie deswegen in den Augen Normalsterblicher verrückt erscheinen ließen. Aber das stimmte natürlich nicht für sie. Sie folgten ihrer eigenen Mission, die nach einem nur für sie erkennbaren Prozess ablief. Die Opfer mochten scheinbar zufällig ausgewählt worden sein, aber hinter der Auswahl und ihrem Tod steckten ein bestimmter Zweck und ein Ziel. Das mussten sie jetzt gemeinsam ermitteln. Dann konnten sie den Täter verstehen und erkennen, warum diese Taten für ihn sinnvoll waren und welche Bedeutung sie für ihn hatten.

»Jeder Serientäter hatte ein Profil seiner Opfer im Kopf«, erklärte Jacques »Ich denke, in den meisten Fällen sind die Verknüpfungen zwischen den Opfern rein körperlicher Natur. Aus der Auswahl der Opfer lassen sich also Schlüsse ziehen auf den Typus des Mörders. Das und auch die Art der Handlungen, die der Täter an seinen Opfern vollzieht, charakterisierten ihn«.

»Genau«, pflichtete ihm Alan bei, »in diesem Fall war jedoch für uns schon von Anfang an klar erkennbar, dass der Mörder sich keinen bestimmten Typ Opfer ausgesucht hatte. Nur sein Todesritual ist konstant geblieben und hat keinerlei Steigerung oder Veränderung erfahren. Lediglich die Pflanze wechselte, aber es handelte sich immer um Gift. Das einzige Bindeglied zwischen den Opfern in Schottland ist der Beruf. Sie alle waren bei der SWS«.

»Okay, der Täter scheint es bisher also auf die Mitarbeiter der SWS in Schottland abgesehen zu haben. Die Frage ist, wie passt unser Toter da ins Bild?«

»Genau deswegen sind wir ja hier, um das nach Möglichkeit herauszufinden. Vielleicht ist er ja endlich das fehlende Bindeglied zu unserem Mörder«, antwortete Brian.

Jacques nickte und fuhr in seinem Bericht fort. »Aufgrund der Anfrage eurer Kollegin, haben wir in den infrage kommenden Häfen am Mittelmeer nachgefragt und herausgefunden, dass es sich bei dem in Mallorca gesichteten Schiff nur um die "La Grande Dame" handeln kann. Es gibt laut dem Hafenmeister in Nizza an der Côte d'Azur - ihr würdet wohl French Riviera dazu sagen - kein anderes Schiff auf der Welt, auf das die Beschreibung so exakt passt.«

»Gut, dann war dieses Schiff also in Mallorca. Weiß man denn, wer es gemietet hat, beziehungsweise wer an Bord war?«, fragte Alan.

Jacques grinste. »Natürlich haben wir auch das herausgefunden. Gérard Maille, der Hafenmeister, ist ein sehr korrekter und gründlicher Mensch. Er hat sich nicht nur den Namen desjenigen notiert, der die Luxusjacht gemietet hat, er hat sogar überprüft, wer an Bord gegangen ist und auch deren Namen erfasst. Alle Passagiere werden registriert und nach ihren Bootsführerscheinen gefragt. Damit es später bei eventuellen Haftungsfragen keine Probleme gibt. Ihr glaubt gar nicht, wie viel Ruderbootamateure meinen, hier im Sommer mal mit einer richtigen Jacht angeben zu können. Die Küstenwache kann ein Lied davon singen. Hier ist die Liste.« Er reichte Alan einen Ausdruck mit mehreren Namen. Als Alan die ersten Namen auf der Liste sah, reichte er sie wortlos an Brian weiter.

»Da wird doch der Hund in der Pfanne verrückt«, entfuhr es ihm, nachdem er ebenfalls einen Blick darauf geworfen hatte. »Bernard Gautier, Pierre Cabriole sowie Frederique Santé, und der Rest scheinen alles Frauennamen zu sein.«

»Ja, dank eurer Anfrage haben wir festgestellt, dass unser Toter damals auch mit an Bord war. Das kann doch eigentlich kein Zufall mehr sein.«

»Das ist kein Zufall!«, meinte Alan. »Ich habe euch doch von der Brennerei berichtet, wo die Tochter nach Frankreich ausgewandert ist. Die heißt jetzt Santé! Das hat uns ihr Vater bestätigt. Und jetzt war deren Mann wohl auch an Bord.«

»Ihr Mann?«, Jacques lachte. »Nein, nein, mein Lieber. Frederique ist ganz sicher nicht ihr Mann, aber vermutlich ihr Schwiegervater. Den kennt hier jeder und ich glaube nicht, dass Sandrine, seine Frau, ihn mit einer anderen Frau teilen würde.«

»Ich kann mich an die Hochzeit vor fünf Jahren noch gut erinnern«, ergänzte Laëtitia. »Das war ein Riesenfest. Pascal Santé, der Sohn von Frederique, hat eine Schottin geheiratet. Jacqueline heißt sie.«

»Bingo!«, rief Brian aufgeregt und unterbrach Laëtitia. »Wir haben sie! Der Kreis schließt sich!«

»Versuchen wir mal, die Mosaiksteine zusammenzusetzen, die wir bislang gesammelt haben. Die Typen von der SWS gaben sich ein Stelldichein mit drei Franzosen, machten gemeinsam eine Bootsfahrt im Mittelmeer und futterten dabei vermutlich Designerfraß. Einfluss, Geld, Macht. Worum geht es in diesem Spiel? Jetzt sind die beiden Schotten und einer der Franzosen tot. Alle vergiftet. Welche Rolle spielt dabei diese Jacqueline und welche die beiden anderen Franzosen? Ist sie eventuell unsere Mörderin? Hat sie diese Typen ermordet, weil ihre Familienbrennerei in irgendein dubioses Geschäft verwickelt ist? Wenn ja, hätten wir ein Motiv, aber, wie hat sie davon erfahren? Was wisst ihr alles über sie?«, meldete sich Alan zu Wort.

»Frederique Santé gehört eine der größten Parfüm- und Pharmadynastien Frankreichs. Sein Sohn Pascal ist Chemiker und Biologe und seit fünf Jahren Leiter der Abteilung Forschung und Entwicklung. Ihm unterstehen zusätzlich sämtliche Forschungsabteilungen in ganz Europa, und Jacqueline ist die Leiterin des gesamten Labor- und Analysebereiches der Firma Huber & Fils.«

»Dann hat sie doch sicherlich Zugang zu allen möglichen Rohstoffen und vielleicht auch Pflanzengiften?«, fragte Brian.

»Vermutlich ja, denn die arbeiten dort mit vielen pflanzlichen und tierischen Wirkstoffen«, bestätigte Jacques.

»Na also, wusste ich´s doch. Alle Indizien sprechen mittlerweile gegen diese Jacqueline. Ich denke, wir sollten sie vorladen und verhören«, meinte Brian. »Sie hat die Möglichkeit an die Substanzen heranzukommen, die Fähigkeit die Gifte herzustellen und kennt sich in Schottland und in der Whiskyindustrie aus.«

»Ja, ich denke auch, dass wir sie anrufen und um einen Gesprächstermin bitten sollten«, stimmte Jacques zu.

»Warum so förmlich«, fragte Brian. »Bestellt sie doch einfach für morgen früh ein.«

»Solche Leute bestellt man nicht einfach ein«, schüttelte Jacques bedauernd den Kopf. »Die verhaftet man entweder, aber nur dann, wenn genügend Beweise vorliegen, oder aber man fährt zu ihnen und spricht mit ihnen, aber erst nach vorheriger Terminvereinbarung. Die haben extrem viel Macht und Einfluss und können einem sonst ganz schön die Karriere oder zumindest das Leben verderben.«

»Aha, das ist hier also genauso, wie bei uns daheim«, grinste Brian.

»Ja, das ist wohl auf der ganzen Welt gleich«, meinte auch Alan.

Während Laëtitia noch die letzten Sätze übersetzte, griff Jacques zum Telefonhörer und ließ sich von seiner Telefonistin mit der Zentrale der Firma Huber & Fils verbinden. Nachdem er sich gegenüber der Dame in der Telefonzentrale ausgewiesen hatte, ließ er sich mit dem Büro von Jacqueline Santé verbinden. Nach dem zweiten Klingeln meldete sich eine weibliche Stimme: »Santé«

»Bonjour, Madame Santé. Ich bin Commissaire Chabraque und wir haben ein paar Fragen an Sie im Mordfall Bernard Gautier.«

»Ich weiß nicht, wie ich Ihnen dabei helfen kann, Monsieur.«

»Das würden wir gerne mit Ihnen persönlich besprechen, Madame. Könnten wir uns heute oder morgen früh mit Ihnen treffen?«

»Was sollte das für einen Sinn haben? Ich kenne diesen Gautier zwar flüchtig, er war ein- oder zweimal im Hause meines Schwiegervaters gewesen, wo ich ihn gesehen habe, allerdings auch nur kurz. Ich glaube nicht, dass ich Ihnen zu ihm oder dem Mord an ihm noch sonst irgendetwas sagen kann.«

»Es geht nicht nur um den Mord an Monsieur Gautier, sondern auch noch um weitere Morde in Schottland«, fügte Jacques hinzu.

»In Schottland?«

»Ja, genau dort. Sie stammen doch aus Schottland, oder?«

»Ja, das ist korrekt. Aber das trifft auf 25 Millionen andere Schotten auch zu. Ich verstehe immer noch nicht, weshalb Sie mich deshalb anrufen, Monsieur le Commissaire.«

»Es geht darum, dass Sie uns eventuell mit Ihren Kenntnissen über Schottland, und speziell die schottische Whiskyindustrie, weiterhelfen könnten«, versuchte Jacques eine Brücke zu bauen.

»Whiskyindustrie? Wurden die Morde in meiner Heimat in der Whiskyindustrie begangen?«

»Ja.«

Nach einem kurzen Zögern erwiderte Jacqueline Santé: »Also gut, Monsieur Chabraque, ich bin bereit für ein persönliches Gespräch. Sie können morgen, sagen wir so um zehn Uhr, zu mir ins Büro kommen.«

»Gut, Madame, dann kommen wir morgen früh um zehn Uhr zu Ihnen. Ach übrigens ich bringe zu dem Gespräch noch einen Kommissar aus Ihrer alten Heimat mit.« Noch bevor

Jacqueline etwas dazu sagen konnte, hatte Jacques den Hörer bereits aufgelegt.

Kurz nach neunzehn Uhr gingen sie zu Fuß ins La Chaumière, einem Restaurant mit traditioneller französischer Küche, das, nur wenige Minuten von der Polizeistation entfernt, in der gleichen Straße lag. Nachdem Jacques für alle bestellt hatte, diskutierten sie gemeinsam weiter über die bisherigen Erkenntnisse und bereiteten das Gespräch für den nächsten Tag vor.

Als der Sommelier wenig später mit dem bestellten Rotwein an den Tisch trat, schenkte er, auf ein kurzes Nicken von Jacques hin, etwas von dem Wein ein und reichte ihm den rubinrot gefärbten Korken. Nachdem Jacques dessen Feuchtigkeit geprüft hatte, nahm er das Glas, schwenkte die dunkelrote Flüssigkeit darin und trank einen Schluck von dem samtigen Wein. Als er erneut nickte, wurden die Gläser der Anwesenden mit dem Bordeaux gefüllt, der zehn Jahre lang auf diesen Moment gewartet hatte.

Als das Essen serviert wurde, unterbrachen sie ihre fachliche Diskussion endgültig und widmeten ihre ganze Aufmerksamkeit den leckeren Gerichten, die vor ihnen abgestellt wurden. Alan musste grinsen, als er auf dem gemischten Vorspeisenteller tatsächlich Schnecken und auch Froschschenkel entdeckte. Brian warf ihm ebenfalls einen Blick zu und zwinkerte, als er sich reichlich von dem Lachs und anderen Fischsorten nahm, die den größten Teil der Vorspeisen ausmachten. Zum Hauptgericht gab es auch Steaks vom Charolais Rind und Brian war völlig ausgesöhnt mit der französischen Küche. Er machte einen richtig glücklichen Eindruck.

Nach dem Essen wurde den schottischen Gästen sogar ein Digestif aus ihrem Lande angeboten. Alan und Brian waren ganz erstaunt, als sie von ihren französischen Kollegen erfuhren, dass die Franzosen schottischen Single Malt durchaus zu schätzen wussten. Noch verblüffter waren sie, als diese sie informierten, dass die Franzosen durchschnittlich siebenmal mehr Whisky als Cognac trinken. Und so prosteten sie sich mit einem sechzehn Jahre alten Aberlour gemeinsam zu. Die Frage, ob jemand noch einen zweiten Verdauerli wünsche, beantwortete Brian mit »Der Klügere kippt nach«

Nach einem Abend, der zum Ende hin, mit der nötigen Unterstützung schottischen Importgetränks, sogar noch recht lustig wurde, brachten die Franzosen ihre neuen Freunde in ihr Hotel und verabschiedeten sich.

Kurz vor zehn Uhr erreichten die vier Beamten am nächsten Morgen die Firma Huber & Fils. Das sechs Stockwerke hohe Gebäude war vor etlichen Jahren außerhalb von Pithiviers in einem Industriegebiet errichtet worden und verströmte den Charme eines modernen Industriebauwerkes, in dem, neben Laborräumen, auch Büros untergebracht waren. Viele Fensterflächen vermittelten einen offenen und modernen Eindruck.

Da sie am Empfang von Jacqueline Santé bereits angemeldet worden waren, erhielten sie umgehend ihre Besucherausweise und wurden von einer Assistentin zum Büro der Leiterin des Analytikbereiches geführt.

»Bonjour Madame, Messieurs«, wurden sie beim Eintreten von ihr begrüßt.

»Bonjour Madame Santé«, antwortete Jacques.

Nachdem alle an dem großen Besprechungstisch Platz genommen hatten, stellte Kommissar Chabraque seine Kollegen vor und bat darum, dass das Gespräch in Englisch geführt würde. Laëtitia würde für ihn übersetzen. Jacqueline Santé war damit einverstanden.

»Kennen Sie Arthur Fraser«, fragte Alan sie dann.

»Arthur von Glenallan? Natürlich kenne ich ihn. Was ist mit ihm?«

»Kennen Sie auch Sean McCartney?«, ignorierte Alan ihre Frage.

»McCartney? Ist der nicht bei der SWS? Ich kenne ihn nicht persönlich, habe nur seinen Namen schon ein- oder zweimal gehört. Was ist mit diesen Herren?«

»Sie haben eines gemeinsam«, antwortete Brian, der dieses Spiel mit Alan bei gemeinsamen Verhören schon oft vollzogen hatte: Wechsel des Ansprechpartners, während der erste ganz genau beobachtet, wie der Zeuge auf die Frage reagierte, während er sich auf den neuen Gesprächspartner konzentrierte. »Sie wurden beide ermordet!«

»Aha, das sind also die bereits erwähnten Morde in Schottland. Das hatte ich mir inzwischen allerdings auch schon gedacht«, kommentierte Jacqueline diese Eröffnung nahezu emotionslos. »Aber um Arthur tut es mir wirklich Leid, diesen Sean, wie gesagt, kannte ich kaum«, fügte sie dann noch hinzu.

Alan beobachtete sie sorgfältig und achtete auf jedes Anzeichen, das ihm zeigen würde, ob sie log. Er konnte aber keines feststellen. Sie sagte entweder die Wahrheit oder war eine ganz hervorragende Schauspielerin.

»Mir scheint, dass Sie der Tod dieser beiden Männer wenig berührt«, sagte Brian.

»Na ja, es ist immer schade, wenn Menschen sterben. Aber wenn ich jeden Menschen betrauern würde, der ums Leben kommt, bliebe mir keine Zeit mehr, etwas anderes zu tun. Und ich sagte doch, dass es mir um Arthur Fraser Leid tut, er war ein feiner Mensch.«

»Kennen Sie einen Sven Sorenson?«, stellte Brian seine nächste Frage.

»Nein, den Namen habe ich noch nie gehört.«

»Und was ist mit Bernard Gautier?«

»Den kenne ich natürlich. Er hat immer wieder mal für meinen Schwiegervater gearbeitet. Aber, bevor Sie fragen, über Einzelheiten dieser Zusammenarbeit bin ich nicht informiert.«

»Wissen Sie, ob Ihr Schwiegervater Geschäfte mit der SWS gemacht hat?«

»Nein, keine Ahnung.«

»War Gautier vielleicht der Vermittler zwischen Ihrem Schwiegervater und der SWS?«

»Ich sagte doch schon, ich habe keine Ahnung, was mein Schwiegervater und Bernard Gautier für gemeinsame Geschäfte gemacht haben. Darüber wurde ich nie informiert. Da müssen Sie ihn schon selbst fragen.«

»Wo waren Sie am 13. April?«, übernahm Alan wieder die Gesprächsführung.

»Keine Ahnung, da müsste ich nachsehen«, antwortete Jacqueline leicht verblüfft.

»Tun Sie das bitte, und bei der Gelegenheit können Sie auch gleich nachsehen, wo Sie am 16. April waren«, ergänzte Alan.

»Was sollen diese Fragen? Verdächtigen Sie mich etwa?«

»Wir verdächtigen momentan alle und niemanden. Aber wir müssen Sie das fragen«, antwortet Alan auffordernd.

Jacqueline war aufgestanden und an ihren Computer gegangen. Nachdem sie in ihrem elektronischen Kalender nachgesehen hatte, antwortete sie: »Ich war für ein verlängertes Wochenende in unserem Ferienhaus in der Petit Camargue gewesen. Freitagmorgen hin und Dienstagabend erst wieder zurück.«

»Aha, das ist interessant. Waren Sie dort alleine?«

»Ja, mein Mann war auf einer Geschäftsreise und ich musste mal völlig ausspannen. Deshalb habe ich das Haus, beziehungsweise unser Grundstück dort, auch nicht verlassen.«

»Sie haben also kein Alibi für die Zeit vom 13. bis zum 17. April?«, stellte Brian lakonisch fest.

»Nochmals, meine Herren. Brauche ich denn ein Alibi?«

»Wie sieht es mit dem letzten Wochenende aus?«, überging Alan in bewährter Manier ihre Frage.

»Mein Mann hatte mich überredet, mit ihm ein Wochenende in Schottland zu verbringen. Wir waren am 27. gemeinsam hin- und am Sonntag wieder zurückgeflogen.«

»Sie waren in Schottland?«, fragte Alan überrascht.

»Ja, das sagte ich doch gerade. Mein Mann und ich waren zusammen für ein paar Tage in Golspie.«

»Und Sie waren die ganze Zeit zusammen?«

»Ja.«

»Kann uns das Ihr Mann bestätigen?«

»Natürlich kann er das. Aber er ist gestern Morgen geflogen und kommt erst am Samstag wieder zurück.«

»Wissen Sie, wohin er geflogen ist?«

»Nein, das hat er mir nicht gesagt und ich habe auch nicht gefragt. Mein Mann fliegt oft mit unserem Firmenjet zu seinen Geschäftspartnern und ich frage nicht jedes Mal nach. Das ist für uns auch nicht anders, als wenn Sie mit Ihrem Auto zur Arbeit fahren. Da fragt Ihre Frau bestimmt auch nicht jeden Tag, wo Sie heute hinfahren, oder?«

»Ist Ihr Mann alleine geflogen oder mit einem Piloten zusammen?«

»Mein Mann fliegt selbst. Er hat den Pilotenschein für unseren Jet. Ich übrigens auch. Und wir können den Jet nutzen, sooft wir wollen, auch für private Flüge.«

»Gibt es Aufzeichnungen über die Flüge?«

»Nein, das ist bei uns nicht notwendig. Kann ich sonst noch etwas für Sie tun?« Mit einem deutlichen Blick auf die Uhr forderte Jacqueline Santé die Beamten zum Gehen auf.

»Nein danke, das ist vorerst alles.«

Die Beamten standen auf und verabschiedeten sich. Sie wurden von Jacqueline persönlich zum Ausgang begleitet.

Während die vier Beamten wieder in die Polizeistation zurückfuhren, ließen sie eine nachdenkliche Jacqueline Santé zurück.

Alan fasste nochmals zusammen: »Diese Jacqueline hat einen Pilotenschein und Zugang zum Firmenjet. Sie kann überall damit hinfliegen, ohne dass dies irgendwo registriert wird. Innerhalb der EU erfolgt noch nicht einmal eine Registrierung der Einreise bei einer eventuellen Passkontrolle. Da können wir keiner Spur folgen. Sie hat Zugang zu den Parfümlaboren und allen Wirkstoffen und Substanzen, die es dort gibt. Vermutlich auch etliche Gifte. Sie hat kein belastbares Alibi.

Während der Morde war sie entweder allein im Landhaus oder mit ihrem Mann zusammen in Schottland.«

»Und wenn ihr Mann das Alibi vom letzten Wochenende nicht bestätigt? Ich habe so ein komisches Bauchgefühl, dass sie uns über dieses Wochenende nicht alles gesagt hat«, meinte Brian. »Vielleicht musste ihr Mann auch da geschäftlich weg und sie hätte dann Zeit genug gehabt, Sorenson zu vergiften.«

»Ja, möglich. Das sollten wir, besser gesagt ihr«, meinte Alan mit einem Blick auf Jacques, »auf jeden Fall überprüfen.« Dieser nickte.

»Aber welches Motiv könnte sie haben? Rache? Wut?«, überlegte Alan weiter. »Wut hat sie mit Sicherheit auf ihren Vater und auf ihren Bruder, die haben sie schließlich aus ihrer Brennerei ausgestoßen und ihren Lebenstraum zerstört. Aber warum bringt sie dann nicht ihren Vater oder wenigstens ihren Bruder um, sondern irgendwelche Typen von der SWS? Bleibt also eigentlich nur noch Rache. Rache an der SWS. Aber warum? Was haben die getan, dass sie bereit ist, die Kerle umzubringen? Und wenn Rache das Motiv ist, wie hat sie dann von den Machenschaften der SWS erfahren? Die haben ja noch nicht einmal wir, trotz intensiver Recherchen und Befragungen, herausgefunden. Was wissen wir sonst noch über diese Frau?«

»Relativ wenig – zumindest bis jetzt«, antwortete Jacques. »Aber wir werden sie noch einmal genauer unter die Lupe nehmen. Wir werden sie morgen vorladen und nochmals verhören. Speziell zu einem möglichen Motiv und den Zusammenhängen zwischen der SWS und ihrer Familienbrennerei werden wir sie befragen. Dieses Mal wird sie mir Rede und Antwort stehen müssen. Keine Ausflüchte mehr, nur klare Antworten auf genauso klare Fragen. Sie wird uns sagen müssen, was sie weiß! Die Zeit der Rücksichtnahme ist jetzt vorbei. Sie wird mich von einer ganz anderen Seite kennenlernen.«

»Gut, macht das mal. Vielleicht gesteht sie ja. Nur schade, dass wir morgen schon zurückfliegen müssen.«

»Ja, stimmt. Die Zusammenarbeit mit euch hat wirklich Spaß gemacht. Aber wir informieren euch, wie es ausgegangen ist.«

Sie verbrachten den restlichen Nachmittag damit, nochmals alle Einzelheiten durchzusprechen, und Laëtitia war so nett und fasste alles zu einem schriftlichen Bericht zusammen, den Alan und Brian auch mit nach Schottland nehmen konnten. Die elektronische Version schickte sie vorab schon an Nickys E-Mail-Adresse.

Abends gingen sie erneut ins La Chaumière und verbrachten ein paar weitere angenehme Stunden, mit gutem Essen, gutem Rotwein, guten Gesprächen und dem einen und auch anderen Whisky.

Am nächsten Morgen ließen es sich sowohl Laëtitia als auch Jacques nicht nehmen, ihre schottischen Kollegen gemeinsam zum Flughafen zu fahren und dort herzlich zu verabschieden.

Während Alan und Brian, nach dem Einchecken, auf ihren Abflug warteten, ging Alan immer wieder der Fall durch den Kopf. »Dieser Jacqueline steht das Rosenwasser inzwischen bestimmt bis zum Hals. Jacques wird die sicher ganz schön unter Druck setzen.«

»Da hast du Recht.«

»Um die Großkopferten der SWS, speziell um diesen Sean, tut es mir aber nach wie vor nicht Leid. Während diese reichen Säcke nur die Sahneschnitten bekommen, müssen sich die meisten anderen mit einfachen Keksen begnügen.«

»Da hast du Recht.«

»Wenn diese Santé die Morde gesteht, können wir den Fall endgültig abschließen. Das wäre dann dieses Mal eine Klärung in Rekordzeit. Und auch eine Aufklärung, ohne dass uns unser Graeme dabei helfen musste.«

»Da hast du Recht.«

»Es nervt mich, wenn du so bist«, sagte Alan zu Brian.

Brian holte mit dem Arm aus und eine massige Faust schoss auf Alans Unterkiefer zu. Sie berührte ihn aber nur sanft am Kinn und Brian sagte »Bumm!«

»Ich mag es trotzdem nicht, wenn du mit allem einverstanden bist. Das macht mich ganz nervös.«

»Ist schon gut«, meinte Brian. »Ich war halt auch in Gedanken. Ich bin mir nämlich noch nicht so sicher, dass diese Jacqueline die Mörderin ist. Aber vielleicht täusche ich mich ja auch.«

Ihr Rückflug startete pünktlich um viertel nach zehn Uhr vom Flughafen Paris CdG und, nach einem ruhigen Flug, landeten sie diesmal pünktlich um fünfundzwanzig Minuten nach elf Uhr Ortszeit in Edinburgh.

Auf der Rückfahrt nach Inverness hatten sie an einem Pub angehalten, um eine kleine Mahlzeit zu sich zu nehmen. Das Essen war hervorragend gewesen, aber Alan hatte zum ersten Mal, seit er ihn kannte, mehr gegessen als Brian. Das war noch nie vorgekommen und machte ihn stutzig.

»Mann, Bärchen, was ist denn eigentlich los mit dir. Du warst den ganzen Flug über schon so schweigsam und jetzt sitzt du hier und fastest. Schmeckt dir etwa das schottische Essen nicht mehr, nachdem du die Haute Cuisine kennengelernt hast?«, witzelte Alan, um seinen Freund aus der Reserve zu locken.

»Quatsch, das Essen in Frankreich war ganz okay, ich bin sogar richtig satt geworden, aber schottische Gerichte sind halt einfach besser.«

»Was ist es dann? Irgendetwas bedrückt dich doch. Ich kenne dich lange genug, da kannst du mir nichts vormachen, mein Lieber.«

»Ja, ich weiß. In der Beziehung bist du fast so gut wie Jane, die weiß auch immer sofort, wenn mit mir was los ist. Es ist dieser blöde Fall.«

»Und? Mit etwas Glück haben wir die Mörderin bereits und der Fall ist gelöst.«

»Ja, vielleicht.«

»Aber?«

»Ach nix, ich habe einfach nur so ein komisches Gefühl.«

»Du und Gefühle«, provozierte Alan ihn jetzt, denn er wollte endlich wissen, was mit seinem Freund los war. »Wenn du als Mann bisher über Gefühle gesprochen hast, dann doch nur "Ich fühle, … dass ich Hunger habe!"«

Brian grinste endlich und gab Alan einen kleinen Schubs, der diesen fast vom Stuhl fegte. »Mann, du Kraftprotz, sachte. Ich bin doch nicht dein Punching Ball. Wo nimmst du nur die ganze Kraft her?«

»Du weißt doch, als Gott mich erschuf, wollte er angeben«, lachte Brian jetzt.

»Na, ich bin zumindest froh, dass sich deine trübselige Stimmung wieder gebessert hat.«

»Apropos trübselig. Jane hat auch schon öfter zu mir gesagt "Trübsal ist nicht das Einzige, was man blasen kann." Keine Ahnung, was sie damit gemeint hat«, sagte Brian, mit bemüht ernstem Gesichtsausdruck. Jetzt musste auch Alan lachen.

Als sie wieder im Auto waren und in Richtung Inverness fuhren, waren sie beide wieder die alten und frotzelten in ihrer gewohnten Art miteinander.

»Franzosen haben einfach Stil. Du hast keinen Franzosen in deiner Familie, oder?«, meinte Alan.

»Wer zum Cheddar geboren ist, wird nie ein Camembert«, konterte Brian.

So verging der Rest der Fahrt wie im Flug.

Nachdem sie wieder in der Zentrale eingetroffen waren, informierte Alan das Team über die Ergebnisse ihres Frankreichbesuches und darüber, dass Jacqueline Santé erneut von der französischen Polizei verhört werden sollte.

In Inverness gab es keine wesentlichen Neuigkeiten, außer, dass die Spurensicherung in der Küche von Sven Sorenson zwei benutzte Whiskygläser gefunden hatte und darauf Spuren, die zwar etwas verwischt worden waren, aber nicht gründlich genug. Am Fuß des einen Glases war ein Fingerabdruck gefunden worden, der nicht von Sorenson stammte.

Am späten Nachmittag rief Laëtitia in der Zentrale an und informierte Alan, dass sie Jacqueline Santé nicht nur zu einem Verhör vorgeladen hatten, sondern dass diese inzwischen sogar die Morde gestanden hatte. Alan hatte dies zwar erhofft, war aber dennoch überrascht, dass es so schnell gegangen war.

»Sie hat erst alles abgeleugnet und uns sogar mit ihrem Anwalt gedroht, aber Jacques hat sie richtig in die Zange genommen. Als er sie dann mit den genauen Tatzeiten konfrontierte und, dass sie dafür kein Alibi hatte, war sie erst ganz nachdenklich geworden und hat dann schließlich wohl eingesehen, dass es keinen Zweck mehr hatte, weiter zu leugnen. Sie hat die Morde an allen vier Opfern gestanden. Sie ist jetzt in Untersuchungshaft und soll morgen dem Haftrichter und dem Staatsanwalt vorgeführt werden«

Mann oh Mann, dachte Alan, *das hätte ich nicht erwartet, dass die so schnell gesteht.*

Alan ging zu Brian, der mit einer Tasse Kaffee vor sich bei Andy saß, und informierte beide über das Geständnis von Jacqueline. Eine gewaltige Faust krachte auf die Tischplatte nieder und ließ den Becher mit Kaffee einen gefährlichen Satz machen. »Das ist völliger Quatsch!«, rief Brian.

»Es geht doch nichts über eine positive Grundeinstellung«, erwiderte Alan

»So ein Quatsch«, wiederholte Brian. »Das Glas ist entweder halb leer oder kaputt.«

»Ich weiß zwar nicht, was du heute genommen hast, aber die Dosierung stimmt nicht. Die Hälfte davon hätte locker gereicht.«

»Das geht mir viel zu schnell!«, meinte Brian wieder ruhiger und bestätigte damit auch die Gedanken, die sich Alan schon gemacht hatte.

»Ja, ich war auch erstaunt. Aber manchmal ist das so, dass Täter, die keinen Ausweg mehr sehen, plötzlich zusammenbrechen und dann nur noch gestehen wollen.«

»Ja, wahrscheinlich hast du Recht.«

Blumen

Das war's dann also. Sie hatten mal wieder mit vereinten Kräften einen Fall gelöst. Wie üblich nach einem Fall, machte sich in Alan eine zufriedenstellende Leere breit. Platz, um seine Energie einer neuen Herausforderung zu widmen. Die Füße auf der Fensterbank liegend, saß Alan alleine in seinem Büro und blies den Rauch seiner Zigarette genüsslich, und die Vorschriften für ein rauchfreies, öffentliches Gebäude ignorierend, aus dem offenen Fenster. Nirgends im Gebäude der Polizei durfte geraucht werden. Selbst die Verhörzimmer waren von dem allgemeinen Rauchverbot betroffen. Manche Verdächtige oder vorgeladene Zeugen behaupteten deshalb, dass dies ein Verstoß gegen ihre Menschenrechte sei und schon fast an Foltermethoden grenze. Alan war geneigt, ihnen zuzustimmen.

Vor seinem Auge ließ er die Geschehnisse der letzten Wochen Revue passieren. So schnell hatte er in den letzten Jahren keinen seiner Fälle zum Abschluss bringen können. Gut, die großen Lorbeerkränze würden sich jetzt seine französischen Kollegen aufsetzen. Das störte ihn im Moment nicht besonders. Vielleicht würde Jacqueline Santé ja ausgeliefert und hier in Schottland vor Gericht gestellt. Da sie eine doppelte Staatsbürgerschaft besaß, musste diese Frage aber an anderer Stelle geklärt werden.

Nachdem er gemeinsam mit Brian gestern Nachmittag aus Paris zurückgekommen war, hatten sie kurzfristig alle ihre Teammitglieder über die Ereignisse ihres Frankreichaufenthalts informiert.

Als dann Laëtitia anrief und Alan über das Geständnis von Jacqueline Santé unterrichtete, war die Freude natürlich groß gewesen und alle wollten sich spontan zu einer kleinen Feier treffen. Dies hatte er aber abgelehnt, da er zuerst alle Formalitäten erledigt haben wollte. Trotz der vielen Oh's und Nöh's blieb er aber stur, und so fanden sich alle, wie üblich, heute Morgen in der Zentrale ein, um zunächst die Dokumentation des Falles fertigzustellen. Es mussten die Presseberichte erstellt werden, die natürlich von den Sekretären der diversen Politiker so umgeschrieben würden, dass allein die Politik den Fall gelöste hätte. Die Personenüberwachung der SWS-Mitglieder und der Permits hatte Nicky bereits gestern Abend abgeblasen. Keinen einzigen Tag weitere Steuergelder verschwenden, hatte ihnen Timmins eingeschärft. Dass hochrangige Mitglieder der Gesellschaft sich nur unter aufwendigem Polizeischutz bewegen durften, trug hierzu nicht gerade bei. Auch die gut zwanzig zugeteilten Kollegen aus den anderen Abteilungen hatten bereits heute Morgen ihre gewohnten Aufgaben übernehmen müssen. Lediglich seine Basiseinheit wuselte noch durch ihre Interimszentrale.

Im Grunde, dachte er, ist es auch ein klein bisschen schade, dass wir nicht permanent solche spektakulären Fälle bearbeiten können. Nun musste er, wohl oder übel, auch das Kern-Team ein weiteres Mal auflösen und sie alle in ihr reguläres Berufsleben zurückschicken.

Während er noch mit diesen Gedanken beschäftigt war, hämmerte es an seine Tür und Brian platzte herein. »Diese Türen sind vom Steuerzahler gekauft worden. Also bitte, denk dran, dass es sich um laminierten Pressspan handelt und nicht um schottische Eiche«, empfing er seinen besten Freund und Partner.

»Keine Sorge, meine Kraft ist immer wohl dosiert. Frag Jane, die hatte noch nie einen blauen Fleck!«, antwortete Brian grinsend. »Na, wann machen wir denn den Schampus auf? Timmins ist auch schon ganz aus dem Häuschen. Verfasst schon die ersten Reden für seine Fernsehauftritte «.

Sein Blick wanderte auf einen Strauß Blumen, der in einem Wassereimer auf dem Beistelltisch stand. »So, jetzt schicken dir die besorgten Bürger statt der zahlreichen Dankesschreiben (in Zahlen: null) und der freundlichen Anrufe (einer bis zwei pro Fall) sogar schon hübsche Blümchen. Mein lieber Alan, du wirst noch ein echter Medienstar mit eigener Fernsehserie. Ich sehe es schon ganz dick vor mir: CSI - Inverness. Und ich bekomme dann auch so einen Hummer-Jeep mit 300 PS, und unsere Labor-Bubis kriegen Elektronenmikroskope, wie sie sonst nur bei der NASA rumstehen und ...«

»Ist ja schon gut, Brian. Beruhige dich. Ich dachte, du schaust kein Fernsehen?«, unterbrach ihn Alan amüsiert.

»Nur keine stumpfsinnigen Unterhaltungsshows und vor allem keine von diesen Serien für Leute, die an Hirnfraß leiden. Ich schau nur Bildungsfernsehen, wo man noch richtig was lernen kann«, verteidigte sich Brian kleinlaut.

In dem Moment lief Ewen Gillies an der offenen Bürotür vorbei. »Ach, da seid ihr ja. Wir haben soweit alles fertig. Euren Schlussbericht noch und dann können wir auf das Erscheinen der Anwaltshorde warten.«

Stimmt, das ist die nächste Hürde, dachte Alan. Bevor auch nur ein Beweis als solcher vorgebracht werden könnte, würden die gegnerischen Anwälte zunächst wieder mal alles anfechten. Und die Staatsanwaltschaft würde ihn mit der Forderung nach immer mehr Informationen um den Schlaf bringen. Zum Glück durften sich diesmal die Franzosen zuerst mit diesem Geplänkel herumschlagen.

Auf einen Fingerzeig von Brian hin, bemerkte nun auch Ewen die Blumen. »Oha! Nach der Vorstellung gibt's Blumen in die Star-Loge. Nette Deko, Alan, pass aber bloß auf, dass du die Finger davon lässt. Lass am besten die Celophanfolie drum.«

»Warum denn das?«, fragte nun Alan etwas genervt, der den Rummel um ein paar blöde Blumen nicht verstand. »Die sind vor einer Viertelstunde hier abgegeben worden. Weiß auch nicht, wofür oder von wem. Gib sie Nicky, okay?«

»Ganz sicher nicht. Die würde mir die Dinger voll um die Ohren hauen.«

»Warum?«, fragte jetzt auch Brian neugierig. »Hat's Nicky etwa nicht so mit männlichen Liebesbeweisen?«

»Im Gegenteil, du Frauenheld«, antwortete Ewen. »Aber, Nicky hat mehr Ahnung von dem Grünzeugs als du, und die Dinger sind alle giftig. Das hast du doch jetzt in den letzten Tagen gelernt, oder? Das würde Nicky wohl in den falschen Hals bekommen.«

»Wie? Giftig?« Alan rutschte fast aus seinem Stuhl.

»Na, das ist Eisenhut, du Experte. Hübsches Zeug, würde ich aber nicht anpacken. Soll das irgendwie ein schlechter Scherz sein? Die Leute werden auch immer makaberer. Jetzt fehlen nur noch die üblichen Trittbrettfahrer.«

Alle drei näherten sich nun vorsichtig dem Strauß Blumen. Als würde jeden Moment eine Vogelspinne aus den Blüten hervorspringen, blickten alle sehr zurückhaltend auf die Farbenpracht.

»Da steckt ein Zettel drin«, bemerkte Brian, der sich besonders wagemutig den Blumen genähert hatte. »Hol ihn mal raus, Gilly.«

Ewen Gillies schaute Brian an, als hätte dieser ihn gebeten, an einer tickenden Bombe mal irgendein Kabel durchzuschneiden. »Aber definitiv nicht ohne Handschuhe. Bin gleich wieder da.« Daraufhin flitzte Ewen wie von der Tarantel gestochen aus dem Büro.

Keine dreißig Sekunden später kam Ewen Gillies, mit einem Satz Latexhandschuhe und in Begleitung der restlichen Teammitglieder, wieder in Alans Büro gestürmt. Alle drängelten sich um Ewen und den ominösen Blumenstrauß und das Büro wurde merklich kleiner.

Mit einer vorsichtigen Handbewegung griff Ewen nach der Karte, die zwischen den Blüten steckte, und legte sie auf eine Folie, die Brian bereithielt. Alle sahen nun gespannt Brian an, der den Text auf der handelsüblichen Blumengrußkarte zu entziffern versuchte.

»Was soll denn der Scheiß?«, rutsche ihm als Erstes heraus. »Das is'n Gedicht oder so. Irgend so ein Poetenzeugs. Hört mal:

Wenn im zeitlosen Herbst in deinem Traum
Nachts Gold regnet aus dem Wunderbaum
So wird auch ein Hut aus Eisen nichts nützen
dich vor der Petersilie des Hundes zu schützen

Ist ja wohl ein völliger Bockmist. Hey, Alan, hast du jetzt so komische Freunde aus der Kunstfraktion? Dann kannst du dich gleich zum Kaffeekränzchen bei meiner Jane anmelden. Die lesen auch so Sachen.« Vorsichtig reichte er die Folie mit dem Kärtchen an Alan weiter.

»Das ist keineswegs Bockmist, mein lieber Brian«, sagte Nicky. »Das ist der eindeutige Beweis, dass unser Kärtchenschreiber, ob Männlein oder Weiblein, ein absolutes Insiderwissen hat.«

»Häh?«, brachte Brian nur heraus, während die anderen langsam anfingen zu nicken.

»Genau«, meinte Charlie Pollock nun auch. »Das kann doch wohl nicht wahr sein! Schau mal auf die Rückseite, ob da auch noch was steht.«

Alan befolgte den Rat und blickte unter die Folie, auf der die Karte lag. »Ihr habt verdammt noch mal Recht. Da steht: *Ihr habt einer Unschuldigen Leid zugefügt.* Das gibt's doch gar nicht!«

»Könnte mir vielleicht auch jemand erklären, um was es geht?«, maulte Brian in die Runde. »Ich weiß, ich bin für euch ja nur der Mann fürs Grobe. Wäre trotzdem schön, wenn ich auch mitsprechen könnte, ja?«

»Kannst du gerne haben, Bärchen«, antwortete Alan. »Nicky hat es sofort gemerkt. Herbst-Zeitlose, Goldregen, Eisenhut. Die Gifte, die von unserer Mörderin Jacqueline eingesetzt wurden. Das ist, außer uns, keinem komplett bekannt gewesen. Außer den französischen Ermittlern, die es erst seit den letzten Tagen wissen, konnte niemand an diese Informationen kommen.«

»Und Wunderbaum ist lediglich ein anderer Name für Rizinus«, ergänzte Nicky.

»Oh Mann, Scheiße«, begriff auch Brian. »Meint ihr, das ist ein Trick oder haben wir etwa echt die Falsche erwischt?«

»Alles möglich«, antwortete Alan. »Vielleicht will auch nur jemand diese Jacqueline Santé schützen, keine Ahnung. Aber was ist mit Petersilie des Hundes gemeint? Das sagt mir bisher nichts.«

»Mit Petersilie des Hundes meint er oder sie die Hundspetersilie, auch *Aethusa cynapium*. Das ist eine Pflanze. Auch ein sehr giftiges Zeug. Die kam aber bisher noch nicht vor.«

»Danke Andy. Langsam entwickeln wir uns alle noch zu ausgesprochenen Botanikern. Wisst ihr, was ich gerade befürchte?«, fragte Alan plötzlich mit großen Augen.

»Es gibt noch irgendwo einen fünften Toten, den wir noch nicht gefunden haben. Oder – ach du großer Mist – es wird bald einen geben. Verdammt!«, antwortete Brian, der den Faden wiedergefunden hatte.

»Charlie«, forderte Alan seine Kollegen auf. »Ab mit dem Ding ins Labor. Fingerabdrücke. Irgendwas Verwertbares für einen Gentest. Los!« Plötzlich waren seine Adern wieder mit Adrenalin gefüllt. Der Blick eines Jägers lag wieder in seinen Augen. Da wollte sie doch einer an der Nase herumführen. Nicht mit ihm und seinem Team!

»Brian, finde raus, wer die Blumen gebracht hat. Check die Videoaufzeichnungen vom Gebäude. Nicky, die Blumen sehen frisch aus. Die müssen erst vor kurzem besorgt worden sein. Bring sie ins Labor und finde raus, ob das Schnittblumen oder gepflückte Wildblumen sind. Und finde raus, wo man die Dinger jetzt kaufen kann. Ewen, du hilfst ihr. Und organisiert ein Gegenmittel für das Petersiliengift! Vielleicht schaffen wir ja mal das Unmögliche. Los, los! Andy, du bleibst hier. Wir telefonieren alle potenziellen Opfer durch und leiern eine Personenüberwachung an.«

Während in der Zentrale in Inverness Hektik ausbrach, gerieten auch die französischen Kollegen in Pithiviers heftig unter Beschuss. Nachdem Frederique Santé von der Verhaftung seiner Schwiegertochter erfahren hatte, setzte er sämtliche, ihm zur Verfügung stehenden Kontakte und Verbindungen ein, um Jacqueline wieder freizubekommen. Mit anderen Worten, er setzte Himmel und Hölle in Bewegung, und, außer dem französischen Staatspräsidenten, schienen sich tatsächlich alle Franzosen, die in Politik, Fernsehen und sonst wo etwas zu sagen hatten, für ihn einzusetzen. Der französische Staatspräsident hatte sich vermutlich auch nur deshalb nicht persönlich eingeschaltet, weil er gerade Urlaub in Neuseeland machte.

Vorerst konnten alle natürlich nicht viel ausrichten, denn etliche Indizien belegten die Tat von Jacqueline Santé und das von ihr unterschriebene Geständnis sprach eindeutig gegen sie.

Aber es dauerte nicht lange, bis die von Frederique eingeschalteten Staranwälte zu dritt persönlich an die Tür von Jacques Chabraque klopften und das Geständnis von Jacqueline umgehend als erzwungen und damit als gerichtlich nicht verwendbar einstuften. Sie zogen sich daraufhin zu einem Gespräch mit ihrer Mandantin zurück.

Jacques hatte in der Zwischenzeit den zuständigen Staatsanwalt verständigt, der ebenfalls umgehend in der Polizeizentrale erschien. Irgendwie hatte Jacques den Verdacht, dass der Staatsanwalt bereits einen Anruf vom Innenminister persönlich erhalten hatte, denn er war emotional in einem Zustand, wie er ihn noch nie zuvor erlebt hatte.

Nachdem sich der Trupp Anwälte mit ihrer Mandantin beraten hatte, wurde auch von ihr das Geständnis wieder zurückgezogen. Die jetzt noch vorliegenden Indizien waren aus Sicht der Anwälte nicht belastbar genug, um damit in einem Indizienprozess vor Gericht Aussicht auf Erfolg zu haben. Der Staatsanwalt konnte dieser Sichtweise leider nur zustimmen.

Zu guter Letzt wurde Jacqueline Santé unter der Auflage, dass sie nicht das Land verlassen dürfe, wieder auf freien Fuß gesetzt.

Eine knappe halbe Stunde später rief eine immer noch aufgeregte Laëtitia bei Alan an und informierte ihn über die Freilassung ihrer Hauptverdächtigen. Alan wiederum informierte sie über das Gedicht im Blumenstrauß, und, dass es vermutlich entweder einen zweiten Täter gab oder Jacqueline wirklich unschuldig sein könnte. Sie versprachen, sich gegenseitig auf dem Laufenden zu halten.

Nachdem Alan aufgelegt hatte, informierte er Brian, der gerade bei ihm im Büro stand und ihm berichtet hatte, dass die Überwachungskameras lediglich einen jungen Mann mit langen blonden Haaren – wahrscheinlich noch ein Teenager – aufgezeichnet hatten, der die Blumen an der Pforte abgegeben hatte. Die Kollegen am Empfang hatten ins Protokollbuch notiert: Brewsters Flowershop. Shawn Baker. Blumen für A. Derringer DSI. Die Nachfrage bei dem Blumenlieferservice ergab lediglich, dass gestern Abend gegen achtzehn Uhr in der Filiale in Gairloch an der Westküste ein Mann mittleren Alters, mittelgroß mit hellen bis dunklen Haaren, mit grau-grüner bis blau-brauner Augenfarbe und ungefähr vier verschiedenen Akzenten, den Auftrag erteilt und bar bezahlt hatte. Also auf Deutsch: keinen Schritt weiter!

Plötzlich verspürte Alan große Lust, jemand bestimmten todkrank zu machen. Er sah aus, als hätte er am liebsten irgendwas kaputt geschlagen.

Brian dagegen war richtig wütend. Nein, nicht nur richtig wütend, sondern völlig aufgebracht. Noch stand er nur reglos da, dann ballte er seine Fäuste. Alan war froh, dass er Brian als Freund hatte, sonst hätte ihm dieser jetzt ganz schön Angst eingejagt. Ein weidwunder Stier, der nur noch rot sieht und kurz davor steht loszurennen und alles niederzumachen, was ihm im Weg steht, hätte nicht bedrohlicher und Furcht einflößender wirken können. Dann lächelte Brian, doch es war kein fröhliches Lächeln, es wirkte beängstigend. Völlig ruhig sagte er: »Ich werde dieses Arschloch jagen, bis wir ihn endlich schnappen oder bis er tot ist. Der hat sich eindeutig mit den Falschen angelegt.«

»Da hast du verdammt Recht«, antwortete Alan. »Also los, holen wir uns das Schwein. Der ist bestimmt schon hier in Schottland und vielleicht schon auf dem Weg zu seinem nächsten Opfer.«

Brian blickte zu Alan auf und zeigte ihm die Zähne. Nicht etwa ein Lächeln oder so etwas in der Art, nein, nicht einmal im Ansatz. Es wirkte eher, wie der Gesichtsausdruck eines Bären, der eine Gratismahlzeit entdeckt hat und sich gerade bereit macht, sie zu verschlingen. Lediglich die Speicheltropfen fehlten zur Abrundung dieses Bildes.

Der Lösung erster Teil

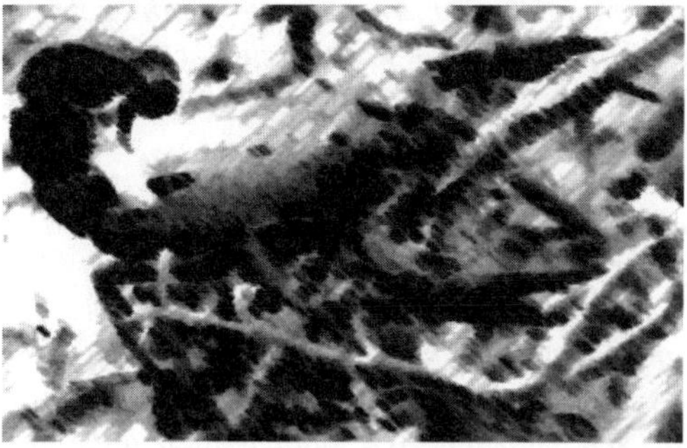

Die nächsten zwei Wochen, nachdem er von der ungeheuerlichen Tatsache erfahren hatte, dass in seinem nächsten Umfeld eine Verbindung zu Glen Turffield bestand, verbrachte Pascal in grüblerischer Unruhe. Er konnte und wollte seine Gedanken nicht davon ablenken, was er über den bevorstehenden Verkauf der "Destillerie seiner Frau" – denn das war sie seiner festen Überzeugung nach – mitgehört hatte. Er war aber genauso wenig in der Lage, seinen Vater nochmals darauf anzusprechen, geschweige denn, es Jacqueline zu erzählen.

Sein Vater war stets der gütige Patriarch für ihn gewesen, der Mann, der alles zum Wohle seiner Familie tat. Er hatte niemals auch nur einen Zweifel daran gelassen, dass er notfalls die Welt aus den Angeln heben würde, um seine Familienmitglieder zu schützen. Er regierte mit strenger, aber konsequenter Hand, und alle in seinem Kreis konnten sich sicher sein, dass es nicht zu ihrem Schaden war. Daher war Pascal nicht in der Lage, irgendeine Mittäterschaft seines Vaters auch nur im Ansatz in Betracht kommen zu lassen.

Jacqueline als Gesprächspartnerin kam für ihn schon gar nicht infrage. Er war sich sicher, dass sie bei Kenntnis dieser Machenschaften völlig zusammenbrechen würde, wenn nicht sogar noch Schlimmeres. Aber was sollte er tun? Wie konnte er an weitere Informationen kommen, ohne dass sein Vater davon Wind bekam? Als nach weiteren zwei Tagen seine Verzweiflung so groß war, dass er weder ein noch aus wusste, und seine Frau und auch seine Arbeitskollegen ihn schon mehrfach auf seine Fahrigkeit und Unkonzentriertheit angesprochen hatten, machte er einen gewagten Vorstoß und rief Pierre Cabriole an.

»Hallo Pierre, hier ist Pascal. Wie geht es dir?«

»Oh, hallo Pascal. Danke der Nachfrage. Was kann ich für dich tun?«

»Och, eigentlich nichts Großartiges«, log er. »Ich grüble gerade an einem neuen Flächen-Desinfektionsmittel, weißt du? Dieses neue Produkt soll hauptsächlich in der Landwirtschaft eingesetzt werden. Wir haben doch damals, während der Schweinepest-Krise, eine erfolgreiche Studie hinter uns gebracht. Jetzt wollen wir das Ganze in die Feldversuche bringen. Bei der Rinder- und Schweinezucht laufen die Studien bereits in unseren Versuchsfarmen. Meines Erachtens sollten wir aber jetzt schon mit nicht-einheimischen Stämmen und anderen Rassen wie Schafen beginnen.«

»Das ist ja wie immer hochinteressant, Pascal«, antwortete Pierre etwas verwirrt, »nur, wie kann ich dir dabei helfen? Sollen wir das Zeug in Parfümflaschen abfüllen?«

»Ha! Nein, Blödsinn, Pierre! Viel einfacher. Ich suche Kontakte nach Deutschland und Großbritannien. Zu irgendwelchen Großbauern oder Großgrundbesitzern, mit denen wir die Studien vor Ort durchführen können. Insbesondere Schottland ist wegen der extensiven Schafhaltung für mich sehr interessant. Ich habe meine Frau Jacqueline schon gefragt, aber aufgrund einer leicht angespannten Situation mit ihrer Familie, möchten wir in diesem Falle ihre Kontakte nicht über Gebühr beanspruchen. Und da fiel mir spontan ein, dass du doch neulich mit einem Schotten bei meinem Vater warst. Mit Bernard zusammen, du erinnerst dich?«

»Aber klar, ja. Und was kann ich da tun?«

»Nun, ganz einfach. Der Mann sah für mich sehr wohlhabend aus, fast so, als gehörte er zum schottischen Adel, und ihr habt euch offensichtlich recht gut verstanden. Und da dachte ich, wenn du mich ihm vorstellen könntest, dann wäre zumindest schon mal eine Türe für mich auf.« Mit aller Macht versuchte Pascal, einen gleichgültigen Ton zu wahren.

»Ja, klar, kann ich schon machen«, antwortete Pierre, »aber warum fragst du denn nicht einfach deinen Vater?«

»Das ist so, Pierre, du kennst doch meinen Vater, ich möchte nicht seine Kontakte nutzen, um in meiner Abteilung voran zu kommen. Versteh mich nicht falsch, ich möchte ihn nicht hintergehen, nur ...«

»Alles klar, ich versteh schon. Du willst bei deinem alten Herrn glänzen und ihm zeigen, dass du auch ohne ihn Erfolg hast. Das kann ich nachvollziehen. Kein Problem, ich halte die Klappe.«

»Super, Pierre. Da danke ich dir.«

»Ich gebe dir einfach seine Handynummer. Du hast ihn ja schon persönlich gesehen. Das sollte ja wohl in Ordnung gehen. Also, pass auf, hast du was zu schreiben?«

»Ja, liegt bereit, leg los!«

Eine Stunde später saß Pascal an seinem geräumigen Schreibtisch im sechsten Stockwerk des Büro- und Laborgebäudes von Huber & Fils und wählte die Nummer, die Pierre ihm gegeben hatte. »Bonjour, mein Name ist Santé und ich rufe aus Frankreich an«, sagte er, als sich am anderen Ende der Leitung eine männliche Stimme mit einem "Hallo" meldete. Spreche ich mit Arthur Fraser?«

»Santé? Sind Sie das, Frederique?«

»Ah, Monsieur Fraser. Guten Tag. Nein, ich bin nicht Frederique, sondern Pascal, sein Sohn. Wir haben uns schon mal bei uns zu Hause getroffen.«

»Ach ja, guten Tag, natürlich«, antwortete Arthur Fraser. »Ich erinnere mich. Im letzten Monat, genau. Was möchten Sie denn von mir?«, fragte er nun misstrauisch.

»Das ist eine gute Frage, Monsieur Fraser. Die können Sie aber wohl besser beantworten als ich. Ich möchte mich mit Ihnen über die Destillerie unterhalten.« Als Pascal die Unsicherheit in Arthurs Stimme spürte, ging er auf die Vollen. »Sie wissen schon, Glen Turffield.«

»Aber warum denn noch? Die Verträge sind doch endverhandelt worden. Ich habe mit Ihrem Vater doch alle Problempunkte letzten Monat besprochen. Er hat mir versichert, dass für mich die Sache nun erledigt wäre.« Mittlerweile keimte in Arthur Fraser Panik auf.

»Immer mit der Ruhe, Arthur. Ich darf sie doch Arthur nennen? Meinen Vater können Sie ab jetzt außer Acht lassen, okay? Ich möchte mit Ihnen unter vier Augen sprechen. Vielleicht kann ich hier etwas für Sie tun, was Ihnen gefallen wird. Die Verträge sind doch noch nicht unterschrieben, oder?«

»Nein, natürlich noch nicht. Die müssen doch erst durch den Vorstand. Das weiß doch Ihr Vater! Was wollen Sie denn? Geld?« Arthur wurde immer nervöser, was Pascal eine wachsende Selbstsicherheit gab.

»Wie ich schon sagte, mein Vater hat nichts damit zu tun. Ich möchte Ihnen lediglich zu einem ruhigeren Schlaf verhelfen. Das ist doch auch in Ihrem Sinne, oder?«

»Ich ... ich weiß nicht. Wie meinen Sie das?«

»Arthur, Sie sind mit dem ganzen Deal doch gar nicht glücklich, oder?«

»Woher wissen Sie das? Ich meine, ja, ich habe schon meine Probleme, aber ich dachte, es wäre jetzt alles unter Dach und Fach?«

»Arthur, ich möchte Ihnen etwas vorschlagen, was Ihnen helfen wird. Glauben Sie mir. Aber nicht am Telefon. Ich würde Sie gerne einmal besuchen kommen.«

»Nun, wenn Sie meinen.« Arthur war deutlich erleichtert, dass ein derartiges Treffen auf seinem heimischen Boden stattfinden sollte und nicht wieder in irgendeinem Ausland. Zudem verlockte ihn die Hoffnung, vielleicht doch aus diesem Kuhhandel wieder herauskommen zu können. Er hatte sein Leben

lang nicht so schlecht geschlafen, wie in den letzten vier Wochen. »Wann wollen Sie denn kommen?«

Das war einfach gewesen. Viel einfacher sogar, als er gehofft hatte, *dachte Pascal, nachdem das Telefonat beendet gewesen war. Zu Anfang hatte er nicht die geringste Ahnung gehabt, wie er Arthur Fraser zur Kooperation hätte bewegen können. Durch die wachsende Panik aber, die der Schotte gezeigt hatte, war Pascal plötzlich der Gedanke gekommen, dass nicht alles so perfekt war, wie es nach außen schien. Mit irgendetwas war Fraser ganz und gar nicht zufrieden gewesen. Und hier hatte er den Hebel angesetzt. Und es hatte funktioniert.*

Fraser hatte ihm tatsächlich geglaubt, dass er, Pascal, in das Geschäft eingeweiht gewesen wäre. Und so hatte Fraser, auf ein paar unverfängliche Bemerkungen und Fragen hin, das Treffen auf Mallorca geschildert und frei darüber Auskunft gegeben, zu welchen Ergebnissen sie dort gekommen waren.

Dass Bernard Gautier dabei gewesen war, war Pascal von Anfang klar gewesen. Kein schmutziges Geschäft ohne ihn. Nur, dass sein Vater auch dort war und zudem auch noch auf einem dieser Protzboote, die sein Vater bisher angeblich so verabscheut hatte, wollte ihm nicht so recht in den Sinn. Bestimmt hatten Pierre und Bernard ihn nur mitgenommen, um ein bisschen Glanz und Seriosität abzubekommen. Dass sein Vater irgendwie in die Sache persönlich verwickelt gewesen wäre, schien ihm absurd.

Und so verabredete sich Pascal Santé mit Arthur Fraser zu einem diskreten Gespräch am Sonntag, den 11. März. Die Tage bis dahin verbrachte er in geradezu bester Laune. Seine Frau Jacqueline konnte den Wandel gar nicht fassen, freute sich aber über die ausgelassene Stimmung, konnten sie doch, seit so langer Zeit, endlich mal wieder gemeinsam ungezwungen lachen.

Seine Reise nach Schottland unternahm er, wie immer, mit dem familieneigenen und funkelnagelneuen Learjet 40, der stets startbereit auf dem kleinen Flughafen von Pithiviers stand. Jacqueline erzählte er, dass er dringend mit einem Geschäftspartner in London sprechen müsse. Da er häufig in Europa unterwegs war, fiel es niemandem weiter auf. Da Jacqueline ihren Sonntag lieber in aller Ruhe auf dem Sofa verbringen wollte, nahm sie seinen Wunsch, alleine zu fliegen, eher gelassen hin. Ein Kurztrip, um nur zwei Stunden über das Geschäft zu reden, war ihr für den einzig freien Tag in dieser Woche einfach zu viel. Zudem bestand Pascal darauf, heute selbst zu fliegen, und da sie keine Lust hatte, einen, für diesen Flugzeugtyp überflüssigen, Kopiloten zu spielen, ließ sie ihn nach einer innigen Umarmung ziehen.

Nach einem kurzen Zwischenstopp in London flog er weiter nach Prestwick, um sich dort am Flughafen mit Arthur Fraser zu treffen.

Pünktlich um vierzehn Uhr saßen sie dann auch in der Lounge Bar des Flughafens und tranken ein Glas Rotwein.

»Pascal, ich kann Ihnen nicht ganz folgen. Zuerst wollen Sie, beziehungsweise VOP, die Destillerie unbedingt kaufen. Ihr Name sollte gar nicht auftauchen. Ich sollte nach außen hin nur mit Bernard Gautier reden und jetzt kommen Sie hierher zu mir und bieten mir an, den Verkauf platzen zu lassen? Ich habe Ihnen gesagt, dass Geld für mich bei diesem Geschäft eine untergeordnete Rolle spielt. Ja, das wissen Sie ja wohl schon, es fließen nicht unbeträchtliche Summen, nur ist das nicht ausschlaggebend für mich. Ich bin an dem Geschäft seit fast zwei Jahren dran und habe mir oft gewünscht, dass eines Tages jemand kommen möge, der genau das, was Sie mir jetzt vorschlagen, sagt. Nur, Pascal, ich will offen zu Ihnen sein. Erstens, ist der Vorvertrag bereits fertig und liegt den Anwälten vor, und zweitens, bin ich mir nicht sicher, dass ich den Vorstand der SWS davon überzeugen kann, auf den Verkauf zu verzichten.«

»Arthur, ich verstehe Sie, nur bedenken Sie bitte meine Situation. Ich möchte die Transaktion verhindert sehen. Ich bin bereit, dafür sehr viel Geld zu bezahlen. Und außerdem, mein

Freund, wäre es Ihnen damit erspart, die Wirtschaftsprüfer auf den Hals gehetzt zu bekommen.«

»Moment mal, Pascal, da komme ich jetzt nicht mehr mit. Sie oder Ihre Freunde haben doch die Anpassung der Zahlen vereinbart. Nicht ich. Ich bin nur der Mittelsmann. Und außerdem ...«

»Was außerdem?«, wollte Pascal wissen.

»Außerdem hängt an dem Geschäft auch noch die Existenz meiner eigenen Destillerie. Es hieß immer, Glen Turffield oder Glenallan. Wenn nun das Geschäft mit Turffield nicht mehr laufen soll, dann kommt doch meine Firma wieder ins Spiel, oder?«

Nach einer weiteren Stunde, mit mehr oder weniger fruchtlosem Hin und Her, trennten sich Pascal und Arthur wieder. Dank der weinerlichen Geschwätzigkeit von Arthur wusste Pascal nun, dass Arthur zu dem Deal gezwungen worden war. Seine eigene Destillerie wäre aufs Schafott geführt worden, wenn er dem Deal mit Turffield nicht zugestimmt hätte. Nun, dies alles war Pascal völlig egal. Er hatte Arthur viele Millionen Euro geboten – woher er die zu guter Letzt nehmen sollte, wusste er noch nicht – und zudem versprochen, dass Glenallan nicht unter den Hammer kommen würde. Arthur hatte bereitwillig alle Versprechungen aufgesaugt und zugesagt, in den nächsten vier Wochen das Geschäft verhindern zu wollen. Wie er das machen wollte, war Pascal völlig egal und eigentlich wollte er es auch gar nicht wissen.

In den nächsten Wochen telefonierte er einige Male mit Arthur Fraser, um ihn bei der Stange zu halten. Von Mal zu Mal jedoch musste er erkennen, dass Fraser keinen Schritt weiterkam. Anfang April musste er dann sogar von Fraser erfahren, dass die Vertragsprüfungen seitens der Anwälte abgeschlossen worden wären und die Präsentation des Geschäftes auf die zweite Aprilhälfte gelegt worden wäre. Hier sollte der Deal dem restlichen Vorstand schmackhaft gemacht werden. Sollten diese dann unterzeichnen, wäre der Verkauf perfekt. Pascal drohte mit Konsequenzen, appellierte an Frasers wahre Wünsche, konnte aber nur eine völlige Resignation spüren.

»Ich weiß nicht mehr, was ich tun soll. Ich sehe nur noch die Chance, das Geschäft vor meinen Vorstandskollegen schlecht zu reden. Aber das kann ich doch auch nicht machen. Was soll ich nur machen? Ich weiß es einfach nicht. Pascal, sehen Sie denn keine Möglichkeit mehr?«

In Pascal breitete sich eine gespenstische Ruhe aus. Wenn es Arthur Fraser nicht gelang, mit seinen beruflichen Fähigkeiten das Geschäft zu verhindern, dann musste eben er, Pascal, mit seinen beruflichen Fähigkeiten für eine Lösung sorgen. Ganz wie es Arthur Fraser wünschte.

Er war Chemiker und Biologe und seit fünf Jahren Leiter der Abteilung Forschung und Entwicklung. Innerhalb des Konzerns unterstanden ihm außerdem sämtliche Forschungsabteilungen in ganz Europa. Er und seine Leute forschten unter anderem daran, verschiedene Arten von Giften, sowohl Tier- als auch Pflanzengifte aller Art, in ihre wirksamen Bestandteile zu zerlegen und diese dann als Heilmittel für bislang als unheilbar geltende Krankheiten einzusetzen. Er war innerhalb der Branche eine Koryphäe auf dem Gebiet der Immunologie, Epidemiologie und Toxikologie. Da sollte sich doch eine Lösung unter Einsatz seiner beruflichen Fähigkeiten finden.

»Keine Sorge Arthur, mir wird da noch was einfallen. Wir sollten uns treffen. Da können wir dann alles besprechen. Am besten, bei einem privaten Abendessen. Glauben Sie mir, wir finden eine Lösung. Ich habe da schon so eine Idee!«

Am nächsten Morgen fuhr er, wie immer, mit Jacqueline in die Firma, gab ihr im Fahrstuhl einen liebevollen Kuss und wünschte ihr einen schönen Tag. Sie sollte ja von seinem Vorhaben nichts mitbekommen.

Er stieg in der sechsten Etage aus, auf der sich die Forschungslabore und sein Büro befanden, und ging zielstrebig zur Unterdruckschleuse des S3-Hochsicherheitsbereichs.

Nachdem er sich umgezogen und gewaschen hatte, betrat er das Allerheiligste des Gebäudes. In den zahlreichen verschlossenen Schränken befanden sich die wertvollsten Ergebnisse seiner Arbeit. Genveränderte Mikroorganismen. DNS-Schnipsel, sogenannte BioBricks, in unzähligen Versuchen gefundene Abschnitte eines Erbgutes, die mal die Welt verändern sollen.

Eine der letzten Entdeckungen befand sich in einem kleinen Schrank direkt vor ihm. Ein BioBrick aus der Zelle einer Mohnblume. Ein Toxin, welches Krebszellen direkt angreift. Diesen DNS-Schnipsel in ein harmloses Kolibakterium eingebaut, mit weiteren Eigenschaften anderer Pflanzen oder Tiere kombiniert, könnte in wenigen Jahren das Allheilmittel für Krebs sein. Dies wäre der absolute Triumph seiner Arbeit. Der Sinn seines Lebens.

Um diese zahllosen Eigenschaften der diversen Pflanzen und Tiere zu ermitteln und diese dann in die einzelnen Wirkbestandteile zu separieren, waren aber jahrzehntelange Testreihen notwendig. Dabei mussten auch deren Wechselwirkungen mit organischen Subtanzen bestimmt werden. Dies geschieht nun schon seit Jahrhunderten und ist immer noch nicht abgeschlossen. Erst danach fängt die eigentliche Arbeit an, diese Eigenschaften in einer Gensequenz wiederzufinden. Mittlerweile gibt es weltweit bereits Datenbanken, ja sogar Versandlabore, die spezifische Gensequenzen auf Bestellung liefern. Die Kunst bestand für Pascal darin, die verschiedenen Eigenschaften so neu zu kombinieren, dass etwas Großes dabei herauskam.

Etwas Großes, *dachte Pascal beim Betrachten des kleinen unscheinbaren Kühlschranks,* etwas Großes kann auch etwas Gefährliches werden. *Das Genom des Polioerregers oder sogar des Pockenerregers kann man heute aus dem Internet downloaden, die entsprechenden Gensequenzen ganz frei in Labors bestellen. Nun, er brauchte das nicht. Er hatte all diese Möglichkeiten in seinen eigenen vier Wänden.*

Er durchquerte zwei weitere Schleusen und betrat den Bereich der Grundlagenforschung. Hier wurde noch die echte chemische Forschung betrieben. "Frankensteins Hexenküche" stand auf einem bunten Aufkleber an der Tür. Daneben das grinsende Comic-Porträt des besagten Monsters. Hinter der Tür befanden sich zahlreiche, raumhohe Kühlschränke mit Sicherheitsglastüren. An der freien Wand hingen Farbbilder unterschiedlicher Pflanzen und ihrer Blüten. Jetzt wusste er, was zu tun war. Die Schweine wollten seine Blume, seine Jacqueline, töten. Ihr den Lebenshauch nehmen. Jetzt sollten sie spüren, wie eine Blume sich wehren kann. Wie ein harmloses Geschöpf, nur auf der Welt, um Schönheit zu schenken, zum tödlichsten wird, was der Mensch sich vorstellen kann. Kein Geld, keine Macht, keine Muskelkraft und keine Intelligenz würden das aufhalten können, was die Natur sich ausgedacht hat. Einst als raffinierter Abwehrmechanismus gegen Fressfeinde entwickelt, konnte es auch gegen andere Feinde eingesetzt werden.

Da der Sicherheitsbereich um diese Uhrzeit noch nicht besetzt war, bemerkte auch niemand, wie Pascal mit seinem Universalschlüssel einen der Sicherheitsschränke öffnete und einige kleine Ampullen entnahm. Genauso unbemerkt verließ er die Abteilung, um in sein Büro zu gehen und seine Reise vorzubereiten.

Am späten Vormittag des 13. April hob der Learjet erneut von dem kleinen Flughafen bei Pithiviers ab, um seine Reise nach Schottland anzutreten. Einzige Person an Bord war wieder Pascal mit nur wenig Gepäck. Jacqueline war mit ihrem Landrover in ihr Wochenendhaus in die Petit Camargue gefahren. In ihrem renovierten ehemaligen Bauernhaus, gut fünfzehn Kilometer südwestlich von Arles, verbrachten sie häufiger zu zweit oder auch mal jeder allein ein Wochenende, um so richtig auszuspannen. Außer einer neu verlegten Stromleitung und neuerdings fließendem Wasser, bot das Haus alle Unannehmlichkeiten, die für ein Aussteigen aus dem Berufs-

alltag notwendig waren. Kein Telefon, kein Fernseher, einen kleinen Ofen samt Gasflasche und knapp einen Kilometer über einen holprigen Schotter- und Lehmweg von der Hauptstraße bis zum Haus garantierten echte Aussteigergefühle.

Sein Flug würde ihn diesmal nach Inverness bringen. Dort erwartete ihn ein Mietwagen, den er gestern vom Büro aus bereits reserviert hatte. Mit diesem würde er zum vereinbarten Treffpunkt fahren. Arthur Faser würde wahrscheinlich in Hochstimmung auf ihn warten. Er hatte ihm am Telefon erneut signalisiert, dass er die garantierte Lösung aller Probleme heute mitbringen würde. Es würde etwas zu feiern geben. Einzige Bedingung, die Arthur Fraser aber gerne zu erfüllen gedachte, war, dass sie sich absolut ungestört und ohne lästige Mitwisser treffen müssten. Für sein geplantes Unterfangen hatte er sich eine kleine Auswahl an "Schönheiten" mitgenommen, wie er seine Pflanzen, beziehungsweise deren Extrakte nannte. Er wusste noch nicht genau, welches er verwenden würde. Es musste zu dem Menschen passen, dem er es verabreichen wollte. Der Blaue Eisenhut kam für Pascal im Moment am ehesten in Betracht. Allein der Name stellte für ihn schon eine Verbindung zu Arthur Fraser her. Blau, wie blaues Blut, entsprechend altem schottischen Adel. Eisenhut, wie Stahlhelm, wahrscheinlich gab es seit vielen Generationen Offiziersränge in seiner Familie. Zudem ist der Blaue Eisenhut schon seit Jahrhunderten als Rachepflanze eingesetzt. Entspross sie doch der griechischen Sage nach dem Geifer des Höllenhundes Kerberos, als dieser von Herakles aus der Unterwelt geholt wurde. Seine Lieblingsgeschichte war jedoch die von der elsässischen Köhlerin, die Anfang des 19ten Jahrhunderts, mit einer mit Eisenhut gekochten Brühe die Mörderbande ihrer drei Kinder tötete. Ja, *dachte er zufrieden,* das passt.

Alles war geradezu unerträglich leicht gewesen. Als wäre sein Tagesablauf schon vor Urzeiten in das Geschichtsbuch der Menschheit gemeißelt worden. Seine Landung in Inverness war ihm vorbildlich geglückt. Das Einreiseprozedere ging zügig und unbürokratisch vonstatten, der Mietwagen war in einem ausgezeichneten Zustand und das Navigationssystem führte ihn punktgenau zur verabredeten Stelle.

Als er von der A95 in die Einfahrt der Glenallan Distillery fuhr, war es genau halb acht Uhr abends. Er stellte den Wagen auf dem verwaisten Parkplatz vor dem Besucherzentrum ab. Einziges Fahrzeug auf dem Gelände war der Jaguar von Arthur Fraser. Alles so, wie er es mit ihm besprochen hatte. Kaum hatte er seinen Wagen verlassen, eilte Arthur auch schon auf ihn zu, um ihn dann mit erwartungsvoll leuchtenden Augen zu begrüßen. Ein höflicher Small Talk begleitete die beiden auf ihrem Weg in den VIP-Room, in dem er ein geschmackvolles Buffet für zwei Personen vorfand.

»Na, heute möchte ich aber keine attraktive Dame sein, Arthur. Da wäre es ja um mich geschehen«, scherzte er.

Zu Beginn des Essens brachte, insbesondere Arthur, immer wieder das Gespräch auf die bevorstehende Transaktion. Pascal fühlte ihm durch geschickte Fragen immer weiter auf den Zahn.

»Nun, Arthur, wenn ich mal die Fakten zusammenfassen darf, bevor ich Ihnen die finale Lösung präsentiere. An dem Geschäft sind Sie maßgeblich beteiligt gewesen. Aber wohl anscheinend nur als Strohmann. Nun gut, Sie sind leider nicht mehr in der Lage, dem ganzen Einhalt zu gebieten. Das ist bedauerlich, wirklich! Nicht, dass ich Ihre Beweggründe nicht nachvollziehen könnte. Ihnen ist das Wohl dieses Destillerie-Kleinods ...«, Pascal machte eine ausschweifende Handbewegung durch den ganzen Raum, »natürlich wichtiger als Glen Turffield. Das muss ich so akzeptieren. Sie erwähnen immer wieder Sean McCartney. Sehen Sie eine Chance, dass er noch was tun kann?«

»Mein lieber Pascal, wenn einer überhaupt noch was tun kann, dann ausschließlich Sean McCartney. Er hat im Moment die Fäden in der Hand. Aber bitte, wie sehen Sie denn die

Chancen für mich, aus der Geschichte herauszukommen? Sie sprachen von einer Lösung.«

»Arthur, Sie werden aus der Sache rauskommen. Das garantiere ich Ihnen. Sie werden mit dem Fortgang der Geschichte nichts mehr zu tun haben. Holen Sie uns doch bitte noch ein Glas von diesem hervorragenden Wein und dann lassen Sie uns diesen Salat genießen. Und während des Essens erzählen Sie mir bitte alles über Sean McCartney.«

Während Arthur pflichtschuldigst zum Buffet ging, um eine weitere Flasche Rotwein zu öffnen, gelangte eine klare Flüssigkeit aus einer kleinen Phiole in den Selleriesalat von Arthur Fraser. Sie verzehrten in lockerer Atmosphäre die zahlreichen Gänge des Diners. Arthur geriet in eine immer euphorischere Stimmung und verfiel fast in einen Redeschwall. Zum Nachtisch änderte sich seine Laune aber schlagartig. Pascal registrierte mit Genugtuung, dass seine Berechnungen zur Menge seiner kleinen Schönheit korrekt gewesen waren. Dann ging alles sehr schnell. Arthur komplimentierte ihn hinaus, mit dem Hinweis auf ein starkes Unwohlsein und der Bitte, das Gespräch morgen fortsetzen zu können. Danach fuhren beide in die Dunkelheit davon.

Arthur Fraser würde garantiert nichts mehr mit dem Fortgang der Geschichte zu tun haben. Ganz wie es sein Wunsch war.

Die nächsten zwei Tage verbrachte Pascal in einem kleinen B&B in der Nähe von Inverness. Er beobachtete die Privatwohnung von Sean McCartney, dessen Adresse er so freimütig von Arthur bekommen hatte. Da er sich um Jacqueline im Moment keine Gedanken machen musste, da sie sich in ihrem Landhaus grundsätzlich ausgesprochen wohl fühlte - natürlich bezogen auf ihren Allgemeinzustand – konnte er seine Zeit frei einteilen. Leider blieb ihm sein Glück vom Freitag nicht hold. Sean McCartney tauchte das ganze Wochenende nicht auf. Erst am Sonntagabend rollte sein Wagen in die Tiefgarage. Er war aber leider nicht allein; irgend so ein blondes Ding rekel-

te sich auf dem Ledersitz neben ihm. Doch davon ließ sich Pascal nicht aus der Ruhe bringen. Da er McCartneys üblichen Tages- und Wochenablauf von Arthur bekommen hatte, wusste er schon, welche Gelegenheit er nutzen würde.

Am nächsten Tag um die Mittagszeit traf er zum ersten Mal auf Sean persönlich. Als er mit einem Fruchtcocktail am Tresen des Men's Health Club saß, um seine kostenlose "Schnupperstunde" zu absolvieren, sah er die drei Männer, von denen ihm Arthur erzählt hatte. Als der, den er als Sean identifizierte, sich von den anderen beiden trennte, um auf einem Crosstrainer sein Programm zu absolvieren, stellte er sich kurzerhand daneben und trug ihm sein Anliegen vor.

Schon nach den wenigen Minuten der Unterhaltung war er sich sicher, dass er mit seiner Vorauswahl, was die Pflanze betraf, die er einsetzen wollte, richtig gelegen hatte. Die Herbstzeitlose. Ein krautiges Gewächs, welches ungünstige Witterungen und Jahreszeiten unterirdisch überdauert. Wenn aber die Sonne scheint und die Bedingungen stimmen, so schießen zahlreiche Blüten nach oben und durchdringen die Oberfläche. Eine selbstfertile Pflanze, die sich selbst befruchtet. Wie Sean McCartney. Der brauchte keine anderen Menschen. Der war sich selbst genug. Andere Menschen waren für ihn nur Hintergrundrauschen. Wenn die Zeiten schlecht waren, verschwand er einfach wieder in der Versenkung. Und wenn für ihn die Sonne schien, so erstrahlte er in seinem eigenen Glanz.

Als er seinen Namen nannte und ihm mitteilte, dass Sean seinen Vater vor einiger Zeit auf Mallorca kennengelernt hatte, war Seans einziger Kommentar gewesen: »Schönes Schiff!« Und nach einer Pause »Was wollen Sie? Hatten wir nicht vereinbart, dass die Projektbeteiligten sich nicht laufend besuchen und über alte Zeiten quatschen wollten?«

»Das ist schon richtig, nur möchte ich Ihnen heute vorschlagen, dass wir das "Projekt" vielleicht besser nicht realisieren. Es soll auch nicht Ihr Schaden sein.«

Sean McCartney hielt auf seinem Crosstrainer inne und blickte sich um. Als er sich offensichtlich unbeobachtet fühlte, schaute er Pascal direkt ins Gesicht. »Jetzt passen Sie mal gut auf. Ich weiß nicht, wer Sie sind oder wer Sie geschickt hat. Sie wissen aber offensichtlich, wer ich bin und was ich vorhabe. Also wissen Sie auch, dass ich Typen wie Sie zum Frühstück verspeise. Sagen Sie Ihren Auftraggebern, dass unser Deal wasserdicht ist. Ich habe nicht umsonst mehrere Jahre darauf hingearbeitet. Der Vertrag ist reif und wird in den nächsten Tagen unterschrieben. Und damit fertig! Und jetzt: Ziehen Sie Leine! Ach, und noch was: Wer auch immer so blöd war zu glauben, er könnte sich mit mir anlegen, richten Sie ihm aus, das nächste Mal beiße ich zurück!« Daraufhin drehte sich Sean wieder um und begann erneut mit seinem Training.

Pascal rückte keinen Millimeter von der Stelle, sondern blickte Sean lediglich weiter von der Seite an, was diesen wohl ein wenig irritierte. »Sie können von mir aus Glenallan einsetzen. Ansonsten bräuchten wir nichts zu ändern.«

Wieder unterbrach Sean seinen Lauf. »Da sind Sie aber jetzt schlecht informiert. Glenallan steht nicht mehr zum Verkauf. Der Besitzer möchte seine Destillerie gerne behalten.«

»Es tut mir Leid, zu widersprechen, Mister McCartney, aber ich glaube, da sind sie nicht auf dem Laufenden. Glenallan steht zum Verkauf und Arthur Fraser hat definitiv nichts mehr gegen den Verkauf einzuwenden.«

Sean stieg sichtlich irritiert von dem Sportgerät runter und wischte sich, eher aus Unsicherheit, den Schweiß aus dem Gesicht. »Aha. Da haben Sie also schon ein wenig vorgearbeitet?«

»So kann man das durchaus auch ausdrücken, ja!«

»Dann sind Sie cleverer als ich dachte. Aber ich denke, ich werde mir nicht mehr die Mühe machen, die Verträge ändern zu lassen. Fraser hin oder her.«

»Lassen Sie uns bitte ein Glas trinken, Mister McCartney. Ich könnte Ihnen ein Angebot machen, was Sie nicht ablehnen

können«, sagte Pascal und dirigierte Sean durch das mittlerweile sehr volle Studio an die Bar.

»Ich glaube nicht, dass Sie in der Lage sind, mir ein genügend hohes Angebot zu machen, was meine Unannehmlichkeiten entschädigen würde«, entgegnete Sean großspurig, während er der Bedienung hinter dem Tresen zuwinkte. »Ein Tropic Delight. Nein, zwei. Ich habe heute meinen großzügigen Tag. Nun, Mister Santé. Sie haben noch drei Minuten, dann bin ich wieder beschäftigt.«

»Gerne, das reicht mir.« Die Bedienung stellte zwei höllisch bunte Fruchtcocktails auf den Tresen. Pascal legte eine 10-Pfundnote auf die Theke, nahm beide Gläser und ging zum hinteren Teil der Bar, wo es etwas ruhiger war. »Die Drinks gehen auf mich. Schließlich habe ich Sie hier gestört. Also, mein Angebot ist ganz einfach: Sie verzichten auf den Verkauf von Glen Turffield, setzen stattdessen Glenallan ein und können Ihre Geschäfte in Ruhe weiter betreiben.«

Sean schaute Pascal an, als wäre gerade Winnie Puh vor ihm erschienen und hätte um seine Hand angehalten. »Soll das jetzt ein Witz sein? Wollen Sie mir etwa drohen? Erstens: auf die Tour mal gar nicht und zweitens: Ihr Franzmänner wolltet doch unbedingt Glen Turffield haben. Jetzt kriegt ihr es auch. Und überhaupt, was wollen Sie denn tun, wenn ich nein sage?« Mit einem großen Schluck verschwand der Drink in seiner Kehle.

»Wissen Sie was? Verziehen Sie sich besser. Sonst wird es ziemlich unangenehm!« Daraufhin stand Sean McCartney von seinem Barhocker auf und ging zu einer Hantelbank, an der er seine Wut abzureagieren begann.

Oh ja, mein Lieber, *dachte Pascal beim Gehen,* und wie unangenehm es noch werden wird ...

Teils enttäuscht und teils erleichtert, fuhr Pascal mit seinem Mietwagen zurück zum Flughafen und hob um fünfzehn Uhr von der Startbahn ab. Dann musste es eben auf die harte Tour gehen. Nicht, dass ihn die Sturheit der Schotten irgendwie überrascht hätte, nur wäre es doch für alle wesentlich einfacher gewesen, seinen völlig logischen Argumenten zu folgen. Warum wollte nur keiner einsehen, dass sie kein Recht hatten, so mit fremdem Eigentum zu verfahren.

Graeme bleibt dran

»Nein, doch lieber die mit dem Goldrahmen.«

»Obwohl der silberne sich besser zu dem Quaich machen würde, findest du nicht?«

»Schon, der goldene harmoniert aber besser mit dem gelblichen Papier und dem Wappen, finde ich.«

»Gut, wie du meinst. Dann also den goldenen mit dem großen Passepartout?«

»Genau! Und die beiden kleineren für die Fotos dann genauso, ja?«

»Gerne, Graham. Die werden sich bestimmt toll machen in deinem Wohnzimmer. Direkt neben dem Kamin.«

»Nein, nein. Die kommen in mein Büro. Direkt hinter meinem Schreibtisch an die Wand.«

»Ach! Warum denn nicht zu Hause?«

»Na, ganz einfach: weil die da ja kaum einer sieht! Mein Büro ist da doch schon etwas stärker frequentiert. Schließlich will man ja als Manager von dem Laden ein wenig repräsentieren.«

»Da hast du natürlich schön Recht. Tue Gutes und sprich darüber! Das war auch schon immer mein Motto. Deshalb auch das neue Türschild, was?«

»Genau, Rupert, du hast's erkannt.« Graham blickte versonnen auf das vor ihm liegende, gravierte Schild, welches ab heute die Tür zu seinem Büro zieren sollte. *Graham Morrice, Distillery Manager, Keeper of the Quaich*. Vorsichtig wischte er ein Staubkörnchen weg.

»Soll ich dir das Schild einpacken?«

»Gerne, Rupert. Danke. Also, nächste Woche um die gleiche Zeit?«

»Genau. Bis dahin bin ich garantiert fertig. Machs gut und viel Freude mit dem Schild!«

Beschwingt verließ Graham den Laden von Rupert A. Havelock, seinem langjährigen Freund und ehemaligen Schulkameraden. Dieser führte nun schon in dritter Generation das Geschäft *Havelock Fine Arts and Furniture* auf der Main Street in Charlestown. Um dem sinkenden Absatz an Kunstgegenständen zu begegnen, hatte er sein "Portfolio", wie er es seit dem letzten Managementseminar nannte, um ein Bilderstudio, einen Schlüsseldienst und Schildergravuren ergänzt. Nach zweitägiger Diskussion mit Rupert hatten sie sich nun endlich auf das Design der Bilderrahmen für Grahams Ernennungsurkunde und zwei Fotos vom Keeper-Banquet einigen können, die er der Allgemeinheit zu präsentieren gedachte.

Im Haushaltswarengeschäft gleich gegenüber besorgte er sich noch schnell die passenden Messingschrauben mit Linsenkopf und ging die 800 Meter zur Ben Rhinnes Distillery zu Fuß zurück.

In seinem Büro angekommen, rief er laut: »Da bin ich wieder!«, und packte sein neues Türschild aus.

Ishbel gesellte sich aus dem Kopierraum nebenan zu ihm.

»Na, ist heute Weihnachten?«

»So ähnlich, mein Herz. Oder eigentlich fast noch besser. Nur ohne Tannenbaum. Schau mal! Ist doch nicht zu übertrieben, oder?« Stolz hielt er das hochglänzende, polierte Messingschild mit der schwarzen Gravur an seine Tür.

»Wunderbar!«, sagte Ishbel, »genau, wie es einem großen Mann der Whiskyindustrie geziemt.«

»Na, jetzt verulkst du mich aber! Wie dem auch sei, wo ist Jimmy? Der kann doch so gut mit Werkzeug umgehen.« Aufgeregt rannte Graham auf den Hof und blickte in alle Richtungen. »Jimmy! Jimmy! Herrgott, wo steckt der Kerl denn schon wieder? Jiii-my!«

Im rückwärtigen Teil der Destillerie hörte man eine Tür schlagen und Fußgetrappel. Schwitzend und mit rotem Kopf kam Jimmy Drummond, jüngster Mitarbeiter und "Mädchen für alles", um die Ecke gejagt. »Komme schon, Chef. Bin ja schon da. Wo brennt's?«

»Nirgends, wenn du nicht irgendwo wieder einen Benzinkanister umgeworfen hast. Ich habe eine extrem anspruchsvolle Aufgabe für dich. Da kannst du dein ganzes handwerkliches Geschick unter Beweis stellen. Aber vorher Finger waschen.«

»Klar doch, Chef. Ich hab nur eben die Ventile der Dampfleitung kontrolliert. Die sind halt ein bisschen schmierig.«

»In dieser Destillerie hat nichts schmierig zu sein, mein Lieber! Zumindest nicht, solange ich hier das Sagen habe. Merk dir das. Und jetzt geh in den Waschraum und komm danach in mein Büro.«

Nachdem Jimmy sich getrollt hatte, sprach Ishbel ihn an: »Sei doch nicht so herrisch zu dem Jungen. Der tut doch sein Bestes.«

»Zumindest, wenn man ihn führt. Ansonsten tut er tatsächlich das, was er am besten kann: schlafen. Weiß du eigentlich, wie oft ich den Kerl schon zwischen den Dampfkesseln aufgescheucht habe? Der scheint doch, wie alle in seinem Alter, bis morgens um vier vor dem Computer zu hocken und "Megahexengemetzel, Teil 3" zu spielen oder so was.«

»Ach Graeme, Graeme, kannst du dich noch an den jungen Kerl erinnern, den man bei Glenfiddich vor langer Zeit mehrmals tief schlafend auf dem Darrboden in der Gerste gefunden hatte? Der immer bis früh morgens Krimis gelesen oder sich etwas zu überschwänglich am neuen New Make bedient hatte?«

Mit sperrangelweit offenem Mund starrte Graham Ishbel an. »W-w-woher weißt du das denn? Das hab ich dir doch nie erzählt!«

»Das brauchst du gar nicht so zu betonen, mein Schatz. Du hast mir wahrscheinlich so einiges noch nicht erzählt.«

»Nein, ich mein ja, ich mein ... ist doch egal! Sag schon, bitte, woher weißt du das?«, bettelte Graham.

In dem Moment kam Jimmy zurück auf den Hof, mit hochgereckten Händen. »So sauber genug, Chef?«

»Äh, was? Ja, ja, sehr schön. Was willst du?«, fragte ihn Graham.

»Aber Chef, Sie haben doch gesagt, ich soll was ungeheuer Wichtiges machen.«

Graham sah Jimmy nur verständnislos an.

»Graham, dein Türschild«, half ihm Ishbel auf die Sprünge.

»Ah, ja! Genau. Komm mal mit.«

Nachdem er Jimmy die exakte Position des Türschildes erklärt hatte und ihm sicherheitshalber alle beliebten Foltermethoden der schottischen Clan-Chiefs aus den letzten Jahrhunderten im Detail beschrieben hatte – nur falls das Schild irgendeinen Kratzer bekommen sollte – ging er mit Ishbel zum Visitor Centre, um dort ein paar Minuten in Ruhe mit ihr einen Kaffee trinken zu können.

Leider musste er sich dafür auf einen umgedrehten Karton setzen, da alle anderen Sitzgelegenheiten von Ishbel fein säuberlich als Ablage für Grahams unbearbeitete Unterlagen, Akten oder Briefe verwendet wurden.

»Oh Mann«, stöhnte er. »Ich werde wohl das nächste Wochenende durcharbeiten müssen. Das kriege ich sonst vor dem Speyside Whisky Festival nicht mehr hin.«

»Keine Angst. Ich werde dir trotz deiner Faulheit ein bisschen helfen.«

»Hey, du! Ich bin nicht faul!«, meckerte Graham im Scherz.

»Na gut, nicht faul. Nennen wir es doch einfach ein wenig unkonzentriert, okay? Apropos Festival: Was ist mit dem VIP-

Diner? Ist die Gästeliste fertig? Ich müsste langsam mal die Einladungen rausschicken.«

»Hatte ich die dir nicht schon gegeben? Hm, komisch, na gut. Also für Gregor und Rolf aus Deutschland hatte ich die Einladung Gregor auf dem Keeper-Banquet mitgegeben. Ich hatte zufälligerweise eine dabei. Susan und Alan haben ihre Einladung von uns auch schon persönlich bekommen, als sie letztens hier waren. Dann fehlt noch ... was macht eigentlich Alan? Von dem habe ich seit Sonntagabend nichts mehr gehört. Oh, verdammt, der arme Sven. Fast hätte ich den armen Kerl für einen Moment vergessen.« Sichtlich beschämt über seinen Egoismus, blätterte Graham in den Briefen vor ihm herum. »Da ist einem für einen Moment ein Bilderrahmen wichtiger als der Tod eines Bekannten.«

»Na, Bekannter wäre ja zu viel gesagt, oder?«, bemerkte Ishbel. »Vorgesetzter stimmt auch nicht ganz. Ich weiß auch nicht. Nicht ein einziges Mal hat dich Sorenson in all den Jahren angerufen. Er ist immer nur im Rudel mit den anderen Haien hier aufgetaucht. Lass uns Ruhe bewahren und die Polizei ihre Arbeit machen lassen. Alan ist übrigens nach Frankreich geflogen.«

»Nach Frankreich? Woher weißt du das denn jetzt?«

»Von Susan. Mit der habe ich gestern telefoniert. Eigentlich solltest du ja gar nichts erfahren, bis die beiden, also Alan und Brian, wiedergekommen sind.«

»Was erfahren? Nun sag schon! Bitte!«

»Dass deine Spürnase mal wieder den richtigen Riecher gehabt hat. Die beiden sind wohl deiner Spur mit dieser Jacqueline gefolgt und haben wohl auch was herausgefunden. Hat mir Susan aber im Vertrauen erzählt. Und alle weiteren SWS-Vorstandsmitglieder stehen im Moment unter Polizeischutz. Wohl auch die Verwandten von dieser Jacqueline.«

»Das weiß ich schon«, antwortete Graham aufgeregt. »Das mit dem Polizeischutz, mein ich. Da haben mich George Latimer und Garry Sutherland vom Vorstand schon angerufen. Waren völlig aus dem Häuschen, verständlicherweise. Aber das mit Frankreich ist ja eine Nummer! Soviel Vertrauen habt ihr also in mich. Ich bin echt beleidigt.«

»Na, komm. Beruhige dich wieder. Wenn du es eher erfahren hättest, wärst du am Ende auch noch nach Frankreich geflogen, stimmt's?« Sanft tätschelte Ishbel Grahams Wange. Graham war noch immer eingeschnappt. »Du hättest mir wenigstens ...«

»Nein, Graham, ich hätte nicht«, unterbrach ihn Ishbel. »Du hättest doch sonst keine Nacht ein Auge zugetan. Gib's ruhig zu!«

»Mag schon sein«, gab Graham kleinlaut bei. »Wann wollte Alan denn wieder zurück sein?«

»Heute, wenn nichts dazwischen kommt. Und: Bevor Alan sich nicht bei dir meldet, wirst du die Finger vom Telefon lassen, klar? Alan hat deutlich zum Ausdruck gebracht, dass er sich in die Seine oder irgendeinen anderen Fluss stürzen will, falls er deine Nummer doch auf dem Display sieht. Und dann wirst du die Rache einer liebenden Frau spüren. Und Susan würde ich nicht zum Feind haben wollen.«

»Okay, okay, ich halte still. Versprochen. Aber wo wir gerade beim Ausplaudern von Wahrheiten sind: Wer hat dir denn nun die Geschichte mit dem Darrboden und Glenfiddich erzählt?« Bewusst geziert trommelte Graham mit den Fingern auf den Schreibtisch.

»Na, wer wohl? Iain MacDermont natürlich. Dein alter Saufkumpan.«

»Was? Das hat der mir letzte Woche gar nicht erzählt. Seit wann weißt du das denn schon?«

»Oh, schon lange. Du bist halt auch nicht der Einzige, der in der Branche so seine Kontakte hat.«

»Na, den knöpf ich mir bei Gelegenheit vor. Alte Jugendsünden aufwärmen, pah!«

In diesem Moment hörten sie Jimmy von draußen rufen.

»Chef, Chef! Fertig!«

»Ah, fein, dann gehe ich mal das Machwerk bewundern«, sagte Graham und sprang von seinem Pappkarton auf. »Wenn du gleich gequälte Schreie hören solltest, mach einfach die Musik lauter, ja? Und dann kannst du auch das "Mitarbeiter-gesucht-Schild" nach draußen hängen.« Damit rannte er aus dem Visitor Centre raus, um mit Jimmy zu seinem Büro zu gehen.

Unerwarteterweise hatte Jimmy ganze Arbeit geleistet. Das Schild hing perfekt gerade und wies nicht den kleinsten Kratzer auf. Sogar die Schlitze der vier Messingschrauben waren exakt horizontal ausgerichtet. Zudem hatte er einen der Einbaustrahler vor Grahams Büro so ausgerichtet, dass nun das Schild direkt beleuchtet wurde. Dafür versprach Graham ihm eine Extraprämie und einen Tag Sonderurlaub. Fähige Mitarbeiter sollten schließlich stets zu Höchstleistungen motiviert werden, so seine Devise. Schade nur, dass er das Schild, selbst bei geöffneter Tür, von seinem Schreibtisch aus nicht sehen konnte.

Der Name Iain MacDermont wollte ihm einfach nicht aus dem Kopf gehen. Und das aus mehreren Gründen. Zunächst wollte er ihm natürlich für seine "Diskretion" gegenüber Ishbel danken, dem alten Sauhund! Und dann ließ ihn die Sache mit Glen Turffield und Jacqueline nicht mehr zur Ruhe kommen. Toll, dass seine Informationen bei der Polizei eingeschlagen hatten. Nur welches Detail hatten Alan und Co. zusätzlich herausbekommen, was eine Reise nach Frankreich gerechtfertigt hatte? Das wurmte Graham jetzt schon gewaltig. Ob Alan mit Iain geredet hatte? Hatte Iain vielleicht etwas mitbekommen, was er noch nicht wusste?

Fünf Minuten lang trommelte Graham nervös mit einem Kugelschreiber auf dem Telefon herum, während er aus dem Fenster starrte, dann griff er zum Hörer und wählte.

»Ja?«, bellte ihm eine Stimme entgegen.

»Iain? Hier ist Graham.«

»Ach, Graham, du bist’s. Hallo!«, klang Iain MacDermonts Stimme schon viel versöhnlicher.

»Was ist denn los? Wer, dachtest du denn, ruft an?«

»Ach, hör mir auf. Hier ist doch seit Montag die Hölle los. Seit der andere Typ von euch jetzt auch noch tot ist, der Dings, der ...«

»Sorenson. Sven Sorenson«, half ihm Graham.

»Genau der! Also, seitdem ist hier alles aus den Fugen. Der alte Permit steht unter Bewachung oder Schutz oder so und darf Torridon Hall nicht verlassen. Tobt wohl mächtig durch seinen Garten und scheißt die Bullen von morgens bis abends zusammen. Und seinen blöden Sohn auch. Der wird jeden Morgen mit einem Begleitfahrzeug hierher eskortiert. Als ob das keinem auffallen würde! Seitdem dürfen auch keine Touris mehr zu uns. Habe ein Schild ans Tor hängen müssen. Pah!«

»Oh ja, Iain, das kenn ich noch zu gut«, pflichtete ihm Graham bei und erinnerte sich an die Zeit, als bei ihm in Ben Rhinnes eine Leiche gefunden worden war. »Da kommt man sich total eingesperrt vor, ich weiß.«

»Natürlich hat das jeder Depp spitzgekriegt, dass hier was oberfaul ist und seitdem rufen alle naselang irgendwelche Reporter oder so an. Ich hab die Lügengeschichten jetzt langsam satt.«

»Oh, Iain, das kenn ich auch alles. Dafür habt ihr doch euren Director, den John.«

»Machst du Witze?«, brüllte Iain ins Telefon. »Die faule Sau von Johnny Permit genießt seinen Affenauftritt jeden Morgen mit Bodyguards doch auch noch. Stolziert einmal durchs Gelände und verschwindet in seinem Büro. Und dann kriegt er den ganzen Tag den Arsch nicht hoch, weil er ja sein Büro nicht verlassen kann. Da könnten ja die bösen Meuchelmörder kommen und ihn am Ohrläppchen ziehen, diesem Penner!« Mittlerweile konnte man Iains Geschrei schon bis auf den Hof vor Grahams Büro hören.

»Hat dich die Polizei denn auch angesprochen?«

»Nee, zum Glück nicht«, antwortete Iain nun wieder ruhiger. »Die hätten mich wohl auch sonst, wegen Mordabsichten am eigenen Chef, in Schutzhaft genommen.«

»Was hat denn "dein Chef" erzählt, warum die Polizei sie so auf dem Kieker hat?«

»Ach, dummes Zeug hat er gelabert! Sein Vater könnte der Nächste sein! Die ganze Familie wäre bedroht. Richtig groß hat er sich gemacht. Als wären sie jetzt die Kennedys. Sein Alter muss wohl völlig ausgerastet sein. Angeblich hätten sie ihn zu seiner Tochter ausgequetscht. Die wäre wohl irgendwie in die Morde verwickelt oder so ein Käse. Die Bullen wollten wohl alles zu Jacqueline wissen. Das fand Johnny natürlich prächtig. Hat's hier jedem sofort erzählt. Als wäre seine Schwester jetzt Mata Hari. So ein Bullshit!«

Graham merkte während des Gesprächs, wie sein Puls wieder schneller wurde. Hatte er mit seiner Vermutung am Ende Recht gehabt? Alan würde niemals eine dünne Spur so deutlich verfolgen und sogar schon Leute verhören, wenn er nicht ein paar konkrete Verdachtsmomente gehabt hätte. Und dass er sogar Johnny Permit auch unter Polizeischutz gestellt hatte, war für Graham das deutlichste Signal.

»Tja, Graeme, so sieht's im Moment hier aus. Was wolltest du denn eigentlich von mir wissen?«

»Hast du denn noch was zu meinen Informationen bezüglich eurer schlechten Absatzzahlen rausbekommen?«

»Kein Stück! Habe unseren Verkaufs- und Frühstücksdirektor Johnny drauf angesprochen. Angeblich hat er überhaupt keine Ahnung. Alles würde prima laufen. Hätte ihm neulich McCartney sogar noch persönlich gesagt. Als ob Johnny Permit auch nur die geringste Ahnung hätte, was Absatzzahlen und Verkaufsstatistiken sind. Wahrscheinlich hat ihm der McCartney die Lottozahlen vorgesungen und er dachte, das wären seine Umsätze.«

Das machte Graham jetzt noch stutziger. Wieso erzählte Johnny, dass Sean McCartney mit ihm geredet hätte? Dazu kannte Graham seinen ehemaligen Boss nun gut genug. Nie im Leben hätte Sean sich so weit herabgelassen, um mit einem einfachen Sales Director persönlich über die Absatzzahlen zu diskutieren. Dazu hatte er seine Leute gehabt. Außerdem hätte ein junger Permit das Licht eines McCartney nicht heller strahlen lassen können. Kein Adel, kein Titel, keine politischen Kontakte. Solche uninteressanten Leute waren für Sean lediglich bessere Bedienstete. Also musste Permit Junior seine Finger mit im Spiel gehabt haben. Wahrscheinlich von Sorenson oder einem der anderen zum Stillhalten "gezwungen". Mit einem Ferrari oder einem Häuschen auf Hawaii. Welchen Grund hatte denn Permit sonst, das in der SWS seit zwei Jahren wachsende Debakel um Glen Turffield schön zu reden? So wie Iain ihm die Verhältnisse geschildert hatte, dürfte ein vergoldeter Ausstieg genau das gewesen sein, auf das Johnny Permit gewartet hatte.

»Meinst du, ich kann mit Johnny Permit mal persönlich reden? Das mit den Zahlen müsste ich mit ihm wirklich diskutieren. Da stimmt was nicht.«

»Willst du jetzt auf einen frei gewordenen Vorstandsstuhl klettern?«, fragte Iain misstrauisch.

»Quatsch, Iain. Nur seit Sven Sorenson auch tot ist«, Graham musste heftig schlucken, »scheine ich der Einzige zu sein, der ein wenig den Überblick behalten könnte. Der Laden muss doch weiter laufen.« Dies war nicht mal eine Notlüge gewesen. Tatsächlich hatte George Latimer, der momentane Interims-Vorsitzende, Graham nicht nur von der lästigen Polizeiüberwachung informiert, sondern ihm auch eine Beförderung zum Head of Distilleries & Maturation in Aussicht gestellt. Damit wäre er zwar nicht mehr der Manager seiner geliebten Ben Rhinnes Distillery, dafür aber Chef aller SWS-eigenen Destillerien und allein verantwortlich für deren Produktsortiment. Zwar kein Vorstandsposten, aber schon ganz nahe dran.

»Na, dann wünsche ich dir viel Spaß dabei. Auf so einen Sesselfurzerjob würdest du mich in hundert kalten Wintern nicht kriegen!«

»Danke für deine warmen Worte, Iain«, frotzelte Graham. »Auf deine wohlwollende Unterstützung konnte ich ja immer schon zählen. Apropos Unterstützung, hast du Ishbel etwa von unseren Darrbodenerlebnissen bei Glenfiddich erzählt?«

»Ich? Lass mich überlegen. Mann, als Ishbel bei euch angefangen hat, hat sie mich angerufen und wollte wissen, wer ihr denn alle so seid. Mensch, das ist ja schon eine Ewigkeit her. Da hat der alte McKenzie dich noch gepiesackt«. Iains Laune wurde mit jedem Satz wieder besser. »Ja, und da hab ich Ishbel gesagt, dass sie sich ganz besonders vor dir in Acht nehmen soll. Du wärst ein ganz Schlimmer! Ha, ha!«

»Mein Lieber, das kostet dich was!«

»Hat sie dir jetzt etwa die alte Geschichte um die Ohren gehauen? Ha! Ich schmeiß mich weg! Dann habt ihr doch schon eure dunklen Geheimnisse ausgetauscht und einer friedlichen Beziehung steht nichts mehr im Wege. Na gut, `Tschuldigung. Wie kann ich's wieder gutmachen?«

»Ganz einfach, wenn ich es schaffe, morgen mit Johnny Permit einen Termin hinzukriegen, dann lädst du mich anschließend zu was Leckerem ein. Fest und flüssig! Und vom Feinsten!«

»Also abgemacht. Sonst kriege ich ja wohl auch meinen alten Darrbodenschnarcher so schnell nicht mehr zu Gesicht. Ha! Und wenn ich Ishbel nicht die Geschichte erzähle, wie du besoffen in den Kühlwassertank gefallen bist und fast ertrunken wärst, lädst du mich dann auch zum Essen ein?«

»Untersteh dich! Ich melde mich gleich wieder. Stell mich jetzt bitte mal zu deinem großen Vorsitzenden durch.«

Diesmal hörte Graham keine Pausenmelodie, sondern etwas, was an Walgesänge mit Husten erinnerte, bis sich eine Stimme meldete »John Permit hier. Guten Tag, Mister Morrice. Was kann ich für Sie tun?«

»Hallo, Mister Permit. Ich weiß nicht, was Iain MacDermont Ihnen schon erzählt hat, aber ich würde gerne mal mit Ihnen über die Zahlen der Destillerie sprechen. Ich habe von George Latimer zahlreiche Unterlagen erhalten, mit der Bitte, diese zu verifizieren.« Eine andere Geschichte war Graham auf die Schnelle nicht eingefallen. Zudem glaubte er nicht, dass Johnny Permit sich trauen würde, seinen Wunsch bei Latimer zu hinterfragen. Außerdem glaubte er auch nicht, dass Johnny wüsste, was "verifizieren" ist.

»Äh, ja, nun«, entgegnete ein sichtlich nervöser Permit, »aber das hat doch noch Zeit, oder? Sie wissen ja vielleicht, die ganze Situation hier im Moment ...«

»Ja, davon bin ich unterrichtet worden«, machte Graham jetzt auf cool. »Ausgangssperre sozusagen. Dann haben wir ja sicherlich viel Zeit, um uns bei Ihnen im Büro auszutauschen, oder?«

»Äh, so gesehen schon. Ich müsste nur erst einmal auch alle Unterlagen zusammentragen, wissen Sie? Hier herrscht im Moment ein wenig das Chaos ...«

»Oh, da machen Sie sich mal keine Mühe, Mister Permit«, antwortete Graham sonor. »Ich bringe alle Unterlagen mit und wir schauen sie uns gemeinsam einfach an, okay? So, morgen haben wir Freitag. Wie wäre es, wenn ich gegen vierzehn Uhr bei Ihnen reinschneien würde?«

»Ja, wenn es denn halt sein muss. Ich befürchte bloß, ich bin Ihnen keine große Hilfe. All dieser Rummel um meine Familie und so.«

»Ach, da machen Sie sich mal keine Sorgen. Das bringen wir ganz schnell hinter uns. Danke für Ihre Zeit, Mister Permit. Also bis morgen dann.« Graham legte schnell auf, bevor John Permit noch eine Ausrede einfallen könnte. Damit wäre er wieder im Spiel! Graham fühlte sich wie elektrisiert. Und er hatte alle Regeln befolgt. Weder Alan noch sonst jemanden von der Polizei genervt. Ihm ging es ausschließlich um das Wohl der SWS-Destillerien. Und wenn er deswegen zu Glen Turffield fahren musste, dann war das eben so. In einem weiteren kurzen Telefonat informierte er Iain MacDermont von seinem Termin und wappnete sich mit einem besonders starken Kaffee vor dem Donnerwetter, welches er nun von Ishbel zu erwarten hatte.

Der Lösung zweiter Teil

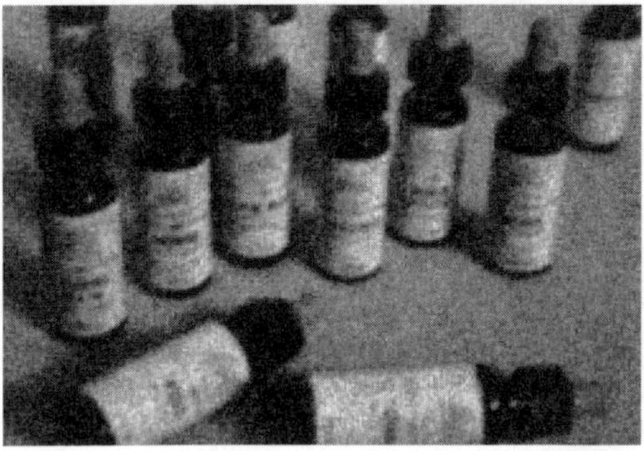

Jetzt gab es nur noch einen Menschen, der, Pascals Meinung nach, zwischen ihm und seinem Lebensglück stand: Bernard Gautier. Für ihn wäre eigentlich ein Haifischbecken der richtige Ort. Er konnte diesen absolut skrupellosen, nur ins Geld verliebten Menschen noch nie leiden. Nur hatte Bernard eben einen guten Ruf in der Familie. Diesmal aber war er zu weit gegangen. Diesmal wertete Pascal das Handeln Bernards als einen persönlichen Angriff auf die Familie. Das würde selbst sein Vater nicht gutheißen. Da war er sich sicher.

Da sich Jacqueline noch bis Dienstagabend in der Camargue aufhalten wollte, hatte Pascal, nachdem er aus Schottland zurückgeflogen war, noch genügend Zeit, sich am Abend spontan mit Bernard in seinem Lieblingsbistro zu treffen. Sein Treffen mit Sean McCartney am Morgen hatte ihn derart angeekelt, dass er die ganze hässliche Angelegenheit nur noch hinter sich bringen wollte. Diese Menschen, die so grauenerregend mit dem Glück der anderen verfuhren, durften keine weitere Gelegenheit bekommen, ihr Handeln fortzusetzen.
Er hatte Bernard Gautier vom Flughafen, aus einer öffentlichen Telefonzelle, direkt in seinem Büro angerufen und sich für neunzehn Uhr dreißig mit ihm verabredet. Die Brasserie

"Chez Baptiste" war ein Szenetreff in der Altstadt und um diese Zeit derart überfüllt, dass man fast nur noch in dem kleinen Innenhof der ehemaligen Brauerei einen Stehtisch bekam. Laute Jazzmusik drang aus dem Gastraum auf die Straße, als Pascal Bernard an einem dieser Stehtische entdeckte.

»Bernard, schön, dass du für mich Zeit gefunden hast«, brüllte Pascal, um den Musiklärm zu übertönen.

»Kein Problem, Pascal, was kann ich für dich tun?«

»Lass uns kurz da rüber gehen, ja?«, fragte Pascal und ging mit Bernard in eine dunklere und etwas ruhigere Ecke des Innenhofs. Die zahlreichen anderen Gäste, die in kleinen Gruppen beieinander standen, nahmen keinerlei Notiz von ihnen. »Bernard, es ist mir sehr wichtig. Du musst den Ankauf der Glen Turffield Distillery abblasen.«

Bernard verschluckte sich, trotz seiner sonstigen Coolness, an seinem Rotwein. Unter Husten und Räuspern sagte er: »Was? Das ist doch nicht dein Ernst! Woher kennst du die Sache überhaupt?«

»Bernard, bitte, das ist doch unwichtig. Wichtig ist allein, dass das Geschäft nicht stattfindet, ja?«

Bernard legte seine Hand auf Pascals Oberarm. »Weil ich dich schon lange kenne und deine Familie sehr schätze, werde ich dir das jetzt ganz freundschaftlich sagen. Zunächst einmal bist du nicht in das Geschäft involviert, genauso wenig wie momentan deine ganze Familie. Also kannst du nicht bitten, geschweige denn verlangen, dass ich den Deal abblase. Zweitens, Pascal, sind die Verträge bereits einseitig – nämlich unsererseits – unterschrieben. Es fehlt nur noch die Absegnung seitens der Verkäufer.«

»Der Vorstand der SWS, ich weiß!«

»Ich sehe, du steckst im Stoff. Hat Frederique dich eingeweiht?«

»Lass meinen Vater aus dem Spiel. Er hat hiermit nichts zu tun!«

»Wie du willst. Und zum Schluss werde ich nicht einen seit so langer Zeit vorbereiteten Vertrag in der letzten Phase platzen lassen. Das kann ich mit meinem Ruf nicht vereinbaren.«

»Ich hol uns noch zwei von dem Burgunder, okay? Und ein bisschen Käse dazu?«, fragte Pascal, offensichtlich um freundschaftliche Stimmung bemüht.

»Da sage ich nicht nein, und dann erkläre mir mal bitte, was deine Frage sollte, ja?«, antwortete Bernard und folgte Pascal bis zu ihrem ursprünglichen Stehtisch zurück, da die Musik mittlerweile etwas leiser wurde.

Nach ein paar Minuten kam Pascal mit einem kleinen Tablett voller Käseecken und Baguette zurück. Eine Kellnerin stellte ihnen zwei Gläser mit Rotwein auf den Tisch.

»Also gut, lasse es mich mal so sagen«, begann Pascal, »es ist mir ein persönliches Anliegen, dass die Destillerie im Besitz der SWS verbleibt. Es würde langfristig unserer Familie schaden, wenn der Verkauf zustande kommt.«

»Das, mein lieber Pascal, sieht dein Vater aber wohl ganz anders«, entgegnete Bernard und aß ein Stückchen Rochefort.

»Mein Vater ist offensichtlich nicht im Besitz aller relevanten Informationen.«

»Das wäre das erste Mal im Leben deines Vaters. Nur leider, wie ich eben schon sagte, ist der Vertrag bereits unterschrieben. Da wird sich kaum noch was ändern lassen.«

»Bernard, es gibt doch nur sehr wenige Personen, die von diesem Geschäft wissen. Wenn nun die schottischen Partner ... sagen wir Mal, die Lust verloren hätten? Was wäre dann?«

»Eine witzige Spekulation. Aber nun gut, spielen wir dieses Spiel. Wenn alle drei Beteiligten in Schottland plötzlich Gedächtnisverlust erleiden würden, dann gäbe es immer noch mich. Ich habe alle internen Informationen und könnte einen Verkauf auch weiterhin erwirken. Und solange unsere französischen Partner nicht abspringen, werde ich das auch tun.«

Pascal merkte, wie sein Blutdruck in die Höhe ging. Wieso waren es plötzlich drei Schotten? »Nun, du würdest also nichts unternehmen, selbst wenn Arthur Fraser und Sean McCartney und ... wie heißt der noch gleich, der ... blöder Name ...«

»Sorenson. Kann ich mir auch nur schwer merken. Sehr schottisch!«, reagierte Bernard prompt.

»Genau, Sorenson. Also, wenn alle abspringen würden, dann wäre das Geschäft doch geplatzt?«

»Nein, nein, mein Lieber, da müsstest du uns schon alle vier umbringen, damit das Geschäft platzen würde«, lachte Bernard und Pascal stimmte ebenfalls in diesen grandiosen Scherz ein. »Oder, wenn ich dann auch unter, wie sagtest du eben, Gedächtnisverlust leiden würde. Dazu wäre aber schon ein sehr starkes "Vergessenstonikum" notwendig. Ich habe in meiner ganzen Karriere bislang noch jedes Geschäft zu Ende geführt.«

Bislang, *dachte Pascal.* Dann wird das jetzt eben das Erste. An dem Tonikum soll es nicht scheitern. *»Na, dann vergiss mal mein Anliegen. Die Sache wird sich wohl schon von selbst regeln. Ich hol uns noch zwei Wein.«*

»Schön, dass du vernünftig wirst,« freute sich Bernard, »aber für mich ist das dann das letzte Glas.«

Darauf kannst du wetten, *dachte Pascal und ging zum Tresen.*

Goldregen war die passende Pflanze. Das war für Pascal schon von Anfang an klar. An Bernard hingen Gold und Geld auch in langen Trauben herunter. Den Mix aus Cytisin und Diphenhydram, zur Unterdrückung der Übelkeit, hatte er schon die ganze Zeit in der Tasche.

Er reichte Bernard das Glas und prostete ihm zu. Sie leerten die Gläser zügig und verließen die Brasserie, indem sie sich durch die Trauben an fröhlichen Menschen auf die Straße drängelten. »Soll ich dich fahren?«, fragte Pascal. »Mein Wagen steht gleich hier um die Ecke.«

»Nein, danke, Pascal. Du weißt doch, ich wohne keine zwei Minuten zu Fuß von hier. Mir ist ein bisschen unwohl. Ich laufe lieber durch die frische Luft.« Mit einem letzten Winken verabschiedeten sie sich.

Jetzt ist also noch ein Besuch in Schottland notwendig, *dachte Pascal etwas verärgert über diese übersehene Tatsache. Zunächst einmal musste er aber herausfinden, wer dieser Sorenson war.*

Nach drei Tagen kamen die ersten Meldungen über Bernards Tod in den lokalen Tageszeitungen. Man war sich anscheinend noch nicht sicher, wo hier die Gründe zu suchen waren. Einige Revolverblätter spekulierten zwar mit Hexenmord und Mafiarache, etwas Konkretes, im Hinblick auf ein Fremdverschulden, wurde aber nicht bekannt.

Pascals Vater Frederique wirkte sehr geknickt, da er einen stets loyalen und extrem erfolgreichen Partner für seine Geschäfte verloren hatte. Jacqueline, der die paar Tage in der Petit Camargue sehr gut getan hatten, beteiligte sich überhaupt nicht an den Spekulationen. Sie konnte Bernard noch nie leiden und äußerte nur einmal bei Tisch, dass an den diversen Gerüchten zum Thema Drogenkonsum seitens Bernard etwas dran sein könnte.

Seine Recherche hinsichtlich Sorenson verlief äußerst schleppend, da die Informationen über die Vorstandsmitglieder nicht einfach im Internet abzurufen waren. Zwar konnte er bei Google häufiger den Namen Sven Sorenson, auch im Zusammenhang mit der SWS, finden, wollte sich dessen aber 100%ig sicher sein. Langsam baute sich ein gewisser zeitlicher Druck bei ihm auf, da er nicht wusste, inwieweit dieser Sorenson jetzt, ohne die Mitarbeit der drei anderen, noch an der Fortsetzung des Geschäftes arbeiten würde.

Da er nicht einfach jemanden fragen oder sogar dort anrufen konnte, ohne in der momentanen Situation sofort Verdacht zu erregen, schlug er Jacqueline schließlich, nach einer weiteren Woche, vor, doch einfach mal ein Wochenende nach Schottland in ihre Heimat zu fliegen. Trotz anfänglichem Zögern stimmte sie dann doch zu. Schließlich, so argumentierte er, könne sie ja nicht nur wegen ihrer Familie einem ganzen

Land den Rücken kehren. Zumal es eines der attraktivsten Länder Europas wäre.

Also flogen sie am folgenden Freitagnachmittag, dem 27. April, nach Inverness. Hätten sie so scharfe Augen wie Raubvögel gehabt, so hätten sie beim Landeanflug auf Inverness Airport, in einem winzig kleinen Küstenort namens Pennan, zwei winzige Menschen namens Alan und Susan auf einer Bank am Pier sehen können.

Nachdem sie wieder einen von Pithiviers aus gemieteten Wagen durch Inverness lenkten, hielt Pascal an einer Tankstelle an, um ein paar Getränke zu kaufen. Hier nutzte er dann, unbemerkt von Jacqueline, die Gelegenheit, um von einem öffentlichen Fernsprecher aus die Zentrale der SWS anzurufen. Dort erschien auf dem Display nun eine unverfängliche innerstädtische Telefonnummer.

»Hi!«, meldete sich Pascal in seinem besten schottisch. Schließlich hatte er den Dialekt nun über viele Jahre von seiner Frau gelernt. »Simon Duffy hier. Ich möchte Mister Sorenson sprechen. Er erwartet meinen Anruf.«

»Guten Abend, Mister Duffy«, antwortete eine weibliche Stimme. »Es tut mir Leid aber Mister Sorenson hat bereits vor einer Stunde das Büro verlassen. Möchten Sie es am Montag wieder probieren?«

»Möchten schon, Gnädigste, nur erwartet er von mir noch ein paar dringliche Informationen. So ein Käse! Dann werde ich ihn wohl auf seinem Handy anrufen.«

»Das können Sie natürlich gerne versuchen.«

»Genau das mache ich auch. Seine Nummer ist doch die ... wo hab ich sie denn jetzt? Haben Sie die Nummer eventuell parat? Ich finde mein Adressbüchlein gerade nicht.«

»Augenblick, ich suche sie heraus«, antwortete die Empfangsdame hilfsbereit.

Nach weiteren zwei Minuten saß Pascal wieder mit zwei Flaschen Cola und einer Telefonnummer im Auto und fuhr auf der A9 in Richtung Tain und über den Dornoch Firth hinweg. Als sie dann, nach gut 15 Meilen, in Golspie eintrafen, wo sie sich ein Zimmer in einem B&B gebucht hatten, lachte Jacqueline vor Freude. Sie liebte die Nordsee über alles und von hier aus hatte man einen herrlichen Blick Richtung Osten. Dieses Strahlen, welches Pascal nun beim Spaziergang am Strand in Golspie in Richtung Dunrobin Castle auf Jacquelines Gesicht wahrnehmen konnte, rechtfertigte alles, was er in den letzten Wochen hatte auf sich nehmen müssen. Und alles, was er in den nächsten zwei Tagen zu tun gedachte.

Am späteren Abend, in einem gemütlichen Restaurant auf der Main Street, entschuldigte sich Pascal für einen Moment bei Jacqueline, um noch ein geschäftliches Telefonat zu führen. Dafür nutze er den Münzfernsprecher, der im Vorraum zur Gaststätte hing. Er wählte die Handynummer, die ihm die Dame bei der SWS gegeben hatte, und wartete. Nach viermaligem Klingeln hörte er eine männliche Stimme: »Hallo?«

»Guten Abend, Mister Sorenson. Mein Name ist Santé und ich rufe bezüglich des Verkaufs der Glen Turffield Distillery an. Ich habe von dem traurigen Ableben ihrer beiden Kollegen gehört und würde gerne mit ihnen darüber reden, wie das Geschäft nun weitergehen soll. Ich bin von Monsieur Bernard Gautier autorisiert, diese Informationen einzuholen.«

»Guten Abend, ja, ich habe schon einen Anruf erwartet. Sie sind mit Gautier bekannt. Gut, gut. Ja, wissen Sie, nach diesen schrecklichen Todesfällen weiß ich gar nicht, wie wir weiter verfahren sollen ...«

»Mister Sorenson, diese Vorfälle sind bedauerlich, dürfen uns aber nicht von den geschäftlichen Tatsachen ablenken. Findet die Transaktion noch statt oder ist hiermit das Geschäft beendet?« Pascal schlug nun einen etwas härteren Ton an, um seinen angeblich rein geschäftlichen Interessen Nachdruck zu verleihen.

»Ja, nein, ich weiß nicht genau. Eigentlich ist ja alles schon unter Dach und Fach. Ich habe ja die ganzen Verträge schon von den Anwälten zurückbekommen. Eigentlich wollte Mister McCartney sie schon letzte Woche dem Vorstand vorstellen.

Das wollte ich nun in den nächsten Tagen tun. Aber ... um ganz ehrlich zu sein, es gibt hier ein Problem und zwar mit der Polizei. Das sollten Sie wohl besser wissen. Aber nicht am Telefon. Könnten wir uns schnellstmöglich treffen? Ich müsste nämlich am Montag vor der Polizei eine Aussage machen und ich weiß gar nicht ...«

»Keine Sorge, Mister Sorenson«, unterbrach ihn Pascal. »Das werden wir alles in den Griff bekommen. Wie wäre es, wenn wir uns Morgen treffen würden? Ich könnte am Vormittag bei Ihnen vorbeikommen. Das erregt am wenigsten Aufsehen, meinen Sie nicht?«

»Ach, Sie sind hier in Schottland? Ich dachte, Sie wären in Frankreich«, entgegnete Sven Sorenson überrascht.

»Mister Sorenson, wenn es um derart wichtige Themen geht, reise ich über Nacht durch die ganze Welt. Also, sollen wir die Angelegenheit morgen zu Ihrer und unserer Zufriedenheit klären?«

»Ja doch! Auf jeden Fall. Ich habe keine Lust, durch die Machenschaften der Männer, die leider nun verstorben sind, ins Gefängnis zu gehen!«

»Das brauchen Sie garantiert nicht. Das verspreche ich Ihnen.«

Sven Sorenson schien durch die Worte Pascal Santés merklich ruhiger geworden zu sein. Nun hatte er doch große Hoffnung, dass die ganze Angelegenheit für ihn glimpflich ausgehen könnte. Für ihn bestand zwischen dem ominösen Deal mit den Franzosen und den beiden Todesfällen überhaupt keine Verbindung. Daher war die plötzliche Kontaktaufnahme eines ihm sonst unbekannten Franzosen eher ein Glücksfall als ein Warnsignal. Und so gab er Pascal seine Privatadresse und eine kurze Beschreibung, wie er dorthin finden würde.

Ganz im Gegenteil zu Pascal. Die Mitteilung, dass einer der Beteiligten an der Geschichte nun schon bei der Polizei vorgeladen worden war, um eine Aussage zu Protokoll zu geben, beunruhigte ihn aufs Äußerste. Wenn er nun nicht schnell handeln würde, käme am Ende die ganze Wahrheit ans Licht, und alle Namen, samt dem seiner Familie, würden wahrscheinlich ins Rampenlicht gezogen. Dass er aber auch bei seinen Gesprächen mit Fraser und McCartney übersehen hatte, dass es noch einen weiteren Insider in Schottland gab! Das war mehr als ärgerlich. Wenn er auch nur noch einen weiteren Tag in Frankreich mit der Suche nach Sorenson vertan hätte, wäre es zu spät gewesen. Nicht auszudenken!

Schwer atmend ging er zu Jacqueline zurück, die sich in der Zwischenzeit ein weiteres Bier bestellt hatte. »Genau so eins könnte ich jetzt auch gebrauchen«, sagte er und zeigte auf ihr Pint Lager.

»Dann nimm dir erst mal meins, mein Engel. Du siehst ja aus, als wäre dir ein Geist begegnet. Was ist denn passiert?«

»Ja, so ähnlich könnte man es beschreiben«, entgegnete er und bemühte sich, sie anzulächeln. Dann nahm er einen tiefen Schluck aus Jacquelines Glas. »Ich habe gerade erfahren, dass es einen weiteren Konkurrenten für das Beowulf–Projekt gibt. Aber vielleicht können wir da noch was machen.« Beowulf war der interne Arbeitstitel für das Krebsheilmittel, welches Huber & Fils an die Weltspitze katapultieren sollte. Natürlich forschten auch viele weitere Konzerne in die gleiche Richtung. Nur Huber & Fils hatten im Moment die Nase vorn, insbesondere im Bereich der Gentechnik und synthetischen Biologie.

»Lass dir nicht unser wunderbares Wochenende vermiesen«, bat sie. »Ich bin dir so dankbar, dass du mich hierzu überredet hast. Bitte genieße es mit mir zusammen, ja?«

Pascal schüttelte sich kurz und sah ihr tief in die Augen. »Alles tue ich für dich, mein Schatz. Wirklich alles! Hauptsache, du bist glücklich.« Dann stand er auf, um noch zwei weitere Pints Bier am Tresen zu bestellen.

Am nächsten Morgen, nachdem er zusammen mit Jacqueline ein üppiges Frühstück genossen hatte, entschuldigte sich Pascal bei ihr dafür, dass er doch noch einmal fortfahren müsse. Das Telefonat von gestern Abend hätte ein sofortiges

Handeln doch noch erforderlich gemacht und er müsse für eine kurze Zeit zu ihrem Flugzeug zurück.

Da er für dieses Wochenende keinen Laptop mitgenommen hatte, müsse er auf das technische Equipment seines Learjet zurückgreifen. Dieser war bestückt mit allen Telekommunikationsgeräten, die notwendig waren, um auch unterwegs arbeiten zu können. So hatte er einen Computer einbauen lassen, der bei Bedarf über gesicherte Leitungen mit den Computern seiner Forschungsabteilung verbunden werden konnte.

Da Pascal und auch Jacqueline diese Technik schon häufiger eingesetzt hatten, war es für sie auch eine durchaus plausible Begründung, warum er sich für ein paar Stunden entfernen wollte. Sie würde die Zeit mit einem Besuch im Dunrobin Castle[27] *und den dazugehörigen Gärten verbringen.*

Pascal fuhr mit seinem Mietwagen zurück nach Inverness und fand, dank Sorensons exakter Beschreibung, dessen Privatadresse auch auf Anhieb. Er parkte einige hundert Meter weiter oberhalb der Adresse und lief das Stück zu Fuß zurück. Er wollte selbst einen Mietwagen nicht in einer Sackgasse parken, in der besorgte Nachbarn sich möglicherweise jedes Fahrzeug merken würden, was nicht den Bewohnern gehörte.

---

[27] **Dunrobin Castle** ist der Sitz der Familie des *Duke of Sutherland*. Mit 189 Zimmern ist es das größte Wohngebäude in den nördlichen Highlands. Der Kern des Gebäudes geht auf einen Wohnturm des 13. Jahrhunderts zurück, dessen Überreste noch heute im Innenhof des Schlosses sichtbar sind. Erstmals erwähnt wurde Dunrobin aber erst 1401 als Festung des sechsten Grafen von Sutherland, Robert de Moravia. Im 17. Jahrhundert wurde die Burg um zwei neue Flügel ergänzt, die durch einen Turm mit Wendeltreppe mit dem alten Gebäude verbunden waren. In der Zeit von 1845 bis 1851 erhielt das Schloss, unter George Sutherland-Leveson-Gower, 2. Duke of Sutherland, sein heutiges Aussehen, das an ein französisches Schloss erinnert. Architekt war Charles Barry, der auch den Palace of Westminster in London gestaltete. Barry entwarf zudem den Garten des Schlosses, der den Anlagen in Versailles nachempfunden ist. Nachdem ein Großteil der Inneneinrichtung des 19. Jahrhunderts durch einen Brand 1915 zerstört worden war, wurde diese nach Entwürfen Robert Lorimers neu gestaltet. Ende der 1960er Jahre diente das Schloss für einige Jahre als Jungen-Internat. Die gegenwärtige Eigentümerin ist Elizabeth Janson, Countess of Sutherland.

Nachdem er geklingelt hatte, öffnete sich auch prompt die Eingangstür und ein aufgeregter Sven Sorenson schaute ihn an.

»Sind Sie Pascal Santé? Kommen Sie rein, bitte, kommen Sie.«

Genauso hatte sich Pascal einen Sven Sorenson vorgestellt. Irgendwie schien man immer ein, vielleicht durch die Werbung geprägtes, Bild von einem Menschen zu haben. Strohblond und hochgewachsen, mit einem lässigen aber teuren Freizeithemd und einer beigen Cordhose war dies hier für Pascal die manifestierte Vorstellung von einem typischen Schweden. Pascal folge ihm in das zur Rückseite liegende Wohnzimmer, welches geschmackvoll, aber für Pascal doch eine Spur zu langweilig, eingerichtet war – die Vorstellung von IKEA-Regalen hatte er sich schon am Eingang verkniffen. Alles sah symmetrisch und geordnet aus. Buchhalter eben. Keine Fantasie. Alles kopiert, nichts kreiert. Wie die Kunstdrucke an der Wand. Lediglich die umfangreiche Whiskysammlung, die sich auf einem Sideboard an der Längsseite des Wohnzimmers präsentierte, stellte ein gewisses Highlight dar.

Sven, der Pascals interessierten Blick bemerkte, erzählte auch prompt »Ja, das sind alles unsere Destillerien. Und die da drüben in der Vitrine sind alles Sonderabfüllungen für den Vorstand der SWS von den jeweiligen Managern«. Er ging zu einer Glasvitrine mit verspiegelter Rückwand, in der sich weitere gut zwanzig Flaschen Whisky im Licht zweier Halogenspots präsentierten. Mit dem Finger wies er auf eine Flasche in der Mitte. »Das hier ist die Flasche von Glen Turffield. Wurde extra vor zwei Jahren abgefüllt, als wir den Laden von den Permits erworben haben. Mögen Sie Whisky?«

Pascal, dem der Anblick der Turffield-Flasche einen Stich ins Herz versetzte, konnte sich nur mit Mühe beruhigen. »Ja, Mister Sorenson, ich hege durchaus eine starke Leidenschaft für den schottischen Whisky. Wobei wir ja dann schon beim Thema wären.«

Eine Zeit lang unterhielten sie sich über das Geschäft, wobei Sven Sorenson in eine immer größere Klagehaltung verfiel. Wenn er nun Sorensons Gehabe so beobachtete, wie dieser sich bemühte, den armen, ausgenutzten Mitarbeiter zu mimen, war sich Pascal wieder sicher, auch diesmal das richtige Pflänzchen ausgesucht zu haben. Da er mittlerweile die Gewissheit hatte, einen kompletten Schmarotzer vor sich zu haben, der vom Blute anderer lebt, wäre ein Tod durch Zeckenbiss passend gewesen. Denn nichts anderes als eine Zecke war Sorenson für ihn. Eine gefährliche Zecke. Da der Name Rizinus nichts anderes als der lateinische Name für Zecke war, weil die Samen eben an vollgesaugte Zecken erinnerten, schien ihm die Wahl ganz treffend. »Sie erwähnten gerade, dass die Verträge von Ihren Anwälten nun mittlerweile ebenfalls gegengeprüft wurden. Gab es denn noch irgendwelche Einwände?«

»Nein, nein, keineswegs. Da die Urschrift ja schon mehrmals kontrolliert worden war, kamen hier keine neuen Erkenntnisse zutage. Es fehlten lediglich noch die tagesgenauen Aufstellungen der Lagerkapazitäten und die Unterlagen aller zu übernehmenden Angestellten. Das habe ich aber in den letzten Tage erledigt. Ich bin mir nun sicher, dass auch alle Vertragsanhänge komplett sind. Im Prinzip fehlen nur noch die letzten Unterschriften der stimmberechtigten Vorstandsmitglieder der SWS. Dann ist alles perfekt.«

»Ja, ja, perfekt«, murmelte Pascal. »Ich würde den Vertrag natürlich gerne noch einmal einsehen, bevor ich Ihnen unsere weitere Vorgehensweise unterbreite.«

»Oh, kein Problem«, sprang Sven erfreut von seinem Lederschwingsessel auf, sodass dieser noch eine Zeit lang hin und her wippte. »Die Original-Verträge habe ich hier. Wir können sie gerne mal durchsehen. Ich habe sie extra nicht mehr in der Firma gelassen, seit dort die Polizei rumgeschnüffelt hat und mich des Betrugs und sogar Schlimmerem verdächtigt hatte! Unglaublich, sag ich Ihnen! Die wollten mich sogar mit dem Tod meiner beiden Kollegen in Verbindung

bringen! Stellen Sie sich das mal vor!« Sven Sorenson erzählte nun die ganze Geschichte seines unangenehmen Gespräches mit Alan Derringer.

»So, so«, kommentierte Pascal diesen Gefühlsausbruch. Jetzt hatte er also auch diese Informationen und ein paar weitere Namen. Konnte es sein, dass die schottische Polizei etwa so clever wäre, sein Vorgehen zu durchschauen? Während er sich dies fragte, erschien Sven Sorenson aus einem Nebenzimmer mit einem dunkelgrünen Aktenordner, auf dem das goldene Wappen der SWS prangte. Pascal konnte nicht anders, als irgendeinem höheren Wesen zu danken. Dass die Originalverträge so einfach in seine Hände fallen würden, hätte er niemals vermutet. Damit würden nicht nur die Verbrecher vom Erdboden getilgt, sondern ihr schriftliches Machwerk gleich mit. Er schien tatsächlich einem höheren Plan zu folgen. »Ist dies jetzt der Originalvertrag oder gibt es noch weitere Kopien oder Versionen?«

»Nein, Mister Santé«, antwortete Sven beflissen, der hier und heute seine große Chance sah, aus der ganzen Angelegenheit irgendwie glimpflich herauszukommen. »Die Korrekturversionen sind selbstverständlich alle vernichtet worden. Ich habe hier die beiden einzigen verfügbaren Ausfertigungen. Eine für uns und eine für Sie. Die beglaubigten Kopien erstellen wir dann, nachdem die anderen unterzeichnet haben. Wollen Sie ihn noch einmal durchsehen?«

Bemüht, seine Finger nicht zittern zu lassen, nahm Pascal den schweren Ordner entgegen und legte ihn auf seinen Schoß. Mit Bedacht öffnete er die im Ordner befindlichen Klarsichtmappen und blätterte den auf Wasserzeichenpapier gedruckten und bereits durch Fraser, McCartney, Sorenson und Gautier auf jeder Seite paraphierten Vertrag durch.

Nach gut zwanzig Minuten, die nur durch das gespannte Atmen Sorensons begleitet wurden, klappte Pascal die Aktenmappe zu. »Nein, Mister Sorenson, ich sehe hier keinen Grund, warum wir das Geschäft nicht wie besprochen abschließen sollten. Es ergeben sich aus den Unterlagen keiner-

lei Hinweise darauf, dass hier irgendetwas Unrechtes geschehen sein sollte.« Pascal war tatsächlich ein wenig beeindruckt. Seine moderaten Kenntnisse in Wirtschaftsrecht vermittelten ihm durchaus den Eindruck, dass hier ein seit Jahren immer schlechter laufendes Unternehmen veräußert werden sollte. Alle Absatzzahlen waren durch Verkaufsbelege und Verhandlungsprotokolle mit den Großabnehmern nachvollziehbar belegt. Der Glen Turffield Distillery ging es offensichtlich schlecht. Sven Sorenson wäre mit diesen Unterlagen und ein paar gewitzten Anwälten mit einer sauberen Weste aus der Sache gekommen. Alle, die wirklich was am Stecken hatten, haben das Zeitliche gesegnet. Und die Unterschriften waren auch post mortem gültig. Dieses Vertragswerk hätte Pascal beim Erreichen seiner Ziele noch wirklich gefährlich werden können. »Nun, Mister Sorenson, ich denke, wir sollten uns alle keine weiteren Sorgen mehr machen. Ich werde, mit Ihrer Zustimmung, die Verträge bis morgen mit in mein Hotel nehmen und nochmals genauestens ob der neuen Situation prüfen. Sehen Sie Ihrer Vernehmung bei der Polizei gelassen entgegen. Dieser Termin wird keinerlei Relevanz mehr haben. Glauben Sie mir!«

»Das freut mich unwahrscheinlich«, entgegnete Sven Sorenson erleichtert. »Ich bin froh, dass Sie das genauso sehen. Nehmen Sie den Ordner ruhig mit. Vielleicht könnten Sie mich ja bei der Präsentation vor unserem Vorstand unterstützen?« Sven Sorenson war sogar sichtlich erleichtert, die Verträge nicht länger in seinen Privaträumen beherbergen zu müssen. »Darf ich Ihnen, trotz der ansonsten schrecklichen Ereignisse, ein Glas Whisky anbieten, um mit Ihnen anzustoßen?«

»Selbstverständlich gerne. Ich habe nichts anderes erwartet.«

»Na, dann würde ich vorschlagen, dass wir einen Glen Turffield wählen. Das passt doch jetzt, meiner Meinung nach, genau zu dem Anlass, oder?« Sorenson ging zu seinem Sideboard und griff nach einer Flasche achtzehnjährigem Glen Turffield und zwei Nosinggläsern, die er dann fingerbreit voll-

schenkte. »Na, dann Slàinte. Auf dass alles doch noch gut wird!«

»Das wird es, Mister Sorenson, das wird es garantiert! Prost«. Geradezu ehrfürchtig genoss Pascal den Whisky. Dies war also das erträumte Lebensglück seiner Jacqueline. Hierfür wollte sie leben und hieran hatte sie ihr Herz verschenkt. Lange ließ er die altgoldene Flüssigkeit in seinem Mund umhergleiten, um keine einzige Geschmackskomponente zu verpassen.

Sorenson deutete Pascals Gebaren mit echtem Enthusiasmus für den Whisky, den er leider so nicht teilen konnte. Für ihn war es halt ein Handelsgut, mit dem man gutes Geld verdienen konnte oder auch nicht. Nachdem sie die Gläser geleert hatten, ging Sorenson nochmals zur Vitrine, holte aus ihr die Glen Turffield Sonderabfüllung und reichte sie weiter an Pascal. »Ich sehe, Sie sind ja ein echter Whiskyliebhaber. Darf ich Ihnen diese Flasche schenken? Sie werden den Inhalt mit Sicherheit mehr würdigen können als ich. Zudem ist es wohl das Beste, was die Destillerie bis dato produziert hatte.«

Geradezu liebevoll nahm Pascal die Flasche entgegen. Auf dem Label war als Silhouette die Glen Turffield Distillery abgebildet, wie sie vor gut 100 Jahren ausgesehen hatte. Darüber stand in geschwungenen Buchstaben: Glen Turffield. Single Highland Malt Scotch Whisky. Privat Selection. 28 Years old. *Und unter dem Abbild der Destillerie:* To Commemorate the Successful Sale to the SWS *sowie deren Wappen. Darunter war mit schwungvoller Schrift handschriftlich vermerkt:* 53,7 %vol, 70 cl, Bottle Number 3 of 20. Iain MacDermont, Distillery Manager. *Irgendwann würde er Jacqueline diese Flasche überreichen können. Mühsam nur konnte er die Tränen in seinen Augen unterdrücken. »Ich danke Ihnen, Mister Sorenson. Dies ist ein wundervolles Geschenk. Lassen Sie uns zum Abschied noch einen kleinen Schluck genießen, ja?«*

»Sehr gerne, aber natürlich nicht von dieser Flasche. Heben Sie sie bitte für sich und einen ganz besonderen Augen-

blick auf. Von dem guten Stück gab es, wie sie sehen, nur zwanzig Flaschen, und wie ich meine Vorstandskollegen kenne, haben die ihre schon ausgetrunken. Bitte suchen Sie sich doch einen anderen aus«.

»Selbstverständlich, gerne«, nahm Pascal das Angebot an und begab sich zu der kleinen Whiskysammlung. Ich darf diesmal einschenken?«

»Bitte bedienen Sie sich. Keine Zurückhaltung!«

Pascal nahm einen besonders kräftig getorften Islay-Whisky und goss ihn in die bereitstehenden Gläser ein. Und außerdem noch ein bisschen mehr ...

Keine Schotten mehr, die das Lebensglück seiner Frau verhökern wollten. Kein Franzose mehr, der diese Niedertracht nach Frankreich trug. Kein Papier mehr, auf dem dies alles niedergeschrieben stand. Nun war der Lebensweg seiner geliebten Jacqueline wieder freigemacht von Ungeziefer und dornigem Gestrüpp. Er sah wieder die Sonne ins Herz seiner Frau zurückkehren. Fröhlich pfeifend und ein bisschen angeregt durch die zwei Whiskies, fuhr Pascal von Inverness zunächst zum Flughafen, um die wertvolle Flasche in ihrem Jet zu verstecken. Hier würde er sie zunächst sicher vor den Augen Jacquelines aufbewahren. Anschließend machte er sich eilends auf den Rückweg nach Golspie, um das restliche Wochenende mit Jacqueline in inniger Harmonie zu verbringen. Jetzt gab es nur noch eins zu tun, um Jacqueline zu ihrem - und seinem – Glück zu führen.

Glen Turffield

Die drei Stunden Fahrt bis Aultbea am Loch Ewe brachte er schon fast routiniert hinter sich. Da er die Tour, zumindest bis kurz vor Braemore, ja bereits letzte Woche absolviert hatte, als er Iain MacDermont in seinem Elternhaus besucht hatte, konnte er während der Fahrt seinen Gedanken freien Lauf lassen.

Zunächst war da natürlich die Standpauke, die Ishbel ihm gestern Nachmittag gehalten hatte, als er ihr verkündete, dass er noch einmal mit Iain, besonders aber mit Johnny Permit, über die Zahlen der Destillerien reden müsse. Selbstredend hatte sie ihm kein Wort geglaubt und ihm auf den Kopf zugesagt, dass er doch mit allen erdenklichen Tricks unbedingt Detektiv spielen wolle. Da es ihm absolut nicht möglich war, ihr auch nur ein einziges, fadenscheiniges Argument entgegenzusetzen, gab er es halt gesenkten Hauptes zu, betonte aber mit Nachdruck, kein einziges der "erlassenen Gesetze zur Schonung höherer Kriminalbeamter" verletzt zu haben. Zudem müsse er wirklich mit Permit reden, da dieser als Sales Director wirklich der Einzige wäre, der ihm hier Rede und Antwort stehen könne.

Da Ishbel merkte, dass sie es dieses Mal nicht schaffen würde, ihn von einer riesengroßen Dummheit, wie sie es bezeichnete, abzubringen, ging sie zum Frontalangriff über und schlug vor mitzufahren. Dies konnte Graham dann aber doch noch verhindern, indem er ihr die Gesamtverantwortung für die Ben Rhinnes Distillery für den kommenden Tag übertrug, zumal sich eine größere Gruppe japanischer Touristen angekündigt hatte. Daher musste sie schließlich klein beigeben, was ihn ein sündhaft teures Diner im Restaurant des "The Dowans" Hotel am Ortsausgang von Charlestown kosten würde. Dafür hatte sie ihm wiederum spontan heute Morgen ihren Volvo vorbeigebracht, damit er wenigstens auf der Straße etwas sicherer wäre.

Die anderen Gedanken, die in seinem Kopf herumkreisten, während er die Vormittagssonne auf den Hügelketten genoss, drehten sich alle um die verschiedenen Morde in seiner nächsten Umgebung. *Wie kam es, dass ausgerechnet in seinem Leben so viele Menschen gewaltsam sterben mussten? Geschieht dies etwa in allen Leben, bloß die meisten bekommen es einfach nicht mit? Muss ja eigentlich so sein*, dachte er sich. *Wenn jede Sekunde auf der Welt ein Mensch stirbt, können das ja nicht alles nur Grönländer oder Usbeken sein. Einige davon müssen ja schon rein statistisch auch direkt im nächsten Umfeld tot umfallen. Aber warum bekam er deren Tod viel geballter mit, als die meisten anderen? Unlösbare kosmische Fragen. Wo komme ich her? Wo gehe ich hin?* Die letzte Frage, bemerkte Graham erschrocken, hatte eine durchaus irdische Komponente. Er sah nämlich plötzlich das Ortsschild von Braemore an sich vorbeiziehen und wusste, dass er mal wieder geträumt hatte beim Fahren und an seinem Ziel vorbeigefahren war. Also drehte er kurzerhand um und fuhr die paar Meilen bis zum Abzweig der A832 Richtung Gairloch wieder zurück. Ein paar Minuten später passierte er den An Teallach, wobei ihm wieder ein kurzer, wohliger Schauer über den Rücken lief, als er an die Gratwanderung dachte. Kurz darauf umrundete er Gruinard Bay, mit ihren zwei Sandstränden, eine der schönsten Buchten des Wester Ross. Weitere fünf Minuten später bog er auf den Besucherparkplatz der Glen Turffield Distillery ein, gleich hinter dem Drumchork Lodge Hotel. Hier gedachte er später mit Iain, die kulinarischen Highlights dieser Region und anschließend die weithin berühmte Whisky-Bar zu testen. Für besondere Besucher der Destillerie standen stets ein paar Zimmer zur Verfügung, daher hatte Iain kein Problem gehabt, kurzfristig auch zwei Zimmer für Graham und sich zu buchen – nicht zuletzt, weil das Hotel auch dem Permit-Clan gehörte.

Der beige Kies knirschte unter den Rädern, als er, nach einer gewagten Kehre, den Wagen exakt vor dem Managers House zum Stehen brachte. Da ein recht großes Schild bereits an der Zufahrt zum Parkplatz darauf hinwies, dass Besuche nur vormittags möglich seien, war Grahams Wagen im Moment nur einer von drei Fahrzeugen überhaupt. Einer der anderen war ganz offensichtlich ein ziviles Polizeifahrzeug. So gar keine Beschriftung, kein Aufkleber und keine Typenbezeichnung waren typisch für Dienstfahrzeuge. Vor allem aber die billigen Stahlfelgen an einer offensichtlich stark motorisierten Rover-Limousine zeigten die Einschränkungen bei der Verwendung von Steuergeldern. Dies musste das Fahrzeug sein, welches Johnny Permit momentan ständig begleitete. Das andere Auto schien zu einem Handwerksbetrieb zu gehören, da der Kofferraum des Kombis mit Werkzeugkästen und diversen Ersatzteilschachteln gefüllt war.

Graham ging zum verschlossenen Eingangstor der Destillerie. Da niemand zu sehen war, folgte er dem schmiedeeisernen Zaun, der das Gelände umschloss, zurück bis zur Höhe des Managers House und versuchte durch den Zaun in die Fenster im Erdgeschoss zu blicken. Tatsächlich sah er dort auch zwei Personen miteinander reden. Er winkte und rief »Hallo«, worauf eine der Personen zu ihm hinblickte und zurück winkte. Hierbei schien es sich um Iain zu handeln, da Graham meinte, einen Bart gesehen zu haben.

Kurz darauf kam Iain auch schon um die Ecke. »Hi, Graham, da bist du ja schon. Schön, dich so schnell wiederzusehen. Komm doch ans Tor, ich mach dir auf.«

Graham lief wieder zurück und schüttelte Iain am offenen Tor feste die Hand. »Na, du alter Saubär? Du kannst ja wieder lachen. Gestern am Telefon dachte ich schon, du müsstest mal ein paar Tage in Therapie.«

»Dachte ich gestern auch, Graeme. Seit gestern ging´s hier auch zu wie auf einer Achterbahn. Heute hat sich aber einiges geändert. Komm rein, ich erzähl's dir.«

Beide gingen gemeinsam in Iains Büro, wo bereits der Duft von frisch gebrühtem Kaffee den Raum erfüllte. »Na, dann erzähl doch mal, was deine Laune heute so verbessert hat«, forderte Graham seinen Freund auf, nachdem die Kaffeetassen vollgeschenkt waren.

»Ich hab dir doch gestern von dem Scheiß erzählt, den die Bullen hier verbreitet haben. Das die Jacky, also Permits Tochter, was mit den Morden zu tun haben sollte.«

»Genau, hast du erzählt.«

»Also, gestern, kurz nachdem du angerufen hattest, kam wohl ein Anruf aus Frankreich, dass man Jacky verhaftet haben soll. Stell dir das mal vor! Da hat selbst der alte Permit einen Riesenanfall gekriegt. Und wenn sie tausendmal Mist gebaut hätte, eine Permit stecke man nicht ins Gefängnis und so 'n Zeugs. Hat wohl alle Anwälte Schottlands angerufen. Zum Glück ist er nicht der Duke of Atholl und hat wie dieser noch eine Privatarmee. Die hätte der gestern glatt in Marsch gesetzt. Und dann hat er Johnny zusammengestaucht, aber nach Strich und Faden. Weil der so teilnahmslos in der Gegend rumsitzen würde, obwohl ein Familienmitglied von Franzosen eingekerkert worden wäre. Im Gegensatz zu Johnny, tat mir der alte Mann in dem Moment wirklich Leid.

Naja, auf jeden Fall, vor einer halben Stunde oder so kommt ein Anruf von einem der Anwälte, die wohl schon in Frankreich losgelegt haben, dass alles Kokolores wäre. Jacky ist freigelassen worden. Das hat gerade der alte Permit Johnny mitgeteilt, als ich bei ihm war. Ich weiß zwar nicht, warum, aber ich bin doch jetzt richtig erleichtert.«

Daraufhin zog Iain eine Flasche, ohne jegliches Etikett, und zwei Gläser aus einem Sideboard hervor und schenkte ordentlich ein. »Egal, welche Uhrzeit wir haben. Das muss ein bisschen gefeiert werden. Probier mal. Das ist ein Fass aus einem unserer Küsten-Warehouses. Stark getorftes Malz, fast 50 ppm. Das Ganze in einem Oloroso-Fass. Die ideale Kombination von Meer, Torf und Sherry. In dieser Harmonie findest du die nur ganz selten. Schätz mal das Alter.«

Graham setzte sein ganzes Können bei der Analyse dieses Whiskies ein. Farbe, Brillanz, Öligkeit, Nase, Geschmack, Abgang ... »Ich gebe es zu. Wirklich gut! Fast perfekt. Aber nur fast, weil er keine fünf Jahre alt ist.«

»Genau, du alter Fuchs. Hat mich echt umgehauen, als ich das Fass durch Zufall probiert habe. Aber gib es zu, für einen so jungen Whisky wirklich toll, oder?«

»Aber garantiert. Gib ihm noch drei bis vier Jahre, dann tritt die Spritigkeit hinter die Aromen und das Zeug ist Gold wert.«

»Genau so sehe ich das auch. Ich dachte immer, meine Ausbildung wäre kostenlos – und deine umsonst. Ich muss aber zugeben, dass deine Jahre bei Ben Rhinnes einen recht tauglichen Whiskymann aus dir gemacht haben«, ärgerte Iain Graham ein wenig.

»Sehr witzig, du Experte. Wer hat denn früher immer ... oh Mann, es ist ja schon nach zwei Uhr. Ich habe doch einen Termin mit John Permit. Fast hätte ich das vergessen. Lass mich heute Abend die zahlreichen Tiefpunkte deiner Karriere weidlich ausschlachten, ja?«, fragte Graham mit einem breiten Grinsen. »Wo finde ich denn Johnny Permit?«

»Einfach den Gang runter und dann die linke Tür. Da sitzt Kelly. Die bringt dich zu ihm.«

»Kann ich denn eigentlich so einfach zu ihm? Ich dachte, ihr steht unter Polizeischutz?«

»Ach nein, das hat sich ja auch erledigt. Als die blödsinnige Nachricht kam, dass Jacky verhaftet sei, haben die ihre Überwachung schon gestern Abend abgebrochen. Wir sind alle wieder freie Menschen.«

»Aber draußen steht doch ein ziviler Polizeiwagen oder irre ich mich da?«

»Nee, du Spürnase! Stimmt genau, aber die beiden armen Kerle sind, zusammen mit unseren Dorfpolizisten, heute Morgen auf's Präsidium nach Gairloch gefahren. Keine Ahnung. Irgendein anderer Fall oder so. Die haben nur ihren Wagen hier stehen gelassen.«

»Und das verschlossene Tor?«, hakte Graham nach.

»Hey, ich würde einfach gerne auch mal meine Arbeit machen. Dass wir Führungen nur noch bis mittags machen, scheint die Touris überhaupt nicht zu interessieren. Laufend stolpern hier irgendwelche Leute durch die Hallen. Da haben wir uns entschieden, konsequent die Distillery ab mittags zu verrammeln. Heute Morgen waren schon wieder zwei Führungen komplett voll. Obwohl wir hier die abgelegenste Destillerie in den Highlands sind, nehmen die Besucherzahlen Jahr für Jahr drastisch zu. Unglaublich! Bald brauchen wir auch eine Ishbel, um den Massen Herr – oder besser Dame – zu werden. Das Vertical Tasting heute Abend habe ich schon an Henry und Walt abgegeben. Hätten wir nicht das große Hotel mit der Bar und dem Distillery Shop da drüben, müssten wir uns wohl auch noch so ein Visitor Centre bauen wie ihr.«

»Tja, Freud und Leid des Erfolgs, Iain. Das gehört halt alles zusammen. Ishbel bekommst du übrigens nicht, dass das mal geklärt wäre«, grinste Graham ihn an. »Und Walt lebt also auch noch? Hast du ihn endlich zum Whisky bekehren können?« Walt Bishop war ursprünglich als Techniker für die Destillerie eingestellt worden. Da der wachsende Erfolg eine Multi-Tasking-Fähigkeit aller Mitarbeiter erforderlich machte, sollte auch Walt Besucherführungen übernehmen. Einziger Haken an der Sache war bloß, dass Walt Whisky einfach nicht ausstehen konnte. Für ihn war alles Hochprozentige lediglich eine Flüssigkeit, mit der man ausgezeichnet Maschinen, vom Dampfkessel bis zur Filtriereinrichtung, reinigen konnte. Mit viel Überredungskunst konnte ihn Iain schließlich doch davon überzeugen, dass diese "Plörre" auch seinen Lebensunterhalt finanzierte. Also übernahm Walt dann doch die Betreuung einiger Touristengruppen und leierte seitdem, brav den auswendig gelernten Text herunter.

»Du glaubst es nicht! Walt Bishop hat sich echt gemausert. Er lässt zwar immer noch die eine oder andere blöde Bemerkung fallen, aber dass finden die Besucher eher lustig. Und für die Präsentation des technischen Parts ist er einfach unschlagbar.«

»Na toll, dann geh ich also mal zu Johnny. Ich komm dann anschließend wieder zu dir.«

»Alles klar. Mach ihn ordentlich fertig, ja? Ich darf ja nicht.«

»Okay, ich schau mal, was ich machen kann. Bis gleich.

Immer noch mit dem köstlichen Geschmack des jungen Whiskies im Mund, machte sich Graham auf zu seinem Gesprächstermin.

Hinter der angegebenen Tür fand Graham eine junge Frau, die mit ihren rosa und blond gestreiften Haaren besser in eine amerikanische Girlie-Serie gepasst hätte als in das Vorzimmer eines Destillerie-Chefs. So waren die Zeiten halt. »Hallo«, begrüßte er die Frau, »ich bin Graham Morrice und habe einen Termin mit John Permit.«

»Oh, hallo«, antwortete die junge Frau und stand von ihrem Bürostuhl auf, um ihm die Hand zu geben. »Mein Name ist Kelly. Ich glaube aber, Ihr Termin muss verschoben werden. Mister Permit fühlt sich im Moment nicht so wohl.«

So etwas hatte sich Graham schon gedacht! Einen auf krank machen, um seinen unangenehmen Fragen aus dem Weg zu gehen. Das könnte ihm so passen. »Keine Sorge, es dauert nur ein paar Minuten. Dann bin ich schon wieder weg. Für Mister Permit ist unser Gespräch ebenfalls sehr wichtig. Bitte!«

Mit einem zerknirschtem Gesicht klopfte Kelly an die Tür zu Johns Büro und trat ein. Nach einer halben Minute kam sie zurück und winkte Graham zu. »Bitte, kommen Sie. Mister Permit wartet bereits.«

Graham betrat ein Büro, welches typisch war für jemanden, der entweder nichts zu tun hatte oder sich als absoluter Ordnungsfanatiker herausstellte. Es lagen nirgends Papiere, Unterlagen oder Ordner herum. Selbst die obligatorischen Prospekte, Werbeflyer oder diverse Schreibartikel, wie Leuchtmarker oder Heftklammern, fehlten völlig. Lediglich strategisch platzierte Werbeartikel der Destillerie sowie einige besondere Flaschen und Karaffen konnte Graham ausmachen. Dies war ein Büro, in dem jemand die Zeit totschlug oder "strategisch wichtige" Gespräche führte.

Hinter dem Teakholzschreibtisch mit Chromgestell erhob sich mühsam John Permit. Grüngrau im Gesicht und mit zittriger Hand begrüßte er Graham. »Hallo, Mister Morrice, tut mir Leid, aber ich hab mir irgendwas eingefangen.« Wie zur Bekräftigung hielt sich John plötzlich die Hand auf den Bauch und kniff die Augen zusammen. »Ich würde gerne nach Hause fahren und meinen Arzt anrufen. Vielleicht bin ich ja das nächste Opfer geworden, ha, ha!« Mit einem gequälten Lächeln versuchte er, seinen Scherz zu untermalen. »Können wir bitte unser Gespräch verschieben?«

Der Anblick des elend aussehenden John Permit vor ihm ließ Graham an seiner Theorie der vorgetäuschten Krankheit zweifeln. *Ob an diesem Scherz mit dem nächsten Opfer was dran war? Ach, Quatsch*, dachte er. *Wie sollte denn hier jemand an John rangekommen sein? Alle Kollegen inklusive Iain waren doch die ganze Zeit bei ihm gewesen.* »Natürlich, ist ja gar kein Thema, fahren Sie nach Hause. Nur vielleicht eine einzige Frage, ja?« Diese Gelegenheit wollte und konnte sich Graham nicht entgehen lassen. Jetzt musste er den Zustand John Permits ausnutzen.

»Okay, schießen Sie los«, presste John zwischen zusammengebissenen Zähnen hervor.

»Wie lange wussten Sie schon davon, dass die SWS Glen Turffield schlecht rechnet und was haben Sie davon?« Graham sah John herausfordernd mitten in die blutunterlaufenen Augen.

Ob aus Scham oder dem Überraschungsmoment heraus oder schlicht, weil es Johnny Permit viel zu dreckig ging, um zu lügen, ließ er sich in seinen Sessel zurückfallen und sprach mit leiser Stimme: »Von Anfang an. Die SWS hat mir vor fast drei Jahren den Deal angeboten. Wenn ich meinem Vater schmackhaft machen könnte, Turffield an die SWS zu verkaufen und danach einfach nur stillhalten würde, dann wäre mein restliches Leben eine einzige Party.«

»Wenn das ein Zitat sein sollte, dann war es garantiert von McCartney«, kommentierte Graham.

»Treffer! Ich wollte sowieso nichts mit dem Laden hier zu schaffen haben, aber wenn ich nein gesagt hätte, dann hätte mich mein Vater genauso rausgeschmissen wie meine Schwester. Die hätte viel besser hierhin gepasst als ich, aber Vater wollte es unbedingt so.

Das Angebot der SWS war ein echter Glücksgriff, endlich von der Scheißtradition und der Abhängigkeit vom Permit-Clan loszukommen. Ich hätte endlich mein eigenes Leben führen können.« John wischte sich mit einem Taschentuch den Schweiß von der Stirn und dem Hals ab. »So, jetzt wissen Sie es. Machen Sie damit, was Sie wollen. Der Deal ist ja jetzt sowieso geplatzt, wo alle tot sind. Und ich sterbe wohl auch gleich.«

Mit diesen Worten sprang John auf und verschwand hinter einer weiteren Tür in seinem Büro. Nach den Geräuschen, die Graham hörte, befand sich dahinter offensichtlich eine Toilette. Als John wieder herauskam, war er noch grauer im Gesicht geworden. »Gott, ist mir elend. Ich muss zum Arzt. Auf Wiedersehen, Mister Morrice.«

Mit einem letzten schwachen Händeschütteln verließ John Permit sein Büro und erklärte Kelly, dass ihm schrecklich schlecht wäre und er zum Arzt fahren würde.

Graham stand noch etwas unschlüssig im Büro herum, bevor es sich ebenfalls von Kelly verabschiedete und zu Iain zurückkehrte.

Schließlich fand Graham Iain im Still House, wo er mit seinem Mitarbeiter Walt im Gespräch stand. Walt, bärtig und beleibt, versuchte gerade mit einer Engelsgeduld, seinem Chef beizubringen, dass man das Sicherheitsventil am Dampfkessel eben nicht mal einfach so im laufenden Betrieb austauschen könne.

»Iain, noch mal: Dafür muss ich die Anlage runterfahren, der Kessel muss abkühlen und erst dann kann ich den Austausch machen. Ich kann die Leitung nicht mal eben absperren, okay?! Und das Ganze geht auch nicht in einer halben Stunde!«

»Ja, ja, dann müssen wir das eben heute Nacht machen. Ich kann die Produktion morgen nicht ausfallen lassen«, antwortete Iain genervt.

»Mit "wir" meinst du wahrscheinlich wieder mich, richtig? Dann kann Henry das Tasting heute Abend alleine machen. Ist mir auch recht.« Damit verließ Walt die Halle und warf Graham noch ein »Hallo, Mister Morrice, erklären Sie diesem Ignoranten mal, was Technik ist« zu.

»Ach, deshalb dampft's aus eurem Kesselhaus raus. Ich dachte schon, ihr würdet Rauchsignale senden«, sagte Graham zu Iain.

»Sehr witzig. Irgendetwas ist doch immer kaputt. Und, wie war dein Gespräch mit Permit? Hast du ihn zum Selbstmord treiben können?«

»Hör auf mit den Witzen, ja? Dem geht's hundeelend. Hat sich gerade auf den Weg zum Arzt gemacht. Vorher hat er mir aber den Clou der Woche erzählt. Ich sollte erst mal dringend telefonieren. Dir erzähle ich die Story heute Abend, okay? Ich gehe schon mal rüber ins Hotel. Wann kommst du?«

»Jetzt hast du mich aber verdammt neugierig gemacht.« Iain sah auf seine Armbanduhr. »Drei Uhr ist es jetzt. Ich denke, um fünf bin ich hier fertig und komme dann rüber. Unseren Tisch habe ich für sechs Uhr bestellt, das passt.«

»Also dann, bis nachher«, verabschiedete sich Graham. »Dir werden die Ohren abfallen, wenn du das hörst!« Dann lief er durch das Gelände zurück zum Besucherparkplatz.

Als er seinen Wagen vor dem Restaurant abstellte, stand direkt neben ihm ein dunkelblauer Ford Mondeo. Eigentlich wäre Graham dieses Fahrzeug überhaupt nicht aufgefallen, wenn nicht, vorsichtig zwischen zwei Jacken gelegt, eine Flasche Whisky seine Aufmerksamkeit erregt hätte. Neugierig blickte er durch die leicht getönten Seitenscheiben im Fond des Wagens und versuchte, seinen ersten Eindruck bestätigt zu bekommen. Tatsächlich, dies war eine sehr seltene Sonderabfüllung der Glen Turffield Distillery. Das typische Logo mit der alten Silhouette hatte er schon oft gesehen. Nur, welche Abfüllung war dies hier? Jetzt erwachte sein Spezialistenherz. Er stellte seine Reisetasche ab und schirmte seine Augen vor der Sonne ab, als er nochmals ins Innere des Fahrzeugs blickte. Unglaublich! Dies war definitiv die Sonderabfüllung zum Erwerb der Destillerie durch die SWS. Davon gab es nur eine extrem limitierte Stückzahl. Er schaute noch mal. Ohne Zweifel, da stand´s: 28 Years old. Bottle 3 of 20. *Mann*, dachte Graham, *das ist vielleicht ein Prachtstück.* Er wollte eigentlich niemals Whisky sammeln, da gab es schon Verrückte genug auf der Welt. Lieber wollte er eigentlich Whisky für Sammler herstellen. Sammelwürdigen Whisky. Aber die besonderen Abfüllungen zum Gedenken an herausragende Ereignisse kribbelten ihm schon in den Fingern. Da er wusste, dass diese Abfüllung, von Iain MacDermont persönlich ausgewählt, ausschließlich an den Vorstand der SWS verschenkt worden war, vermutete er zunächst, dass eines der restlichen Vorstandsmitglieder ebenfalls hier im Hotel abgestiegen war. Es war selbst ihm, damals vor zwei Jahren, nicht gelungen, eine dieser Flaschen zu ergattern. Selbst Iain durfte kein Exemplar zurückbehalten. Diese Flasche war sogar von John Permit signiert worden. Und jetzt lag dieses seltene Stück auf dem Rücksitz eines Wagens. Merkwürdig! Er ging zum Heck des Wagens, um zu schauen, ob irgendein Hinweis auf den Besitzer oder eine Firma zu finden sei. In der Heckscheibe entdeckte er aber nur den kleinen grünen Europcar-Aufkleber. Ein Mietwagen. Das half Graham nun gar nicht weiter.

An der Rezeption angekommen, begrüßte Graham Andrew Boyd, den Wirt und Manager des Hotels. Andrew hatte es vor mittlerweile über fünfzehn Jahren von Irland an die Westküste Schottlands gespült. »Hallo Andrew, ich sehe, das schottische Klima bekommt dir gut. Du siehst noch genauso frisch aus wie vor Jahren, als wir uns zum ersten Mal getroffen hatten.«

»Das Kompliment kann ich dir zurückgeben, Graham. Schön, dich endlich mal wieder hier begrüßen zu dürfen. Hier dein Schlüssel. Weißt du noch, wo die Zimmer sind?«

»Ich bin nicht nur außen frisch geblieben, sondern auch da drinnen«, antwortete Graham verschmitzt und zeigte auf seine Stirn. »Aber sag mal, ist einer vom SWS-Vorstand vielleicht auch gerade hier?«

»Nee, tut mir leid. Außer dir nur Touristen. Wieso fragst du?«

»Ach, ich hatte draußen einen Wagen gesehen, da dachte ich … naja, egal.«

»Welchen Wagen meintest du denn?«, wollte Andrew jetzt aber wissen.

»Na, den dunkelblauen Ford da draußen. Den Mietwagen.«

Andrew blickte aus dem Fenster neben der Eingangstür. »Da ist keiner mehr. Nur ein Volvo.«

»Der gehört mir«, sagte Graham und blickte ebenfalls aus dem Fenster. »Mist! Jetzt ist er weg. Muss wohl gerade eben weggefahren sein. Das ist schade. Ich hätte den Besitzer gerne gesprochen. War das vielleicht einer deiner Gäste?« Graham wollte die Hoffnung nicht aufgeben, den Besitzer der seltenen Flasche eventuell doch von einem Verkauf zu überzeugen.

»Der neue Mondeo? Ja, das war ein Gast von mir. Hat aber heute Morgen bereits ausgecheckt. Tut mir Leid.«

»So ein Mist!«, ärgerte sich Graham.

»Das war ein Engländer aus Cornwall. Jack Briggs heißt der. War hier in der Gegend wandern. Warum? Kennst du den?«

»Briggs? Nein, nie gehört«, antwortete Graham enttäuscht. »Hast du eine Adresse oder Telefonnummer?«

»Eine Adresse, sicher. Was ist denn so wichtig an dem?«, fragte Andrew und blätterte den Stapel Anmeldeformulare durch.

»Whisky, Andrew. Wie immer Whisky«.

»Whisky makes the world go round!«, philosophierte Andrew. »Hier ist er: Jack Briggs, Lyddle End, 24 Queens Court, Penzance, Cornwall, England. Machte aber gar keinen englischen Eindruck. Irgendwie mehr so nach Festland. Na ja, wahrscheinlich ein Zugereister.« Andrew drehte das Formular, sodass Graham die Adresse abschreiben konnte.

Nachdem sich Graham die Daten aufgeschrieben und den Zettel in seine Brusttasche gesteckt hatte, nahm er seine Reisetasche und ging zur Treppe, die in den ersten Stock und zu den Gästezimmern führte. »Danke, Andrew. Ich mache mich dann mal frisch und warte auf Iain. Der wollte so gegen halb sechs eintrudeln.«

»Alles klar. Ich hab für euch was echt Feines vom Markt geholt. Ihr werdet überrascht sein!«

Kaum hatte Graham auf seinem Zimmer sein Gepäck ausgepackt, holte er sein Handy hervor und wählte zunächst Ishbels Nummer im Visitor Centre seiner Destillerie. »Hallo Schatz, hier bin ich, wie versprochen. Wohlauf und gut gelaunt«, meldete er sich.

»Das freut mich, Graeme. Danke, dass du dich meldest. Sieh zu, dass dies auch so bleibt, ja? Ich habe gerade die Japaner empfangen. Sei so gut und rufe mich doch bitte heute Abend nach zehn Uhr an, bitte.«

»Gerne, kein Problem. Nur wirst du mich da in etwas lockererer Stimmung ertragen müssen. Andrew hat seine Whiskybar erneut erweitert.«

»Ich habe nichts anderes erwartet. Ich freue mich trotzdem«, erwiderte Ishbel und legte auf.

Als Nächstes wählte Graham die Nummer von Alan Derringers Büro. Trotz des ausdrücklichen Verbots, ihn zu kontaktieren, wollte Graham die aktuellen Informationen unbedingt weitergeben. Wenn es tatsächlich noch einen Mörder auf freiem Fuß gab, konnte jede noch so kleine Tatsache entscheidend sein, war seine Meinung.

»Polizeihauptverwaltung Inverness, Constable Walker am Apparat. Was kann ich für Sie tun?«

»Guten Tag. Mein Name ist Graham Morrice. Ich möchte DSI Derringer sprechen.«

»Tut mir Leid, Mister Morrice. Detective Superintendent Derringer ist zurzeit außer Haus. Kann ich eine Nachricht hinterlassen oder Sie mit einem Mitarbeiter verbinden?«

»Oh, nein danke. Ich werd es dann auf seinem Handy versuchen. Auf Wiederhören.« Graham legte auf.

Bevor er jedoch Alans Handynummer wählen konnte, klingelte sein Zimmertelefon. Irritiert hob Graham den Hörer ab. »Hallo?«

»Graham? Hier ist Iain. Wir haben gerade einen Anruf aus der Arztpraxis bekommen. Johnny Permit ist bei denen umgefallen. Scheint was echt Ernstes zu sein. Die haben den Notarzt verständigt. Weißt du, was da los ist? Du warst doch eben noch bei ihm.«

Grahams Puls schnellte nach oben. Sollte John mit seiner sarkastischen Bemerkung, dass er sterben würde, etwa doch Recht gehabt haben? War er etwa wirklich der Nächste? Graham wurde es heiß und kalt. »Iain, wie heißt der Arzt und wie ist seine Nummer?«

»Was? Äh, wart mal, Doctor Sweeney. Die Nummer ist Aultbea 55444. Aber warum …«

Graham hatte bereits aufgelegt und Alans Handynummer auf seinem Telefon gewählt.

»Derringer«, meldete sich eine hektische Stimme.

»Hallo Alan, Graham hier. Ich …«

»Hallo Graham, tut mir Leid, aber ich habe jetzt echt keine Zeit, ja? Ich melde mich die Tage …«

»Ist gut«, unterbrach ihn Graham. »Ich muss euch was ungeheurer Wichtiges sagen.«

»Graham, das kann warten. Wir haben wahrscheinlich ein weiteres Opfer und sind auf dem Weg zu Glen Turffield. Also bitte …«

»Da bin ich auch schon und das nächste Opfer heißt John Permit.«

Pause. »Was? Du bist wo?« Wieder Pause. »Sag mal, spielen wir hier das Hase und Igel Spiel und wir sind die Hasen? Wieso bist du bei Glen Turffield und woher weißt du, dass …«

»Ist doch jetzt egal und John Permit ist eben beim Arzt umgekippt. Der sah total krank aus. Soll gleich von einem Notarzt abgeholt werden.«

»Verdammte Scheiße!«, schrie Alan ins Telefon. »Brian, gib Stoff! Und zwar alles und mach die Sirene an! Graham, wir brauchen die Nummer von …«

»Aultbea 55444. Doctor Sweeney. Ich bin im Drumchork Lodge Hotel. Ich habe ein paar echt wichtige Infos für euch, glaube ich. Bitte melde dich, wenn du hier bist.«

»Alles klar, Graham. Danke und bis gleich.«

Graham hörte, wie die Verbindung unterbrochen wurde. Jetzt konnte er nur noch warten.

Da er vor lauter Nervosität nicht auf dem Zimmer bleiben wollte, ging er hinunter an die Bar und gesellte sich zu Andrew. Zunächst beruhigte er seine zitternden Finger mit einem Pint vom lokalen Schwarzbier. Anschließend erzählte er Andrew, was mit Johnny Permit eben passiert war.

»Verdammt, verdammt. Das hört sich nicht gut an. Heute Morgen lief er noch quietschfidel über den Hof. Liegt wahrscheinlich an den Geheimwaffen der Navy. Ganz klar.« Andrew gehörte auch zu den Verschwörungstheoretikern, die daran glaubten, dass die Regierung im letzten Jahrhundert Experimente mit biologischen Waffen auf der Isle of Ewe, der Insel im Loch Ewe, direkt vor Aultbea, betrieben hatten.

»Na, da bin ich mir nicht ganz so sicher«, erwiderte Graham. »Obwohl … biologische Waffen? Na, wer weiß?!«

»Ich sag dir, die waren's. Wart nur ab. Irgendwann kommen ein paar Uniformierte und vertuschen alles. Hörst du? Da sind sie schon.«

Von Ferne konnte man das typische dumpfe Surren eines sich nähernden Hubschraubers hören. Beide eilten sofort vor die Tür und suchten den Himmel ab. Kurz darauf konnten sie die Silhouette eines Westland Sea King der Küstenwache erkennen. Diese Maschinen werden eigentlich nur bei wirklichen Notfällen auf dem Festland eingesetzt, da ihr reguläres Operationsgebiet normalerweise die Küstengewässer sind. Der Rettungshubschrauber kam immer näher, bis er schließlich, keine 300 Meter entfernt, auf der Hauptstraße entlang der Küste zu landen schien. Da diese aber vom Hotel aus durch eine Vielzahl von Bäumen nicht einsehbar war, konnten sie nur spekulieren, was gerade passierte.

»Sieht du?«, kommentierte Andrew das Geschehen. »Ich hab's dir gesagt. Die Militärs und die Geheimdienstjungs sind schneller als der Schall.«

»Das ist nicht die Navy. Das ist die Küstenwache und ein Rettungshubschrauber.«

»Ach, die stecken doch alle unter einer Decke!«

Ein letzter Ausflug

Er war in einem schrecklichen Gemütszustand. Den Gedanken, dass er gefasst werden könnte, hatte er nie ernsthaft in Erwägung gezogen. Er hatte doch alles bis ins letzte Detail geplant und war doch viel klüger gewesen als diese Typen von der Polizei. Dass er jetzt erwischt werden könnte, noch bevor er alle notwendigen Opfer erledigt hatte, verursachte ihm Magenschmerzen. Er konnte kaum noch etwas essen, jeder Bissen blieb ihm förmlich im Halse stecken.

Ich darf jetzt nicht scheitern! Nichts darf fehlschlagen! Alles muss von Anfang an klappen! Es war die einzige Möglichkeit, alles, was diese Schweine zerstören wollten, doch noch zu retten! Ich wollte, es wäre schon alles vorbei. Dabei fängt es jetzt aber erst richtig an!

Es war das von vielen erträumte Leben in Luxus, das diese Kerle wohl irgendwie abgestumpft hatte. Ein Leben, das so gut wie keinen Platz mehr für Hobbys bot. Außer Shopping, sich mit Freundinnen oder Geliebten treffen, hatten sie keinen Lebensinhalt mehr gehabt. Und sie mussten sich immer in der Öffentlichkeit präsentieren, sie mussten auffallen, denn wenn sie keiner mehr beachtete, hatten sie, zumindest aus ihrer Sicht, ihre Existenzberechtigung verloren. Das galt natürlich besonders für diesen Sean McCartney. Zum Shoppen ging es natürlich nicht nur nach Edinburgh, nein, es musste dann schon mindestens London oder noch außergewöhnlichere Orte wie Paris, New York oder Mailand sein, wo sie ihr Geld mit vollen Händen ausgaben, nur, um nach diesem sinnlosen Shoppingmarathon sehr bald wieder in die alte Frustration zu verfallen. Deshalb mussten sie ein paar Tage oder Wochen später wieder irgendein Flugzeug besteigen, um sich erneut Dinge zu kaufen, die sie eigentlich gar nicht benötigten. Auf so ein Leben musste man nun also wirklich nicht neidisch sein. Aber Langeweile war noch lange kein entschuldbarer Grund für das, was dieser Sean McCartney und seine feinen Freunde geplant hatten.

Dass er selbst bisher auch ein sehr ähnlich verlaufendes Leben geführt hatte, wurde Pascal in seinem Zustand nicht mehr bewusst. Ihm ging es jetzt nur noch darum, den letzten Stein aus dem Weg zu räumen. Dann wäre der Weg für seine über alles geliebte Frau endlich frei. Sie könnte ihre Brennerei bekommen, so, wie sie es verdient hatte. Ihrem Vater würde keine andere Alternative mehr bleiben.

Er hatte sich gestern im Drumchork Lodge Hotel eingemietet, das ironischerweise den Permits gehörte. Natürlich hatte er dabei nicht seinen richtigen Namen benutzt, sondern sich als Jack Briggs aus Penzance, Cornwall angemeldet. Damit konnte er seinen leichten Akzent als südenglischen kaschieren.

Er hatte sich mit dem Wirt unterhalten und diesem mitgeteilt, dass er zum Wandern hier war und eigentlich auch die Brennerei besichtigen wollte. Der Wirt war nur zu gerne bereit, ihm alle möglichen Auskünfte über die Brennerei selbst, den Grund, warum sie momentan geschlossen war, und über die Permits zu geben.

Die Schließung der Destillerie und die Personenüberwachung brachten Pascals Plan empfindlich ins Wanken. Damit hatte er nicht gerechnet. Eigentlich wollte er mit Sven Sorensons Sonderabfüllung, die er bis dato im Flugzeug versteckt gehalten hatte, einen Termin bei John Permit erbitten. Sein Argument sollte die persönliche Signierung eines Permits auf der Flasche sein, die er vorgeblich auf einer Auktion ersteigert hatte. Nun gut, was zeichnet einen guten Forscher, Wissenschaftler und Vordenker aus? Hochgradige Flexibilität und einen unerschütterlichen Optimismus, die gesteckten Ziele erreichen zu können. Er würde sich deshalb den neuen Schwierigkeiten stellen und einen Alternativplan erarbeiten.

Von dem redseligen Wirt erfuhr Pascal glücklicherweise etliche wichtige Einzelheiten, die es ihm ermöglichten, sein weiteres Vorgehen zu planen. Am wichtigsten für ihn war die Information, dass John morgens unter Polizeibegleitung gebracht und abends wieder nach Hause begleitet wurde. Den Tag über lungerten die beiden Polizisten auf dem Firmengelände herum. Meistens aber waren sie im Aufenthaltsraum der Destilleriemitarbeiter und tranken den Kaffeeautomaten leer. Pünktlich um zwölf Uhr gingen sie ins Drumchork Lodge Hotel zum Mittagessen, welches sie, auf Kosten der Steuerzahler, nie zu klein ausfallen ließen. John Permit dagegen aß immer eine Kleinigkeit in seinem Büro, die er sich von Zuhause mitbrachte. Da das Eingangstor zur Brennerei verschlossen war, konnte keiner auf das Gelände gelangen. Deshalb hielt es auch keiner der Polizisten für notwendig, ihn mit Sichtkontakt zu bewachen.

Pascal war dem Wirt wirklich dankbar, denn an diese Informationen wäre er wohl nur durch tagelanges Recherchieren oder gar nicht herangekommen. Das Glück schien immer noch auf seiner Seite zu sein.

Pascal hatte auf seinen "Wanderungen" außerdem entdeckt, dass er auf der Rückseite der Brennerei nahezu problemlos aufs Gelände gelangen konnte. Der Zutritt war dort nur mit einem niedrigen Weidezaun abgesichert worden, da man, um dorthin zu gelangen, vorher erst eine kleine, steile Anhöhe überwinden musste. Die Permits gingen offensichtlich nicht davon aus, dass irgendein Tourist diesen Aufwand betreiben würde.

Von der Anhöhe aus hatte er sogar einen freien Blick auf das Büro von John Permit und konnte diesen, im Heidekraut sitzend, mit seinem Feldstecher durchs Fenster dabei beobachten, was er so den ganzen Tag tat: so gut wie gar nichts. Er saß fast nur an seinem Schreibtisch und schien in einem Buch zu lesen. Hätte er ein Präzisionsgewehr besessen, so hätte er John Permit ohne Probleme von seinem Aussichtspunkt aus erschießen können. Aber so etwas lag ihm nicht.

Pascal hatte John Permit gleich erkannt. Sie hatten sich zwar nie persönlich kennengelernt, aber Jacqueline hatte ihm Bilder aus ihrer schottischen Vergangenheit gezeigt, auf denen auch ihr Bruder abgebildet war. Da sich die Permits aber nie dafür interessiert hatten, wen Jacqueline in Frankreich geheiratet hatte und, trotz Einladung, auch nicht auf der Hochzeit waren, konnte Pascal sicher sein, dass John Permit ihn nicht erkennen würde.

Pascal fand um kurz nach zwölf Uhr bestätigt, dass John aus einer Schublade eine Dose herausholte und daraus wiederum zwei belegte Brote entnahm, die er genüsslich aß. Eine Flasche mit irgendeinem gelben Fruchtsaft half ihm, das Essen herunterzuspülen. Danach ging er durch eine Hintertür aus dem Gebäude und wanderte über das Firmengelände. Erst nach einer halben Stunde kam er zurück und betrat durch die offensichtlich unverschlossene Tür wieder das Gebäude, trank den restlichen Saft aus seiner Flasche und machte sich wieder ans geschäftige Nichtstun.

Pascal war begeistert von diesem Vorgehen und hoffte, dass sich dies am nächsten Tag genauso wiederholen würde, denn dann hätte er eine gute Chance, sein Vorhaben unbemerkt auszuführen. Er würde morgen um die gleiche Zeit wiederkommen. Und er würde nicht alleine kommen. Auch für John Permit hatte er sich etwas Passendes ausgesucht. Der Kerl war in seinen Augen nicht nur ein blöder Hund, sondern vor allem ein Schweinehund. *Obwohl*, dachte Pascal noch, *eigentlich war das eine Beleidigung für jeden Hund, wenn er mit diesem Kerl verglichen wurde. Aber sei's drum, die Redewendung hieß halt einfach so.*

Die Hundspetersilie war eine Giftpflanze aus der Familie der Doldenblütler. Die ein- bis zweijährige krautige Pflanze erreicht eine Wuchshöhe von bis zu 100 cm und war genau das richtige Kraut für diesen Schweinehund. Aus ihr hatte er das giftige Aethusin gewonnen. Diese Pflanze war dafür verantwortlich, dass in Gärten in der Regel nur krausblättrige Petersilie angebaut wird, um tödliche Verwechselungen mit ihr zu vermeiden, denn sie war sehr stark giftig. Das würde dieser Johnny morgen zu spüren bekommen.

Gegen siebzehn Uhr saßen die beiden Polizisten, die für die Überwachung von Johnny Permit abgestellt worden waren, immer noch in der Bar und schauten sich ein Fußballspiel an. Pascal, von diesem Umstand völlig überrascht, wandte sich an den Wirt, der in der großen Küche gerade das Abendessen für die Gäste zubereitete. »Guten Abend auch. Hmmh, das duftet ja mal wieder köstlich«, gab er vor, als er die Küche betrat. Heute hätte ich doch gerne auch etwas von dem köstlichen Fisch mit dem gebratenem Speck, ja?«

»Natürlich, Mister Briggs. Mache ich Ihnen doch gerne. Hatten Sie einen schönen Tag?«

»Hervorragend, danke der Nachfrage. Ich habe gerade gesehen, dass die beiden Wachmänner auch noch da sind. Ist irgendwas passiert?«

»Ha! Ich hab's gerade von den beiden erfahren. Die Überwachung ist abgebrochen worden. Man hat wohl irgendeinen geschnappt oder so. Alles ist wieder in Ordnung. Sie können sich also die Destillerie ab morgen wieder ganz normal anschauen. Gut, was?«, strahlte ihn der Wirt an, der durch die Schließung für die Öffentlichkeit mit erheblichen Umsatzeinbußen gerechnet hatte.

Pascal dagegen wurde leicht schwarz vor Augen und er musste sich am Türrahmen festhalten. Jemanden geschnappt? Wie sollte das denn möglich sein? Die Polizei musste schon sehr verzweifelt sein. Er hatte nicht die geringsten Spuren hinterlassen. Keinerlei verwertbare Indizien deuteten auf einen bestimmten Täter. Unmöglich! Aber nun gut. Des einen Leid ist des anderen Freud! Damit konnte er den riskanten Plan, unbemerkt in die Destillerie einzudringen, glücklicherweise wieder verwerfen. So, wie er es ursprünglich geplant hatte, konnte er sich nun als ganz normaler Tourist einer Besuchergruppe anschließen und, mit der ganz besonderen Flasche Whisky im Gepäck, ein persönliches Gespräch mit John Permit erschleichen.

Keine zehn Minuten später klingelte sein Handy. Auf dem Display sah er den Namen seines Vaters. Er drückte die Verbindungstaste. »Hallo Papa. Was gibt es?«

»Pascal, bitte rege dich nicht auf. Es ist was Schreckliches passiert, aber wir bekommen das alles schon in den Griff!«

Pascals Kehle schnürte sich zusammen. Ein Unfall? Etwa mit Jacqueline? Er wagte kaum zu fragen »Was?«, brachte er nur heraus.

»Jacqueline ist, aufgrund einer ungeheuerlichen Verwechselung, verhaftet worden. Man hat sie in Zusammenhang bringen wollen mit dem Tod von Bernard und irgendein paar Schotten. Ungeheuerlich! Ich habe aber unsere Freunde im Innenministerium angerufen. Bis spätestens Morgen ist sie wieder zu Hause.«

»Sie ist was?«, stammelte Pascal nur. »Verhaftet?« Sein Herzschlag setzte für einen Moment aus. Wie ist die Polizei auf Jacqueline gekommen? Das war doch unmöglich. »Aber wieso Jacqueline?«

»Ein paar Polizisten aus Schottland waren wohl hier. Die haben ihren Namen da oben ausgegraben. Und sie hatte für die Tatzeit wohl kein Alibi und einmal seid ihr ja auch zusammen da oben gewesen.«

»Ja schon, aber das ist doch alles kein Grund, sie zu verhaften. Ich verstehe das nicht.«

»Mach dir bitte keine Sorgen, Pascal. Wir haben alles unter Kontrolle. Bitte komm so schnell wie möglich nach Hause, ja? Wo bist du eigentlich gerade?«

»Ich? Ich bin in London. Ja, gut, ich komme morgen sofort heim. Danke für die Nachricht.« Pascal legte wieder auf.

Schweiß tropfte von seinen Schläfen auf sein Hemd. Er musste handeln. Sofort. Er hatte, durch irgendeine Unaufmerksamkeit, seine geliebte Jacqueline zur Zielscheibe gemacht. Das musste er umgehend ändern. Wie war noch der Name des leitenden Polizisten, den Sorenson ihm gegeben hatte? Alan Derringer aus Inverness, genau. Ruckartig erhob er sich von seinem Stuhl und lief zum Münzfernsprecher im Eingang des Hotels. Dort riss er die Yellow Pages auf und begann zu suchen: Blumen … Floristen … Gärtnereien … Lieferservice!

Am nächsten Morgen, nach einer unruhigen Nacht und vielen Albträumen, machte sich Pascal für seine letzte Wanderung fertig. Da er nicht daran dachte, wieder ins Hotel zurückzukehren, packte er seine Koffer und den kleinen Rucksack, den er auf seinen „letzten Ausflug" mitzunehmen gedachte. Im Gepäck hatte er, neben seiner besonderen Flasche Glen Turffield, auch eine kleine, sorgfältig in Watte gepackte, Ampulle.

Gegen halb zehn standen vor dem Eingang zum Bürogebäude sechs Touristen, die Interesse an einer Führung hatten. Pascal hatte insgeheim mit mehr Besuchern gerechnet, insbesondere da die Destillerie seit Anfang der Woche für den Besucherverkehr geschlossen gewesen war.

Unschlüssig, was er jetzt tun sollte, lief er die Straße vor dem Besucherparkplatz im Schatten der Bäume hin und her. Schließlich entschied er sich dafür, es erst bei der zweiten Führung um elf Uhr zu wagen.

Bis dahin vertrieb er sich damit die Zeit, unten am Ufer die zwei großen Kriegsschiffe der Royal Navy zu beobachten, die hier zum Loch Ewe kamen, um an den riesigen, teils unterirdischen Tankanlagen, ihre Treibstoffvorräte aufzufüllen. *Was für eine gigantische Technik, um einen potenziellen Feind zu beeindrucken oder sogar zu besiegen*, dachte er. *Obwohl dafür doch eigentlich nur ein ganz klein wenig Natur erforderlich wäre.* Fast liebevoll klopfte er auf die Seitentasche seines Rucksacks, in dem sich die Ampulle befand.

Kurz vor elf Uhr fand er sich wieder bei der Destillerie ein und sah seinen Entschluss bestätigt. Gut fünfzehn Personen aus aller Herren Länder tummelten sich am Eingang und wurden von Henry Stubbs, dem Still Man von Glen Turffield, begrüßt.

»Hallo Leute, schön, dass wir euch nach ein paar Tagen, die wir mit Reparaturen verbringen mussten, wieder begrüßen dürfen. Wer an einer kompletten Führung durch alle Anlagenteile interessiert ist, den bitte ich, hier zwei Pfund zu bezahlen. Die bekommt ihr drüben im Shop – der befindet sich dort im Hotel – wieder gutgeschrieben, wenn ihr dort was kauft. Am Ende der Tour werden wir hier im Gebäude noch einen Single Malt gemeinsam genießen und ich zeige euch die komplette Range, die Glen Turffield produziert.«

Alle Anwesenden drängten sich nun um Henry. Dieser nahm das Geld in Empfang und gab dafür die Gutscheine aus. Auch Pascal stellte sich in die Mitte dieser Gruppe.

Während der Führung hörte er nicht, was Henry, und im Technikgebäude dann Walt, erzählte. Seine Umgebung nahm Pascal nur wie ein weit entferntes Rauschen wahr. Wie in den Science-Fiction-Filmen, wenn die Raumschiffe mit Überlichtgeschwindigkeit fliegen und der Weltraum zu einem Meer aus Lichtstreifen und schemenhaften Eindrücken verschwimmt. Erst als sie in dem großen Raum im Bürogebäude an einem kleinen Tresen standen und Gläser mit einer bernsteinfarbenen Flüssigkeit gereicht bekamen, konnte er wieder auf "Normalzeit" schalten.

Er blickte auf die Uhr: gleich viertel nach zwölf. Jetzt oder nie! Er verließ den Raum und ging den Flur hinunter. Hier fand er die Hintertür, aus der er in den letzten Tagen John Permit nach seinem Lunch aufs Gelände hatte gehen sehen. Vorsichtig blickte er durch die Glasscheibe und sah ihn. Da stand er, Abschaum und doch Blut von seiner Jacqueline. Ursache allen Übels und doch Teil ihrer, und damit auch irgendwie seiner, Familie. Sollte er es tun? Er gab sich einen letzten Ruck. So weit war er schon gegangen, nun musste er auch die letzten Schritte tun. Er öffnete die Tür und ging direkt auf John zu.

»Guten Tag, Mister Permit, man sagte mir, dass ich Sie hier finden würde. Ich habe eine große Bitte an Sie.«

Verschreckt ruckte John herum und blickte Pascal verstört an. »Ja, äh, wer sind Sie? Was kann ich denn tun?«

»Ich heiße Briggs, Mister Permit, und bin ein großer Fan Ihrer Destillerie. Ich habe auf einer Auktion diese Flasche ersteigert und möchte Sie herzlich bitten, ihre Originalität zu überprüfen und sie mir auch zu signieren. Geht das?« Mit dieser Frage zog Pascal seine Flasche aus dem Rucksack und hielt sie John Permit hin.

John nahm verdutzt die Flasche entgegen und besah sich das Etikett genauer. »Meine Güte, Mister Briggs, da haben Sie aber etwas Kostbares bekommen. Auf einer Auktion sagen Sie? Merkwürdig, dass einer der Besitzer dieses Stück freiwillig verkauft.« Sichtlich beeindruckt ging John zurück zum Hintereingang des Gebäudes. »Kommen Sie mit in mein Büro. Da kann ich mir die Flasche genauer ansehen.«

Pascal folgte John über den Flur bis in sein Büro. Das Vorzimmer fand er leer vor, offensichtlich war gerade Mittagspause, auch für die anderen Angestellten. *Umso besser*!

John wühlte unterdessen in einem Karton, den er aus einem Schrank geholt hatte. In diesem Karton befand sich eine große Sammlung verschiedenster Etiketten und Banderolen. »Ah, hier ist es ja! Das ist das Originallabel dieser Sonderabfüllung. Sozusagen unsere Rückstellprobe. Lassen Sie uns mal sehen.« John nahm ein Vergrößerungsglas aus einer Schublade und verglich sein Musterlabel mit dem auf der Flasche. Nach einer halben Minute lehnte er sich in seinem Sessel zurück und lächelte Pascal an. »Mister Briggs, Sie sind ein glücklicher Mann. Sie haben wohl eine der letzten Sonderabfüllungen zum Verkauf dieser Destillerie erstanden. Die ist noch seltener als die Abfüllung der Port Ellen Maltings. Und auch deutlich wertvoller. Herzlichen Glückwunsch! Darf ich fragen, was Sie für dieses Exemplar bezahlt haben?«

»Oh, bitte, Mister Permit. Ich glaube, für einen echten Sammler ist kein Preis zu hoch. Würden Sie mir die Freude machen und, als ein Mitglied aus der Permit Familie, die Flasche signieren? Und dann würde ich mich geehrt fühlen, wenn Sie mit mir auf diesen denkwürdigen Augenblick anstoßen.«

»Aber selbstverständlich. Warten Sie.« John holte einen schwarzen Permanent-Marker aus einer Schublade und setzte schwungvoll seine Unterschrift auf den Rand des Labels. Anschließend nahm er zwei Gläser aus einem der Schränke und goss Pascal und sich einen Schluck aus einer der Flaschen ein, die auf einem Beistelltisch standen. »Der neue 30-jährige. Geht nächsten Monat in Produktion. Sie sind der Erste, der ihn probieren darf! Slàinte.«

»Ausgezeichnet, Mister Permit. Sagen Sie, hätten Sie vielleicht ein Glas Wasser für mich?«

»Natürlich warten Sie, ich hole es. Meine Sekretärin hat noch Mittagspause.« John verließ das Büro und Pascal sprang auf. Er umrundete den Schreibtisch und da sah er sie: die halb volle Fruchtsaftflasche, genau wie er es die letzten Tage durchs Fenster beobachtet hatte. Mit schnellen Handgriffen entleerte er die Ampulle aus seinem Rucksack in den Saft und setzte sich wieder auf seinen Stuhl. Das Werk war vollbracht.

Nachdem er sich verabschiedet und das Gelände verlassen hatte, ging er zu seinem Auto und verstaute die seltene Flasche sorgfältig auf dem Rücksitz zwischen zwei seiner Jacken. Danach begab er sich zu seinem alten Aussichtsposten am Hang.

Hier beobachtete er mit seinem Feldstecher, wie John Permit in der folgenden Viertelstunde den restlichen Saft aus seiner Flasche austrank. Das war's! Fertig. Ab jetzt lief nur noch der einmal eingestellte Countdown. Kein Code zum Abbrechen der Mission. Kein Zündkabel, das man durchschneiden könnte. Ein unendliches Glücksgefühl durchströmte ihn, sodass er fast geschrien hätte vor Freude. Lachend sprang er auf und rannte vor lauter Übermut den Hang hinauf.

Kurz vor halb vier erreichte er nach seiner wohltuenden Wanderung wieder das Hotel und sein Auto. Immer noch in Hochstimmung stieg er ein, um zurück zum Flughafen zu fahren. *Bye, bye, Schottland*!

"Ende Gelände"

Nachdem sich das Team darauf verständigt hatte, wer sich um welches potenzielle Opfer kümmern sollte, setzten sich Alan und Brian in ihren Rover und machten sich auf nach Aultbea. Beide hatten das unbestimmte Gefühl, dass die Geschichte dort weitergehen würde. Daher wollten sie nicht einfach nur ein paar Beamte vor Ort einsetzen, sondern sich persönlich dort umsehen. Die bis gestern vor Ort tätigen Beamten zum Schutze der Permits wurden umgehend reaktiviert.

Die anderen Teammitglieder wurden auf die Koordination sowie die Überwachung der noch verbliebenden SWS-Vorstandsmitglieder angesetzt. Nachdem Alan Chief Timmins informiert hatte, wurden ihm alle verfügbaren Kräfte dafür zur Verfügung gestellt. Nicky versuchte, mit einigen ihnen bekannten Toxikologen, ein Gegenmittel, beziehungsweise eine schnell wirkende Sofortmaßnahme, zu ermitteln.

Gut eine Stunde später klingelte Alans Handy. Graham meldete sich aus Aultbea und informierte ihn über das Geschehen um John Permit. Noch bevor er das Gespräch beendet hatte, drückte ihn die Beschleunigung des Rover 75 in seinen Beifahrersitz. Brian hatte seine Anweisung nach Vollgas sofort beherzigt.

»Endlich kann ich mal die 185 PS auf die Straße bringen«, kommentierte Brian sein Fahrverhalten, während er das Blaulicht durch das offene Seitenfenster auf das Dach setzte. Das durchdringende Heulen der Sirene übertönte sogar das Motorengeräusch.

»Mach das Fenster zu. Ich muss telefonieren, du Rowdy.«

»Gebongt, Chef«, sagte Brian, drückte den elektrischen Fensterheber und jagte den Wagen mit einem halsbrecherischen Manöver durch eine scharfe Linkskurve.

Alan tippte die Nummer, die Graham ihm gegeben hatte in das Autotelefon und wartete. Nach dreimaligem Klingeln meldete sich eine weibliche Stimme: »Medizinische Notfallambulanz Doktor Sweeney?«

»Detective Superintendent Derringer. Ich muss sofort mit Doktor Sweeney sprechen.«

»Oh, das geht gerade nicht. Er hat einen Notfall. Was kann ich für Sie tun?«

»Handelt es sich bei diesem Notfall um John Permit?«

»Äh, genau. Ja. Aber ...«

»Dann holen Sie Ihren Doktor unverzüglich ans Telefon oder Sie brauchen nur noch einen Leichenbeschauer. Los!«

»Ja ... aber ... Moment, ich hole ihn.« Ein lautes Klackern verriet ihnen, dass die Schwester den Hörer wohl auf eine Tischplatte hatte fallen lassen. Nach einer knappen halben Minute, die Alan und Brian wie eine Ewigkeit vorkam, hörten sie eilige Schritte und dann eine Stimme: »Doktor Sweeney hier. Wenn das jetzt nicht wichtig ist, dann ...«

»Ruhe und zuhören«, unterbrach ihn Alan. »Ist John Permit bei Ihnen?«

»Ja.«

»Was hat er und wie geht es ihm?«

»Keine Ahnung. Er erbricht sich laufend. Hat Krämpfe. Pupillenerweiterung, Atemnot. Er ist bewusstlos. Der Rettungsflieger ist im Anmarsch.«

»Passen Sie gut auf!« Alan zog einige Notizzettel aus seiner Aktentasche, die zwischen seinen Füssen stand. »John Permit wurde höchstwahrscheinlich vergiftet. Und zwar ... mit dem Gift der Hundspetersilie. Aethusin. Kennen Sie sich damit aus?«

»Vergiftet? Heilige Scheiße! Nein. Zumindest nicht richtig. Aber mir fällt schon was ein. Ich ...«

»Passen Sie auf. Meine Kollegin hat etwas aufgeschrieben. Atropin gegen Atemstillstand. Intubieren. Magenspülung, danach Kohle-Pulvis zur Bindung der Gifte. Diazepam oder Thiopental gegen die Krämpfe. Auf Hypotonie und Azidose prüfen. Künstliche Beatmung. Haben Sie das?«

»Alles klar. Das ist Standard bei schweren Vergiftungen. Das meiste haben wir schon. Aethusin, sagten Sie? Kommen Sie hierher?«

»Aethusin, genau! Wir sind in einer Viertelstunde da.«

»Okay.« Die Leitung wurde unterbrochen.

»Wenn John Permit noch lebt, kann der Mörder nicht weit sein. Laut Nickys Aufzeichnungen wirkt das Zeug bei hohen Dosen relativ schnell. Außerdem vermute ich, dass dieses Schwein gewartet hat, bis das Gift zu wirken begann.« Alan griff erneut zum Telefon. »Hi, Nicky. Alan hier. Wir haben das nächste Opfer. Permit, genau. Muss erst vor kurzem passiert sein. Permit lebt noch, und wenn wir Glück haben, bleibt das auch so. Pass auf: Verkehrskontrollen an allen Ausfallstraßen des Wester Ross. Er hat gut eine halbe bis maximal eine Stunde Vorsprung.« Alan blätterte in seinem Straßenatlas. »Nach Norden: Überwachung A835 Abzweig Ledmore. Nach Süden: A832 bei Kinlochewe. Nach Osten: A835 vor Garve. Hast du das? – Gut. Ich will jedes Fahrzeug kontrolliert haben. Alle Namen und Kennzeichen. Und das Ganze auf Video. Und schick bewaffnete Einheiten mit. Wer weiß, was der Kerl sonst noch drauf hat?! – Ja, stimmt, könnte auch eine Frau sein. Gib das auch direkt durch. Haut rein! – Fein! Und jetzt pfeife Charly, Gilly und Andy zusammen. Die sollen den Helikopter nehmen und ihren Hintern zur Glen Turffield Distillery bewegen. Ich melde mich, sobald wir da oben Näheres wissen. Bis später.«

»Meinst du, diesmal schaffen wir's?«, wollte Brian mit einem besorgten Unterton wissen.

»Keine Ahnung. Aber ich habe ein Kribbeln in den Fingern und das kommt nicht von deiner Fahrweise.«

Weitere zehn Minuten später erreichten sie den Ortseingang von Aultbea. Eine größere Gruppe von Personen auf der Hauptstraße am Ufer des Loch Ewe wies ihnen den Weg zu ihrem Ziel. Als die Schaulustigen die Sirene hörten und den heranrasenden Wagen sahen, sprangen sie von der Straße, um Platz zu machen. Mit quietschenden Reifen brachte Brian den Rover vor der Ambulanzstation zum Stehen.

Ein Mann in einem weißen Kittel drängte sich durch die Menge und kam auf Alan zu, der bereits ausgestiegen war. »Sind Sie der DSI, mit dem ich telefoniert habe?«

»Derringer mein Name, SoKo Inverness. Sie sind Doktor Sweeney?«

»Genau. Kommen Sie mit rein. Was ist hier eigentlich los?«

Die beiden Polizisten folgten dem Arzt ins Gebäude. »Wo ist Permit?«

»Wir haben ihn im Hubschrauber der Küstenwache stabilisieren können. Die hatten zum Glück entsprechendes Equipment an Bord. Jetzt haben sie ihn gerade auf die *HMS Edinburgh* gebracht. Der Zerstörer liegt zum Auftanken hier in der Bucht. Die haben die beste medizinische Abteilung, die wir kurzfristig auftreiben konnten. Da kommt so schnell kein Krankenhaus in der Gegend mit. Vielleicht rettet das dem Mann das Leben.«

»Auf einen Zerstörer?«, fragte Brian. »Das klingt ja makaber. Aber soviel Glück hat man auch nur einmal im Leben. Wie kommt der denn plötzlich hierher?«

»Die hatten wohl ein Manöver in der Nordsee und vor der Küste. Die liegen hier öfter vor Anker. Glücklicherweise standen die Jungs von der Küstenwache mit denen in Verbindung.«

»Na ja, Glück für Permit, Pech für uns. Auf das Schiff lassen die uns so schnell nicht drauf. Da muss erst die Politik herhalten. Stehen Sie mit denen in Kontakt?«

»Ich habe den Namen des Schiffsarztes bekommen und wie ich ihn erreichen kann. Das kann ich Ihnen zeigen. Aber erklären Sie mir doch bitte mal, was hier eigentlich los ist. Ein Mann wird angeblich vergiftet. Die Kripo aus Inverness taucht hier auf. Ich will ja nicht allzu neugierig sein, aber ich lese halt auch Zeitung. Hat das was mit dem Botaniker zu tun? Diesem Gift-Mörder?«

»Doktor Sweeney«, antwortete Alan in ruhigem Ton. »Es wäre zurzeit besser, wenn Sie sich keine weiteren Gedanken um John Permit machen würden, okay? Ich verspreche Ihnen, dass Sie alles erfahren, wenn wir ein Stückchen weiter sind. So, und wir müssten jetzt noch mal dringend telefonieren und ein paar Leute treffen. Wo finden wir das Drumchork Lodge Hotel?«

»Das Hotel? Gleich oben neben der Destillerie. Die nächste Abzweigung links rein und dann gut 100 Meter den Hügel rauf.«

Alan und Brian bedankten sich bei dem Arzt und stiegen wieder in ihren Wagen. »Das wird Timmins gar nicht gefallen, Brian. Ein Opfer, das wir verhören könnten, auf einem Marineschiff. Da wird er mal alle seine politischen Kontakte spielen lassen müssen. Fahr zum Hotel rauf. Ich denke, wir sollten dringend mit unserem alten Freund Graham reden.«

Während Alan seinen Vorgesetzten telefonisch über die neue Situation in Kenntnis setzte, fuhr Brian den Wagen auf den Parkplatz vor dem Hotel. Kaum hatte er den Motor abgestellt, kamen Graham und Iain MacDermont nach draußen geeilt.

Wenige Minuten später saßen Alan, Graham und Iain an einem Esstisch im Hotel und Graham berichtete minutiös, was heute passiert war. Iain ergänzte die Ausführungen mit seinen Details.

Brian war zur Destillerie gegangen und hatte zwischenzeitlich die beiden Beamten, die ursprünglich für die Überwachung John Permits abgestellt worden waren und die er aus Gairloch zurückgepfiffen hatte, samt ihrer uniformierten Kollegen, für die Bewachung des Bürogebäudes abgestellt. Niemand sollte die Büros betreten, solange die Spurensicherung aus Inverness noch nicht eingetroffen war. Er selbst befragte die Angestellten über die Vorkommnisse am Vormittag.

»Wir haben nur wenig Zeit«, drängte Alan. »Also, noch mal, bis um halb zehn war, außer den Angestellten, niemand auf dem Gelände. Danach fanden zwei Führungen statt. Diese hat Henry Stubbs geleitet. Ihr habt keine Namen und auch keine Fotos von irgendwelchen Kameras. Super! John Permit hatte mit den Führungen nichts zu tun. Da er heute noch bis zum Mittag gesund und fit wirkte, laut Ihrer Aussage, Mister MacDermont, müssen wir davon ausgehen, dass es wohl irgendeinem Besucher gelungen ist, an Permit ranzukommen. Sie selbst haben keinen Fremden in den Büros bemerkt.« Alan griff zu seinem Handy und rief Brian an.

»Hi, Alter. Was rausgefunden?«

»Nichts Brauchbares«, antwortete Brian enttäuscht. »Kelly, die bunte Sekretärin von Permit, sagt, sie hätte den ganzen Vormittag im Büro verbracht und es wäre, zumindest bis zur Mittagspause um zwölf Uhr, niemand im Büro gewesen. Die anderen haben auch nichts bemerkt. Dieser Henry hatte für die erste Führung sechs Karten und für die zweite Führung siebzehn Karten verkauft. Alles unterschiedliche Leute, sowohl Frauen als auch Männer. Die meisten davon Ausländer. Nichts Besonderes. Keiner hatte sich während der Führung von der Gruppe entfernt. Darauf würde er immer genau achten. Ich mach dann mal weiter. Bis gleich.«

»Tja«, meinte Alan zu Graham und Iain gewandt, »mit größter Wahrscheinlichkeit hat sich wohl der Täter oder die Täterin als Tourist während der zweiten Führung ausgegeben und irgendwie Zugang zu Permit bekommen. Die Führung war gegen halb eins beendet. Jetzt haben wir kurz vor fünf. Wenn wir nicht irgendeinen Hinweis kriegen, geht uns das Schwein wieder durch die Lappen. Wir haben überall Straßensperren. Nur, wenn die nicht wissen, nach wem oder was die Ausschau halten sollen, sehe ich schwarz. Falls sich der Täter sogar hier in der Gegend eingenistet haben sollte, haben wir überhaupt keine Chance. Scheiße!« Alans flache Hand schlug so heftig auf die Tischplatte, dass die von Andrew servierten Mineralwassergläser gefährlich schwankten. »Wenn wir doch nur schon wüssten, mit wem John Permit heute Kontakt hatte.«

Alle drei stierten betrübt auf den Tisch, bis Graham zaghaft aufblickte. »Also, ich weiß, das klingt jetzt verrückt und ich bin mir auch nicht ganz sicher, aber ...«

»Nun red‘ schon, Graham, selbst der größte Blödsinn ist jetzt willkommen!«, drängelte Alan.

»Okay, also ich meine, ich weiß zumindest von einem, der John Permit heute oder in den letzten Tagen getroffen hat.«

»Bis gestern Abend garantiert nicht«, widersprach Iain. »Bis dahin hatte er permanent seine Polizeibegleitung und unser Laden war geschlossen.«

»Na gut, dann muss es heute gewesen sein. Also, in einem Auto hier vor der Tür habe ich eine Flasche von eurer Sonderabfüllung zum Verkauf an die SWS gesehen. Und die war von John Permit signiert.«

»Unmöglich!«, antwortete Iain wieder. »Die Flaschen sind nie im Handel gewesen. Davon gab es nur ein paar Stück und die sind alle an die SWS-Oberfuzzis gegangen, und von denen war garantiert keiner hier! Und signiert wurden die ausschließlich von mir.«

»Nein, von unserem Vorstand war das auch niemand. Der Besitzer ist wohl Engländer.«

»Kann ich mir überhaupt nicht vorstellen. Wer von denen sollte denn seine Flasche verkauft haben? Und noch dazu an einen Engländer. Niemals.«

»Es war die Nummer drei«, erinnerte sich Graham, »und sie war auf jeden Fall von John Permit signiert.«

Alan verfolgte den Dialog mit wachsender Spannung. »Geht das vielleicht noch etwas konkreter, meine Herren? Was hat das jetzt mit der Flasche auf sich und wer war denn nun beim Permit?«

»Nummer drei? Nummer drei? Moment, das kriege ich gleich raus.« Iain zog sein Handy aus der Tasche und wählte eine Nummer. »Kelly? Hi! Pass auf, lauf mal in mein Büro – okay, sag dem Polizisten, wir bräuchten eine dringende Info - Moment«, Iain reichte das Handy an Alan weiter. »Sagen Sie bitte Ihrem Kollegen, dass Kelly in mein Büro darf, ja?«

Alan nahm den Apparat und erteilte seine Freigabe. Anschließend gab Iain einige Anweisungen an Kelly, bis er sich schließlich wieder an Graham und Alan wandte.

»Kelly hat die Unterlagen gefunden. Die Nummer drei ging an Sven Sorenson.«

Alan ließ vor Schreck seine kalte Zigarette fallen, mit der er seit ein paar Minuten nervös rumspielte. »Und der kann ja unmöglich hier gewesen sein! Eine Pulle Whisky von einem Mann, der vor einer Woche getötet wurde, taucht in der Nähe von dem nächsten Opfer auf. Ich werde wahnsinnig! Graham, Graham, du bist zwar total verrückt, aber genial! Jetzt müssten wir nur noch eine Beschreibung von dem Typ haben, das wäre der Sechser im Lotto!«

»Ich denke, ein Sechser sogar mit Zusatzzahl. Hier ist seine Anschrift.« Graham reichte Alan den Zettel, auf dem er die Daten von Andrews Formular abgeschrieben hatte. »Und beschreiben kann ihn dir Andrew Boyd, der Wirt. Der Typ hat hier wohl ein paar Tage gewohnt.«

Alan hing bereits wieder am Telefon. »Hi, Nicky. Überprüfe bitte die folgende Person und gib anschließend eine Fahndung raus. Vor allem an die Straßensperren. Der Typ muss noch hier irgendwo unterwegs sein. - Ja, potenziell verdächtig. Danke und melde dich. Bye.« Alan hob seine Zigarette wieder auf.

»So, Graham, jetzt braucht du mir nur noch zu sagen, wann und wo der Typ mit welchem Auto wohin gefahren ist, dann kann ich Feierabend machen«, sagte Alan sarkastisch und stand auf. »Ich gehe eine rauchen und zu Brian rüber.«

»Kein Problem. Der Mann ist wohl so kurz nach halb vier mit einem dunkelblauen Ford Mondeo Mietwagen von Europcar hier vom Hotel weggefahren. Das Kennzeichen hab ich allerdings nicht. Und wohin er gefahren ist, weiß ich natürlich auch nicht.«

»Was?« Alan ließ seine Zigarette schon wieder fallen. »Warum hast du das denn nicht gleich gesagt? Himmel!« Wieder griff er zum Handy und gab Nicky die neuen Daten durch. »... das habe ich befürchtet. Dann halt über den Wagen. Und setz dich mit Europcar in Verbindung. Die sollen dir alle Vermietungen von Mondeos raussuchen.« Mit leicht frustriertem Blick kam er zum Tisch zurück. »Der Name und die Adresse waren natürlich falsch. Es gibt keinen Jack Briggs in Penzance. Dann bleibt uns zumindest der Wagen. Gute Arbeit, Graham. Danke.«

Inzwischen war der Hubschrauber mit dem restlichen Team der SoKo aus Inverness eingetroffen. Die drei hatten ihre Ausrüstung ausgeladen und begannen zunächst mit der Untersuchung von Johns Büro. Chief Timmins vermeldete eine gute Nachricht. Das Verteidigungsministerium hatte ihm grünes Licht gegeben. Er könne auf das Schiff und mit den Bordärzten reden. Seit den regelmäßigen Einsätzen am Golf wäre auch ein Spezialist der Navy für Terrorangriffe mit biologischen Waffen an Bord und würde sich um John Permit kümmern.

Kurze Zeit später rollten ein Streifenwagen und ein schwarzer Mercedes aufs Gelände. Ein kreidebleicher Peter Permit stieg aus und ging sofort zu Alan. »Sind Sie der leitende Beamte? Was geht hier eigentlich vor sich? Erst wird meine Tochter in Frankreich des Mordes beschuldigt und jetzt wird mein Sohn vergiftet. Erklären Sie mir das bitte.«

»Mister Permit, es tut mir wahnsinnig Leid aber ich kann Ihnen auch nicht mehr sagen als das, was Sie schon wissen. Es läuft ein Mörder herum und seine Taten stehen in engem Zusammenhang mit der SWS und Ihrer Destillerie. Zudem gibt es deutliche Verbindungen nach Frankreich und, leider ja, ins Umfeld Ihrer Tochter. Bitte fahren Sie nach Hause. Ihr Sohn ist in der momentan besten medizinischen Obhut und hier können Sie uns nicht helfen. Wir halten Sie permanent auf dem Laufenden.«

»Ich möchte aber zu meinem Sohn!«

»Das kann ich gut verstehen. Nur ist Ihr Sohn im Moment nicht ansprechbar und befindet sich dort drüben auf dem Navy-Schiff. Da können Sie nicht hin, dafür kann aber auch niemand anderes an ihn ran, wenn Sie mich verstehen?«

»Sie meinen«, fragte er mit großen Augen, »der Mörder würde es noch mal versuchen?«

»Ganz ausschließen kann man so etwas nie. Bitte lassen Sie sich jetzt wieder von den Beamten nach Hause begleiten.«

Alan ging zurück ins Bürogebäude und ein völlig verstörter Peter Permit lief unschlüssig an seinem Wagen auf und ab.

Eine halbe Stunde später standen Alan, Brian und Charly Pollock zusammen auf dem Hof der Destillerie.

»Wir haben eine leere Saftflasche und Reste von zwei Sandwiches ins Labor geschickt«, erzählte Charly. »Zudem konnten wir zwei benutzte Whiskygläser und zwei Wassergläser sicherstellen. Die Fingerabdrücke haben wir schon in die Zentrale gemailt. Der Abgleich läuft.«

»Gut, gut«, antwortete Alan. »Ich habe mit dem Commander des Schiffes telefoniert. John Permit könnte Glück haben. Sie haben ihn wohl stabilisiert. Er ist nicht bei Bewusstsein. Also werden wir von ihm wohl nichts erfahren. Jetzt können wir nur noch auf die Fahndung hoffen. Hat sich Nicky bei einem von euch gemeldet?«

Alle schüttelten den Kopf, als ein aufgeregter Sergeant mit einem Funkgerät auf sie zugelaufen kam. »Sir! Ich habe die Streife dran, die die 835 abfahren. Sie haben was!«

Hektisch griff Alan das Funkgerät und drückte die Sprechtaste. »DSI Derringer. Was haben Sie?«

»Sir! Wir haben am Aultguish Inn, hinter der Staumauer vom Loch Glascarnoch, einen blauen Mondeo gesichtet. Es ist ein Europcar Mietwagen. Der Wagen ist offensichtlich leer und, laut Auskunft der Leute hier, ist der Fahrer um siebzehn Uhr dreizehn in den Citylink-Bus Linie 961, in Richtung Inverness gestiegen.«

»Mist! Haben Sie das Kennzeichen schon durchgegeben?«

»Ja, Sir! Die Zentrale ist informiert.«

»Gut, schauen Sie auf den Busfahrplan. Wo hält der Bus?«

»Also, Garve, Contin, Tore und Inverness. Da ist er dann um achtzehn Uhr.«

Alan sah auf seine Armbanduhr: gleich achtzehn Uhr. »Danke. Bleiben Sie bei dem Fahrzeug. Wir melden uns«. Er reichte das Funkgerät an den Sergeant zurück. »Das schaffen wir niemals. Der Bus kommt jeden Augenblick in Inverness an. So ein Dreck! Ich ruf Nicky noch mal an.«

Kurz darauf meldete sich Nicky aus der Zentrale in Inverness. »Hallo, Alan. Gerade wollte ich dich auch anrufen. Eine Streife hat einen Wagen, auf den die Beschreibung passt ...«

»Weiß ich schon«, unterbrach er sie. »Hast du das Kennzeichen an den Mietwagenladen durchgegeben?«

»Klar doch und habe gerade eben die Auskunft bekommen. Der Wagen ist am Dienstag Mittag am Flughafen Inverness gemietet worden und soll, laut Mietvertrag, am Samstagabend wieder zurück sein.«

»Der hat seinen Job erledigt. Der bleibt nicht bis Samstag«, sagte Alan völlig aufgedreht. »Vielleicht hat der auch irgendwas gemerkt. Der will abhauen oder untertauchen. Der ist mit dem Bus nach Inverness gefahren. Airport? Airport? Schicke alle zivilen Beamten, die du auftreiben kannst, zum Flughafen. Der Kerl ist gerade am Busterminal angekommen. Da bin ich mir sicher. Der will weiter zum Flughafen. Check die Busverbindungen dahin und sag allen Leuten, die sollen auf die Taxis achten. Kann sein, dass er eins nimmt. Wir haben keine halbe Stunde. Gas!«

»Alan«, sprach Brian ihn nun an, »bei Flughafen fällt mir was ein. Ich glaube, wir waren die ganze Zeit doch auf der richtigen Fährte. Wir hatten schon das richtige Reisemittel, nur die falsche Person.«

»Was? Verstehe ich nicht.«

»Die Franzmänner. Firmenjet. Der war doch beim letzten Mal, wo Sorenson dran glauben musste, auch in Inverness gelandet. Nur saß nicht die Jacqueline am Ruder.«

»Wieso? Die hat doch zugegeben, dass sie hier war?!«

»Ja klar, aber wer noch?«

»Na, ihr Mann.« Pause. »Meinst du etwa, der wäre unser Mörder? Aber warum? Was hat der mit der SWS zu tun?«

»Das werden wir schon herausfinden. Aber ich bin mir sicher, dass er ebenfalls für alle Tatzeiten kein Alibi hat. Und dass der Firmenjet sich zu diesen Zeiten merkwürdigerweise immer in unserem königlichen Luftraum befand.« Brian strahlte über das ganze Gesicht.

»Grins nicht so. Das sieht aus, als hättest du Hunger«, sagte Charly.

»Mein lieber Mister Pollock, ich werde wegen meiner überragenden kriminalistischen Fähigkeiten deine Bemerkung überhören und dich diesmal nicht verspeisen.«

Alan hing derweil schon wieder am Telefon. »Nicky? Pass auf, ruf den Flughafen an und lass die Privatflieger checken. Ob der Firmenjet von den Santés aus Frankreich dabei ist. Der von Huber und Dingensbums, du weißt schon. Und wenn ja, überwachen lassen. Danke.«

Die nächsten Minuten strichen dahin wie Stunden. »Du weißt schon, dass hier Rauchverbot ist, oder?«, fragte Charly mehr aus Nervosität als aus Interesse.

Alan folgte Charlys Blick auf den Boden und bemerkte erstaunt die zahlreichen ausgetretenen Kippen vor seinen Füßen. »War ich das? Kann ich mich gar nicht dran erinnern. Hau mir beim nächsten Mal einfach auf die Finger, okay? Ich werde dich auch nicht entlassen.«

»Versprochen, Chef!«

Inzwischen hielten es auch Graham und Iain nicht mehr im Hotel aus und gesellten sich in der warmen Abendsonne zu der wartenden Gruppe. Belanglosigkeiten und Floskeln wurden ausgetauscht. Jeder Einzelne versuchte auf seine Art, mit der angespannten Nervosität fertig zu werden. Brian kickte kleine Steine über den Hof. Graham polierte zum zehnten Mal seine Armbanduhr, die er von seinem Großvater geerbt hatte. Alan grübelte stumpf vor sich hin.

Als dann irgendwann Alans Handy klingelte, stockte allen der Atem. Alan drückte die Verbindungstaste und hörte konzentriert zu, nur unterbrochen durch vereinzelte »Ach's« und »Okay's«. Nach gut drei Minuten legte er auf und sah in die erwartungsvollen Gesichter der Umstehenden.

»Und?«, drängte Brian. »Was ist?«

»Wir haben ihn. Es ist vorbei.«

»Mein Gott, erzähl schon! Ich platze gleich. Und warum ziehst du so ein Gesicht?«

»Er ist tot. Pascal Santé, unser Giftmörder ist tot.«

»Was?«, krächzte Charly. »Erschossen, oder was?«

»Nein. Vermutlich ein Unfall. Oder eventuell auch Selbstmord, Genaues weiß man noch nicht. Sie haben ihn tatsächlich an seinem Privatjet gestellt. Offensichtlich ist er unbemerkt von Inverness bis zum Flughafen und durch die Sicherheitskontrollen gekommen. Da waren wir wohl zu spät dran. Glücklicherweise hat der Tower aber unser Startverbot für den Jet noch rechtzeitig erhalten. Als die Jungs dann zu seinem Flugzeug kamen, ist er zu Fuß über das Rollfeld abgehauen. Sie verfolgten ihn, aber er ist von einer startenden Linienmaschine erfasst und überrollt worden. War sofort tot. Im Jet haben sie dann nicht nur die Whiskyflasche gefunden, sondern auch einen kleinen Koffer voller Giftampullen. Ohne Zweifel, er war's.«

Schweigen breitete sich aus, weil keiner wusste, ob er nun froh sein sollte oder nicht. Sicher, die Gerechtigkeit hatte gesiegt, der Mörder war gestellt worden. Die Polizei hatte sich weitere Lorbeeren verdient. Nur, die letztendlich wichtigste

Frage bei jeder Straftat konnte von ihnen nicht beantwortet werden: die Frage nach dem Warum?

»Ende Gelände! Packt eure Sachen zusammen. Ich werde Peter Permit noch schnell informieren, damit er sich um den Mörder keine Sorge mehr machen muss. Dann fahren wir wieder nach Hause!«, schloss Alan.

Ironie des Schicksals

Das war vielleicht ein Tag gewesen! Diesen Donnerstag würde sie bestimmt nie mehr in ihrem ganzen Leben vergessen. Nachdem die vielen Polizisten sie am Vortag besucht und befragt hatten, verfiel sie ins Grübeln, was das alles zu bedeuten hatte.

Als sie dann aber heute Morgen von der Polizei in der Firma nochmals zu einer weiteren Befragung abgeholt worden war, und zwar so nachdrücklich, dass es einer Verhaftung gleich kam, verzweifelte sie vollends. Was hatten diese Morde in Schottland und an Bernard mit ihr zu tun? Sie fand keine Erklärung dafür.

Erst als dieser Kommissar Chabraque sie immer wieder mit den Fakten konfrontierte und auf die genauen Zeiten der Morde hinwies, für die sie angeblich kein Alibi hatte, wuchs in ihr ein schrecklicher Verdacht. Sie wusste schließlich ganz genau, dass sie all diese Männer natürlich nicht umgebracht hatte. Aber, konnte es sein, dass die Morde von jemand anderem aus ihrer Familie begangen worden waren? Von ihrem Schwiegervater oder gar von Pascal? Eigentlich undenkbar, dass einer der beiden dazu fähig wäre. Aber andererseits …

Jacques Chabraque hatte sie richtiggehend verhört und völlig in die Enge getrieben. Aber, je mehr er davon überzeugt war, dass sie ihn anlog und nur hervorragend schauspielerte, desto mehr verstärkte sich in ihr der Verdacht, dass ihr Mann die Taten begangen haben könnte.

Ihr fiel wieder ein, dass er in der letzten Zeit ganz abwesend schien und ihr auch nicht sagen wollte, was mit ihm los war. Erst dachte sie, es hätte vielleicht mit einer anderen Frau zu tun, aber dann, nach wenigen Wochen, war plötzlich wieder alles gut.

Was war geschehen? Was war für ihn der Anstoß gewesen, diese Morde zu begehen? Pascal war kein Mörder, zumindest nicht ohne triftigen Grund. Warum sollte er also morden? Doch nur, um sich, oder was ihm lieb ist, zu schützen. Hatten diese Morde also etwas mit ihr zu tun?

Sie folgte den Fragen von Kommissar Chabraque jetzt wieder mit größerem Interesse, denn sie wollte aufgrund seiner Fragen herausfinden, wo ein Motiv für Pascal liegen könnte.

Und dann hörte sie es! Es war ihr in der Aufregung vorher gar nicht aufgefallen! Als der Kommissar wieder und wieder auf die Tatzeiten zu sprechen kam, ging es erneut um das Wochenende, an dem sie gemeinsam mit Pascal in Golspie war. An diesem Wochenende war dieser Sven Sorenson vergiftet worden und sie erinnerte sich, dass Pascal zwischendurch lange genug weg gewesen war, um zu ihrem Firmenjet zu fahren. Genug Zeit also, um den Mord begehen zu können. Das wollte sie jetzt genauer wissen.

»Warum hätte ich denn diesen Sorenson umbringen sollen?«, fragte sie plötzlich den Kommissar herausfordernd. »Welches Motiv hätte ich denn haben sollen?«

»Sie haben von den illegalen Transaktionen der SWS erfahren und die waren Ihnen ein Dorn im Auge.«

»Blödsinn! Warum hätten diese Transaktionen mich denn stören sollen?«

»Schließlich ging es um den Verkauf der Glen Turffield Brennerei durch die SWS.«

Wie ein Blitz aus heiterem Himmel traf sie die Erkenntnis gleich doppelt. Nämlich erstens, dass sie deswegen verdächtigt wurde, weil es um ihre Familienbrennerei ging, und zweitens, dass Pascal irgendwie davon erfahren haben musste und ihr zuliebe den Verkauf mit allen Mitteln verhindern wollte. Mit allen Mitteln! Glücklicherweise hatte sie sich so gut unter Kontrolle, dass sie sich nach außen nichts von ihrer Erregung anmerken ließ.

»Tja, aber wie schon mehrfach gesagt, war ich zu diesem Zeitpunkt mit meinem Mann in Schottland. Der kann bezeugen, dass wir das ganze Wochenende zusammen waren.«

»Ihr Mann ist momentan geschäftlich unterwegs, aber wir werden ihn fragen, wenn er wieder zurück ist. Aber ein Alibi vom eigenen Ehemann ist nicht viel wert, Madame.«

Und so ging das Verhör weiter und weiter. Jacqueline ließ den Kommissar noch eine Weile gewähren und tat dann so, als wäre sie völlig erschöpft und könnte nicht mehr länger lügen. Aus Sicht des Kommissars "brach sie zusammen" und gestand schließlich die Morde.

Für Jacqueline brach eine Welt zusammen. Ihr Lebenstraum war zerstört, und es bestand keinerlei Hoffnung mehr, dass sie jemals in den Besitz von Glen Turffield gelangen würde. Ihr Leben war verpfuscht! Ohne ihren Traum und ohne Pascal, hatte sie das Gefühl, vor einem Abgrund zu stehen. Sie konnte Pascal für das, was er offensichtlich aus Liebe zu ihr getan hatte, nicht verdammen. Aber sie wollte wenigstens noch sein Leben retten.

Nachdem sie ihr Geständnis unterschrieben hatte, kam sie in Untersuchungshaft. Es dauerte aber nicht lange, bis die Anwälte ihres Schwiegervaters zu ihr kamen und auf sie einredeten, ihr Geständnis zu widerrufen. Dem Argument, dass ihr Schwiegervater für alles eine Lösung finden würde, egal, ob für sie oder seinen Sohn, konnte sie sich nicht verschließen. Was sie nie für möglich gehalten hätte: auch zwei Anwälte aus Schottland kamen angereist. Ihr Vater, der sie so grausam verstoßen hatte, schickte ihr Beistand.

Und es schien, als träfen die Besten ihrer Zunft aus Großbritannien und Frankreich zusammen, denn man behandelte sich gegenseitig mit besonderem Respekt.

So kam es für sie nur zu einem kurzen Gastspiel in der Arrestzelle. Jacqueline war wieder auf freiem Fuß und auf dem Weg zu ihrem Schwiegervater, der bereits auf sie wartete.

Frederique war völlig aufgelöst, als sie sein Büro betrat. So hatte sie ihn noch nie gesehen und sie machte sich richtiggehende Sorgen um seinen Gesundheitszustand. Er wollte alles wissen, was sie von der Polizei gefragt worden war. In allen Einzelheiten. Und so setzte sie sich zu ihm und erzählte ihm die ganze Geschichte, bis hin zu den haltlosen Anklagepunkten.

»Du warst doch nicht wirklich die Mörderin, oder?«

»Nein, natürlich bin ich es nicht gewesen.«

»Aber warum hast du denn dann ein Geständnis abgelegt?«, fragte er ungläubig.

Jacqueline überlegte, ob sie ihm von ihrem Verdacht erzählen sollte. Wie würde er reagieren, wenn sie ihm sagte, dass sie seinen Sohn für den Mörder hielt? Aber es half wohl alles nichts, sie musste mit jemandem darüber reden und Frederique war der einzige Mensch, zu dem sie genug Vertrauen hatte, um offen zu reden.

»Ich wollte Pascal schützen.«

»Pascal? Wie meinst du das?«

»Ich glaube, dass er die Morde begangen hat.«

»Aber warum sollte er so etwas Verrücktes tun?«, fragte Frederique entsetzt.

»Aus Liebe!«

»Oh mein Gott!«

Frederique ging es in diesem Moment so wie Jacqueline, während des Verhörs durch Kommissar Chabraque. Auch ihm kam gerade ein furchtbarer Gedanke. Er erinnerte sich an den Abend, an dem Arthur Fraser genau hier in diesem Büro gesessen hatte. Pascal hatte ihn dort kurz getroffen. Was wäre, wenn sein Sohn damals ihr Gespräch irgendwie belauscht hatte. Noch bevor er seine Gedanken mit Jacqueline teilen konnte, klingelte ihr Handy.

Als sie im Display die Nummer erkannte, war sie mehr erstaunt als verstört. Dass er sie anrief, hatte sie sich zwar in den letzten Jahre immer wieder gewünscht, aber die Hoffnung doch schon längst aufgegeben. Mit einem entschuldigenden Achselzucken in Richtung ihres Schwiegervaters und mit zitternden Händen nahm sie das Gespräch an.

»Jacqueline Santé«, meldete sie sich dennoch ganz förmlich.

»Hallo Jacky, hier spricht dein Vater. Es ist etwas Schreckliches passiert.«

Obwohl sie Jahre nicht mehr miteinander gesprochen hatten, erkannte Jacqueline sofort an der Tonlage der wenigen Worte, wie aufgewühlt ihr Vater war. Seine Stimme zitterte. So hatte sie ihn noch nie erlebt! Selbst damals nicht, als er sie nach ihrem Streit völlig aufgebracht und wütend aus dem Haus gejagt hatte. Es musste etwas wirklich Schlimmes passiert sein.

»Jacky, deinen Mann ... die Polizei hat ihn verfolgt. Er ... er ist ... er war ... der gesuchte Mörder. Es sieht so aus, als hätte er all diese Leute umgebracht. Und …«, seine Stimme brach ab, er musste mehrfach schlucken, bevor er weiterreden konnte. »Er ist tot. Ein Unfall, heißt es. Und auch Johnny wird wohl sterben!« Ihr Vater weinte, nachdem er die letzten Worte herausgequält hatte.

»Oh mein Gott, Papa, was ist nur bei euch passiert?« Jacqueline wusste in diesem Moment nicht, welche der beiden Nachrichten schlimmer für sie war: dass Pascal tot war oder dass ihr Bruder im Sterben lag? War ihr Bruder etwa auch von Pascal vergiftet worden? Nicht auszudenken. Sie hatte das instinktive Gefühl, dass sie jetzt bei ihrem Vater sein sollte. Gleichzeitig wollte sie aber auch bei Pascal sein. Ein letztes Mal sein Gesicht streicheln. Egal, was er auch getan haben mochte! Andererseits würde auch ihr Schwiegervater in keiner besseren Verfassung sein, sobald sie ihm von Pascals Tod erzählt hatte. Und sie war ebenfalls kurz davor, selbst an den Ereignissen zu zerbrechen.

Ihr Vater hatte sich inzwischen wieder ein wenig beruhigt und berichtete: »John ist heute Nachmittag zum Arzt gegangen, weil ihm furchtbar schlecht war, und ist dort dann zusammengebrochen. Er wird zwar inzwischen von Spezialisten betreut, ist aber noch nicht wieder zu sich gekommen. Die Polizei hat Beweise gefunden, dass Pascal der gesuchte Mörder ist und dass er auch Johnny vergiftet hat. Sie haben ihn auf dem Flughafen aufgegriffen und wollten ihn verhaften. Da ist er weggelaufen und in ein Flugzeug rein ... Oh Gott! Dieser Kommissar Derringer hat mir alles erzählt. Und John ist jetzt auf einem Kriegsschiff der Navy und ringt um sein Leben. Hoffentlich überlebt er das.«

»Soll ich zu euch kommen?«

»Das würde mir wirklich sehr helfen, Jacqueline. Ich brauche dich.« Er weinte wieder und stammelte dann: »Es tut mir so Leid, was zwischen uns gewesen ist. Bitte verzeih mir. Bitte!«

Jetzt endlich musste auch Jacqueline weinen. Sie versprach ihrem Vater, dass sie so schnell wie möglich zu ihm kommen würde. Sie waren beide derart von Gefühlen übermannt, dass keiner von ihnen weitersprechen konnte und beendeten deshalb das Gespräch. Gleich einer schwarzen Wolke kamen die Gedanken an eine einsame Zukunft auf Jacqueline zu. Tränen liefen ihr über das Gesicht. Erst der salzige Geschmack auf ihren Lippen brachten sie in die Gegenwart zurück.

Jacqueline setzte sich wieder zu ihrem Schwiegervater, der sie fragend anschaute. Sie hatte gar nicht bemerkt, dass sie während des kurzen Gespräches mit ihrem Vater aufgestanden und im Büro umhergelaufen war.

Mit den Worten ihres Vaters wiederholte sie: »Frederique, es ist etwas Schreckliches passiert.« Sie berichtete von der Verfolgung und dem tödlichen Unfall Pascals und davon, dass die schottische Polizei offensichtlich Beweise dafür hatte, dass er der Mörder sei. Und sie erwähnte auch, dass ihr Bruder vermutlich von Pascal vergiftet worden war und im Sterben lag.

Nachdem ihr Schwiegervater sie einige Sekunden sprachlos und mit offenem Mund angestarrt hatte, fing auch er an zu weinen und stammelte dann: »Oh mein Gott, das wollte ich doch nicht. Was habe ich nur getan? Oh Gott, nein!«

»Was meinst du, Frederique? Was weißt du über diese Sache?«

Nach kurzem Zögern entschied sich Frederique Santé dazu, seiner Schwiegertochter die ganze Wahrheit zu erzählen. Er wollte ihr nun alles sagen über die wirklichen Gründe für den ganzen Deal.

Und so erfuhr Jacqueline nun von ihm, dass er längst ihren Herzenswunsch kannte, die Glen Turffield Distillery zu leiten. Dass ihr Vater aber ihren Bruder vorgezogen hatte, sie sich so zerstritten hatten, dass er sie aus dem Haus gewiesen hatte. Er erzählte ihr, dass er sich sogar vor einigen Jahren telefonisch mit ihrem Vater in Verbindung gesetzt hatte, um ihn zu bewegen, die ganze Sache doch noch einmal zu überdenken, aber ihr Vater hatte jedes Gespräch über dieses Thema kategorisch abgelehnt und sich weitere Kontakte von ihm verbeten.

Daraufhin hatte sich Frederique entschieden, sich an Pierre Cabriole von der VOP zu wenden, der sich mit dem Kauf von Spirituosenfirmen auskannte und ein guter Freund von ihm war. Gemeinsam hatten sie einen Plan ausgearbeitet, wie Frederique die Brennerei übernehmen konnte, ohne dabei selbst als Käufer in Erscheinung zu treten. Mit viel Geld, der Mithilfe von Bernard Gautier und den entsprechenden Kontakten, war es ihnen gelungen, den Vorsitzenden der SWS zu kaufen und den Deal einzufädeln. In wenigen Wochen wäre es soweit gewesen und die Brennerei Glen Turffield hätte den Besitzer gewechselt. Letztendlich wäre er, Frederique Santé, dann der neue Eigentümer geworden.

Und warum das Ganze? Nun, er hatte die Brennerei seiner Schwiegertochter zum fünften Hochzeitstag schenken wollen. Er wollte einzig und allein, dass seine Kinder, wie er die beiden schon immer stolz bezeichnet hatte, richtig glücklich waren. So glücklich, wie er sich in all den Jahren bis heute mit seiner Frau fühlte.

Irgendetwas war aber dann wohl furchtbar schief gelaufen. Pascal musste von dem Deal erfahren, aber doch völlig falsch verstanden haben. In der Hoffnung, der Deal würde damit platzen, hatte er wohl all diese Männer getötet. Unglaublich, aber wohl wahr!

Jacqueline und ihr Schwiegervater umarmten sich und hielten sich lange Zeit gegenseitig fest. Beide weinten. Jacqueline überkam aber auch ein Gefühl der Fremde. Sie spürte, dass sie sich gerade Schritt für Schritt von ihrem Schwiegervater entfernte.

Auch wenn er ihr noch so glaubhaft versichert hatte, dass er den ganzen Deal mit der SWS nur deswegen gemacht hatte, um ihr ihren Lebenstraum zu erfüllen, war er letztendlich doch Schuld daran, dass Pascal jetzt tot war. Auch wenn das von ihm natürlich nie beabsichtigt gewesen war, so war es dennoch soweit gekommen. Warum hatte er Pascal nicht eingeweiht? Warum hatte er seinem eigenen Sohn nicht soweit vertraut, dass der sich, zumindest in den letzen zwei Jahren, nicht mehr hätte quälen müssen? Warum hatte er seinem Sohn nicht das Gefühl genommen, seine Frau nicht glücklich machen zu können? Das würde sie ihm wohl nie verzeihen können. Er hatte mit seinem Handeln seinen Sohn zum Mörder gemacht und ihr den Ehemann genommen. Der Weg in die Hölle ist gepflastert mit guten Absichten. Nun waren sie beide dort angekommen. Welch Ironie des Schicksals.

Selbst, wenn sie jetzt die Brennerei noch bekäme, sie könnte sich doch nicht mehr darüber freuen. Wäre sie vor die Entscheidung "Pascal oder Glen Turffield" gestellt worden, sie hätte sich, ohne zu zögern, für Pascal entschieden. Diese Wahl hatte sie nun nicht mehr.

Als sie ihre Umarmung löste, stand für Jacqueline der Entschluss fest, nach Schottland zu fliegen und ihrem Vater in dieser schwierigen Zeit beizustehen. Blut war halt doch dicker als Parfum.

Am nächsten Morgen reiste Jacqueline nach Schottland. Da der Firmenjet noch immer in Inverness stand, nutzte sie dieses Mal einen normalen Linienflug der Air France. Ihr Schwiegervater hatte gefragt, ob sie auf dem Rückweg den Firmenjet nehmen wolle. Er würde ihr auch einen Piloten schicken, wenn sie nicht selber fliegen wollte. Sein Wunsch sei, dass Pascals Sarg im eigenen Flugzeug in seine Heimat zurückgebracht werden würde. Sie hatte deshalb nur einen einfachen Flug gebucht, war sich aber selbst noch nicht sicher, wann und ob sie überhaupt jemals wieder nach Frankreich zurückkehren würde. Das würde alles von der Entwicklung in Schottland abhängen.

Am Flughafen von Inverness wurde sie vom Chauffeur ihres Vaters mit seiner Limousine abgeholt. Gegen Abend traf sie in ihrem Elternhaus ein, wo ihr Vater bereits auf sie wartete.

Nach anfänglichem Zögern brach er das Eis zwischen ihnen und nahm seine Tochter seit über fünf Jahren zum ersten Mal wieder in den Arm. Jacquelines Widerstand löste sich schon mit der ersten Berührung und beide brachen hemmungslos in Tränen aus. Nachdem sie sich so herzlich begrüßt hatten, erfuhr sie von ihm, dass es ihrem Bruder langsam wieder besser ging und sich sein Zustand stabilisiert hatte. Dank der Gegenmaßnahmen und dem Sachverstand des Spezialisten, hatte er mittlerweile gute Chancen zu überleben. Er sollte morgen früh sogar in ein normales Krankenhaus verlegt werden, wo dann die weitere Nachsorge stattfinden würde. Dort könnten sie beide ihn dann gemeinsam besuchen.

Pascal, so erfuhr sie ebenfalls von ihrem Vater, war in das Rechtsmedizinische Institut nach Aberdeen gebracht worden. Als sie ihren Wunsch äußerte, dass sie ihn gerne nochmals sehen wollte, riet ihr Vater aber davon ab. Die Ärzte hatten dringend empfohlen, den Leichnam nicht mehr in Augenschein zu nehmen, sondern den Toten so in Erinnerung zu behalten, wie sie ihn gekannt hatten. Der Anblick wäre einfach zu schrecklich.

Zusammen mit ihrem Vater fuhr Jacqueline am nächsten Tag gegen Mittag nach Ullapool ins Krankenhaus und besuchte ihren Bruder. Er war inzwischen wieder bei Bewusstsein und ansprechbar, auch wenn er immer noch so blass war, wie das Kopfkissen, auf dem er lag. Er war dem Tod scheinbar im letzten Moment "von der Schippe gesprungen".

Johnny erzählte ihnen dann auch von dem Mann, dem er die Sonderabfüllung signiert und der ihm vermutlich etwas in seinen Saft gemischt hatte. Der Beschreibung nach war Jacqueline sich sicher, dass es Pascal gewesen sein musste. Viel mehr konnte ihr Bruder aber auch nicht sagen, denn er war noch viel zu schwach für längere Gespräche. Sie verabschiedeten sich deshalb auch bald wieder von ihm und versprachen, am nächsten Tag wiederzukommen.

Am nächsten Tag ging es ihrem Bruder schon deutlich besser und er konnte sogar, wenn auch nur für kurze Zeit, aufstehen. Noch ein oder zwei weitere Tage, meinten die Ärzte, und er könne sogar wieder nach Hause.

Johnny, der die letzten Tage viel Zeit gehabt hatte, über sein weiteres Leben nachzudenken, bat beide, sich mit ihm an den Tisch in seinem Zimmer zu setzten.

»Vater, Jacky, ich möchte euch etwas sagen. Ich habe in den letzten Tagen mitbekommen, was es heißt, wenn plötzlich alles zu Ende ist. Ich dachte, ich müsse sterben und hatte die ganze Zeit über nur noch den Wunsch, euch wenigstens ein paar Minuten sprechen zu können. Das ist jetzt kein religiöser Quatsch oder so. Oder von wegen alle Sünden beichten, bevor die große Himmelspforte aufgeht.« Lange blickte er auf seine Hände und die zahlreichen Einstichmale der vielen Braunülen und Spritzen. »Vater, ich habe ein ganzes Leben lang versucht, für dich ein würdiger Nachfolger zu werden. Habe immer gemacht, was du von mir erwartet hast – Nein, bitte lass mich einfach ausreden – Ich habe das studiert, was du wolltest, und habe den Beruf ergriffen, den du für mich vorgesehen hattest. Bitte glaube mir, ich wäre wirklich gerne der geworden, den du haben wolltest ... aber ich bin es nicht.«

»Johnny, du weißt, ich wollte immer nur ...«

»Nein, Vater, bitte lass es. Ich habe wahrscheinlich nur einmal die Kraft, es dir zu sagen, und das ist jetzt. Ich werde auf keinen Fall mehr die Leitung der Glen Turffield Brennerei übernehmen. Ich mag sie nicht. Ich mag auch keinen Whisky und ich bin kein Buchhalter oder Verkäufer oder Manager oder sonst was. Ich weiß nicht, was ich wirklich bin. Ich hatte wohl nie die Zeit, es richtig herauszufinden. Ich weiß nur, was ich nicht bin. Du, Jacky, warst immer schon die bessere Kandidatin dafür gewesen. Wie unsere Großmutter.«

Sein Vater nickte nur zustimmend und wischte sich verstohlen eine Träne aus dem Augenwinkel. »Ich weiß«.

Alan und sein Team waren wieder in die Zentrale nach Inverness zurückgekehrt und kümmerten sich gemeinsam um die ganze Schreibarbeit, mit der dieser Fall für sie erst wirklich abgeschlossen war. Bei keinem kam richtige Freude über die schnelle Klärung dieses Serienmordes auf. Das plötzliche Ende von Pascal und die vielen persönlichen Schicksale drückten allen aufs Gemüt.

Auch Graham war wieder zurück bei seiner Ishbel und der Ben Rhinnes Distillery. »Da ist ja mein Held«, begrüßte sie ihn und schlang ihre Arme um seinen Hals. Die im Distillery Shop umher stehenden Besucher schauten sie teils irritiert, teils amüsiert an, was weder Ishbel noch erstaunlicherweise Graham irgendwie störte. »Ich habe von Susan schon alles über deine neue kriminalistische Glanzleistung erfahren.«

Graham hatte sich nämlich nicht getraut, sie anzurufen. Er hatte befürchtet, dass Ishbel ihn zurechtweisen würde, weil er sich an keinen einzigen Rat seiner Freunde, geschweige denn von ihr, gehalten hatte. Aber Ishbel war einfach nur glücklich, dass ihm nichts passiert war. Im Gegenteil, sie zeigte ihm vor allen Leuten, wie stolz sie auf ihren "Kleinen Kommissar" war, wie sie ihn nannte. Daraufhin war Graham quasi "stolz, stolzer, am stolzesten" und lief mit heldenhaft geschwellter Brust in seiner Brennerei umher.

Nachdem er Ishbel während des Abendessens bei ihr zu Hause in allen Einzelheiten seine Erlebnisse bei Glen Turffield und sein Zutun geschildert hatte, sah sie ihn mit großen Augen an. »Das ist wahre Liebe! Für mich ist dieser Mann nicht nur ein Mörder, sondern vor allem auch ein richtiger Held!«

Graham, erschüttert über die Taten von Pascal Santé, dachte lange über ihre Bemerkung nach. »Man kann aus Liebe vieles tun, aber morden?«

»Würdest du denn etwa zögern, jemanden zu töten, wenn du mich damit retten könntest? Du wärst doch bestimmt auch kein Feigling, oder?«, fragte Ishbel und wollte ihn damit necken.

"Feigling!", diesen Vorwurf hören Männer überhaupt nicht gerne. Es packt sie an den Wurzeln ihres, seit der Steinzeit geprägten, Stolzes. Schließlich würden sie auch heute noch mit einer Hand einen Säbelzahntiger erwürgen, wenn es darauf ankäme, nur um ihre Familie zu schützen. Graham dachte spontan genauso. *Warum sollte er nicht ebenfalls in der Lage sein ...? Unmöglich! ... oder doch?*

Ishbel gegenüber aber sagte er im Brustton der Überzeugung - denn instinktiv wusste er, dass er jetzt nur eine einzig richtige Antwort geben konnte: »Natürlich, mein Schatz. Ohne zu zögern!«

»Mein Held. Genau deshalb liebe ich dich.«

In Frankreich saß Frederique Santé alleine in seinem Büro. Jacqueline war noch immer in Schottland und hatte sich seit ihrem Abflug nicht mehr bei ihm gemeldet. Seine Welt war düster und erdrückend geworden, genau wie seine Gedanken.

Was hatte er nur getan? Er wollte doch nur helfen, dass sein Sohn und seine Schwiegertochter richtig glücklich wurden. Und jetzt? Alles war zerstört und das durch seine Schuld.

Sein Sohn war als Mörder gestorben, und dieses Mal würde es selbst ihm nicht mehr gelingen, ihn wieder zurückzubekommen. Der Tod war eine Hürde, die selbst die Santés nicht überwinden konnten. Sein persönliches Lebenswerk war zerstört. Die Firma hatte keinen Nachfolger mehr! Sein Sohn war tot und seine Schwiegertochter völlig am Boden zerstört. Sie war bei ihrem Vater und ihrem Bruder. Würde sie jemals wieder zu ihm zurückkommen? Was hatte er nur getan, ging es ihm immer und immer wieder durch den Kopf. *Hatte sein Leben denn jetzt noch einen Sinn?*

Apathisch starrte er auf das kleine Fläschchen in seiner Hand, das er aus dem Forschungslabor seines Sohnes geholt hatte.

Epilog

Ein halbes Jahr später, Mitte November, auf dem Zentralfriedhof von Pithiviers. Zwischen den ersten herbstlichen Nebelschwaden sieht man eine einsame Frau an einer der großen Familiengruften knien. Vor einem der Grabsteine gräbt sie mit einer kleinen Schaufel ein Loch und legt eine Flasche Whisky hinein. Auf dem Etikett steht geschrieben:

Glen Turffield

Single Highland Malt Scotch Whisky

Special Reserve

In Loving Memory

32 Years Old

Distilled: 06 Nov. 1975 Bottled: 06 Nov. 2007

Jacqueline Santé

Distillery Manager

»Alles Liebe zu deinem Geburtstag, Pascal. Die ist für dich.«

Danksagung

Wir möchten uns auch dieses Mal wieder bei dem echten Alan und dem echten Graeme bedanken sowie bei George und Graham, alles bekannte Menschen in der schottischen Whiskyindustrie, die schon unsere zahlreichen Fragen über Fundorte und mögliche Tatabläufe für unser erstes Buch beantwortet hatten. Auch bei der Vorbereitung zu diesem Buch hatten sie mit uns zusammen wieder die entsprechenden "Tat"-Orte in Augenschein genommen. Bei einem guten Glas Whisky (manchmal waren es auch einige mehr) wurden die Details weiter vertieft und wieder waren alle begeistert bei der Sache. Slàinte, liebe Freunde!

Wir möchten uns natürlich auch bei den zahlreichen Lesern unseres ersten Whisky-Krimis bedanken, die uns nicht nur durch den Kauf des Buches, sondern auch durch entsprechend positive, teils sogar enthusiastische Kommentare ermutigt hatten, ein weiteres Buch zu schreiben.

Und wir möchten uns auch bei Katrin Krach bedanken, die uns dabei geholfen hat, dass sich unser Verhältnis zur neuen deutschen Rechtschreibung dramatisch verbessert hat.